Alfred von Reumont

Lorenzo de' Medici il Magnifico

Zweiter Band

Alfred von Reumont

Lorenzo de' Medici il Magnifico
Zweiter Band

ISBN/EAN: 9783742869609

Hergestellt in Europa, USA, Kanada, Australien, Japan

Cover: Foto ©Andreas Hilbeck / pixelio.de

Manufactured and distributed by brebook publishing software
(www.brebook.com)

Alfred von Reumont

Lorenzo de' Medici il Magnifico

Lorenzo de' Medici

il Magnifico.

.

Lorenzo de' Medici

il Magnifico.

Von

Alfred von Reumont.

Zweiter Band.

Leipzig.

Verlag von Duncker & Humblot.

1874.

Inhalt.

Dritter Abschnitt.

Die schönen Künste.

1. Cosimo und Piero de' Medici und die Kunst.

Fünftes Buch.

Ausbildung der Mediceischen Suprematie.

1. Florentinische Verfassungsänderung.

Sechstes Buch.

Lorenzo's de' Medici letzte Lebensjahre.

I. Florentinisches Staatswesen, öffentliche Zustände und Finanzen um das Jahr 1490.

II. Florentinisches Leben.

IV. Cardinalat Giovanni's be' Medici.

V. Austrag des Streites zwischen Innocenz VIII. und Ferrante von Aragon.

Verbefferungen.

Band I.

S. 73 Z. 6 statt S. Marco lies S. Lorenzo.
„ 361 „ 10 „ Juni lies Januar.

Band II.

S. 24 letzte Zeile setze vor Decameron das Wort: im.
„ 51 Z. 11 statt 1461 lies 1467.
„ 181 „ 6 von unten statt Bacchi lies Becchi.

SEMPER·

Lorenzo de' Medici.

Fuit Laurentius famae atque ipsius gloriae admodum
appetens, pro qua nullos labores, sudores, vigiliasque
recusavit, nunc litterarum studiis, nunc negotiis publi-
cis, nunc privatis actionibus ita toto animo ac mente
intentus, ut divinum eius ingenium velut lucidus ignis
semper arderet.

Nic. Valori.

———

Viertes Buch

Die Medici
im Verhältniss zu Literatur und Kunst.

———

Zweiter und dritter Abschnitt.

Zweiter Abschnitt.

Die Zeit Lorenzo's il Magnifico.

I.

Lorenzo de' Medici als Dichter.

Im April 1465 trafen, wie erzählt worden ist, Federigo d'Aragona Prinz von Neapel, und der damals siebzehnjährige Lorenzo
de' Medici in Pisa zusammen. „Als du, erlauchter Federigo,
so beginnt ein von dem jungen Florentiner an seinen edlen Gast-
freund wahrscheinlich in dem darauf folgenden Jahre gerichtetes Sendschreiben[1]), die uralte pisanische Stadt besuchtest,

---

1) Die von Lorenzo de' Medici für Don Federigo veranstaltete
Sammlung italienischer Poesien findet sich, zwar nicht in dem
möglicherweise während der französischen Expedition nach Neapel im J.
1495 abhanden gekommenen Original, doch in einer vielleicht vor Ende
des 15., vielleicht im 16. Jahrhundert genommenen Abschrift, heute in der
florentiner Biblioteca nazionale (Magliabechiana), wohin sie mit den
Handschriften der Palatina gekommen ist. (Fr. Palermo, I Manoscritti
Palatini di Firenze, Flor. 1853 ff., Bd. I. S. 363 ff.). Die Handschrift
gehörte Marco Foscarini, mit dessen Bibliothek sie im J. 1800 nach Wien
und nachmals an den Erzherzog spätern Großherzog Leopold gelangte, als
dieser sich mit Sammlung und Herausgabe von Lorenzo's Dichtungen beschäftigte. [Opere di Lorenzo de' Medici, Florenz 1825 — in 4 Bänden
4. — Bd. I. S. XXVI., wo auch Apostolo Zeno's Bemerkungen über
die in Rede stehende Handschrift]. Ueber die Handschriften und Drucke
von Lorenzo's Poesien vgl. die erwähnte Ausgabe Bd. I. S. XIII—XLV,
und Gamba, Testi di lingua 648—660. Für einen vollständigen kritisch

1*

lenkteft du das Gespräch auf Jene die in toscanischer Sprache
gedichtet haben, und verheimlichteft mir nicht dein lobens-
werthes Verlangen, durch meine Vorsorge alle diese in einer
Sammlung vereinigt zu sehn. Indem ich nun wie in Andrem
auch in diesem Falle deinen Wunsch zu erfüllen mich bestrebte,
ließ ich mit nicht geringer Mühe die alten Handschriften aufsuchen, und wählte aus denselben das Mindest-unvoll-
kommene, welches ich in gegenwärtigem Buche aneinander
gereiht Deiner Herrlichkeit überreiche, mit dem lebhaften Wunsche,
daß du die Auswahl, wie immer sie sei, beifällig aufnehmen
und als Andenken und Pfand besonderer Zuneigung betrachten mögeft. Keiner darf diese toscanische Sprache als
schmucklos oder arm geringschätzen. Denn wer ihre Zierde
und ihre Fülle recht würdigt, wird sie, statt rauh und arm,
reich und feingebildet finden. Ja es läßt sich nichts Zierliches, Blühendes, Anmuthiges ersinnen, nichts Treffendes,
Sinnreiches, Geistvolles, es läßt sich nichts Wohllautendes
und Harmonisches, endlich nichts Erhabenes und Majestätisches
denken, wovon uns die beiden Größten, Dante und Petrarca,
und nach ihnen die gegenwärtig durch dich, o Herr, zum
Leben Erweckten, nicht glänzende Muster bieten.

gesicherten Text wäre auch nach dem splendiden Druck von 1825, welcher
unter Betheiligung der Akademie der Crusca zustande kam, manches zu
thun. Eine reichhaltige mit Geschick veranstaltete Auswahl bieten die
Poesie di Lorenzo de' Medici, Flor. 1859, mit Einleitung von Giosuè
Carducci, welche zu dem, was hier über Lorenzo als Dichter folgt,
manchen Fingerzeig gegeben hat.

Das hier theilweise mitgetheilte Schreiben Lorenzo's an Don Federigo
findet sich in einer Riccardischen Handschrift Nr. 2723 unter dem Namen
Polizian's, und wurde unter diesem Namen in der von V. Nannucci
und L. Ciampolini veranstalteten Ausgabe der Rime, Florenz 1814,
wie später gedruckt. Der Irrthum ist augenscheinlich; Polizian's Alter
und die Uebereinstimmung mit Lorenzo's Ansichten in dem Commentar zu
seinen Gedichten machen ihn ebenso klar wie der geschichtliche Vorgang.

„Wie Petrarca in einem seiner Briefe zeigt, kannten den Reim auch die alten Römer. Nach langer Unterbrechung lebte er in Sicilien wieder auf, verbreitete sich über Frankreich, fand in Italien als im eignen Hause Aufnahme. Der Erste, der bei uns der neuern Dichtung durch den Reim ihre eigenthümliche Form verlieh, war Guittone von Arezzo. Der Erste... sein Zeitgenosse der Bolognese Guido Guinicello: Beide in der Philosophie bewandert und voll ernsten Inhalts, Jener noch in etwa hart und rauh und ohne die Blüte und Eloquenz, dieser weit zierlicher und klarer. Dante nannte ihn seinen wie der Uebrigen Vater, welche süße und anmuthige Liebesgedichte geschrieben, und gewiß war er der Erste, welcher der schönen Gestalt unserer Sprache ihr anziehendes Colorit gab, zu welchem der rauhe Aretiner kaum erst den Grundton gelegt hatte. Nach ihnen leuchtet der zarte Guido Cavalcanti, für seine Zeit ein gleich scharfsinniger Dialectiker wie treflicher Philosoph. Von Körper schön, erscheint er auch in seinen Schriften in mir sonst unbekanntem Maße einnehmend und liebenswürdig, in der Erfindung fruchtbar und wunderbar prächtig, in den Schlüssen bedeutsam, in der ganzen Haltung würdig und erhaben, welche Vorzüge durch Reiz und Reichthum der Schreibart wie durch ein glänzendes Gewand gehoben werden. Ihm fehlte nur ein weiteres Feld um zu höchsten Ehren zu gelangen. Der Lucchese Bonagiunta und der Notar von Lentino dürfen nicht übergangen werden, ernst und inhaltreich, aber seinem Schmuck dermaßen baar, daß sie zufrieden sein müssen, in dieser Sammlung geehrter Männer eine Stelle zu finden. Aus Guittone's Zeit ist noch Pier delle Vigne da, von welchem Dante sagte daß er „beide Schlüssel hatte vom Herzen Friedrichs". Von ihm ist nur Kleineres vorhanden, doch fehlt ihm weder Ernst noch Bedeutung.

„Nun erscheinen die beiden wunderbaren Sonnen, welche diese Sprache erleuchtet haben, Dante, und, um weniges nur ihm nachstehend, Francesco Petrarca. Wo es sich um ihr Lob handelt, ist, nach Sallust's Wort über Karthago, Schweigen besser als Wenig-sagen. Onesto der Bolognese und die älteren Sicilier würden am meisten der Feile dieser Beiden bedürfen, denen sie der Zeit nach vorausgehn, während Geist und Wille ihnen nicht gemangelt haben. Cino von Pistoja, zart und gefühlvoll, macht seinem Rufe Ehre. Meiner Ansicht nach überwand er zuerst völlig die alte Rauheit, welche Dante, sonst so bewunderungswürdig, nicht ganz abzustreifen vermocht hatte. Auf diese folgt eine Schaar Jüngerer, die weit hinter den Genannten zurückstehn. Alle diese und einige unserer Zeit kommen dir, o Herr, unvergänglichen Dank sagen, denn du bist es der ihnen jetzt Leben, Ruhm, Licht schenkest, womit du dir größern Anspruch auf Ruhm erwirbst, als der alte Athener Pisistratos, der die homerischen Gesänge vom Untergange rettete. Er gab Einem Leben, du erweckst eine ganze Schaar. Zu Ende des Buches habe ich, da dir dies genehm zu sein schien, etwas von meinen eignen Sonetten und Canzonen beigefügt, auf daß bei deren Lesung meine Anhänglichkeit und meine Zuneigung wieder lebendig vor deinem Geiste stehn mögen. Verdienen diese Dichtungen auch durch ich selber nicht neben den wunderbaren der Alten aufgeführt zu werden, so ist es vielleicht nicht unnütz sie denselben anzureihen, zum Behuf der Vergleichung, welche die Schönheit der andern nur erhöhen kann. Nimm drum, ich bitte dich o Herr, sie wie mich nicht blos im Hause, sondern in Geist und Herz auf, wie du in meinem Geist und Herzen fortundfort als ein willkommener Gast wohnest.“

So schrieb Lorenzo de' Medici, dem Anschein nach im Jahre 1466. Ein andermal äußerte er sich über den von

Vielen angefochtenen Werth der Vulgarsprache als Sprache der
Poesie, als er in späterer Zeit zu einigen seiner Dichtungen
Erläuterungen schrieb, wie sie, ob vom Verfasser selbst ob von
Freunden herrührend, damals Sitte waren. „Wollen wir
die Würde unserer Sprache beweisen, so haben wir uns ein=
fach daran zu halten, ob sie jeden unserer Gedanken wie jede
unserer Empfindungen mit Leichtigkeit ausdrückt. Hier kann
nichts uns genügendere Antwort geben als die Erfahrung.
Unsere Landsleute, Dante, Petrarca und Boccaccio haben in
ihren ernsten wie anmuthigen Versen und Reden klar bewiesen,
daß alles Gedachte wie Empfundene in dieser Sprache leichten
und natürlichen Ausdruck findet. Wer die Comödie liest,
erkennt, daß zahlreiche theologische wie die Natur betreffende
Fragen in derselben mit ebensoviel Gewandtheit wie Glück
erörtert sind. Er wird hier die drei Abstufungen des Stils
finden, die von den Redekünstlern aufgeführt werden, das Er=
habene, das Mittlere, das Niedere; ja Dante wird ihm den
Verein dessen bieten, was griechische wie lateinische Autoren
ihm vereinzelt vorführen. Wer spricht dem Petrarca Ernst,
Weichheit, Heiterkeit ab? In Liebesgedichten zeigt er eine
mit Ernst gemischte Anmuth, wie weder Ovid noch Tibull,
weder Catull noch Properz sie an den Tag legen. Dante's
Canzonen und Sonette sind so gehaltvoll, daß ihnen in Dich=
tung und Prosa kaum irgendetwas nahekommt. Wer
Boccaccio gelesen hat, dessen Wissen mit seinem Reichthum
wetteifert, wird leicht der Ansicht sein, daß bei ihm Erfin=
dungsgabe, Mannichfaltigkeit und Beredsamkeit wetteifern.
Wer sein Decamerone betrachtet, mit dem unendlichen Wechsel
des Stoffs, mit der Schilderung aller aus Liebe und Haß,
aus Furcht und Hoffnung entspringenden Lebenslagen, mit
der Darstellung unzähliger Künste und Ränke, der Charakteri=
sirung der verschiedensten Naturen, dem Ausdruck aller

Leidenschaften, wird zu dem Schluße gelangen, daß zu allem diesem keine Sprache fähiger gewesen wäre als die unsere. Der Sprache hat es vielmehr an Autoren gefehlt die sich ihrer bedient haben, als daß die Sprache sich gegen Autoren und Stoffe spröde gezeigt hätte. Für den der sich einige Uebung erworben hat, sind ihre Grazie und Harmonie groß und voller Wirkung. Was die Trefflichkeit einer Sprache ausmacht, scheint mir die unsere in reichem Maße zu besitzen, und ich bin der Ansicht daß die Kenntniß dessen was in ihr geschrieben, namentlich was von Dante behandelt worden ist, seines wichtigen und ernsten Inhalts wegen nicht bloß Nutzen bringt sondern noththut. Davon zeugen auch die von gelehrten Männern zur Erläuterung der Comödie verfaßten Commentare und die vielen von den Kanzeln vernommenen Anspielungen. Man darf aber auch künftigem Erscheinen trefflicher Schriften in dieser Sprache entgegensehn, deren Jugendzeit bis jetzt gewährt hat und die stets an Zierlichkeit wie an Reichthum gewinnt. Größere Vollendung im reifen Alter steht in Aussicht, namentlich wenn die florentinische Herrschaft sich ausdehnt, was nicht bloß zu hoffen sondern durch wackre Bürger mit allem Aufwand von Geist und Kraft anzustreben ist. Wenn dies was vom Geschicke und Willen Gottes abhängt, nicht mit Bestimmtheit zu bejahen ist, so liegt es doch im Bereich des Möglichen. Für heute genügt es zu folgendem Schluße zu kommen. Die Eigenschaften welche den Vorzug einer Sprache bilden, besitzt die unsere in Fülle, und wir dürfen uns über dieselbe nicht beklagen. Aus demselben Grunde darf auch niemand mir zur Last legen, wenn ich in der Sprache schreibe, in der ich geboren und herangewachsen bin. Gleich ihr waren die hebräische und lateinische ursprünglich einfache Volkssprachen, wurden jedoch von solchen, die als Schriftsteller in Ehren stehn, unter

naturgemäßer Ausbildung mit größerer Vollendung angewandt, als vom Volke im Großen und Ganzen."

Diese Bemerkungen, denen sich andere über die Vers-
maße und Formen der Vulgarsprache, namentlich über das
Sonett anschließen, machen es klar, wie Lorenzo de' Medici
von Jugend an über Wesen und Geschichte der Sprache nach-
gedacht hat. Seine Dichtungen haben derselben nicht
Bahn gebrochen, aber sie haben ihr im Verein mit
denen von mehren seiner Zeitgenossen namentlich im Vergleich
mit der jüngern Vergangenheit, Freiheit und Anmuth der
Bewegung, Leichtigkeit der Anwendung für mannichfaltigste
Zwecke und Aufgaben, Reichthum volksthümlicher Formen
gesteigert. Er hat diese Sprache mit ebenso großer Meisterschaft gehandhabt, wie er den Versbau vollkommen beherrscht
hat. Es fehlt nicht an Härten, noch an Gewaltsamkeit die
einer Schwierigkeit nicht aus dem Wege geht, nicht an ver-
alteten Formen, nicht an Nachklängen der Verkünstelung und
Unnatur, welche in des Dichters Jugend für moderne Classicität galt; es fehlt ebensowenig an Wendungen deren literarisches Bürgerrecht bestreitbar ist. Nicht immer begegnen
wir jener Feinheit des Ohrs, jener Sicherheit des Geschmacks,
jener Fülle des Wohlklangs, welche einem Gleichzeitigen, Poliziano seine Bedeutung sichern, indem sie ihn als den eigentlichen Führer in der großen literarischen Bewegung erscheinen
lassen, welche in den letzten Decennien des fünfzehnten Jahrhunderts einem Zustande ein Ende machte, von dem man
kaum weiß ob Stagnation oder verkehrte Richtung das
Schlimmere war. In dieser Bewegung nimmt aber Lorenzo
de' Medici immer eine hervorragende und eigenthümliche
Stellung ein. Wäre er nur Literat gewesen, auch als Literat
würde er glänzen. Wie in seiner ganzen übrigen Erscheinung
ist dieser Mann auch als Dichter der ächte Repräsentant seiner

Zeit, welche, zugleich rückwärts wie vorwärts blickend, mit dem Cultus der Pietät die Wiederbelebung des Alten, mit freudiger aber noch ungewisser Ahnung die Eröffnung neuer Bahnen anstrebte, auf der Schwelle zwischen zwei großen Epochen, Abendroth zugleich und Morgenröthe. Lorenzo de' Medici, der den Charakter der Literatur des Dante'schen Jahrhunderts richtig ermaß, und scharfsinnig erkannte daß in ihr und nicht in der Pedanterei der humanistischen Poeten Leben, Zukunft, Heil lagen, stand doch auch wieder unter dem Einfluß der wiedererweckten classischen Bildung, der großen That der ersten Hälfte seines Jahrhunderts. Auch wo er sich den Lyrikern des vorausgegangenen am meisten nähert, ist es nicht eine Nachahmung, wie sie uns Bembo gegenüber dem Petrarca bietet. Auch wo Dante oder Guido Cavalcanti mit ihrer subtilen Zergliederung der Empfindungen, die etwas vom Wesen der Scholastik an sich hat, und mit der Uebertragung einer gewissen Feierlichkeit der Intonation" vom Himmlischen auf das Irdische ihm am meisten vorgeleuchtet zu haben scheinen, dringt ein Geist durch, der nur durch die Berührung antiker Anschauung, Sinnesrichtung und Denkungsart mit modernem Leben und Empfinden, durch unmittelbare Bekanntschaft mit den Schöpfungen des hellenischen Genius erzeugt sein konnte, welche den Vätern der italienischen Poesie noch versiegelte Bücher waren, von denen sie meist selbst nicht die Titel kannten.]

Lorenzo de' Medici ist kein Nachahmer Petrarca's, mögen die Anklänge Petrarca's, wie, über diesen hinaus, die der Poesie der Troubadoure bei ihm noch so häufig vorkommen. Aber er hat, von Anderm abgesehen, mit Petrarca einen hervorragenden Zug gemein, den offnen Sinn für die Natur und ihre Schönheit. Wie der Siedler von Vaucluse und Arquà unter den modernen Dichtern derjenige ist, dem die Natur

sich zuerst und vorzugsweise in ihrem innern Wesen und im
Eindruck auf das Gefühl offenbart (bei Dante ist es mehr der
historische Charakter der Landschaft und das Plastische der
scharfgezeichneten Einzelerscheinung was hervortritt), so ist sie
für den Bewohner der toscanischen Villen und den Wandrer
in den Waldungen des Apennin der unerschöpfliche Born, aus
welchem Formen und Bilder in rascher Gestaltung hervor-
quellen und sich in gleich manchfaltige wie glänzende Farben kleiden. Reichthum und Frische der Anschauung zeugen
von dem tiefen Erfassen mit offnem Auge und lebendigem
Gefühl. Das ganze Leben des Dichters, welcher die den
vielseitigsten zum Theil quälendsten Geschäften, Bestrebungen,
Sorgen abgewonnenen Stunden und Tage am liebsten dem
Landaufenthalt widmete, durch welchen er Sinn und Geist
erquickte, würde den Beweis liefern, daß es sich hier so um
ein wahres Bedürfniß wie um wirkliche Anschauung und unmittelbar lebendige Auffassung, nicht um bloße Thätigkeit
der Phantasie handelt, wenn Reichthum der Formen, Wahrheit und Glanz des Colorits nicht schon dafür sprächen.
Bei ihm dient die Natur als Folie für die idealen Gestalten.
Die zahlreichen ihr entlehnten Gleichnisse, in ihrem anmuthigen Wechsel und ihrer farbenreichen Individualität verleihen
den Schöpfungen einer stets thätigen Einbildungskraft wie
den Conceptionen philosophischer Betrachtung, den im Einzelnen mit großer Anschaulichkeit ausgemalten poetischen Per-
sonificationen ein Leben und eine Wesenheit, ohne welche dieselben Gefahr laufen könnten, als bloße Abstractionen, wenn
nicht gar als sinnreiche Spielereien zu erscheinen. Was er
in der Naturschilderung, nicht blos zur Exemplificirung von
Empfindungen und Gedanken sondern als selbständiges in sich
abgerundetes Gemälde zu leisten vermag, hat er in der Darstellung des Waltens der Elemente und in jener des goldenen

Zeitalters in den Liebeswäldern (Selve d'amore) und dem Idyll Ambra an den Tag gelegt.

Die Mehrzahl der Sonette und Canzonen besteht begreiflicherweise aus Liebesgedichten. Die eben berührten Eigenschaften der Poesie Lorenzo's verhindern jedoch die von diesem Genre schwer trennbare Eintönigkeit, denn wo auch die Stimmung nicht wechselt, wechseln Situation und Colorit. Der Liebende und Dichter ist und bleibt Zögling der Philosophie, und der mit allem Farbenreiz der Phantasie ausgestattete Gegenstand seiner Dichtungen tritt unendlich mehr in den Hintergrund als bei den großen Trecentisten. Wenn man die Dichtungen des Medici liest, denkt man nur nebenbei an Lucrezia Donati, deren Namen Freunde des Dichters uns entdeckt haben. Beatrice und Madonna Laura sind Gegenstand sorgsamer historischer Forschung geworden — kaum Irgendeiner hat sich mit der Florentinerin beschäftigt die einem Geschlecht entstammte, dessen Name die Geschichte der Stadt erfüllte, als jener der Medici noch ungenannt war. Nicht darin blos ist der Grund zu suchen, daß der Sänger Lucrezia's kein Dante noch Petrarca war, daß die Poesie, so reich immer ihre Quelle sprudelt und so sehr sie zur Vollendung einer in ihrer Art einzigen Erscheinung gehört, im Geiste wie im Leben Lorenzo's be' Medici doch nur die zweite Stelle einnimmt. Vor dem Wesen der idealen Schöpfung droht die Persönlichkeit zu verschwinden. Die an die Geschichte des auf der Bahre liegenden schönen Mädchens anknüpfende Erzählung, in welche der Dichter sein eignes Suchen und Finden eines Gegenstands würdiger Neigung einkleidet, weist schon darauf hin, daß er vielmehr auf diesen Gegenstand übertrug was schon in ihm lebte ja Gestalt gewonnen hatte: als daß er von demselben die Anregung empfing. Bei dem größten der Dichter Italiens wurde der

Kindengel seiner frühen Jugend zum Ideal, in welchem sein Sinnen, Denken, Fühlen aufging — das Ideal stand vor der Seele Lorenzo's de' Medici, ehe er die kannte, deren Gestalt er mit dem Zauber vergeistigender Sehnsucht umkleidete.

Der Zögling der platonischen Philosophie, welcher im Commentar zu seinen Sonetten eine Schilderung seiner Geliebten giebt[1]), spricht sich in der Erklärung aus, die er von dem Wesen der Liebe giebt. „Wer die wahre Erklärung der Liebe sucht, findet daß dieselbe in der Sehnsucht nach der Schönheit besteht. Ist dem so, so stößt alles Unschöne und Fehlerhafte Den ab, der wahrhaft und würdig liebt. Die Schönheit von Antlitz und Seele der Geliebten bestimmt und leitet uns im Suchen nach der Schönheit anderer Dinge, im Aufsteigen zur Tugend die auf Erden wie im Himmel Schönheit ist, im endlichen Erreichen der höchsten Schönheit, nämlich der Gottheit, unseres Ziel= und Ruhepunktes. Die nothwendigen Bedingungen einer wahren würdigen hohen Liebe dünken mich von zweierlei Art, vorerst daß der Gegenstand ein einziger, sodann daß die Liebe beständig sei. Diese Bedingungen vollständig zu erfüllen, ist nicht Allen gegeben, während nur wenige Frauen die hohe Kraft besitzen, die Männer so ganz an sich zu ketten, daß sie diese beiden Bedingungen nicht verletzen, ohne die es keine wahre Liebe giebt." Die philosophische Anschauung aber von Leben und Lebensglück ist in einem längern Gedicht in Terzinen (L'Altercazione) enthalten, in welchem Marsilio Ficino persönlich als Lehrer auftritt und zwischen dem Dichter und seinem Interlocutor entscheidet. Jener hat das Gewühl der Stadt, den Wirrwarr des Parteitreibens, das Gedränge des Marktes

----

1) Vergl. Carducci's Ausg. der Poesie di Lor. de' Med. S. 54 ff. u. Fabroni a. a. O. S. 10.

verlassen, um in der Land-Einsamkeit die Seele in ruhigen
Hafen, zu freiem sorgenlosem sicherm Dasein zu führen. Was
er sucht, was er in dieser Stille zu finden hofft, schildert er
dem Hirten mit dem er zusammentrifft, der ihm hinwieder
Mühen und Bedrängnisse des niedern Looses vorhält, in welchem er Tag nach Tag in stets wiederkehrenden Sorgen hin-
schleppt. Marsilio muß dazukommen, Werth und Unwerth
der untergeordneten zeitlichen Dinge in ihr wahres Licht zu
stellen, zu zeigen wie das Glück nicht von der hohen Stellung
des Einen, nicht von der niedern des Andern abhängt, sondern nur
in der Kenntniß des Urhebers aller Dinge wie in der Liebe
zu ihm zu finden ist. Wie man schon aus der Andeutung
des Inhalts erkennt, nichts Originelles, aber anziehend durch
die lebendige Schilderung der Gegensätze und interessant als
Zeugniß der ernsten Rückkehr in sich selber bei einem vielseitig
reichbegabten Geiste.

Selbstverständlich kann bei Dichtungen nur das Original
den sichern Maßstab zur Beurtheilung ihres Wesens und
Werthes liefern. Die nachfolgenden Uebertragungen einiger
Sonette haben auch lediglich den Zweck, von den wechselnden
Seelenstimmungen ihres Verfassers Kunde zu geben und zu
zeigen, wie der Ernst des Lebens den poetischen Hauch nicht
abstreift, aber der Empfindung einen Ton giebt, in welchem
Freude sich mit Wehmuth, Seligkeit des Genusses mit dem
Gefühl der Nichtbefriedigung verbindet. Die wenigen Proben
werden zugleich hinreichen zu zeigen, wie viel Eigenthümliches inmitten mancher Reminiscenzen die Poesie Lorenzo's
de' Medici kennzeichnet.

Nicht süß'rer Schlaf, nicht rein'rer Himmelsfrieden
Hat je gesenkt sich auf ein Augenpaar,
Als jener Schlummer, dessen Labsal war
Beim Sonnenbrande meinem Lieb beschieden.

Und wie uns kaum der holde Stral gemieden,
Schienst du, o Amor, deines Zaubers baar,
So daß alsbald es Allen offenbar,
Was deine Macht dir giebt und nimmt hienieden.

Du Eiche, die mit ihrem Laub, dem vollen,
Die Sonne von den müden Blicken wehrte
Und mit dem Schatten ihren Schlummer nährte,

O fürchte nicht, mag Zeus auch Donner rollen,
Daß dich des Zornes Blitze niederschmettern,
Denn dieser Augen Licht gebeut den Wettern.

Ihr Purpurveilchen, reich an Farbenpracht,
Die ihre weiße Hand im Grünen pflückte,
Woher die Luft, die euch so lieblich schmückte,
Der Thau, in dem ihr uns entgegenlacht?

Was gab der Sonne solche Zaubermacht?
Wo fand den Duft, der unsern Sinn erquickte,
Des Reizes Fülle, die das Aug' entzückte,
Natur, die Süß'res nie hervorgebracht?

Ihr lieben Veilchen jene Hand die euch
Im Schatten unter tausenden gefunden,
Sie war's die euch geziert so wunderreich;

Die mir das Herz nahm, wie sie den Gedanken
Den höhern Schwung gab in beglückten Stunden,
Ihr, die euch wählte, dürft allein ihr danken.

Madonna sah am klaren Bach ich stehen,
Von Laubesgrün umringt und schönen Frauen;
Nie glaubte ich so hohen Reiz zu schauen,
Seit sie mein Aug' zum erstenmal gesehen.

Mein Sehnen schien gestillt, erhört mein Flehen,
Mir schien erreicht, worauf ich durfte bauen;
Da schwand sie plötzlich wieder, und mit Grauen
Empfand mein Herz die Rückkehr alter Wehen.

Im Westen glühend nieder sank die Sonne,
Die Erde hüllte sich in nächt'ges Dunkel,
Ich forsch' umsonst nach meines Sterns Gefunkel.

Zwiefaches Leid verdrängt' die kurze Wonne,
Vergeblich schien mein Lieben, Hoffen, Glauben —
Erinn'rung nur kann das Geschick nicht rauben.

Gleichwie die Lampe bei des Tages Kommen,
Wenn ihr das Oel, das sie genährt, versiegt,
Zu sterben scheint, dann plötzlich ringsum fliegt
Ein hell'rer Schein, bis alles Licht verglommen;

So ist's im Geist, in ird'schem Drang beklommen,
Wenn, während selbst die Hoffnung unterliegt,
Noch einmal hell der Jugend Flamme siegt,
Zum Zeichen, daß der Prüfung End' gekommen.

Drum schreckt mich nicht das unstät wirre Handeln,
Nicht längst verstummter Töne Wiederklingen
Im Streit, dem alten, zwischen Leid und Lust.

Nicht mag in Stein mich die Meduse wandeln,
Nicht die Sirene mich in Schlummer singen,
Bin ich des höhern Zieles mir bewußt.

Es spottet mein das tückische Geschick,
Die Sehnsucht weckt es ohne sie zu stillen,
In stetem Wechsel reizt es Sinn und Willen,
Und klar wird nur, wie kurz des Menschen Blick.

Bald scheint zu nah'n, zu fliehen bald das Glück,
Helle Gedanken bald den Geist erfüllen,
Dann wieder Zweifel ihm das Licht verhüllen,
Daß er in's alte Dunkel sinkt zurück.

Die Seele hofft und jubelt und betrübt
Sich tausendfach, und ohne zu ergründen,
Ob Freud' ob Leid die rechte Wirkung übt.

Im Guten ahnt sie Uebel und Gefahr,
Im Uebel wähnet sie das Heil zu finden;
Des weisen Rathes zeigt sie stets sich baar.

Wie alles unser Hoffen ist vergebens,
Wie unser Thun in Dunst und Rauch vergeht,
Wie sich die Welt in leerem Dünkel bläht,
Es wird uns klar, das Werk des Ueberhebens.

Dem Einen ist Vergnügen Ziel des Strebens,
Turniere, Spiel, Gesang, nach Höherm steht
Der Sinn dem Andern, Jenen wieder setzt
Ihr bergen scheu, was Inhalt ihm des Lebens.

Verschieden ist was die Natur uns beut,
Verschieden was der Menschengeist erzeugt,
In ew'gem Kampfe liegen Nacht und Licht;

Was Dauer uns verhieß, es währet nicht,
Was fest uns schien, ein jeder Wind es beugt;
Der Tod allein beherrscht so Welt wie Zeit.

Was mir mißfällt, dem folg' ich voll Begehren,
Zu höherm Leben wünsch' ich oft mein Ende,
Ich ruf' den Tod und fleh' daß er sich wende,
Ich suche Ruh' wo Friede nie kann währen.

Ich streb' nach dem was selbst ich will entbehren,
Voll Liebe reich' ich meinem Feind die Hände,
Mir grauet nicht vor bitterer Nahrungsspende,
Frei wünsch' ich mich und lieb' der Knechtschaft Lehren.

In Flammen frier' ich, muß in Lust verzagen,
Such' Tod im Leben, Friedensglück in Kriegen,
Ich möchte flieh'n und dennoch Fesseln tragen.

So lenk' mein Schiff ich durch den Sturm der Wogen,
Nicht segeln kann's und nicht im Hafen liegen,
Und vor der Furcht ist der Verdacht entflogen.

Die drei Idylle welche wir von Lorenzo de' Medici be-
tzen, sind ebensoviele Zeugnisse seiner Vielseitigkeit. Das
rste derselben, Corinto, Name des seine Liebe besingenden
hirten, gleicht den Eklogen der Alten, die bald so Vielen,

namentlich dem Sannazzar zum Muster dienen sollten. Nach
Boccaccio's Vorgang ist es in Terzinen gedichtet, ein Versmaß das sich mehr für die Verkettung von Erzählung und
Schilderung als für einen überwiegend lyrischen Gegenstand
eignet. Ganz Natur, zum Theil derbe Natur ist die Nencia
da Barberino, ein Idyll in achtzeiligen Stanzen, auf toscanischem
Boden erwachsen, toscanisches Landvolk und dessen Sitten
schildernd, voll toscanischer Redeweisen in der Reihenfolge
von Ansprachen, Lobsprüchen, Gleichnissen, Bildern worunter
die seltsamsten nicht fehlen, wie man es in den sogenannten
Rispetti findet, Volksgedichtchen, namentlich des Landvolks,
die in ihren phantastischen Flügen bald an Sonne und Sterne
reichen, bald ihre Gleichnisse bescheidensten Dingen entlehnen.
Lorenzo hat hier im Grunde eine ganze Dichtung aus Rispetti zusammengesetzt in denen Ernst und Komik wechseln,
und im Munde eines Verliebten auf eine einzelne ländliche
Schöne angewandt, was für eine ganze Mädchenschaar genügen
könnte. Offenbar sind diese Rispetti dem Volke abgelauscht,
das bis auf den heutigen Tag tausende dieser halb lyrischen
halb epigrammatischen Liederchen producirt, namentlich im
pistojesischen Berglande, wie denn ein altes Sprüchwort meldet,
der Bergbewohner hat dicke Sohlen aber feines Hirn[1]), doch
auch in andern Theilen des florentinischen wie des sienesischen
Gebietes, bis in die Maremma hinein, von wo sie sich nach
der römischen Campagna erstrecken. Andere sind dem Dichter
eigenthümlich, der sich in diesem die größte Manchfaltigkeit
gewährenden Genre in voller Freiheit ergeht, und mit dem

---

[1]) „Il montanino ha scarpe grosse e cervello fino." Die reich-
haltigste Sammlung von Rispetti und andern toscanischen Volksliedern
ist die von G. Tigri: Canti popolari toscani, zuerst Flor. 1856, dann
mehrmals. Der dem Wunderhorn gemachte Vorwurf ist freilich auch
hier, und wol nicht mit Unrecht wiederholt worden.

Volke, unter das er sich mischt, so in phantastischen Flügen
wie in barocken Gleichnissen wetteifert, indem er ein etwas
buntscheckiges aber heiter farbenreiches und in seiner Wahrheit anschauliches Gemälde schafft. Luigi Pulci hat ein Gegenstück zu Nencia geliefert, Polizian, ohne sich an einen spe-
ciellen Gegenstand zu binden, sich in diesen Liederchen versucht,
die dem Toscaner wie von selber unter der Hand entstehn
und einen für die Charakteristik des Volkes nicht unwichtigen
Literaturzweig bilden.

Während in der Nencia das Volksthümliche, das Naive
und zum Theil Burleske vorwaltet, bewegt das dritte dieser
Idylle, Ambra, sich auf mythologischem Gebiete. Die Bedeutung desselben besteht weit weniger in der Erzählung an
sich, einer der oft vernommenen Geschichten nach ovidischem
Muster, als in den großartig reichen Naturschilderungen zu
denen die Fabel Anlaß bietet. Schauplatz ist jene Villa von
Poggio a Cajano, auf deren Ausschmückung ihr fürstlicher
Besitzer so viele Mühe und Kosten verwandte, während der
aus den pistojeser Bergen kommende Ombrone, die den flachen
Hügel umgebende Niederung überschwemmend, die Ergebnisse
der Arbeit wiederholt vernichtete. Eine kleine Insel des
Stromgebiets hatte den Namen Ambra erhalten, der auf die
Villa selber überging. Die zum Schutz aufgeworfenen Deiche
erfüllten Polizians Hoffnung nicht, daß der Strom ihren
Blumenflor verschonen werde. In der Dichtung ist Ambra
die von dem Hirten Lauro geliebte Nymphe, deren Reize im
Bade den Flußgott entzünden, dessen wilder Verfolgung sie
nur entgeht, indem die von ihr angeflehte Diana die Fliehende
in einen Felsen verwandelt, auf welchem dann das Landhaus
sich erhebt. Wie in der Nencia die Octave sich dem Burlesken und Volksthümlichen anpaßt, so entfaltet sie sich hier
in nicht selten überraschender Pracht und großartigem Flusse

2*

in den Schilderungen so des Naturereignisses, welches die
Zerstörung der anmuthigen ländlichen Schöpfung veranlaßte,
wie des dadurch herbeigerufenen Vorgangs.

Wenn schon die Ambra zu dem beschreibenden Genre
hinneigt, so gehört in dasselbe eine andere kleine Dichtung in
achtzeiligen Stanzen, die Falkenjagd. Ein lebenvolles Gemälde
eines allgemein beliebten Zeitvertreibs, welchem unser Dichter
sich mit einer Art Leidenschaft hingab. Der frische Morgen
an welchem die Gesellschaft auszieht, die Abenteuer und
Intermezzo's auf dem Wege, die Eifersucht und Spannung
der Jäger, die Practiken der Jagd mit den mühsam dressirten
und doch nicht immer zuverlässigen Vögeln und Hunden, die
Rückkehr in der Mittagshitze und das heitere Mal welches
die müden Hadernden versöhnt und den Tag beschließt, alles
das ist mit lebendigster Anschaulichkeit und mit einem Detail
geschildert, wie es nur durch einen Eingeweihten geschehen
konnte. Wir finden uns hier in lustiger Gesellschaft, wie sie
sich um den lebensfrohen und splendiden jungen Mann
schaarte. Denn daß das Gedicht der Zeit vor 1478 angehört,
beweist der Umstand, daß Lorenzo's Schwager Guglielmo de'
Pazzi einer der vornehmsten Theilnehmer ist, neben ihm Luigi
Pulci, Foglia Amieri, Dionigi Pucci, manche Andere welche
namentlich zu bezeichnen minder leicht ist. Eine ganze Octave ist
mit den Namen der Falken gefüllt, deren Menge zeigt daß
es sich hier um eine wahrhaft fürstliche Jagd handelt, wie
sie bei Pisa und Poggio a Cajano vorzugsweise stattfanden.

Das den Namen I Beoni (die Trinker) oder Simposio
führende Terzinengedicht schließt sich insoferne der Nencia wie
der Falkenjagd an, als es florentinisch=toscanische Sitten
schildert. Sonst ist es, sowie im Versmaß, in Ton und
Haltung von beiden sehr verschieden. Denn wenn in der

Rencia das Bäuerische nicht selten burlesken Anstrich erhält,
o wird es nicht zur Satire, und sinkt nicht zu jenem Grade
des Niedrigkomischen der in Gemeinheit ausartet. Dies ist
n den Beoni der Fall, einer Folge von Kapiteln, in denen
Sitten und Abenteuer einer Gesellschaft lustiger Kumpane
geschildert werden, mit denen der von Careggi heimkehrende
Dichter bei Porta Faenza zusammentrifft, im Moment wo
ie nach dem eine Miglie von der Stadt entlegenen Ponte a
Kisrebi wandern, einem Oertchen das von der Brücke über
en kleinen Strom Terzolle den Namen hat. Das Geschäft
er Gesellschaft besteht darin, ein Fäßchen als trefflich ge-
rühmten Weins zu kosten. An heiterer Laune fehlt es diesem
Gedichte nicht. Doch abgesehen davon daß es, obgleich unvollendet, zu lang, und troz des Wechsels der Situation ein-
önig ist, artet die derbe Komik zu oft in argen Schmuz aus,
er auf die Sitten selbst der höhern Classen, die hier doch
wenigstens zum Theil repräsentirt sind, wie des Clerus ungünstige Schlüsse ziehen lassen könnte. Die Beoni machen
aber noch von anderer Seite ungünstigen Eindruck. Nicht
das Metrum nur ist das der erhabensten Dichtung der ita-
ienischen Sprache: die äußere Oekonomie des Gedichts wie
ine Menge einzelner Wendungen sind derselben in burleskem
Sinne nachgeahmt. Einen Beweis erstaunlicher Vielseitigkeit
vie scharfer Beobachtung und gewandter Schilderung hat man
uch hier, aber die Schattenseiten sind dunkel. Wenn man
n diesem Product den Anfang der italienischen Satire hat
rkennen wollen, so läßt dies umsomehr den Abstand zwischen
iesen Kapiteln und den Satiren Lodovico Ariosto's ermessen,
iesem so treuen wie glänzenden Spiegel der Zeit, welche
ener Lorenzo's de' Medici auf dem Fuße folgte.

Gleich den Beoni, gehn die Tanzlieder (Canzoni a ballo)
nd Faschingsgesänge (Canti carnascialeschi), namentlich

letztere, aus dem Gesellig-Heitern in das Burleske und häufig
in das Satirische über. Natur und Bestimmung dieser Gesänge bedingen jedoch selbstverständlich das Vorwalten des
lyrischen Elements. Die Tanzlieder finden ihre Erklärung
in den altherkömmlichen Sitten des toscanischen Volkes, und
Lorenzo de' Medici folgte nur Vorbildern wie schon das
Dante'sche Zeitalter sie darbot, Vorbilder verschiedenen Charakters, in allen Abstufungen vom Ernsten und Sententiösen
zum Populär-Komischen. Die Musikbegleitung, wobei alte
volksthümliche Weisen mit neuen Compositionen abwechseln,
übt begreiflicherweise Einfluß auf die Form dieser Lieder,
aber der Dichter handhabt die Form mit großer Leichtigkeit
und weiß in Versmaß und Reim eine Mannchfaltigkeit zu
legen, die dem Wechsel der Stimmung glücklich entspricht
und der Eintönigkeit wehrt, welche Stoff und Zweck leicht
erzeugen könnten. Denn es handelt sich hier um Liebe und
Liebesgenuß, unter dem Ueberwiegen des Sinnlichen wie des
Scherzhaften, um die Herrschaft jenes Epikuräismus, der in
der vorzugsweise materiellen Befriedigung der Genußsucht die
Aufgabe des Lebens sieht, die auf Anderes verwendete Zeit
als verloren betrachtet und strengerem moralischen Urtheil ein
Schnippchen schlägt, um am Ende in ausgesprochenem Nihi-
lismus über Liebe und Genuß selber zu spotten. Der In-
begriff der hier gelehrten Lebensweisheit ist: Genieße so lange
es Zeit ist, und spute dich. Nicht auf's Thun kommt's an,
wohl aber darauf, daß es Solchen nicht zu Ohren komme, denen
daran liegt es zu verletzern. Misgunst und Kampf der Interessen erzeugen den Tadel, nicht die Dinge an sich. Weit
mehr noch als in den Tanzliedern liegt diese schlimme Moral
in den Carnevalsgesängen zu Tage, die gleich jenen für Chöre,
großentheils mit einander ablösenden Rollen bestimmt sind.

In den nachfolgenden Blättern, wo von Sitten und Lebensweise der Zeit die Rede ist, werden die Bacchanalien geschildert werden, die in Florenz nicht neu waren, durch Lorenzo de' Medici jedoch, nicht blos um der Sache und des Humors willen in einem Maße gesteigert wurden, daß sie auf seine Moral und sein Leben einen Wiederschein geworfen haben, greller vielleicht, als genauere Vergleichung der Umstände mit der Vergangenheit rechtfertigen dürfte. Man mag Fülle von Einbildungskraft, Fruchtbarkeit der Erfindung, Vielseitigkeit und Witz bewundern, zu rechter Freude an diesen heitern Compositionen würde man, wäre selbst die Licenz geringer, es nicht bringen können, wenn man der ihnen untergelegten Absicht auch nur bedingten Spielraum zugesteht. So die carnevalistischen Volksgesellschaften, deren Lorenzo sich bei seinen populären Festen bediente und für die er noch in den Tagen seiner höchsten Autorität, ja dann vielleicht vorzugsweise die Gesänge dichtete, welchen der geschickte Kapellmeister von San Giovanni, der Teutsche Heinrich Isaak gewöhnlich Arrigo Tedesco genannt, dreistimmige Melodien unterlegte, wie solche Gesänge selbst waren in Florenz und anderwärts herkömmlich. Schon vor jenem Ereigniß, das auf Leben und Sitten so großen und so nachtheiligen Einfluß geübt hat, vor der Pest des J. 1348, wurden öffentlich Lieder gesungen, deren Leichtfertigkeit ja nicht selten grobe Anstößigkeit seltsam mit den frommen Cantiken contrastirte, welche Abends vor den Madonnenbildern und anderen Tabernakeln erschollen. Das Decameron weist uns darauf hin, und modenesische Chroniken bieten uns den Anfang eines Trinkliedes, welches von der wahrscheinlich durch Söldnerbanden entstandenen Sprachverwirrung zeugt: Trincho gote Malasie — mi non biver oter vin. Die zum Singen bestimmten Poesien nehmen seit dem 14. Jahrhundert immer mehr an Menge zu [1]). Lorenzo de' Medici hat nur der Form nach vervollkommnet, dem Inhalt nach bereichert und schließlich zu Nebenzwecken verwendet, was er im Volksleben vorfand.

Einen noch schärfern Contrast als mit den Wanderungen auf den lichten Höhen der Speculation, mit den Ergüssen philosophischer Poesie und hochstrebender wie zarter Empfindungen, bilden diese leichtfertigen Producte mit den Dichtungen religiösen Inhalts, für welche Lorenzo in der eignen Familie Vorbilder fand. Das Mysterienspiel Rappresentazione dei SS. Giovanni e Paolo, gemäß dem vom Engel der Verkündigung gesprochenen Prolog für die Genossenschaft von San Giovanni verfaßt, soll bei den Festen aufgeführt worden sein, welche die Hochzeit Maddalena's de' Medici feierten. Gewiß ist, daß bei der im J. 1489 durch gedachte Compagnie veranstalteten Darstellung Giuliano, Lorenzo's damals erst zehnjähriger Sohn, vielleicht auch Piero unter den Jünglingen und Knaben edler Häuser als Mitspielende auftraten. Die Legende von Constantins des Großen Tochter Constantia, welche am Grabe der h. Agnes an der Nomentanischen Straße vom Aussatz geheilt worden sein soll, und die von den Märtyrern Johannes und Paulus, welche in Rom auf dem Cälius den Tod erlitten, sind hier mit der Geschichte der Reichstheilung unter Constantins Söhne, von der Herrschaft Julians des Abtrünnigen und seinem Tode auf dem Partherzuge zu einem Ganzen verschmolzen, dessen seltsames Durcheinander und Sprünge nicht hindern, daß es an poetischen Schönheiten und moralischen wie politischen Lehren reich ist. Gleich andern frühern und gleichzeitigen Stücken dieser Art ist auch

---

1) Tommaso Lancillotto's Chronik, in den Cronache inedite Modenesi S. 8, 9. Poesie musicali dei secoli XIV. XV. XVI. tratte da varj codici per cura di Ant. Cappelli. Bologna 1869. Vgl. Decameron die Schlußnovelle des fünften Tages.

ieses mehr lyrisch als dramatisch, namentlich ist es ohne
ramatischen Zusammenhang. Aber wenn das dramatische
Element äußerst schwach ist, so zeugt die historische Cha=
rakteristik der einen der beiden Hauptpersonen, des Kaisers
Julian, von einer Treue der Auffassung, wie sie in Bezug
auf diesen Herrscher zu jener Zeit schwerlich oft vorkommen
mochte. Seit das Abbild der Victoria, so spricht der Im=
perator, aus der Curie entfernt wurde, hat der Sieg aufgehört,
den römischen Waffen zu lächeln, die einst die Welt unter=
warfen. Nur durch Rückkehr zu den alten Göttern können
wir den Sieg wieder an unsere Fahnen fesseln. Aber nicht
hiedurch allein, oder indem den Christen Hab' und Gut ge=
nommen wird, deren Besitz die eigene Glaubenslehre ihnen
untersagen sollte, ist der Zweck zu erreichen. Des Reiches
Haupt muß wieder über die alte Ehrfurcht gebieten, und dies
kann nicht geschehen, wenn der Herrscher Andern die Regie=
rungssorgen überläßt, um Schätze zu häufen und an Ver=
gnügungen zu denken. Ist er reich, so ist der Reichthum ihm
nur verliehen, um ihn mit seinem Volke zu theilen, und Noth
zu lindern, wo immer er sie findet. Herrschaft und Eigenthum
sind nicht sein sondern der Gesammtheit; er ist der Verwalter,
der die Genugthuung und den Ruhm hat, Andern von dem
mitzutheilen, was das Geschick in seine Hand gab.

Julian der kräftige Mann ist sich des Umfangs und der
Schwierigkeit seiner Aufgabe bewußt; Constantin aber, der
Alternde, ist Repräsentant der melancholischen Stimmung die
sich dessen bemeistert, welcher empfindet daß die Last der
Herrschaft zu drückend geworden ist für seine Schultern. Wer
weiß ob der Dichter nicht aus der Tiefe des eignen Herzens
schöpft, wo er seinem Helden die Schilderung der Mühen
und Gefahren des Herrschens in den Mund legt, das Leib
und Geist verzehrt, während Andere darin die Summe der

Seligkeit sehn, ohne zu bedenken daß sie schlummern können
während der Eine wacht, der die Wage in der Hand hält,
auf den Aller Blicke gerichtet sind, der nicht für sich sondern
für die Andern leben, Knecht der Knechte sein soll —

> „Wie oft ist Jener, der mich glücklich nennt,
> Der Glückliche, der sich wie mich nicht kennt."

Seltsame Gegensätze von Höhe und Tiefe in diesem
Manne, Gegensätze im Leben, wie in der Dichtung. Gleich
seiner Mutter hat er sich in geistlichen Liedern versucht, und
seine Lauden bieten eine Fülle des Inhalts und Individualität,
die andern Compositionen dieser Art abgehn, welche die
seinigen vielleicht an frischer Naivität besiegen. Neben Ge=
sängen, in denen die Lehren des Platonismus dem Kirchen=
glauben eine besondere Färbung geben, finden wir andere die
sich den Ton der älteren Marienlieder mit Glück angeeignet
haben. Wenn diese Lauden nicht den sehnsuchtvollen Schwung
jener Benivieni's besitzen, so kann man sich doch sehr gut
denken, daß sie mit diesen letztern abwechselnd gesungen wur=
den, als die Opposition gegen den durch ihren Verfasser ge=
förderten weltlichen Geist den Sieg errang. Auch dies gehört
zu den Contrasten, an denen die Geschichte Lorenzo's de' Me=
dici reich ist. Die Lauden lassen uns in sein Inneres einen
tiefen Blick werfen. In ihnen ertönt gewissermaßen der Angst=
schrei der Seele, die statt in Glanz und Größe, in Reichthum
und Genüssen der Welt Befriedigung zu finden, Ermüdung
empfindet, von der Leere abgestoßen wird und sich weiter und
weiter von dem höchsten Gut entfernt fühlt, dessen Liebe sie
einst entzündete, um sie dann erkalten zu lassen inmitten
irdischer Neigungen und Sorgen:

> „Du suchst nach Leben, wo kein Leben weilt,
> Du forderst Glück, wo Tod allein uns heilt."

II.

Marsilio Ficino und Cristoforo Landino.

Eine vollständige Anschauung Lorenzo's de' Medici, so seines eignen Wesens wie seines Zusammenhangs mit den wissenschaftlichen Bestrebungen seiner Zeit und seines Einflusses auf dieselben zu gewinnen, ist es nöthig den Kreis zu betrachten, in den er sich schon in der Jugend gestellt fand, und welcher, vielfach modificirt im Lauf der Jahre, im wesentlichen dennoch denselben Charakter bewahrte. Auch den Personen nach, gilt es hier zunächst an die Zeiten Cosimo's anzuknüpfen. Die Ersten die uns entgegentreten, sind Marsilio Ficino und Cristoforo Landino. Beide verdanken dem Mediceischen Hause ihr Emporkommen, Beide haben zum Glanz dieses Hauses beigetragen.

Das Bestreben, den platonischen Cult mit dem Christenthum zu vereinigen, jenen in diesem aufgehn zu lassen, hat mindestens Ficino's letzte fünfundzwanzig Jahre erfüllt. Als er, zu Ende 1473 vierzigjährig in den geistlichen Stand getreten, Aufgabe und Verpflichtungen desselben ernstlich ermaß und zu dem Schlusse kam, daß auf Erden nichts höher als ein guter, nichts verächtlicher als ein unwürdiger Priester sei, jener das Heil dieser die Pest von Religion und Gesellschaft, ging er auch über die Richtung seiner philosophischen Studien mit sich zu Rathe. Das Beispiel des h. Augustinus, der, nachdem er Christ geworden, sich den Platonikern der christlichen Aera zugewandt, wurde für ihn um so entscheidender, da es die Richtung seines ganzen bisherigen Lebens bestätigte. Als er inne ward, wie diese das christliche Dogma wegen der in demselben gefundenen Analogien mit ihren Doctrinen anerkannt, dankte er Gott und fühlte sich in seinem christlichen Glauben bestärkt, obgleich er nicht ohne Ahnung der Divergenz geblieben ist, die in der im Mittelalter vollzogenen Entwicklung der christlichen Lehre in Bezug auf die Anschauungen von dem platonischen System, wie die frühen christlichen Jahrhunderte es kannten und begriffen, und dem aristotelischen, auf welches die den Kirchenglauben mit der forschenden Vernunft zu vereinigen strebende Scholastik fußt, Wurzel geschlagen hatte. Ueberhaupt war er von der Grundanschauung ausgegangen, daß Religion und Philosophie Schwestern sind. Da die wahre Philosophie, sagt er, liebevolles Studium der Wahrheit und Weisheit, Gott allein Wahrheit und Weisheit ist, so ist die wahre Philosophie nichts als die ächte Religion, die ächte Religion nichts als die wahre Philosophie. Religion ist dem Menschen angeboren; jede hat ihr Gutes, sofern sie sich zu Gott hinwendet, aber nur die christliche ist die wahre, beseelt durch die ihrem Stifter inwohnende göttliche Kraft. Für sich selber, äußerte er, bedürfe er nichts als die Lehre Christi. Er wolle lieber göttlich glauben als menschlich wissen, denn der göttliche Glaube sei sicherer als die menschliche Wissenschaft, und was aus ihm hervorgehe, finde in der wahren Wissenschaft Bestätigung. Es gebe jedoch Geister, denen die Autorität des göttlichen Gesetzes nicht genüge, und welche der Vernunft-Argumente bedürfen. Die göttliche Vorsehung habe es gefügt, daß die platonische Lehre in vielen Dingen mit dem Christenthum übereinstimme, um solche Geister letzterem zuzuführen,

wie denn schon Augustinus gesagt habe, mit Ausnahme weniger
Dinge seien die Platoniker Christen. Wie Platon immer die
Religion mit der Philosophie verbinde, und philosophirend
uns nicht blos, wie Aristoteles, Grund und Ordnung der
natürlichen Dinge enthülle, sondern uns unsere Pflicht gegen
Den lehre, der Alles nach Zahl, Maß und Gewicht einrichte,
so habe er selbst keinen andern Zweck, als diesen innigen
Zusammenhang klarzumachen, soweit seine schwache Kraft
ihm erlaube.

Wer in Ficino's Schriften die zahlreichen Aeußerungen
über das Christenthum, Dogma und Moral, zusammenstellt,
kann ihm, mögen seine Anschauungen bisweilen auffallend erscheinen, doch nicht den Vorwurf machen, daß er sich ein
Christenthum nach seiner Weise construirt habe. Wenn er
zwischen Mose und Platon solche Uebereinstimmung fand, daß
er in diesem nur einen in attischer Sprache schreibenden Mose
sah, und wenn er Sokrates' Leben mit dem Leben Jesu ver-
glich, so erkannte er doch in der sokratischen Lehre nur die
Bestätigung der christlichen, und verwahrte sich dagegen, daß
er in dem griechischen Philosophen gleichsam einen Doppel-
gänger des Heilands erblicke und aus platonischen Schriften
christliche Mysterien deuten wolle. Die Wege der Denker
dieser Zeit, die sich zwischen das mächtig ins Leben herein-
brechende heidnische Alterthum und das Christenthum gestellt
fanden, waren wunderbar, und man würde ihnen schweres
Unrecht thun, zöge man nicht diese die ganze Epoche beherrschende Stimmung in Betracht. Giovanni Pico von Mirandola glaubte in der Cabalah das Fundament des Glaubens
und die Erklärung der christlichen Mysterien zu finden, und
er wie Marsilio disputirten in vertrauten Abend-Unterhal-
tungen mit philosophisch gebildeten jüdischen Aerzten über die
Göttlichkeit der Prophezeiungen, sich vertiefend in alte wie

mittelalterliche hebräische Wissenschaft. In allmäliger Klärung seines mystisch-erregten und mit phantastischen Vorstellungen so des spätern Platonismus wie der darauf gegründeten mystisch-rationalistischen Geheimbündlerei erfüllten Geistes, gelangte aber Pico immer mehr zu gläubigem Christenthum, welchem aus der heiligen Schrift die himmlische lebendige thätige, mit wunderbarer Gewalt den Menschen zur göttlichen Liebe emporhebende Kraft entströmt. Marsilio Ficino's Mysticismus, durch seine starke Hinneigung zur Astrologie gesteigert, hat übrigens in mehr als einer seiner Schriften eine Farbe angenommen, welche seine Freunde nachdenklich machte. Im J. 1489 wurde er sogar bei P. Innocenz VIII. der Magie angeklagt, eine Anklage von welcher, nächst seiner eignen Apologie, Freunde wie Francesco Soderini und Ermolao Barbaro, und der in Rom verweilende Erzbischof Rinaldo Orsini ihn reinigten.

Wie in der Speculation, behält Marsilio Ficino auch in der practischen Anwendung seiner Grundidee und ihrer Folgerungen, diese Verbindung von Christenthum und Philosophie fortwährend im Auge. Wenn man bei ihm über phantastische Flüge erstaunt, welche weitab zu führen scheinen von der Bahn die er sich vorgezeichnet, so gewahrt man andrerseits eine verständige und klare Entwicklung die zu dem einen Ziel seiner ganzen Lehre hinführt, der Erreichung höchstmöglicher Glückseligkeit für den Einzelnen wie für die Gesammtheit, wozu Gott uns geschaffen. In der Uebereinstimmung des Geistes der Herrschaft mit dem göttlichen Gesetz, aus dem das geschriebene Gesetz entspringt, erkennt er das Wesentliche und für das gemeinsame Wohl Nothwendige. Was die Regierungsformen betrifft, urtheilt er, so sind mehre gut, werden sie recht angewandt. Die Aristokratie wenn ihre Grenzen nicht zu enge sind, die Demokratie wenn sie dem Gesetz Gehorsam

verschafft. Die Pöbelherrschaft ist ein Polyp, lauter Glieder
ohne Kopf, die Thrannis hat keinen Rechtsboden noch
legitime Grenzen. Die Königsgewalt wäre vorzuziehn, könnte
sie nach Platons Sinne bestehn, Macht mit Weisheit vereint.
Das wahre Endziel aller Regierungsformen und bürgerlichen
Verhältnisse, mit dem doppelten Wege der Betrachtung und
der Handlung, läßt sich aber weder durch Wenige noch durch
Viele sondern einzig durch Zusammenwirken der vereinten
Kräfte des Menschengeschlechts erreichen, durch Geltendmachung
und Handhabung desselben Gesetzes, durch einen allgemeinen
über alle Feindschaft, allen Ehrgeiz, allen Neid, erhabenen
weil von Allen anerkannten und geliebten Herrscher. Der
christliche Platoniker der den Anfang der neuen Zeit erlebte,
deren Morgenröthe die Schule, zu welcher er sich bekannte,
verkündet hatte, erreichte auf der Höhe seiner philosophisch
politischen Speculation genau denselben Standpunkt, welchen
mehr denn anderthalb Jahrhunderte vor ihm der größte
Dichter des Mittelalters inmitten des Kampfes der bürgerlichen Parteien eingenommen hatte. Bei so verschiedenen
Lebensstellungen und Erfahrungen, unter so verschiedenen
politisch bürgerlichen Verhältnissen der engern Heimat wie
eines ansehnlichen Theiles von Italien eine nicht bedeutungs-
lose Erscheinung, die zugleich das Interesse erklärt, welches
Marsilio Ficino dem so verschiedenartig beurteilten Buche gewidmet hat, worin Dante Alighieri seine Theorie von der
Monarchie entwickelt, ein damals wahrscheinlich ziemlich ver-
gessenes, von den Gelehrten wegen seiner Schreibart mißachte-
tes, der Gesammtheit verschlossenes Buch, das von dem Platoniker der Mediceischen Zeit den Mitlebenden durch eine
Uebertragung zugänglich gemacht wurde.

Marsilio Ficino, welcher sich, abgesehen von der Philosophie, mit Theologie, Medicin, Musik beschäftigte und zu

sagen pflegte, sie gehörten zusammen wie in der Natur Seele,
Geist und Körper, verfaßte zahlreiche Werke. Sein Buch
über die christliche Lehre, nach seinem Eintritt in den Priester-
stand begonnen, scheint zu Anfang 1475 vollendet worden zu
sein, und erschien im folgenden Jahre mit der Erklärung,
der Verfasser unterwerfe sich in Allem dem Urtheil der Kirche.
Er überreichte es Lorenzo de' Medici. Etwas über zwei
Jahre später scheint er die Uebersetzung von Platons Werken
nach den von Cosimo und von Amerigo Benci ihm geschenkten
Handschriften beendet zu haben. Er stellte sie dem Demetrios
Chalkondylas, Giorgio Antonio Vespucci und Giovan Batista
Buoninsegni zur Durchsicht zu, nachdem er in manchen Fällen
den Rath Angelo Poliziano's, Landino's und Bartolommeo
Scala's eingeholt. Filippo Valori trug die Kosten des Drucks,
der zu Ende 1482 vollendet worden zu sein scheint — ein
Beweis wie angesehene florentinische Familien den Mäcenat
ausübten. Währenddessen hatte der fleißige Mann sein großes
Werk, die platonische Lehre von der Unsterblichkeit (Theologia
platonica de immortalitate animarum) zu Ende geführt, und
dasselbe erschien um dieselbe Zeit mit der Uebertragung der
Schriften auf welche es sich stützte. Die Laurentianische
Bibliothek bewahrt die Lorenzo de' Medici überreichte Per-
gamenthandschrift. Es enthält Altes und Neues, Eigenthümliches und Nachgedachtes zu einem Ganzen verschmolzen,
gewissermaßen das philosophische System seines Autors, die
Vertheidigung der unsichtbaren übernatürlichen Welt gegen
Materialismus und Pantheismus, die damals neben der
platonischen Schule viele Jünger zählten und zu zählen fort-
fuhren. Der wissenschaftliche Werth dieser Arbeit, in welcher
das Ursprüngliche und das Gefolgerte, Platons Lehre und die
Lehren seiner verschiedenartigen Schüler alter wie neuer Zeit
nicht hinlänglich voneinander zu unterscheiden sind, mag

ebenſo auf ſich beruhen wie die Geltung von Lorenzo's Aus=
ſpruch: die Materialiſten, für die es kein künftiges Leben
gebe, ſeien nun auch in dieſem Leben todt. Doch iſt dieſem
Hauptwerke Ficino's ebenſowenig culturgeſchichtliche Bedeu=
tung abzuſprechen, wie deſſen wohlthätiger Einfluß auf die
Zeit in Abrede geſtellt werden darf.

Eine Reihe kleiner Schriften über einzelne philoſophiſche
Fragen und hiehergehörige Ueberſetzungen wie ein Leben
Platons ſchloſſen ſich an. Coſimo de' Medici hatte gewünſcht,
die Werke des Plotinus von Ficino überſetzt zu ſehn, ein
Unternehmen, dem dieſer erſt lange nach deſſen Tode ſich
widmete, und wozu er namentlich durch Pico von Miran=
dola ermuntert ward. Seinen eignen Worten zufolge er=
kannte er in dieſer neuen Aufgabe eine Fügung der Vor=
ſehung. Wie die lateiniſchen Nationen Platon, den Sammler
der Tradition der religiöſen Philoſophie kennen gelernt, ſollten
ſie auch Plotin kennen lernen, der zuerſt die Theologie der
Alten aus dem Dunkel gezogen und deren Myſterien erforſcht
habe. Im J. 1486 war auch dieſe Arbeit vollendet, der
ausführliche Commentar im Sommer 1491. Lorenzo de'
Medici hatte die Beſtreitung der Druckkoſten übernommen,
und ein gleiches für eine neue Ausgabe von Platons Werken
zugeſagt, da die erſte den Anforderungen wenig entſprach.
Doch erſt im Monat nach des großmüthigen Gönners Tode
war der Druck zu Ende geführt — „magnifico sumptu Laurentii patriae servatoris". Die Uebertragung der myſtiſchen
Theologie des angeblichen Dionyſius des Areopagiten folgte
nach. Lorenzo Valla, in der Schärfe der Kritik und der Er=
kenntniß des Alterthums den Meiſten ſeiner Zeit überlegen,
und mit ihm Andere hatten ſchon Zweifel an der Aechtheit
erhoben, aber dieſe Schrift eines vielleicht dem vierten chriſt=
lichen Jahrhundert angehörenden Platonikers paßte zu gut

in Marsilio's System, um von ihm nicht als gültiges Zeugniß acceptirt zu werden. Auch ein Beispiel, wie, gleich der
alexandrinischen Schule, diese späten Nachfolger sich ohne
Wissen und Wollen immer weiter von ihren Urbildern entfernten, mit dem Unterschiede daß der alte Neoplatonismus
in den schroffen Gegensatz zum Christenthum auslief, während
der neue den Anschluß an dasselbe sich zum Ziele vorsetzte.
Ein Originalwerk war die im J. 1490 vollendete philosophische Makrobiotik, Lorenzo de' Medici und dem Könige
Mathias Corvinus gewidmet. Von größerm Belange als
manches Andere ist Marsilio's Briefsammlung, welche die
beiden Decennien von 1474 bis 1494 umfaßt, wol das
einzige seiner literarischen Erzeugnisse, das für unsere Zeit
noch wirklichen Werth bewahrt, weil seine Anschauungen und
Absichten sich in diesen Briefen ursprünglicher und lebendiger
als anderswo spiegeln, während wir hier über sein Leben,
seine Beschäftigungen, Beziehungen, Freunde manches vernehmen. Die zwölf Bücher der Sammlung die er nach dem
Beispiel mancher Zeitgenossen selber ordnete, weil apokryphe
Schreiben in Umlauf waren, sind hochstehenden oder dem Verfasser befreundeten Männern gewidmet, Giuliano de' Medici,
Federigo von Montefeltro, Mathias Corvinus, Bernardo
Bembo, Filippo und Niccolò Valori u. A.

　　Die außerordentliche literarische Thätigkeit, umso staunens-
werther bei einem Manne von schwächlicher Gesundheit, hinderte Marsilio nicht, einestheils seine priesterlichen Pflichten
gewissenhaft zu erfüllen, andererseits sich dem Lehrfach mit
gleichem Eifer und Erfolge zu widmen. Er predigte oft,
nicht nur in seiner Pfarrkirche zu Novoli, sondern in Florenz
in der Kirche der Angeli und im Dome. Seine persönlichen
Beziehungen, von denen die erwähnte Briefsammlung Zeugniß
ablegt, waren äußerst zahlreich. Paol' Antonio Soderini,

Giovanni Cavalcanti, Carlo Marsuppini der Jüngere, Piero und Giovanni Guicciardini, Bernardo Canigiani, Bernardo Dovizi von Bibiena der nachmalige Cardinal, Cosimo de' Pazzi Lorenzo's Neffe, Bernardo Rucellai, Pier Filippo Pandolfini, Francesco Saffetti, Ugolino Verini u. v. a. waren seine Schüler und blieben ihm anhänglich, während, von Leon Batista Alberti und Cristoforo Landino an, Alles was Florenz, und mit Florenz Italien an gelehrten Männern zählte, mit ihm in Verbindung stand. Piero Soderini den nachmaligen lebenslänglichen Gonsaloniere, Piero del Nero und Piero Guicciardini nannte er in einem ernsten Moment seines Lebens seine drei Brüder in Erforschung der Wahrheit, und des Letztern Sohn, den berühmten Staatsmann und Historiker, hielt er am 6. März 1482 über die Taufe. Wie Italien, sandte das Ausland seine Söhne nach Florenz seine Vorträge zu hören, und mehr denn einer dieser Ausländer ist in dankbar befreundetem Verhältnisse zu ihm geblieben. Unter andern hat er mehre Teutsche kennen gelernt, wie Johannes Reuchlin und Ludwig Wergenhans (Nauclerus) Propst zu Stuttgart, welche nebst Gabriel Biel, Lehrer der scholastischen Philosophie zu Tübingen, und dem gelehrten Theologen Peter Jacobi von Arlon im Luxemburgischen den Grafen Eberhard von Württemberg begleiteten, als dieser im Frühling 1482 die Romfahrt unternahm, von der noch die Rede sein wird. In genaueste persönliche Beziehung trat Marsilio zu Martin Preninger Kanzler des Bisthums Constanz und nachmals Lehrer des Kirchenrechts in Tübingen. Dieser war zweimal in Italien, im J. 1492 im Auftrage Eberhards, und sein Briefwechsel mit Marsilio ist ein Zeugniß von Freundschaft und Uebereinstimmung in Ansichten und Meinungen wie sie nicht häufig vorkommt. Marsilio sagte, er besitze zwei Freunde, den einen in Teutschland,

den andern in Italien, die ihm das Bündniß zwiſchen Philoſophie und Rechtswiſſenſchaft repräſentirten, Martinus Uranius
(Preningers Gelehrtenname) und Giovan Vettorio Soderini.
Für den ſchwäbiſchen Freund ließ er griechiſche Handſchriften
copiren, und gab ihm ſtets Nachricht von dem was auf
wiſſenſchaftlichem Felde vorging wie von den eignen Arbeiten
und Erlebniſſen. Auch Georg Herwart von Augsburg, der
ihn in Florenz kennen gelernt, gehörte zu ſeinen teutſchen
Correſpondenten, deren Zahl bedeutend war, und ihm wurden
Reuchlins jüngerer Bruder Dionys und Johann Strehler
von Ulm empfohlen, die vom Grafen von Württemberg zum
Studium nach Italien geſandt ſich der Aufmerkſamkeit
Lorenzo's de' Medici erfreuten und im Hauſe Giorgio Antonio Veſpucci's Aufnahme fanden. Mit Mathias Corvinus
zu beginnen, der ſich vergebens bemühte ihn wie Argyropulos
nach Oſen zu ziehen waren zahlreiche weltliche wie geiſtliche
Fürſten in ſtetem Briefwechſel mit ihm, frugen ihn in philo-
ſophiſch theologiſchen Dingen um Rath, ließen ihm Arbeiten
vorlegen.

Inmitten aller nicht geſuchten Ehren- und Vertrauens-
bezeugungen blieb Marſilio Ficino einfach, anſpruchslos, mit
Wenigem zufrieden. Seine ſchwache Geſundheit nöthigte ihn
zu ruhigem Leben, und erklärt die melancholiſche Stimmung
die ihn in der Einſamkeit oft beſchlich. In Geſellſchaft aber,
die er liebte, wenn ſie im ungezwungenen Umgange ſeinem
Geiſte Nahrung bot, war er heiter und mittheilend, während
ſein muſikaliſches Talent inmitten ernſteſter Studien Erholung und Wechſel bringend, die Unterhaltung würzte.
Mit ſeinem durch ihn vervollkommneten Plectrum ähnelte er
einem Dichter-Weiſen des mythiſchen Zeitalters. Bei den
platoniſchen Gaſtmalen fehlte er ſelten, wie er ſchon bei
Lorenzo's Großvater, wenn dieſer gelehrte Männer zu ſich

lud, gewohnter Gast gewesen war. Das Landleben liebte
er vor allem. Auf dem kleinen Gute Montevecchio brachte
er einen großen Theil seiner Zeit zu, in späteren Jahren in
häufigem Verkehr mit Pico von Mirandola und Polizian,
wenn sie, jener in Querceto dieser in Fiesole in seiner Nähe
weilten, am häufigsten im Umgang mit Lorenzo, wenn dieser
Careggi bewohnte. Die Villen der Valori, Canigiani, Caval=
canti u. A. nahmen ihn als willkommenen Gast auf. Zu
Montevecchio veranstaltete er alljährlich ein eigenthümliches
Fest. Am Tage der h. Cosmas und Damian versammelte
er die alten Colonen seines ersten und größten Gönners und
vergnügte sie mit Musik und Gesang. Der Umgang mit
Solchen, deren Stellung im Leben, ererbt oder selbstgewonnen,
eine höhere war, that seinem Freimuth keinen Abbruch. An
Lorenzo de' Medici, dessen Hang zu Vergnügungen in jüngern,
vielleicht auch in spätern Jahren ihm übermäßig erschien und
Besorgniß einflößte, schrieb er einmal: „Beim ewigen Gott
beschwöre ich dich, mein theuerster Herr, jeden kostbaren
Moment dieser zu kurz gemessenen Zeit zurathezuhalten, auf
daß nicht vergebliche Reue über dich komme wegen Vergeu=
dung und unersetzlichen Schadens. In meiner Gegenwart
erpreßte der Zeitverlust dem großen Cosimo tiefe Seufzer,
als er siebzig zählte. Die Beschäftigung mit Kleinigkeiten
wie leerer Zeitvertreib rauben dich dir selber. Sie machen
zum Sklaven dich, den zum Herrscher Geborenen. Befreie
dich aus dieser elenden Knechtschaft so lange du es vermagst:
nur heute vermagst du's, denn nur heute ist dein. Morgen
ist's zu spät." Als der junge Raffael Riario zum Cardinal
erhoben ward, richtete er an ihn Mahnungen und Rath,
denen ähnlich welche in gleichem Falle vierzehn Jahre später
Lorenzo seinem nach Rom ziehenden Sohne mitgab. Er hielt
ihm vor, so hohen Rang verdanke er nicht eignem Verdienst,

umsomehr müsse er darauf bedacht sein, durch seinen Lebenswandel den ihm zutheilgewordenen Vorzug zu rechtfertigen.
Seine denkwürdige Vorstellung an P. Sixtus IV. während
des Krieges von 1478 [1]) zeigt, wie er die Ehrfurcht vor dem
Oberhaupt der Kirche, welche der Bischof von Arezzo, so viel
höher gestellt als er, und Francesco Filelfo außer Augen
setzten, mit der Offenheit des wahrheitliebenden Mannes zu
verbinden verstand, dessen Seele mit Trauer erfüllt ist über
die Uebel welche die Heerde treffen, nicht minder aber über
den Flecken, der in einer in unheilvolle Verwicklung gerathenen Angelegenheit an dem Rufe eines wegen seiner Weisheit
und Güte verehrten obersten Hirten haften bleiben muß.

Ein wahrer Philosoph, hat Marsilio Ficino nie nach
äußerm Glanz gestrebt. Sein Einkommen war das aller-
bescheidenste. Neben seinem kleinen Pachthof erhielt er durch
Lorenzo zwei Pfarrbeneficien, deren Einkommen gering war,
da er sie durch Vicare verwalten lassen mußte, die aber seinen
bescheidenen Ansprüchen genügt haben würden, hätte ihn nicht
in späteren Jahren ein Schwarm bedürftiger Verwandten um-
lagert. Ohne Unterstützung reicher Freunde wäre die Herausgabe seiner Werke unmöglich gewesen. Inmitten aller Rast-
losigkeit und Unzufriedenheit der Gelehrten seiner Zeit, die
nach Ehren und Glücksgütern athemlos rannten, und des
Heißhungers nach kirchlichen Beneficien, auch bei Solchen die
nicht, gleich ihm, Priester waren, ist Marsilio Ficino mit
seiner Selbstgenügsamkeit und seinem nur der Wissenschaft
geweihten Leben ein schönes Beispiel der practischen Anwendung und Verwirklichung der philosophischen Lehren, die bei
so Vielen nur geistiger Luxus oder Broderwerb waren. Auch
deshalb bewahrt seine Persönlichkeit wie sein Wirken Bedeutung,

---

[1] Oratio christiani gregis ad pastorem Xistum. Epist. l. VI. 1.
Vgl. oben Bd. I. S. 440.

mag immer der eigentliche Werth seiner Schriften wie der
ganzen durch ihn vertretenen Richtung nur noch ein cultur-
historischer sein. Lorenzo's be' Medici Zuneigung zu diesem
Manne ist sich stets gleich geblieben bis zu seinen letzten
Stunden. In seinen Dichtungen spricht sie sich gleich lebendig aus wie in seinen Briefen. „Schreibet mir, so heißt es
in einem um das J. 1473 von Pisa aus an ihn gerichteten
Briefe [1]), was immer euch in den Sinn kommt. Denn von
euch geht nie etwas aus was nicht gut, nie denket ihr was
nicht würdig ist, sodaß ihr mir nie etwas schreiben könnt,
was mir nicht nützlich oder angenehm wäre. Was mich nach
euren Briefen Sehnsucht empfinden läßt, ist der Umstand
daß ihr in denselben die Zierlichkeit der Rede mit dem innern
Gehalt vereinigt, sodaß sie in beiden Beziehungen nichts zu
wünschen übrig lassen." Und in dem oben erwähnten philosophischen Gedicht, über die Unabhängigkeit des Lebensglücks
von der äußern Stellung, schildert er Marsilio's Erscheinen
folgendermaßen, mit einem Anfluge jener warmen Empfindung
welche den Dichter der Göttlichen Comödie beim Zusammentreffen mit seinem Lehrer Brunetto, beim Anblick des „lieb
und guten väterlichen Bildes" beseelte:

„Marsilio ist's vom Montevecchio, den
Der Himmel hat erfüllt mit seiner Gnade,
So daß der Welt er dient zum hellen Spiegel.
Er ist's, der treue Zögling heil'ger Musen,
Der Weisheit stets und Schönheit hat verbunden,
Und nie getrennt die eine von der andern,
Bei uns und Allen würdig höchster Ehren" [2]).

---

1) Lettere di Marsilio Ficino, Bd. I. S. 66 ff.
2) Inschrift des Monuments in Sta Maria del Fiore:
En hospes hic est Marsilius sophiae pater
Platonicum qui dogma culpa temporum
Situ obrutum illustrans et atticum decus

Cristoforo Landino steht Marsilio Ficino an wissenschaftlicher Bedeutung weit nach. Aber er hat so als Lehrer
wie in dem gelehrten Kreise des Mediceischen Hauses eine
Stellung gehabt wie Wenige, während er durch eine seiner
literarischen Arbeiten einen Weg gebahnt hat, welchen hunderte
nach ihm betraten ohne seiner Leistung ihren relativen Werth
zu nehmen. Sein Leben ist nicht, wie das seines Zeitgenossen
und Freundes, blos der Literatur gewidmet gewesen. Als
Kanzler des Magistrats der Guelfischen Partei und einer der
Geheimschreiber der Republik ist er bis zu späten Jahren in
die öffentlichen Geschäfte hineingezogen worden [1]. P. Eugen IV.
lebte noch, als er längere Zeit in Rom verweilte, dessen Alter-
thümer er studirte, dessen Verkommenheit ihm wie andern
Florentinern seiner Zeit einen trüben Eindruck machte. Wenn
er aber gleich Andern beklagt, daß die Travertine des Amphi-
theaters zerschlagen und zu Kalk verbrannt werden, die antiken Sculpturen verstümmelt umherliegen, so ist es doch
seltsame Uebertreibung wenn er sagt [2]):

„Magst du die mächtige Stadt durchwandern in ernster Betrachtung,
    Nach Monumenten umher forschet vergebens der Blick."

Im Januar 1458 trat er das Lehramt der Eloquenz
und Poetik an der Hochschule an, und in dieser Stellung hat
er einen stets sich verjüngenden Kreis von Jünglingen und

Servans Latio dedit fores primus sacras
Divino aperiens mentis actus numine
Vixit beatus ante Cosmi munere
Laurique Medici nunc revixit publico
S. P. Q. F.
anno MXDXI.

[1] Ein merkwürdiger Brief an Lorenzo vom J. 1475, worin er von
den darbenden Musen redet, bei Bandini Collectio veterum monimentorum S. 1.

[2] In der Dichtung Xandra, Buch II. Vgl. Bandini Specimen
litt. Bd. I. S. 124.

Männern um sich gesammelt und einen Einfluß geübt wie
von Gleichzeitigen nur Ficino.   Im J. 1460 begann er über
Petrarca's italienische Dichtungen zu lesen, indem er sich an=
gelegen sein ließ, der immer noch in den gelehrten Kreisen
während der Mißachtung der Vulgarsprache zu steuern.   Ver=
dient er in dieser Beziehung alles Lob, so zeigen doch seine Be=
merkungen über Gleichzeitige, über Bruni, Alberti, Palmieri,
wie er selbst noch in der Ansicht von der philologischen Behand=
lung der Sprache befangen war.   Seine Arbeiten auf dem
Felde classischer Philologie fallen kaum schwer ins Gewicht.
Er erläuterte den Horaz, welchen er Guidubaldo von Monte=
feltro, den Virgil welchen er dem jungen Piero de' Medici
widmete, und übersetzte die Naturgeschichte des Plinius.
Selbst Uebertragungen moderner italienischer Werke unter=
nahm er, wie die von Giovanni Simonetta's Geschichte
Francesco Sforza's, die im J. 1490 in Mailand erschien,
und verfaßte einen Briefsteller nebst einem Formular zu
Reden, welcher zwei Jahre später mit einer Widmung an
Herzog Ercole von Este gedruckt ward.   Der wirkliche Schwer=
punkt seiner Thätigkeit wie seiner Bedeutung liegt jedoch
anderswo.   Er liegt in seiner Stellung zum und in seiner
Betheiligung am Geistesleben, in dessen Mitte die Medici
standen, wie in der Führerschaft bei Wiederbelebung der
Dante=Studien.   In ersterer Beziehung kommen vorzugsweise
seine Disputationes Camaldulenses in Betracht, welche in
die Jugendgeschichte Lorenzo's de' Medici gehören.

Inmitten der Tannen= und Buchenwaldungen welche
auch heute noch die zur Apenninenkette hinaufsteigenden Hügel
des Casentino bedecken, liegt das Kloster das dem Orden Sanct
Romualds seinen Namen gab.   Während beinahe eines Jahr=
tausends haben zahllose Pilger und Wanderer in Camal=
doli's gastfreien Mauern geweilt, welche unsere Zeit der

Verödung preiszugeben droht. Die Medici standen längst in
engen Beziehungen zum Orden. Wir sahen wie Cosimo und
sein Bruder zu den fleißigen Besuchern des Klosters der
Angeli gehörten, und Madonna Contessina hatte hier, im
Mutterkloster des Casentino, dem Täufer eine Kapelle errichtet.
Diese Beziehungen währten noch lange fort, und Lorenzo's
Sohn Giovanni widmete hier in seiner Jugendzeit der Be=
trachtung und dem Gebet ruhige Tage, wie vor und nach ihm
Manche thaten, die auf dem Stuhl Petri saßen oder von
der Kirche zu ihren Heiligen gezählt werden, Gregor IX.,
Eugen IV., Paul III. wie Franciscus von Assisi und Carl
Borromäus. Vor mehr denn vier Jahrhunderten fand sich
hier eine erlesene Gesellschaft zusammen, bestehend aus ver=
schiedenen und einander doch verwandten Elementen. Lorenzo
und Giuliano de' Medici waren eingetroffen, Lärm und
Sonnenglut der Stadt mit der Einsamkeit köstlicher Waldes=
frische zu vertauschen. Piero und Donato Acciaiuoli, Ala=
manno Rinuccini dessen jugendliche Studien einst Poggio
Bracciolini geleitet und der unter den tüchtigsten Schülern
des Argyropulos gesessen hatte, Marco Parenti und Antonio
Canigiani begleiteten die Jünglinge. Cristoforo Landino und
dessen Bruder Piero waren von ihrem Heimatsorte im Thale
zu dem kühler gelegenen Kloster hinangestiegen, wo auch Leon
Batista Alberti und Ficino eintrafen. So waren mehre der
hervorragendsten Männer des Mediceischen Kreises um Lorenzo
und Giuliano versammelt, die ihrer Jugend ungeachtet schon
gewohnt waren, an ernsten Unterhaltungen theilzunehmen.
Mariotto Allegri der Abt bildete als Hausherr den Mittel=
punkt, aber Alberti war es, welcher mit seinem vielseitigen
Wissen und dessen leichter Beherrschung in der abendlichen
Unterhaltung den Ton angab.

Nachdem am folgenden Morgen die Gesellschaft in der
Klosterkirche der Messe beigewohnt, stiegen Alle den an=
muthigen Waldpfad hinan der bis zum Gipfel des Berg=
rückens führt, über die Siedeleien hinaus, wo kleine Woh=
nungen mit Gärtchen sich aneinander reihen; der Ort, wo
nach der Legende der Heilige den Traum hatte, der ihn die
schwarze Benedictinertracht in die weiße umzuwandeln be=
wog welche den Camaldulensern geblieben ist, wie Andrea
Sacchi's schönes Gemälde im Vatican es vergegenwärtigt.
Wir vernehmen nicht ob die Wanderer den nahen Gebirgs=
kamm, die Wasserscheide Italiens erreichten, wo der Blick
sich auf die Romagna hinabsenkt und auf weiter Linie das
Adriatische Meer umfaßt.   Der Erzähler läßt die Gesellschaft
auf der Höhe neben einem Quell unter dem Laubdach einer
mächtigen Buche lagern, des Baumes der, den Stürmen der
Bergregion trotzend, höher als die übrigen den Apennin
hinansteigt, welchem er hier mit prächtigen Weideplätzen
abwechselnd den Scheitel ziert. Hier war es wo Leon Batista,
wiederum das Gespräch leitend, den günstigen Einfluß zeitiger
Zurückgezogenheit wie der dem Nachdenken gewidmeten Muße
auf Geist und Gemüth so des Staatsmanns wie des Ge=
lehrten erläuterte und pries, indem er zeigte wie nur dann,
unmittelbarer Berührung durch das Einzelne enthoben, der Geist
die Fähigkeit gewinnt, das Ganze zu umfassen und frei zu
beherrschen. Indem der Redner sich nun zu den beiden
Jünglingen wendete, hob er hervor wie die sinkende Gesund=
heit ihres Vaters sie wahrscheinlich bald zur Leitung der
Staatsangelegenheiten berufen werde, ja wie deren Besorgung
ihnen theilweise jetzt schon anvertraut sei. Nach einer etwas
überschwänglichen Lobrede auf Lorenzo's Eigenschaften, auf
seinen Muth, seine Klugheit, seine Mäßigung, fuhr er dann
fort auseinanderzusetzen, wie, trotz solcher Eigenschaften und

der bisher an den Tag gelegten maßvollen Haltung, ruhige
Meditation oder in vertrautem Kreise gepflogene Unterredung
über die höchsten Fragen der Menschennatur dem Gemeinwesen nur zugutekommen könnten. Wenn dann aber der gelehrte und gewandte Mann den platonischen Grundsatz sich
aneignete, welchem zufolge völliges Enthalten von weltlichen
Bestrebungen unsere Natur am sichersten der Vollkommenheit
zuführt, so wurde es Lorenzo, der sich mit dieser Lehre schon
vertraut gemacht hatte, nicht schwer zu zeigen, daß deren Befolgung und practische Anwendung den Menschen nothwendig
in Collision mit seinen bürgerlichen Pflichten bringen muß,
während das thätige und das beschauliche Leben, die beiden
Phasen unseres Daseins, nicht vereinzelt, sondern vereint und
einander im Gleichmaß haltend, zur wahren Erfüllung der
Zwecke und Aufgaben des Daseins führen.

Die von Landino dem Jüngling gegen die absolute
Geltung der Doctrin von der Erlangung der Glückseligkeit
und Erfüllung der Lebensaufgabe mittelst der Contemplation
in den Mund gelegten Einwendungen, wider die von ihm,
Landino, angenommenen Lehrmeinungen gerichtet, sowie die
der Haltung Lorenzo's ertheilten Lobsprüche machen es klar,
daß wir hier in der dem Tode Piero's de' Medici kurz vorausgegangenen Zeit stehen, als die Pitti'schen Händel des
Sohnes Klugheit und Gewandtheit bereits offenbart hatten.
Mag der Besuch in Camaldoli in frühere Zeit fallen, die
Abfassung der, wie immer in solchen Fällen, die wirklichen
Gespräche erweiternden und ausschmückenden Disputationen
ist ohne Zweifel nicht vor dem J. 1470 erfolgt. Auch
bei den Unterhaltungen der drei folgenden Tage übernahm
Alberti die Leitung, indem er den Zusammenhang der Aeneis
mit der platonischen Philosophie erläuterte. Was hier über
den Charakter der Poesie Virgil's, über die in derselben

enthaltene und durch sie zum Gemeingut gewordene alte Weisheit, über des Dichters Kenntniß des Alterthums und Ehrfurcht vor demselben, über das Verhältniß des poetischen
Schmucks zum positiven Inhalt vorgebracht wird, ist wol
zumeist aus Landino's eignen virgilischen Studien hervorgegangen, wie man denn überhaupt den Verfasser des Buches
oft genug aus den Dialogen heraushört, die er von den Theilnehmern an den Unterhaltungen im Walde von Camaldoli
halten läßt. Der Autor widmete sein Werk Federigo von
Montefeltro. Wenn, wie es scheint, diese Widmung an
Urbino's nicht minder kriegstüchtigen als literarisch gebildeten
Fürsten dem J. 1472 angehört, so kommt das Buch in
einen gewissen Zusammenhang mit den traurigen Ereignissen
von Volterra, in denen Lorenzo de' Medici den Widerspruch
gegen die platonische Lebensweisheit nur zusehr durch sein
Handeln bekräftigte [1]).

Wenn heutzutage von Cristoforo Landino die Rede ist,
so ist es nur um seiner Dantestudien willen der Fall. Von
diesen geht die Bedeutung aus, die er für die Nachwelt bewahrt hat. Die Beschäftigung mit der Göttlichen Comödie

---

1) Das in der Laurentianischen Bibliothek befindliche Exemplar von
„Christophori Landini Florentini ad illustrem Fridericum principem
Urbinatem Disputationum Camaldulensium libri IV" ist von Pietro
Cennini dem Sohne Bernardo's, des ersten florentinischen Buchdruckers
geschrieben und zu Ende des Frühlings 1476 vollendet und mit dem Original collationirt worden. Vgl. Bandini a. a. O. Bd. II. S. 183 ff.
(Ebendas. S. 3 ff. über die Zusammenkunft und die anwesenden Personen.)
Der erste Druck soll, ebendas. S. 192, schon dem Jahre 1475 (?) angehören,
ein späterer Straßburg 1508. Eine italienische Uebersetzung lieferte Andrea Cambini, ein von Lorenzo de' Medici vielgebrauchter und dem Cardinal seinem Sohne beigegebener Literat, der auch mit den Este in Verbindung stand und in späterer Zeit sich Savonarola anschloß, bei dessen
Sturz sein Haus in Flammen aufging. (Vgl. Cappelli a. a. O.
S. 309. Villari Storia di Gir. Savonarola Bd. II. Doc. S. 388.)

hat in Florenz wie anderwärts die verschiedensten Phasen
erlebt. Auf Ansuchen verschiedener Bürger (s. oben Bd. I.
S. 97) erließ die Republik im J. 1373, zweiundfünfzig Jahre
nach Dante's Tode, den Beschluß, öffentliche Vorlesungen
über seine große Dichtung zu veranstalten [1]). Am Sonntag
den 3. October begann Giovanni Boccaccio in der Kirche
Sto Stefano die Vorträge, deren durch seinen. Tod bald
herbeigeführte Unterbrechung Franco Sacchetti beklagt. Messer
Antonio Pfarrer von Vado und Filippo Villani folgten ihm
nach. Eine Menge Commentare war beinahe unmittelbar
nach des Dichters Zeit, zumtheil von seinen eignen Angehörigen verfaßt worden. Das Gedicht war in zahlreichen
Abschriften verbreitet, unter denen die einst in der Kloster-
bibliothek von Sta Croce gegenwärtig in der Laurentiana
befindliche Filippo Villani zugeschrieben wurde. Die Copien
waren meist fehlerhaft. „Ich bemühe mich, schrieb zu Anfang
des fünfzehnten Jahrhunderts Coluccio Salutati an Niccolò
von Tobi [2]), ein correctes Exemplar des Werkes unseres göttlichen Dante zu erhalten. Glaube mir, wir haben nichts
Erhabeneres als diese drei Cantiken aufzuweisen, nichts
Schmuckreicheres, nichts sorgfältiger Ausgearbeitetes, nichts
was mehr eindränge in die Tiefen der Wissenschaft. Was
bei Andern vereinzelt vorkommt, hat dieser Eine im Zusammenhang bemeistert. Bei ihm glänzen die moralischen
Vorschriften, leuchten Naturwissenschaft und Theologie, während Rhetorik und Sprache mit solcher Meisterschaft gehandhabt sind, daß es schwer wäre, selbst bei den Höchststehenden
gleiche Schönheit zu finden. Bei ihm stralen Gesetze, Sitten,
Sprachen, Geschichte aller Völker gleich Sternen am Firmament

---

1) Manni Istoria del Decamerone. Th. I. Kap. 29.
2) Mehus Traversari S. 178.

in solcher Majestät, daß keiner ihn in dieser Gattung
zu erreichen geschweige zu übertreffen vermocht hat. Wozu
alles dies? Damit meine Begierde, einen correcten Text zu
finden, dich weniger Wunder nehme."

Diese Begeisterung für Dante, eine Begeisterung welche
jedoch, man kann sich diesem Eindruck nicht entziehen, weniger
dem Dichter galt als dem Manne der wie kein Anderer das
Wissen seiner Zeit bemeisterte, wurde indeß keineswegs von
allen Gelehrten des fünfzehnten Jahrhunderts getheilt, dessen
Schwelle Coluccio kaum überschritt. Niccolò Niccoli hat sich
durch seine Ausfälle auf seinen großen Landsmann eine Blöße
gegeben die er durch späteres Lob desselben nicht wieder verdeckt hat, wobei indeß nicht außer Acht zu lassen ist, daß wir
Niccoli's Worte, welche Dante's Buch eine Lectüre für
Schuster und Bäcker nennen, nur in einer Schrift Leonardo
Bruni's finden, der ebenso reizbar war wie Niccoli selber.
Des Letztern Grimm scheint namentlich durch das unclassische
Latein in Dante's Briefen geweckt worden zu sein, aber seine
Vorwürfe, dieser habe von classischer Literatur nichts gewußt
und sein Wissen aus Mönchs-Compendien geschöpft, Vorwürfe
die sich seltsamerweise auch gegen Petrarca und Boccaccio
wenden [1]), gleichen zu sehr andern Zeugnissen humanistischen
Hochmuths, als daß man ernstlich daran zweifeln dürfte.
Die zu Ende des J. 1430 von Francesco Filelfo gegen
die Tadler Dante's gehaltene Rede und die zu demselben
Zweck von Cino Rinuccini dem Vater Alamanno's verfaßte
Streitschrift beweisen übrigens klar genug, wie das Urtheil
Mancher beirrt war. Daß Filelfo die öffentliche Erklärung der Göttlichen Comödie aus freien Stücken, aus Rück-
sicht auf allgemeinen Wunsch übernahm, meldet er selbst mehr

---

1) Mehus a. a. O. S. 176.

denn vierzig Jahre später [1]). Um den Ausgang des vierzehnten
Jahrhunderts hatte Filippo Villani Dante's Leben kurz be-
schrieben. Der Erste, der, mit unzureichendem Material und
dennoch dankenswerth, eine längere Biographie verfaßte, war
im J. 1436 Leonardo Bruni, welchem dreiundzwanzig
Jahre später Giannozzo Manetti folgte. Nicht lange nach
diesem schrieb Gian Mario Filelfo Francesco's Sohn, welcher
in Verona Gelegenheit hatte von den dort lebenden Nachkommen des Dichters manches zu vernehmen, eine neue Biographie, die er Pietro Alighieri widmete, welcher dieselbe zu
Ende 1467 an Piero de' Medici und Tommaso Soderini
sandte [2]). Die Errichtung eines in seinem Bildniß bestehenden Monuments in Sta Maria del Fiore war im J. 1465
beschlossen worden. Zehn Jahre später wurde im nördlichen
Seitenschiff der Kirche das von Domenico di Michelino gemalte Bild aufgestellt [3]). Im Schriftthum war man weit
abgekommen von der Bahn, welche der große Dichter vorgezeichnet und geebnet hatte. Sein Andenken aber hatte man
treu gewahrt, und die schönen um die Mitte des Jahrhunderts kurz vor dem Aufkommen der Buchdruckerkunst entstandenen Handschriften zeigen, wie sein Werk in Ehren
gehalten wurde.

Im J. 1472 druckten ein Teutscher Johann Numeister (Neu-
meister) und ein Eingeborner Fuligno's zum erstenmale in dieser

---

1. „Che'l Dante io leggeva per mio piacere e per fare cosa
grata alla vostra inclyta città." Mailand 29. Mai 1473, bei Fabroni
Laur. Med. Vita Bd. II. S. 76.

2) Ueber die verschiedenen Drucke der älteren Dante-Biographien vgl.
G. C. Galletti in Phil. Villani liber etc., wo Villani, Leon. Bruni,
Giann. Manetti gedruckt sind, letzterer mit Mehus' Studien für seine
Ausgabe Flor. 1747. Die Handschrift G. M. Filelfo's in der Lauren-
tiana, danach Ausg. von D. Moreni Flor. 1826.

3) S. unten Abschnitt III. Kap. III.

umbrischen Stadt die Göttliche Comödie[1]). Auf ähnliche
Drucke von Mantua, Jesi und andern Orten folgte im J.
1477 zu Venedig die erste Ausgabe mit einem Commentar
des vierzehnten Jahrhunderts. Endlich, nachdem Florenz sich
durch neun Drucke den Vorrang hatte abgewinnen lassen,
trat im Sommer 1481 hier die erste Ausgabe mit den Erläuterungen Cristoforo Landino's ans Licht. Ein Schlesier
Namens Nicolaus (Niccolò di Lorenzo della Magna) hatte
in des Dichters Vaterstadt die Ehre, sein Werk, den Text
von dem in kleinerer Schrift gedruckten Commentar umschlossen, in einer seiner noch jungen Kunst durchaus würdigen
Weise herauszugeben. Die Magliabechische Bibliothek besitzt
das auf Pergament gedruckte Exemplar, welches Landino der
Signorie mit einer im Druck erschienenen Rede überreichte[2]).
Reiche Miniaturen am Eingange, Randarabesken, ein
Medaillonbildniß Dante's, wie die Nielle des in die florentinischen Farben, Roth und Weiß, getheilten Einbandes,
den Löwen und das Herculessiegel der Gemeinde nebst dem
Lilienwappen und jenem des rothen Kreuzes darstellend, legen
an den Tag, mit welchem Anspruch diese Aufgabe auftrat.
Ein Decret der Republik übte einen Act später Gerechtigkeit,
indem es den Verbannten des J. 1301 in seine bürgerlichen
Rechte und Ehren wiedereinsetzte, während sein lorbeergekröntes
Bildniß im Baptisterium San Giovanni aufgestellt ward.

---

1) Auf die umfangreichen bibliographischen Arbeiten über die Ge-
schichte Dante's und seiner Werke, Colomb de Batines' Bibliografia
Dantesca und Ferrazzi's Enciclopedia Dantesca kann hier nur im
Allgemeinen verwiesen werden.

2) Der Inschrift am Schlusse des Bandes zufolge, wurde der Druck
am 30. August 1481 vollendet. Vgl. Bandini a. a. O. Bd. II. S. 131.
140–143; Colomb de Batines a. a. O. Bd. I. Th. II. S 43.
Marsilio's Anrede Bandini S. 132—134, Batines S. 43, 44. Das
Exemplar der Magliabecchiana ist in jüngerer Zeit neu und nicht sehr
geschmackvoll gebunden worden.

In lateinischer Ansprache vergegenwärtigte Ficino Florenz, wie es sich über den dem Dichter durch einen seiner Mitbürger zutheilgewordenen Ehrenersatz freut, und Benivieni pries in wohllautenden Terzinen die Erfüllung der Prophezeiung, in welcher der Heimatlose die einstige Rückkehr in die ihn nun grausam ausweisende Vaterstadt und seinen künftigen Ruhm verkündete:

> „Mit and'rer Stimme und mit andern Locken
> Kehr' ich dann heim als Dichter, um die Krone
> Am Born, wo ich getauft ward, zu empfangen" [1]).

Die Signorie erwies sich dankbar gegen Landino. Sie schenkte ihm ein in seinem heimatlichen Borgo alla Collina auf dem Walle gelegenes Thurmhaus, dessen Besitz im J. 1563 seinen Nachkommen durch einen Spruch des obersten florentiner Civilgerichts, der Rota, bestätigt wurde, als der Magistrat der Parte Guelfa dasselbe als Gemeinde-Eigenthum in Anspruch nahm. Nicht durch kritische Durchführung und Correctheit macht seine Arbeit sich bemerklich, wohl aber durch den Commentar, der auf die Auffassung seiner Zeit und weit über dieselbe hinaus großen Einfluß geübt hat. Sechs wenn nicht sieben an verschiedenen Orten bis zum Ende des Jahrhunderts erschienene Drucke zeigen, welchen Beifall diese Ausgabe fand, die im J. 1502 in Bezug auf den Text in der ersten Albina, im J. 1544 in Bezug auf den Commentar

---

1) Parad XXV. 7. Girol. Benivieni Cantico in laude di Dante Alighieri, in dessen Werken, Venedig 1522. Vgl. Bandini a. a. O. Bd. II. S. 134—136. Das Gedicht schließt sich in seinem spätern Theile, nach dem Verse: „La patria, che a me madre, a Te noverca", den angeführten Versen Dante's an. Die Rückgabe des Bürgerrechts an des Dichters gleichnamigen Ururenkel, mit welchem Polizian in Verbindung stand (Brief an Lorenzo Flor. 5. Juni 1490, in den Prose volgari ec. S. 76), erfolgte erst im Jahre 1496, und zwar gegen Bezahlung! (Gaye a. a. O. S. 554.)

in Alessandro Bellutello's Arbeit, welcher bald andere folgten,
ernste Nebenbuhler erhielt, aber auch heute Bedeutung bewahrt.
Während Landino sich durch diese Frucht tüchtiger Studien
verdienten Ruf erwarb, wurden dem Predigerbruder Domenico
da Corella, der schon am Concil theilgenommen und im
J. 1468 Piero de' Medici seine lateinische Dichtung über
das Leben der Jungfrau, Theotokon, gewidmet hatte, im
J. 1483 die Vorträge über die Göttliche Comödie im
Dome übertragen. Marsilio Ficino hatte schon weit früher
Dante Aufmerksamkeit zugewandt, indem er die erwähnte
Uebertragung der Monarchie im J. 1461 seinen Freunden Bernardo del Nero und Antonio Manetti widmete. Letzterer, welcher
sich viel mit Abschreiben alter Codices beschäftigte, ist durch
seinen Dialog über Lage, Gestalt und Maße der Hölle, in welchem
er selbst und Benivieni das Wort führen, bei den Dante-Forschern
in gutem Andenken geblieben. Marsilio's Widmung besagt
daß er sich mit den beiden Genannten vielfach über die durch
diese politische Abhandlung angeregten Fragen unterhielt und
diese mit der Besprechung der Göttlichen Comödie in Verbindung brachte. Wie Dante in seiner Dichtung vom Reiche
der Seligen und den Regionen der Elenden wie der aus dem
Leben geschiedenen Harrenden handelte, so handelte er im
Buche der Monarchie von dem Reiche der Harrenden die noch
auf dieser Erde wandeln. Die wenngleich noch so unvoll-
kommene Wahrnehmung des geistigen Zusammenhangs der
großen Dichtung mit andern Schriften ihres Autors, ist ein
in dieser Zeit bemerkbarer Fortschritt in der Erkenntniß
Dante's, wozu Cristoforo Landino wesentlich beigetragen hat.

4*

III

Luigi Pulci und Angelo Poliziano.

Kaum viel geringern Einfluß als Philosophen und Sprachgelehrte haben auf Lorenzo und auf die ganze Epoche die Literaten geübt, mit denen eine neue Richtung begann, zum Theil noch unter Einwirkung der alten classischen Welt wenngleich in einer von der Thätigkeit der ersten Humanistenzeit ganz verschiedenen Weise, zum Theil aber inmitten des Vorwaltens anderer Elemente, die in mehr denn einem Falle auf das vorausgegangene Jahrhundert hinweisen. Wie für die Philosophen, ist das Mediceische Haus auch für diese Literaten meist der Mittelpunkt gewesen, in dem ihre Stralen convergirten, und der Name von mehr denn Einem derselben ist vom Namen Lorenzo's unzertrennlich. Nur nicht bei Jenem der in diesem glänzenden Kreise, wie Landino als Kritiker, als Dichter das Wiedererwachen der Tradition des Dantestudiums repräsentirt. Matteo Palmieri nimmt eine eigenthümliche Stellung ein. Der erste Blick in seine umfangreiche Dichtung, die Stadt des Lebens (Città di vita) mahnt uns an eine Nachahmung der Göttlichen Comödie, aber diese Nachahmung hat es mehr mit der äußern Form zu thun, denn in diesem philosophischen Werke, das sich die Schilderung der Aufgabe und der Verhältnisse des bürgerlichen Lebens zum Vorwurfe gewählt hat, sucht man vergebens nach wahrer

Poesie, während ein beschränkteres literarisches Verdienst, das
der Popularisirung moralphilosophischer Lehren in einer noch
etwas unbelebten aber doch ausdruckvollen und verhältnißmäßig reinen, von den philologischen Tollheiten der Zeit
freien Sprache, dem Werke nicht abzusprechen ist. Bekannt
ist dies Werk nur in beschränkten Kreisen geworden. Die
theologische Kritik entdeckte in demselben eine ketzerische Lehre,
die der Seelenwanderung, welche Alamanno Rinuccini in
seiner Leichenrede auf den Dichter auch in vollkommener Unbefangenheit zugab, und so unterblieb die eigentliche Veröffentlichung. In späteren Jahren wandte der Verfasser sich
namentlich der Geschichte zu, und schrieb außer einer unvollendeten Weltchronik ein Leben des Großseneschals Nicola
Acciaiuoli. Er war einer von Traversari's und Marsuppini's
Schülern gewesen, hatte ansehnliche Staatsämter und Ambassaden mit Ehren bekleidet, und starb in hohem Greisen-
alter im J. 1475 [1]).

Während wir hier einen Nachklang Dante'scher Poesie
vernehmen, der sich an die höheren Stände wandte und im
Grunde den immensen Rückschritt vom Beginn des 14. zur
Mitte des 15. Jahrhunderts bekundete, schlug die Volkspoesie,
die wir schon in der religiösen Richtung vernahmen, auch in
der heitern Weise natürlichen Ton an. Die Burleske, die im
Charakter des Volkes liegt, gewann nicht unbedeutenden
Spielraum. Die aus der Barbierstube Domenico's genannt
Burchiello, mitten aus dem Herzen des alten Florenz, aus
der Calimala- und Marktregion herausgeflogenen Sonette,
großentheils Räthselproben florentinischer Volkssprache voll
Anspielungen und Trivialitäten, haben eine Berühmtheit

---

1) Vespasiano da Bisticci a. a. C. S. 499 ff. Palmieri's
lateinische Biographie des Großseneschals wurde von dessen Verwandtem
Donato Acciaiuoli ins Italienische übersetzt.

behalten, die man meist auf Treu' und Glauben acceptiren
muß, nehmen aber bisweilen einen Flug, der auf sociale ja
politische Verhältnisse Licht werfen kann, wenn die dem im
J. 1448 in Rom verstorbenen Manne zugetheilten Sachen
alle von ihm sind. Ein anderer burlesker Dichter, Matteo
Franco, dem wir noch begegnen werden, gehörte zu Lorenzo's
de' Medici häuslichem Kreise und führte mit den Poeten desselben, namentlich mit Luigi Pulci, satirische nicht immer
anständige Scheingefechte auf, die nur zu augenblicklich geselligem Zeitvertreib gedient zu haben scheinen. Von ungleich
größerer Bedeutung aber war für diese Epoche die Entstehung
eines Genre, welches dem 16. Jahrhundert seinen dichterischen
Charakter zu geben vorzugsweise bestimmt war. Dies Genre
ist das romantische Epos. Von den Brüdern Pulci, den
Sprößlingen einer wie es scheint einigermaßen herunter-
gekommenen alten Familie, hat der Eine, Bernardo, als Ori-
ginaldichter wie als Uebersetzer sich im Ekklogenfache versucht,
während zwei zu den Pflegern des Rittergedichts gehören, das
mit ihnen als besonderer Literaturzweig eigentlich seinen Anfang nimmt. Beide, Luca und Luigi, sind aus dem engern
Mediceischen Kreise. Luca Pulci, der älteste der Brüder, im
J. 1431 zu Florenz geboren, wird gewöhnlich als Verfasser des Gedichtes auf das Turnier Lorenzo's de' Medici
bezeichnet, welches in der Literaturgeschichte nur deshalb noch
eine Stelle findet, weil es ein Ereigniß im Leben eines berühmten Mannes schildert. Zuverlässig ist jedoch die Annahme
dieser Autorschaft keineswegs, wie denn auch der erste Druck
den Namen Luigi Pulci's trägt, dessen literarischer Ruhm
übrigens dadurch nicht gesteigert werden würde. Daß aber
Luca dem jungen Medici nahestand, zeigt der Umstand daß
er a.. dessen Wunsch das Gedicht Ciriffo Calvaneo begann,
welches nach zwei Generationen Bernardo Giambullari für

einen andern Lorenzo, den Enkel des Magnifico fortsetzte, ohne
es zu vollenden. Es ist die poetische Bearbeitung eines volksthümlichen Ritterromans, der in der italienischen Version
den Titel des „Povero Avveduto" führt, und die Abenteuer
und Kämpfe der Zeit König Ludwigs d'Outremer von Frankreich in den Jahren 921 — 954 schildert[1]. Luca, der nach
unglücklichen Bankgeschäften in Rom und Florenz im J.
1470 im Schuldthurm der Stinche starb und seinen Brüdern
schwere Familienlast hinterließ, war zwar wie gesagt der
Aelteste, aber es ist doch wahrscheinlich, daß der Morgante des
jüngern Luigi seinem Ciriffo vorausging. Zu solcher Annahme veranlaßt auch der Umstand, daß Luigi das ungleich
reichere Thema wählte[2]. Sein Gedicht muß um und nach
1460 entstanden sein, und die einzelnen Gesänge sind einander
wol rasch gefolgt. Daß Lorenzo's Mutter auf dessen Entstehen Einfluß gehabt, weiß man durch den Autor selbst. In
einem Briefe, den dieser am 4. December 1470 von Fuligno
aus an Lorenzo richtete, stellte er neue Heldengedichte in
Aussicht[3]. Daß eine ernste und fromme Frau wie Madonna
Lucrezia gewissermaßen Patronin eines Werkes gewesen ist,
welches in religiöser Beziehung manchen Anstoß erregt, kann
befremden. Doch abgesehen davon, daß man vieles der

---

1) Ueber die Giostra vgl. oben Bd. I. S. 264 ff., und Salvator
Bongi's mehrerwähnten Druck der Lettere di Luigi Pulci. Eine neue
Ausgabe des Ciriffo Calvaneo, von S. L. G. E. Audin mit ausführlichen
bibliographischen Nachweisungen versehen, erschien Florenz 1834.

2) L. Ranke's akademische Abhandlung: Zur Geschichte der italienischen Poesie, Berlin 1837, enthält eine treffliche Charakteristik der Elemente wie des Entwicklungsganges der romantischen Epopöe. Die letzte
Ausgabe des Morgante, der zuerst zu Venedig 1481 und im folgenden
Jahre zu Florenz gedruckt ward (Gamba, Testi di lingua S. 241 ff.),
ist die vor wenigen Jahren in Florenz erschienene von P. Sermolli.
Der älteste Druck der Reali di Francia ist der modenesische von 1491,
somit erst zehn Jahre nach Pulci's Dichtung.

3) L. Pulci Lettere S. 38. Vgl. oben Bd. I. S. 313.

Auffassung und Richtung der Zeit zugutehalten muß, die an dem
Gemisch von Religiösem und Burleskem kein Arg hatte und
inmitten der strengsten Devotions=Practiken Glaubensfragen
mit unglaublicher Unbefangenheit behandelte, scheint diese Frau
dem Genie zulieb manches Verfängliche, so im Schriftthum
wie im Wandel, mit Nachsicht beurtheilt zu haben. So blieb
sie eine Stütze Angelo Poliziano's, auch nachdem dieser mit
ihrer Schwiegertochter zerfallen war, und stellte ihm ihre
religiösen Gedichte zu, obgleich die schlimmen Gerüchte über
seinen Glauben und seine Sitten ihr kein Geheimniß sein
konnten. Luigi Pulci aber, der Freigeist und lose Spötter,
der das Johannes=Evangelium mit offnem Unglauben ver=
mengt, hat bis an ihr Lebensende in ihr eine eifrige und
thätige Freundin gefunden.

Mit dem Morgante maggiore nimmt die romantische
Epopöe ihren Anfang, indem sie sogleich einen kühnen und
glücklichen Griff in den großen Carolingischen Sagencyclus
thut, wie die Turpinische Chronik und das Volksbuch der
Reali di Francia ihn der italienischen Nation stofflich nahe=
gebracht hatten. Auch schon darum ein glücklicher Griff, weil
Florenz seine Wiederherstellung Carl dem Großen zuschrieb,
wie man es an der Apostelkirche selbst in Stein gehauen
lesen kann. Die Manier ist originell. Inmitten aller Un=
geheuerlichkeiten ist der alte Ritterroman ernst wie er gläubig
ist. Das Christenthum ist und bleibt ihm Folie des auf
seinem Boden erwachsenen, von seinem Geiste durchdrungenen
Ritterthums. Der Morgante (den Namen hat die Geschichte
von dem Riesen, der in demselben seine barocken Heldenthaten
vollführt) ist keine Satire des Ritterthums, aber ist mit so
vielem Burlesken versetzt, daß es einen veränderten Charakter
gewinnt. Ebensowenig ist er eine Verleugnung des Christen=
thums, das ihm im Gegentheil mehrfach ernst religiöse

Stimmung verleiht, aber das Christenthum kämpft mit Skepsis und Verneinung, so daß Kirchen- und Volksglaube zurück- gedrängt werden. In dieser Beziehung ist der Morgante ein rechter Spiegel der Zeit. Wie er in seiner vollbewußten, an keine dichterische Regel noch Vorbild gebundenen Beherrschung des Stoffes ein Gemisch von Ernst und Ironie, von Christen- thum und Unglauben, von biblischen Texten und profanen Witzen ist, so bietet er auch die schneidendsten Contraste von gesundem Menschenverstand und Unsinn, von Feinheit und Geschmacklosigkeit, von großartigem Schwunge und possen- reißerischer Komik. Die Eigenschaften die wir hier sehr un- vollkommen und oft nur äußerlich aber in verschiedenstem Maße vereinigt finden, haben sich bei spätern Dichtern ge- klärt und geschieden. Luigi Pulci aber wird mehr als durch sein, als concrete Leistung betrachtet, nach allen Seiten hin der Vollendung entbehrendes Werk, dadurch immer Bedeutung bewahren, daß in diesem Werke gleichsam die Keime der romantischen Epopöe in deren verschiedenen Richtungen vor- handen sind. Bringt man in Anschlag, daß die beiden ältesten Rittergedichte der italienischen Literatur, der Morgante und der Ciriffo, gewissermaßen im Mediceischen Hause entstanden sind, so kann man nicht umhin daran erinnert zu werden, wie diese ganze poetische Gattung bis zum Befreiten Jeru- salem, womit sie ihren Abschluß findet, mit dem Hofleben zusammenhängt, das sich in ihren sonst so verschiedenartigen Producten unaufhörlich abspiegelt. Von dem die Einfachheit und Behaglichkeit des freien Bürgerlebens inmitten allen Einflusses und Glanzes noch nicht verleugnenden Hause Co- simo's, Piero's, Lorenzo's de' Medici zu dem ceremoniösen Hofe der Estensischen Alfonse ist allerdings ein gewaltiger Schritt, und die Pulci haben die Genealogie ihrer Gönner noch nicht, an Halbgötter anknüpfend, in ihre Octaven verwoben, aber es ift ſchon eine Poefie, welche feftliche Bankette zu erheitern beftimmt ift.

Wie nahe Luigi Pulci Lorenzo be' Medici im Leben ftand, zeigen uns feine mehrfach angeführten Briefe, welche freilich auf mancherlei Beziehungen zwiſchen Patron und Client, wie auf die Leßterm ertheilten mehr politiſchen als literariſchen Aufträge nur Streiflichter werfen. Der Dichter bes Morgante empfand wahre Anhänglichkeit an den jüngern Mann. Als dieſer im J. 1466, vor der Verſchwörung Neroni's und Pitti's, nach Südbitalien ging, ſchrieb er ihm von dem Alvorniaklofter aus, wo er ſich eben befand¹): „Denkft du mich wirklich in dieſen Wäldern im Schnee ftecken zu laffen, einfam und troftlos, während du nach Rom gehft? Iſt es wirklich mein Loos, daß ich, was immer du von mir halten magft, zur Steigerung meines Mißgeſchicks nie mit dir zu Pferde fteigen ſoll? Soll ich erft dazu kommen wenn ich ein alter Mann bin? Wie oft haben wir von Rom geredet, und nun ſoll ich dich nicht begleiten, etwa weil ich die Reifekoften mehre? Laß dich das nicht kümmern, inmitten aller meiner Quälereien werde ich dir doch Ehre machen. Mir genügt ein Pferd von dir, denn ich werde dort ſo viele Freunde finden und ſo klug ſein, daß ich dir nicht zur Laſt falle wie du vielleicht befürchten könnteft. Du haft wahrlich Unrecht mich beiſeite zu laſſen, abgeſehn davon daß es mich mehr kränken würde als irgendetwas auf dieſer Welt. Behandle mich nicht wie altes Eiſen, denn ich werde wieder heil werden wenn du mir wohl willft." Und Lorenzo wollte ihm wirklich wohl. Zwei Jahre ſpäter ſchrieb Pulci aus Piſa: „Iſt es dir nicht recht daß man glaube oder wiſſe, ich ſei dein Freund und vermöge etwas bei dir, ſo laſſe es durch Maueranſchlag verkündigen, verfteht ſich auf deine Koften.

---

1) 1. Febr. 1466. Ebendaſ. S. 8.

Da ich seit einiger Zeit kein Geld auszugeben gehabt, habe ich deinen Namen ausgegeben. Ueberall wo ich mich blicken lasse, raunt man sich zu: Das ist der große Freund Lorenzo's." Daß Pulci's Vermögensverhältnisse nicht glänzend waren, haben wir gesehen. Die schlechten Geschäfte seines Bruders brachten ihn in vielfache Verlegenheit. „Nie, so schrieb er nach Luca's Falliment an Lorenzo, habe ich irgendeinen Entwurf gemacht, ohne daß das Geschick in Einer Stunde zugrundegerichtet hätte, was ich in Jahren aufgebaut. Ich bin auf die Welt gekommen wie die Hasen und andere arme Thiere, bestimmt des Jägers Beute zu werden. Mein Loos war's dich zu lieben und wenig in deiner Gesellschaft zu sein." Daß die Mediceische Bank ihm aushalf, die Darlehen jedoch keineswegs bedeutend und überdies kündbar waren, ersieht man aus einer am 14. Mai 1479 von seinen Gütern im Mugello an Lorenzo gerichteten Bitte, ihm die Frist der Rückzahlung von hundert Goldgulden zu verlängern. Offenbar fand er sich in die Maßregel einbegriffen, welche der schlechte Stand der Mediceischen Geldgeschäfte zu jener Zeit erfordert haben wird. Namentlich in Neapel, Bologna, Mailand scheint Lorenzo sich vor wie nach jener Zeit Pulci's, der unter andern zu den Sanseverinern in vertrautesten Beziehungen stand, vielfach bedient zu haben. Der letzte uns bekannte Brief des Dichters, von Verona aus am 28. August 1484 geschrieben, zeigt ihn uns im Gefolge Roberto's da Sanseverino und seines Sohnes Fracasso die sich auf dem Wege nach Venedig befanden. Bald darauf starb er in Padua, ohne daß man irgendetwas über sein Ende wüßte[1]).

Luigi Pulci war um siebzehn Jahre älter als Lorenzo de' Medici, um einige Jahre jünger war aber derjenige, der

---

[1] Eine Supplik der Wittwe vom 14. Juli 1485 sagt, er sei seit mehr als acht Monaten todt — Vgl. Lettere S. 10, 102, 114.

zu ihm in die engste und fruchtbarste geistige Wechselbeziehung getreten ist. Im J. 1464 kam ein zehnjähriger Knabe nach Florenz in das ärmliche Haus eines Verwandten, Unterhalt und Unterricht zu suchen. Eine jener Tragödien welche die wilden Leidenschaften und den Parteihaß verklagen, die in den toscanischen Comunen des 15. Jahrhunderts fortlebten und der zugleich im Strafen furchtbaren, in der Sicherung der Bürger ohnmächtigen Justiz spotteten, hatte ihn vaterlos gemacht. Benedetto Ambrogini von Montepulciano, ein Rechtsgelehrter von nicht ganz geringer Familie, der zu Hause wie auswärts bürgerliche und richterliche Aemter bekleidete, hatte sich im vorhergehenden Jahre an Piero de' Medici gewandt[1]) und ihn um Schutz gegen blutgierige Feindschaft von Mitbürgern und Nachbarn gebeten, welcher er bald darauf zum Opfer fiel, der mittellosen Wittwe fünf Kinder zurücklassend, deren ältestes der gedachte Knabe war[2]). Angelo, der von seinem Geburtsort den Namen Poliziano annahm, lernte frühe den Ernst des Lebens kennen. Denn obgleich er schon als Kind glänzende Gaben an den Tag legte und rasche Fortschritte machte, lief er doch Gefahr, durch Lehrlings- und Gehülfendienst in irgendeiner Bude sein Fortkommen suchen und den Studien entsagen zu müssen, denen er sich mit Feuereifer gewidmet hatte. Fünfzehnjährig drückte er diese quälende

1) Fabroni a. a. O. Bd. II S. 95.

2) Isidoro del Lungo, La patria e gli antenati d'Angelo Poliziano, im Arch. stor. Ital. Serie III. Bd. XI. S. 9 ff. Ders. Uno scolare dello studio fiorentino nel sec. XV., in der Nuova Antologia Bd. X. S. 215 ff. Fr. Otto Mende's Historia vitae etc. Ang. Pol., Leipz. 1736, wird als fleißige Zusammenstellung literarischen und kritischen Materials immer Werth behalten. Auf die neuere Literatur kann hier nicht eingegangen werden. — Opera Ang. Politiani, Flor. 1499. Le Stanze, l'Orfeo e le Rime di Messer Ang. Ambrogini Pol. illustrate da Giosuè Carducci; Flor. 1863. Prose volgari e Poesie latine e greche di A. A. P. raccolte da Isidoro del Lungo, Flor. 1867.

Besorgniß in einem lateinischen Sinngedicht aus, welches er an Bartolommeo Fonte, den noch jungen, aber schon zu Ruf gelangten Philologen richtete, der ihm damals mit Anleitung und Ermunterung an die Hand gegangen zu sein scheint [1]). Zum Glück war die Besorgniß grundlos. Um das Jahr 1469—70 studirte er an der florentiner Hochschule und dichtete siebzehnjährig griechische Epigramme. Er konnte sich glücklich schätzen, Zuhörer der Männer zu sein welche die Tradition der schönsten Zeiten dieser Schule lebendig erhielten, Argyropulos und Andronikos Kallistos, Landino und Ficino. Daß die schönen Wissenschaften ihn mehr anzogen als philo= sophische Vorlesungen, berichtet er selbst indem er sagt, er habe es mit der Philosophie gemacht wie die Hunde mit dem Nil: ein Trunk und dann fort! „Natur und Jugend zogen mich zum Homer, und mit allem Eifer und Fleiß, deren ich fähig war, begab ich mich an dessen Uebertragung in latei= nische Verse." In einer seiner frühesten wenn nicht über= haupt der frühesten seiner lateinischen Dichtungen, den an Lorenzo de' Medici gerichteten Distichen zur Empfehlung seines Lehrers Kallistos, hebt er hervor wie dieser den troischen Krieg in argolischen Versen lese. Es ist diese Dichtung in der er schon auf die Zeit anspielt, wo er sich daran begeben zu können hofft Lorenzo's Thaten zu besingen, welche sich da= mals auf jugendliche Uebungen und auf sein gewandtes Be= nehmen bei der Pitti'schen Verschwörung beschränkten, deren er in einer spätern Elegie gedenkt [2]).

Es muß um das J. 1470 gewesen sein, als er an die Uebersetzung der Ilias ging. Carlo Marsuppini hatte das erste Buch übertragen: Angelo begann mit dem zweiten. Es war ein großes Unternehmen für einen Jüngling. Ein lateinischer

1) Prose volgari S. 109.
2) Ebbs. S. 248.

Homer war das in votis der ganzen vorausgegangenen Zeit gewesen: nun begann ein kaum in die Welt Getretener und der Welt noch Unbekannter, indem er eine Leichtigkeit und Anmuth der Diction, einen Wohlklang und Reichthum des Verses an den Tag legte, die Alle überraschten. Der Anfang dieser Arbeit, die durch sie geweckte Bewunderung erschlossen dem jungen Dichter das Mediceische Haus. Wahrscheinlich ist es Ficino gewesen, der Lorenzo den „homerischen Jüngling" empfahl. Erst im Jahre zuvor selbständig geworden, nahm der Herr des Hauses diesen bei sich auf, und welche Wechsel im Innern und Aeußern seines Lebens stattgefunden haben mögen, noch auf seinem Sterbelager ist der Mann, der dem Himmel seine glänzenden Gaben, ihm deren frühe und freudige Anerkennung verdankte, an seiner Seite gestanden und ihm bald nachgefolgt. Die Widmung des zweiten Gesanges enthält das Lob des großmüthigen Beschützers, volltönend wie die Sitte heischte, nicht unwahr wenn man dieser Sitte und dem Glanze Rechnung trägt, mit welchem der jugendliche Lenker der Geschicke von Florenz sich als Dichter wie durch seine Fertigkeit in ritterlichen Künsten umgeben hatte.

„Dir, dem blumenumrankt das Bild des tuscischen Löwen,
Dem die syllanische Stadt und der Väter gereifte Beschlüsse
Haben die Götter vertraut, Lorenzo, mäonischen Stammes
Größter, es schlinget sich dir um die Stirne ein zwiefacher Lorbeer.
Sei's daß Mars dir im Sinn, wenn stürmischen Laufes die Zügel
Schießen er lässet dem Roß, wie dort in dem glänzenden Schein-
    kampf,
Als auf offenem Plan vor der Kirche benannt nach dem Kreuze
Jäh auf die Reiter herab, die mit Panzer bewehret und Schilde,
Stürzen, und Hieb austauschen um Hieb wie in heißester Feld-
    schlacht,
Stolz dich und freudigen Sinns die dir ergebene Stadt sah.

Sei's daß lieber du wählst das Maß kunstreicher Gesänge,
  Schmiegend der Leier sich an, die erstaunte Natur zu bezaubern,
  Hier den lauschenden Baum und dort die besänftigte Löwin" [1]).

Eine Schaar von Lobrednern folgte, Marsilio Ficino an
der Spitze. An Uebertreibungen war kein Mangel. Das
Haupt der Platoniker erhob Zweifel daran, daß man heraus-
finden werde, ob der griechische ob der lateinische Text die
Urschrift, und ein Anderer, Wessen das größere Verdienst
sei, dessen der das Unternehmen veranlaßt habe, oder Jenes
der es ausgeführt. Der Uebersetzer aber fuhr mit der Arbeit
fort, und als er, zwei Jahre nach dem zweiten, das dritte
Buch seinem Gönner überreichte, sprach er die Hoffnung aus,
nach Vollendung des Ganzen an eine andere epische Dichtung
gehn zu können, eine Dichtung aus Lorenzo's eignem Leben,
den Krieg um Volterra.

„Hat den mäonischen Gast er gelandet an Latiums Küste,
  Wird er ein kräftig Gespann tummeln auf weiterem Plan,
Wenn er dein eigenes Lob anstimmt zur staunenden Leier:
  Du bist's, der ihm den Stoff liefert zum heiligen Lied!
Was Volaterra verbrach und wie es büßte den Meineid,
  Ob unersteigbar es schien, meldet dereinst sein Gesang.
Pergamus trotzte hellenischer Macht ein doppeltes Lustrum,
  Dennoch ewigen Ruhm brachte der endliche Sieg;
Dir, als kaum ein einziges Mal vollendet den Kreislauf
  Luna's leuchtender Ball, zahlt' Volaterra die Schuld."

Die Ilias ist nicht vollendet, das Gedicht nicht geschrieben
worden. Lorenzo, der die Dinge dieser Welt weit scharfsinniger ermaß als Angelo von Montepulciano, hat wol
selber solche Verherrlichung eines Unternehmens von
zweifelhaftem Ruhm und unzweifelhaftem Unrecht ebensowenig

---

1) Prose volgari S. 431. „O cui tyrrheni florentia signa leonis."

für gut befunden, wie er die Ueberreichung des Elogiums passend erachtete, welches Polizian bei der Erhebung seines Sohnes zum Cardinalat an den Papst richtete. Als dieser das wichtigste und dramatischste Ereigniß im Leben seines Gönners, die Verschwörung der Pazzi schilderte, that er es nicht in epischen Versen sondern in einfacher Prosa.

Der Mann, der den jungen Dichter in sein Haus aufgenommen und in den Stand gesetzt hatte, sich ganz den Studien zu widmen, war es auch wol der ihn veranlaßte, eine Probe seiner Arbeit an Cardinal Ammannati zu senden, der zu den Medici so genaue Beziehungen unterhielt. Die von Polizian an den Kirchenfürsten gerichteten Worte[1]) waren bescheiden. Er mache es, schreibt er ihm, wie der Adler, der seine kaum aus dem Ei gekrochenen Jungen an die im Osten aufsteigende Sonne trage, ihr Auge an deren Glanz zu gewöhnen. Der Cardinal, in dem die humanistische Tradition P. Pius' II. fortlebte, giebt ihm Phrase für Phrase zurück, ohne die Wahrheit zu verletzen. Die Verse seien volltönend und wunderbar für so jugendliches Alter; nützlich sei das Unternehmen als Anleitung zu Großem. Frage man jedoch Homer, ob er Lateiner zu werden wünsche, so fürchte er, dieser, die Unmöglichkeit vollständigen Wiedergebens empfindend, werde es vorziehn, ein Kolophonier zu bleiben statt Florentiner zu werden, und das Pallium eine passendere Tracht erachten als die Toga. Im J. 1473 war unser Dichter für Verse voll sonorer aber sehr ordinärer Schmeichelei die er an den verschwenderischen Cardinal von San Sisto, Pietro Riario bei dessen Uebernahme des florentiner Erzstifts richtete, statt des erwarteten Geschenkes mit Redensarten

---

1) Epistolae B. VIII. 6. 7.

abgespeist worden, und hatte sich, recht als armer Poet, bitter darüber beklagt:

„Hättest, o Sixtus, du ihm, der dich zu den Göttern gesellte,
   Lohn, den erbet'nen gereicht, Jupiter wärest du jetzt". [1]

Nun erhielt er von einem andern Cardinal, einem von Riario sehr verschiedenen Manne, auch nur Worte. Er muß sich gesagt haben daß Nicolaus' V. Zeit vorüber war, obgleich Sixtus IV. im Eifer des Büchersammelns diesem kaum nachstand. Zum Papste scheint er nicht in Beziehung getreten zu sein, und die allmälig zwischen diesem und seinem Beschützer entstandene Verstimmung benahm ihm nachmals die Gelegenheit dazu. Von der Homer-Uebersetzung liegen uns vier Bücher vor [2]: ob die Arbeit weiter gediehen, ist ungewiß. Zweimal wurde dieselbe ‘unterbrochen: die zweite Unterbrechung war entscheidend für deren Geschick. Vielleicht aber mochte Polizian selber unterdessen durch die fortgeschrittenen Studien zur Ansicht des Cardinals von Pavia gelangt und zweifelhaft geworden sein, ob die dem Augustischen Zeitalter nachstrebende lateinische Eleganz sich für den alten griechischen Epiker eigne.

    Die erste kurze Unterbrechung war die Reise nach Mantua in Begleitung des Cardinals Francesco da Gonzaga im

---

   1) Die Sinngedichte an den Cardinal Riario in den Prose volgari cc. S. 111—114. Vgl. oben Bd. I. S. 346.

   2) Diese vier Bücher hat Cardinal Angelo Mai nach zwei vaticanischen Hss. im II. Bande des Spicilegium romanum abgedruckt, wonach der Druck in den Prose volgari cc. S. 431—523. Die Hss. sind durch Fulvio Orsini in die Vaticana gekommen. Die eine derselben, auf Pergament und mit dem Mediceischen Wappen auf rothem Lederbande ist das vom Verfasser Lorenzo de' Medici übertreichte Exemplar des II. und III. Gesanges. Die zweite Handschr. enthält den IV. und V. Gesang, wie es scheint von Polizians Hand und noch ohne Widmung.

August 1472. Von den intimen Beziehungen zwischen den
Gonzaga und Medici, welche denen des Markgrafen Lodovico
zur Stadt Florenz entsprachen, war schon die Rede. Francesco nahm aus dem Mediceischen Hause den achtzehnjährigen
Polizian mit, der schon Proben seines ungewöhnlichen Talents
abgelegt hatte, als er einen Besuch in seiner Vaterstadt ab-
stattete, wo glänzende Feste seine Anwesenheit feierten. Hier
war es, wo das dramatische Spiel Orpheus entstand, das in
der Literatur Epoche gemacht hat, weniger vielleicht seines
innern Gehaltes wegen, denn als erstes Beispiel des profanen
Drama's in italienischer Sprache. Die Mysterien waren
längst volksthümlich; das moderne Drama, selbst wenn es
moderne historische Stoffe behandelte, umsomehr also wenn,
wie bei Alberti und Gregorio Correr antikisirende Nach-
dichtung, hatte lateinische Sprache beibehalten. Wie der
Autor in einem Schreiben an einen der Begleiter des Cardinals, Messer Carlo Canale (beiläufig gesagt der zweite oder
dritte Ehemann der Mutter Cesare's und der Lucrezia Borgia)
berichtet, entstand der Orpheus in Zeit von zwei Tagen inmitten fortwährender lärmenden Zerstreuungen, in der Vulgarsprache um den Zuhörern verständlicher zu sein, „ein
unvollkommenes Werk, geeigneter dem Vater Schande als
Ehre einzubringen, und des Geschicks würdig, welches die
Lacedämonier dem schwächlich oder verstümmelt gebornen
Kinde bereiteten." Ein Drama ist diese „Favola" nicht; sie
ist eine Reihe lyrischer Stücke, denen eine lateinisch-sapphische
Ode zum Lobe des Cardinals eingefügt ist, welche Baccio
Ugolini, auch dem engern Mediceischen Kreise und Lan-
dino's Schule angehörend, als Orpheus zur Leier sang[1]).

---

[1]) Die Frage, wie zu dem ursprünglichen Orfeo, welchen der Autor
gerne vernichtet hätte, sich der spätere in eine mehractige Tragödie umgewandelte verhält, welchen Ireneo Affò im J. 1776 mit ausführlicher

Die mantuanische Fahrt war eine kurze Episode. Kleinere lateinische Dichtungen, so die schöne und gefühlvolle Elegie auf den Tod Albiera's degli Albizzi, der anmuthigen Braut Sigismondo's della Stufa, vom J. 1473, erhielten Polizian zu sehr in gleicher Stimmung, als daß sie als eigentliche Unterbrechungen der homerischen Arbeit gelten könnten. Die dauernde Unterbrechung veranlaßte Giuliano's de' Medici Turnier, für Angelo Poliziano Aufforderung zu der Dichtung, die das blühendste Reis in seinen Ruhmeskranz geflochten hat [1]). In der siebenten Stanze der „Giostra" hat er selbst dieser Unterbrechung gedacht:

> „Und ist es wahr, was Fama uns verkündet,
> Daß dir, Achill, im großen Schattenreich
> Mit hellen Flammen noch das Herz entzündet
> Die Tochter Leda's, der kein Weib war gleich,
> O zürne nicht, wenn heute Abschluß findet
> Dein Ruhmessang, den ich Italien reich',
> Wenn neues Lied ertönt von meiner Leier
> Zu Julius' Waffengang und Liebesfeier."

Vorrede und Excursen herausgab, und wozu Vincenzo Nannucci im J. 1812 weitläufige philologische Anmerkungen schrieb, die in der Carducci'schen Ausgabe S. 113—188 wiederabgedruckt sind — diese Frage, die neuerdings auf die Autorschaft Polizians in Bezug auf diese Umarbeitung ausgedehnt worden ist, kann hier füglich den Biographen des Dichters (eine ausführliche Lebensbeschreibung von J. del Lungo steht in Aussicht) zur Entscheidung überlassen bleiben.

1) Daß Polizian diese Dichtung nicht in dem frühen Alter begann, welchem man, Giuliano's Turnier mit dem seines Bruders für gleichzeitig haltend, dieselbe zutheilte, ist Bd. I. S. 361 angedeutet worden. Daß er im J. 1476 damit beschäftigt war, zeigt wol die Anspielung auf den Tod Simonetta's, der jungen Schönen, welcher Giuliano's Herz gehörte, ein Ereigniß das Polizian auch lateinisch besang. Prose volgari ec. S. 149. [In Simonettam. „Dum pulchra effertur nigro Simonetta pheretro".]

5*

Der Gegenstand an sich ist dürftig. Der Autor hätte es fühlen müssen, wäre er selbst durch Luca Pulci's Verse auf Lorenzo's Turnier nicht gewarnt worden. Die Stanzen — es ist der Titel unter welchem Polizians Dichtung am bekanntesten ist · · zählen zu dem Schönsten was die italienische Sprache besitzt. Wie sie die ersten dieser Dichtungsgattung sind, welche wahren Wohlklang ohne Verkünstlung, künstlerischen Fluß ohne nachlässiges Sichgehnlassen an den Tag legen, so sind sie, sieht man über wenige gelegentliche Härten und minder edle Ausdrucksweisen hinweg, in späteren Zeiten in Bezug auf die Form nicht übertroffen worden, mag Ariost größere Manchfaltigkeit und Freiheit der Bewegung, Tasso größere Harmonie haben. Wie fassen aber diese glänzenden Octaven den Gegenstand auf? Im ganzen ersten Buche lassen sie denselben beiseite. Das Turnier räumt der Mythologie den Platz, Piazza Sta Croce den Gärten und dem Palast der Venus. Alle Blumen und Bäume gesegneter Himmelsstriche, die Thiere der Jagd und des friedlichen Parks, der ganze Olymp werden aufgeboten; Reminiscenzen classischer Dichter von Lucretius zu Claudian ja zu den christlichen Sängern, Wanderungen einer üppigen Phantasie durch das Reich der Schönheit und der Liebe, alles dies drängt sich, glänzt, spielt, scherzt in voller Freiheit, auch in der Freiheit, daß es nicht darauf ankommt, ob es mit dem Stoff etwas zu thun hat oder nicht. Zu Anfang des zweiten Gesanges scheint der Dichter sich endlich zu besinnen, daß er einen Medici feiern will. Nun läßt er Cupido der Venus vom Ruhme des tuscischen Geschlechts erzählen, und beginnt mit den Vorbereitungen zur großen Handlung, welche eine so mächtige mythologische Maschinerie erheischt, mit dem Erwachen und Wappnen des Jünglings, das gleichfalls wieder olympischen Beistand in Anspruch nimmt. Noch sind wir damit (nicht zustandegekommen, so bricht das Gedicht ab, in dessen Schlußstanzen gleichsam die trübe Ahnung des grausen Geschicks durchschimmert, das einem dem Anschein nach zu Glanz und Glück berufenen Dasein, mit demselben einem auch als Bruchstück hochgepriesenen, für die Poesie des nun beginnenden Zeitalters tonangebenden Werke ein frühes Ziel setzte. Wer weiß ob es für letzteres nicht ein Glück war, daß es Fragment geblieben ist, indem das Misverhältniß zwischen der Realität des unbedeutenden Stoffs und dem Pomp der Behandlung wie dem Aufwand der Mittel später zu stark hätte hervortreten müssen. Die Dichtung welche Giuliano's Thaten besingen sollte, ist an dessen Bruder gerichtet. Die Widmungsstrophe verkündigt Lorenzo ohne Umschweife als Gebieter über Florenz:

„Du edler Lorbeer [1], unter dem auf Matten
Voll Blütenpracht Florenz im Frieden ruht,
Und Zeus im Zorn nicht fürchtet, noch ermatten
Die Kräfte fühlt bei droh'nder Stürme Wuth,
O nimm mich auf in deinen duft'gen Schatten,
Dem scheuen Wort gieb Kraft in deiner Hut;
So Grund wie Zweck bist du von meinem Streben,
In deinem würz'gen Hauch nur kann ich leben.‟

Angelo Poliziano fuhr fort lateinische Verse zu dichten. Seine Epigramme, Oden, Elegien, während sie für Kenntniß von Personen und Richtungen einer denkwürdigen Zeit von nicht geringem Werthe sind, sind zugleich Zeugnisse einer Vielseitigkeit und eines classischen Geistes, wie wir sie bei keinem seiner Zeitgenossen, selten bei einem der Neueren finden. Die Philologen des 15. Jahrhunderts schrieben mit

---

1) Lauro, Lorenzo's poetischer Name, wie er bei allen Dichtern der Zeit vorkommt.

Leichtigkeit lateinische Poesien: der einzige Dichter unter ihnen
ist Poliziano. Auch bei ihm sind Reminiscenzen und Nach-
ahmungen aller Art häufig, was Keinen Wunder nehmen
wird, der bedenkt wie dasselbe bei den spätrömischen Poeten
der Fall ist, und wie zumtheil schon die Stoffe selbst dazu
führten, selbst bei Dichtungen in der Vulgarsprache, z. B. in
den Stanzen. Aber Polizian fühlt, denkt, schreibt wie ein
Römer, wenn nicht wie ein Poet der Augustischen Aera, doch
wie einer von jener des Statius, an den er auch dann
erinnern würde, wenn er nicht gleich ihm Sylvae gedichtet
hätte. Er ist classischer als mehr denn Einer derjenigen die
den Reigen der Dichter des Alterthums beschließen.

Ueber ihn ist eine eigenthümliche Grazie ausgegossen, die mit
staunenerregendem Reichthum und größter Mannichfaltigkeit
vereint seinen Gedichten einen Reiz verleiht, welchen neu-
lateinische Verse nicht oft haben, weil nicht oft eine lebendige
Individualität in ihnen hervortritt. Schilderungen des heutigen
Lebens oder moderner Localitäten, die sich gleichwie ihre
Namen dem classischen Bereich zu entziehen scheinen, weiß er,
dem Eindruck nach ohne Mühe aber eben darum mit vollen-
deter Kunst, den classischen Anstrich zu geben, unter dem
alles Fremdartige verschwindet. Von Allem was er gedichtet,
steht vielleicht am höchsten durch Anmuth und Natürlichkeit
und ein Gemisch von Freude und Wehmuth die Elegie auf
einen von geliebter Hand ihm gereichten Veilchenstrauß, eine
Dichtung, im 16. Jahrhundert wie in dem unsern Gegenstand des Studiums erlesener Geister, die den reinen classischen
Hauch dieser formschönen und gefühlvollen Verse in modernem Gewande festzuhalten suchten [1]). Polizian hat hier zur

1) „In violas a Venere mea dono acceptas" in Prose volgari ec.
S. 283, bei Carducci S. CVIII. Agnolo Firenzuola und Giulio
Perticari haben, in sehr verschiedener Weise, diese Elegie übersetzt. —
Vgl. oben S. 15.

Vergleichung mit Lorenzo de' Medici aufgefordert, der in zweien seiner lieblichsten Sonette denselben Gegenstand behandelt. Die Sylvae, Dichtungen seiner reiferen Jahre nämlich von 1482 bis 1486, sind namentlich Zeugnisse seiner Bedeutung, obgleich sie manchen seiner Epigramme und andern kleineren Stücke an augenblicklichen glücklichen Wendungen wie an Wärme der Empfindung nachstehn. Vier längere Gedichte in heroischem Versmaß, Prolusionen zu den philologischen Vorträgen an der florentiner Hochschule, zu deren Lehrern Polizian gehörte, welchem am 23. December 1485 der Erzbischof Rinaldo Orsini in seinem Palaste, in Gegenwart Piero's des Sohnes Lorenzo's feierlich die Würde eines Doctors des canonischen Rechts verlieh[1]). Das erste dieser Gedichte[2]), Manto, Name der thebanischen Wahrsagerin welchen die von ihrem Sohne gestiftete italienische Stadt annahm, handelt von Virgil, seinen Werken, seiner Stellung in der Literatur, seiner Bedeutung für alle Zeiten:

> „Immer ertönt unvergängliches Lob des erhabenen Dichters,
> Immer entrollt der gewaltige Strom unversiegbaren Quellen,
> Immer entquillt der lebendige Born zu köstlichem Labsal,
> Immer entzückt die farbige Pracht süßduftender Blüten."

Wie die erste der Sylven den Virgilischen Bucoliken zur Einleitung dienen sollte, so die zweite, Rusticus, den Georgiken und den Hesiodischen Werken und Tagen. Die dritte, Ambra, hat ihren Namen von dem Mediceischen Poggio a Cajano, aber der Name steht kaum in Beziehung zu der Dichtung, die nur am Schlusse der Localitäten erwähnt, während sie sonst der Charakteristik der aus den homerischen Gesängen zu schöpfenden Lehren wesentlich auf dem Boden pseudo-

---

1) Das Diplom (mit falschem Datum) aus dem florentinischen erzbischöflichen Archiv bei Bandini a. a. O. Bd. I. S. 188.

2) Prose volgari ec. S. 285—427.

herodotischer und pseudoplutarchischer Anschauungen gewidmet ist. Die letzte und längste der Sylven, mit dem seltsamen Titel Nutricia, Lohn der Nährmutter, schildert Ursprung, Zeitgang und Einfluß der Poesie und Poetik der classischen Zeiten, und geht zu dem Dichter der Göttlichen Comödie über, um am Schlusse das Lob Cosimo's de' Medici und seiner Nachkommen zu singen. Reichthum und Versatilität von Lorenzo's Talent sind vielleicht nie wahrer und glücklicher charakterisirt worden als in den Schlußversen dieses Gedichtes, und wenn das Lob Lebender und Mächtiger in solcher Fassung erscheint, darf man es getrost hinnehmen. Nachdem die Fülle der Leistungen auf dem Felde der Gefühlsdichtung, welchem der größere Theil von Lorenzo's älteren Poesien angehört, geschildert worden ist, heißt es von seinen übrigen dichterischen Erzeug- nissen und von seinem ganzen geistigen Wesen:

„Nun mit attischem Salz und mit heiterm Spotte beschreibst du
Greise im Trinken beherzt, und dichtest die festlichen Chöre,
Welche zu Tanz und Gelag' erschallen von tönender Leier.
Hast du dich dann zu ländlicher Ruh' und Muße begeben,
Städtischen Sorgen entfloh'n und der Lust des bacchischen Taumels,
Schwingst du gern dich empor zu lichteren Räumen, zu kosten
Höchste der Güter, dem Mann die erhabenen Ziele des Daseins.
Was als drückende Last ja den Andern erscheinet und Arbeit,
Dir ist's Spiel, und hast du geschafft für das Wohl der Gesammtheit,
Wird der poetische Drang der Kraft, der erprobten, zum Labsal.
Glänzender Geist! Wie keiner beglückt in der wechselnden Gaben
Seltener Fülle, die dir so viel zu bewältigen leicht macht,
Stets mannichfaltigen Thuns zu walten in freudigem Kreislauf."

So schrieb Angelo Poliziano auf der Villa zu Fiesole im October 1486, indem er in den nachfolgenden Versen die kommende Zeit verkündete, seines Zöglings Piero künftige Größe, wenn dieser, der Jugend frohe Vorbedeutung erfüllend, einst in des Vaters Fußstapfen trete:

„Schon betrat er die Bahn. So sei, so bleibe sein Fortschritt!
Mög' er, der Größ're, zurück mich lassen in weiter Entfernung!
Werde der Beifall ihm, dem Zögling zutheil, dem geliebten:
Bleibt Er Sieger im Kampf, so bekränzt mich doppelter Lorbeer."

Ein gütiges Geschick hat den Dichter davor bewahrt,
Zeuge der Vernichtung seiner Hoffnungen zu sein, Hoffnungen
deren Erfüllung aber schon sehr in Frage gestellt war, als
er, vor der Zeit und doch zu rechter Zeit abberufen wurde.
Wer in der Geschichte dieser Tage bewandert, heute die freund=
lichen Höhen von Fiesole ersteigt, deren Aussehen durch neue
Bauten und Straßenanlagen geändert aber nicht umgewandelt
ist, denkt gerne der Zeit in welcher Angelo Poliziano hier in
dem Mediceischen Landhause weilte, das er in einem Briefe
an Marsilio Ficino geschildert hat [1]). „Belästigt die Sommer=
hitze dich in Careggi, so wird Fiesole's kühlere Luft dir wol
nicht unerfreulich sein. Zwischen den Abhängen des Hügels
haben wir Ueberfluß an Wasser, und während gemäßigte
Winde uns fortwährend erfrischen, setzt die Sonnenglut uns
wenig zu. Steigt man zur Villa heran, so scheint sie vom
Laube eingeschlossen; hat man sie erreicht, so erfreut man sich
weitester Aussicht nach der Stadt zu. Die Umgebung ist
zwar dichtbewohnt, doch finde ich hier die mir zusagende
Ruhe. Aber ich will dich mit anderer Verlockung versuchen.
Bisweilen über die Grenzen seiner eignen Anlagen hinaus=
wandernd, unterbricht Pico unerwartet meine Einsamkeit und
holt mich aus meinen schattigen Gründen zu seiner Abend=
mahlzeit. Du weißt wie es damit bestellt ist: kein Ueberfluß,
aber alles Gehörige und dazu die Würze seiner Unterhaltung.
Du aber sollst mein Gast sein: bei mir wirst du gleich guten
Tisch, vielleicht bessern Wein finden, denn in Bezug auf Wein
lasse ich mich selbst mit Pico in Wettstreit ein."

1) Epist. l. X. 14.

Die Sylvae sind drei Jünglingen des Mediceischen Kreises und einem außerhalb desselben Stehenden gewidmet. Lorenzo, der Sohn Pier Francesco's de' Medici, Enkel von Cosimo's Bruder, dessen Namen die Manto an der Stirne trägt, stand damals mit den Gliedern der ältern Linie seines Geschlechts in befreundeten Beziehungen, die sich nachmals änderten, ein Wechsel dessen Nachklang auch dann nicht vollständig schwand, als seine Nachkommen die Herrschaft über Florenz angetreten hatten, während die einzige von Cosimo's Linie übrig Gebliebene auf dem französischen Throne saß. Selbst dichterisch begabt und auch sonst kein unwürdiger Nebenbuhler seiner berühmteren Verwandten, war der jüngere Lorenzo mit Polizian befreundet, der ihm unter andern eine Schilderung der Villeggiatur zu Poggio a Caiano widmete. Den Rusticus bestimmte der Dichter für Jacopo Salviati, welchen Lorenzo zur Zeit als diese Verse entstanden, 1483, sich schon zum Eidam erkoren hatte, sodaß Polizian, der einst den unglück-lichen Erzbischof von Pisa besungen und dann mit maßlosen Anklagen öffentlich beschimpft hatte, über die heikle Vergangen-heit leichten Fußes hinwegging. Die Ambra wurde an Lorenzo Tornabuoni gesandt, Giovanni's Sohn und eine Zeitlang mit Piero de' Medici Zögling unseres Dichters, der seine geistigen Gaben und Kenntniß der classischen Literatur auch in einem seiner Briefe gerühmt hat. Ein treuer Anhänger der Verwandten im Glück wie im Unglück, das ihn noch schwerer traf als sie, indem er in der Savonarola'schen Zeit der Betheiligung an einer Verschwörung zu Gunsten der Verbannten angeklagt, als Opfer einer tumultuarischen Justiz erst zwei-unddreißig Jahre alt mit Niccolò Ridolfi, Vater von Lorenzo's de' Medici Schwiegersohn, im J. 1497 auf dem Blutgerüst endigte. Die letzte dieser Dichtungen, die Nutricia widmete der Autor im J. 1491, somit mehre Jahre nach ihrer

Entstehung, dem Cardinal von Sant' Anastasia, Antonio Palla-
vicino Gentile von Genua, unter Innocenz VIII. und Alexander
VI. in Staatsgeschäften einflußreich und in mancherlei Beziehungen zu Literatur und Literaten, wie denn Polizian die
beim Papste ihm zutheil gewordene Förderung am Schlusse
der Widmung dankbar anerkennt.

Wie gesagt sind die Sylvae Prolegomena zu literarischen
Vorträgen. Aber auch zu einem Cyclus anderer Art, zu
Vorlesungen über Aristotelische Philosophie, im J. 1483 in
Florenz gehalten, hat Polizian eine Einleitung verfaßt, eine
prosaische und wol die seltsamste die je an einer Hochschule
vernommen worden ist[1]). Der Titel: Lamia (die Hexe) klingt
schon wunderlich, und man würde einen Scherz vermuthen,
fände sich nicht im weitern Verlaufe Ernst. Charakteristisch
ist der Eingang dieser vor Studenten gehaltenen Rede jedenfalls. „Habt ihr jemals von Hexen reden gehört? Als ich
ein kleiner Junge war, erzählte mir die Großmutter von
Hexen die im nahen Walde die unartigen Kinder auffräßen.
Denkt euch, welches Schreckbild damals eine Hexe für mich
war. In der Nähe meiner kleinen Villa zu Fiesole verbirgt
sich ein Bächlein, Fonte Lucente genannt, im Schatten des
Hügelabhangs, und die dort Wasser schöpfenden Frauen des
Ortes erzählen, es sei ein Sammelplatz für Hexen. Was ist

1 Praelectio in Priora Aristotelis analytica cui titulus Lamia.
La Strega prelezione alle Priora d'Aristotile nello studio Fiorentino
l'anno 1483 per Ang. Ambr Poliziano volgar. da Isidoro del
Lungo. Flor. 1864. Die nächste Umgebung Fiesole's, wo Polizian so
ganz zu Hause war, erinnert auch heute an die Hexen-Traditionen des
Mittelalters. Die unterirdischen Kammern des leider arg zerstörten
römischen Theaters am Nordabhang des Hügels heißen beim Volke die
Hexengrotten, Buche delle Fate, nicht ferne von der mit stets kühlem
Wasser gefüllten Steingrotte, der Fonte sotterra, am östlichen Abhang,
und den Latomien, welche Brunellesco zum Behufe seiner mächtigen Bauten
eröffnete. Fr. Inghirami, Memorie storiche per servire di guida
all' osservatore in Fiesole. Fiesole 1839. S. 60 ff.).

denn aber eine Hexe? Plutarch von Chäronea, so ernst wie gelehrt, berichtet die Hexen hätten künstliche Augen, nach Belieben zum Einsetzen und Herausnehmen, wie schwachsichtige Alte mit den Brillen thun, die sie ins Nasenbein einkneifen wenn sie etwas scharf ansehen wollen, und dann wieder ins Futteral stecken, oder andere Leute mit ihren falschen Zähnen, die sie beim Schlafengehn mit den Kleidern ablegen, nicht zu reden von euren Ehehälften, ihr Verheirateten, mit ihren erhandelten Haarflechten und Locken. Will die Hexe lustwandeln, so setzt sie die Augen ein und wandert durch Straßen und Gäßchen, über Plätze und Märkte, durch Kirchen und Amtsstuben, Kneipen und Bäder, schaut Alles an, beschnüffelt Alles, betastet Alles, der Mensch mag machen was er will. Es sind Eulen- und Kundschafteraugen, gleich denen der alten Magd beim Plautus. Sie findet selbst ein Sandkorn heraus und vertieft sich in die engste Ritze. Heimgekehrt, nimmt sie flugs auf der Schwelle die Augen heraus und steckt sie in die Tasche. Draußen luchsäugig, ist sie zu Hause blind. Ihr fragt wol was sie dann treibt? Sie sitzt beim Garnspinnen und trällert von Zeit zu Zeit ein Liedchen. Habt ihr Florentiner niemals solche Hexen gekannt, die von den eignen Dingen nichts wissen, während sie mit fremden stets zu schaffen haben? Nein! Und doch giebt's deren in den Städten manche, auch hier in der eurigen. Aber sie spazieren verkleidet — ihr haltet sie für Menschen, es sind Hexen. Es traf sich einmal, daß einige derselben, die mich zufällig vorübergehn sahen, stehn blieben und, als wenn sie mich kennten, mich neugierig anschauten wie Kauflustige zu thun pflegen, und mit verzerrter Gebehrde einander zuraunten: das ist der Polizian — er selber ist's, der Bänkelsänger der sich plötzlich als Philosoph entpuppt. Darauf entfernten sie sich rasch, gleich Wespen mit gesenktem Stachel. Was sie mit

der Rede meinten, ist mir unklar, ob ihnen überhaupt mis=
fällt wenn Einer ein Philosoph ist, was ich jedoch nicht bin,
oder aber daß ich mir den Philosophen zu spielen anmaße,
ohne das Zeug dazu zu haben. Lasset uns nun sehen, erstens
was es für ein Thier ist, das die Menschen Philosoph nennen.
Da werdet ihr bald merken, daß ich nicht zu der Gattung
gehöre. Dies sage ich nicht, weil ich glaube daß ihr es
glaubet, sondern damit es niemandem einfalle es zu glauben.
Auch nicht weil ich mich des Namens schämen würde, falls
dem Namen die That entspräche, sondern weil ich mich gerne
mir nicht gebührender Titel enthalte:

Damit die Kräh' uns nicht zum Hohngelächter stimmt,
Wenn ihr der Vögel Schaar die fremden Federn nimmt.

Dies also ist der erste Punkt. Der zweite aber: ob der
Philosophenstand vom Uebel ist. Nachdem ich das Gegentheil
bewiesen, werde ich euch von mir und dem Gegenstand meiner
Vorträge kurz berichten." Und nach dieser Einleitung folgt
die Andeutung des Ganges der griechischen, die Erläuterung
der Aufgabe der neuern Philosophie!

Der Mann, der die Poesie, so die der lebenden Sprache
wie jene des Idioms aus welchem diese erwachsen war, zu
solcher Höhe hob, stand mitten in der Volksdichtung, auch
darin dem Gönner und Freunde die Hand reichend, der
Sprache und Literatur „von falschem Regelzwange zu Wahr=
heit und Natur" zurückzuführen bemüht war. Beide fanden,
worauf schon hingedeutet ward, das Volkslied in der eigen=
thümlichen Form vor, die es bis zu unsern Tagen bewahrt
hat, in Form und Ton gänzlich verschieden von den Liedern
anderer Länder. In den Rispetti ist die Octave in freier
Behandlung vorherrschend, wie Boccaccio's Zeit sie für die
epische Poesie verwendete. Auch wo das Gefühl überwiegt,
sind sie epigrammatisch zugespitzt und mit häufigen Antithesen

die zu oft den Eindruck von Künstelei hervorbringen, mit
Reminiscenzen der antiken Welt namentlich in Süd=Toscana
und im Römischen. Sie erzählen nicht, noch entwickeln sie
einen Gemüthszustand, schildern aber lebendig augenblicklichen
Affect. Ohne wie Lorenzo de' Medici und Pulci eine ganze
Historie aus solchen Liederchen zusammenzusetzen, hat Polizian
zur Schilderung von Freud' und Leid, von erhörter namentlich
aber von verschmähter Liebe Rispetti aneinandergereiht, selbst
dialogisch, häufig mit an Improvisation mahnender natür=
licher leichter Haltung, im Ausdruck zarter, in der Diction
gelenker als Beide, bei denen nicht selten der Spott über das
eigene Werk durchschimmert. Andere Liederchen derselben Art,
aber ohne innern Zusammenhang, zeugen von einer Mannich=
faltigkeit die nicht überraschen darf, wenn man in Anschlag
bringt, daß es sich hier nicht um Künstliches und Gemachtes
handelt, daß im Mediceischen Kreise diese flüchtigen Poesien in der
Geselligkeit der Villa und des Gartens erwuchsen, bei abendlichen
Spaziergängen, oder, wie die Tanzlieder (Ballate) deren es
von Polizian eine Menge giebt, auf öffentlichen Plätzen mit
Instrumentalbegleitung gesungen wurden, kurz zum Leben des
Volkes gehörten, welches die Vorbilder zu dem gegeben hatte,
was die vornehmere Dichterwelt ihm hier verfeinert, nicht
immer ohne Nebenabsicht, darbot.

Wunderbare Vielseitigkeit des Geistes und der Richtungen,
wenn man in Anschlag bringt, wie ernsten Arbeiten der,
welcher sich in diesen poetischen Wäldern erging, im Gebiete
der classischen Philologie sich unterzog, wie er unter den
Ersten die wahren Grundsätze der Textkritik zur Geltung
brachte, wie er auf P. Innocenz' VIII. Wunsch Herodians
römische Geschichte ins Lateinische übertrug[1]), und seinen mit

---

[1]) Die Uebertragung erschien in Rom 1493. Widmung an den Papst
und dessen Breve im 8. Buch der Epistolae. Das Gedicht „Herodianus
in laudem traductoris sui" in: Prose volgari ec. S. 264.

dem Griechischen nicht vertrauten Landsleuten die Schriften des Hippokrates und Galenus zugänglich machte, wobei er für die Correctheit des Wiedergebens der medicinischen Ausdrücke den Beistand des gelehrten Arztes Piero Leoni in Anspruch nahm, der damals in Padua las [1]). Der talentvollste Dichter des 15. Jahrhunderts ist zugleich derjenige unter den Philologen gewesen, der, wenn er umfassende Kenntniß des Alterthums mit Einigen theilt, den Geist desselben am selbständigsten und eigenthümlichsten repräsentirt. Daß er, der den classischen Dichtern nachstrebte, mit den classischen Epistolographen zu wetteifern unternahm, entsprach der Sitte und Liebhaberei die von Petrarca an auf Staatsmänner und Gelehrte eingewirkt hatte und uns eine Menge brieflicher Zeugnisse verschafft hat, deren Werth für die Kenntniß der Zeit nicht gering anzuschlagen ist, entspricht er auch nicht immer den durch den Namen geweckten Erwartungen. Gleich Ficino u. A. sammelte und ordnete auch Polizian seine lateinischen Briefe, die er, Piero de' Medici gewidmet, durch den Druck bekannt machen wollte, woran der Tod ihn hinderte [2]). Von größerm Interesse, als manche dieser, theilweise doch sehr inhaltreichen Briefe sind für uns die vertrauten in der Bulgarsprache geschriebenen, bei denen er nicht an die Oeffentlichkeit dachte. Auch dieser geistvolle Mann zeigte sich nicht frei von der Unsitte der Gelehrten des 15. Jahrhunderts, der Sprachmengerei, welche lateinische Phrasen mit italienischen abwechseln ließ ohne daß der Stoff dazu den geringsten Anlaß geboten hätte.

1) Brief an Lorenzo de' Medici, Florenz 5. Juni 1490, ebdf. S. 76.
2) An Piero de' Medici, Florenz 23. Mai 1494, ebdf. S. 54.

Polizian im Mediceischen Hause. Scala und Rucellai.

Von vielen seiner Zeitgenossen ist Lorenzo de' Medici besungen und angesungen worden, namentlich in lateinischen Versen, welchen die Complimentirkunst des 15. und 16. Jahrhunderts den Vorzug gab, weil sie für würdevoller galten, auch nachdem der große Aufschwung der italienischen Poesie deren Recht gesichert hatte. Die auf diese Zeit gelenkte Aufmerksamkeit des größern Publicums hat manche solcher poetischen Producte der Vergessenheit entziehen lassen, welcher sie alsbald wieder versinken, wenn sie zur historischen Kenntniß der Epoche nichts beitragen und ihr literarischer Werth nur in einem Formtalent besteht, das von der Mehrzahl der Latinisten des folgenden Jahrhunderts übertroffen worden ist. Zum Glück ist Polizian der eigentliche Mediceische Hofpoet gewesen. Viele seiner Sinngedichte sind an Lorenzo gerichtet, und die Eleganz der Form wie jene Wärme des Gefühls, die aus Allem, Versen wie Prosa, was er an oder über diesen Gönner und Freund geschrieben, uns anspricht, müssen über den Eindruck des Clientenwesens hinweghelfen, der sonst von dieser Gattung Poesie unzertrennlich ist. Neben dem Preis seiner Klugheit und Vorsicht, seiner Worte und Thaten, neben den Wünschen nestorischen Alters wie er schon

nestorische Weisheit besitze, neben dem Dank für gewährte
Gunst, neben Anerbietungen von Diensten finden wir Verse
auf einen raschen Renner, auf einen spanischen Jagdhund,
auf einen für abgestorben gehaltenen aber wiedererblühten
Baum vor dem Mediceischen Hause, auf den Brunnen von
Ambra. Als Giuliano noch lebte, hatte er dessen Eintracht
mit dem ältern Bruder gepriesen; Castor und Pollux,
Agamemnon und Menelaos waren sie ihm erschienen. In
Giuliano's Namen hatte er ein anmuthiges längeres Liebes-
lied geschrieben. Er gehörte ganz dem Mediceischen Hause
an. Er stand in jungen Jahren, als Lorenzo ihm die Erziehung seines Sohnes Piero anvertraute, welcher noch nicht
achtjährig war, als eine Störung eintrat, die dem Dichter-
Pädagogen manchen unerfreulichen Moment bereitet hat.

Als im Sommer 1478 Krieg und Seuche den Aufenthalt
in Florenz verleideten, sahen wir Lorenzo Frau und Kinder
nach Pistoja senden, wo sie im Hause Andrea Panciatichi's,
des den Medici geneigten Hauptes der vielvermögenden
Familie gastfreundliche Aufnahme fanden. Angelo Poliziano,
andere Lehrer, ein Arzt begleiteten sie. Der erst siebenjährige
Piero empfing hier mit seinem Großohm Giovanni Tornabuoni
Ercole von Este der zur Uebernahme des Commandos nach
Florenz ging. Im October vertauschten sie Pistoja mit der
Villa von Fiesole, wo die Söhne Niccolò Orsini's Grafen
von Pitigliano den Familienkreis vergrößerten. Hier begann
Mißhelligkeit zwischen Mutter und Hofmeister. Clarice war
eine gute und sorgsame Mutter. Giovanni, noch nicht drei-
jährig, hatte bald nach seiner Geburt zu Besorgnissen Anlaß
gegeben und ihr wie der Großmutter viel Mühe gemacht,
wie er denn nie rechte Gesundheit genossen hat. Inbetreff
des damals erst einige Monate zählenden Giuliano, der immer
zarter Constitution blieb, schrieb sie später an ihren Gatten:

„ich werde Sorge für ihn tragen, wie es sich für eine Mutter
ziemt, bitte aber auch euch, für die Kinder wie für mich euch
zu erhalten." Polizians Erziehung befriedigte sie nicht.
Nicht daß sie überhaupt wider ihn eingenommen gewesen
wäre: von dem einst zwischen ihnen bestandenen guten Verhältniß zeugen die Briefe, die er bei verschiedenen Anlässen,
wenn er mit Lorenzo von Florenz abwesend war, an sie
richtete[1]). Er verwandte auf seinen jungen Zögling, dessen
Schreiben und Stilproben er dem Vater sandte, große Sorgfalt. „An meiner Aufmerksamkeit und Treue, schrieb er am
20. September von Pistoja aus an Lorenzo, soll es nicht
fehlen. Ich weiß was ich Eurer Magnificenz schulde, und
empfinde für Piero und eure andern Kinder eine Zuneigung,
welche der des Vaters nichts nachgiebt. Ereignet sich gelegentlich
etwas Unerfreuliches, so werde ich mich es zu ertragen bemühen, aus Liebe zu euch dem ich Alles danke." Diese
Worte deuten bereits auf ein beginnendes Zerwürfniß. Vier
Wochen vorher hatte er geschrieben: „Ich beschäftige mich mit
Piero und ermuntere ihn zum Schreiben, und ich glaube in
wenigen Tagen werdet ihr einen Brief erhalten der euch in
Staunen versetzen wird. Wir haben hier einen Lehrer, der
in vierzehn Tagen im Schreiben unterrichtet, sodaß es ein Wunder
scheint. Die Kinder unterhalten sich mehr als gewöhnlich
und sind recht aufgeblüht. Piero kommt nie von meiner
Seite. Ich möchte euch in größeren Dingen zu Diensten
sein; da dies jedoch meine Aufgabe ist, erfülle ich sie mit
Freuden. Ich bitte euch aber entweder brieflich oder durch
einen Boten Sorge zu tragen, daß meine Autorität nicht

---

1) Polizians Briefe an Madonna Clarice (vgl. Bd. II. Buch VI.
Kap. 3) finden sich bei del Lungo, Prose volgari S. 45 ff., wo auch
dessen Schreiben aus Pistoja, Cafaggiuolo, Careggi, Fiesole an Lorenzo
und dessen Mutter, die zumtheil schon von Fabroni gedruckt waren.

geschmälert werde, damit ich den Knaben leichter leiten und
die mir obliegende Pflicht erfüllen kann. Verfahret hierin
jedoch ganz nach eurem Belieben. Wie es da immer kommen
mag, ich werde es mit Gleichmuth ertragen." Und am näm-
lichen Tage: „Wir verhalten uns so gut wie möglich, aber
ohne Stöße geht's für mich nicht ab." Daß er unzufrieden
war und sich langweilte und gerne in Lorenzo's Nähe gewesen
wäre, geht aus allen seinen Briefen an diesen und an
Madonna Lucrezia hervor.

Das Uebel zu mehren, trat die Villegiatur in Cafaggiuolo
hinzu, wohin Clarice sich im November begab. Ein schon
durch Lage und Klima melancholischer Winteraufenthalt, wo
Einsamkeit und schlechtes Wetter den reizbaren Mann zwiefach
verstimmt zu haben scheinen, umsomehr als Lorenzo's alter
Lehrer Gentile Becchi, der das Landhaus mit der Familie
bewohnte, infolge der traurigen Zeitverhältnisse, die gerade
ihm, dem maßlosen Ankläger des Papstes, schwer auf der
Seele lasten mochten, sehr ungesellig geworden war. Gentile
hatte die Ereignisse des Frühlings tief empfunden und war
durch Giuliano's Tod in die trübste Stimmung versetzt worden.
Polizian hatte ihm durch eine an ihn gerichtete Ode Muth zu
machen gesucht, eine Ode welche dadurch historische Bedeutung
erlangt hat, daß sie von den Hoffnungen Zeugniß giebt, welche
die Anhänger der Medici, und mit ihnen wol die Mehrheit
des florentinischen Volks zu Anfang des Kampfes im Hinblick
auf die erwartete fremde Hülfe hegten, Hoffnungen die dann
allerdings nur spärlich in Erfüllung gingen [1]).

---

1. Ad Gentilem episcopum. (,,Gentiles animi maxima pars
mei") in den Prose volgari etc. S. 259. Polizian sandte die Ode
nachmals auch an Lorenzo.

„Freund du, dem mich vereint dauernder Neigung Band,
Wie doch fährst das Geschick irdischen Daseins du
Trüb' und trüber im Sinn stets zu beklagen fort,
    Mir wie dir zu erneutem Leid?

Ja, uns wurde geraubt was unersetzbar ist,
Ja, uns faßte der Schmerz, grimm, als im Heiligthum
Jüngst wir sah'n wie der Stahl schnödesten Hochverraths
    Ihn, den herrlichen Jüngling traf.

Trost doch ward uns zutheil, heilend die wunde Brust,
Denn uns blieb unversehrt, den du geleitet einst
Treu und fest an der Hand, den Fiorenza ehrt,
    Laurens, ihrer Geschicke Hort.

Laurens, den des Olymp ewiger Herrscher wahrt,
Ihm das Haupt mit dem Schild deckend, dem schrecklichen,
Den der tuscische Leu, jener Venedigs auch,
    Mailands Drache mit Beiden schützt.

Ihm stellt Hercules sich drohend zur Rechten auf,
Rings abwehrend den Feind ihm mit dem Pfeilgeschoß;
Ihm schickt Reiter bewehrt Galliens großes Reich,
    Glücklich ruh'nd in des Königs Hut.

Ihn umgiebt das Gedräng jauchzenden Volkes hier,
Ihn umringen im Kreis Väter im Purpurkleid;
Recht und Kraft in dem Kampf, den wir gesuchet nicht,
    Stehn zur Seit' uns mit Jovis Gunst.

Drum was soll uns die Trau'r, da wo das Leben heischt
Daß wir muthig und treu setzen das Höchste ein?
Laß die Freude an dem, was uns gerettet ist,
    Dir verscheuchen des Herzens Leid.

Denn nicht rufet der Schmerz um das Verlorene
Lebenshauch in die Brust, welche der Athem floh;
Klaglaut wecket nicht auf, was da der kalte Tod
    In sein Reich, in das düstre zog."

Die Dichtung scheint geringe Wirkung hervorgebracht zu haben, und der Dichter selbst wurde von der Melancholie angesteckt. „Die Neuigkeiten, schreibt Polizian am 18. November an Madonna Lucrezia, die wir euch von hier melden können, sind, daß es so heftig und unaufhörlich regnet, daß es eine Unmöglichkeit ist das Haus zu verlassen, und wir die Jagd in Ballspiel verwandelt haben, damit die Kinder in Bewegung bleiben. Ich sitze neben dem Kamin in Pantoffeln und Schlafrock, und wenn ihr mich sähet, würdet ihr mich für den leibhaftigen Trübsinn halten, denn so komme ich mir selber vor. Ich thue, sehe, höre nichts was mich erheitert, so haben unsere Unglücksfälle mir zugesetzt! Schlafend wie wachend, geht mir nichts im Kopf herum als diese Vorstellungen. Vorgestern waren wir Alle in freudiger Bewegung, weil wir vernahmen die Krankheit habe aufgehört. Jetzt sind wir wieder herunter, da es heißt es schleiche immer noch etwas umher. Wenn wir in der Stadt sind, haben wir doch einige Erheiterung, wäre es auch nur Lorenzo wohlbehalten heimkehren zu sehen. Hier beunruhigt uns Alles, und ich versichere euch, daß ich in Trübsinn untergehe, so lastet die Einsamkeit. Monsignore (Becchi) schließt sich in seiner Kammer ein, nur von seinen Gedanken begleitet, und ich finde ihn so sorgenvoll und niedergeschlagen, daß seine Gesellschaft nur meinen eignen Kummer steigert. Ser Alberto del Malerba (ein im Mediceischen Hause befindlicher Priester) sagt den ganzen Tag über mit den Kindern das Officium her. Bin ich nun müde vom Studium, so jagt meine Phantasie unter Pest und Krieg, Schmerz um die Vergangenheit, Besorgniß für die Zukunft umher. Ich habe niemanden, meine Gedanken an den Mann zu bringen und sterbe vor Langeweile. Hier finde ich meine Madonna Lucrezia nicht, gegen die ich mich über die Dinge auslassen kann."

Endlich kam's zum offnen Bruch. Am 6. Mai 1479 schrieb Polizian von Careggi aus an Lorenzo: „Ich bin hier zu Careggi, nachdem ich auf Madonna Clarice's Befehl Cafaggiuolo verlassen habe. Ueber Grund und Umstände meines Fortgehens wünsche ich, ja bitte ich dringend euch mündlich berichten zu dürfen, denn es ist eine weitläufige Sache. Ich glaube daß ihr, nachdem ihr mich angehört, finden werdet daß nicht alles Unrecht auf meiner Seite ist. Um des Anstands willen und um nicht ohne euer Geheiß nach Florenz zu kommen, bin ich hier und warte, bis Eure Magnificenz mich bedeutet was ich zu thun habe. Denn euer bin ich wenn selbst die Welt sich umdreht, und wenn in eurem Dienste das Glück mir nicht lächelt, so hindert dies nicht, daß ich mich diesem Dienst stets mit Treue gewidmet habe. Ich empfehle mich E. M., der ich ganz zu Befehl bin." Was Madonna Clarice zu der Gewaltmaßregel bewog ist klar. Gegen den Gelehrten konnte sie nichts einwenden, der Mensch aber flößte ihr wol nicht großes Vertrauen ein, wenn es gleich ferne liegt hier an die nachmals über Polizians moralische Haltung verbreiteten schlimmen Gerüchte zu denken, Gerüchte in denen man die Zeit erkennt, die sich immer noch in ehrenrührigsten und schmutzigsten Beschuldigungen gefiel. Die Literaten waren so voll übertriebenen Selbstgefühls und ihrer Zunge wie ihrer Feder so wenig mächtig, daß Lorenzo's Gemalin sich wahrscheinlich in ihrem Rechte befand. Sie wollte die Erziehung beaufsichtigen, der Erzieher wollte es nicht dulden. „Was Giovanni betrifft, hatte er am 6. April von Cafaggiuolo aus an Lorenzo geschrieben, indem er diesem einen von Piero entworfenen Brief übersandte, so läßt seine Mutter ihn im Psalter lesen was ich durchaus nicht billigen kann. Wenn sie sich nicht mit ihm zu schaffen macht, sind seine Fortschritte überraschend, so daß

er ohne fremde Hülfe liest." Der Psalter einem dreijährigen
Kinde zur Leseübung in die Hand gegeben, ist allerdings eine
seltsame Erscheinung. Wenn es jedoch, wie man annehmen
muß, die von Marsilio Ficino für Clarice angefertigte Uebertragung war, so konnte der Humanist des 15. Jahrhunderts
nicht denselben Einwand machen, wie im folgenden ein anderer
Humanist der den Cardinalspurpur erhielt, Pietro Bembo,
gegen die Lectüre der Episteln des Apostels Paulus: sie ver-
derbe den Stil.

Lorenzo de' Medici war gerade damals von der Krisis
der öffentlichen Dinge so in Anspruch genommen, daß diese
häuslichen Streitigkeiten ihm doppelt lästig sein mochten.
Vorderhand dachte er nicht daran, den vor die Thüre gesetzten
Pädagogen in sein Amt wiedereinzuführen. Er wies ihm die
fiesolanische Villa an, wo dieser lateinische Verse dichtete,
Lorenzo und die ihm gewährte Muße wie die anmuthige
Aussicht auf die Musenstadt und den durch die Ebne sich
schlängelnden Arno feierte [1]), augenscheinlich jedoch seiner Zunge
keinen Zügel anlegte. „Es wäre mir lieb, schrieb Madonna
Clarice von Cafaggiuolo am 28. Mai an ihren Gatten [2]),
nachdem sie ihn liebevoll ermahnt inmitten der fortdauernden
Seuche für seine Gesundheit Sorge zu tragen, nicht, wie
Luigi Pulci durch Matteo Franco's Verse, zur Fabel zu
werden. Auch wünschte ich daß Messer Angelo sich nicht
rühmen könnte, er bleibe mir zum Trotz im Hause, und ihr
hättet ihm zu Fiesole eure Wohnung angewiesen. Ihr wisset,

1) Die anmuthige Schilderung der Aussicht von Fiesole auf Florenz
und seine Umgebung („Talia Faesuleo lentus meditabar in antro-Rure
suburbano Medicum") steht zwar am Schlusse des Gedichts Rusticus,
welches das Datum 1483 trägt, mag jedoch, was die Entstehung betrifft,
schon zu der obenberührten Zeit in Beziehung stehen.

2) Fabroni a. a. O. Bd. II. S. 288.

daß ich euch sagte, wäre es euer Wille daß er bleibe, so sei
ich's zufrieden, und obgleich ich seine Grobheiten habe hinnehmen müssen, würde ich's in Geduld ertragen falls es euer
Entschluß wäre, aber ich könne es nicht glauben." Claricens
Vorstellungen müssen doch auf Lorenzo Eindruck gemacht haben.
Obgleich Polizian ihn wiederholt sah, blieb er vom Hause
ausgeschlossen. Immer wieder und aufs dringendste empfahl
er seine Interessen Madonna Lucrezia, welcher er seine be-
drängte Lage vorstellte, falls die auf Piero gesetzten Hoffnungen
zu Wasser würden [1]). Er bat sie, Lorenzo's Absichten inbetreff
seiner zu ergründen zu suchen. Der Hofmeister der Söhne
Giovanni Tornabuoni's, Martino della Comedia gab einstweilen auch Piero Unterricht, ebenso Bernardo Michelozzi
des Architekten Sohn, der eigentliche Erzieher Giovanni's und
nachmaliger Bischof von Forli. Deutlich erkennt man
Polizians Ungeduld und Aerger. „Es würde mich sehr
wundern, schrieb er, wenn man Piero seine Zeit verlieren
ließe, und es wäre wahrhaft schade. Ich vernehme, daß
Messer Bernardo da ist, aber ich sehe nicht recht ein, wie
er an meinem Gewebe fortspinnen soll, falls er nicht etwa
dauernd bleibt. Dann freilich wäre es gut, daß die Bombe
geplatzt ist. Ich glaube es jedoch nicht und bitte auch deshalb Lorenzo's Absicht zu erkunden, um zu beurtheilen ob ich
Turnier- oder Kampfrüstung anlegen soll. Ich werde mich
stets nach Lorenzo's Befehl und Willen richten, denn ich bin
gewiß, daß er tiefer in die Dinge blickt als ich, und daß er
meine Ehre wahren wird, wie er immer gethan und worauf
meine treuen Dienste mir Anspruch geben werden."

---

1) Fiesole 21. Mai, 18. Juli 1479, in den Prose volgari ec. S. 71
—74. Mehre lateinische Sinngedichte an Lorenzo (ebbf. S. 123, 124)
sind aus dieser Zeit.

Wann die Versöhnung zustande kam, ist aus Polizians Briefen, die uns für mehre Jahre fehlen, nicht ersichtlich. Die an Lorenzo bei dessen Rückkehr aus Neapel gerichteten Verse zeigen, daß er damals noch nicht wieder im Hause war[1]). Ein Jahr später, nämlich 1481, war Piero jedoch seiner Leitung aufs neue anvertraut, denn aus diesem Jahre sind die lateinischen Dictate für denselben[2]), welche der Belagerung Otranto's durch den Herzog von Calabrien erwähnen. Vergebens sucht man in diesen Uebersetzungsthematen, die bald von gleichzeitigen Begebenheiten reden, bald auf diesen oder jenen Vorfall des täglichen Lebens anspielen, nach wirklich gesunder Nahrung für einen Jüngling. In ihrem Mangel an Zusammenhang und rechtem Ernst sind sie kein glänzendes Zeugniß der Pädagogik des geistvollen Mannes. Jedenfalls hat Piero neben Polizian andere Lehrer gehabt. Zu diesen zählte der Theologe Giorgio Benigno, in dessen Wissen und Haltung Lorenzo, der seinen Vorträgen wiederholt beiwohnte, großes Vertrauen setzte und dem er nachmals die Vertheidigungsschrift Pico's von Mirandola zur Beurtheilung zustellte. Es ist derselbe, welcher sich viele Jahre später in Reuchlins Streit mit seinen Verketzerern so entschieden auf dessen Seite stellte. Auch Giovanni von Prato später Bischof von Aquila, und Antonio Barberini welcher in Florenz Theologie lehrte, wurden herangezogen[3]). Als Piero in den J. 1484 und 1488 nach Rom ging, das erstemal zur Bewillkommnung P. Innocenz' VIII., das anderemal seiner Vermälung wegen, war Polizian unter dessen Begleitern und er hat bis an sein Ende zu dem engsten

---

1) Prose volgari ec. S. 127. „O ego quam cupio reducis contingere dextram".

2) Latini dettati a Piero de' Medici 1481, ebdf. S. 17—41.

3) Fabroni a. a. O. Bd. II. S. 289.

Mediceischen Kreise gehört. Priester ist er nie gewesen, obgleich er ein Paar geistliche Benefizien hatte.

Daß die Wahl eines Mannes von so ungewöhnlicher
geistiger Begabung zum Erzieher, in einer Zeit in welcher
vor der classischen Cultur alles Uebrige zurückstehn zu müssen
schien, viele Lobredner fand, ist begreiflich, und Christoforo
Landino's Worte in der an Piero de' Medici gerichteten
Widmung von Virgils Werken stehn nicht vereinzelt. Es
fehlte Piero weder an Verstand noch an Lust zum Lernen,
und der Unterricht scheint bei ihm nicht verloren gewesen zu
sein, soferne es auf jene elegante Bildung ankam, die schon
die tüchtigere der ältern Zeit zu verdrängen begann, immer
aber noch ein dauerhaftes Fundament hatte. Die wahre und
nöthigste Grundlage aber, die einer ernsten sittlichen Welt-
anschauung, konnte Angelo Poliziano seinem Zögling nicht
geben, weil sie ihm selber fehlte. Der Vater freute sich der
Fortschritte des Sohnes, die durch die großartige wissenschaftliche, künstlerische, gesellige Bewegung, welcher das Mediceische
Haus zum Mittelpunkt diente, gefördert wurde, indem Piero
gleich seinem Vater frühe ins Leben trat und für die ihm
gewissermaßen erblich bestimmte Stellung vorbereitet ward.
Interesse für wissenschaftliche Dinge hat er jederzeit an den
Tag gelegt. Auf seinen Wunsch hat sein Lehrer die schon
erwähnte Briefsammlung veranstaltet, deren Druck freilich
erst nach dessen Tode wie nach seiner Verbannung erfolgte,
eine Briefsammlung die das Loos ihrer meisten Schwestern
getheilt hat, manches zu enthalten was zur Ehre des Schreibers
besser ungedruckt geblieben wäre. Die Nachwelt aber hat Polizians
Urtheil über seinen Zögling, das Urtheil eines Höflings, nicht
bestätigt. In ihm, so schrieb er an Pico von Mirandola [1]),

---

1) Epist. XII. 7.

lebt des Vaters Geist wieder auf, des Großvaters Tugend, des Urgroßvaters Humanität, aller Ahnen Redlichkeit, Frömmigkeit, Großmuth, Hochsinn.

Wenn Lorenzo de' Medici im eigenen Hause die Eintracht zwischen seiner Gemalin und einem literarischen Freunde so wenig aufrecht zu erhalten vermochte, so vermochte er es noch weniger zwischen Letzterm und einem andern Mitgliede seines vertrauten Kreises. Gleich Polizian gehörte zu diesem ein Mann, dessen literarische Verdienste nicht von der Art sind, ihn in die Reihe Derer zu stellen welche diesem Zeitalter Berühmtheit verleihen, und der doch zu höherer und festerer Stellung als die meisten von diesen gelangte, weil er sich als gefügiges und brauchbares Werkzeug erwies. Bartolommeo Scala[1]), um das J. 1430 zu Colle im Elsathal geboren, hat in einem Briefe an Polizian selber seine Herkunft und den Ursprung seines Glücks geschildert, und er ist jedenfalls darin zu loben, daß er offen aussprach was freilich Alle wußten. „Von allen irdischen Gütern entblößt, arm und von Eltern niedrigsten Standes geboren, kam ich hieher, ohne Mittel, ohne Ansprüche, ohne Beschützer, ohne Verwandte. Cosimo der Vater unseres Vaterlandes nahm mich auf, und im Dienste seiner Familie kam ich empor[2]).“ Sein Vater war ein Müller, und die ersten von dem Jüngling in Florenz verlebten Jahre verflossen in bitterm Mangel, wie man aus den Briefen Cardinal Ammannati's weiß, der sich hier in nicht glänzenderen Verhältnissen befand. Wie bei andern Schützlingen, vererbte sich Cosimo's Gunst auf dessen Nachkommen. Nur

1) D. M. Manni, Bartholomaei Scalae Collensis vita, Florenz 1768. Scala's florentinische Geschichte, jetzt völlig vergessen, erschien Rom 1677. Die Laurentiana enthält von ihm eine handschriftliche, Lorenzo de' Medici gewidmete Sammlung Briefe, Gedichte u. a. an und über Cosimo den Alten. (Vgl. Moreni Bibliografia Bd. II. S. 321).

2) Ang. Polit. Epist. XII. 17.

dieser Gunst ist es beizumessen, daß nach Benedetto Accolti's
Tode Scala das Kanzleramt erhielt [1]). Obgleich keineswegs
ohne Bildung und Geschäftsübung, stand Scala seinen Vorgängern, die seit Coluccio Salutati's Tagen dem Kanzleramte
so hellen Glanz verliehen hatten, und unter ihnen auch dem
nach, dessen Platz er einnahm. Denn Benedetto Accolti, der
im rüstigen Mannesalter starb, machte dem Namen welchen
seine Familie sich bereits auf dem Felde der Wissenschaft erworben hatte, wie der Stadt Arezzo welche nun bereits den
dritten Kanzler lieferte, alle Ehre, und verband gründliche
Kenntniß des Rechtes mit ungewöhnlicher Eleganz der Darstellung, während seine Beredsamkeit und sein treffliches Gedächtniß ihn besonders für die verschiedenen Feierlichkeiten
eignete, bei denen Anreden und Antworten ohne lange Vor-
bereitung gehalten und ertheilt werden mußten. Seine nach
französischen Materialien bearbeitete, Piero de' Medici gewidmete lateinische Geschichte des ersten Kreuzzugs hat noch die
Bedeutung, daß Torquato Tasso aus ihr den Stoff seiner
Gerusalemme schöpfte.

Das Glück blieb Bartolommeo Scala günstig: selbst die
große Umwälzung von 1494 hat ihn nicht zu stürzen vermocht.
Ehrenämter, Ambassaden, Ritterwürde, Reichthümer fielen
ihm zu. Er war Lorenzo's Vertrauensmann und mit ihm
in stetem Briefwechsel über städtische und politische Dinge.
In den Stürmen von 1478 und den folgenden Jahren hat

---

1 Accolti (vgl. über ihn Vespasiano da Bisticci a. a. O.
S. 442 ff.) starb 51jährig 1466; das Siegel aber wurde Scala erst im
März 1473 übergeben, sodaß ein Commissorium stattgefunden haben muß.
(Manni a. a. O. S. 15.) Accolti's Dialog: De praestantia virorum
sui aevi, welcher, der vielen vom Autor genommenen persönlichen Rücksichten ungeachtet als Aeußerung eines hochstehenden Mannes immer Beachtung verdient, wurde zuerst von Ben. Bacchini, Parma 1689,
zuletzt von Galletti in Philippi Villani liber etc. S. 97 ff. gedruckt.

er ihm nicht wenig genützt, und namentlich durch ihn hat
Lorenzo die Signorie stets in der Hand behalten. Am Abhang der fiesolaner Hügel besaß er eine schöne, später an die
Guadagni gelangte Villa[1]), und sein städtisches Haus, mit
dem anstoßenden prächtigen Garten heute den Grafen della
Gherardesca gehörend, zeigt auch in seinem Umbau noch das
Wappen, das er auf seinen Namen anspielend sich beilegte.
Da zwei seiner Vorgänger florentinische Geschichte geschrieben
hatten, glaubte er ein Gleiches thun zu müssen. Sein nur
bis zu Carl von Anjou führendes Werk hat aber keinen selbständigen Werth, und seine übrigen Schriften sind noch ver-
gessener als die der meisten Humanisten der Zeit, unter denen
er einen der letzten Plätze einnimmt. Daß er bemüht war
fremden Fürsten, deren Beziehungen zu Florenz er gelegentlich
berühren zu müssen dachte, keinen Anlaß zu Mißvergnügen
zu geben, zeigt sein wiederholt an den ferraresischen Gesandten
gerichtetes Gesuch um Mittheilungen über die Familie Este,
„weil er in seiner Geschichte zum Lobe des erlauchten Hauses
zu schreiben wünscht[2]).“

Bartolommeo Scala's Stellung verleitete ihn zur Selbst-
überhebung. Seine Briefe an Polizian sind voll lächerlichsten
Dünkels[3]). „Mit meinen Ehren wirst du dich schwerlich
messen wollen. Das florentinische Volk hat mich zum Priorat
dann zum Gonfalonierat erhoben, endlich hat es mich in den
senatorischen und Ritterstand aufgenommen, mit solcher
Stimmenmehrheit, daß Viele der Ansicht waren, nie sei
etwas populärer gewesen, während ich Lorenzo's de' Medici
glänzendes Zeugniß für mich habe, niemals sei eine Auszeichnung

---

1) A. M. Bandini Lettere Fiesolane. Flor. 1776, S. 30.
2) A. Guiboni an Herzog Ercole 11. April 1486, bei Cappelli a.
a. O. S. 281.
3) Aug. Pol. Epist. XII. 17, 19.

einem Würdigeren zutheil geworden." Worauf Polizian ihm
eine ehrenrührige Antwort nicht schuldig bleibt. Erlogen ſei,
deſſen er ſich ſeitens Coſimo's und Lorenzo's rühme. Letzterer
habe wiederholt geäußert, wie er bei ſeiner Beförderung
fremder Rückſicht folge, nicht eigener Anſicht, und habe ihm,
Polizian, oft Scala's Amtsſchreiben zur Correctur übergeben,
wie ihm wohlbekannt ſei. Er habe ihn gehindert, die ſpöt=
tiſchen Jamben gegen Scala[1]) zu vernichten: es ſei Schade,
habe er geäußert, um die ſchönen Verſe. Lorenzo de' Medici
war todt, als die Beiden in den heftigen Streit miteinander
geriethen, deſſen Zeugniſſe, mit den leidenſchaftlichen und
hämiſchen, nicht ſelten gemeinen Beſchuldigungen denen der
Filelfo, Poggio und Valla um nichts nachſtehn. Schon bei
ſeinen Lebzeiten aber war der Hader dieſer Männer ausge=
brochen, welche die moraliſche Würde des Gelehrtenſtandes
um die Wette herabzogen.

Nicht minder als literariſche Nebenbuhlerſchaft, ſcheint
Scala's ſchöne und geiſtvolle Tochter Aleſſandra Anlaß zu
dem Streit der Beiden gegeben zu haben. Gleich manchen
anderen Frauen des Jahrhunderts, widmete auch ſie ſich in
der Jugend griechiſchen Studien, und Demetrius Chalkondylas
wie Johannes' Lascaris waren ihre Lehrer. Daß Polizian
eine heftige Leidenſchaft für ſie faßte, ſagen ſeine griechiſchen
Sinngedichte[2]).

> „Endlich hab' ich gefunden, gefunden was immer ich ſuchte,
> Was ich in Liebe erſehnt, was mir im Traume erſchien."

Aleſſandra aber, wenn ſie mit ihrem Bewunderer
griechiſche Verſe wechſelte und ihm wol Blumen ſandte und

---

1) „Ad Bartholomaeum Scalam" („Ihn den ihr dort umherſtolziren
ſeht — ſich blähend in der Amtsbedienten Schaar") in den Prose volgari cc. S. 273.
2) In den Epigrammata graeca, vgl. Prose volgari cc. S. 199 ff.

kleine Geschenke annahm, scheint weit entfernt gewesen zu sein,
dessen Neigung zu theilen. Sie sagt es ihm deutlich, daß er
nicht gefunden habe, indem sie ihm ein Compliment auf sein
Wissen und seine Berühmtheit macht, das ihn aber nicht ge-
tröstet zu haben scheint. Denn als die spröde Schöne dem
Michael Marullus Tarcagnota die Hand reichte, einem
Griechen der, wenn nicht schon sein Vater nach Italien kam,
hier frühe heimisch geworden zu sein scheint, verleitete Eifersucht ihn zu einer wahren Fluth von Angriffen auf die man
begreiflicherweise die Antwort nicht schuldig blieb. In Versen
an Lorenzo den Sohn Pier Francesco's de' Medici, den
Gönner Marullus', welcher ihm seine Gedichte gewidmet
hatte, war er einst so im Lobe der Tapferkeit wie der Poesie
des Griechen übergeflossen, den er über Catull stellte [1]. Nun
war er ebenso maßlos in den Invectiven gegen den glücklichen
Nebenbuhler, deren er ein ganzes Dutzend losließ, indem er
ihn, dem er den Namen Mabilius gab, seine Person, seine
Schriften verhöhnte und auf den Einen Mann alles Schlimme
häufte, was sich den Poeten des Alterthums vorwerfen ließ [2].

„Strotzend von Fehlern sind, Mabilius, deine Gedichte;
   Soll ich zeigen sie dir? Zähle die Tropfen im Meer."

Bis zum Ekel wird mit allem erdenklichen Schmutz,
geistigem wie leiblichem um sich geworfen; Polizians unförmliche
Adlernase und schiefer Hals werden ebenso ins Mitleiden
gezogen wie Marullus' angebliches Gottesleugnen, eine Beschuldigung, die auch seinem Gegner nicht erspart worden ist.
Die Epigramme mögen mit Geschick gedrechselt sein, gerne
würde man sie in der Reihe der Verse eines großen Dichters

---

1) „Quaeris quid mihi de tuo Marullo" in den Prose volgari ec.
S. 124; „Quod plura Venerem tuus Marullus" ebbs. S. 125.
   2) Invectiva in Mabilium ebbs. S. 131 ff. — Marullus' Gedichte
wurden Florenz 1497 gedruckt.

missen. Die wol unschuldige Anlaßgeberin zu diesem häß-
lichen Streit, Alessandra, zog sich, Wittwe geworden in das
Benedictinerinnenkloster von San Pier maggiore zurück, wo
sie im J. 1506 starb.

Unter denen die mit den Literaten von Profession in
gelehrter Bildung wetteiferten, während sie an den Staatsgeschäften lebendigen Antheil nahmen, nimmt Alamanno
Rinuccini eine der ersten Stellen ein[1]). Sprößling einer alten
edlen Familie, deren Castell bei San Donato alla Collina an
der auf dem linken Ufer des Arno von Florenz nach Arezzo
führenden Straße auch heute noch viel von seinem mittelalterlichen Charakter bewahrt, und im J. 1419 geboren, saß er
unter Poggio's und Argyropulos' Schülern, und während er
durch seine Uebertragungen aus dem Griechischen und eigene
lateinische Schriften seine vollständige Beherrschung beider
Sprachen an den Tag legte, vereinigte er in seinem Hause
die Freunde zu wissenschaftlichen Besprechungen. In den
bürgerlichen Aemtern stieg er zu den höchsten Würden empor,
und verwaltete mit gleichem Eifer das wiederholt ihm über-
tragene Officialat der Hochschulen von Florenz und Pisa wie
die ihm anvertrauten Ambassaden und die ihm im J. 1495,
drei Jahre vor seinem Tode, zutheilgewordene Stelle im Kriegs-
Magistrat. Gleich seinem Vater Filippo und seinem Bruder
Neri hinterließ er werthvolle Aufzeichnungen über gleichzeitige
Ereignisse. Ein alter Parteigenosse der Medici, fällt er doch
über Lorenzo, bei aller Anerkennung seiner Geistesgaben, ein
Urtheil, dessen Strenge an den Tag legt, wie der Unabhängig-
keitssinn unter den Optimaten fortlebte, und wie schwer es

---

1) F. Fossi, Monumenta ad Alamanni Rinuccini vitam conte-
xandam etc. Florenz 1791. G. Aiazzi, in den Ricordi storici di
Filippo Rinuccini S. 139 ff.

den Medici wurde, selbst durch Zuziehung zu den Aemtern
darin wirkliche Zustimmung zu gewinnen und zu sichern.

Sogar bei Bernardo Rucellai war dies der Fall, einem
der angesehensten Genossen des Mediceischen Kreises, welcher
zwar bei seines Schwagers Lorenzo Lebzeiten seinem Ehrgeize
Zwang anthat, aber in späteren Zeiten, als jene sichere Hand
fehlte und persönliche Rücksichten ihn nicht mehr zurückhielten,
seinen eignen Weg zu gehn suchte. Schon frühe zeichnete er
sich durch seine classischen und philosophischen Studien aus
und kaum den Jünglingsjahren entwachsen, lehrte er an der
pisaner Hochschule. Seine lateinischen Geschichtswerke, unter
denen das über den Pisanerkrieg im Grunde nur eine Bearbeitung von Gino oder Neri Capponi's Erzählung ist, jenes
über den französischen Krieg König Carls VIII. als Relation
und Urtheil eines kundigen hochstehenden Zeitgenossen selbständigen Werth hat, zeugen von seiner Formgewandtheit,
seine Topographie des alten Rom von seiner ungewöhnlichen
Gelehrsamkeit und Belesenheit in der alten Literatur[1]). Die
Grundlage der Arbeit ist eine falsche, weil sie auf den sogenannten Regionariern, dieser willkürlich interpolirten Ver-
arbeitung alter topographischer Texte beruht, aber Rucellai
hat alle seine Vorgänger, auch wenn ihnen weit längerer
Aufenthalt in Rom förderlich war, an tüchtigem gelehrtem
Apparat übertroffen. Nicht blos im politischen Leben dieses
Mannes trat mit Lorenzo's Tode eine neue Phase ein. Er
war es der nach den mit dem J. 1494 über Florenz hereingebrochenen Stürmen in seiner neuen Wohnung und großem

---

1) Anton Francesco Gori hat einem handschriftlich gebliebenen
Commentar über Rucellai's Tractat: De urbe Roma (in der Maru-
celliana in Florenz) ein Leben des Verfassers beigefügt. Vgl. L.
Passerini, Genealogia ec. della Famiglia Rucellai S. 122 ff. —
Bernardo, geb. 1448, † 1514.

mit Kunstwerken geschmückten Garten in Via della Scala,
nahe dem westlichen Ende der Stadt, die Platonische Akademie
aufnahm, welche inmitten des Mediceischen Ruins mit dem
Untergang bedroht war, und in diesen Orti Oricellari noch
glanzvolle, wenngleich zumtheil unruhige Zeiten erlebt hat [1]).
Hier, wo Bernardo Rucellai einen Theil der bei der Plünderung der Mediceischen Häuser und Gärten zerstreuten Mar-
morwerke wieder sammelte, las Niccolò Machiavelli seine
Bücher über die Kriegskunst und wohnte P. Leo X. im
J. 1516 einer Aufführung der von Bernardo's Sohne Giovanni gedichteten Tragödie Rosmonda bei; hier wurde im
J. 1522 das Complott gegen Cardinal Giulio de' Medici
geschmiedet, welches der Akademie auf immer ein Ende machte.

---

1) L. Passerini, Degli Orti Oricellarj in den Curiosità ec.
S. 56 ff. Der Bau des Hauses auf dem von Nannina de' Medici 1482
erworbenen Terrain wurde erst gegen Ende des Jahrhunderts begonnen.
Dasselbe kam mit dem prachtvollen Garten 1573 an Bianca Capello und
gehört nach manchen Wechseln jetzt einer Gräfin Orloff.

V.

Ermolao Barbaro und Pico von Mirandola.

Den Florentinern und andern Toscanern, welche sich in dieser nach so manchen Seiten hin geistig bewegten Zeit zusammenfanden, gesellten sich theils zu längerm Aufenthalt theils als Besuchende manche Männer aus andern Regionen Italiens zu. Abgesehen von Solchen, die als Lehrer herangezogen wurden, kommen vornehmlich drei in Betracht, Bernardo Bembo, Ermolao Barbaro, Pico von Mirandola. Inmitten der bedenklichen Zustände welche auf die Verschwörung der Pazzi folgten, sahen wir Bembo als Botschafter Venedigs, eine Würde die er schon vier Jahre früher bekleidet hatte und in welcher er bis zur Herstellung des Friedens verharrte. Die Beziehungen Venedigs zu Florenz waren nicht immer angenehm noch vertraulich; der venetianische Botschafter aber wußte sich immer angenehm zu machen und Vertrauen zu wecken. Polizian rühmte seine Thätigkeit und Umsicht im amtlichen, seine Annmuth im persönlichen Verkehr, seinen Antheil an literarischen Dingen, seinen mit Heiterkeit gemischten Ernst [1]). Ficino und Landino standen zu ihm in freundschaftlichem

---

[1]) „Bernardo Bembo veneto oratori viro undecumque elegantissimo." In den Prose volgari cc. S. 251. Das einst an Bembo gesandte Exemplar von Landino's Dichtung Xandra befindet sich in der Vaticanischen Bibliothek. Vgl. Bandini a. a. C. Bd. II. S. 164 ff.

7*

Verhältniß, wovon literarische Sendungen und Briefe Zeugniß geben. Bembo war einer der Theilnehmer an der platonischen Akademie, und ein von ihm seinen Collegen im J. 1480 gegebenes Bankett wird von Marsilio in dem Buche über platonische Theologie geschildert[1]). Von seinem Antheil an dem literarischen Ruhme seines Vaterlandes zeugt das Denk= mal, welches er, ohne Zweifel durch die florentinischen Erinnerungen angeregt, zu Ravenna, wohin er nach der florentinischen Ambassade als Podestà ging, Dante Alighieri errichtete. Er war ein eifriger Bücherfreund und schrieb selbst eine schöne Hand: die Octavform der Albinen, welche zuerst mit dem bis dahin üblichen Folio oder Großquartformat abwechselte, soll einer von ihm herrührenden Handschrift nach= geahmt sein[2]). Bernardo's Sohn war bei ihm während seines Aufenthalts am Arno, und die reine Mundart an welche das Ohr des Knaben sich gewöhnte, hat bei diesem fruchtbaren Boden gefunden und den Anstoß zu der wissen= schaftlichen Behandlung der italienischen Sprache gegeben, wodurch Pietro Bembo seinen Anspruch, wenn nicht auf den Ruhm eines großen Dichters, doch auf den Namen eines feinen Kenners dieser Sprache, die er mit Meisterschaft und seltnem Formtalent handhabte, erworben hat.

Zu denen, welche mit Lorenzo de' Medici in beständigem literarischen Verkehr standen und seine Erwerbungen von Handschriften u. A. vermittelten, gehörte Ermolao Barbaro der Jüngere. In seiner Familie überwogen die literarischen Traditionen. Sein Großvater war jener Francesco Barbaro, welcher mit den florentinischen und römischen Gelehrten und mit Cosimo de' Medici in regem freundschaftlichen Ver= kehr stand und vielleicht die größte Büchersammlung seiner

---

1) Theolog. Platon. l. VI. c. 1.
2) Foscarini a. a. O. S. 267.

Zeit in Venedig zusammenbrachte, während er sich dem
Studium der Texte eifrig widmete, wovon u. a. sein in der
Sanct Marcusbibliothek aufbewahrtes Exemplar der homerischen Werke zeugt. Unter den Augen eines gelehrten Oheims
gleichen Namens, Bischofs von Treviso und vieljährigen Ver-
walters des Bisthums Verona, war der vornehme Venetianer
aufgewachsen, und hatte seine Bildung zumtheil jenem Matteo
Bosso zu verdanken welchen wir später in der fiesolaner
Abtei finden werden. Pomponio Leto hatte in Rom seinen
Studien die strengere classische Richtung gegeben. Er war
ein junger Mann, als die Republik, welche bei der Wahl
ihrer Botschafter ebensowie auf staatsmännische Fähigkeiten
und edle Geburt auf wissenschaftliche Gaben sah, ihn zu
Kaiser Friedrich, zu Lodovico il Moro, zu Innocenz VIII.
sandte. Letztere Sendung ist für ihn verhängnißvoll geworden,
denn da er vom Papste im J. 1491 das Patriarchat Aquileja
annahm ohne die Genehmigung der Republik einzuholen, verdachte der Senat ihm den Verstoß gegen Gesetz und Herkommen
so sehr, daß er nicht blos seiner Mission enthoben, sondern
landesverwiesen wurde, worauf er erst neununddreißigjährig im
Sommer 1493 in der Nähe Roms einer ansteckenden Krankheit erlag[1]. Von seinen vielen Arbeiten, großentheils über
griechische Schriftsteller hat nichts eine seinem Rufe gleiche
Bedeutung bewahrt, während seine Studien über Plinius'
Naturgeschichte unter den in seiner Zeit begonnenen kritischen
Forschungen einen Ehrenplatz einnehmen, sein lebendiger Witz
aus seinen Briefen hervorleuchtet.

1) Grabschrift in Sta Maria del popolo:
    Barbariem Hermoleos Latio qui depulit omnem
     Barbarus hic situs est utraque lingua gemit
    Urbs Venetum vitam mortem dedit inclyta Roma
    Non potuit nasci nobiliusque mori.

Auf seinem Wege nach Rom kam Ermolao im Frühling
1490 durch Florenz. Da Lorenzo de' Medici im Bade von
Vignone war, empfing dessen ältester Sohn ihn mit den seiner
Stellung und den freundschaftlichen Beziehungen zur Familie
entsprechenden Ehrenbezeugungen. Der von Piero an seinen
Vater gerichtete Brief[1]) hat neben dem persönlichen noch
culturgeschichtliches Interesse. „Erlauchter Vater, durch ein
gestern Vormittag von euch an Ser Piero gelangtes Schreiben
wurde ich von euren Wünschen inbetreff des gestern nach
Tische eingetroffenen Messer Ermolao in Kenntniß gesetzt.
Seine Ankunft erfolgte sozusagen unerwartet, und ich erfuhr
davon kaum eine Stunde vorher. Ich ging ihm entgegen
wie noch vier oder fünf andere thaten, und er mußte im
Gasthofe absteigen, da das Quartier für ihn noch nicht in Ord=
nung war, wohin er dann zu Fuße geführt wurde. Sobald
er abgestiegen war, begab ich mich, eurem Auftrag gemäß,
zu ihm, ihn zu uns zu bitten und zu vernehmen wie lange
er zu verweilen denke. Ich lud ihn auf heute ein, und hörte
daß er nur den einen Tag zu bleiben beabsichtige, indem er
morgen bis Poggibonzi oder einem andern Orte reiten will,
um am folgenden Tage Siena vor Mittag zu erreichen. Ob
er dort verweilen will, ist mir unbekannt. Heute ist er nun
unser Gast gewesen, und es ist nicht zu sagen, wie sehr ihn
dies erfreut hat. Außer seinem Gefolge, das aus seinem
Bruder (Luigi), einem Secretär von San Marco und einem
Doctor besteht, haben wir die Personen eingeladen, die er zu
sehen wünschte. Es waren der Graf von Mirandola, Messer
Marsilio, Messer Agnolo von Montepulciano, denen wir, da
wir einen hiesigen Bürger dabei zu haben und doch im Kreise
von Verwandten und Gelehrten zu bleiben wünschten, Bernardo

---

1) Florenz 10. Mai 1490. Bei Fabroni a. a. O. Bd. II. S. 377.

Rucellai beigesellten. Ob wir recht oder unrecht gethan,
weiß ich nicht. Nach dem Essen zeigte ich ihm das Haus,
die Münzen, Vasen, geschnittenen Steine, kurz Alles bis zum
Garten (bei San Marco) der ihm sehr gefiel, obgleich er sich
auf Sculpturen nicht besonders zu verstehen scheint. Werth
und Alter der Münzen interessirten ihn vornehmlich, und Alle
staunten über die Menge vortrefflicher Sachen. Ueber ihn
selber kann ich euch nicht viel melden, außer daß er im Reden
sehr zierlich ist, soferne ich mich darauf verstehe, und daß er
seine Belesenheit an den Tag zu legen liebt, indem er Sprüche
der Alten, auch lateinisch citirt. Sein Aussehen ist den Um=
ständen nach recht gut; in Allem ist er mäßig, was ihm wol
nöthig ist da er von sehr zarter Constitution zu sein scheint.
Er gilt für gewandt in Geschäften, woran ich einigen Zweifel
hege da er mir ziemlich ceremoniös vorkommt. Für euch
könnte er nicht größere Freundschaft bezeugen als er thut
und ich glaube es ist ihm Ernst. Alle ihm erwiesene Ehre
hat er mit großer Dankbarkeit entgegengenommen, gar nicht
nach venetianischer Weise, wie denn nur die Tracht ihn als
Venetianer verkündet. Seinen Worten zufolge hegt er großes
Verlangen euch zu sehen, und sagt er werde gerne einen Um=
weg machen euch zu treffen und zu begrüßen, was ich melden
zu müssen glaube, für den Fall daß es mit euren Absichten
übereinstimmen sollte. Auch sagt er, von seiner Signorie
habe er den Auftrag euch zu begrüßen. Hier ist ihm seitens
der Bürger Ehre erwiesen und dafür, daß man ihn im Gast=
hofe hat absteigen lassen, Ersatz geleistet worden. Heute Vor=
mittag, ehe er zum Essen kam, stattete er der Signorie einen
Besuch ab, mit vielen verbindlichen Worten." Daß der
gelehrte Venetianer die Absicht, Lorenzo unterwegs zu be=
grüßen, ausführte, wissen wir durch Letztern selbst, der am
15. Mai an seinen Agenten in Siena schrieb: „Der Ermolao

ist heute früh hier gewesen und nachdem er eine Zeitlang bei mir verweilt, hat er seine Reise fortgesetzt [1])."

Als Ermolao Barbaro bei seiner Regierung in Ungnade gefallen war, nahm Lorenzo sich seiner mit Wärme an. Unter andern suchte er den Papst zu bereden, ihm den rothen Hut zu verleihen, wol in der Hoffnung durch solche Auszeichnung die Signorie mit ihm zu versöhnen. Ermolao's Vater anerkannte dankbar die Bemühungen des Freundes. „Heute Morgen, schreibt Polizian von Venedig aus an Lorenzo [2]), besuchte ich Messer Zaccheria Barbaro, und da ich von eurer Zuneigung sprach, antwortete er mir weinend und wie mir scheint aus vollem Herzen. Seine Rede ging darauf hinaus: nur auf euch sei noch Hoffnung zu setzen. Er machte mir klar daß er wußte, wie er euch verpflichtet ist. Führet somit aus was ihr beabsichtigt, indem ihr euch ein höheres Ziel steckt." Griechische Thongefäße, dem Polizian für Lorenzo zugestellt, sollten die Dankbarkeit des Procurators von San Marco und vormaligen Botschafters bethätigen. Daß die venetianische Signorie jedoch die Einmischung eines Fremden in die Angelegenheiten eines ihrer Bürger mißliebig aufnahm, zeigt schon der Umstand daß, als Luigi Barbaro durch den Nachfolger seines Bruders den Befehl zur Rückkehr von Rom erhielt, ihm zugleich bedeutet ward, den Weg nicht über Florenz zu nehmen [3]). Der im folgenden Jahre erfolgte Tod so Lorenzo's wie des Papstes, denen Messer Ermolao bald nachfolgte, machte Pläne und Berechnungen zu Schanden. Daß die Verleihung der Cardinalswürde die Ansicht

---

1) Gaye a. a. O. Bd. I. S. 294.

2) Fabroni a. a. O. Bd. II. S. 254, und in den Prose volguri ec. S. 78 ff.

3) Piero Alamanni an Lorenzo, Rom 14. Mai 1491, bei Fabroni a. a. O. S. 379.

des Senats hinsichtlich der Verpflichtung eines Gesandten, von einem fremden Souverän ohne specielle Erlaubniß nichts anzunehmen, schwerlich geändert haben würde, zeigt ein ähnlicher Fall, der sich im folgenden Jahrhundert mit Marc' Antonio da Mula (Cardinal Amulio) ereignete.

In dem florentiner Gelehrtenkreise hat keiner heller gestralt als Giovanni Pico von Mirandola, und von keinem ist so wenig geblieben, was solchen Ruhm zu rechtfertigen im Stande wäre als von diesem „Phönix der Geister". Nicht daß er blos als Muster von Vielwisserei und abstruser Gelehrsamkeit dastände, deren Zweck nur zu sein scheint, die Zeitgenossen zu blenden um für die Nachwelt nichts Ernstliches noch Brauchbares zu hinterlassen. Giovanni Pico hat mit den Irrthümern seiner Zeit mannhaft gekämpft und ihre Forschungen auf verschiedenen Gebieten thätig gefördert, aber die Resultate seiner Thätigkeit und Kämpfe verschwinden für uns in dem Gesammtbilde dieser Zeit zu welchem er nur einzelne Züge geliefert hat, statt irgendein Werk zu schaffen, das durch Inhalt und Form bleibende Bedeutung erlangt hätte und an sich den Fortschritt der Wissenschaft uns vor Augen stellte. In den höchsten Kreisen der Gesellschaft geboren und erzogen, ist er eigentlich dadurch am merkwürdigsten, daß er bei sehr lebhaftem ja leidenschaftlichem Temperament, ohne äußere Anlässe zu wissenschaftlicher Thätigkeit, sich dieser mit ebensoviel Eifer wie Ausdauer widmete, als persönliche Erscheinung ein Meteor, jedoch gleich andern Phänomenen von momentan leuchtendem Glanze. Er war ein jüngerer Sohn Gian Francesco Pico's Herrn von Mirandola und Grafen von Concordia, und der Giulia Bojardo Tochter Feltrino's Grafen von Scandiano, dessen Enkel Matteo Maria sich als Dichter des Orlando innamorato berühmt gemacht hat. Schon als Kind zeigte er ungewöhnliche

Lernbegierde und Fassungskraft, die von der Mutter erkannt und
genährt wurden. Mit vierzehn Jahren bezog er die bologneser
Hochschule um Kirchenrecht zu studiren, von wo er dann auf
verschiedenen Universitäten zu Philosophie und Theologie, zu
Linguistik und Literatur überging, und bald seine Fähigkeit
in der Disputation an den Tag legte. Zum geistlichen
Stande bestimmt, sah man ihn, fast noch Knabe, wie
Giovanni de' Medici in der Tracht eines apostolischen Pro-
tonotars. Er war nicht viel über zwanzig alt, als er zu
Anfang 1484 nach Florenz kam. Durch Geburt und Verwandtschaft wie durch Ercole von Este empfohlen, dessen
Schwester Bianca seine Schwägerin war, trat er hier in
genauere Beziehungen zum Mediceischen Hause und lebte als
großer Herr, indem er sich zugleich den Studien mit leben-
digstem Eifer widmete und dem Ficino, Landino, Polizian
enge anschloß. Letzterer hat ihn emphatisch aber wol nicht
ohne Wahrheit geschildert. „Die Natur, sagt er, schien über
diesen Mann oder vielmehr diesen Heros alle Gaben des
Körpers und Geistes ausgegossen zu haben. Er war schlank
und schön gebildet, und in seinem Antlitz schien etwas Gött-
liches zu leuchten. Scharfsinnig und mit glücklichstem Gedächtniß begabt, war er im Studium unermüdlich, im Ausdruck klar und beredt. Man war im Zweifel ob er mehr
durch seine Talente oder durch seine moralischen Eigenschaften
glänzte. In jedem Zweige der Philosophie bewandert, durch
vollkommene Kenntniß mehrer Sprachen begünstigt, zeigte er
sich erhaben über alles Lob."

Was dem jungen Gelehrten eine von den Mitgliedern
des florentinischen Kreises mit Ausnahme Marsilio Ficino's
verschiedene Signatur verlieh, auf die man jedoch, vor den
nachfolgenden römischen Verwicklungen, nicht besonders geachtet zu haben scheint, war seine Beschäftigung mit der

mittelalterlichen jüdischen Literatur, wozu er übrigens gerade in
Florenz Anregung gefunden haben dürfte[1]). Denn hier war
es, wo er das Studium der jüdischen Geheimlehre begann,
welche zuvörderst in Alexandrien, wie der Neoplatonismus
an die Weisheit des Atheners, an die Lehren der Bibel sich
anzuschließen begonnen und unter dem Namen der Cabbalah
zu dauernder Tradition der Offenbarung entwickelt hatte.
Wie Giovanni Pico nach dem Vorgange Ficino's in der
platonischen Lehre die Bestätigung der christlichen fand, so
bot ihm auch die jüdische gleich starke wenn nicht stärkere
Beweise, denn was Ficino nicht aus dem Platonismus zu
demonstriren versuchte, demonstrirte er aus den jüdischen
Mysterien. Darin war er im Recht, daß er Analogien erkannte welche der griechischen Lehre fremd waren, aber offenbar ist es daß er sich auf einem Boden befand, wo Forschung
und Phantasie Gefahr bringen konnten, umsomehr als er die
Magie, die natürliche nämlich die sich der Betrachtung der
Kräfte der Himmelskörper widmet, in denselben Kreis seiner
Untersuchung zog und mit einfachen Worten aussprach, keine
Wissenschaft gewähre uns klarere Anschauung von der Gott-
heit Christi als Magie und Cabbalah.

Es ist begreiflich, welches Aufsehen ein vornehmer junger
Mann von solchem Aeußern, solchen Geistesgaben und Richtungen in Florenz machte. Sein erstes Erscheinen fiel in
die günstigste Zeit. Die Beendigung des ferraresischen Krieges
ließ für andere als politische Dinge weiten Raum, und das
Ansehen Lorenzo's de' Medici erreichte damals den Zenith.
Die Anwesenheit Giovanni Pico's gab seinem ganzen Kreise
ein neues Relief. Dieser stand wie einzig da. Ficino und
Polizian hatten durch Frühreife geglänzt. Sie aber waren

---

1) L. Geiger, Johann Reuchlin. Leipz. 1871. S. 163 ff.

auf das Studium als Lebenszweck angewiesen, während hier
ein Jüngling hohen Standes, welchem Alles lächelte, an
Ausdauer und Erfolgen mit ihnen wetteiferte und sie jeden=
falls an Universalität des Wissens übertraf. Daß er nicht
lange nach seiner Ankunft in Florenz in einem an Lorenzo
be' Medici gerichteten Schreiben dessen Poesien über Dante
und Petrarca erhob, zeugt zwar nicht für die Sicherheit
seines Urtheils und mag Lorenzo selber schwerlich eingeleuchtet
haben, schadete ihm aber wol kaum im Mediceischen Kreise.
Im J. 1485 ging er zur Fortsetzung seiner Studien nach
Paris, von wo er zu Anfang folgenden Jahres zurückgekehrt
zu sein scheint. Dies Jahr brachte ihn in Händel, von denen
der eine, wenn er seinem Rufe schadete, vorübergehender
Natur war, während der andere auf sein ganzes nachmaliges
Leben einen Schleier geworfen, dem Frohsinn der Jugend ein
Ende gemacht hat.

Der beredte Zögling der platonischen Akademie fand sich
plötzlich in ein nur zu reales Liebesabenteuer verwickelt. „Der
Graf Giovanni von Mirandola, schreibt am 12. Mai 1486
der ferraresische Gesandte Aldovrandino Guidoni an Herzog
Ercole[1]), hat hier fast zwei Jahre lang gelebt, mit solchem
Glanz und so allgemein vortheilhafter Meinung, wie sie in
dieser Stadt vielleicht Keinem jemals entgegengekommen ist.
Vor einigen Tagen ließ er verkündigen, er wolle sich nach
Rom begeben, und sandte all sein Gepäck voraus. Bei seiner
Ankunft in Arezzo, wo sich die schöne Frau eines bei der
dortigen Steuerverwaltung beschäftigten Giuliano be' Medici

---

1) Bei A. Cappelli a. a. O. S. 252. Domenico Berti,
Cenni e documenti intorno a Giovanni Pico della Mirandola, in der
Rivista contemporanea, Bd. XVI. Turin 1859 Die hier aus dem
Medic. Archiv mitgetheilten Berichte an den im Bade befindlichen Lorenzo
stimmen im wesentlichen mit den Nachrichten Guidoni's überein.

befand, mit welcher er ein Liebesverhältniß unterhielt, ent-
fernte sich diese, getroffner Verabredung zufolge, aus dem
Hause ihres Mannes. Sie gab vor einen Spaziergang machen
zu wollen, stieg aber vor der Stadt hinter dem Grafen aufs
Pferd. Dieser hatte etwa zwanzig Leute bei sich, theils
Reiter theils Füßer, außer zwei berittenen Bogenschützen.
Als das Volk die Frau in diesem Aufzug sah, entstand Lärm.
Man läutete die Sturmglocke, und die Verfolgung wurde so
heftig, daß der Graf die Flüchtige im Stiche lassen mußte.
Im Handgemenge wurden Alle vom Gefolge des Grafen, die
man erreichte, getödtet und ausgeplündert, während auch
mehre der Städtischen blieben. Dank ihren guten Pferden,
entkamen der Graf und sein Kanzler nach Marciano (im
Chianathal), wo sie verhaftet wurden. Die Herren Zehn,
denen der Vorfall gemeldet ward, befahlen anfangs den Grafen
freizulassen, den Kanzler festzuhalten, dann aber geboten sie
auch Erstern im Verwahrsam zu belassen. Ihm wird wol
nichts geschehen, der Kanzler aber, dem man die Hauptschuld
beimißt, dürfte schlecht fahren, umsomehr als es sich um die
Frau eines Medici handelt, der, wenngleich arm, doch von
der Familie ist. In Wahrheit ist das dem Grafen wider-
fahrene Misgeschick sehr zu beklagen. Denn abgesehn von
seiner Gelehrsamkeit galt er für einen Heiligen, und nun
hat er in der öffentlichen Meinung wie in Bezug auf seine
Stellung sehr verloren, obgleich im Liebesdrang Manche in
dergleichen Verirrungen gerathen sind." Herzog Ercole's
Verwendung war unnöthig, da Giovanni Pico alsbald in
Freiheit gesetzt wurde, der gutmüthige Ehemann die Unge-
treue, welche gewaltsamen Raub vorschützte, wieder ins Haus
nahm. Er hatte diese, eine reiche junge Wittwe geringen
Standes, erst kurz vorher geheiratet. Pico's eigene Aeußerungen über den ganzen Handel legen seine Reue an den Tag.

„Seine Sünde schmerzt ihn, sagt er von sich selber, und er vertheidigt sein Benehmen nicht. Verzeihung scheint er zu verdienen, auch weil er nichts zu seiner Entschuldigung vorbringt. Nichts ist schwächer als der Mensch, nichts mächtiger als die Liebe."

Nicht so leicht wurde die römische Angelegenheit beigelegt. Nach dem aretinischen Abenteuer hatte Pico sich nach Rom begeben, wo er, wesentlich zum Zweck des Nachweises der florentinischen Lieblingsthese von der Uebereinstimmung des Platonismus mit dem Christenthum, und von dem aus erfterm zur Bekämpfung der Irrlehren zu ziehenden Nutzen, eine öffentliche Disputation über neunhundert Fragen ankündigte, zu denen neben Philosophie und Theologie, Rechts- und Naturwissenschaft auch Magie und Cabbalah, Arabien und Chaldäa ihr Contingent geliefert hatten. So zahlten selbst die glänzendsten Geister, ja diese bisweilen mehr denn Andere, der gelehrten Pedanterei ihren Zoll, und der in diesen Forschungen liegende fruchtbare Same wurde großentheils durch den schwerfälligen Ballast erstickt, von dem die Zeit noch auf lange hin sich nicht freizumachen im Stande war. Mochten nun Neid oder andere, vielleicht auch bessere Beweggründe im Spiele sein, kurz eine Reihe Behauptungen des jungen Gelehrten, die allerdings, so wie sie dort aufgestellt waren, bedenklich erscheinen konnten, wurden als dem Glauben zuwiderlaufend verklagt, die Disputation verhindert. Am 5. August 1486 unterzeichnete P. Innocenz VIII. ein gegen die von Giovanni Pico aufgestellten Thesen gerichtetes, in Bezug auf den Verfasser sehr glimpflich gefaßtes Breve. Die zwischen dem Erlaß und der erst am 15. December erfolgten Veröffentlichung liegende lange Frist, statt zur Schlichtung der Differenzen beizutragen, mehrte nur die Schwierigkeiten. Der Verfasser der angefochtenen Sätze, so behaupteten seine Gegner, unterderhand von der päpstlichen Entscheidung unterrichtet, schrieb in Eile eine Apologie derselben, ließ sie im Neapolitanischen heimlich drucken und postdatirte sie, um nicht den Schein zu haben als vertheidige er durch die höchste kirchliche Autorität schon verworfene Behauptungen, obgleich er vorher erklärt hatte, er unterwerfe sich dem Ausspruch der Kirche. Der Verklagte hat dies in Abrede gestellt und angegeben, daß er das Breve erst am 6. Januar 1487 auf der Reise nach Frankreich erhalten habe. Jedenfalls bot seinen Gegnern die Vertheidigungsschrift eine Handhabe, um den Papst gegen ihn aufzubringen und seine Citation nach Rom zu veranlassen. Daß sogar seine Verhaftung beschlossen war, ersieht man aus dem Schreiben welches der Bischof von Lucca am 5. December von Siena aus an den Papst richtete, um die Nichterfüllung des päpstlichen Befehls durch seine Abwesenheit von seinem Sprengel zu entschuldigen[1]).

Die das Datum des 31. Mai 1486 tragende Apologie ist Lorenzo de' Medici gewidmet. „Gott ist mir Zeuge, heißt es in der Einleitung, daß ich dir, o Lorenzo, diese Schrift nicht widme als erachtete ich sie eines solchen Mannes würdig, sondern weil ich längst erkannt habe, daß ich alles was mein bir verdanke. Was ich bin und sein werde, ist dein und wird dein bleiben. Ich sage weniger als ich möchte, und meine Worte sind zu kalt, um die Liebe, Anhänglichkeit und Verehrung auszudrücken, die ich seit lange für dich empfinde und zu empfinden fortfahren werde. Dazu bewegen mich die zahlreichen deine Zuneigung kundgebenden Dienste. vielmehr der Ausfluß deiner Gesinnung als deiner Stellung und ebenso selten wie dir eigenthümlich; Dienste welche vor

---

1) Bei A. Cappelli a. a. O. S. 303. Das Datum der Apologie scheint wirklich falsch.

dir aufzuzählen deine Bescheidenheit mir nicht gestattet. Nimm diese Apologie freundlich auf. Die Gabe ist gering, aber sie ist kein geringes Zeugniß meiner bleibenden Ergebenheit. Sollte es geschehen daß du dich von den wichtigen dich fort= während in Anspruch nehmenden Geschäften zu derselben hin= wendest, so bedenke daß es sich hier um eine vielmehr hin= geworfene als reiflich durchdachte Arbeit, um eine mehr von Andern mir aufgebürdete als von mir gewählte Aufgabe handelt, die ich dir nicht als Zeugniß von mir fremdem Geist und Wissen überreiche, sondern, ich wiederhole es, als Merk= mal meiner vollkommenen Hingebung vorlege."

So Lorenzo wie Ercole von Este und Pico's Verwandte nahmen an dessen Verlegenheit regen Antheil. Das ganze Jahr 1487 hindurch, während dessen der Verklagte in der Fremde war, schleppte die Sache sich ohne Ergebniß hin. Man zählte vor allem auf Lorenzo, dessen Einfluß auf den Papst bekannt und in stetem Steigen war, und es lag nicht an ihm, wenn man nicht vom Fleck kam. Es bedurfte bei ihm nicht der Bitten von Pico's Bruder Antonio, der im Februar 1488 nach Florenz kam, seine Verwendung in Rom in An= spruch zu nehmen. Schon am 19. Januar hatte er dem Ge= sandten Lanfredini geschrieben, mit der Warnung gegen extreme Schritte, da Excommunication und ähnliches auch dem Gemäßigtsten die Geduld austreiben könnte, geschweige einem so gelehrten jungen Manne. Das von ihm vorge= schlagene Auskunftsmittel war, man solle Pico frei nach Rom kommen lassen, sich vor dem Papste persönlich zu rechtfertigen. Der Gesandte scheint zwar Lorenzo's Ansicht nicht völlig getheilt zu haben, wie er denn überhaupt der Meinung war, der Graf thue besser die Theologie beiseite zu lassen, ver= wandte sich jedoch eifrig zu dessen Gunsten. „Zu meiner größten Freude und Befriedigung, schreibt ihm Lorenzo am

22. März 1488 [1]), habe ich von dem Abkommen vernommen, welches ihr inbetreff des Grafen mit dem h. Vater getroffen habt. Euren Andeutungen zufolge werde ich den Grafen einladen hieherzukommen. Ich darf als sicher annehmen, daß dieser sich so benimmt daß S. H. völlig mit ihm zufrieden sein wird, zu welchem Zwecke meine Bemühungen nicht fehlen werden." Inderthat kehrte Giovanni Pico nach Florenz zurück, und Lorenzo fuhr mit seiner Verwendung fort. Dennoch hatte der Ausgleich ernste Schwierigkeiten und der Angeklagte scheint vor dem Erscheinen in Rom Scheu empfunden zu haben. Er lebte theils in Florenz theils auf der nahen Villa Querceto und in der Abtei von Fiesole, wo er hebräische und chaldäische Studien mit großem Eifer trieb und einen Commentar über die Genesis ausarbeitete. Im J. 1489 ertheilte Florenz dem vornehmen Gaste das Bürgerrecht, und er sollte Eigenthum bis zum Werthe von 6000 Goldgulden erwerben können. Man sieht daß Lorenzo daran lag, ihn mehrundmehr an sich und seine Heimat zu fesseln. „Der Graf von Mirandola, schrieb er am 19. Juni an Lanfredini [2]), verweilt dauernd bei uns, und lebt eingezogen und wie ein Klosterbruder, indem er fortwährend theologische Dinge behandelt und die Psalmen u. a. erläutert. Er liest das gewöhnliche Officium der Geistlichen, beobachtet strenge die Fasten, und hat den einfachsten Haushalt innerhalb der Schranken des Nothwendigen. Mir erscheint er als Muster für Andere. Er wünscht nun aber dem h. Vater gegenüber von den wider ihn erhobenen Beschuldigungen befreit zu werden und ein Breve zu erhalten, das ihn wieder als treuen Sohn und guten Christen annimmt. Mir liegt dies sehr am Herzen.

1) Med. Arch. Filza 57.
2) Fabroni a. a. O. Bd. II. S. 291. Die folgenden Schriftstücke theils ebdf. theils inedirt im Med. Arch.

denn es giebt wenige Menschen die mir theurer sind und die
ich höher achte. Meiner Meinung nach ist er auch ein wahrer
Christ, indem er sich so benimmt daß die ganze Stadt Bürg-
schaft für ihn leisten würde. Bemühet euch dies Breve in
regelrechter Form zu erlangen, sodaß sein Gewissen sich dabei
beruhigt. Es wird zu dem vielen Erfreulichen gehören, welches
ihr für mich erwirkt habt, und zwar in erster Linie."

Aber die Sache kam nicht von der Stelle. Zwar schien
man in Rom die Absicht zu hegen, den Bischof von Vaison
mit der Entgegennahme der Erklärung Pico's zu beauftragen,
der sich bereit erklärte, sich der päpstlichen Entscheidung einfach und in Allem zu unterwerfen. Die um diese Zeit erfolgte Bekanntmachung des Commentars über die Genesis
erregte jedoch neuen Anstoß. Eine feindselige Stimmung
schien zu überwiegen. Am 17. August schrieb Lanfredini,
Lorenzo möge dem Grafen rathen, einfach um Absolution zu
bitten und heilsame Buße zu thun. Und am 2. October:
nur in Betracht Lorenzo's verfahre der Papst so glimpflich
mit ihm. Es sei etwas anderes, habe dieser geäußert, Lorenzo
inbetreff der Cardinalswürde seines Sohnes willfahren, als
in einer den Glauben betreffenden Angelegenheit einer Verwendung Gehör schenken. Nun verlor Lorenzo die Geduld,
da ihm der Papst in den Händen der Gegner des Freundes
zu sein schien. „Zu meinem großen Misvergnügen, schrieb
er im Oktober 1489, vernehme ich von den an dem Werke
Mirandola's gemachten Ausstellungen. Wäre ich nicht überzeugt daß diese Verfolgung aus Neid und Bosheit entspringt,
wahrlich ich würde nicht davon reden. Hier haben verschiedene gelehrte und gottesfürchtige Theologen das Buch gelesen,
und Alle haben es als christlich und trefflich gutgeheißen.
Ich bin übrigens auch kein so schlechter Christ, daß ich, wäre
ich anderer Meinung, schweigen und das Buch hinnehmen

würde. Sagte er das Credo her, diese bösen Geister würden Ketzerei darin wittern. Gestatteten die vielen Geschäfte Sr. Heiligkeit von dieser Sache persönlich Kenntniß zu nehmen und die Wahrheit zu erkennen, so bin ich gewiß das Ganze würde in Nichts zerfallen und diese Wahrheit ans helle Tageslicht kommen. Aber der Papst muß sich auf Andere verlassen, und dieser arme Mann kann sich nicht vertheidigen: legt er seine Gründe dar, so heißt es er rede wider den h. Vater! Hätte er mit den Feinden allein zu schaffen ohne daß die päpstliche Autorität sie deckte, so würde er sie bald zum Schweigen bringen. Sein Unglück besteht aber darin, daß er boshaften Ignoranten gegenüber steht, die das Haupt der Kirche vorschieben. Ich habe euch schon meine Vermuthung angedeutet daß man's darauf anlegt, ihn zur Verzweiflung und zu irgendeinem auffallenden Schritte zu treiben, der schließlich gegen Se Heiligkeit gerichtet sein könnte. Denn, glaubet mir, Giovanni, dieser Mann hat es in seiner Macht, Gutes wie Schlimmes zu wirken. Sein Leben und sein Verhalten legen Ersteres an den Tag. Zwingt man ihn zum Einschlagen eines andern Weges, so verliere ich persönlich wenig dabei, denn welche Richtung er immer nehmen mag, mir wird er wohlwollen, wie ich ihm wohl will. Es ist mir nie gelungen euch dies recht klar zu machen. Ohne mich auf Einzelnes einzulassen, bemerke ich jetzt blos, daß man ihn zu einem Schritt hat bereden wollen, der schlimmes Aergerniß geben könnte, ich ihn aber immer abgehalten habe, sodaß er hierhergekommen ist, tugendhaften Lebenswandel führt und sich beruhigt hat. Diese Teufel versuchen ihn mit ihren Verfolgungen, und man schenkt ihnen nur zu sehr Glauben."

Der merkwürdige Brief zeigt wie erregt der Schreiber war. Seine ernsten Vorstellungen erlangten wenigstens, daß man Pico, welcher wie nachmals Galileo auf eine Villa in

der Nähe von Florenz relegirt worden war, unangefochten in
der Stadt ließ. In diese Zeit fällt der Besuch Reuchlins,
welcher im J. 1490 als Begleiter eines Sohnes Herzog Eber=
hards zum zweitenmal in Italien war, und wenngleich nur
sehr flüchtig den Mann persönlich kennen lernte, von dem er
die stärkste und geradezu bestimmende Anregung zu den Stu=
dien empfing, deren Zweck gleich dem des Italieners die Ver=
einbarung der Ergebnisse jüdischer und griechischer Weisheit
mit christlichem Glauben und Wissen war. Studien denen
sich in Teutschland ein über die Wirksamkeit Pico's weit
hinausgehender aber ebensowenig gefahrloser Kreis des Ein=
flusses erschloß, wie sie denn den Teutschen in ähnliche Kämpfe
wie die des Italieners verwickelten. Zu den römischen Un=
annehmlichkeiten gesellten sich für Pico andere. Der Hader
seiner Brüder Galeotto und Antonio beeinträchtigte seine
pecuniären Interessen und veranlaßte ihn den Herzog von
Ferrara um Vermittlung zu ersuchen[1]). Die Hindernisse in
Rom waren endlos. Weder Lorenzo de' Medici noch P. In=
nocenz erlebten den Ausgang, der erst mittelst Breve's Ale=
randers VI. vom 18. Juni 1493 erfolgte, wodurch Giovanni
Pico vollständig freigesprochen wurde. Die durch diese An=
gelegenheit ihm bereitete Verlegenheit und Sorgen haben den
tiefsten Eindruck auf sein Gemüth gemacht. Sein Neffe und
Biograph berichtet, er habe aus seinem Munde vernommen,
wie er dadurch zu Sinnes= und Lebensänderung veranlaßt
worden sei[2]). Einen Besuch in Ferrara ausgenommen, wo
er auf des Herzogs Wunsch einem Prediger=Capitel beiwohnte,
verließ er Florenz nicht mehr. Auf dem Lande sahen wir ihn
in häufigem Verkehr mit Ficino und Polizian. Er lebte

---

1) A. Guidoni, Flor. 25. Sept. 1488, bei Cappelli a. a. C. S. 303.
2) Epist. L. I. 4. Epigramm. graeca L. III. in Prose volgari
ec. S. 218.

ganz den Wissenschaften, und die Mittel, welche ihm das
Sammeln ansehnlicher Bücherschätze ermöglichten, flossen zu=
gleich reichlich den Bedürftigen zu, wobei sein anhänglicher
Freund Benivieni ihm mit seinem Rathe zur Hand war. Er
verbrannte seine lateinischen Dichtungen, die er in fünf Büchern
gesammelt Polizian zur Correctur zugestellt hatte. Dieser hatte
Einiges geändert, wie er sagte, nach dem Beispiel Dessen der
die Sandalen der Göttin der Schönheit getadelt, da er an
ihr selbst keine Ausstellung zu machen vermochte, und weil
einige Verse ihm den Ritterstand zu verkünden schienen,
während die übrigen von senatorischem und patricischem Rang
waren. Polizian beklagte des Freundes Entschluß in einem
ein griechisches Sinngedicht begleitenden Schreiben: er erinnere
sich nicht, sagte er, etwas anmuthigeres, zierlicheres, gefeilteres
gelesen zu haben. Ihr thörichten Liebesgötter, so schloß das
Epigramm, weshalb floget ihr zu Pico hin, der ja der Musen
Führer ist? Weniger als mit den poetischen Versuchen und
dem weitläufigen Commentar über Benivieni's Canzone von
der platonischen Liebe, welchen die damals Literatur und
Wissenschaft in Florenz beherrschende Schule zu ihren be=
deutendsten Leistungen gezählt zu haben scheint, war Polizian
mit des Freundes Studien einverstanden, als dieser in der
ländlichen Einsamkeit von Querceto über und gegen die
Astrologie ein umfangreiches Werk schrieb, das einen Theil
einer großen polemischen Arbeit über die dem Christenthum
feindlichen Secten bilden sollte [1]). Er meinte es sei wegge=
worfene Zeit:

> „Pico, was hast zu schaffen du hier? Dein Stil, der beredte,
>   Für dies Gauklergeschlecht ist er doch wahrlich zu gut.“

-----

[1]. Disputationum de Astrologia l. XII. — Epigramm. graeca
XLIX. a. a. O. S. 214.

Savonarola, welcher dem Verfasser in seinen letzten Zeiten nahe stand und das unvollendete Werk las, sprach hingegen Freude und Schmerz über dasselbe aus, Freude über die, weitverbreiteten Irrthümern in den Weg tretende Arbeit, Schmerz über den frühzeitigen Tod des begabten Autors. Man darf Pico von Mirandola nicht nach dem beurtheilen, was uns von ihm geblieben ist. In höherm Grade vielleicht als manche Andere, die ihm an geistigen Fähigkeiten nicht gleich kamen, hat er den Schwächen der Zeit Tribut gezahlt. Die ganze Persönlichkeit kommt in Betracht: sie ist für die Ansicht der Nachwelt maßgebend geblieben. Die Gestalt des Sprößlings einer Fürstenfamilie, der mit zweiunddreißig Jahren diese Welt verließ, der die Höhen und Tiefen der Wissenschaft seiner Zeit ermaß und inmitten allen Ballasts abstruser Gelehrsamkeit freien und unbefangenen Blick bewahrte und durch Liebenswürdigkeit und Anmuth die Herzen an sich kettete, ist die glänzendste Erscheinung in diesem glänzenden Kreise. Noch nach vier Jahrhunderten ist Pico von Mirandola der vornehmste Repräsentant frühreifer Geister. Zugleich aber, was höher anzuschlagen ist, hat er mit dem Manne, der seiner Zuneigung zu ihm mit solcher Wärme Ausdruck gab, einer Epoche, die bei all ihren Schwächen so viel Schönes und Gutes hatte, für die Anschauung der Welt im Großen mehr als Irgendeiner ihre nicht minder einnehmende als bedeutsame Physiognomie verliehen.

Das traurige Geschick welches zwei Nicht-Toscaner betroffen hat, die dem florentiner Literatenkreise nahestanden, sowie der Umstand, daß Beide in Florenz öffentliche Aemter bekleideten, veranlaßt deren gleichzeitige Erwähnung, obgleich sie durch mehre Decennien von einander getrennt sind. Diese sind Stefano Porcaro und Pandolfo Collenuccio. Der römische Ritter, mit Poggio, Filelfo, Ciriaco, Traversari befreundet

und im Briefwechsel, zu Hause wie auswärts in ehrenvoller
und einflußreicher Stellung[1]), scheint mehr aus Erinnerungen
des Alterthums und Cola Rienzi's, als aus seinem florentiner Umgang die Verlockung zu der Verschwörung gegen P.
Nicolaus V. geschöpft zu haben, die zu Anfang 1453 seinen
eignen Untergang herbeiführte. Im Palast des Podestà sieht
man, in der vormaligen Kapelle, ein auf die Wand gemaltes
Madonnenbild, im J. 1490 von Pandolfo Collenuccio von
Pesaro gestiftet, der damals das oberste Richteramt verwaltete.
Ficino, Pico, Polizian bewunderten die Geistesgaben und
Vielseitigkeit des gelehrten und talentvollen Mannes. Es sei
wunderbar, schrieb Letzterer, wie er allein so vielem genügen
könne. Er leite mit großem Scharfsinn fürstliche Geschäfte,
stehe in Prosa und Versen keinem an vollkommener Eleganz
nach, entscheide mit seltener Rechtskenntniß in verwickelten
Processen, beherrsche die verschiedensten Disciplinen mit solcher
Meisterschaft, daß er auch da noch Entdeckungen mache, wo
Andere Alles ersonnen zu haben wähnten. Der gründliche Kenner der classischen Literatur war zugleich Naturforscher und einer der Ersten, welche die Kunst der Geschicht-
schreibung auf die Vulgarsprache anwandten, während er seine
Verbindungen in Teutschland, wo er als Gesandter Herzog
Ercole's von Este bei K. Maximilian gewesen war, zum
Behufe der Vermehrung der florentinischen Bücherschätze
benutzte. Der Tod den er im J. 1504 auf Befehl Giovanni
Sforza's von Pesaro erlitt, angeblich wegen Hochverraths in
den Borgia'schen Wirren, ist eine der Tragödien an denen die
kleinen Höfe Italiens zu keiner Zeit arm gewesen sind[2]).

———

1) Rede bei Uebernahme des Amtes des Capitano del popolo, aus L.
B. Alberti's Papieren bei Bonucci, Opere di L. B. A., Bd. I. S. XLII.
2) G. Perticari Intorno la morte di Pandolfo Collenuccio in
dessen Opere, Bologna 1839, Bd. II. S. 52 ff.

VI.

Universität Pisa. Handschriften und Kritik. Bücherdruck. Platonische Symposien.

Zu dem Kreise, welcher, in den Persönlichkeiten fortwährend wechselnd und sich erneuend, in seinen Hauptreprä-
sentanten doch ebensowie in seinem Wesen derselbe blieb, gehörten
noch Manche die eine Erwähnung verdienen, mag ihre Bedeutung immer sosehr eine ungleiche sein. Letzteres ist vor
Allem bei den Philologen-Poeten der Fall, die dem Polizian
nachstrebten, deren Individualität aber inmitten der Nachahmung der römischen Dichter der Flavischen wie der nachfolgenden Epochen nicht zur Geltung kommt, und deren Verse
für die Nachwelt höchstens ein geschichtliches oder locales Interesse haben, sodaß schon das 16. Jahrhundert, welches doch
so stark in lateinischer Poesie that, sich über dieselben gelegentlich sehr ungenirt ausgesprochen hat [1]. Ugolino Vieri,
der seinen Namen in Verino latinisirte, feierte seine Vaterstadt und ihre berühmten Männer in den drei Büchern seiner
Dichtung De illustratione Urbis Florentiae, welche, obgleich
es ihr an glücklichen Charakteristiken nicht fehlt, den Eindruck

---

[1] Vgl. Ben. Varchi's Aeußerung über Nalbi in Prose volgari
inedite S. 122.

eines stellenweise ziemlich trocknen Katalogs macht. Naldo
Naldi hat sich durch biographische Arbeiten bleibenderen Ruf
erworben als durch seine vielen Verse. Das wechselseitige
Besingen nahm kein Ende, und wenn man es bei einem Polizian eben hinnimmt, so bekommt's man bei den Andern bald
satt. Alessandro Bracci einer der Staatsschreiber, Giovan
Batista Cantalicio der nachmalige Bischof von Penne und
Adria, Tommaso Baldinotti von Pistoja, Alessandro Cortesi
der talentvolle Sprößling einer mit den Medici eng befreundeten Familie von San Gemignano, Piero Riccio, unter dem
latinisirten Namen Crinitus bekannt, der auch eine Geschichte
der altlateinischen Dichter schrieb, und manche Andere von
deren Versen einiges gedruckt ist während ganze Stöße in
der Laurentianischen Bibliothek liegen, Ficino's, Landino's,
Polizian's Schüler, gehören zu diesen Dii minorum gentium,
an denen es einer geistig so erregten Zeit nicht fehlen konnte[1]).
Die Verse des Römers Carlo de'Massimi zum Lobe der
pisaner Hochschule haben mindestens literarhistorisches Interesse. Von allen Seiten wurden Lorenzo de' Medici literarische Producte jeder Art zugesandt oder überreicht: er war
der große Patron der Schriftsteller. Manches von dem was
an ihn gelangte, sandte er dann wieder nach San Marco
und nach der Abtei von Fiesole, wie man aus den Inschriften
einzelner Bände erkennt.

Alle diese, Kleine wie Große, erkannten in Lorenzo de'
Medici ihren Mäcen. Aber frühe schon hat dieser an den
Tag gelegt, daß er dem ererbten Mäcenat noch eine ganz

---

1) Es ist nicht die Absicht vorliegender Arbeit, in das Detail dieser
meist wenig interessanten poetischen Production einzugehn. Bandini hat
im Catalog der Laurentiana eine Menge Dinge verzeichnet, Roscoe viele
Seiten mit Citaten und bibliographischen Notizen gefüllt, welche zu ver-
mehren ebenso leicht wie unnütz wäre.

andere Bedeutung beilegte und ein weit höheres Ziel steckte.
Daß er, kaum dreiundzwanzigjährig, eine Maßregel von großer
Tragweite durchsetzte, die nicht nur ein Act der Gerechtigkeit,
sondern, abgesehen von ihrer literarischen Bedeutung, ein
Merkmal reifer politischer Einsicht war, macht ihm alle Ehre.
Es ist die Wiederherstellung der Universität Pisa, gleichsam
ein Ersatz für das Unheil welches die in demselben Jahre
1472 erfolgte Verheerung Volterra's anstiftete. Die Universität, zu Anfang des zweiten Drittels des 14. Jahrhunderts
aus den längst bestehenden öffentlichen Schulen hervorgegangen
und im J. 1343 durch P. Clemens VI. bestätigt, war
infolge der über die arme Stadt in demselben Jahrhundert
hereingebrochenen Unglücksfälle in tiefen Verfall gerathen und
endlich der florentinischen Feindseligkeit erlegen. Der zwischen
beiden Staaten lodernde Haß findet nur in der Geschichte des
Alterthums rechte Parallelen. Ein Vierteljahrhundert nach
der Unterwerfung Pisa's schrieb der Kriegsmagistrat an den
dortigen Commissar Averardo de' Medici [1]): „Nach hiesiger
allgemeiner Ansicht besteht das beste und wirksamste Mittel,
sich der Stadt zu versichern, darin, daß man sie von pisaner
Bürgern und Bauern leert, worüber wir dem Volkshaupt-
mann so oft geschrieben haben daß wir's müde sind. Er
erwidert, er werde daran durch das Kriegsvolk und dessen
Commandanten behindert. Wir befehlen dir nun dich zu ihm
zu begeben und Alles mit ihm zu bereden, und keine Härte
noch Grausamkeit zu sparen, da wir erkennen daß jede andere
Arznei nicht helfen würde. Wir hegen zu dir das Vertrauen,
du werdest unverzüglich Alles ins Werk setzen, denn etwas
diesem gesammten Volke Erfreulicheres würdest du nicht thun

---

1) Die Dieci di Balia, Florenz 14. Januar 1432, bei Fabroni
Cosmi Med. vita Bd. II. S. 8.

können." Das Ergebniß war denn auch, daß die Stadt ver=
kam, die versumpfende Umgebung brach lag und dem Fieber
anheimfiel, die Flotte schwand. Und dieser Haß war so ein=
gewurzelt, daß, nachdem inmitten der nach Lorenzo's de'
Medici Tode eingetretenen Umwälzung Pisa sich frei gemacht
hatte, ein sonst gemäßigter Mann von der Mediceischen Partei,
Bernardo del Nero, sich äußerte: gegen die Pisaner helfe
nur Gewalt. Man müsse Alle umbringen die man zu
Kriegsgefangenen mache, und das Beispiel der Genuesen
nachahmen, die nach der Schlacht bei der Meloria die
pisanischen Gefangenen in den Kerkern verschmachten ge=
lassen hätten[1]).

Lorenzo de' Medici scheint frühe erkannt zu haben, daß
man das Ziel überschritt, indem man in blindem Hasse Pisa
in Trümmer sinken ließ. Die ansehnlichen Besitzungen seiner
Familie im Gebiete hatten ihn wiederholt nach der Stadt ge=
führt, deren Lage es auch mit sich brachte, daß Manche auf
der Reise zwischen dem Norden und Süden Italiens dort
einkehrten. Pisa durfte den Florentinern keine Besorgniß
mehr wecken, aber es durfte nicht untergehn. Zweierlei Gründe
scheinen übrigens zu dem Entschluß der Wiedererrichtung der
alten Hochschule beigetragen zu haben. Einestheils die Ruhe
welche den Studien zuträglicher war als das rege Leben in
Florenz, anderntheils Menge und Wohlfeilheit der Wohnungen
die in immer ärgern Verfall geriethen, wenn nicht Abhülfe
eintrat, da Handel und Gewerbe sich ganz weggezogen hatten
von ihren alten Stätten, und die Einwohnerschaft fast nur
aus armen Leuten bestand. Von Seiten Lorenzo's gehörte
sich doch Kraft und moralischer Muth dazu, eingewurzeltem
Haß und störrischem Vorurtheil so in den Weg zu treten.

---

1) Guicciardini, Del reggimento di Firenze S. 209.

Am 19. December 1472 erschien das Decret, welches die Hochschule wieder ins Leben rief[1]). Ein Verwaltungsrath von fünf florentiner Bürgern, die Officiales Studii, wurde eingesetzt, bestehend aus Tommaso Ridolfi, Donato Acciaiuoli, Andrea Puccini, Alamanno Rinuccini, Lorenzo de' Medici. Die jährliche Dotation sollte in sechstausend Goldgulden bestehen, das Statut der florentiner Schule wurde auf die pisanische übertragen. Die Staatsangehörigen sollten nur in Pisa akademische Ehren und Befugnisse zur Praxis erlangen können. Zur Erhöhung der Professorengehalte bewilligte dann P. Sixtus IV. eine Besteuerung des Clerus zum Betrage von fünftausend Gulden auf fünf Jahre, eine Abgabe, welche im J. 1497 durch dessen Nachfolger auf weitere fünf Jahre verlängert ward und worüber u. a. Ficino und Polizian klagten. In Florenz sollten nur die philosophischen und literarischen Studien bleiben.

Mit Recht maß man Lorenzo de' Medici das Verdienst bei. „Vor wenigen Tagen, schrieb ihm Antonio de' Pazzi von Padua aus am 29. Januar 1473[2]), vernahm ich daß infolge eurer Anordnung in Pisa eine neue Hochschule gegründet werden wird, worüber nicht blos wir florentiner Studirenden sondern ebenso die fremden hocherfreut sind, weil Pisa eine vorzugsweise dazu geeignete Stadt ist, wie auch weil die Sache von einem Manne ausgeht, der damit, wie mit Allem was er beginnt, Ehre einzulegen wünschen wird." Von allen

1) Fabroni Historia Academiae Pisanae Bd. I. S. 109 ff. Df. Laur. Med. Vita Bd. I. S. 49. Zahlreiche auf die Universität sich beziehende Schriftstücke ebdf. Bd. II. S. 74 ff. Carlo de' Massimi Carmen heroicum ad Laurentium Medicem de studio per eumdem Pisis innovato, nach einer Laurent. Hf. bei Bandini Laur. Cat. Bd. III. und bei Roscoe Bd. III. S. 237 ff. (Nr. LVIII.)
2) Fabroni Laur. Med. vita Bd. II. S. 77.

Seiten war der Andrang überaus groß. Einer der Ersten
die sich meldeten war Francesco Filelfo. Er hatte bei den
Sforza in Mailand ein Asyl gefunden, aber stets unzufrieden
und ruhelos, verschwenderisch und verschuldet, kriechend und
frech, hatte er wiederholt seine Stellung zu wechseln versucht,
namentlich in der Zeit Pius' II., den er nach dem Fehlschlagen
seiner Hoffnungen im Leben wie im Tode mit gewohnten
Invectiven verfolgte, welche ihm aber diesmal Kerkerhaft
eintrugen. Im April 1473 wandte er sich an Lorenzo.
Längere Zeit vorher hatte er sich bei dessen Vater einzu-
schmeicheln gewußt, der ihm seine Unbilde gegen Cosimo in
dem Maße vergaß daß er einen seiner Söhne über die Taufe
hielt, und bei seiner Anwesenheit in Florenz im Herbste 1469,
kurz vor Piero's Tode, hatte er von Lorenzo ein Darlehn
erhalten[1]). Das Schreiben, daß er jetzt an diesen richtete[2]),
ist ein merkwürdiges Zeugniß der Sinnesart des Mannes,
der auch jetzt noch auf längst Begrabene, auf Marsuppini
und Poggio und deren „Synagoge" loszieht. Er beginnt mit
dem Vorgeben, Cecco Simonetta der mailändische Kanzler
habe ihm angelegen, Pisa vor Rom, wo man seiner begehre,
den Vorzug zu geben, und schließt mit der naiven Betheurung,
Lorenzo wisse wohl daß er auf der ganzen Welt keinen zweiten
Filelfo finde, keinen der ihm ergebener sei. Und in gleichem
Ton in einem zweiten Schreiben: „Ihr ermesset, daß zu dieser
Zeit in meinem Fach Keiner den Vergleich mit mir aushalten
kann." Simonetta unterstützt von Pavia aus das Gesuch
und singt das Lob des eiteln Mannes. Lorenzo antwortete
und erkundigte sich nach der Honorarforderung, aber die
Unterhandlung zerschlug sich, vielleicht nicht zum Bedauern

---

1) Rosmini Vita di Fr. Filelfo Bd. II. S. 191.
2) Fabroni a. a. O. Bd. II. S. 75, 76.

des Medici, der Bedenken tragen mochte, den händelsüchtigen alten Mann an die junge Anstalt zu berufen. Der einst über Filelfo verhängte Bann war damals übrigens noch in Kraft. Auch seine literarischen Invectiven-Dienste nach der Ver- schwörung der Pazzi bahnten noch nicht den Weg. Als er endlich eine Berufung nach Florenz als Lehrer der Eloquenz und Moralphilosophie erhielt, hatte er kaum Zeit die Stadt wieder zu begrüßen, die er vor beinahe einem halben Jahrhun- dert verlassen hatte, indem er wenige Tage nach seiner Ankunft im Sommer 1481 im dreiundachtzigsten Jahre seines Lebens starb.

Die wiedergeborene Universität, deren Eröffnung im November 1473 erfolgte, sah bald eine Menge tüchtiger Kräfte in verschiedenen Richtungen wirken. Sie würde schon in den nächstfolgenden Jahren zur Blüte gelangt sein, deren sie sich in späten Zeiten in so hohem Maße erfreut hat, wären nicht verschiedene ungünstige Umstände hemmend da- zwischengetreten. Man hatte die in Stadt und Umgebung herrschende ungesunde Luft nicht hinlänglich in Betracht ge- zogen. Krieg, Verarmung, Veröbung verschlimmerten die Zu- stände wesentlich zur Zeit als auch Florenz an der Seuche litt. Sechs Jahre lang hat die Anstalt vom Ort gewechselt. Lehrer und Studirende sind nach Pistoia und Prato gewandert und theilweise nach Florenz gekommen; sogar an Empoli und San Miniato hat man gedacht, bis die Lage der Dinge sich besserte und ein durch Lorenzo's Fürsorge errichtetes Uni- versitätsgebäude die bis dahin zerstreuten Vorträge vereinigte. An Schwierigkeiten hat es unter den Professoren selbst nicht gefehlt, und der Sieneser Bartolommeo Sozzini wie die Brü- der Decio aus dem Mailändischen, jene wie diese Lehrer des Rechts, haben durch regelwidriges Verhalten Lorenzo Mühe genug bereitet. Zu den tüchtigen in den ersten Jahren

in Pisa lehrenden Männern gehörten die Juristen Balbo Bartolini von Perugia und Francesco Accolti von Arezzo, Bruder des florentinischen Kanzlers und Schüler Filelfo's, der
schon erwähnte Piero Leoni von Spoleto der nachmals zu
seinem Unglück Lorenzo's Hausarzt ward, die Humanisten
Lorenzo Lippi von Colle und Bartolommeo von Pratovecchio.
Besonders geehrt wurde der Römer Francesco de' Massimi,
der bei Eröffnung der Hochschule als Rechtslehrer kam, im
folgenden Jahre das Rectorat antrat, und so durch seine
Vorlesungen wie durch Bemühungen für Herstellung und
Bewahrung besseren Einverständnisses zwischen den beiden
feindlichen Städten solche Gunst erwarb, daß ihm und seinen
Nachkommen das Bürgerrecht verliehen und das städtische
Wappen dem seinigen beigegeben wurde [1]. Die Honorare der
Professoren waren meist ansehnlich, und Lorenzo hat wiederholt aus eignen Mitteln beigesteuert. Der Erzbischof Filippo
de' Medici unterstützte ihn in seinen Bestrebungen zum Besten
der Anstalt, die seinem Sitz zur Ehre wie zum Vortheil gereichte. Daß aber pecuniäre Schwierigkeiten nicht ausblieben,
ergiebt sich aus dem Umstande, daß im J. 1485 wegen

---

[1] Camillo Massimo, Sopra una inedita medaglia di Francesco Massimo dottore in legge e cavaliere. Rom 1860. Im J.
1477 zum Podestà von Siena gewählt, konnte Francesco Massimo wegen
des Todes seines Vaters das Amt nicht antreten. Daß er 1488—89 im
Staatsdienst in Florenz war, ergiebt sich aus folgendem Schreiben Lorenzo's de' Medici an Giovanni Lanfredini in Rom. „Messer Francesco
Massimi kehrt dorthin zurück, nachdem er sich die größte Zufriedenheit
dieser ganzen Stadt wie meine eigne erworben hat. Er hat sich in Wahrheit sehr gut benommen, sodaß ich mich veranlaßt gesehen habe, ihn Sr.
Heiligkeit wie dem Cardinal Giovanni Colonna zu empfehlen. Ein
Gleiches thue ich bei euch, indem ich euch bitte zu bezeugen, daß sein Verhalten nicht löblicher hätte sein können. Um seiner guten Handlungen
willen wird es mir somit lieb sein, daß ihr ihn überall empfehlet wo es
ihm angenehm sein kann. Florenz 13. März 1489. (Med. Arch. Filza 59.)

Ausbleibens des päpstlichen Zuschusses eine Ersparniß von zweitausend Gulden nöthig erachtet wurde [1]).

In Florenz blieben wie gesagt die philosophisch-philologischen Vorträge, und die wissenschaftliche Thätigkeit schien durch die Wiederbelebung der Schwesterstadt keineswegs beeinträchtigt. Unter den einheimischen Lehrern machte sich Bartolommeo della Fonte (Fontius) einen Namen, gleich ausgezeichnet in der lateinischen wie in der griechischen Literatur, während er über gleichzeitige Ereignisse, vom Jahre 1448 bis 1493, lateinische Aufzeichnungen hinterließ, deren Werth nicht nach ihrer Kürze zu bemessen ist [2]). Sein Freundschaftsverhältniß zu Poliziano wurde getrübt, als er den durch Filelfo's Tod leergebliebenen Lehrstuhl der Eloquenz erhielt, welchen er nicht lange innegehabt zu haben scheint, da er in Ofen die Aufsicht der Bibliothek Mathias Corvinus' übernahm. Die griechischen Studien blühten. Den einst von Argyropulos und Theodoros eingenommenen Lehrstuhl bestieg der Athener Demetrios Chalkondylas, der ihn länger als Irgendeiner behauptet und so in Bezug auf sein Wissen wie auf seinen Charakter bessern Ruf als manche dieser griechischen Grammatiker hinterlassen hat. Polizian, der seine Kenntniß der hellenischen Sprache bei ihm vervollkommnet haben soll, begrüßte ihn durch mehre in derselben abgefaßte Sinngedichte, welche nicht auf die später ihnen nachgesagte Nebenbuhlerschaft schließen lassen. Ein schönes Zeugniß seiner homerischen Studien ist die Ausgabe der Ilias und Odyssee, welche im

---

1) Med. Arch.

2) Die Annales suorum temporum druckte Gio. Lami im Catalogus Codd. Mss. bibl. Riccard., Livorno 1756, und nachmals Galletti in Phil. Villani liber ec. S. 151 ff. Gemäß einem Briefe Fonti's an Lorenzo de' Medici hatte er einmal die Absicht, die Geschichte der Medici zu schreiben. In einem hübschen Sinngedichte, ebdf. S. 153, pries er die namhaftesten Literaten seiner Zeit.

J. 1488 erschien, drei Jahre bevor Chalkondylas, schon den Siebzigen nahe, Florenz mit Mailand vertauschte, wo er von Lodovico Sforza, der mit dem Medici in der Pflege von Wissen und Kunst wetteiferte, gerne aufgenommen ward und lange lehrte. Seine Stelle in Florenz nahm Johannes Lascaris ein, der dann so mit Mailand und Frankreich wie mit Rom in den Tagen von Lorenzo's Sohne vielfache und fruchtbare Beziehungen anknüpfte. Vielleicht nie und nirgend ist die Kenntniß griechischer Sprache und Literatur unter der vornehmen Jugend so verbreitet gewesen wie in diesen Tagen in der tuscischen Stadt, von welcher Polizian sagte, Athen sei hier mit seinem heimischen Boden und all seiner Habe eingezogen. Inderthat kamen von allen Seiten fremde Lernbegierige, Engländer, Teutsche, Portugiesen, wie man einst nach Athen ging. Alessandro Farnese hatte hier die Kenntniß der griechischen Sprache und Literatur erlangt, welche bei dem greisen Papste Paul III. nicht geschwunden war. Polizian sagte zu Chalkondylas' Zuhörern:

„Suchet die Heimat nicht der Pierien, Pfleger der Dichtung,
    Denn in unserer Stadt weilet der Himmlischen Chor.
Fragt ihr, wo sie bei uns sich gewählt die bleibende Stätte?
    Alle findet vereint ihr in Chalkondylas' Brust."

Weniger durch diese Ausländer jedoch als durch Italiener ist die Textkritik in Aufnahme gekommen. In Rom vorzugsweise durch Lorenzo Valla und Pomponio Leto, in Florenz durch Landino, Polizian, Pico. Zu diesen Arbeiten hat Lorenzo de' Medici vielfach den Anstoß gegeben, nicht nur durch Ermunterung der ihm persönlich Nahestehenden, sondern auch durch seine Beziehungen zu Andern, so zu den Mitgliedern der Akademie, welche den Sturm der Regierung P. Pauls II. überstand um unter Sixtus IV., der von diesen

getauften Heiden keine Gefahr fürchtete, fröhlich wiederaufzu=
blühen. Wenn Bartolommeo Platina ihm schreibt[1]), ihm
den mailändischen Bildhauer Andrea Fusina empfiehlt, fügt
er hinzu, der Mann halte sich der Gewährung seines Anlie=
gens nur gewiß, wenn er, Platina, sich für ihn verwende.
„Lebe wohl und glaube mir, du hast Wenige die dich gleich
Platina ehren und lieben." Am 30. März 1488 schreibt er
an Lanfredini zu Gunsten eines Freundes Pomponio Leto's[2]):
„Ohne Zweifel kennet ihr wenigstens von Namen Pomponio,
welcher dort in Rom einer der berühmtesten Gelehrten ja der
erste derselben und mir und unserem ganzen Hause sehr an=
hänglich ist, sodaß ich sehnlich wünsche ihm einen Gefallen
zu erweisen."

Die Handschriftenkunde mußte erst begründet werden.
Das Zeitalter der Entdeckungen, deren reiche Ernte beinahe
abgeschlossen war obgleich immer noch Einzelnes und Werth=
volles folgte, hatte sich begreiflicherweise besonders der Freude
an dem Neugewonnenen und der Verwerthung desselben hin=
gegeben, ohne sich auf Kritik viel einzulassen. Nothwendig
machte diese mehrundmehr ihr Recht geltend, je dringender,
bei fortgesetzter Beschäftigung mit den alten Autoren, die
Untersuchung der Correctheit der Handschriften sich zeigte.
Im Allgemeinen war man anfangs zu sehr geneigt gewesen
an deren hohes Alter zu glauben, und war in einzelnen
Fällen durch die chronologischen Noten am Schlusse der
Codices [Kolophon] getäuscht worden, welche wol, wie bei dem
Mediceischen Coder der späteren Bücher von Tacitus' Annalen,
bis auf das Ende des vierten christlichen Jahrhunderts
zurückführten, während sie nur von späteren Copisten

1) Gaye a. a. O. Bd. 1. S. 273.
2) Med. Arch. Filza 59.

mitabgeschrieben worden waren. Der corrupte Zustand der Handschriften forderte die Correctur heraus, die Correctur aber war meist arbiträr. Coluccio Salutati, Leonardo Bruni, Francesco Barbaro, Viele mit wie nach ihnen, hatten den Mängeln abzuhelfen gesucht; eine Regel gab's für sie nicht. Hier tritt vor allem Polizians bedeutendes Verdienst hervor. Nicht etwa daß nicht auch er sich der Conjecturen reichlich bedient hätte, namentlich in der Jugend als er in seiner Arbeit über Catull selbstgefällig alles Aehnliche übertroffen zu haben glaubte. In dieser Beziehung stand er nicht allein. Ermolao Barbaro bekennt in seiner Ausgabe des Plinius von 1492, Marullus in seiner kritischen Arbeit über Lucretius, wie oft sie zu eigenen Emendationen ihre Zuflucht nehmen mußten. Aber Polizian erkannte sehr wohl, daß nur durch Vergleichung der Handschriften, wo mehr als eine vorlag, eine festere Basis zu gewinnen war. Traf dies nicht zu, so suchte er durch Anmerkungen und Parallelstellen seine Conjecturen zu begründen. Manche gedruckte Bücher aus seinem Besitz tragen am Rande die Spuren der Handschriften-Vergleichung, deren er in einem seiner Briefe an Lorenzo erwähnt[1]). Die Sammlung kritischer Studien, die er auf dessen Wunsch und ihm gewidmet im J. 1489 unter dem Titel Miscellanea herausgab, ist ein bleibendes Denkmal seiner Gelehrsamkeit und seines Scharfsinns. Der Streit mit Filelfo's Schüler Giorgio Merula[2]), dem Herausgeber des Plautus, welcher durch Lodovico il Moro nach Mailand berufen, dort philosophische Vorträge hielt, und, einst Polizians Bewunderer, nun in dessen Werke Plagiate und Irrthümer finden wollte, macht einen unerfreulichen Eindruck, und

---

1) Venedig 20. Juni 1491 in den Prose volgari ec. S. 78.
2) Die verschiedenen Briefe in Polizians Epistolae Buch XI.

eine vortheilhafte Rolle spielt nur der Sforza, der die Ge-
reiztheit des an ihn sich wendenden Florentiners zu beschwichtigen suchte. Polizians, auf Veranlassung Lorenzo's de' Medici unternommene kritische Arbeit zur Correction des Textes
des Justinianischen Gesetzbuches nimmt in der Geschichte desselben eine ehrenvolle Stelle ein. Seine Ansicht über Alter
und Schreiber des berühmten Exemplars der Pandecten, angeblich bei der Eroberung von Amalfi, ohne Zweifel durch
kaiserlich griechische Schenkung nach Pisa, von dort nach
Unterwerfung der Stadt nach Florenz gekommen, mag vor
der Kritik späterer Zeiten nicht bestanden, seine Recension
unvollständig gewesen sein: die Grundlage eines bessern
Textes als jener der neueren Handschriften und der beiden
nach denselben bereits veranstalteten Drucke ist dennoch ihm
zu danken [1]).

Während man lateinische Werke der Humanisten in der
Vulgarsprache übersetzte, fuhr man fort mit lateinischen
Uebertragungen griechischer Werke. Alamanno Rinuccini
übersetzte plutarchische Biographien und Moralschriften wie
Philostratos' Leben des Apollonios von Tyana, das in einer
Zeit der Beschäftigung mit spätgriechischer theologisirender
Philosophie besonderes Interesse weckte, Alessandro Bracci die
Geschichten des Appian, Polizian wie schon erwähnt für P.
Innocenz VIII. die des Herodian. Die in Florenz und Ve-
nedig begonnene Bewegung hatte sich über ganz Italien aus-
gedehnt. Die Blüte der Studien fiel in die Zeit, in welcher
die Erfindung des Bücherdrucks in das ganze literarische
Leben eine Veränderung brachte, deren Tragweite man alsbald

1) A. M. Bandini, Ragionamento istorico sulle collazioni delle
Pandette ec. Livorno 1762. Die Laurentiana bewahrt das Exemplar der
Pandecten, worin Polizian seine Collation notirte. Bandini bespricht es
auch im vierten Bande des Catalogs der lateinischen Handschriften.

ahnte ohne sie ermessen zu können. Wie wir gesehen, waren
bisher Bücher eine Sache der Vornehmen und Wohlhabenderen
gewesen und oft nur durch eigne Arbeit zu erlangen. Bis
in die höchsten Kreise hinauf reichten die Schwierigkeiten.
Jetzt wurden mit Einemmale diese Bücher zum Gemeingut.
Die Verbreitung der neuen Kunst hatte nicht nur die materielle Vermehrung der literarischen Hülfsmittel zur Folge:
begreiflicherweise führte sie rasch zu unendlich gesteigerter
Anwendung der Kritik. Wir vernahmen die bittern Klagen
über Verderbtheit der Texte. Was bisher Einzelne zur Erlangung größerer Correctheit versuchten, wurde nun zu einem
Zweige der gelehrten Thätigkeit. Nicht alle Correctoren waren
ein Polizian oder Barbaro oder Merula, welcher Letztere
in der Ausgabe des Plautus von 1472 klagt, daß Gelehrte
wie Ungelehrte sich mit der Büchercorrectur befaßten, ein
Umstand wodurch der Werth mehr denn einer Editio
princeps sich auf die bloße Seltenheit beschränkt, und es sich
erklärt daß manche Correctoren dieser Zeit mit ihren Vorgängern den Copisten an Willkür wetteiferten. Doch auch
für jene gelehrten Männer stand der Kanon der Kritik noch
keineswegs fest.

Es ist auffallend daß Florenz, welches in der Zeit der
Ausbreitung des Bücherdrucks in Italien an der Spitze der
literarischen Bewegung stand, keineswegs zu den ersten Städten
gehörte welche in den Annalen der Typographie auftreten.
Im J. 1465, drei Jahre nachdem die Eroberung von Mainz
durch Churfürst Adolf von Nassau die dortigen Drucker in
alle Welt zerstreut hatte, eröffneten zwei Teutsche im Bene-
dictinerkloster zu Subiaco die erste bald nach Rom in das
Haus der Massimi verlegte Druckerei, worauf erst vier Jahre
später Venedig, dann umbrische und andere Städte folgten.
Im November 1471 erschien in Florenz das erste gedruckte

Buch, des Servius Commentar zu den Bucoliken Virgils, welchem im folgenden Januar die Georgica, im October 1472 die Aeneis folgten. Wenn aber die Stadt mehren andern in Bezug auf die Priorität nachstand, so gebührt ihr der Ruhm daß einer ihrer Söhne die Typen schnitt und goß, statt sich ausländischer zu bedienen. Es war der Goldschmied Bernardo Cennini, der in Italien zuerst als selbständiger Künstler in diesem Fache auftrat[1]. Zu Anfang Januars 1415 in Florenz geboren, erst der Seidenwirkerei dann der Goldschmiedekunst gewidmet, betheiligte er sich an den Erzthüren des Baptisteriums und andern großen Werken. Seine Kunst führte ihn zu der Verfertigung von Schrifttypen. Die Inschrift des von ihm mit Hülfe seiner Söhne Domenico und Pietro, des Ersten als Schriftstecher, des Zweiten als Corrector gedruckten Buches[2] zeigt, daß er auf die Leistung stolz war: „Florentinischen Geistern fällt nichts schwer". Das Buch verkündet in Format und Druckeinrichtung künstlerischen Sinn, den rundformigen Typen fehlt es jedoch an Schärfe und Gleichmäßigkeit. Der pecuniäre Erfolg dürfte der Mühe und den Auslagen schwerlich entsprochen haben. Wenn wir finden daß Cennini, nachdem er sechszehn Monate auf

---

1) F. Fantozzi, Notizie biografiche di Bernardo Cennini. Flor. 1839. G. Ottino, Di Bernardo Cennini e dell' arte della stampa in Firenze. Flor. 1871. Nachdem vier Jahrhunderte sich kaum des ersten florentiner Druckers erinnert, hat die jüngste Zeit ihm bei Gelegenheit des vierten Centenariums seiner Wirksamkeit in San Lorenzo, wo er begraben liegt, ein Denkmal, an seiner Werkstatt eine Denktafel gesetzt und einer Straße seinen Namen gegeben.

2) Ad lectorem. Florentiae VII. Idus Novembres MCCCCLXXI. Bernardus Cenninius (sic) aurifer, omnium iudicio praestantissimus: et Dominicus eius F. egregiae indolis adolescens: expressis ante calibe caracteribus ac deinde fusis literis volumen hoc primum impresserunt. Petrus Cenninus Bernardi eiusdem F. quanta potuit cura et diligētia emendavit ut cernis. Florentinis ingeniis nil ardui est.

Herstellung des Foliobandes verwendet, für ein Anlehen von einhundertundzwanzig Gulden sein Haus zum Pfande gab, so erklärt sich weshalb er zu seinem alten Kunstgewerbe zurückkehrte und sich kein anderes von ihm gedrucktes Buch findet. Bernardo Cennini, dessen Gesicht sehr gelitten hatte, wurde im Verlauf der Zeit Consul seiner Zunft, und starb im J. 1483, zwölf Jahre nach dem Versuch, der ihm einen Namen und späte Ehren eingetragen hat.

Nun ließ sich ein Teutscher in Florenz nieder, Johannes des Petrus Sohn von Mainz, der im November 1472 Boccaccio's Filocolo druckte und nachmals sich mit der Typographen-Gesellschaft verband, die von dem Dominicanerinnenkloster von Ripoli ihren Namen hat[1]) und deren Local man noch in einem der Schulzimmer der nach demselben benannten Erziehungsanstalt in Via della Scala zeigt. Aus der von den geistlichen Vorstehern des Klosters gegründeten, mit einer Schriftgießerei verbundenen Anstalt gingen zuerst im J. 1476 einige Lauden und Gebete, dann der Commentar des Donatus und die Legende der h. Caterina von Siena hervor, von welcher so die gewöhnlichen wie die mit gemalten Initialen gezierten Exemplare große Verbreitung fanden. Diese Druckerei, an welcher Verschiedene, so Geistliche wie Laien sich betheiligten und in der die Nonnen als Setzerinnen thätig waren, hat im Verhältniß zu ihrer nur achtjährigen Dauer große Thätigkeit an den Tag gelegt. Mit dem J. 1477 beginnen die Drucke des schon genannten

---

1) P. Vinc. Fineschi, Notizie istoriche sopra la stamperia di [S. Iacopo di] Ripoli, Flor. 1781. T. Moreni in den Novelle letterarie fiorentine von 1791, und F. Fossi im Catalogo delle antiche edizioni della B. Magliabechiana Bd. III. haben über die Arbeiten dieser Typographie, deren Zahl sich auf sechsundachtzig beläuft und worunter sich seltsamerweise ein Decameron findet, weitere Nachrichten beigebracht.

Nicolaus von Breslau welcher im J. 1478 die Editio princeps des Celsus, drei Jahre später Landino's Dante herausgab. Im J. 1481 druckte Antonio Miscomini Savonarola's Triumphus Crucis, ein Beweis wie die dem beredten und gelehrten Dominicaner gewidmete Aufmerksamkeit sich steigerte, dann Ficino's platonische Theologie und Uebersetzung des Plotinus. Im J. 1488 eröffnete der Homer, Lorenzo's ältestem Sohne gewidmet, in glänzender Weise den Reigen der in Florenz erschienenen griechischen Bücher. Chalkondylas übernahm die Correctur; daß sie nicht leicht war, erkennt man aus den Worten der Vorrede, durch Nachlässigkeit der Abschreiber (librarii) sei der Text so verderbt, daß man ihn sozusagen in keinem Coder, wie alt er immer sein möge, unversehrt wiederfinde. Bernardo und Neri, die Söhne Tanai's de' Nerli eines edlen Bürgers, trugen die Kosten. Lorenzo Alopa von Venedig soll den schönen Band gedruckt haben, welchem bald zahlreiche andere folgten. Die berühmteste und weitverbreitetste florentinische Typographenfamilie, die der Giunta, begann ihre Arbeiten erst, als Lorenzo de' Medici längst im Grabe lag.

So umfassend nun auch bald die Thätigkeit der Typographie wurde, so fehlte doch viel daran daß sie den Werth der Handschriften irgendwie verringert, oder auf längere Zeit noch der Arbeit der Copisten ein Ziel gesetzt hätte, abgesehn davon daß Drang und Bedürfniß des Hebens literarischer Schätze immer dieselben blieben. Dies findet seine Erläuterung in der materiellen Vollendung, zu welcher die Kunst der Copisten gediehen war, eine Vollendung, deren stolzes Bewußtsein sich in der wegwerfenden Bemerkung Vespasiano's über den Typendruck ausspricht. Manche Jahre noch hat diese Thätigkeit gewährt, ein nachmals fast spurlos verschwundener Industriezweig gegrünt. Einer der glänzendsten obgleich keineswegs wichtigsten Schätze der Laurentiana, die sechszehn Foliobände mit Miniaturen und Verzierungen füllenden Werke des h. Augustinus, in Piero's de' Medici Zeit begonnen, ist erst kurz vor Lorenzo's Tode (zwei Bände haben die Jahrszahl 1491), vielleicht erst unter dessen zweitem Sohne vollendet worden, falls nicht das Kugelwappen mit dem Triregnum auf den Besitzer P. Leo X., nicht aber auf dessen Betheiligung an der Ausführung hinweist.

In der Verbreitung der literarischen Schätze, so der classischen Werke wie der Schriften der Neueren, und in den Beziehungen Letzterer zum großen Publicum, mit dem sie eigentlich erst jetzt in rechte Verbindung zu treten begannen, erfolgte nun in rasch steigender Progression der gewaltige Wechsel, der dieser Zeit in der Geschichte der geistigen Entwicklung zwiefache Bedeutung sichert. Bei Lorenzo's Tode hatte dieser Umschwung sein erstes Stadium noch nicht durchmessen, aber sein helles Auge konnte dessen zunehmende Wichtigkeit erkennen, wenn er, um sich blickend, die im Verlauf von achtundzwanzig Jahren rasch gesteigerte, andere Länder überragende Betheiligung Italiens an der typographischen Thätigkeit gewahrte. Eine Betheiligung welche, in gleichem Maße wie das vorausgegangene rasche Aufblühen der griechischen Literatur es klar machte, wie das Land vorbereitet war für fruchtbare und selbständige Benutzung der Gaben des Auslandes. Die Erfindung der Buchdruckerkunst und die Entdeckung America's sind gewissermaßen die beiden Grenzmarken des Lebens Lorenzo's de' Medici gewesen. Die erste schuf die eigentliche Oeffentlichkeit, die zweite eröffnete der Welt einen neuen Horizont.

Das Sammeln und Copiren von Handschriften ist nie eifriger betrieben worden als in diesen Tagen. Wenn die Ergebnisse des Sammelns denen von Poggio's und Leonardo

Bruni's Zeit an Bedeutung weit nachstanden, so mehrten die Bücherschätze sich doch allerwärts. Griechenland, das in der ersten Hälfte des Jahrhunderts so vieles gesandt, von wo dann um die Zeit des Untergangs des östlichen Kaiserreichs so manches nach dem Abendlande gerettet ward, fuhr fort, Fundgrube zu sein. Dies zeigten vor allen Johannes Lascaris' beide Reisen, deren zweite, von welcher die Ausbeute wie gesagt erst nach Lorenzo's Tode in Florenz anlangte, wesentlich der Durchsuchung der Athosklöster gewidmet war, wie die spätere Reise Bernardo Michelozzi's. Es ist begreiflich daß Lorenzo beim Sammeln von Bücherschätzen auch unter seinen Landsleuten manche Nebenbuhler fand. Einst hatte Piero de' Pazzi Andrea's Sohn eine schöne Bibliothek gebildet. Die beiden Gaddi, Francesco und Angelo, waren ihm nachgefolgt, und die große öffentliche Bibliothek ihrer Vaterstadt enthält Vieles von dem, was einst in ihrem Besitze war. Polizians Freund, der hochgebildete Kaufmann Filippo Sassetti der ältere brachte vieles zusammen. Die schöne Sitte, die Bücherschätze durch Vermächtnisse vor Zerstreuung zu sichern, währte fort. So hatten Boccaccio, Niccoli, Traversari, Cardinal Piero Corsini u. A. gethan, so that der Bischof von Volterra Ugolino Giugni der seine Bücher der florentinischen Benedictinerabtei hinterließ [1]). Im J. 1477 vermachte Jacopo Salvini Bischof von Cortona die seinigen letztwillig Lorenzo de' Medici [2]). Ueberall hatte dieser seine literarischen Correspondenten. Im J. 1476 finden wir ihn im Briefwechsel mit dem Mailänder Gio. Francesco della Torre, welcher mit Maestro Bonaccorso von Pisa die

---

1) Targioni-Tozzetti, Notizie sulla storia delle scienze fisiche in Toscana (herausgeg. von Fr. Palermo), Flor. 1853. S. 60, 61.
2) Med. Arch.

Bücher des Andronikos Kallistos gekauft hatte, als dieser
aus der Lombardei nach seiner Heimat zurückzukehren gedachte[1]).
Giovanni Rossi von Candia, dessen Cardinal Bessarion sich
bedient hatte, wurde von ihm gebraucht, wie es scheint auch
zum Besorgen von Abschriften[2]). Unter den ihm näher
Stehenden sind in späterer Zeit namentlich Polizian, Pico,
Ermolao Barbaro es gewesen, die für Bereicherung seiner
Sammlung wie für die der Klosterbibliotheken von San
Marco, von Fiesole und San Gallo Sorge trugen. Zu
Ersterem sagte er einmal, er wünsche daß er und Pico ihm so
viele Bücher verschaffen könnten, daß, falls sein Einkommen
nicht ausreichte, er sein Hausgeräth versehen müßte. An
manchen Orten hielt er Abschreiber, so noch in seinen letzten
Jahren zu Padua, wo die Anwesenheit so vieler bedeutenden
Gelehrten und die Beziehungen zur Levante mittelst Venedigs
dem Sammeln günstig waren.

Mit welchen Schwierigkeiten und Kosten das Aufbringen
von Handschriften in früherer Zeit verbunden war, haben
wir gesehn. Aber selbst in Lorenzo's spätern Jahren war es
keineswegs leicht, und sein Briefwechsel macht uns klar, wie
er einmal in den Tagen seines höchsten Glanzes sich eigen-
händig an einen ihm vielfach verpflichteten Fürsten wenden
mußte, um den Cassius Dio geliehen zu erhalten. „In
der Bibliothek Eurer Excellenz, so schrieb er am 5. Februar
1486 an Herzog Ercole von Este[3]), findet sich ein Geschichtschreiber Namens Dio de romanis historiis, welchen ich sehnlich zu sehen wünsche, so wegen des Genusses und Trostes
welchen mir die Geschichte gewährt, wie auch weil mein Sohn
Piero, der in griechischer Literatur einige Kenntniß erworben

1) Fabroni a. a. O. Bd. I. S. 153. Bd. II. S. 266.
2) Ebbs. Bd. I. S. 153.
3) Bei A. Cappelli a. a. O. S. 246.

hat, mich gebeten ihm zur Bekanntschaft mit diesem Autor
zu verhelfen, von dem ich vernehme daß er in Italien höchst
selten ist. E. E. kann daraus entnehmen, wie hoch ich diese
Vergünstigung schätzen werde, wenn dieselbe mir das Buch
auf einige Tage leihen will." Ungeachtet der vertrauten Be=
ziehungen sandte der Herzog das Original nicht, erlaubte
jedoch daß durch einen nach Ferrara beorderten Copisten
eine Abschrift genommen wurde. Zwei Jahre später ließ er
die von Niccolò Leoniceno gefertigte Uebertragung für Lorenzo
copiren, unter der Bedingung daß sie weder gedruckt noch
sonst verbreitet würde[1]. Im Frühling 1491 sahen wir
Polizian in Venedig, wo er für seinen Gönner eine Menge
heute in der Laurentiana befindlicher Handschriften erstand.
Daß man ihm die Ansicht der Büchersammlung Cardinal
Bessarions abschlug, obgleich der ferraresische Gesandte sich
beim Dogen Agostino Barbarigo verwandte, ist ein seltsames
Merkmal kleinlichen Mißtrauens[2]. „Eure Unermüdlichkeit
im Copirenlassen griechischer Werke und die durch euch den
Gelehrten erwiesene Gunst, schreibt zu dieser Zeit Polizian
an Lorenzo, gewinnen euch solche Verehrung und Zuneigung,
wie seit langen Jahren niemand sie genossen hat." Als er
so schrieb, erwähnte er zugleich der Bewunderung, welcher
eine damals schon von allen Literaten und Gelehrten, später
auch von Päpsten und Königen gefeierte venetianische Dichterin
in Bezug auf Lorenzo Ausdruck gab. „Gestern Abend be=
suchte ich die Cassandra Fedele[3], der ich eure Grüße

1) Bei Cappelli a. a. O. Die Hs. war von Batista Guarino. Die
Uebersetzung wurde 1532 zu Venedig gedruckt, das Original in Paris 1548.

2) Prose volgari inedite cc. S. 78.

3) Diese Dichterin, von mailändischer Familie, war zu Venedig
gegen 1465 geboren und soll 1558 gestorben sein. Polizian (Epist. l. III.
17) nennt sie: o decus Italiae virgo.

überbrachte. Lorenzo, sie ist wahrhaft bewunderungswürdig, so im Lateinischen wie in der Vulgarsprache, dabei äußerst bescheiden und meinem Urtheil zufolge auch schön. Ich verließ sie staunend. Sie ist euch sehr ergeben, und spricht von euch als kennte sie euch in- und auswendig. Eines Tages kommt sie euch gewiß in Florenz zu besuchen: bereitet euch somit ihr Ehre zu erweisen."

Das von Lorenzo de' Medici gegebene Beispiel blieb im eignen Hause nicht ohne Frucht. P. Leo X. hat sein ganzes Leben lang dargethan, wie in Bezug auf den Eifer im Sammeln literarischer Schätze der Geist seines Vaters in ihm fortlebte. Piero stand mit seinem Lehrer Polizian der Leitung und Bereicherung der Bibliothek vor, wovon er dem Vater Nachricht gab, wenn dieser krank im Bade weilte. Aus einem seiner Briefe[1] erfahren wir, daß die Medici sich für diese Bereicherung den am 4. April 1490 erfolgten beinahe plötzlichen Tod König Mathias Corvinus' zu Nutzen machten, indem nun eine Menge Copisten und Händler unbeschäftigt blieben, die für diesen Herrscher gearbeitet hatten welcher mit Allen seiner Zeit wetteiferte und jährlich über 30,000 Goldgulden für die Vergrößerung seines Ofener Bücherschatzes ausgegeben haben soll. Noch im J. 1488 hatte er einen Bevollmächtigten nach Florenz gesandt, Ankäufe und Abschriften zu beaufsichtigen. Der Beistand, welchen Lorenzo jederzeit den Bestrebungen des thätigen und hochsinnigen Herrschers über ein noch halb barbarisches aber glänzender Entwicklung fähiges Volk zutheilwerden ließ, entsprach den freundschaftlichen Beziehungen zu demselben und der ihm verschwägerten neapolitanischen Königsfamilie. Schon lange vor Mathias Corvinus waren mancherlei literarische wie

---

1) Florenz 8. Mai 1490, bei Fabroni a. a. O. Bd. II. S. 287.

künstlerische Beziehungen zwischen Florenz und Ungarn ange-
knüpft worden, namentlich durch jenen Filippo Scolari, nach
seiner Würde als Obergespann von Temesvar bei seinen
Landsleuten gewöhnlich Pippo Spano genannt, welcher unter
Sigmund von Luxemburg eine einflußreiche Stellung gewann.
Nachmals hatten dann der vielvermögende Erzbischof von
Gran, Johann Vitez, der in Ofen eine hohe Schule gründete,
namentlich aber dessen Neffe Bischof von Fünfkirchen, Janus
Pannonius, der in Padua unter Guarino studirte und in
Careggi Cosimo de' Medici besuchte, die Verbindung mit der
italienischen Gelehrtenwelt thätig unterhalten.

Nicht blos den literarischen Schätzen im engern Sinne
wandte schon von Jugend an Lorenzo de' Medici seine Vorliebe zu: auf einem Felde, das einerseits mit der Alter-
thumswissenschaft andrerseits mit dem der Geschichte an-
einandergrenzt, wird sein Name ebenfalls mit Auszeichnung genannt.   Der Aufschwung der classischen Studien
hatte sich auch auf die antiken Monumente erstreckt. Rom,
Jahrhundertelang nur im Zerstören thätig, begann sich des
üblen Namens zu schämen, welchen solche Barbarei ihm erworben hatte.   Die Zeit Sixtus' IV. ist bei allen ihren
Sünden doch der Wendepunkt gewesen.   Die römische Akademie hat sich bestrebt, den schlimmen Ruf zu tilgen welchen
P. Pius' II. Epigramm strafte.   Große Bauten veranlaßten
mancherlei Entdeckungen, und die beträchtliche Mehrung des
Schatzes alter Inschriften lenkte ebenso in erhöhtem Maße
die Aufmerksamkeit auf diese wichtigen Zeugnisse alter Zeit
und Geschichte, wie die Wahrnehmung des häufigen Wieder-
verschwindens oder Verlorengehens derselben durch Zertrüm-
merung, Verwendung zu andern Zwecken, Vernachlässigung
und Verschleppung an die Nothwendigkeit mahnte, wenigstens
durch Abschriften den Inhalt zu sichern.   Was einst Nicola

Signorini, Giovanni Tondi, Poggio, in weiterm Umkreise
Ciriaco, vor ihnen vielleicht schon Cola di Rienzo unternommen,
wurde jetzt namentlich unter Pomponio Leto's und seiner
Freunde Leitung und unter Theilnahme von ganz Italien
fortgesetzt, während Inschriftensteine ämsig gesammelt wurden,
in Rom nicht blos, in Neapel, in Oberitalien. Eine der be=
deutendsten Abschriftensammlungen wurde Lorenzo be' Medici
gewidmet. Es ist die des Dominicaners Fra Giocondo von
Verona, eines der vielseitigen Genies wie diese Epoche mehre
hervorbrachte, in der classischen Literatur und Alterthumskunde
bewandert und Lehrer Julius Cäsar Scaligers der ihn eine
Bibliothek ältern und neuern Wissens nannte, Ingenieur und
Architekt, in Rom, in Venedig, in Frankreich vielfach thätig,
in hohem Alter noch unter Leo X. Baumeister der vaticani=
schen Basilika. Das Exemplar der Inschriften=Sammlung
welches Fra Giocondo Lorenzo be' Medici überreichte, der
namentlich durch Alessandro Cortesi mit ihm in Berührung
blieb, ist verschollen. Abschriften desselben sind jedoch geblie=
ben, und die Widmung des Werkes ist eine beredte Klage
über den Zustand des alten Rom und die Zerstreuung oder
Vernichtung der Stein= oder Erztafeln, eine warme Wür=
digung ihrer Bedeutung, eine Anerkennung des von Lorenzo
diesen Studien geweihten Interesses. Polizian und andere
Freunde haben sich der mühsamen Arbeit des vielfach thätigen
Veronesers bedient, der sowie mit dem nachmaligen Papste
mit dessen Bruder Giuliano in Verbindung blieb, welchem
er den Commentar zu Caesars gallischem Kriege und der
spätern Ausgabe des Vitruv widmete [1]).

---

1) Vasari's Leben Fra Giocondo's [Bd. IX. S. 155 ff.] ist sehr
unvollständig und bedarf noch ernster Studien. Ueber seine Arbeiten in
der Heimat: G. Orti Manara, Dei lavori architettonici di Fra
Giocondo in Verona. Verona 1853. Ueber seine Inschriftensammlung:

Solche waren die literarischen Richtungen, die ungeachtet
der Nebenbuhlerschaft anderer Städte in Florenz ihren
eigentlichen Mittel- und Brennpunkt fanden, so der Männer-
kreis der sich in dieser Stadt gebildet hatte. Die Lücken
füllten sich rasch wieder aus. Wie Lorenzo selbst standen mehre
der Hervorragendsten noch in frischem Alter, und Jüngere
machten sich geltend, wie Marcello Virgilio Adriani, der nach
Scala's Tode dem Kanzleramt seinen frühern Glanz wieder-
gab, und Bernardo Dovizj, im Mediceischen Hause aufgewachsen und nachmals als Cardinal von Bibiena weltberühmt.
So groß persönliche Divergenzen sein mochten, Lorenzo de'
Medici hielt Alles zusammen. Ihm huldigte Alles, ihn erkannten Alle als Führer. Es war nicht kriechende Huldigung
vor einem mächtigen Herrn: gerade manche der ihm Zunächststehenden haben durch ihn wenig gewonnen an weltlichen
Gütern, Andere standen zu hoch und unabhängig als daß sie
seiner Vermittlung bedurft hätten. Es war die Anerkennung
eines reichbegabten fruchtbaren Geistes und eines edlen Strebens. Bei aller Ungleichheit von Stand und Stellung,
hat in diesem Kreise stets freie leichte Bewegung geherrscht.
Auch wo die Zusammenkünfte akademischen Charakter an-
nahmen, blieben sie weit entfernt von jener Förmlichkeit die
sich später in das akademische Leben einschlich. Lorenzo de'
Medici, heiter und gesellig, blieb stets mit den literarischen

G. B. de Rossi, I Fasti municipali di Venosa restituiti alla sincera
lezione. Rom 1853. (Aus Bd. 134. des Giornale Arcadico.) Gemäß
den Novelle letterarie di Firenze. Jahrg. 1771 S. 725 wurde das
Mediceische Exemplar an P. Clemens XIV. gesandt, ist aber weder im
Vatican. Archiv noch in der Bibliothek je gesehn worden. Ueber die Ab-
schriften, wie die zweite von dieser in Manchem abweichende und minder
reichhaltige, dem Erzbischof von Colenza Lodovico de Agnellis gewidmete
Sammlung vgl. De Rossi S. 7 ff. Die Widmung: Laurentio Medici
Fr. Io. Iucundus S. P. D. bei Fabroni Bd. II. S. 279 ff. Sie endet:
„Vale feliciter humani generis amor et deliciae."

Freunden in zwanglofem Verkehr. Ueberall fah er fie bei
fich, im Haufe von Via Larga, im Garten von San Marco,
auf den Villen zu Careggi und Poggio a Cajano. Die Ver-
trauteren fehlten auch nicht, wenn er ins Bad und nach Pifa
ging, und in den Klofterhöfen mit den Geiftlichen in ernfter
Unterredung luftwandelte. Die vielbefprochene Platonifche
Akademie, dies Erbtheil des Großvaters, war im Grunde nur
eine der Erfcheinungen diefes vielgeftaltigen Gefellfchaftslebens.
Ihre Zufammenfetzung war bunt und verfchiedenartig wie
dies Leben felber. Daß die Platoniker gelegentlich auf un-
platonifche Wege geriethen, darf nicht auffallen. Halbkomi-
fchen Eindruck macht aber ein Brief Landino's vom J. 1464,
Cofimo's Todesjahr[1]), eine Fürbitte für den Herold des
Palaftes der Prioren der feines Amtes entlaffen worden
war, weil er zwei Tage lang eine Dirne in feiner Stube
verborgen gehalten hatte. Seine Frau fei guter Hoffnung,
fchreibt der Gelehrte, er habe drei Töchterchen und eine alte
Mutter, und fei — Mitglied der platonifchen Akademie.

Lorenzo nahm bisweilen an den Verfammlungen des gelehrten Vereins Theil, den er namentlich gerne nach Careggi
befchied, wo er ungeftörter war als in der Stadt. Theils
dort theils hier wurden auch die Sympofien erneuert, welche
gemäß alexandrinifcher Tradition Platons Geburts- und
Sterbetag, den 7. November, gefeiert haben follen. Marfilio
Ficino fchildert folche Male, die unter dem Vorfitz Lorenzo's
oder Francesco Bandini's ftattfanden[2]). Wir finden als Gäfte
Marfilio und deffen Vater, Landino, Antonio degli Agli Bifchof
von Fiefole, Carlo und Criftoforo Marfuppini, Giovanni Cavalcanti, Bernardo Nuzzi, Tommafo Benci. Die akademifche Feier

---

1) Med. Archiv.

2) An Jacopo Bracciolini Epist. l. I. Prolegom. ad Platonis
convivium.

oder Uebung begann nach dem heitern Mal, und Platons
Symposion welches die Deutungen der Liebe bei ähnlicher fest-
licher Zusammenkunft zum Gegenstande hat, das Buch zu
welchem Marsilio in seiner Abhandlung über die Liebe gewissermaßen den Commentar geliefert hatte, wurde unter
Vertheilung der Rollen an die Anwesenden zum Anhaltspunkt
wie zu freier Erläuterung gewählt. Giovanni Cavalcanti
entwickelte die Rede des Phaedros über die Geburt des im
Drange organischer Gestaltung und des Strebens zum Licht
zugleich mit der Erde aus chaotischer Nacht erzeugten Eros
als belebende, zum Guten, Hohen, Edlen, Schönen urkräftig
treibende Kraft in der Menschheit. An diese Entwicklung
schloß sich die demselben Cavalcanti zugetheilte Erläuterung
der Rede des Pausanias über die zwiefache Aphrodite, die
Urania und die spätere, und den beide begleitenden zwiefachen
Eros, ihre Unterscheidung und Verwechslung, ihren geistigen
Mittelpunkt und körperlichen Abglanz, Ausfluß, Verbreitung,
Stadien der Läuterung, Theilung in verschiedene Kräfte der
Natur. Landino übernahm die Erklärung der Rede des
Aristophanes. Nach dieser ist das Wesen der Liebe die in dem
durch Jupiters Zorn getheilten Menschen in seiner heutigen
irdischen Erscheinung nicht schlummernde Sehnsucht der Rückkehr zum ursprünglichen einheitlichen Zustand, die Sehnsucht
nach Wiedererleuchtung durch das von Anbeginn in ihm
stralende aber durch seine Schuld verdunkelte göttliche Licht.
Carlo Marsuppini fiel Agathons Rede anheim, welche die
verschiedenen aber in ein Ganzes zusammenfließenden Eigenschaften des Gottes verherrlicht und sein Verhältniß, wie das
der Götter überhaupt zu den Menschen, zu menschlicher Leidenschaft feststellt. Tommaso Benci widmete sich der Vermittlung des Zusammenhangs zwischen den gotterfüllten Worten
der Priesterin Diotima, die dem Sokrates das Wesen der

Liebe, wodurch wir uns zum höchsten Gut erheben, zum tiefsten Uebel sinken können, enthüllte, und der christlichen Anschauung, während Cristoforo Marsuppini die Dichtungen Guido Cavalcanti's, auf welche, als Ausfluß griechischer Weltweisheit im Stadium der großartigen Fortentwicklung der italienischen Literatur, die ganze Zeit und Lorenzo de' Medici vor Allen großes Gewicht legte, mit sokratischen Lehren von der Liebe in Einklang brachte. Solche war die Aufgabe einer dieser berühmten Versammlungen, deren positiver wissenschaftlicher Ertrag kein großer sein mochte, die aber immerhin ein glänzendes Zeugniß jener eleganten zugleich und ernsten Bildung sind, welche in Florenz die höhern Stände zur Betheiligung an den schönsten und würdigsten geistigen Bestrebungen in den Stand setzte.

Während Dichtung und Philosophie so im Flor standen, machten die exacten Wissenschaften bedeutende Fortschritte. Ob schon zu Lorenzo's Lebzeiten die Thätigkeit Fra Luca Paciolo's von Borgo San Sepolcro begonnen hat, welcher hier zuerst durch Erklärung des Euklid die wahre Geometrie wieder ins Leben rief und auf Leonardo da Vinci so großen Einfluß geübt hat, ist sehr zu bezweifeln. Aber schon in Cosimo's des Alten Tage fallen die ernsten Studien Paolo's del Pozzo Toscanelli, zugleich Arzt und Philosoph, Naturforscher und Mathematiker, und im J. 1468 erfolgte die Anlage des berühmten Meridians in Sta Maria del Fiore, zunächst zum Zweck der genauen Bestimmung der Solstitien zur Feststellung der Kirchenfeste. Eine Arbeit, deren Bedeutung die neuere Zeit nicht verkannt hat und deren vervollkommnende Erneuerung beinahe drei Jahrhunderte später auf Anlaß La Condamine's erfolgte[1]. Es ist bekannt welchen

[1] Das Buch des sicilischen Jesuiten P. Leonardo Ximenes: Del vecchio e nuovo Gnomone fiorentino. Flor. 1757, enthält

Einfluß Toscanelli, der fünfundsiebzigjährig im J. 1482 starb, auf Cristoforo Colombo gehabt hat, unter andern durch seine Berechnungen der Längenausdehnung des östlichen Asiens, welche freilich zumeist auf Marco Polo's irrigen Hypothesen beruhten. Lange nach Toscanelli's Tode bediente sich Colombo auf seiner ersten Ueberfahrt der mit Längen- und Breitenkreisen versehenen Seekarte, welche Jener einst nach Lissabon gesandt hatte. Es war in Lorenzo's be' Medici letzten Lebensjahren, als der Mann, dessen Name berühmter als seine Thaten, noch in unsern Tagen Gegenstand erneuter Controverse, seine Heimat verließ um im südlichen Spanien eine neue zu suchen[1]. Amerigo Vespucci's Familie, welche in den nächsten Verwandten des Seefahrers Männer von wissenschaftlicher wie von politischer Bedeutung zählte, ist zu der Mediceischen so in freundlichem wie in feindlichem Verhältniß gestanden: von persönlichen Beziehungen zwischen ihm und Lorenzo vernehmen wir nichts. Ungefähr vierzigjährig ließ er sich in Sevilla nieder, wo er zunächst in das Bank- und Handelshaus seines Landsmanns Giovanni Berardi trat, und, von Hause aus mit guten Kenntnissen versehen wozu namentlich sein gelehrter Oheim Giorgio Antonio beigetragen,

die Geschichte wie die Erläuterung der wissenschaftlichen Bedeutung des berühmten Meridians, wie der älteren mathematisch-astronomischen Arbeiten in Toscana.

1) Seit der Zeit Angelo Maria Bandini's, welcher im J. 1745 die Vita e Lettere di Amerigo Vespucci gentiluomo fiorentino herausgab, bis auf die unsere, welche den Brasilier F. A. de Varnhagen den Anspruch des Florentiners nochmals vertheidigen sah, hat diese Controverse nie gerastet. Hier genügt es jedenfalls, einfach auf die Ergebnisse zu verweisen, welche Oscar Peschel im „Zeitalter der Entdeckungen" S. 305 ff. und in einem Aufsatz über Amerigo in der Zeitschrift: Das Ausland [1858 Nr. 32] veröffentlicht hat. Vespucci's bekanntes Schreiben über seine zweite Reise (Bandini S. 64) ist an Lorenzo be' Medici Pier Francesco's Sohn gerichtet.

sich practisch für die Laufbahn vorbereitete, die ihn nach dem fernen Westen geführt hat. Nicht von Florentinern sondern von einem lothringischen Schulmanne ist der Name des neuen Welttheils ausgegangen, der, so lange die Welt steht, an ihn erinnern wird. Mit Recht aber haben die Florentiner sich des Ruhmes ihres Landsmannes gefreut, welchem eine späte Zeit, die das Haus seiner Vorfahren in ein Hospital umgewandelt sah, an demselben die Inschrift setzte, die ihm „ob repertam Americam sui et patriae nominis illustratori amplificatori orbis terrarum" Huldigung darbrachte. Als man in Florenz von den auf seiner Reise im J. 1497 gemachten Entdeckungen vernahm, sandte die Signorie nach gedachtem Hause Fanale, welche drei Abende und Nächte lang brennend erhalten wurden, eine Auszeichnung wie sie nur ungewöhnlichem Verdienste zutheil zu werden pflegte.

Dritter Abschnitt.

Die schönen Künste.

I.

Cosimo und Piero de' Medici und die Kunst.

Die Jugendjahre Cosimo's de' Medici fielen in jene Epoche der großen Umwandlung im Entwicklungsgange der Kunst, in welcher der Realismus im Bunde mit den Reminiscenzen der Antike sein Recht geltend machte, und in der Architektur die Gothik, in der Sculptur die pisanische Schule, in der Malerei die innerhalb eines beengenden Kreises von Schultypen befangenen Giottesken überwand. Nicht dann erst, als Cosimo ein mächtiger Mann war der den ganzen Staat lenkte, hat die Kunst diese neuen Bahnen eingeschlagen. Aber durch lebendigen und liebevollen Antheil und durch eine Liberalität, wie sie unter Privatleuten vielleicht nie, unter Fürsten nicht oft ihres Gleichen gefunden, hat dieser Mann auf die rasche Entwicklung Einfluß geübt, indem er, abgesehen von der aus seiner Stellung im Staate hervorgegangenen Förderung, mit eigenen Mitteln für den Künstler würdige Aufgaben schuf, und mit wahrem Verständniß eine Humanität und theilnehmende Vertraulichkeit im persönlichen Umgang vereinigte, welche diese Künstler ebensowie ihn selber adelte. Von seinen beiden Lieblings-Architekten, Brunellesco und Michelozzo, ist schon die Rede gewesen. Beide, von denen Jener ihm um achtzehn Jahre im Tode vorausging, dieser ihn um etwa sechs Jahre überlebte, hat er stets werthgehalten und miteinander verständigt, Beiden große schöne Aufgaben zugewiesen. Diejenigen Brunellesco's waren der Fortbau der Kirche San Lorenzo und die Abtei von Fiesole.

Mit San Lorenzo sind seit Giovanni's bi Bicci Tagen die Medici beider Linien gewissermaßen verwachsen gewesen. Die Kirche war die Pfarre der Linie Cosimo's, die Grabstätte beider. Schon im J. 1415 war die Vergrößerung des den frühesten christlichen Zeiten angehörenden Gotteshauses besprochen, drei Jahre später der Beschluß gefaßt worden, den Raum einer rückwärts dasselbe begrenzenden Gasse, deren Name Via de' Preti zu dem Gewerbe der Bewohner und Bewohnerinnen der anstoßenden Häuser schlecht paßte, zum Behuf solcher Vergrößerung den Stiftsherren anzuweisen, die im J. 1419 den Neubau des Chors begannen[1]). Mit andern vermögenden Familien hatte Giovanni bi Bicci sich zum Bau von Kapellen verpflichtet und die Sacristei übernommen, die als Bauwerk durch Schönheit und Harmonie der Verhältnisse so der Kuppel wie der ganzen quadratischen Anlage, und durch die Trefflichkeit ihrer Decoration höchste Bewunderung verdient. Was der Vater begonnen, setzte der Sohn in größerm Maßstabe fort. Am 23. September 1440, während der Bau der neuen Kirche unter Brunellesco's Leitung im Gange war, die alte aber noch gebraucht wurde, setzte Cosimo hier seinen Bruder Lorenzo bei, wozu P. Eugen IV. die Cardinäle und Prälaten seines Hofes mit dem Banner der Kirche und seinem eignen und hundert Wachsfackeln sandte.

---

1) Cianfogni Memorie istoriche della basilica di S. Lorenzo. Flor. 1804. S. 228 Ueber Brunellesco vgl. Bd. I. S. 71 ff.

Zwei Jahre später ging er an die Vollendung von Chor und Kuppel, unter Bedingung des Juspatronats für sich und die Seinigen, wogegen er dem Kapitel eine Staatsschuld-Verschreibung von 40,000 Gulden für die Baukosten zustellte. Am 15. Mai 1457 wurde der Hof der Canonica begonnen, und vier Jahre darauf war letztere ebensowie Hochaltar und Altäre des Querschiffs vollendet, sodaß am 9. August 1461 der Erzbischof Orlando Bonarli den Hochaltar weihte. Schon zwei Jahre früher war ein Collegium von jungen Clerikern bei der Kirche eröffnet worden, die bis heute ihr Capitel bewahrt hat[1]). San Lorenzo ist eine Säulenbasilika, deren Bogen auf einem vom Capitäl getragenen Gebälkstück ruhen, mit vierectigem Chorabschluß und Kuppel, flacher Decke und Kapellen von geringer Tiefe. Wer in den Kreuzgang der Canonica tritt, glaubt sich in längst vergangene Zeit versetzt. Zwei Geschosse von Bogenstellungen umschließen das Viereck des Hofes und führen so zu den kleinen Wohnungen der Stiftsherren, wie zu der berühmten Bibliothek die in ihrer gegenwärtigen Gestalt spätern Tagen angehört. Die mächtige Domkuppel und Giotto's Glockenthurm schauen in dieses Chiostro hinein, dessen Stille mit dem Geräusch benachbarter Krämerstraßen contrastirt, und das in seiner Erscheinung die haushälterische Einfachheit und Genügsamkeit der Zeit zugleich mit ihrer großartigen Freigebigkeit zu lebendiger Anschauung bringt.

Der andere von Brunellesco für Cosimo ausgeführte Bau war kaum minder bedeutend. Am Fuße der Fiesolanerhügel, im Thalgrund des Flüßchens Mugnone, liegt die alte Abteikirche, wie man glaubt die ursprüngliche Cathedrale der Etruskerstadt. Im J. 1439 traten auf Veranlassung

---

1) T. Moreni, Continuazione delle Memorie della basilica di S. Lorenzo. Flor. 1816. Bd. I. S. 6 ff.

P. Eugens IV. die Benedictiner dieselbe den nach dem h.
Augustin benannten regulären Stiftsherren ab, und Cosimo
de' Medici, mit dem Prior derselben Don Timoteo von
Verona befreundet, begann den Neubau. Die Kirche, welche
von ihrer ursprünglichen der vorgothischen Zeit angehörenden
Façade den mittlern Theil bewahrt, ist einschiffig mit ziemlich
tiefen Kapellen, und macht durch ihre Formen, kunstreich zugleich und einfach, einen höchst wohlthuenden Eindruck. Ob
sie, wie Vasari angiebt, von Brunellesco ist, mit dessen
übrigen Werken sie nicht stimmt, bleibt zweifelhaft [1]. Das seit
lange seiner ursprünglichen Bestimmung entzogene Kloster, dessen
Bau wegen des abschüssigen Terrains mancherlei Schwierigkeiten darbot, und erst im J. 1466 durch Cosimo's Sohn
vollendet ward, enthält die in spätern Zeiten mit dem Bildniß des Gründers in Basrelief geschmückte Wohnung, welche
dieser für sich selber einrichten ließ, wie Nicola Acciaiuoli
sich eine solche neben seiner Karthause erbaute. Hier war es,
wo die platonischen Akademiker sich vereinigten, wo ein Urenkel Cosimo's den Cardinalspurpur anlegte, dessen Bruder
Giuliano Herzog von Nemours den letzten Seufzer aushauchte.
Die Kirche ist in jüngern Tagen mit manchen schönen Werken
geziert worden, aber vergebens sieht man sich in dem großen
Bau, dessen gänzliche Vollendung weder Brunellesco noch
Cosimo erlebten, nach den gelehrten Männern, und nach der

1) Antonio Averlino's genannt Filarete Widmung seines Tractats
über die Architektur (s. unten S. 169), an Piero de' Medici, zeigt
daß um 1460 die Kirche noch nicht umgebaut war (resta ancora la
chiesa a rinovare). Die Aehnlichkeit der Architektur derselben mit jener
der Kapelle der Madonna de' Voti, später dell' Incoronata, im Dome zu
Mantua, die allgemein für ein Werk Leon Bat. Alberti's gehalten wird,
weckt die Muthmaßung daß Letzterer an dem fiesolaner Bau betheiligt
gewesen sein könnte. (Vgl. Gaye a. a. O. Bd. I. S. 200 ff. 263.
Vasari im Leben Filarete's Bd. III. S. 290).

Büchersammlung um, die einst in zweifacher Beziehung dessen Zierden waren[1]).

Was Brunellesco in der Nähe der Stadt ausführte, wird von einem Bau Michelozzo's innerhalb der Mauern an Großartigkeit übertroffen. Im J. 1436 erlangten die Brüder Medici von P. Eugen IV. die Abtretung des Silvestriner= klosters San Marco an die Dominicaner von Fiesole, die sich im Jahre zuvor bei der kleinen Kirche San Giorgio auf dem linken Arnoufer niedergelassen hatten. Im folgenden Jahre begannen Neubau des Klosters und Herstellung und Ver= größerung der Kirche, nicht ohne Schwierigkeiten seitens der alten Bewohner die sogar beim Baseler Concil Verwahrung einlegten. Die Medici trugen den Haupttheil der Kosten unter Theilnahme der Gemeinde. Am Dreikönigentage 1442 weihte der Erzbischof von Capua, Cardinal Acciapacci, die Kirche in Gegenwart des Papstes und seines Hofes[2]). Im J. 1443 war ein ansehnlicher Theil des Klosters, das Ganze wol erst acht Jahre später vollendet. Wer heute in die Kirche tritt, erkennt Michelozzo's Hand nicht mehr, denn zwei= hundert Jahre nach ihm wurden Chor und Tribune umge= baut. Umsomehr versetzt das Kloster uns in längstvergangene Zeiten. Man kann die großartigen Säulenhöfe, die weiten vom offnen Dachstuhl überspannten Gänge mit den endlosen Reihen der Zellenthüren, die schöne Bibliothek nicht betreten, ohne der zahlreichen Ereignisse, in Frieden und Kampf, zu gedenken, deren Schauplatz dies Kloster war, der stillen Studien und lauten Thaten die mehr denn einmal in das Geschick von Stadt und Staat eingriffen und eine breite Spur zurückge= lassen haben, in der Geschichte Italiens nicht nur, auch in

---

1) D. Moreni Notizie istoriche dei Contorni di Firenze. Bd. III. S. 93 ff. Vgl. Bd. I. S. 576 ff.
2) Vgl. Bd. I. S. 574—576.

der des menschlichen Geistes[1]). Cosimo hörte nicht auf, sich Michelozzo's zu bedienen, der für ihn außer seinem Familienpalast das Noviziat von Sta Croce mit dazugehöriger Kapelle baute, die Villen zu Careggi, Cafaggiuolo und Trebbio umschuf, andere Werke, auch ausserhalb Toscana's, ausführte. Zu diesen gehörten gleichfalls die Verschönerungsarbeiten an dem von Francesco Sforza ihm geschenkten Palaste in Mailand, wohin Michelozzo ging, und wo er für den Verwalter der Mediceischen Bank, Pigello Portinari, in Sant' Eustorgio eine Kapelle nach dem Muster jener der Pazzi in Sta Croce baute. Und Cosimo's Söhne beschäftigten ihn gleichermaßen. Für Piero entwarf er, der gewöhnlichen Annahme zufolge, die Zeichnung zu der zierlichen Kapelle der Annunziata auf deren Altar man das dem dreizehnten Jahrhundert angehörende Bild der Verkündigung sieht, welches den Anlaß zum Bau der Kirche gab. Eine viereckige offene durch cannelirte korinthische Marmorsäulen mit reichverziertem Gebälk gebildete, mit kunstvollem Erzgitter geschlossene Aedicola, deren Ausführung dem Pagno di Lapo Partigiani Bildhauer aus Fiesole gehört und die am Weihnachtstage 1452 von Cardinal Guillaume d'Estouteville Erzbischof von Rouen geweiht ward[2]).

1) Vasari Leben Michelozzo's, Bd. III. S. 277—279. V. Marchese, Memorie dei pittori ec. Domenicani, Bd. I. S. 278 ff. II., San Marco convento dei Frati Predicatori. Flor. 1853. S. 75 ff. Die Inschrift in der Kirche, welche von den magnificis sumptibus v. cl. Cosmi Medicis redet, mit der Jahrszahl 1442, bei Vasari S. 279.

2) A. Zobi, Memorie storico-artistiche relative alla Cappella della SS. Annunziata, Flor. 1837. S. 14 ff. Fr. Bocchi, Della immagine miracolosa della SS. Nunziata. Flor. 1592, n. A. 1852. Inschriften: Petrus Med. Cosmi Ioann. filius sacellum marmoreum voto suscepto animo libens d. d. Anno 1448. Idib. Martii. Andere Inschrift an der innern Seite des Gesimses: Piero di Cosimo de Medici fece fare questa hopera et Pagno di Lapo da Fiesole fu el maestro chella fè MCCCCIII. Hienach ist es allerdings problematisch, ob

Um dieselbe Zeit führte Michelozzo für Piero das marmorne Tabernakel aus, welches im Mittelschiff der Basilika von San Miniato zur Aufnahme eines Christusbildes bestimmt war. Es besteht aus einem von compositen Marmorsäulen und Pilastern getragenen Gewölbdach, im Innern reich verziert mit Einsetzrosen von verglaster Erde in achteckigen Cassetten, im Fries die Mediceische Devise der drei Federn mit dem Demantring und dem Motto Semper, über dem Halbrund der Wölbung das Wappen der Calimalazunft in Relief. Im Innern steht der Altartisch mit Gemälde und Predella[1]. Für Giovanni Cosimo's jüngern Sohn, errichtete Michelozzo auf der Höhe von Fiesole die weithin mit ihrem Porticus sichtbare Villa, welche später an die Familie Mozzi kam. Auch für Verwandte der Medici war er thätig. Giovanni Tornabuoni ließ durch ihn den großen Palast in der Nähe von Sta Trinità erbauen, der noch heute der Straße den Namen giebt. Infolge hier sehr nothwendiger Raum-Erweiterung ist der vordere Theil dieses Palastes abgetragen worden, der mit seinem Grundgeschoß von Opus rusticum und seinen einfachen Bogenfenstern einen ernsten aber etwas nüchternen Eindruck machte.

Während Michelozzo größtentheils von den Medici in Anspruch genommen wurde, war Brunellesco auch nach andern Seiten hin überaus thätig. Der Fortsetzung und spätern

---

Michelozzo die Zeichnung lieferte, da Pagno auch größere Werke ausgeführt hat. Inschrift bezüglich der Einweihung: Mariae gloriosa. virg. Guilelmus cardinalis Rotomagensis cum superni in terris nuntii munere fungeretur legati ratus officium et innumeris miraculis locique religione motus hanc Annunciatae aram summa cum celebritate ac solenni pompa sacravit MCCCCLII. VIII. Kalen. Ianuar.

1) Berti, Cenni storico-artistici di S. Miniato al monte. Flor. 1850, S. 54 ff. Am 10. Juni 1448 wurde Piero de' Medici die Anbringung seines Wappens am Tabernakel erlaubt, unter der Bedingung daß jenes der Zunft den ersten Platz erhielte.

Vollendung seines größten Werkes, der Domkuppel, ist schon
gedacht worden. Am 30. August 1436 hatte man das Fest
der vollständigen Schließung derselben mit dem Läuten aller
Glocken der Stadt und einem Tedeum gefeiert, acht Jahre
später das Gerüste für den Bau der Laterne errichtet, im
J. 1446 diese begonnen, kurz vor dem Tode des großen
Meisters, welcher Michelozzo zum Nachfolger erhielt [1]). Auch
von seiner schönen Säulenhalle am Findelhause war schon
die Rede. Eine der letztern ähnliche Halle, die von San
Paolo, entstand der Kirche Sta Maria Novella gegenüber
am südlichen Ende des Platzes. Für die Familie der Pazzi
baute er im vordern Klosterhofe von Sta Croce die Kapelle,
ein Muster in ihrer Art, mit korinthischen Pilastern, hohen
Nischen und Terracotta=Rundreliefs als Wandbekleidung, mit
einer auf zwei reich cassettirten und mit Arbeiten in ver=
glaster Erde verzierten Seitenbogen ruhenden Kuppel, deren
Pendentifs mit Terracotta=Reliefs der Evangelisten geschmückt
sind. Decoration und Farbe halten hier die Grenze ein,
jenseit deren Ueberladung eintritt. Andrea de' Pazzi begann
den Bau welchen sein Sohn Jacopo beendigte, sodaß Brunel=
lesco die Vollendung schwerlich erlebt hat [2]). Das vormalige
Amtshaus der Capitani di parte guelfa, in Via delle Terme,

---

1) C. Guasti a. a. O. Doc. 290 u. S. 201. Brunellesco wurde im
Dome beigesetzt. Von Carlo Marsuppini ist die Inschrift: D. S. Quan-
tum Philippus' architectus arte daedalea valuerit cum huius celeber-
rimi templi mira testudo tum plures aliae divino ingenio ab eo
adinventae machinae documento esse possant quapropter ob eximias
sui animi dotes singularesque virtutes XV. Kal. Maias anno
MCCCCXLVI eius b. m. corpus in hac humo supposita grata patria
sepeliri iussit.

2) Um den Altartisch liest man folgende Inschrift: Aedem hanc
sanctissime Andrea tibi Pactii dedicarunt ut cum te immortalis Deus
hominum constituerit piscatorem locus sit in quem suos Franciscus
ad tua possit retia convocare. Unter dem Franciscus ist wol der

von Brunelleſco umgebaut, iſt heute obgleich mit mancherlei
Veränderungen erhalten. Nur in den erſten Anfängen ſah
der Architekt ſein zweitgrößtes Werk, den Palaſt Luca Pitti's.
Zu Vaſari's Zeit, als Eleonora di Toledo Herzogin von
Florenz den Platz und den längſt ins Stocken gerathenen Bau
kaufte, auf welchen ein Ausdruck damaliger Kunſtſchrift-
ſteller, muraglia, gar wohl paßte, war der urſprüngliche Plan
nicht mehr aufzufinden, und die nachfolgenden Jahrhunderte
bis auf das unſrige, welches die weitvortretenden als Hallen
gedachten Flügel ausbaute, haben manches verändert. Aber
die Façade hat den Stempel bewahrt welchen der Urheber
ihr aufdrückte, und Vaſari's Wort, die toscaniſche Architektur
habe nie Reicheres noch Großartigeres geſchaffen, iſt Wahrheit
geblieben. Die Großartigkeit iſt hier mit äußerſter Einfachheit verbunden; es iſt eben dieſe Abweſenheit allen Ornaments
an den drei gleich hohen mit Gallerien gekrönten Geſchoſſen
von Opus ruſticum mit den rieſigen Bogenfenſtern, was dem
Bauwerk ſeinen Charakter giebt. Im J. 1440 ſoll der Palaſt
begonnen ſein, ſomit ziemlich lange vor der Zeit von Luca
Pitti's ephemerer Größe [1]. Daß dieſer damals ſchon,
oder auch nur um die Zeit vom Tode Brunelleſco's, der
auch die Villa zu Ruſciano für ihn begann, ſo hochſtrebende
Gedanken hegte, iſt allerdings auffallend. Jedenfalls kann
der große Künſtler nur wenig von der Ausführung geſehn
haben, welche nach ihm Luca Fancelli leitete. Während
Brunelleſco hier die ganze Wirkung durch die mächtigen und
harmoniſchen Proportionen erzielte, räumte er an dem Palaſt
Jacopo's de' Pazzi der Decoration weitern Spielraum ein.

Heilige gemeint, deſſen Orden das Kloſter gehörte, nicht aber, wie Richa
und Moiſè annehmen, Franceſco de' Pazzi, Andrea's Enkel. Ein In-
dulgenzbreve Card. Pietro Riario's vom 8. October 1473 nennt Jacopo
de' Pazzi als Erbauer.

1) Die Baugeſchichte des Pal. Pitti iſt wenig aufgeklärt.

Ob der gelehrteste Künstler der Zeit, Leon Batista Alberti, von Cosimo de' Medici gebraucht worden, ist zweifelhaft. Seine Hauptwerke in Florenz sind mit Einer Ausnahme für die Rucellai ausgeführt worden und theilweise jünger, der Palast, die Loggia, der obere erst im J. 1470 vollendete Theil der Façade von Sta Maria Novella, die Kapelle des h. Grabes bei San Pancrazio als Nachahmung des in der h. Grabkirche zu Jerusalem befindlichen Baues [1]). Der Palast Rucellai, an welchem die durch Säulchen getheilten Rundbogenfenster beibehalten sind, verkündet in der Verbindung flacher decorativer Pilaster verschiedener Ordnungen mit abgeglätteten Bossagen, antikisirendem Ornament an den rechtwinkligen Thüren und Andeutung des Vierecks in den Bogenfenstern, die Bramante'sche Zeit. Von Alberti ist aber auch die Zeichnung zu einem Werke, welches zu so vielen Ausstellungen Anlaß geboten hat, daß dessen Mängel Veränderungen von fremder Hand beigemessen worden sind. Es ist das Chor der Annunziata, im J. 1451 von Lodovico Gonzaga Markgrafen von Mantua begonnen, der als Feldhauptmann der Republik an rühmlichen Waffenthaten theilgenommen hatte, und in einer an Erinnerungen reichen Kirche ein Denkmal seiner Andacht wie seines Dankes stiften wollte. Erst nach einem Vierteljahrhundert wurde von Luca Fancelli dieser Bau vollendet, im Aeußern ein Achteck, im Innern rund mit zahlreichen sich nicht harmonisch einfügenden Kapellen, mit vielen Fenstern am Tambour und geschlossener großer Kuppel, die im siebzehnten Jahrhundert mit einem figurenreichen Frescogemälde verziert wurde, während die in unsern Tagen nochmals aufgefrischte Decoration diesem Chor wie dem Rest

1) Inschrift: Iohannes Rucellarius Pauli filius inde | salutem suam precaretur unde omnium | cum Christo facta est resurrectio sacellum | hoc ad instar hyerosolimitani sepulcri | faciundum curavit MCCCCLXVII.

der goldstralenden Kirche ein völlig modernes Aussehen gegeben hat [1]).

Nicht minder thätig als die Baukunst war die Sculptur, und auch hier begegnen wir vorerst den Künstlern, welche die Medici schon vorher an sich gezogen hatten, und unter denen Donatello voranstand, während die ihm bewiesene Gunst auch seinen Schülern zugutekam. Das Mediceische Haus war mit Werken Donatello's gefüllt. Im vordern Hofe sieht man über den Bogen acht Medaillons mit mythologischen Marmorreliefs von seiner Hand, während von den antiken über den Thüren angebrachten Köpfen mehre von ihm restaurirt wurden. Die andern Arbeiten sind sämmtlich zerstreut worden. Schon während des Exils Cosimo's war der broncene den Fuß auf das Haupt des Goliath stemmende David weggenommen und im Hofe des Palastes der Signorie aufgestellt worden, von wo ihn zurückzufordern der Eigenthümer Scheu getragen zu haben scheint, wie denn seine Enkel die Statue im Mai 1476 der Gemeinde überließen [2]). Im zweiten Exil der Medici wurde ein anderes Werk Donatello's aus deren Wohnung nach demselben Palast geschafft und an der großen Eingangsthüre mit einer an die Ereignisse des J. 1494 erinnernden Inschrift aufgestellt [3]). Es ist die Gruppe der

<hr>

1) Documente über den Bau (1471) bei Gaye, a. a. O. S. 225 ff. Vasari, Bd. IV. S. 59.

2) Der Preis war 150 Goldgulden. Gaye a. a. O. S. 572. Die Statue wurde weggebracht, als Herzog Cosimo den Brunnen anbringen ließ welchen der Knabe des Verrocchio schmückt, und steht gegenwärtig im Nationalmuseum im Pal. des Podestà.

3) „Exemplum sal. pub. cives posuere MCCCCXCV." Die Inschrift hat gewiß nichts mit der Vertreibung des Herzogs von Athen zu thun, wie Moisè, Palazzo de' Priori S. 166 glaubt. Die Gruppe nahm die Stelle ein, welche man im J. 1504 dem David des Buonarroti anwies, und steht seitdem an der den Uffizien zugewandten Seite der Loggia de' Lanzi. Vasari (a. a. O. S. 251) glaubt irrthümlich, sie sei für die Signorie gearbeitet.

Judith mit Holofernes, ausdrucksvoll aber gewaltsam und verstoßend gegen die Gesetze plastischer Composition. Ungerne vermißt man die broncene Büste Madonna Contessina's welche Donatello für ihren Gemal arbeitete. In San Lorenzo aber sind die Werke vorhanden welche der nie rastende Wohlthäter der Kirche dorthin stiftete. Außer den Decorationen der Sacristei u. a. sieht man hier die Reliefs der Kanzeln, in ihrer Ueberfüllung, ihrer Unruhe in Gebehrden und Composition, ihrem Mangel an Harmonie eine Verirrung, aber die Verirrung eines talentvollen Mannes, in der technischen Ausführung ein offenbarer Rückschritt, wenn man sie mit gleichzeitigen Werken vergleicht. Nicht blos in Schöpfungen dieser Art legte Donatello eine Gewaltsamkeit an den Tag, welche zu oft den Schönheitsinn verleugnet. Er that es selbst in dem Kinderreigen, den er für die Orgel in Sta Maria del Fiore als Marmorrelief ausführte.

Vespasiano da Bisticci schildert die Zuneigung welche Cosimo für diesen Mann empfand. „Er war, sagt er[1]), ein großer Freund Donatello's und aller Maler und Bildhauer. Da ihm nun schien, daß für Letztere wenig Arbeit vorhanden sei, und es ihm leid that daß Donatello unthätig bleiben sollte, übertrug er ihm die Kanzeln und die Thüren der Sacristei in San Lorenzo, und verordnete daß ihm von seiner Bank wöchentlich für seinen eignen Bedarf und den seiner vier Gehülfen das Erforderliche ausgezahlt werden sollte. Da Donatello nicht gekleidet ging wie Cosimo wünschte, schenkte dieser ihm Mantel und Kapuze, und ein unter dem Mantel zu tragendes Obergewand nebst dem sonstigen Anzug, und sandte ihm das alles an einem Festmorgen. Ein paarmal legte Jener nun die neuen Sachen an, dann ließ er's sein

---

1) R. a. O. S. 259.

und wollte sie nicht mehr tragen, indem er sagte, die Leute
würden ihn für verweichlicht halten." Wie sehr Donatello
als zum Mediceischen Hause gehörend betrachtet wurde, ersieht
man daraus daß der Markgraf Lodovico Gonzaga sich einmal an Cosimo mit der Bitte wandte, den Künstler zur Reise
nach Mantua zu veranlassen, um eine im J. 1450 modellirte
Reliquienlade auszuführen, welche man während des erwarteten Besuches P. Pius' II. aufzustellen wünschte[1]. Auch
zu andern Künstlern blieben Cosimo und die Seinigen im
vertrautesten Verhältniß, wie denn Michelozzo's beide Söhne
zum engsten Familienkreise gehört haben. In Cosimo's letzten
Jahren konnte Donatello nicht mehr arbeiten, so daß sein
großmüthiger Gönner ihn unterhielt und ihn seinem Sohne
Piero empfahl. Dieser schenkte ihm einen Pachthof, um ihm
wie er sagte Brod und Wein zu sichern, aber der Künstler
gab ihm durch notariellen Act das Geschenk zurück, weil er
sich durch Haushaltungssorgen das Leben nicht verbittern
wolle, worauf Piero ihm den Ertrag auf die Bank anweisen
ließ. Im J. 1462 hatte Piero ihm in San Lorenzo neben
der Sacristei Raum für eine Gruft geschenkt, und hier, wo
viele seiner Arbeiten zu sehen sind, wurde er im J. 1468 in
der Nähe derer beigesetzt, die ihm im Leben so große Theilnahme bewiesen hatten[2].

Neben Donatello standen den Medici, dem Vater wie

1) Mantua 7. Nov. 1458, vgl. W. Braghirolli im perugin.
Giornale di erudizione artistica, Bd. II. S. 4 ff.
2) Vasari a. a. O. S. 264, 266. Fabroni a. a. O. S. 159. —
Nach Vasari starb Donatello am 13. Dec. 1466, nach dem gleichzeitigen
M. Palmieri, De temporibus, 1468. In der Unterkirche von San
Lorenzo, nahe bei den Mediceischen Gräbern, liest man folgende neuere
Inschrift: Donatellus restituta antiqua sculpendi coelandiq. arte cele-
berrimus Mediceis principibus summis bonarum artium patronis
apprime carus qui ut vivum suspexere mortuo etiam sepulcrum
loco sibi proximiore constituerunt obiit idibus Decembris an. sal.
MCCCCLXIV. aet. suae LXXXIII.

den Söhnen, die beiden Meister am nächsten, welche, während auch sie dem naturalistischen Princip sein Recht einräumen, es doch in anderm Geiste und in mehr idealen Formen zur Ausübung bringen. Lorenzo Ghiberti, welcher erst im J. 1452 seine zweite Thüre für das Baptisterium unter Theilnahme seines Sohnes Vettorio beendigte und ungeachtet seiner zweiundsiebzig Jahre den Auftrag für eine dritte übernahm, war bis zur spätern Lebenszeit Cosimo's unausgesetzt thätig, nicht nur in Bildhauerarbeiten sondern auch an dem reichen Silberaltaraufsatz (Dossale) des Baptisteriums, an welchem auch Michelozzo, Verrocchio, Bernardo Cennini, Antonio Pollaiuolo u. A. sich betheiligten, und als Zeichner der großen Rundfenster von Sta Maria del Fiore, für welche im J. 1436 Francesco di Domenico Livi von Gambassi im Elsathal, der in Teutschland die Glasmalerei erlernt hatte, im J. 1443 Bernardo di Francesco arbeiteten. Erst damals begann die Glasmalerei im eigentlichen Sinne aufzublühen, indem bis dahin die Herstellung farbiger Fenster lediglich mittelst musivischer Zusammensetzung bunter Gläser bewerkstelligt worden war. In die Fußstapfen Francesco Livi's traten Manche, namentlich Ser Guasparre da Volterra, der im Dom von Siena arbeitete, und in Florenz, Pisa, Arezzo die Jesuaten vom Orden des sel. Giovanni Colombini, welche in Florenz im J. 1438 das Kloster von San Giusto vor Porta Pinti bezogen und dort die große im J. 1529 abgetragene Kirche bauten. Sie waren es namentlich durch die, außer Sta Maria del Fiore, Sta Croce, Or San Michele und andere Bauten mit farbigen Fenstern geschmückt worden sind [1]).

1) Ueber Francesco Livi vgl. Gaye a. a. O. Bd. II. S. 441 ff., über Ser Guasparre Rumohr Ital. Forsch. Bd. II. S. 377 ff. G. Milanesi Documenti dell' arte Sanese Bd. II. S. 194 ff. Ueber die Jesuaten vgl. Bd. I. S. 596, 597 und L. Tanfani, Memorie di Sta Maria del Pontenuovo, Pisa 1871, S. 124 ff.

Im J. 1440 hatte Ghiberti die Lade des h. Zanobi für die Domkirche vollendet, die zu seinen schönsten Werken gehört. Für Piero de' Medici lieferte er Goldschmiedearbeiten, die ihm große Bewunderung und Aufträge von P. Eugen IV. einbrachten. Neben dem alternden Meister wurde ein jüngerer von den Medici beschäftigt, Luca della Robbia. Ein anmuthiges Talent, nicht großartig aber reich und sinnig, mit zugleich zartem und lebendigem Gefühlsausdruck und angenehmer Wirkung in Gewandung und Gruppirung. Seine Arbeiten für den Dom, die aus dem J. 1438 stammenden Marmorreliefs mit den musizirenden und tanzenden Knaben und Mädchen für die Orgelbalustrade, als Gegenstück zu jenen Donatello's, und, wenngleich in geringerem Grade, die im J. 1463 vollendete Sacristeithüre mit den Bronce-Reliefs der Madonna, Evangelisten und Kirchenväter [1], zeugen ebenso für Fruchtbarkeit der Erfindung und technische Gewandtheit. Das Denkmal des im J. 1450 gestorbenen Benozzo Federighi Bischofs von Fiesole, mit der auf der Todtenlade ruhenden Gestalt, zeigt was er auch in dieser Gattung zu leisten vermochte [2]. Mehr jedoch als durch seine Marmor- und Erzsculpturen glänzt Luca della Robbia durch die zahllosen Reliefs in verglaster Erde, welche nach ihm benannt und noch ein Jahrhundert lang von seinen Nachkommen geliefert, auch heute Florenz und ganz Toscana bis zu den Bergklöstern des Apennin und zu den bescheidenen Kirchen abgelegener Orte schmücken, nachdem sie massenweise ins Ausland gewandert sind. Wer durch Florenz lustwandelt, erfreut sich an diesen anmuthigen Schöpfungen, Lunetten oder Gruppen über Kirchen- und Hausthüren, Medaillons mit Wickelkindern am Porticus

---

1) Metropolitana fiorentina Taf. XXXIII—XXXVI.

2) Aus San Pancrazio nach der Kirche San Francesco di Paola vor Porta Romana gebracht. Monuments sépulcraux Taf. 57.

des Findelhauses, Heiligenköpfen, Tabernakeln, Wappenschildern,
zumtheil einfach weiß auf blauem Grunde, zumtheil mit
wohlberechneter Farbenanwendung und reicher Einfassung von
Laub- und Fruchtgewinden. Ein unendlicher Reichthum, mit
vorwaltendem Charakter holdseliger Innigkeit und ansprechen-
der Natürlichkeit, eine Hülfe für die Architektur, so lange
das decorative Element noch in der ältern Weise, welche im
vierzehnten Jahrhundert auch Glas und Farbe anwandte,
seinen Platz behauptete. Unberechenbar aber für den Schmuck
des Innern, wozu Brunellesco sich der Arbeiten in Terra
della Robbia in der Kapelle der Pazzi bediente, während
Cosimo de' Medici ein Cabinet in seinem Palaste und die
Bauten in Sta Croce, Piero das Tabernakel in San Miniato durch Luca ausschmücken ließ, der in derselben Kirche
dazu mitwirkte, der Kapelle des Cardinals von Portugal
den Reiz harmonischer Vollendung zu verleihen.

In Cosimo's de' Medici letzten Jahren war eine ganze
Generation jüngerer Bildhauer herangewachsen. Ihre bedeutendsten Werke sind Grabmonumente, die sich mit der
Zeit immer reicher und großartiger gestalteten. Früher hatte
man sich in der Regel mit mehr oder minder verzierten Sar-
kophagen begnügt, wie jener des im J. 1418 verstorbenen
Noferi, des Vaters Palla's Strozzi, den man unter einem
Halbbogen, über dessen Rahmen anmuthige Genien spielen,
auf zierlichen Consolen in der Sacristei von Sta Trinità
sieht. Noch zwei bis drei Decennien später blieben selbst bei
angesehensten Männern diese einfacheren Grabmale überwiegend. Neri Capponi liegt in Santo Spirito in einem
Marmorsarge, dessen Vorderseite zwischen zwei Genien sein
Reliefporträt zeigt, Orlando de' Medici in der SS. Annunziata in einem mit seinem Wappen verzierten Sarkophage,
der mit reichem architektonischen Ausbau eine Kapellenwand

einnimmt, beide Werke jenes Simone, den die Tradition zum Bruder Donatello's gemacht hat [1]). Schon boten sich aber talentvollen Künstlern größere Aufgaben dar. Desiderio da Settignano, nach dem zwei Millien östlich von der Stadt anmuthig gelegenen Oertchen genannt, wo Michel Angelo in einer Steinmetzfrau seine Amme fand, war Schüler Donatello's, und schon dadurch in Beziehung zu den Medici, die ihn auch in San Lorenzo beschäftigten. Im Palast der Strozzi sieht man von ihm die feine und sinnige Marmorbüste Marietta's, der Tochter Filippo Strozzi's des Aeltern und der Fiammetta Adimari. Sein Hauptwerk, das Monument Carlo Marsuppini's in Sta Croce, mit der auf dem Sarkophag in einer durch eine Lünette mit dem Relief der Madonna gekrönten Nische ruhenden Gestalt des Todten [2]), zeigt ungeachtet einiger Ueberladung im Beiwerk, was er hätte werden können, wenn er nicht im J. 1464 erst sechsunddreißig Jahr alt gestorben wäre. Der auf Löwentatzen gestellte, mit Blätter- und Blumenwerk und flatternden Bändern reichverzierte Sarkophag gehört zu dem Schönsten was die decorative Sculptur hervorgebracht hat. Mit ihm wetteifern Gleichzeitige, denen wir verschiedene der schönsten Grabmale gleicher Art verdanken. Zu diesen gehören die Brüder Bernardo und Antonio Rossellino. Von Ersterm, der ausserhalb Florenz als Architekt der Päpste viel gewirkt hat, finden wir nicht daß er für die Medici thätig war,

---

1) Monuments sépulcraux Taf. XLVI, XLI. XXI.
2 Gbbl. Taf. XXXVI. Inschrift:
   Siste vides magnum quae servant marmora vatem
   Ingenio cuius non satis orbis erat
   Quae natura polus quae mos ferat omnia novit
   Karolus aetatis gloria magna suae
   Ausoniae et Graiae crines nunc solvite musae
   Occidit heu vestri fama decusque chori.

und von Letzterm wird nur ein mit Kindern und Delphinen
verzierter Marmorbrunnen in einem der Höfe ihres Palastes
erwähnt, über dessen Verbleiben man nichts weiß. Aber die
Stadt bewahrt treffliche Werke Beider, die wir in der Ge-
müthsrichtung den Della Robbia verwandt erkennen. Von
Bernardo in Sta Maria Novella das anmuthige Denkmal der
Beata Villana, in Sta Croce jenes Leonardo Bruni's [1] welches
durch Adel der Form und weises Maßhalten wie durch technische
Vollendung sich den besten dieser an trefflichen Denkmalen reichen
Zeit anreiht. Das vollendetste unter diesen ist jedoch Anto-
nio Rossellino's Monument des Cardinals von Portugal in
San Miniato al monte. Jacob von Portugal, Neffe König
Alfons' V., war krank nach Florenz gekommen, wo er sechs-
undzwanzigjährig im J. 1459 starb. Er wurde in der da-
mals den Olivetanern gehörenden Basilika beigesetzt, und hier
entstand eine Kapelle, welche an Symmetrie der Form und
Schönheit des Details mit den Reliefs von verglaster Erde
an der Wölbung, den eingelegten Marmorarbeiten an Wänden,
Altar und Bischofstuhl, dem Fußboden von Opus Alexandri-
num, vormals auch mit dem jetzt in den Uffizien befindlichen
Altarbilde von der Hand der Pollaiuoli, ihres Gleichen sucht.
Hier steht das treffliche Monument in einer großen Nische
mit leichtem zurückgeschlagenem Vorhange. Der Sarkophag
eine Nachahmung der später zum Grabmal P. Clemens' XII.
im Lateran verwandten Porphyrlade, auf dem von zwei
sitzenden Knaben gehaltenen Baartuch die ruhende Gestalt
des Todten mit der Inful, darüber an beiden Enden des
Gesimses einer architektonischen Wandbekleidung zwei knieende

1) Monuments sépulcraux Taf. L, XXXI. Inschrift:
   Postquam Leonardus e vita migravit historia luget
   eloquentia muta est ferturque musas tum
   graias tum latinas lacrimas tenere non potuisse.

Engel, Krone und Palmzweig in den Händen, oben im
Halbrund in einem von reicher Guirlande umschlossenen von
Engeln im Relief gehaltenen Rund Madonna und Kind. An
Adel und Schönheit übertrifft die auch durch technische Vollendung ausgezeichnete Gestalt des Cardinals alles Aehnliche.
Kopf und übereinandergelegte Hände sind nach der Natur
geformt[1]); seliger Friede ist über das Ganze ausgegossen,
und der Ausdruck vergegenwärtigt was Vespasiano da
Bisticci von dem Todten sagt, den er im Leben gekannt:
Er war schön von Körper, schöner noch war seine Seele, und
er wäre würdig als Muster neben die Alten gestellt zu
werden wegen der Heiligkeit seines Lebens und seiner Sitte
und jeglicher Tugend[2]).

    Diesen Künstlern ist endlich noch Mino da Fiesole bei-
zuzählen, welcher, wenn er Schüler des nur ein Paar Jahre
ältern Desiderio da Settignano war, sich doch mehr nach
Donatello gebildet zu haben scheint. Seine figurenreichen
Reliefs, deren bedeutendste sich in Rom befinden, sind nicht
immer glücklich noch ansprechend; seine monumentalen Statuen, von denen die beiden ansehnlichsten in Florenz späterer
Zeit angehören, haben Würde und Schönheit. In seinen
Porträtköpfen ist eigenthümliche Feinheit und Wahrheit, die
auf sicheres Naturstudium deuten, wovon die Büste des
Bischofs Leonardo Salutati im Dom von Fiesole ein treffliches Beispiel ist[3]). Im Mediceischen Hause sah man von
seiner Hand die Brustbilder Piero's und seiner Gemalin,

---

1 Vespasiano da Bisticci a. a. O. S. 157. Vasari erwähnt
des Abformens erst bei Verrocchio, Bd. V. S. 152. Bei der Bauverwaltung von Sta Maria del Fiore (Opera del Duomo) sieht man aber
Brunellesco's Todtenmaske.
    2) A. a. O. S. 152 ff. Monuments sépulcraux Taf. LVI. Vasari,
Bd. IV. S. 218. Berti a. a. O. S. 70 ff.
    3) Monuments sépulcraux Taf. LV.

ersteres gegenwärtig in den Uffizien, letzteres leider verschollen.
In der Ornamentik, namentlich in den Arabesken steht Mino
keinem nach, und unverkennbar ist in dieser Beziehung sein
Einfluß in Rom, wo von Papst Nicolaus' V. Zeit an die
Zahl der Monumente sich rasch mehrte. Von Giuliano da
Majano ist für diese Zeit nichts inbetreff Mediceischer Auf-
träge bekannt, wie denn seine Leistungen in Florenz, wo er
in den J. 1463—1465 mit eingelegten Holzarbeiten für San
Domenico bei Fiesole und die Sacristei von Sta Maria del
Fiore beschäftigt war, weniger ins Gewicht fallen. Von
Antonio Filarete, dem Gießer der großen Thüre von St.
Peter, finden sich keine Werke für die Medici verzeichnet. Daß
er aber zu ihren Schützlingen gehörte, ersieht man nicht blos aus
der erwähnten Widmung seines Tractats von der Architektur
an Piero, sondern auch aus einem von ihm am 20. December
1451 von Mailand aus an diesen gerichteten Schreiben,
worin er ihm für die Empfehlung an Francesco Sforza
dankt. „Ich stehe euch zu Dienste in Allem was ich vermag:
verfüget über mich. Empfehlet mich der Excellenz eures
Vaters und eurem Bruder Giovanni. Mit Gottes Hülfe
hoffe ich euch wie mir hier Ehre zu machen; ich sage euch,
weil um euretwillen und infolge eurer Empfehlung der Herr
mir große Gunst bezeugt. Er denkt mich zum obersten Architekten beim Dome zu bestellen, wobei ich freilich, als Fremder,
auf Widerspruch stoße. Doch ich hoffe sie werden sich dem
Willen des Herrn fügen" [1]).

Die Goldschmiedekunst, schon im vorausgegangenen Jahrhundert in den toscanischen Städten zu hoher Vollendung
gelangt und im engsten Zusammenhange mit der Sculptur,
bildete mittelst der Vervollkommnung des Niello die Vorschule

---

1) C. Pini, La Scrittura di artisti italiani. Vgl. oben S. 153.

des Kupferstichs. Maso Finiguerra, der Verfertiger der berühmten dem J. 1452 angehörenden Paar für das Baptisterium, gehört zu Denen, deren Namen unzertrennlich sind
von der Geschichte der Bestrebungen der Mediceischen Glanzzeit.

Für die Malerei ist die hier in Betrachtung kommende
Zeit weder in ihrer Entwicklung im Allgemeinen noch in
ihren besonderen Leistungen, soferne es sich namentlich um
Betheiligung der Medici handelt, den Schwesterkünsten an
Bedeutung gleichzustellen. An Thätigkeit hat es jedoch auch
hier nicht gefehlt und wir sehn der vollen Entwicklung der
Männer entgegen, deren Reise in die Jahre Lorenzo's il
Magnifico fällt. Die beiden nach den verschiedenen Richtungen hin größten Meister der ersten Hälfte des Jahrhun-
derts, Masaccio und Fra Angelico, fuhren fort, Florenz
mit ihren Werken zu schmücken. Der Erstere ließ bei seinem
Tode im J. 1443 die Brancacci-Kapelle im Carmine, die
hohe Schule aller Späteren, unvollendet, und leider ist das
Fresco untergegangen, in welchem er die im April 1422
erfolgte Einweihung der Kirche dargestellt und eine Menge
angesehener Männer der Zeit, Giovanni d'Averardo de'
Medici, Niccolò da Uzzano, Baccio Valori, Lorenzo Ridolfi,
Brunellesco, Donatello, Masolino da Panicale u. A. abgebildet hatte. Fra Angelico schmückte im Kloster San Marco
Capitel, Gänge, Zellen mit seinen Wandgemälden, welche die
an Giotto's Principien und Schule erinnernde, aber ungeachtet der durch die strenge Richtung auferlegten Beschränkung
in freieren Bahnen sich bewegende religiöse Kunst in ihren
reichsten und schönsten Blüten repräsentiren. Hier blieb er
beschäftigt, bis Eugen IV. ihn nach Rom berief, wo er für
diesen Papst und dessen Nachfolger Nicolaus V. die beiden
Kapellen im Vaticanischen Palast malte und im J. 1455
starb. Sein größter, in seiner Entwicklung jedoch von ihm

unabhängiger Schüler, Benozzo Gozzoli, welcher von Rom
dem Lehrer nach Orvieto gefolgt und lange in Umbrien
thätig gewesen war, malte im J. 1459 die Mediceische Hauskapelle, vielleicht sein anmuthigstes Werk. Die Anbetung der
Könige, welche er hier in reichster landschaftlicher Umgebung,
mit Engelchören wie mit zahlreichen Theilnehmern und
Scenen festlichen Lebens darstellte, hat eine farbenreiche Heiterkeit die an Gentile da Fabriano erinnert. Auch später, als
er in San Gemignano und in Pisa malte, blieb er mit den
Medici in Verbindung, und in seinem ersten Fresco im
Camposanto, Chams Verfluchung, sehn wir in einer Gruppe
des Vordergrunds die Mitglieder der Familie dargestellt wie
er sie in früheren Jahren gekannt hatte.

Die realistische Richtung, mehr oder minder an Masaccio
sich anschließend, trat währenddessen immer entschiedener
hervor. Bei Paolo Uccelli unter offenbarem Einfluß der
Sculptur, namentlich Donatello's, wie denn einige seiner bedeutendsten Fresken, die aus der Schöpfungsgeschichte im
Klosterhofe von Sta Maria Novella und das Standbild John
Hawkwoods in Sta Maria del Fiore¹), auch durch die Farbe,
Grau in Grau, auf Hervorbringung der Wirkung von Sculpturen berechnet scheinen. Das Studium der Perspective bei
diesem Maler bringt insoferne den Eindruck der Prätension
hervor, da der Effect derselben bisweilen fast die Hauptsache
zu sein scheint. Das Herbe und fast Verletzende in Andrea
dal Castagno wird durch die Färbung nicht gemildert, und

---

1) Erst um 1436 ausgeführt. Gegenstück, Reiterbild Niccolò Maruzzi's
von Tolentino (gest. 1434) von Andrea dal Castagno. Das unpassende
Anbringen solcher mächtigen Reitergestalten in Kirchen leitete schon die
ähnlichen Marmormonumente ein, wie man sie namentlich in Venedig
sieht. Im florentiner Dom sah man überdies Piero Farnese in ganzer
Gestalt auf einem Maulthier, wie er es 1363 in einem Gefecht gegen
die Pisaner ritt.

wenn man seine Gruppe der h. Johannes und Franciscus in Sta Croce ansieht, so möchte man annehmen, das Abstoßende des Ausdrucks habe dazu beigetragen, dem Märchen von der Ermordung des Domenico Veneziano Glauben zu verschaffen, welches sich bis auf unsere Tage dem Namen Andrea's angeheftet hat, welcher vier Jahre vor seinem angeblichen Opfer starb [1]). Das Bedeutendste was wir von ihm besitzen, sind die Gestalten von Sibyllen und berühmten Männern, die er in einem Saale der vormaligen Pandolfinischen Villa zu Legnaia in geringer Entfernung westlich von Florenz in Fresco ausführte, heute von der Wand abgenommen und im National-Museum des Palastes des Podestà, wo diese charaktervollen Figuren, unter ihnen Nicola Acciainoli und Pippo Spano, bedeutende Wirkung hervorbringen. Weder Andrea noch Uccello scheinen von den Medici beschäftigt worden zu sein, wohl aber war dies mit Domenico Veneziano der Fall, Andrea's Mitarbeiter an den untergegangenen Fresken in Sta Maria Nuova, auf welchen übrigens Fra Angelico nicht ohne Einfluß geblieben ist. Das wiederholte Vorkommen der Mediceischen Schutzheiligen, Cosmas und Damian, auf Bildern deren Ursprung nicht immer festzustellen ist, läßt auf Auftrag durch die Familie oder deren Freunde schließen. Derjenige Maler aber, welchen Cosimo und seine Söhne am meisten begünstigten, war Fra Filippo Lippi, dessen Wandel und Sitten für den Carmeliterorden eine ebenso große Unehre waren, wie das ganze Leben Fra

---

1) An gegenwärtigem Orte, wo es sich vorzugsweise um die Stellung der Medici zur Entwicklung der Kunst handelt, kann nicht auf das Detail der Literatur verwiesen werden, welches in jüngsten Jahren durch die von Crowe-Cavalcaselle in ihrer Geschichte der italien. Malerei schon benutzten Archivforschungen Gaetano Milanesi's über die toscanischen Maler des beginnenden Quattrocento im Giornale storico degli Archivi toscani Bd. IV. u. VI. sehr bereichert worden ist.

Angelico's dem Predigerorden zur Zierde gereichte. Un= ordentlich, verbuhlt, stets in Verlegenheit und Geldnoth, er= warb er sich Gönner durch sein unbestreitbares Talent, welches mit einem Anflug von der Gefühlsinnigkeit Fra An= gelico's, Kraft und Lebendigkeit, mit Freiheit und Reichthum der Gruppirung Mannchfaltigkeit der Charaktere, realistisches Naturstudium mit Benutzung plastischer Momente verbindet. Er arbeitete viel für die Medici, die seine Bilder an den Papst und König Alfons als Geschenke sandten und ihm auch auswärts Aufträge verschafften. Seine größte Arbeit, die Fresken in der Chorkapelle der Collegiatkirche von Prato, wurden für den dortigen Propst Carlo de' Medici beendigt, dessen Bildniß man in der Darstellung der Bestattung des h. Stephan sieht. Durch Cosimo, der in Umbrien vielerlei Beziehungen hatte, soll Fra Filippo die Berufung nach Spo= leto erhalten haben, wo er die erst nach seinem Tode durch seinen Gehülfen Fra Diamante vollendeten Darstellungen aus der Geschichte der Madonna im Dome ausführte und im J. 1469 starb.

Zu den von Cosimo und seinen Söhnen beschäftigten Malern gehörten auch die beiden Peselli,. Giuliano d'Arrigo und sein Enkel Pesellino, jener mit den Anschauungen der Giottesken in die große Umwandlung der künstlerischen Richtung eingetreten, dieser schon ganz der Zögling der reali= stischen Schule. Im Mediceischen Hause sah man von ihrer Hand reiche Möbelmalereien, wie sie damals Sitte wurden und bis weit ins 16. Jahrhundert hinein beliebt blieben, indem Schränke und Truhen (Cassoni) mit Compositionen in kleinen Figuren, sowol aus der heiligen und Profan= geschichte wie Jagd= und Thierscenen u. a. geschmückt wurden. In den florentiner Sammlungen sieht man noch manche Darstellungen dieser Art, bis auf Andrea del Sarto und

seine Freunde und Schüler herab, deren Form in manchen
Fällen ihre ursprüngliche Bestimmung verkündigt. Auch
Auswärtige haben für die Medici gemalt. Ein Veronese,
Matteo de' Pasti, schrieb im J. 1441 an Piero, er getraue
sich ihm Werke zu senden, wie er nie ähnliche gesehn[1]).
Man irrt wol nicht, indem man dies auf die heute in der
Sammlung der Uffizien befindlichen convexen Tafeln mit den
Darstellungen aus Petrarca's Triumphen bezieht, die ohne
Zweifel zum Zimmerschmuck bestimmt gewesen sind. Die
vielfachen Beziehungen der Medici zu Flandern haben von
Cosimo's Zeit an viel dazu beigetragen, die Aufmerksamkeit
der Florentiner auf die Van Eyck'sche Malerschule zu lenken,
deren Bedeutung für die italienische Kunst des 15. Jahr-
hunderts, namentlich für die Technik bekannt ist, wie immer
die Ansichten inbetreff des Ursprungs und der Entwicklung
dieser Technik divergiren mögen. Durch den Vorsteher der
Mediceischen Bank zu Brügge, Tommaso Portinari, ist das
bedeutendste in Toscana vorhandene Werk der vlämischen
Schule, überhaupt das bedeutendste Werk Hugo's van der
Goes, die Anbetung der Hirten mit den Bildnissen der Mitglieder der Familie des Bestellers auf den Flügeln in die
Spitalkirche von Sta Maria Nuova, die alte Stiftung des
Hauses gelangt[2]). Die Bilder derselben Schule, deren Vasari als im Mediceischen Besitz erwähnt, und von denen man
heute im Pal. Pitti ein Porträt desselben Tommaso Portinari sieht, legen an den Tag daß diese Werke Interesse weckten,
mochten immerhin die Contraste der künstlerischen Auffassung
groß sein. Wenn nicht in Bezug auf Nachbildung des

---

1) C. Pini, Scrittura di Artisti.
2) Es ist hier nicht der Ort, auf die verworrenen Angaben bei den
italienischen Kunsthistorikern im Detail zu verweisen. Vasari gedenkt
dieser Werke unter andern in seiner Einleitung a. a. O. Bd. I. S. 163.

Lebenden, doch auf das Beiwerk haben die vlämischen Bilder nicht geringen Einfluß geäußert.

Es ist begreiflich daß andere Kunst- wie Kunstindustriezweige bei einer so kunstliebenden Familie, in einer an den vielseitigsten Kräften so fruchtbaren Zeit Förderung finden, daß ihr Haus sich immer mehr mit Schätzen aller Art füllen mußte. Denn es war der Stolz der Fürsten und reichen Bürger, ja Solcher die sich in Bezug auf Bequemlichkeit des Lebens Manches versagten um einer edlen Leidenschaft zu fröhnen, sich mit alten und neuen Werken zu umgeben, Säle, Treppen, Höfe mit Marmoren und sonstigen Anticaglien zu zieren, alte Münzen und geschnittene Steine zu sammeln, während Bilder und Sculpturen lebender Künstler mit schönem Hausgeräth, Silberzeug, reichen Seidenstoffen, Teppichen um die Wette die Räume schmückten. Cosimo theilte die Liebhaberei an diesen Gegenständen mit seinem Bruder Lorenzo, mit seinen beiden Söhnen. Ein Verzeichniß der im Palast in Via Larga aufbewahrten antiken Münzen, Cameen, Gemmen, Tafeln mit Musiven und Schmelzwerk nennt hundert goldene, fünfhundertunddrei silberne Münzen, eine ganze Reihe geschnittener Steine zum Theil als Siegel und Ringe gefaßt, griechische und römische Mosaiktische, kostbare Gefäße, Edelsteine, zum Gesammtwerthe von wie es scheint mehr denn dreißigtausend Goldgulden [1]). Das Silbergeschirr, hier wie auf den Villen, war nicht mit eingerechnet. Schon geschah der reisenden Antiquare Erwähnung, welche Handschriften und Kunstsachen mit sich führten, Gelehrte zugleich und Colporteure. Aber auch auswärts wurde für die Medici aufgekauft. Antiquitäten kamen aus Rom, Neapel, Viterbo und andern

---

1) Fabroni a. a. C. Bd. II. S. 231. Es ist zweifelhaft, ob die am Ende des Verzeichnisses angegebenen Summen zusammenzuzählen sind, oder die letzte derselben die Hauptsumme bildet.

Orten. Wir sahen schon, wie Donatello die schadhaften an-
tiken Marmore restaurirte, eine Sitte die in den folgenden
Jahrhunderten bedauerliche Dimensionen angenommen und
nicht selten irregeleitet hat. Aus Flandern, wo Brügge der
Hauptstapelplatz auch für Kunstsachen war und die Antwerpener
Messen besucht wurden, kamen die gewirkten Teppiche (Arazzi) [1].
Aus einem von Carlo de' Medici an seinen Halbbruder
Giovanni von Rom aus, wie es scheint im Herbste 1451
gerichteten Schreiben [2] ersieht man, daß Cardinal Barbo,
nachmals P. Paul II., den florentiner Liebhabern Concurrenz
machte und gelinde Nöthigung nicht verschmähte. „Ich hatte
in diesen Tagen gegen dreißig schöne silberne Medaillen von
einem Gehülfen des Pisanello gekauft, der kürzlich gestorben
ist. Ich weiß nicht wie Monsignor von San Marco es
erfuhr, der, da er mir zufällig in Santi Apostoli begegnete,
mich bei der Hand nahm und mich nicht losließ, bis er mich
in seine Wohnung geführt und mir alles, was ich im Beutel
trug, abgenommen hatte, Ringe und Münzen für etwa zwanzig
Gulden. Es war keine Möglichkeit ihn zur Rückgabe zu
vermögen, und ich mußte ihm am Ende die Sachen lassen,
trotz Verwendung bei dem Papste." In einem Briefe vom
J. 1455 ist dieselbe Klage wiederholt. Mehr als Ersatz für
solche Verluste wurde, wie wir sehn werden, den Medici nach
Pauls II. Tode zutheil.

Solcherart waren die Beziehungen Cosimo's de' Medici
und seiner Söhne zum florentiner Kunstleben. Die große
Bewegung war da, bevor sie ans Ruder gelangten, aber sie
haben auf die Entwicklung namhaften wie wohlthätigen Einfluß geübt und sind ihren Landsleuten stets mit löblichem

---

1) Brief an Giovanni de' Medici, Brügge 22. Juni 1488, bei Gaye
a. a. O. S. 158.
2) Gaye a. a. O. S. 163.

Beispiel vorangegangen. Sie haben auch hierin ihre Zeit
begriffen. Die Art und Weise ihres persönlichen Verhältnisses zu den Künstlern hat etwas ungemein Wohlthuendes.
Es war vom Geiste ächter Humanität geleitet. Diese Männer waren große Herren, deren Viele bedurften: im Umgange
blieb aber eine Vertraulichkeit, wie unter Freunden und Gleich-
berechtigten. Nirgend, auch nicht wo man Bitten an sie richtet,
begegnet man dem Ton der Unterwürfigkeit, während die Tradition des selbstbewußten freien Bürgerthums in allen Beziehungen fortlebt. So werden wir es noch in spätern Zeiten finden,
als Cosimo's Enkel eine fürstliche Stellung hatte: Gesinnung
und Haltung, die wesentlich zu dem von Lorenzo über die
Gemüther erlangten mächtigen Einfluß beitrugen. In manchen Fällen setzte dieser nur die von seinem Vater, Ohm und
Großvater angeknüpften Verbindungen fort. So war es mit
dem berühmten Orgelbauer und Musiker Antonio Squarcialupi der Fall, dem wir noch wiederholt begegnen werden.
Er gehörte einer alten Familie an, die einst zu Poggibonsi
im Elsathal Signorie gehabt hatte und als zu den Großen
gehörend lange von den Aemtern ausgeschlossen blieb, sodaß
Antonio erst im J. 1453 in eine der kleinern Zünfte eingeschrieben ward, wo wir seinen Verwandten nicht vor Ende des
15. Jahrhunderts im Priorat begegnen. Antonio, der den
Namen Degli Organi in seinen eigenen Schriftstücken führte,
stand damals schon in vertrauten Beziehungen zum Mediceischen Hause. Nachdem er im J. 1450 in Neapel bei König
Alfons geweilt hatte, richtete er von Siena aus am 26. November folgenden Brief nach Volterra an Giovanni de' Medici[1]): „Liebster Gevatter, schuldigen Gruß und Empfehlung
zuvor. Es ist ungefähr ein Monat her seit ich von Neapel

---

1) Gaye a. a. O. S. 160.

zurückkehrte wie euch bekannt sein muß. Seitdem hat es
nicht zu regnen aufgehört, sonst wäre ich euch besuchen gekommen. Das schlimme Wetter jedoch hat mich nicht blos an
der Wanderung sondern auch am Schreiben verhindert, denn
ich wartete immer, bis der Himmel sich einmal aufklären
würde. Nun, Gott sei für Alles gedankt. Wollte ich euch
von Neapel berichten und von der Majestät des Königs und
seinem Hofe, so wäre so vieles und so großes zu erzählen, daß
ich fünf Tage lang alle in Rom befindlichen Schreiber in
Sold nehmen müßte. So schweige ich denn für jetzt davon
und melde euch nur daß der Cardinal von Sta Maria seine
Pfeifenorgel sehr hoch hält, woran er wohlthut, da dieselbe
es wahrlich verdient. Zu eurer Beruhigung kann ich euch
nun sagen, daß ich euch bei eurer Rückkehr eine zu hören
geben werde, die euch ohne Fehl gefallen wird. Sie ist für
Antonio di Migliorino bestimmt, zu dessen Freundlichkeit ich
mich versehe, daß er damit einverstanden sein wird, daß ich
sie euch sehen und hören lasse. Nun will ich euch nicht
länger lästig fallen. Empfehlet mich vor Allen Madonna
Contessina und M. Piero und allen Andern".

Im Frühling 1438 schrieb Domenico Veneziano von
Perugia aus wie folgt an Piero[1]). „Verehrter und edler
Mann. Meinen Gruß voraus. Ich melde euch daß ich mit
Gottes Gnade gesund bin und euch gesund und heiter zu
sehn wünsche. Verschiedene Male habe ich mich nach euch er-
kundigt und nie etwas erfahren, außer durch Manno Donati,
der mir sagte, ihr befändet euch in Ferrara in recht guter
Gesundheit, was mir große Freude macht. Hätte ich euren
Aufenthaltsort früher gekannt, so würde ich euch bereits ge-
schrieben haben, so zu meiner eignen Genugthuung wie meiner

---

1) Gaye a. a. C. S. 136.

Schuldigkeit wegen. Meine Stellung ist zwar sehr unter
der eurigen, aber die herzliche Zuneigung die ich zu euch und
allen den Eurigen hege, giebt mir den Muth euch zu schreiben, dem ich so vielen Dank schuldig bin". An denselben
Piero schrieb einundzwanzig Jahre später Benozzo Gozzoli
von Florenz, wo er die Kapelle im Mediceischen Hause malte,
nach Careggi[1]): „Mein theuerster Freund. Mittelst eines
frühern Briefes meldete ich Eurer Magnificenz, daß ich vierzig
Gulden brauche, und bat euch mir sie vorzustrecken. Denn
jetzt ist's Zeit, Getreide und manches Andere zu kaufen,
dessen ich bedarf, und ordentlich dabei zu sparen und mir
schwere Sorge vom Halse zu schaffen. Ich hatte mir vorgenommen, nichts von euch zu verlangen, bevor ihr meine
Arbeit gesehen, aber jetzt finde ich mich doch genöthigt die
Bitte an euch zu richten. So habet Nachsicht mit mir:
Gott weiß daß ich mir angelegen sein lasse euch zu befriedigen. Noch brachte ich euch in Erinnerung, daß ihr Ultramarin von Venedig kommen lassen möchtet. Denn in der
laufenden Woche wird die eine Wand fertig, und bei der
andern brauche ich Ultramarin. Die Brocate und übrigen
Sachen werden dann ebensowie die Figuren vollendet werden,
ja noch früher. Ich arbeite so fleißig wie möglich. Anderes
habe ich nicht hinzuzufügen als daß ich mich euch empfehle".

Das vertraute Verhältniß der Medici zu den Künstlern
hinderte nicht daß bei Bestellungen selbst Nebendinge genau
bestimmt wurden, Verwendung von Ultramarin und Gold,
geschweige denn Wesentlicheres. Selbst in Bezug auf die Composition wurden Bemerkungen nicht gespart, nicht blos, was
sich von selbst versteht, mit Rücksicht auf die in Madonnenbildern und andern Votivtafeln anzubringenden Heiligen,

---

1) Gaye a. a. O. S. 192.

sondern auch auf andere Figuren und Beiwerk. Piero de'
Medici war mit ein Paar Engeln nicht zufrieden, welche
Benozzo in der Kapelle angebracht hatte, und der Maler,
nachdem er sie gerechtfertigt, fügte hinzu, ein Wölkchen reiche
hin sie verschwinden zu machen. Daß alles Geschäftliche,
Zahlungen und Zahlungs= wie Lieferungstermine u. s. w.
ausführlich und sogar ängstlich genau festgestellt wurde, ist
selbstverständlich und liegt im Charakter der Zeit, nebenbei
aber auch in der florentinischen scrupulösen Ordnungsliebe
und kaufmännischen Angewöhnung, die sich nie und nirgend
verleugnet, und bis zu Cosimo's splendidem Enkel bei den
Medici charakteristisch geblieben ist. Strenge Aufsicht war
übrigens nöthig, wo es sich um so colossale Ausgaben han=
delte. Besonders nöthig aber war sie gegenüber unordent=
lichen Leuten wie Filippo Lippi, der sein ganzes Leben in
wie es scheint selbstverschuldeten Nöthen zubrachte, wovon
seine Briefe an Piero und Giovanni de' Medici Zeugniß ab=
legen. „Wenn es in Florenz einen armen Klosterbruder
giebt, so bin ich es". Wie seine Beschützer Mitleid mit ihm
hatten, scheinen sie auch seine Sünden nicht zu scharf beur=
theilt zu haben, wenn ein Wort in einem Briefe Giovanni's,
wo es heißt, sie hätten über die Verirrung Fra Filippo's
eine Weile gelacht, sich auf die bekannte Entführungsgeschichte
der einem Kloster zu Prato zur Erziehung übergebenen
Spinetta Buti bezieht, deren Einzelheiten bei Vasari wie so
oft ungenau sind [1]). Der Antheil den die Medici an diesem
Maler nahmen, lebte noch in Lorenzo fort. Von Rom heim=
kehrend, wollte dieser Fra Filippo's sterbliche Reste von Spo=
leto nach Florenz schaffen lassen, worauf er, als dies nicht

---

[1]) Gaye a. a. O. S. 141. 175. 180. Vgl. Crowe=Cavalcaselle.
Bd. III. S. 64. 65.

zugegeben ward, dessen Sohn bei Errichtung eines Denkmals im dortigen Dom unterstützte.

Die Zeit Cosimo's be' Medici war es, in welcher die geschriebene Kunstgeschichte ihre ersten schwachen Anfänge versuchte. Gleichsam als Vorläufer dazu hatte Cennino Cennini aus Colle im Elsathal, Schüler Agnolo Gaddi's, wie es scheint zu Padua, wo er im Dienste Francesco's da Carrara lebte, gegen den Ausgang des 14. Jahrhunderts das Malerbuch verfaßt, welches für die Kenntniß der künstlerischen Praxis vor dem Siege der Oelmalerei über die Tempera, wie des Modellirens, des Gießens, des Gypsauftragens und Vergoldens u. s. w. von so großer Bedeutung ist[1]). Handelte es sich hier lediglich um die Technik, so verband Lorenzo Ghiberti in seinen Commentaren, mit einem unvollendeten Tractat über Architektur und Körper-Proportionen, Aufzeichnungen so über die antike Kunst wie über die neuere, von ihrer Wiederbelebung in der zweiten Hälfte des 13. Jahrhunderts bis zu seinen Tagen und eigenen Werken[2]). Letzterer Theil ist die vornehmste Quelle gewesen aus welcher Giorgio Vasari seine Kenntniß der älteren Zeiten geschöpft hat.

---

1) Vollständige Ausgabe von Gaetano und Carlo Milanesi: Il Libro dell' arte o Trattato della pittura, Flor. 1859. Teutsch: Das Buch von der Kunst, übers. u. s. w. von Albert Ilg, Wien 1871. Die ehemals, von Baldinucci bis auf Tambroni den ersten Herausgeber des Tractats [Rom!1821] gewöhnliche Annahme, Cennini habe denselben im J. 1437 und zwar im Gefängniß der Stinche verfaßt, schreibt sich von der in der Laurentianischen Handschrift befindlichen Postille her, welche vom Copisten herrührt statt auf den Autor zu deuten. Diese Postille bot den Anlaß, ein beim Abbruch des Gefängnisses wieder zum Vorschein gekommenes giotteskes Frescobild, die Vertreibung des Herzogs von Athen, dem Cennini zuzuschreiben. [Fr. Bacchi, Illustratore fiorentino Th. V. Flor. 1839.]

2) Der zweite Commentar, mit den Nachrichten über die neuere Kunst, gedruckt bei Cicognara Storia della Scultura Bd. IV., lesbarer nebst einigen Auszügen aus dem dritten, in der Lemonnierschen Ausgabe des Vasari, Bd. I. S. V—XXXV.

Ghiberti's Zeitgenosse Filarete hat dann in seinem schon erwähnten Tractat über die Architektur, welchen er, die Dedication nach Personen und Umständen variirend, um das J. 1460 zwei Gönnern, Piero de' Medici und Francesco Sforza widmete, mancherlei kunstgeschichtliche Nachrichten gegeben, die auch die Mediceischen Zeiten betreffen[1]). Auch dieser Mittheilungen, wie technischer Bemerkungen hat Vasari sich bedient, dessen Urtheil über Filarete's confuses Kunstbuch an sich gerecht ist wenngleich es in der Form etwas herbe erscheinen mag.

---

[1]) Ueber den Tractat Filarete's und die beiden Dedicationen vgl. Vasari Bd. III. S. 290, 291, und Gaye Bd. I. S. 200—206, wo die Widmung an Francesco Sforza. [Vgl. oben S. 153.] Filarete giebt uns schon eine Ahnung von der Kunstsprache Federigo Zuccaro's. Uebrigens sagt er zum Sforza: „Ist mein Buch nicht zierlich, so nimm es nicht als Werk eines Redners, noch als von Vitruv herrührend sondern von deinem Baumeister, der die Thüren von Sanct Peter gegossen hat".

II

Bauliche Thätigkeit in den Tagen Lorenzo's de' Medici.

Die Architektur hat zu jeder Zeit Lorenzo de' Medici großes Interesse eingeflößt. Er besaß ein ungewöhnliches Verständniß dieser Kunst[1]). Die Façade von Sta Maria del Fiore, welche, mehr denn zwei Decennien nach seinem Tode beim Einzug seines Sohnes P. Leo's X., Jacopo Sansovino in Holz ausführte, Andrea del Sarto in Chiaroscuro ausmalte, war nach einem Entwurfe von seiner Hand[2]). Wie er sich an dem Project der Vollendung dieser Façade betheiligte, werden wir sehen. Zu mehren der bedeutendsten Architekten seiner Zeit stand er in naher Beziehung. Ein von Rom aus an ihn gerichtetes Schreiben Alberti's[3]), das leider nicht von künstlerischen Dingen sondern von einem vorgeschlagenen Gütertausch handelt, bezeugt das gute Verhältniß. „Daß du dich im Vertrauen an mich wendest, ist mir erfreulich, denn du thust was mit unserer alten Freundschaft übereinstimmt, und da ich meine Verpflichtung erkenne,

---

1) R. Valori a. a. O. S. 176.

2) Vasari, Bd. VIII. S. 267. Ueber die Zeichnung von Andrea, Waagen, Kunstwerk und Künstler in England, Bd. I. S. 444. Vgl. unten S. 197 ff.

3) Pini, Scrittura d'Artisti. Vgl. A. v. Zahn, Jahrbücher für Kunstwissenschaft, Bd. IV. S. 367.

bin ich bereit für dich und auf deinen Wunsch alles zu thun, was Einem, der dich liebt, angenehm sein kann. Wäre das um was du mich ersuchest, nicht in Billigkeit begründet, so würdest weder du dich zum Vermittler hergegeben noch ein Dritter dich dazu ausersehn haben". Die von Majano und Sangallo erfreuten sich in wie außerhalb Florenz seiner Theilnahme und Förderung, und in wie außerhalb Florenz ist die Thätigkeit eine große gewesen. Aber er selbst hat dennoch nichts als ein Kloster und eine Villa gebaut. Vom Kloster ist keine Spur mehr geblieben, und die Façaden des Doms wie die Kirche von Sto Spirito, für die er sich so sehr interessirte, harren heute noch der Vollendung, ebensowie jene von San Lorenzo, für welche sein mit der Tiara gekrönter Sohn Vorbereitungen getroffen hatte, die deren ungesäumte Ausführung zu sichern schienen. Das schönste zu Lorenzo's Zeit in Florenz entstandene Bauwerk war nicht für ihn, sondern für eine Familie, welche, obschon mit der seinigen verschwägert, mit ihr einen harten Kampf zu bestehen bestimmt war — für die Strozzi.

Wenn man in Betracht zieht, wie Lorenzo den Brüdern da Majano nahe stand, so wundert man sich daß er selber sie nicht mehr beschäftigte. In Florenz finden wir Giuliano urkundlich nur als Holzarbeiter gebraucht, namentlich in Sta Maria del Fiore wo im J. 1471 und folgenden die Chorstühle entstanden. Gleicherweise in dem zehn Jahre später beendigten Audienzsaal des Palastes der Signorie, wo er mit Francesco di Giovanni genannt Francione, dem Lehrer des in Rom und Urbino vielbeschäftigten Baccio Pontelli thätig war, und wo sein jüngerer Bruder Benedetto die Marmorthüre ausführte[1]). Ueber seine Arbeiten in Rom,

---

[1]) Vasari, Leben Giuliano's, Bd. IV. S. 1 ff. Gaye a. a. O. zu den J. 1479, 1480, 1481.

wo er nach Vasari's Angabe unter P. Paul II. sowol den
Palast von San Marco wie einen heute nicht mehr vorhan=
denen Loggienhof im Vaticanischen Palast gebaut haben soll,
schwebt undurchdringliches Dunkel. Daß er auch in P.
Sirtus' IV. Zeit dort war, ist bezeugt, ebensowie daß er im
Dom von Perugia die reichen Chorstühle begann welche Do=
menico del Tasso, einer von der fruchtbaren florentiner Holz=
arbeiter= und Architektenfamilie, im J. 1491 beendigte[1]).
Es braucht nicht wiederholt zu werden, wie Stand und Auf=
gaben von Architekten und Holzarbeitern (Magistri ligna=
minum, Legnaioli) ineinandergriffen und noch im folgenden
Jahrhundert häufig vereint erscheinen, gerade wie andrerseits
die der Bildhauer und Goldschmiede. Giuliano war aber in
spätern Jahren mehr auswärts als zu Hause. Im J. 1478
finden wir ihn zu Recanati in der Mark mit dem Bau eines
Palastes für den Cardinal von Cuenca, Antonio Giacomo
Venier beschäftigt, der sich an Lorenzo wandte, um den
säumigen Künstler zur Fortsetzung der Arbeit gedrängt zu
sehn[2]). „Da gedachter Meister Giuliano ergebenster Diener
Eurer Magnificenz und Lobredner eurer trefflichen Eigen=
schaften ist, und sich vielleicht nicht bewegen läßt außer
wenn euer Wille ihn antreibt, so bitten wir euch dem Meister
zu empfehlen und dafür zu sorgen, daß er um die festgesetzte
Zeit nach Recanati gehe, das Begonnene zu vollenden". Im
Frühling 1481 war Giuliano auf der Durchreise in Urbino,
wo · der Palast Federigo's von Montefeltro solchen Eindruck
auf ihn machte daß er Lorenzo veranlaßte, den Herzog um

---

1) A. Rossi im Giornale di erudiz. artist. 1872, S. 97. Inschrift:
Opus Iuliani Maiani et Dominici Taxi Florentini MCCCCLXXXXI.
2) C. Milanesi im Giorn. stor. degli Arch. tosc. Bd. III.
S. 233, 234. Datum der Briefe, Rom 1.—20. Febr. 1479. Der im
Sommer 1479 erfolgte Tod des Cardinals ließ den Bau unvollendet.

eine Zeichnung zu bitten, welche dieser durch Baccio Pontelli
ausführen ließ, der das schöne Werk Luciano Lauranna's
fortsetzte. „Der Herr Herzog, schreibt Pontelli an Lorenzo[1]),
erwiederte mit größter Freundlichkeit, ich solle die Zeichnung
anfertigen, er möchte aber lieber statt derselben Eurer Magnificenz das Haus selbst zusenden, um darin wie in eurem
eignen zu gebieten". Lorenzo war es ohne Zweifel, der
Giuliano's Berufung nach Neapel veranlaßte, welche somit
nach der Versöhnung von 1480 erfolgt sein muß. Ungeachtet
der vielen ihm dort zutheil gewordenen Aufträge, da König
Ferrante ebensowie sein ältester Sohn baulustig waren und
nach der Vertreibung der Türken aus Otranto das Reich
einige Jahre innern Friedens genoß, ist es nicht nöthig, seine
dauernde Anwesenheit daselbst anzunehmen, da Wanderlust
den Künstlern nicht fehlte. Der vielbesprochene erst im
16. Jahrhundert vollendete Triumphbogen König Alfons' im
Castelnuovo ist wahrscheinlich in keinem Theile sein Werk,
aber man irrt schwerlich, wenn man ihm den Bau der archi-
tektonisch trefflichen, leider durch modernen Aufsatz entstellten
Porta Capuana zuschreibt[2]). Giuliano starb in Neapel im
Spätherbst 1490, und die Art wie Lorenzo sich in einem
Schreiben an den Herzog von Calabrien[3]) über den Verlust
äußert, legt an den Tag wie hoch er ihn schätzte. „Durch
die Zuschrift Eurer Excellenz vernehme ich den Tod Giuliano'sda Majano, der mir wahres Leidwesen bereitet, sowol
unserer genauen Beziehungen wegen, wie weil er E. E.
wesentliche Dienste leistete, und sein Tod manche begonnene
Werke unvollendet läßt. Da ihr nun diese fortzuführen

1) Urbino 18. Juni 1481. Bei Gaye a. a. O. S. 274.
2) E. Volpicella Descrizione storica di alcuni principali
edificii della città di Napoli. Neapel 1850. S. 1 ff.
3) Gaye a. a. O. S. 300. (Ohne Datum).

beabsichtigt, höre ich daß ihr durch mich einen ähnlichen Bau=
meister zu erhalten wünscht worüber Paol' Antonio Soderini
mir ausführlich schreibt. Einen solchen Auftrag habe ich
gerne übernommen, weil mir nur angenehm sein kann, wenn
E. E. über meine Dienste verfügt und mit meinen Anord=
nungen einverstanden ist, wie es bei Giuliano der Fall war,
bei dessen Tode ich wenigstens die Genugthuung empfinde,
daß ihr mit den Leistungen dessen zufrieden waret, der auf
meine Veranlassung in euren Dienst getreten war".

Des um zehn Jahre jüngern Bruders Giuliano's, Bene=
detto, hat Lorenzo sich als Architekt nicht bedient. Von seiner
Betheiligung an den Arbeiten im Palast der Signorie, die
jedoch mehr in das Fach des Holzarbeiters und Bildhauers
gehörten, war schon die Rede. Sein Hauptwerk war aber
doch ein architektonisches, und dies Werk, welches in Lorenzo's
letzte Lebensjahre fällt, ist das vollendetste, was Florenz,
wenn man den Palast Pitti als außer Linie stehend beiseite läßt,
in der Palastarchitektur aufzuweisen hat. Die Geschichte des
Baues welchen Filippo Strozzi der ältere im J. 1489 unter=
nahm, ist ein interessantes Kapitel nicht nur der Kunst= son=
dern auch der Sittengeschichte. Wenn einst Cosimo de' Me=
dici, als er sich ein Haus zu bauen beabsichtigte, Scheu em=
pfand, durch zu großen Glanz Mißgunst zu wecken, so war
über ein halbes Jahrhundert später bei einem reichen Bürger
solche Besorgniß immer noch nicht verschwunden, und viel=
leicht stand diesem, der Gemeinwesen und Stadt schon unter
veränderten Verhältnissen sah, das Beispiel Luca Pitti's
warnend vor Augen. Lorenzo Strozzi, der das Leben seines
Vaters geschrieben hat, berichtet uns von seinem schönen
Unternehmen[1]. „Nachdem Filippo für die Nachkommenschaft

1) Vita di Fil. Strozzi il vecchio S. 22 ff. [Vgl. Bd. I. S. 395.]
Vgl. auch Gaye a. a. O. S. 354 ff., wo überdies die Aufzeichnungen Luca

hinlänglich geſorgt hatte, beſchloß er, der mehr an Ruhm
als an Geld dachte, und von Natur bauluſtig wie baukundig
kein beſſeres und ſichereres Mittel kannte ſeinen Namen auf
die Nachwelt zu bringen, ein Gebäude zu errichten, das ihm
und den Seinigen in wie außerhalb Italiens einen Namen
machen könnte. Ein nicht geringes Hinderniß ſtellte ſich ihm
jedoch in den Weg. Da es nämlich dem an der Spitze der
Regierung ſtehenden Manne in den Kopf kommen konnte,
fremder Ruhm ſtelle ſeinen eignen in Schatten, ſo fürchtete
er irgendwie Neid zu wecken. Deshalb begann er durch
Andre in der Stadt zu verbreiten, er habe ſo viele Kinder
und eine ſo beſchränkte Wohnung, daß er, nun er ſie in die
Welt geſetzt, auch für ihr Unterkommen ſorgen müſſe, was
er bei ſeinen Lebzeiten weit beſſer thun könne als ſie nach
ſeinem Tode. So fing er mit allerlei Umſchweifen erſt mit
Maurermeiſtern dann mit Baukünſtlern über das Bedürfniß
einer neuen Wohnung zu reden an. Bisweilen ſtellte er ſich,
als denke er bald zu beginnen; ein andermal that er, als
wäre er noch unentſchloſſen, und als verbrauche er nicht
gerne binnen kurzer Zeit den Ertrag vieljähriger Arbeit und
Mühe. So verhehlte er ſchlauerweiſe Jedem Abſicht und
Zweck, nur um dieſe beſſer zu erreichen. Er wiederholte, ihm
genüge ein bequemes bürgerliches Haus, anſtändig nicht
prachtvoll. Maurer und Baumeiſter trieben nun nach ihrer
Art ſeine Plane ins Große, was Filippo gerne ſah, obgleich
er das Gegentheil blicken ließ, indem er äußerte, ſie nöthigten
ihn zu dem was er nicht wolle noch könne.

„Nun traf es ſich noch, daß der welcher die Geſchicke
der Stadt lenkte, dieſelbe durch Schmuck aller Art verſchönert

---

Landucci's eines Apothekers über Anfang und Fortſchritte des Baues, und
Filippo's Teſtament. Vaſari handelt ausführlich von dem Palaſt wie von
dem Kunſtſchmied Caparra im Leben Cronaca's, Bd. VIII. 116 ff.

zu sehn wünschte, indem er der Meinung war, daß, wie er
über Gutes und Schlimmes verfügte, so auch Schönes und
Häßliches ihm beigemessen werde. Da ihm nun schien, ein
so großes kostspieliges Unternehmen lasse sich nicht gut überblicken noch berechnen, und könne, wie es bei Kaufleuten oft
geschehe, den Urheber nicht nur um den Credit bringen sondern ganz zugrunderichten, so begann er sich in die Sache
zu mischen und wollte die Pläne sehen. Nachdem er sie betrachtet schlug er nicht nur mancherlei Verschönerungen vor,
sondern rieth auch zur Anwendung von Opus rusticum.
Filippo aber, jemehr man ihn ermunterte, stellte sich umsomehr als ziehe er sich scheu zurück. Er erklärte um keinen
Preis wolle er Opus rusticum, da es zu bürgerlichen Verhältnissen nicht passe und schwere Kosten verursache. Er
baue, sagte er, mit Rücksicht auf seine Bequemlichkeit aber
nicht zum Pomp, und denke im Erdgeschoß Buden anzubringen, seinen Söhnen dadurch ein Einkommen zu verschaffen. Hierin stieß er auf mehrseitigen Widerspruch, indem
man ihm darthat, wie häßlich und unbequem dies sein
würde. Filippo ließ darum seine Einreden noch nicht fallen
und klagte oft Freunden, er gehe an ein Unternehmen, von
dem er wünsche daß es zu glücklichem Ziele führe. Er
möchte vielmehr nie davon gesprochen haben, statt jetzt in
einem Labyrinth zu stecken. Jemehr er sich stellte als scheue
er die Kosten, um die Größe seiner Absichten und den Betrag seines Vermögens zu verheimlichen, umsomehr ward er
zum Bau gedrängt und ermuntert. So gelang ihm durch Gewandtheit und Klugheit das, was bei anderm Verhalten ihm
entweder verweigert oder nicht wenig verdacht worden wäre".

Vorerst handelte es sich darum, Raum zu gewinnen für
die Casa grande. Der Platz war beschränkt. Am westlichen Ende der ältern Stadt liegt der Strozzische Palast in

einem Viertel, heute vielleicht das lebendigste der Stadt, auch
in jener Zeit ohne Zweifel belebt, dicht beim alten Markt
wie bei dem nach der Kirche Sta Trinità benannten Platze, von
welchem aus man die gleichnamige Brücke sieht. In unmittel=
barer Nähe hatten, haben zumtheil heute noch angesehene
Familien ihre Wohnungen, die Buondelmonti, Altoviti, Gian=
figliazzi, Bartolini, Alamanni, Viviani, Tornabuoni, Vecchietti,
Antinori u. a. Nach dem ursprünglichen Plane sollte der
Bau frei stehn, mit Platz und Garten auf der Südseite bis
zur Straße von Portarossa, wo die Häuser der Davanzati
und Torrigiani liegen. Der Plan kam jedoch nur unvoll=
kommen zur Ausführung. Auf der Ostseite erstreckt sich ein
ziemlich geräumiger Platz, aber nach Süden trennt nur ein
schmaler jetzt überbrückter Raum den Palast von Neben=
bauten, nach Westen ist die Straße (Via de' Legnaiuoli) von
mäßiger Breite und auf der Nordseite hat man erst seit
wenigen Jahren bei dem Neubau des vordern Theils des
Tornabuonischen Hauses [s. S. 156] Raum und Licht, und
die Möglichkeit gewonnen, den Prachtbau zu überblicken, der
früher hier ganz versteckt lag.

      Am 16. August (Juli?) 1489 legte Filippo Strozzi den
Grundstein. Seine Aufzeichnungen enthalten die Schilderung
des wichtigen Vorgangs, bezeichnend für Sitte und An=
schauungen der Zeit. „Im Moment als die Sonne hervor=
trat über den Bergen, legte ich den ersten Stein zu den
Grundmauern, im Namen Gottes, zu gutem Beginn für
mich, meine Nachkommen und Alle die sich an dem Bau be=
theiligen werden. In derselben Stunde ließ ich eine Heilige=
geistmesse durch die Klosterbrüder von San Marco singen,
eine andere bei den Nonnen der Murate, eine dritte in meiner
Kirche Sta Maria di Lecceto, noch eine bei den mir ver=
pflichteten dortigen Klosterbrüdern, mit der Fürbitte für

glücklichen Anfang des Werkes. Den Zeitpunkt der Grund=
steinlegung bestimmten durch das Horoscop Messer Benedetto
Biliotti und Maestro Niccolò wie Messer Antonio Benivieni,
Aerzte, und der Bischof Pagagnotti nebst Messer Marsilio
(Ficino), die Alle ihn als glücklich bestätigten. Den Brüdern von
San Marco sandte ich zur Almosenvertheilung nach ihrem Gut=
dünken zwanzig Lire, ebensoviel den Murate. In kleinen
Almosen vertheilte ich zehn Lire. Benedetto Biliotti schenkte
ich vier Ellen schwarzen Damast, macht zwanzig Lire. Zum
Essen hatte ich in den Frühstunden Maestro Jacopo den
Maurermeister, Maestro Andrea den Gießer, Filippo Buon=
delmonti, Marcuccio Strozzi, Pietro Parenti, Simone Ridolfi,
Tonato Bonsi, Ser Agnolo, Lorenzo Fiorini und andere
meiner Freunde".

Glück und Größe haben nach Filippo, der bei seinem
am 14. Mai 1491 erfolgten Tode den Bau noch nicht zur
Hälfte des Erdgeschosses vorgerückt sah, in diesem Hause ge=
wohnt, aber wie viele Stürme haben sich unter seinem
jüngsten Sohne und unter seinen Enkeln über dasselbe entladen!

Der Palast Strozzi, ein mächtiges Viereck von beinahe
hundert Fuß Höhe, hundertundzwanzig Fuß Breite, zeigt
den Bossagenbau in seiner größten Vollendung, und bringt
bei allem Ernst und der Einfachheit der Anlage doch einen
Eindruck anmuthiger Schönheit hervor, wie kein anderes
Bauwerk dieses Stils. Die Geschosse, von nicht wesentlich
verschiedener Höhe, sind durch kräftig hervortretende Gurten
von einander getrennt und zeigen gewaltige, durch beinahe
vier Jahrhunderte geschwärzte Werkstücke, von ungleicher
Länge aber in gleichmäßigen horizontalen Linien, durchgehends
Opus rusticum aber regelmäßiger behauen als an den Häusern
der Medici und der Pitti und den älteren Bauten. Das
Erdgeschoß hat, außer dem großartigen Bogenthor der drei

Façaden, nur kleinere viereckige Fenster in bedeutender Höhe über der um das Ganze sich herumziehenden steinernen Bank; die beiden oberen Geschosse haben durch Marmorsäulchen getheilte Bogenfenster, mit den Halbmonden des Familienwappens in den Füllungen, gleich den Thoren mit einer Krönung aufrechtgestellter Quadern. Das prächtige leider nur zur Hälfte ausgeführte Gesimse und der Hofraum, beide von Simone del Pollaiuolo genannt Cronaca, und die berühmten Eisenlaternen gehören in eine spätere Zeit als die hier in Betracht kommt, wie denn die Fortsetzung des Baues, welchen sein Urheber mit seinem Einkommen, ohne seine Capitalien anzugreifen, ausführen zu können glaubte, infolge widriger Geschicke und der Uneinigkeit der Söhne, mehre Decennien in Anspruch genommen hat, und erst zweiundvierzig Jahre nach Filippo's Tode zu dem Grade relativer Vollendung gelangt ist, in welchem wir ihn heute erblicken.

In dem von Lorenzo de' Medici nach dem Tode Giuliano's da Majano an den Herzog von Calabrien gerichteten Schreiben lesen wir, wie er sich bemühte, Ersatz für den Verlust zu finden. „Nachdem ich mich unter den hiesigen Baumeistern umgesehn, habe ich keinen gefunden welcher meiner Ansicht zufolge mit Giuliano zu vergleichen wäre. Deshalb habe ich nach Mantua an einen dort befindlichen Florentiner geschrieben, von dem ich glaube daß Fähigkeiten und Uebung im Bauwesen ihn in Stand setzen dürften, das Begonnene zu vollenden.... Wäre es mit diesem nichts und könnten wir keine bessere Wahl treffen, so würden wir uns genöthigt sehen, unter den Hiesigen den wenigst Schlimmen (il manco reo che sarà possibile) zu wählen" [1]. Es ist auffallend, von Lorenzo solche Worte zu vernehmen,

---

1) Gaye a. a. O. Ebendaselbst Lorenzo's Schreiben vom 16. Dec. 1490 an Francesco Gonzaga, mittelst dessen er um Urlaub für Luca

während Benedetto da Majano und Giuliano da Sangallo
in Florenz waren. Die Erklärung ist vielleicht, daß Beide
wegen augenblicklicher Aufträge nicht im Stande waren, die
Stadt zu verlassen, und Lorenzo's Wahl deshalb auf Luca
Fancelli fiel, der in der Kunstgeschichte eine untergeordnete
Stellung einnimmt. Diese Annahme ist umso berechtigter,
da Benedetto in Neapel schon bekannt sein mußte, Lorenzo
selbst im J. 1488 den Plan zu einem Palaste von Sangallo's Hand an König Ferrante gesandt hatte [1]), was sodann
dessen Reise nach Neapel veranlaßte. Giuliano der Sohn
Francesco Giamberti's war von Kindheit an im Mediceischen
Hause bekannt, für welches sein Vater in Cosimo's und Piero's
Zeit Holzarbeiten lieferte. worin er selbst, so von diesem wie
vom Francione unterrichtet, große Fertigkeit erlangte, wie er
denn so in Sta Maria del Fiore und im Palast der Signorie
wie in Pisa thätig war, und sich auch in späten Jahren
noch als Legnaiolo bezeichnete. Daß die Familie Giamberti
zu den Medici intime Beziehungen hatte, ergiebt sich schon
aus dem Umstande, daß nach dem Tode Giuliano's be' Medici dessen kleiner Sohn Giulio in ihrem Hause in Borgo
Pinti gepflegt wurde, da wo man jetzt den Palast Panciatichi
Ximenez sieht. Giuliano hat nachmals zwei Richtungen der
Architektur, den Kriegs= wie den Palastbau, mit großem
Talent vertreten, während er in vorgerückten Jahren so als
Architekt von Sta Maria del Fiore wie der römischen Peters=
kirche thätig gewesen ist.

Schon im Herbste 1472 finden wir den neunund=
zwanzigjährigen Giuliano unter Sixtus IV. in Rom

Fancelli bittet. Ob dieser nach Neapel ging, ist ungewiß; Francesco di
Giorgio war im Februar — Mai 1491 auf einige Zeit dort anwesend.
    1) Unter Sangallo's Zeichnungen in der Barberiniana in Rom
Gaye a. a. O. S 301. Vasari, Bd. VII. S. 212, 213.

beschäftigt [1]). Was er daselbst arbeitete, wo so viele Toscaner gebraucht wurden, ist unbekannt. Daß er lange und
wiederholt dort war, beweisen sowol seine trefflichen Studien
der antiken Bauwerke, die späteren Zeiten so viele Aufschlüsse
gegeben haben, wie seine genauen Beziehungen zum Cardinal
Giuliano della Rovere. Der Krieg des J. 1478 rief ihn
jedenfalls nach Hause zurück, wo wir ihn bei der Vertheidigung von Castellina fanden [2]), aber der wiederhergestellte
Friede erlaubte ihm die Wiederaufnahme der römischen Arbeiten. Unter diesen bezeichnet das Castell von Ostia, vielleicht früher schon für den genannten Cardinal begonnen,
nachmals fleißig gefördert und im J. 1486 vollendet, einen
höchst bedeutenden Fortschritt im Kriegsbauwesen, während
seine malerische Schönheit ächten Künstlerblick verkündet [3]).
Bei Vollendung dieses Castells muß Giuliano schon seit
längerer Zeit in der Heimat den Bau angefangen haben,
der ihn Lorenzo de' Medici vor allen werth machte. Es ist
die Villa zu Poggio a Cajano. Francione und Andere hatten
Entwürfe geliefert, Lorenzo wählte den von Giuliano's Hand.
Die Lage auf einer nicht beträchtlichen aber nach drei Seiten
frei um sich schauenden Anhöhe ist günstig. Auf breiter
Treppe steigt man zum Hause empor; es ist noch die toscanische Villa, wie sie sich auch in viel späterer Zeit erhalten
hat, aber mit dem der Halle vorgebauten Porticus dessen
Giebelbild ein Fries in Terra della Robbia schmückt, verkündet sie die antikisirende Richtung. Der große Saal hat

---

1) A. v. Zahn, Notizie artistiche tratte dall' Archivio segreto
Vaticano, Arch. stor. Ital. S. III. Bd. VI. S. 171.

2) Vgl. Bd. I. S. 446.

3) A. Guglielmotti, Della rocca d'Ostia e delle condizioni
dell' architettura militare in Italia prima della calata di Carlo VIII.
Rom 1862. E. Ravioli, Notizie su i lavori di architettura militare
dei nove da Sangallo. Rom 1863.

ein Tonnengewölbe, dessen Dimensionen anfangs Zweifel an der Ausführbarkeit geweckt haben sollen.

Zur Zeit als Giuliano in Neapel geweilt haben soll, kann ein von ihm in seiner Vaterstadt begonnenes großes Bauwerk kaum bewohnbar gewesen sein. Es war das Kloster der Augustiner-Eremitaner vor Porta San Gallo, zu welchem zunächst Lorenzo's Vorliebe für den Kanzelredner Fra Mariano von Genazzano den Anlaß gab. Das Werk war so großartig, daß es dem Künstler seinen neuen Namen gegeben zu haben scheint, ein Name unter dem die ganze Familie berühmt geworden ist. Nach Vasari's Bericht soll Lorenzo es gewesen sein, der denselben aufbrachte und auf Giuliano's scherzhafte Klage: er mache einen Rückschritt indem er seinen alten Familiennamen verliere, zur Antwort gab: es sei besser, durch eigenes Verdienst sich einen Namen schaffen als ihn erben[1]). Nur ein Theil des großen Baues ist zur Vollendung gelangt, und auch dieser Theil ist im J. 1529 spurlos verschwunden. Lorenzo soll gleichfalls den Neubau des Castells auf dem Poggio imperiale bei Poggibonzi, dessen Wichtigkeit die Ereignisse der Kriegsjahre 1478—79 nur zu sehr erwiesen hatten, in Antrag gebracht und Giuliano den Auftrag zugewandt haben. Im J. 1488 war man mit dem Bau beschäftigt, welchen später Giuliano's jüngerer Bruder leitete, der jedoch ebenso in Trümmer sank wie die dortigen Anlagen Kaiser Heinrichs des Luxemburgers. Ueber seine Thätigkeit in Mailand, wohin er auf Empfehlung Lorenzo's mit dem Entwurf eines Palastes für Lodovico il Moro gegangen sein

1) Der Umstand, daß der Name Sangallo sich schon 1465 findet (Anm. zum Vasari a. a. O. S. 214) spricht schwerlich gegen die Wahrheit der Geschichte, da der Bau vielleicht längst begonnen war. Das Vorkommen des Namens auf der im J. 1465 angefangenen Sammlung der Barberinischen Zeichnungen rührt gewiß aus späterer Zeit her.

soll und wo er mit Leonardo da Vinci zusammentraf, ist nichts bekannt.

Sein großer Gönner war nicht mehr am Leben, als er für Giuliano Gondi auf Piazza San Firenze den Palast begann, welcher, obgleich unvollendet, mit seinen ansprechenden Verhältnissen und mit der Abstufung und kunstreichen Disposition der Bossagen an Erdgeschoß und Mittelgeschoß sowie mit dem zierlichen Säulenhofe die erfreulichste Wirkung macht [1]). Der dem Giuliano gehörende Klosterhof von Sta Maria Maddalena de' Pazzi (Cestello) in Via de' Pinti ist ein Werk früherer Zeit, dem es nicht an Eigenthümlichkeit und Anmuth fehlt. Von selbständigen Bauwerken Antonio's, des Bruders und oftmaligen Gehülfen Giuliano's, zu Lorenzo's Lebzeiten ist nichts bekannt. Seine bedeutende Thätigkeit in Toscana wie in Rom, als Kriegsbaumeister wie als Architekt von Kirchen und Palästen, beginnt erst unter P. Alexander VI. und währte noch, als vom Stamm des Magnifico nur ein entarteter Sprosse übrig war. Der aretinische Kunsthistoriker sagt mit Recht, daß diese beiden Brüder die Architektur erblich in ihrem Hause zurückließen. Sie sind es gewesen welche wesentlich dazu beigetragen haben, daß sich in Toscana eine Tradition erhielt die dem Quattrocento nie ganz untreu ward, selbst dann nicht als der Barockismus im Ganzen die Hochrenaissance überwucherte.

Zwei wichtige Arbeiten haben Lorenzo in Anspruch genommen, von denen keine zustande gekommen ist. Bis gegen die Mitte des 15. Jahrhunderts währten Aufbau und Ausschmückung der Façade von Sta Maria del Fiore, die mit Marmorbekleidung und Statuen, zu denen noch Donatello und seine Schule beitrugen, bis zu den Rundfenstern über den

_____
1) Der Palast Gondi ist in diesem Augenblick nach geschehener Demolirung eines vorspringenden ältern Theils in der Vollendung begriffen.

Seitenthüren hinaufreichte[1]). Es ist begreiflich daß die
Vollendung umsomehr gewünscht ward, als seit dem 30. Mai
1472 das vergoldete Kreuz über der Laterne der Kuppel
glänzte. Am 12. Februar 1490 erging seitens der Consuln
der Wollenzunft folgende Deliberation[2]). „Da in jüngsten
Zeiten durch mehre der vornehmsten Bürger der Stadt wiederholt in Erinnerung gebracht worden ist, wie sehr es dieser
Stadt zur Unehre gereicht daß die äußere Stirnseite der
Hauptkirche in ihrem dermaligen Zustande d. h. unvollendet
bleibt, wie auch daß deren bis jetzt ausgeführte Theile den
Regeln der Architektur keineswegs entsprechen und vielfach
schadhaft sind, und es ein sehr löbliches Werk sein würde
zu einem Entschlusse darüber zu kommen, so haben gedachte
Consuln verfügt und den gegenwärtigen wie künftigen Werk-
meistern der Kirche Befugniß ertheilt, zu bestimmen und Ausgaben zu machen und alles anzuordnen wie es ihnen gut
und geeignet erscheint zu besagtem Zwecke, gegenwärtig wie
in Zukunft". Die Deliberation zeigt, daß in den Absichten
der Betheiligten das Schicksal der bestehenden Theile der
Façade ebenso beschlossen war, wie sechsundneunzig Jahre
später als dieselbe nach kurzem Beschluß vernichtet wurde.

Am 5. Januar 1491 trat unter dem Vorsitz der beiden
Werkmeister Majo degli Albizzi und Tommaso Minerbetti
eine Commission zusammen, um über die zahlreichen Modelle
und Zeichnungen (modelli et designi undique habiti et
collecti) zu urtheilen. Manche hatten Entwürfe eingesandt,

---

1) Nach einer Zeichnung Bernardino Poccetti's und andern Hülfs-
mitteln in der Metropolitana Fior. illustr. Tafel XIV.

2) Im Commentar zu Vasari Bd. VII. S. 243. Francesco
Albertini spricht in seinem Memoriale [bei Crowe-Cavalcaselle
Bd. II. S. 436] von Lorenzo's Absicht die Façade zu vollenden [la quale
Lorenzo de' Medici voleva levare e riducerla a perfectione] wie von
seinem Modell.

waren jedoch perſönlich nicht anweſend, Benedetto da Majano,
Francesco di Giorgio, Filippino Lippi, Andrea Verrocchio,
Antonio Pollaiuolo; von dem kurz vorher verſtorbenen Giuliano da Majano waren zwei Zeichnungen da. Nicht weniger
als neunundzwanzig Künſtler waren erſchienen unter ihnen
Cronaca, Benedetto da Majano, Francione, Lorenzo di Credi,
Domenico Ghirlandajo, Pietro Perugino, Andrea Contucci
von Montejanſavino, Andrea della Robbia, Sandro Botticelli, Aleſſo Baldovinetti und Andere, die ſonſt nur als
Goldſchmiede oder Maler bekannt ſind. Lorenzo de' Medici
hatte ſelbſt eine Zeichnung eingeſandt. Die Verſammlung
fand im Porticus und in der Loggia der Bauverwaltung
(Opera) ſtatt, deren gegenwärtig geſchloſſene Bogen, mit der
ſchönen Marmorbüſte des erſten Großherzogs an der Façade
man hinter dem Chor des Doms ſieht. Nachdem Modelle
und Zeichnungen eingeſehen worden, erſtattete Tommaſo
Minerbetti Bericht, worauf Carlo Benci, Domherr und einer
der Bewerber, um ſeine Meinung befragt ſich erhob und
erklärte, es ſcheine ihm rathſam das Urtheil Lorenzo's de'
Medici zu vernehmen, eines in der Architektur ſo bewan-
derten Mannes, daß man, wenn man ihm folge, am wenigſten in Irrthum zu verfallen fürchten dürfe. Bartolommeo
Scala rieth einen Beſchluß zu verſchieben, um die Sache in
reifere Erwägung zu ziehen. Andere waren gleicher Anſicht,
meinten aber doch, man ſolle nicht über nothwendige Zeit
hinaus warten. „Lorenzo de' Medici aber, ſich erhebend,
ſprach, Alle verdienten Lob welche Modelle oder Zeichnungen
geliefert. Da es ſich jedoch um ein Werk von bleibender
Bedeutung handle, ſo ſei ernſte und längere Erwägung
nöthig, und es empfehle ſich die Entſcheidung auf ſpäter
Zeit zu verſchieben, um die Sache reiflicher zu überlegen. Pietro
Machiavelli und Antonio Manetti Baumeiſter pflichteten ihm

bei, die Uebrigen schwiegen". Sechzehn Monate später ruhte
der, von dem die Sache ausgegangen war, im Grabe. Dann
folgten Zeiten, in denen man an Anderes als an die Dom=
façade zu denken hatte. Für diese aber ist es ein Glück ge=
wesen, daß der Neubau in jener Zeit nicht in Angriff genom=
men ward. Denn Giuliano da Majano und Giuliano da San=
gallo würden ebensowenig ein dem vorwiegenden Charakter des
Baues entsprechendes Werk zu liefern im Stande gewesen sein,
wie unter Großherzog Ferdinand I. Buontalenti oder Dosio
und im J. 1636 Baccio del Bianco, mehr Decorationsmaler
als Architekt, zu dessen Façade wirklich der Grundstein ge=
legt worden ist. Die unvollendete alte Façade mochte dem
mächtigen Bau, wie er sich unter der Hand so vieler
Künstler entwickelt hatte, nicht entsprechen: die neue hätte
ihn auf immer verunstaltet [1]).

Auch Sto Spirito ist unvollendet geblieben. Der Brand
vom 22. März 1471 hatte argen Schaden angerichtet, und
drei Monate später wurden Zuschüsse aus den Steuererträgen
für die Wiederherstellung bewilligt [2]), wie schon früher ähn=
liche Subsidien, wofür die Gemeinde das Anbringen der
Wappen der Lilie und des Kreuzes nebst jenen der Zünfte
zur Bedingung machte. Daß man selbst inbetreff der Thüren
nicht einig war, ersieht man aus einer Deliberation der Werk=
meister vom J. 1486 wie aus einem Schreiben Giuliano's
da Sangallo an Lorenzo de' Medici [3]), ein Schreiben welches
überdies die geringe Einigkeit zwischen dem Genannten und
Giuliano da Majano an den Tag bringt. Sechs Architekten
hatten über die Sache zu berathen, wobei Majano den Sieg
davongetragen zu haben scheint, zum Aerger Sangallo's'

---

1) Die Façade zeigt heute die nackte zersetzte Ziegelwand.
2) Richa Bd. IX. S. 11 ff. Gaye a. a. O. S. 570. — Vgl. Bd. I. S. 319.
3) Gaye a. a. O. Bd. II. S. 450. Pini Scrittura d'Artisti.

welcher die Hoffnung ausspricht, Lorenzo werde bei seiner
Rückkehr ein so schönes Bauwerk nicht verderben lassen.
Weitere Nachrichten fehlen. Daß es damals nicht zur
Vollendung des Aeußern kam, ist zu bedauern, denn die
Traditionen der Brunellesco'schen Zeit waren noch ziemlich
lebendig. Thätig war man hingegen im Innern des Chors
von Sta Maria del Fiore, sowie im Palast der Signorie,
wo so im ersten wie im zweiten Geschoß, besonders in
letzterem, im Audienzsaal und anstoßenden Räumen viele
Arbeiten ausgeführt wurden. Daß Lorenzo de' Medici auch
hiebei betheiligt war, ist nicht zu bezweifeln. Die Sala dell'
Orologio im Palast erhielt ihren Namen von der kunstreichen
Uhr, welche Lorenzo della Volpaia für das Mediceische Haus
gearbeitet hatte, und die später in diesem Saale aufgestellt
war, von wo sie in das naturwissenschaftliche Museum ge=
wandert ist. Ein kunstreiches Werk, welches, nach dem Vor=
gange des im 14. Jahrhundert von dem Paduaner Giovanni
Dondi (degli Orologi) gearbeiteten, Planetenlauf, Zodiacal=
zeichen und Himmelserscheinungen zeigte, und seinem Ver=
fertiger, der im J. 1500 zum Stadt=Uhrmacher bestellt ward,
großen Ruhm eintrug [1]. Volpaia hatte einen Nebenbuhler
in einem Dionisio da Viterbo, welchen Ambrogio Spannocchi
der reiche sienesische Bankhalter im Juni 1477 Lorenzo de'
Medici empfahl, dem der Gedachte eine Kunstuhr mit zahl=
reichen zu gleicher Zeit sich bewegenden Figuren zu zeigen
wünschte [2].

Die große Zahl der Architekten in Lorenzo's spätern

1) Schilderung Polizians in einem Briefe an Francesco della Casa,
Epist. l. IV. ep. 8. D. M. Manni, de florentinis inventis, Ferrara
1730, c. 29. Cancellieri, Le nuove Campane di Campidoglio,
Rom 1806, S. 86. Albertini erwähnt im J. 1510 der Uhr im Palast
der Signorie, wohin sie vielleicht im J. 1495 gebracht worden war.

2) Gaye a. a. O. S. 254.

Jahren legt Zeugniß dafür ab, daß nach vielen Seiten hin
Thätigkeit herrschte. Die damals von Simone del Pollaiuolo
Cronaca aufgeführten Bauten lassen sich chronologisch nicht
feststellen. Wenn man jedoch bedenkt, daß dieser geniale
Mann bei Lorenzo's Tode fünfunddreißigjährig und bald
darauf bei öffentlichen Werken anhaltend in Anspruch genom=
men war, so erkennt man leicht, daß er längst in voller
Arbeit sein mußte [1]). Das von ihm im Innern ausgebaute
Servitenkloster der Annunziata ist großentheils verändert
worden. Auf dem vordern Abhang des Hügels von San
Miniato baute er die Franciscanerkirche, für welche ein
reicher Bürger, Castello Quaratesi, im J. 1449 der Zunft
von Calimala ein ansehnliches Capital hinterlassen hatte [2]).
Dieser Mann hatte die Absicht gehegt, Sta Croce mit einer
entsprechenden Façade zu schmücken, aber die Ausführung
scheiterte an der verweigerten Anbringung seines Wappens.
Die Kirche San Francesco erinnert an die Badia von Fiesole.
Die Tradition läßt Michel Angelo Buonarroti dieselbe, in
deren unmittelbarer Nähe er in bedrängter Zeit weilte, wegen
ihrer schlichten Anmuth (La bella Villanella) bewundern.
Die Vollendung der Sacristei von Sto Spirito, eines höchst
zierlichen Achtecks erfolgte erst später, indem die von Cro=
naca erbaute Kuppel beim Wegnehmen des Gerüstes im
September 1496 einstürzte [3]). In der nächsten Umgebung
der Stadt wurde auch sonst manches gebaut. Die Kirche
von Montoliveto, die von ihrem freundlichen mit Cypressen

---

1) Bei Vasari Bd. VIII. S. 115 ff. herrscht größte Unordnung.
Der Commentar bringt erst vom J. 1495 an fortlaufende Daten, größten=
theils nach Gaye.

2) Moreni Contorni di Firenze, Bd. V. S. 6 ff. Die Chrono=
logie ist hier verworren; nicht richtiger ist sie bei Moisè Sta Croce
S. 90. Der Glockenthurm empfing 1498 die Glocken von San Marco

3) Tagebuch des Luca Landucci, bei Vasari a. a. O. S. 121.

gekrönten Hügel auf dem linken Flußufer Stadt und Land
überblickt, war im J. 1472 beendigt worden. Aeltere Klosterbauten wurden fortwährend vergrößert, die Kirchen ver-
schönert. So geschah es vor allem mit dem erwähnten
Dominicanerinnenkloster von Annalena im Viertel Oltrarno,
und mit dem Kloster der Jesuaten zu San Giusto, dessen
Kirche zahlreiche Kunstwerke aufnahm. Daß man im J. 1476
an den Ausbau der Façade von Sta Croce dachte, zeigt ein
Gemeinde-Erlaß, welcher auch die von säumigen Steuer-
zahlern einzutreibenden Gelder dazu anwies. Aber erst unsere
Tage sahen die Ausführung, nach einer angeblich vom
Cronaca herrührenden Skizze. Der Vorhof der Servitenkirche und die dem Findelhause gegenüberliegende und dessen
Porticus nachgeahmte Säulenhalle auf dem vor dieser Kirche
liegenden Platze, beide dem Antonio da Sangallo zugeschrieben, müssen, wenn sie nicht schon zu Lorenzo's Lebzeiten
begonnen wurden, nicht lange darauf entstanden sein.

Lorenzo de' Medici hatte von P. Innocenz VIII. die
Erlaubniß erwirkt, den Raum der Klostergärten, wo der-
selbe selbst über das reichlichste Bedürfniß hinausreichte, für
Anlage neuer, Erweiterung älterer Straßen oder Plätze zu
benutzen. Daß Raum in Menge vorhanden war, zeigt der
Umstand daß nach den vielen Bauten des 16. Jahrhunderts
noch in den späteren Mediceischen Zeiten so manche neue
Klöster mit ansehnlichen Anlagen die schon nicht geringe
Zahl der vorhandenen vergrößern konnten. Eine der neuen
Straßen jener Zeit, hinter der Servitenkirche, führt nach
Lorenzo den Namen Via Laura. Die ruhigeren Zeiten und
die Bereicherung Vieler mehrten begreiflicherweise die Bau-
luft, und die schönen Häuser wie die geräumigen Hof-
räume und Gärten forderten ebenso zur Ausschmückung
mit Kunstwerken und Antiquitäten auf. Palast, Garten,

Villen der Medici waren die reichsten, aber andere wett=
eiferten mit ihnen. Wenn die Strozzi, Acciaiuoli, Soderini,
Capponi, Tornabuoni, Sassetti, Benci, Ricci, Valori,
Alessandri, Pucci, Rucellai, Pandolfini u. v. a. für ihre
Kapellen in den städtischen Kirchen Maler= und Bildhauer=
werke bestellten, so schafften sie deren gleichfalls nach Wohnung
und Villa. Das Haus der Martelli, der Garten der Pazzi, die
Villa der Valori zu Majano in der Nähe der Stadt u. a. und
manche andere waren mit antiken Statuen gefüllt. Im
Palast Niccolò's da Uzzano sah man den antiken Porphyr=
löwen, welchen Lorenzo de' Medici sehr bewunderte[1]) und
der noch heute die Treppe des schönen Hauses schmückt.
Auch Künstler bewahrten manches Treffliche bei sich, wie
man denn im Hause der Ghiberti eine kostbare Marmorvase
mit Sculpturen sah, von der es hieß, der berühmte Bild=
gießer Lorenzo habe sie aus Griechenland erhalten.

1) Fr. Albertini a. a. O. S. 442.

III

Sculptur und Malerei.

Der Erste, welchem Lorenzo und Giuliano de' Medici, nachdem sie selbständig geworden, ein größeres Sculpturwerk übertrugen, war Andrea del Verrocchio. Er kam aus Donatello's Schule, hatte mit dem Meister in San Lorenzo gearbeitet, und war schon dadurch den Medici empfohlen, deren Angehörige, die Tornabuoni, sich ebenfalls seiner bedienten. Wie Vasari mit Recht bemerkt, hatte er etwas Herbes, das bei ihm mehr als bei seinem Lehrer hervortritt, weil ihm dessen schöpferische Vielseitigkeit fehlte, während er durch Studium zu ersetzen suchte was die Natur ihm versagt hatte. Im Erzguß zeigte er die Sauberkeit die an den Goldschmied erinnert. Das Denkmal Piero's und Giovanni's de' Medici wurde im J. 1472 vollendet. Wie Donatello, restaurirte auch Verrocchio für das Mediceische Haus, für Hof wie Garten, schadhafte antike Sculpturwerke, und arbeitete für Lorenzo Broncebüsten welche dieser an Mathias Corvinus sandte. Für den Palast der Signorie lieferte er die Davidstatue von Erz, heute im Museum des Palastes des Podestà, weder in Auffassung noch Ausführung von besonderer Bedeutung. Reichlichen Ersatz für dasselbe leistete die über dem Brunnen des Hofraums aufgestellte reizende Broncegruppe

des mit einem Delphin halb kämpfenden halb spielenden
Knäbchens, von einer Anmuth und Leichtigkeit der Bewegung,
die über diesen Künstler hinauszugehn scheint. Im Auftrage
Lorenzo's für den Brunnen des Hofes von Careggi gearbeitet,
erhielt dies Werk durch Herzog Cosimo seine gegenwärtige
Aufstellung. Was Verrocchio im ernstern Fache vermochte,
hat er hier in der Gruppe des Heilands mit dem Apostel
Thomas gezeigt, die im J. 1483 die hervorragendste Stelle
an der Kirche von Orsanmichele erhielt, in Venedig durch
die Reiterbildsäule Colleone's. Denn wenn erstere mit ihrem
gebrochenen und eckigen, an die umbrische Schule erinnernden
Faltenwurf die Gesetze der Plastik nicht ganz zur Anschauung
bringt, zieht sie durch das aus ihr hervorleuchtende innige
Gefühl an, während an letzterer die trotzige selbstbewußte
Haltung des alten Condottiere dessen Stand und Charakter
aufs lebendigste vergegenwärtigt. Zu seinen Marmorwerken
gehört das sehr naturalistische Relief, welches den am
24. September 1477 bei der Entbindung erfolgten Tod der
Gattin Giovanni Tornabuoni's' Francesca Pitti darstellt
und, für deren Monument bestimmt, heute in der Sammlung der Uffizien sichtbar ist [1]).

Ebenso nahe wenn nicht näher stand den Medici Antonio
del Pollaiuolo, der schon durch Familien-Beziehungen mit
der Ghibertischen Schule zusammenhing, und in dessen Sculpturen man in noch höherm Grade als bei Verrocchio den
Goldschmied erkennt. Beide haben, während sie große Bild-
hauerwerke lieferten und malten, fortwährend als Goldschmiede
gearbeitet und Pollaiuolo galt in seiner Vaterstadt als der
erste Meister in diesem Fache, „ein in seiner Kunst einziger
Mann, schrieb nach seinem in Rom erfolgten Tode die

---

1) Vgl. A. v. Zahns Jahrbücher Bd. VI. S. 136.

Signorie an den dortigen Gesandten, der es wohl ver=
dient daß wir, treffliche Eigenschaften jeder Art hochzu=
schätzen gewohnt, sein Andenken durch Unterstützung seiner
Erben ehren" [1]). Wie viel Lorenzo auf ihn gab, ersieht man
aus Stellen in seinen Briefen, z. B. an Giovanni Lanfredini.
Der dem Eroberer Volterra's im J. 1472 geschenkte silberne
Helm war von Pollaiuolo, welcher auch die oft nachgebildete
Denkmünze mit der Abbildung des Attentats der Pazzi in
Sta Maria del Fiore arbeitete, deren historischer Werth den
künstlerischen übersteigt. Größere Sculpturwerke sind von ihm
in Florenz nicht bekannt, wie denn die Thätigkeit seiner
letzten Jahre wesentlich Rom gewidmet war, wo das Grab=
mal P. Sixtus' IV. in der Sacramentskapelle in St. Peter
sein Hauptwerk bildet und wo er im J. 1498 starb [2]).

Wie Verrocchio und Pollaiuolo von der Goldschmiede=
kunst zur Sculptur übergingen aber auch in spätern Jahren
sich noch ersterer wie der Malerei widmeten, gelangte Bene=
detto da Majano von kunstreichen Tischlerarbeiten zur Bild=
hauerei und Architektur. Das in einer Marmorbüste in
reichornamentirtem Rundrahmen bestehende Monument Giot=
to's in Sta Maria del Fiore setzte gemäß der Inschrift im
J. 1490 die Bürgerschaft [3]). Die ebendaselbst befindliche

---

1) Florenz 13. Februar 1498, bei Gaye a. a. O. 340.

2) Monument Sixtus' IV. vollendet 1493 für Card. Giuliano della
Rovere (P. Julius II.). Das Denkmal P. Innocenz' VIII. darf man nicht
nach seinem heutigen verstümmelten Zustande beurtheilen.

3) Monuments sépuleraux Taf. IV. Inschrift (von Poliziano):

    Ille ego sum per quem pictura extincta revixit
      Cui quam recta manus tam fuit et facilis
    Naturae deerat nostrae quod defuit arti
      Plus licuit nulli pingere nec melius
    Miraris turrem egregiam sacro aere sonantem
      Haec quoque de modulo crevit ad astra meo
    Denique sum Ioctus quid opus fuit illa referre
      Hoc nomen longi carminis instar erat
        Ob. an. MCCCXXXVI. eires pos b m MCCCCLXXXX.

Büste Antonio Squarcialupi's wird ihm nur von späterer, durch den Verdienst der Arbeit keineswegs gerechtfertigter Tradition zugeschrieben [1]). Die Anregung zu beiden Monumenten hat höchst wahrscheinlich Lorenzo de' Medici gegeben. Das bedeutendste Werk Benedetto's wurde jedoch für einen florentiner Bürger, Pietro Mellini ausgeführt, dessen naturalistisch ausdrucksvolle Marmorbüste er im J. 1474 arbeitete und mit seinem Namen bezeichnete. Es ist die mit Reliefdarstellungen aus der Geschichte des h. Franciscus von Assisi geschmückte Kanzel, die reichste und schönste dieser Art seit den Arbeiten der Pisani, nach Ghiberti's Vorgange das Relief frei behandelt unter Hinzuziehung von landschaftlichen und perspectivischen Hintergründen, aber mit verständiger Unterordnung des nachmals im Uebermaß hervorgetretenen malerischen Elements [2]). In Sta Maria Novella sieht man von Benedetto das Monument Filippo Strozzi's — derselbe Künstler baute für ihn den Palast dessen Anfänge er nur erlebte, und errichtete ihm in seiner schönen Familienkapelle das Grabmal das er vor seinem Heimgange hatte beginnen lassen [3]). Ueber dem Sarkophag von schwarzem Marmor sieht man, in der Mitte der von einem mit Arabesken verzierten Rundbogen eingeschlossenen Wand, ein großes Medaillon, die Madonna mit dem Kinde umgeben

1) Del Migliore a. a. O. S. 36. Richa Bd. VI. S. 121. Monuments sépulcraux Taf. VI. Inschrift (dem Lorenzo de' Medici zugeschrieben):

Multum profecto debet musica Antonio | Squarcialupo organiste is enim ita arti | gratiam coniunxit ut quartam sibi vid | creutur charites musicam ascivisse so | rorem Florentina civitas grati animi | officium rata eius memoriam propagare | cuius manus sepe mortales in dulcem ad | mirationem adduxerat civi suo monu | mentum posuit.

2) In 7 Tafeln gest. von G. P. Lasinio, Florenz 1823. Mellini's Büste sieht man in der Sammlung der Uffizien.

3) Monuments sépulcraux Taf. LIII.

von reichem Blumen- und Laubgewinde, zu den Seiten vier in
Anbetung schwebende Engel. Die Anmuth des Ausdrucks
und Zartheit der Behandlung erinnern an Antonio Rossellino
und Desiderio da Settignano. Filippo's Büste, die man bei
seinen Nachkommen sieht, zeigt die ausdrucksvollen kräftigen
Züge des thätigen Mannes. Was Benedetto da Majano im
Fach der decorativen Sculptur zu leisten vermochte, hat er
in der bereits erwähnten Marmorthüre des Audienzsaals im
Palast der Signorie gezeigt, wo er mit seinem Bruder arbeitete. Zeit und Unverstand haben dies schöne Werk nicht ganz
verschont, und die einst zu dessen Decoration dienende Sta-
tuette des jugendlichen Täufers sieht man in der Sammlung der Uffizien.

Die beiden schönsten Werke Mino's da Fiesole sind um
das Jahr 1470 entstanden und zieren die Benedictiner-
Abteikirche, das eine die Zeit des Künstlers, das andere die
Vorzeit von Florenz vergegenwärtigend. Es sind die Monu-
mente Bernardo Giugni's und des Markgrafen Hugo. Von
Ersterem und seinen Verdiensten um den Staat war schon
die Rede. Die Gestalt des ältlichen Mannes im langen
Talar, mit über der Brust gekreuzten Händen, liegt auf dem
Sarkophage; cannelirte ionische Pilaster schließen eine im
Halbrund endende Nische ein, in deren Mitte in Relief eine
Justitia, in der Lünette in einem Medaillon zum Ueberfluß
der Profilkopf des Todten[1]). Das andere im J. 1481 vollen-
dete Monument ist reicher aber in der Anordnung jenem
durchaus ähnlich. Es ist ein Merkmal der Dankbarkeit der
Mönche gegen ihren Stifter, den halb mythischen Markgrafen

---

1) Monuments sépulcraux Taf. XXIV. Inschrift: Bernardo Iunio
eq[ti] Flor[so] pace concordiae. semper. auctori. et. civi. vere. populari.
pii. fratres. fratri. de. se. deq. re[pca] opt[e] merito. posuerunt.
Vixit ann. LXVIIII. men. VI. di. XII. Obiit ann. MCCCCLXVI.
Opus Mini. — Vgl. Bd. I. S. 145.

aus der Ottonenzeit, welchen man aus den Elb- und Havel-
gegenden kommen ließ; den „großen Baron" der Göttlichen
Comödie, der den vornehmsten florentinischen Familien sein
Wappen in ihren Schild gab [1]). Auch seine Gestalt liegt auf
flachem Ruhebette über dem Sarkophage, zwei Genien als
Schildhalter zu Häupten und Füßen, in Relief die Gruppe
der Charitas, in einer Medaillon-Lunette Madonna mit dem
Kinde. Die liebevolle Ausführung erstreckt sich, wie überhaupt bei Mino's Sculpturen, auf alles Beiwerk. Lange
noch ist diese Sorgfalt des Details nebst dem anmuthigen
Reichthum der Ornamentik den Florentinern eigen geblieben,
die sie nach Rom und Neapel übertrugen. Sie hielt Stand
mit der einfachern Form und Anordnung der Grabmäler,
welche, wenn sie sich nicht auf Sarkophage und Verzierungen
beschränkten, den Todten als im Tode ruhend darstellten.
Noch in den ersten Decennien des folgenden Jahrhunderts,
als schon die namentlich durch Michel Angelo Buonarroti ein-
geführte Umgestaltung der Monumente sich Bahn brach und
der Kampf gegen die Ornamentik begann die sich in die
Malerei flüchtete, entstanden in Florenz treffliche Werke des
ältern Stils, wie Benedetto's da Rovezzano Grabmale des
Oddo Altoviti und Pier Soderini, deren ersteres an Verrocchio erinnert, und das Denkmal von P. Leo's X. Vetter
Cardinal Luigi de' Rossi, angeblich von Raffaello da Montelupo. In Bezug auf Ornamentik gehört eine besondere
Stelle den beiden mit einander übereinstimmenden Grab-
mälern des Francesco Sassetti und seiner Frau Nera Corsi
in ihrer Familienkapelle in Sta Trinità, welche die Tradition
dem Giuliano da Sangallo zuschreibt [2]). Schwarzmarmorne

1) Paradies XVI. 127. — Monuments sépulcraux Taf. XXIV.
2) Monuments sépulcraux Taf. XLV. Vgl. Crowe-Cavalcaselle Bd. III. S. 230.

mit Stierschädeln verzierte Sarkophage, die unter einem
mit antikisirenden Arabesken und Medaillons eingerahm-
ten Halbrund stehn, dabei ein Fries mit kleinen, heidnische Cultusceremonien darstellenden Figuren, in dessen Mitte
Medaillonköpfe der beiden Gatten. Offenbar das Werk eines
mit dem classischen Alterthum vertrauten Künstlers, der hier
freilich von seinen Studien eine ziemlich seltsame Anwendung
gemacht hat. Daß Giuliano da Sangallo mit dem Meisel
geschickt umzugehn und den hier zur Anwendung gekommenen
Fiesolanerstein trefflich zu bearbeiten verstand, zeigt sein berühmter Kamin im Gondi'schen Hause, welcher dem des
Benedetto da Rovezzano in Casa Rosselli del Turco bei Sant'
Apostolo zum Vorbilde gedient hat[1]).

Begreiflicherweise mußten in solcher Zeit verwandte Kunst-
zweige zu hoher Blüte gelangen. Auf den Zusammenhang
zwischen Architektur und Tischlerei wie zwischen Sculptur und
Goldschmiedekunst ist wiederholt hingewiesen worden. Baumeister und Tischler war häufig eine Person, auch noch im
folgenden Jahrhundert, bis zu dessen zweiter Hälfte die Familie
Del Tasso ihre zwiefache Thätigkeit fortgesetzt hat. Die
Kunsttischlerei hing aber zu gleicher Zeit ebenso mit der
Sculptur wie mit der Malerei zusammen, wovon die reichen
Chorstühle vieler Kirchen und die Decken und sonstigen
Holzarbeiten der Paläste Zeugniß ablegen, mit ihren trefflichen Reliefs wie mit den sinn- und kunstvollen Tafeln
und Ornamenten in Holzmosaik (Tarsia), die namentlich
so zur Herstellung von Perspectiven wie zur Nachahmung
von Blumen- und Blätterwerk angewandt wurden. Manche

---

[1] Abbildung bei Cicognara Bd. II. Taf. XV. Aus den bei
Florenz gelegenen Orten, Fiesole, Settignano, Rovezzano u. a. gingen
zahlreiche Bildhauer namentlich für die Ornamentik hervor, wie aus den
Ortschaften am Comersee die Maestri Comacini.

der schon genannten Künstler haben so in Sta Maria del
Fiore wie im Palast der Signorie treffliche Arbeiten dieser
Art geliefert, an denen Italien längst reich war. Daß die
Goldschmiedekunst in hohem Flor war, zeigen die Namen der
großen Bildhauer, die sich zugleich mit ihr beschäftigten und
in solchen tüchtige Gehülfen fanden, welche nicht zu der
höhern Sculptur aufstiegen. Der oben (S. 163) erwähnte, nie
ganz vollendete silberne Altaraufsatz für das Baptisterium ist
das größte Werk dieser Gattung, welches Florenz besitzt.
Die rasch steigende Liebhaberei an kunstreichen Gefäßen und
Schmucksachen kam diesem Fache zugute, ebensowie die Sitte,
Feldhauptleuten und andern um die Republik verdienten
Männern Silbersachen, sei es Helme oder Geräthe, zu
schenken. Schon im Sommer 1397 finden wir daß den
Goldschmieden Piero, Matteo und Donato 436 Gulden für
Silber, Gold und Schmelz zu den für die Feldhauptleute
Paolo Orsini, Giovanni Colonna und Bernardin de Serre
bestimmten Schüsseln (bacinetti) gezahlt wurden. Antonio
del Pollaiuolo arbeitete u. a. eine große Silberschüssel für
die Signorie und Schmucksachen für reiche Familien, und
die Kirchen wurden so mit Silbercrucifixen wie mit zierlichen Leuchtern versehen.

Die Stempelschneidekunst war nur ein Zweig der Sculptur und Goldschmiedekunst, und sie mußte da geübt werden,
wo diese Fächer in solcher Blüte standen und die gleichzeitige
Geschichte reich war an bedeutenden Stoffen. Dennoch gebührt den Toscanern hier nicht der Vorrang, weder der Zeit
noch der Trefflichkeit der Arbeit nach. Oberitaliener, Lombarden wie Venetianer gingen ihnen zuvor, namentlich in
Bezug auf die großen gegossenen Porträtmedaillons, durch
welche Vittore Pisanello sich gegen Ende der ersten Hälfte
des 15. Jahrhunderts einen berühmten Namen zu machen

14*

begann. Die Donatello'sche Schule hat ihm nachgestrebt ohne ihn zu erreichen. Drei der toscanischen Medailleure Antonio Pollaiuolo, Bertoldo und Andrea Guazzalotti von Prato standen in Beziehung zu den Medici. Nur von Ersterm aber ist eine auf deren Geschicke bezügliche Denkmünze bekannt, die vielbesprochene auf die Verschwörung der Pazzi, während Guazzalotti, der mit Lorenzo im Briefwechsel stand und auch Statuetten für ihn goß, Päpste und den Herzog von Calabrien als Sieger über die Türken abconterfeite, in der Auffassung charakteristisch aber ohne Feinheit der Behandlung. Hinwieder werden dem Pisanello Denkmünzen auf Cosimo wie auf den Erzbischof von Pisa Filippo de' Medici, letztere wol mit Unrecht zugeschrieben, während eine Medaille mit dem Bilde Lorenzo's einem florentiner Pietro di Niccolò zu gehören scheint [1]).

Ein anderer Kunstzweig aber gelangte namentlich in Florenz zu hoher Blüte. Es war die Steinschneidekunst. Die Liebhaberei an geschnittenen Steinen, die mit der erweiterten Kenntniß des Alterthums und der Leidenschaft so für Bücher wie für Anticaglien aller Art gleichen Schritt hielt, mußte nothwendigerweise zum Versuch der Erneuerung der Cameen- und Gemmen-Arbeit führen. Ein hübsches Beispiel der Steigerung dieser Liebhaberei erzählt Vespasiano da Bisticci im Leben Niccoli's [2]). Als dieser, dessen Haus mit Alterthümern gefüllt war, eines Tags über die Straße ging, sah

---

1) Abbildungen und Einzelnes bei Cicognara, Litta und im Gola'schen Trésor de numismatique et de glyptique. Bei Vasari namentlich im Leben Pisanello's, Bd. IV. S. 152 ff. Ueber Guazzalotti Julius Friedländer Berlin 1857, übers. mit Zusätzen und Urkunden, worunter ein Brief Guazzalotti's an Lorenzo de' Medici vom 11. Sept. 1478, von Cesare Guasti, Prato 1862. — Daß eine den Sieg des Herzogs von Calabrien bei Poggibonzi 1479 feiernde Medaille dem prateser Künstler und Canonicus gehörte, ist jedenfalls ungewiß.

2) Vespasiano da Bisticci a. a. O. S. 476.

er einen Knaben der am Halse einen Chalcedon trug, mit
einer eingravirten Figur in welcher der gelehrte Mann eine
Arbeit Polyklets zu erkennen glaubte. Er erkundigte sich
nach dem Namen des Vaters des Knaben, und sandte dann
zu diesem mit der Frage, ob er den Stein verkaufen wolle.
Dieser war es zufrieden, ihn für fünf Gulden abzulassen,
wobei er ein sehr gutes Geschäft gemacht zu haben dachte.
Als nun in Papst Eugens Zeit der nachmalige Cardinal
Luigi Scarampi in Florenz verweilte, der an solchen Dingen
vielen Geschmack fand, bat er Niccoli ihm den Stein zu zeigen,
und bot ihm dann zweihundert Ducaten. Niccoli durfte
umsoweniger Nein sagen, da er nicht reich war, und der
Chalcedon wanderte in die Hände Scarampi's, dann in die
P. Pauls II. und kam nach dessen Tode an Lorenzo de' Medici. Des Letztern Oheim Giovanni hatte manches Schöne
erworben, und unter seinen geschnittenen Steinen befand sich
der vielbesprochene Carneol mit der Abbildung des Apollo
und Marsyas, in welchem man Nero's Siegel erkennen wollte
und der von Lorenzo Ghiberti in Gold gefaßt wurde [1]).
Schon wurde der Kunstschätze und Pretiosen gedacht welche
bei Piero's Tode das Haus füllten. Lorenzo hat nun nicht
blos die ererbte Sammlung antiker geschnittener Steine ansehnlich gemehrt und einen Schatz zusammengebracht, von
welchem nach den über sein Haus hereingebrochnen Stürmen
noch zahlreiche Stücke vorhanden sind, sondern er ist es auch
gewesen, der mit Papst Paul II. dieser Kunstgattung neues
Leben eingehaucht hat so daß sie mit der antiken in die
Schranken trat. Vielleicht die älteste unter den modernen
Gemmen mit sicherer Zeitbestimmung ist die mit dem Bildniß des gedachten Papstes aus dem J. 1470 in der Sammlung

---

1) Vasari a. a. O. Bd. III. S. 112. Ueber die Mediceischen
Schätze vgl. oben S. 165.

der Uffizien. Giovanni delle Corniuole hat sich nach den Mustern der Mediceischen Sammlung gebildet und die Meisterschaft erlangt, die man vor allem an seinem berühmten Kopfe Fra Girolamo Savonarola's bewundert. Mit ihm wetteiferte der Mailänder Domenico de' Cammei, welcher namentlich für Lodovico il Moro arbeitete, und dem man unter anderm das Bildniß Lorenzo's de' Medici in einem dreischichtigen Onyx zuschreibt, welches man nebst dem des Dominicaners in der Sammlung der Uffizien sieht. Manche Steine, so mit mythologischen Darstellungen wie mit andern, auch aus der h. Geschichte, sind Werke gedachter Zeit, die zugleich wol antike Arbeiten copirt hat. Der Name Lorenzo's de' Medici, den man in Florenz wie anderswo auf vielen Steinen liest, mahnt an den vormaligen Reichthum, von welchem lateinische Verse wie Zeugnisse von Zeitgenossen Kunde geben[1]).

Im Fache der Malerei treten wir in die Epoche der Entwicklung jener Richtung, die in Masaccio zum Durchbruch kam und mit der Schwesterkunst der Sculptur in so

---

[1]) Vasari im Leben des Valerio Vicentino Bd. IX. S. 236 ff. G. Pelli giebt in dem Saggio istorico della R. Galleria di Firenze [Flor. 1779. Bd. I. S. 8 ff., Bd. II. S. 9 ff.) Auskunft über die Mediceischen Sammlungen, von denen mittelst der Bourbonisch-Parma'schen Erbschaft [indem nämlich durch Margarethe von Oestreich, Herzog Alessandro's de' Medici Gemalin, vieles aus dem Hause an ihren Sohn zweiter Ehe Alessandro Farnese und beim Aussterben der Farnesen an die spanischen Bourbonen kam] blos in das Museum zu Neapel [einst im Palast von Capodimonte] über zwanzig Cameen mit Lorenzo's de' Medici Namen und eine große Zahl in Ringe gefaßter Gemmen gelangten. Die Frage, ob alle mit diesem Namen oder den Siglen L. M. bezeichneten Steine modern, oder aber ob Name und Siglen auch in antike Steine zur Kennzeichnung des Besitzers eingegraben worden sind, kann hier unerörtert gelassen werden. Das Sinngedicht: „Coelatum argento vel fulvo quidquid in auro est — aedibus hoc Laurens vidimus esse tuis" u. s. w. bei Bandini im Catalog der Laurentian. Hss. Bd. III. S. 545.

lebendiger Wechselwirkung stand. Auch hier lief die eine Kunst-
thätigkeit vielfach in die andere über, unter leicht erkenn-
barem gegenseitigen Einfluß auf den Charakter der Werke.
So war es bei Verrocchio der Fall, so bei den Pollaiuoli.
Jener als Maler wenig bedeutend, erinnert in seinem Bilde
der Taufe Christi an seine Broncearbeiten [1]. Die Brüder
Pollaiuoli deren ernste schlichte Physiognomien ihr gemeinsames römisches Grabmal zeigt, sind in ihren Werken nicht
gut voneinander zu trennen, und wenn Piero mehr als Antonio sich mit Malerei beschäftigt zu haben scheint, nennt
die Inschrift des Letztern am Denkmal P. Sixtus' IV. auch
ihn berühmt in Gold- und Silberarbeit, in Malerei und
Erzguß. Von Antonio's genauen Beziehungen zu Lorenzo
de' Medici war schon die Rede. Er malte für ihn die
Herculesthaten, von denen theilweise kleinere Nachbildungen
vorhanden sind. Für die Kapelle des Cardinals von Portugal
entstand das Bild des h. Jacob, für die der Pucci am Vorhof der Annunziata die Marter des h. Sebastian, das berühmteste im J. 1475 geschaffene Werk dieser Künstler [2].
In allen diesen Arbeiten ist einestheils der Bildhauer er-
kenntlich, welcher der Zeichnung die Vortheile des Modells
zu verleihen sucht, anderntheils der fleißige Ergründer ana-
tomischer Gesetze, für den die Treue der Körperdarstellung,
welche Schwierigkeiten vielmehr aufsucht als vermeidet, mehr
als der Schönheitsinn maßgebend ist. Bei Alesso Baldovinetti, wol Uccello's Schüler und mit Andrea dal Castagno
dann aber noch lange und bis gegen das Ende des Jahrhunderts thätig, ist diese Einwirkung der Sculptur nur
mittelbar, und wo er von ihr in Bezug auf Modellirung

---

1) Perfetti u. A., Galleria dell' Accad. delle B. Arti. Flor. 1845.
Die Sammlung der Akademie enthält viele bedeutende Werke dieser Zeit.
2) Jetzt in der Londoner Gemäldegallerie. Umriß bei Crowe-
Cavalcaselle Bd. III. S. 132.

hätte lernen können, wird ſeine Manier durch eckige Aengſt-
lichkeit beeinträchtigt, wovon ein von ihm für die Villa von
Caſagginolo ausgeführtes Bild, Madonna auf dem Thron
mit Heiligen, in der Sammlung der Uffizien, unerfreuliches
Zeugniß ablegt. Mit mehr Befriedigung betrachtet man ein
nach ſeiner Zeichnung ausgeführtes Werk, jenes Dantebild
in Sta Maria del Fiore, auf welchem man den Altissimo
Poeta, ſein aufgeſchlagenes Buch haltend und mit rednerischer
Gebehrde ſieht, zu ſeiner Rechten die Darſtellung der Hölle,
zur Linken die Stadt Florenz, im Hintergrunde der Berg
der Reinigung, darüber das Firmament. Ein Bild welches
ſelbſt dem Orcagna zugeſchrieben worden iſt, bis endlich der
Name des Künſtlers, Domenico di Michelino und das J.
1466 als Zeit der Ausführung bekannt wurde [1]).

Wie bei Filippo Lippi und bei Benozzo Gozzoli, deſſen
bedeutendſte Werke, die piſaner Fresken, vom J. 1469 an
entſtanden und eine große ſchöpferiſche Kraft bei noch nicht
durchgebildeter Harmonie und nicht immer glücklicher Maſſen-
vertheilung und Raumberechnung an den Tag legen, begegnen
wir bei dem, Letzterem ſonſt weit nachſtehenden Baldovinetti,
der in Florenz mehrundmehr ſich geltend machenden Sitte
des Anbringens von Bildniſſen in hiſtoriſch-religiöſen Com-
poſitionen, Zuſchauer die mit der Handlung nichts zu thun
haben, aber gleichſam Vermittler zwiſchen derſelben und dem
das Bild Betrachtenden. Leider iſt von den von Baldovinetti
für die Gianfigliazzi gemalten Fresken im Chor von Sta
Trinità nichts mehr vorhanden; hier waren Lorenzo und
Giuliano de' Medici conterfeit, Bongianni und andere Gianfigliazzi, Luigi Guicciardini, Luca Pitti, Diotiſalvi Neroni,

1) S. oben S. 48. Abbildung in der Metropolitana fior. illustr.
Taf. XXXVII. Deliberation bei Gaye a. a. O. Bd. II. S. V. Vgl.
ebdſ. Bd. I. S. 563.

Filippo Strozzi, Lorenzo della Volpaia, Paolo Toscanelli[1]). Wir werden bald bei Baldovinetti's berühmtem Schüler Domenico Ghirlandajo diese Richtung in ihrer höchsten Ausbildung erkennen. Aber nicht bei ihm allein begegnen wir diesem Streben, sondern auch bei Sandro Botticelli und Filippino Lippi. Der Erstere, welcher in seiner Jugend die Goldschmiedekunst erlernte und einen gewissen Einfluß der Pollaiuoli nicht verleugnen kann, war Fra Filippo's Schüler und wurde wieder Meister seines Sohnes, der um zwanzig Jahre jünger und den er doch überlebte. In Beiden zeigt sich ein eigenthümlich phantastisches Element, welches anzieht und interessirt aber auf die Dauer ermüdet, da es sowol in den Gesichtsbildungen in einen zu häufig wiederkehrenden Typus ausläuft, wie es in den Compositionen zu einer die Grenze der Affectation überschreitenden Manier wird, während die Art der Verwendung der Allegorie bei Beiden den Eindruck des Gezierten erhöht. Und doch waren Beide bedeutende Talente, voll Schönheitsinn und Feinheit, wo nicht Flüchtigkeit und Uebertreibung ihnen schadeten. So der Eine wie der Andere standen in vielfachen Beziehungen zu Lorenzo de' Medici. Von den Bildern welche Botticelli für ihn malte, ist heute nichts vorhanden. Das schöne Bild der Epiphanie ist indeß jedenfalls in Mediceischem Auftrage entstanden. Denn in diesem Werke, einst in Sta Maria Novella heute in den Uffizien, haben die drei Könige die Züge von drei Mitgliedern des Hauses, Cosimo dem Alten, seinem jüngern Sohne Giovanni, seinem Enkel Giuliano[2]). Die Farbe erinnert mehr an Ghirlandajo welchem das Bild lange zugeschrieben wurde, als an den hellern dünnern Auftrag mancher Gemälde dieses Künstlers, von welchem Florenz

---

1) Vasari Bd. IV. S. 102, 103.
2) Tf. Bd. V. S. 115.

verschiedene Madonnen und Heilige wie allegorische Bilder besitzt, unter jenen die Krönung der Madonna, die er im Auftrag der Seidenwirkerzunft für die Kirche von San Marco malte [1]. Nicht in historischen Bildern allein brachte Botticelli Bildnisse an: er malte auch selbständige Porträts. Lorenzo's Mutter, und die angebliche Bella Simonetta gehören dazu, Giuliano's frühverstorbene Geliebte, anmuthig in ihrer Naivität und Einfachheit, die sich von Ausdruck und Haltung auf die anspruchslose Kleidung erstreckt, beide Profilköpfe im Contour vielleicht etwas übertrieben, wie es diesem Künstler eigen war [2]. Wie nahe Botticelli den Medici stand, ergiebt sich aus dem Umstand daß er es übernahm, nach der Verschwörung der Pazzi die Bildnisse der Verschworenen auf die Wand des Palastes des Podestà zu malen [3].

Wird gleich nur ein einziges von Filippino Lippi für Lorenzo de' Medici ausgeführtes Werk erwähnt, das unvollendete, ein Opfer darstellende Fresco in der Halle zu Poggio a Cajano, so weiß man doch von den vertrauten Beziehungen in denen sie zu einander standen. Wie der Auftrag

1) Galleria dell' Acc. delle B. A., gest. v. F. Livy.

2) Lucrezia Tornabuoni Medici, im Berliner Museum (No. 81); fälschlich als Gemalin Lorenzo's, ein auch bei Crowe-Cavalcaselle a. a. O. S. 173 wiederholter Irrthum Vasari's, der in der Lemonnier'schen Ausgabe a. a. O. S. 121 verbessert war. Die Bella Simonetta im Pal. Pitti, gest. von L. Calamatta im Bardi'schen Galleriewerk.

3) Vgl. Bd. I. S. 405 G. Milanesi Giorn. stor. d. A. t. Bd. VI. S. 5. Crowe-Cavalcaselle Bd. III. S. 159 sehen seltsamerweise in diesem Auftrag ein Zeugniß von Botticelli's „Schätzung als Künstler". Zu diesen Schandbildern, welche auch säumige Schuldner straften, wie im J. 1425 Rannuccio Farnese (Gaye a. a. O. Bd. I. S. 550), gaben die Maler sich nicht gerade gerne, und wie es scheint nur gegen hohen Lohn (in diesem Falle vierzig Gulden) her. Andrea dal Castagno, welchem Vasari einst irrig die Anfertigung dieser mehr als zwanzig Jahre nach seinem Tode entstandenen Malereien zuschrieb, erhielt infolge einer ähnlichen Arbeit vom J. 1435 den Beinamen „degli Impiccati", welchen der arme Andrea del Sarto während der Belagerung 1530 ebenfalls gefürchtet zu haben scheint.

Cardinal Olivieri Carafa's zur Ausmalung seiner Kapelle in
Sta Maria sopra Minerva durch Lorenzo vermittelt worden
sein soll, so geschah es wol auch mit den durch Mathias
Corvinus gemachten Bestellungen. Der Einfluß welchen die
Werke des Vaters, namentlich die in Prato wo Filippino
seine Jugend meist zugebracht zu haben scheint, auf An=
schauung und Richtung des Sohnes ausübten, vereinigte sich
mit jenem des Botticelli, in der Weise jedoch daß ersterer
mehr in den früheren Arbeiten hervortritt, namentlich in den
um die Mitte der Achtziger Jahre gemalten Fresken in der
Brancaccikapelle im Carmine, letzterer in den spätern, in den
für Filippo Strozzi begonnenen aber erst längere Zeit vollen=
deten Wandgemälden der Kapelle in Sta Maria Novella.
Bei jenen ist offenbar die unmittelbare Nachbarschaft von
Masaccio's Werken dem jüngern mit deren Vollendung beauf=
tragten Künstler zustatten gekommen, denn Filippino hat
hier, als er nicht dreißig zählte, ungleich mehr Naturwahrheit
und Sinn für historische Composition an den Tag gelegt, als
in der Carafakapelle und der Strozzischen. In den letzteren [1]),
Scenen aus der Apostelgeschichte und Legende darstellend, be=
gegnet man, neben unleugbaren Zeugnissen von Geist und
Phantasie und ergreifender Darstellung der Affecte, einem
gezierten manieristischen Wesen, das durch die in hellen
schillernden Tinten sich gefallende unharmonische Färbung,
die freilich zum Theil der Restauration zur Last fallen mag,
gesteigert wird. Die auch schon bei Botticelli sich zeigende
Vorliebe für antikes und antikisirendes Beiwerk erzeugt bei
Filippino den Eindruck gekünstelter Ueberladung. Unter
seinen Staffeleibildern zeichnet sich die im J. 1485 für den

[1]) Contract vom 21. April 1487, wegen der Verwahrungen des Auftrag=
gebers beachtungswerth, in Lorenzo Strozzi's Vita di Filippo
Strozzi il vecchio. S. 60 ff.

Rathssaal im Palast der Signorie gemalte große Madonna mit Heiligen durch Anmuth, würdigen Ernst und sorgfältige Ausführung aus[1]). Auch Filippino liebte es, Figuren von Zeitgenossen in seinen Werken anzubringen. In den Fresken im Carmine sehen wir Tommaso Soderini und Piero Guicciardini Vater des Historikers, Luigi Pulci, Antonio Pollaiuolo, Sandro Botticelli, Francesco Granacci und den Maler selber. In einer heutzutage in den Uffizien befindlichen Altartafel der Epiphanie sind die Bildnisse mehrer Mitglieder der jüngern Linie der Medici angebracht, ohne Zweifel Wohlthäter des Klosters von San Donato für welche das Bild, vier Jahre nach Lorenzo's Tode gemalt ward, Pierfrancesco der Enkel Giovanni's di Bicci, dessen Sohn Giovanni Vater des berühmten Führers der Schwarzen Banden und Großvater des ersten Großherzogs, und der jüngere Pierfrancesco Vater Lorenzino's des Mörders des ersten Herzogs von Florenz[2]). Andere Bildnisse, wie jene aus der Familie Nerli in Sto Spirito, sind die von Donataren. In dem bedeutendsten Werke Cosimo Rosselli's, der Procession mit dem Altarkelch in der Kirche Sant' Ambrogio, wird nur ein Portrait namhaft gemacht, jenes des Pico della Mirandola. In Lucca, wo er mehres malte, huldigte er aber ebenfalls der herrschenden Sitte. Rosselli hatte sich anfangs nach Fra Angelico dann nach Benozzo Gozzoli gebildet, indem er mit mäßigem Talent die Vereinigung der mehr typischen mit der naturalistischen Richtung versuchte[3]).

---

1) Gegenwärtig in den Uffizien. Gaye im Kunstblatt 1836 No. 90, und Carteggio Bd. I. S. 579, 581.

2) Abgebildet bei Litta, Fam. Medici.

3) Das Fresco in Sant' Ambrogio ist nicht von 1456, wie Rumohr [Ital. Forsch. Bd. II. S. 262] die Jahrszahl auf dem sehr verdunkelten, geölten Bilde las, sondern von 1486, nach G. Milanesi's Mittheilung bei Crowe-Cavalcaselle a. a. O. S. 291

Das Höchste was in den Tagen Lorenzo's de' Medici in der Malerei geleistet worden ist, ging von Domenico Ghirlandajo aus. Er ist der veredelte, durch feinsten Sinn für räumliche Anordnung und Verhältniß geleitete Benozzo. Er verbindet zugleich die Fähigkeit plastischer Gestaltung der Figuren und Gruppen mit Mannichfaltigkeit und Lebendigkeit, mit hervorragendem Sinn für historischen Charakter, mit maßvoller Benutzung von Architektur und Beiwerk, welche Reiz, Interesse, Actualität seiner Compositionen erhöhen, ohne sich irgendwie hervorzudrängen oder gesucht zu erscheinen. Was ihm an Idealismus abgeht, ersetzt er durch Naturstudium und Individualisirung, und durch jenen ausgebildeten Formensinn, der überall mit würdevoller und doch natürlicher Erscheinung verbunden ist und aus der Realität das wirklich Verletzende ausscheidet. In seinen figurenreichen und auf einen großen oft feierlichen Eindruck ohne Zwang noch Gesuchtheit berechneten Darstellungen aus der evangelischen und Heiligengeschichte befinden wir uns, ohne daß uns etwas Fremdartiges stört und ablenkt, in dem Florenz seiner Zeit. Wir stehn inmitten seines zugleich behaglichen und glänzenden, heitern und geschäftigen Lebens, inmitten seiner tüchtigen und thätigen Bürger und seiner anstandvollen schönen Frauen, in jener Stadt, welche, wie die ohne Zweifel von Polizian herrührende Inschrift des Bildes der Engelerscheinung vor Zacharias im Chor von Sta Maria Novella sie preist, schön und geehrt und reich war durch Waffenerfolge, Kunstschätze, Bauten und Ueberfluß bei Gesundheit und Frieden [1]). Es ist gewissermaßen die monumentale Verherrlichung der späteren Jahre Lorenzo's de' Medici. Unter den überaus zahlreichen Bildnissen, durch welche Ghirlandajo seinen Fresken eine

1) An. MCCCCLXXXX. quo pulcherrima civitas opibus victoriis artibus aedificiisque nobilis copia salubritate pace perfruebatur.

von ihren künstlerischen Eigenschaften unabhängige Bedeutung
verliehen hat, sieht man in der Kapelle Sassetti in Sta
Trinità, die er mit den Darstellungen aus der Geschichte des
h. Franciscus von Assisi im J. 1485 schmückte, das des
Lenkers des florentinischen Gemeinwesens. Eine wahre Bild-
nißgallerie aber sind die erwähnten Fresken im Chor von
Sta Maria Novella. Für Giovanni Tornabuoni entstanden
und im J. 1490, vier Jahre vor des Malers Tode nach
fünfjähriger Arbeit vollendet, zeigen sie ihn in seiner Reise
und seinem Reichthum. Denn hier sieht man nicht nur eine
ganze Schaar von Mitgliedern der miteinander verwandten
Familien Tornabuoni und Tornaquinci, sondern zahlreiche
andere aus befreundeten Kreisen, Ficino, Landino, Poliziano,
Gentile von Urbino, neben Pico die hervorragendsten Gelehrten der Zeit, dann Baldovinetti, David Ghirlandajo
Domenico's Bruder, seinen Schwager Bastiano Mainardi
und ihn selber, Andrea de' Medici, Federigo Sassetti, Gian-
francesco Ridolfi Theilhaber an der Mediceischen Bank,
überdies edle Frauen und Jungfrauen, unter ihnen die durch
ihre Schönheit berühmte Ginevra de' Benci, so wie eine andere anmuthige Erscheinung, Giovanna degli Albizzi, welche
im J. 1486 Lorenzo Tornabuoni heiratete[1]).

Ebensowie die Brancaccikapelle, ist das Chor von Sta
Maria Novella eine Schule für die Maler der höchsten Blüte-
zeit der Kunst geworden, und namentlich hat Andrea del
Sarto durch Ghirlandajo's Compositionen lebendigste An-
regung empfangen. Bedenkt man daß dieser im rüstigsten
Mannesalter, fünfundvierzigjährig, hingerafft ward und daß

---

[1] Der Pater Della Valle gab in einer Anmerkung zum Vasari
(wiederholt in der Lemonnier'schen Ausg. Bd. V. S. 76) nach Aufzeichnungen
in der Familie Tornabuoni die verschiedenen Namen. Ueber die Frauenbild-
nisse vgl. Palmerini Opere d'intaglio del cav. Raff. Morghen,
Pisa 1824, S. 108 ff.

seine Entwicklung keine rasche gewesen ist, so begreift man
kaum, wie er eine solche Zahl Werke, in Florenz wie anderwärts, ausführen konnte. Denn mögen immer an den
Fresken Schüler viel gearbeitet haben, so war dies doch
schwerlich in gleichem Maße der Fall bei den Staffeleibildern, deren es so viele, häufig von sorgsamster Technik
giebt, wie unter den florentinischen nur eines zu nennen, die
schöne Epiphanie vom J. 1488 in der Kirche des Findelhauses. Für Lorenzo de' Medici hat er verschiedenes gemalt.
Auf der Villa Spedaletto in demselben J. 1488 mythologische Darstellungen, Vulcan und seine Gesellen, wovon heute
wenig geblieben ist, und in der Abteikirche von San Giusto
bei Volterra, einer Commende Giovanni's de' Medici, zwei
Altarbilder, von denen eines, ein segnender Christus mit
Heiligen noch vorhanden ist. Offenbar am nächsten stand
Ghirlandajo jedoch den mit dem Mediceischen Hause eng
verbundenen Tornabuoni. Man irrt wol nicht, wenn man
seine und mehrer andern toscanischen Künstler Berufung nach
Rom zur Ausschmückung der Sixtinischen Kapelle auf beide
Familien zurückführt. In den Jahren, als Sandro Botti-
celli, Cosimo Rosselli und sein Schüler Piero di Cosimo dort
mit und nach Domenico Ghirlandajo malten, nämlich zu
Anfang des vorletzten Decenniums des Jahrhunderts, waren
der Papst und Lorenzo wieder ausgesöhnt, und wie in
Florenz in künstlerischen Dingen nichts ohne des Letztern
Theilnahme geschah, haben er und Giovanni Tornabuoni
wahrscheinlich auch bei diesen Berufungen mitgewirkt.

Der Beginn dieser römischen Arbeiten mag indeß schon
in die der Verschwörung der Pazzi vorausgegangene Zeit
fallen, da Baccio Pontelli den Bau der Kapelle im J. 1473
begann und Papst Sixtus mit der Vollendung drängte.
Neben den genannten florentiner Malern waren zwei andere

Toscaner beschäftigt, Don Bartolommeo della Gatta, Abt eines kleinen Camaldulenserklosters zu Arezzo, vielleicht Florentiner von Geburt, und Luca Signorelli von Cortona, welcher mittelst des Zusammenhangs mit Piero della Francesca, die Verbindung zwischen toscanischer und umbrischer Kunst bildet, wie denn seine bedeutendsten Werke einer umbrischen Stadt, Orvieto, angehören, wo übrigens toscanische Meister vonjeher thätig ja tonangebend gewesen sind. Luca Signorelli hat auch für Lorenzo de' Medici gemalt. Ein Madonnenbild, einst in der Villa zu Castello jetzt in den Uffizien, und das mythologische Gemälde, die Erziehung des Pan, welches die großartige Auffassung und den mächtigen Formensinn verkündet, die man an den Fresken der Kapelle von San Brizio im orvietaner Dom bewundert, scheinen die von dem Maler dem großen Herrn dargebotenen Gaben zu sein[1]).

Das Haupt der umbrischen Schule der letzten Decennien des Jahrhunderts, Pietro Perugino, war wiederholt und längere Zeit in Florenz, und florentinische Kunst hat auf ihn großen Einfluß geübt, wenn derselbe bei ihm auch mit anderen Elementen verschmolz. So hat sich der Stil gebildet, der im Gegensatz zu dem Naturalismus der Mehrzahl der Florentiner einerseits, andererseits zu dem schwärmerisch-phantastischen Zug mehr als Eines unter ihnen, dem schwärmerisch-religiösen Element den Ausdruck gab, der nicht blos das engere Vaterland des Meisters lange beherrscht sondern auch über dasselbe hinaus mächtig gewirkt hat. Von Perugino's Aufenthalt in Florenz im J. 1482 und zu Anfang 1491 haben wir Kunde, nicht von Arbeiten aus diesen Zeiten. Seine bedeutenden Werke daselbst gehören spätern Jahren

---

1) Pans Erziehung, im Pal. Corsi, jetzt im Berliner Museum. Umriß bei Crowe-Cavalcaselle Bd. IV. S. 5.

an, ebenso die seiner Schule, unter denen das Abendmal in
Sant' Onofrio, wahrscheinlich von Bernardino Pinturicchio,
den ersten Platz einnimmt. Wenn er im J. 1496 ein Haus
in Florenz zu bauen dachte, und sich noch im J. 1515, als
sein Talent sehr auf der Neige war, in der Annunziata eine
dereinstige Ruhestätte kaufte, sind dies Zeugnisse seiner Vorliebe für die Stadt, die ungeachtet des Glanzes und der
colossalen Thätigkeit Roms immer noch den Mittelpunkt künstlerischen Lebens und Strebens bildete. Von Arbeiten Perugino's für die Medici ist nichts bekannt.

Die Miniaturmalerei [1]) näherte sich rasch der Periode
ihrer höchsten Entwicklung. Von den großen Kirchenbüchern,
den Antiphonarien, Psaltern, Horen, Breviarien u. s. w.,
welche, namentlich aus den Klöstern der Benedictiner, Camaldulenser, Dominicaner und anderer Orden hervorgegangen,
Kathedralen wie Klosterkirchen schmückten, erstreckte sich die
Illuminirkunst von Dante's Zeitgenossen Oderigi von Gubbio
und Franco von Bologna auch auf Gebetbücher für häuslichen Gebrauch und auf Werke der Profanliteratur, als alle
großen Herren wie viele Bürger Bibliotheken anlegten, und
schöne Handschriften ein edler Luxusgegenstand wurden. In
gleichem Maße erweiterte sich der Kreis der Darstellungen,
und von den Engel- und Heiligengestalten gingen die Künstler

---

1) Von der Miniaturmalerei kann hier nur in größter Kürze gehandelt werden. Die Herausgeber des Lemonnier'schen Vasari haben zu den
Lebensbeschreibungen Fra Angelico's Bd. IV. S. 25 ff., Don Bartolommeo's Bd. V. S. 44 ff. [über Attavante S. 55 ff.], Gherardo's ebdas.
S. 60 ff. u. A. manches zusammengestellt und in einem ausführlichen Commentar, Bd. VI. S. 159—351, dankenswerthes Material, namentlich für
florentinische und sienesische Kunst geliefert. Ueber die Dominicaner vgl.
V. Marchese's Memorie Bd I. S. 171—210. In dessen Werk über
San Marco befinden sich Abbildungen von zwei Miniaturbildern Fra
Benedetto's. Das auf die urbinatischen, die oberitalischen u. a Schätze
sich Beziehende kann hier übergangen werden.

des 15. Jahrhunderts zu den Scenen der classischen Dichter
wie der Göttlichen Comödie über.   Dies Jahrhundert ist es
gewesen, welches die florentinischen Kirchen mit den schönsten
Arbeiten dieser Gattung gefüllt hat, von denen man die
meisten heutzutage in der Nationalbibliothek wie im Bücher=
saale von San Marco bewundert.   Der Dominicanerorden
war besonders reich an Miniatoren, seit der sel. Giovanni
Dominici, dessen löbliches Wirken wir in der Geschichte der
geistigen Bestrebungen kennen gelernt, auch in diesem Fache
fördernde Anregung gegeben hatte.   In Cosimo's de' Medici
Zeit haben Fra Angelico und Fra Benedetto unter den
Augen des h. Antoninus in San Marco gewirkt.   Don
Bartolommeo della Gatta, Attavante degli Attavanti,
Gherardo und Monte di Giovanni, Zanobi Strozzi, Fran=
cesco Rosselli Bruder Cosimo's u. v. a. haben sich in dieser
Kunst hervorgethan, in welcher sie an Auswärtigen, die mit
Florenz in Berührung kamen, an Liberale von Verona, an
Girolamo von Cremona, an mehren Sienesen u. A. Neben=
buhler fanden.   Gerade in diesem Kunstzweige ist von der
Mitte des Jahrhunderts an der Einfluß der van Eyckschen
Schule nicht blos auf Colorit und Beiwerk sondern auch auf
den Stil unverkennbar.   Viel Schönes kam in das Mediceische
Haus, und Lorenzo's Liebhaberei und Traditionen vererbten
sich auf seinen Sohn Giovanni, welchen Raffaels berühmtes
Porträt darstellt, wie er ein mit Miniaturen geschmücktes
Buch nebst der Loupe zu dessen Betrachtung vor sich liegen
hat. Vieles ging auch ins Ausland, während ausländische
Miniaturwerke nach Italien kamen.   Gherardo, Attavanti
u. A. haben für Mathias Corvinus gearbeitet, und die bur=
gundische Bibliothek zu Brüssel bewahrt das von letztgenann=
tem Künstler im J. 1485 für den König gemalte Meßbuch,
welches durch Carls V. Schwester Maria von Ungarn nach

den Niederlanden gekommen ist. Bei Mathias' Tode erwarb Lorenzo de' Medici mehre von diesem wol unter seiner
eignen Mitwirkung bestellte und noch in der Arbeit befindliche Handschriften.

Für die Wiederbelebung der Mosaicirkunst hat Lorenzo
de' Medici sich vorzugsweise interessirt. Mag die von Vasari
gegebene Nachricht, Alesso Baldovinetti habe die vergessenen
wahren Handgriffe dieser Kunst von einem nach Rom pilgern-
den Teutschen erlernt, auf sich beruhen, so begann doch
erst wieder in Lorenzo's spätern Jahren in Florenz rechte
Thätigkeit. In den J. 1482—83 unternahm Baldovinetti
die Herstellung der Musive des Baptisteriums. Um das
J. 1490 begannen Gherardo di Giovanni und Domenico
Ghirlandajo für Lorenzo die musivische Ausschmückung der
Chorkapelle des Doms, in welcher die Lade des h. Zanobi
steht, eine Arbeit die unvollendet blieb, und Domenico ver-
fertigte in demselben Jahre das anmuthige Mosaikbild der
Verkündigung über der nach Via de' Servi zugewandten
Seitenthüre der Kirche. Sowol Baldovinetti's Schüler
Graffione wie David Ghirlandajo Domenico's Bruder betheiligten sich an diesen Werken, und Letzterer, welcher sich
zu Montaione im Elsathal, wo auch heute noch Töpfereien
und Glashütten thätig sind, mit der Technik der Glasflüsse
beschäftigte, arbeitete auch nachmals so in Florenz wie an
den Domen von Siena und Orvieto[1]).

So vielseitig und fruchtbar war die Thätigkeit, die sich
um Lorenzo de' Medici und großentheils unter seiner Anregung
und Betheiligung entwickelte. Aber ebensowie sein Großvater
hat dieser Mann sich nicht damit begnügt, reife Talente zu

---

1) Vasari Bd. IV. S. 105; Bd. V. S. 60, 83; Bd. VI. S. 167;
Bd. XI. S. 286.

verwenden, Früchte zu pflücken. Er hat für die Zukunft ge-
säet: mehr als Irgendeiner, hat er die glänzendste Epoche der
Kunst herbeigeführt. Er hat die Pflanzschule erlesenster
Geister begründet. Die Sammlung von Kunstwerken aller
Art, antiken wie modernen, die er in seinem Garten bei San
Marco und dem anstoßenden Casino angelegt, und deren
Beaufsichtigung er Donatello's Schüler Bertoldo anvertraut
hatte, ist diese Pflanzschule gewesen. In einer Zeit, wo
namentlich antike Sculpturen noch verhältnißmäßig selten,
die Mittel zum Studium beschränkt waren, jüngere Talente
jahrelang in einer Abhängigkeit blieben welche ihre Selbstän-
digkeit nicht zum Durchbruch kommen ließ, war eine Vergünstigung, wie sie hier der Jugend geboten ward, so ungewöhnlich wie unschätzbar. Lorenzo's richtiges Urtheil hat
hier ebensosehr gefördert wie sein ächtes Wohlwollen. „Es
ist nichts Geringes, bemerkt Vasari im Leben Giovan Francesco Rustici's [1]), daß alle jene sich ausgezeichnet haben, die
im Mediceischen Garten in die Schule gegangen und von
dem erlauchten Lorenzo unterstützt worden sind. Dies kann
sich nur von dem ungemeinen ja unendlichen Scharfblick dieses
edlen Herrn herschreiben, der, ein wahrer Mäcen verdienter
Männer, in demselben Maße wie er Talent und Geist erkannte, sie auch hervorzuziehen und zu belohnen verstand".
Nicht nur unterstützte er Solche, deren Mittel nicht aus-
reichten sich den Kunststudien zu widmen, sondern er belebte
durch Belohnungen edlen Wetteifer. Die Maler Francesco
Granacci, Lorenzo di Credi, Niccolò Soggi, die Bildhauer
Giovan Francesco Rustici, Pietro Torrigiani, Baccio von
Montelupo, Andrea Contucci von Monte San Savino, wel-
cher auf Lorenzo's Empfehlung nach Portugal berufen ward,

---

1) Bd. XII. S. 11. Vgl. Leben Torrigiano's Bd. VII. S. 204 und
Leben Buonarroti's Bd. XII. S. 157.

wo er für König Johann II. ansehnliche Architektur= und
Sculpturwerke ausführte, u. A. sind aus dem Garten von
San Marco hervorgegangen, und die Verschiedenheit ihrer
Richtungen zeugt für die der Entwicklung mannichfaltigster
Geistesgaben gelassene Freiheit. Derjenige aber, der den
Mediceischen Garten weltberühmt gemacht hat, war Michel=
angelo Buonarroti, welcher, nicht fünfzehnjährig, aus Do=
menico Ghirlandajo's Schule in diese für ihn neue Welt trat,
und bald durch Bildhauerarbeiten das wunderbare Talent
an den Tag legte, welches der theilnehmende Lehrer ahnte,
als er ihn und Granacci Lorenzo empfahl, welcher dem
befreundeten Künstler das Bedauern ausgesprochen haben soll,
daß die Sculptur mit der Malerei nicht gleichen Schritt
halte. Angesehener aber nicht begüterter Familie entstammt[1]),
hat der Jüngling sich während der wenigen noch übrigen
Jahre Lorenzo's einer Theilnahme und Liebe zu erfreuen ge=
habt, die auf seinen spätern Lebensgang bis an die Schwelle
des Greisenalters von bestimmendem Einfluß gewesen ist,
mochten auch Ansichten und Erfahrungen und die unab=
hängige Gesinnung des freien Bürgers sich wiederholt gegen
die Hinneigung auflehnen die er stets, auch inmitten von
Trübsalen zu den Medici bewahrte.

1, Die alte bis auf unsere Zeit übergegangene Sage welche die Buo=
narroti Simoni von den Grafen von Canossa herleitet, eine Sage welche
in Michel Angelo's Tagen in der Familie selbst geglaubt ward, wie man
nach Ascanio Condivi's Worten in seiner zu des großen Künstlers
Lebzeiten veröffentlichten Biographie schließen muß, beruht nicht auf
historischem Grunde. Vgl. G. Campori Catalogo degli artisti sc.
negli Stati Estensi, Modena 1855, S. 100 ff. Die edle Familie Buo=
narroti ist in jüngsten Jahren in Florenz erloschen. Lodovico, Michel
Angelo's Vater, stand schon zur Zeit, als er Beamter im Casentino war,
wo sein Sohn im Angesicht der großartigen Bergmasse von Alvernia —
des crudo sasso der Göttlichen Comödie — zur Welt kam, in Ver=
bindung mit den Medici.

Ein Einziger der großen Künstler dieser Tage ist Lorenzo de' Medici ferne gestanden, Leonardo da Vinci. Die That= sache ist umso auffallender, da der Sohn Ser Piero's von Vinci, eines der Notare oder Kanzler der Republik, in der Schule des mit dem Mediceischen Hause befreundeten Ver= rocchio gewesen war und schon sechsundzwanzig Jahre zählte, als der durch die Verschwörung der Pazzi veranlaßte Krieg ausbrach, in welchem seine in der Mechanik und Hydraulik bereits erworbenen Kenntnisse seiner Heimat ebensowol wie nachmals der Lombardei hätten zugutekommen können. Etwa dreißigjährig ist er nach Mailand gegangen, wo er unter den beiden Sforza, Galeazzo Maria und Lodovico il Moro jene Thätigkeit entfaltet hat, die der Kunst in Oberitalien eine neue Richtung gab, und als er nach des Letztern Sturze in seine Vaterstadt zurückkehrte, schlummerte Lorenzo de' Medici seit sieben Jahren im Grabe, während seine Söhne heimatlos in der Fremde umherzogen.

—

Fünftes Buch

Ausbildung der Mediceischen Suprematie.

I.

Florentinische Verfassungsänderung.

Die Ereignisse der beiden jüngsten Jahre hatten an den
Tag gelegt, daß Lorenzo de' Medici der Leitung der öffentlichen Angelegenheiten dennoch nicht so sicher war, wie es
unmittelbar nach der Verschwörung der Pazzi scheinen konnte.
Die Wechselfälle des Krieges hatten merklichen und jähen
Wechsel der Stimmungen hervorgerufen: es war klar geworden, in welchem Grade die innern Angelegenheiten durch
äußere Einflüsse bestimmt werden. Selbst als Lorenzo's
Stellung weit fester war, hat ein Diplomat dies richtig bezeichnet: das Maß der Autorität deren Lorenzo in der Stadt
genießt, hängt von dem Ansehen ab, in welchem er bei den
italienischen Mächten und den auswärtigen Herrschern steht[1].
Die Traditionen der Unabhängigkeit waren zu lebendig, die
Sonderinteressen zu mannichfaltig und zeitweilig zu überwiegend, um nicht stete Schwierigkeiten zu erzeugen. Vonjeher
hatte die Kunst der Parteihäupter darin bestanden, nur Parteigenossen zu den Aemtern zuzulassen. Aber man hat gesehn
wie es auch innerhalb der Parteien keineswegs leicht war,
Spaltungen und Uebergriffen vorzubeugen. Während der

---

1) Ant. Montecatino an Ercole d'Este, Flor. 17. Dec. 1482 bei
Cappelli a. a. O. S. 265.

Kriegszeit hatte ein Magistrats-Collegium wegen ärgerlicher
Widersetzlichkeit gegen eine seine Jurisdiction auf ihr ur-
sprüngliches Maß zurückführende Maßregel caffirt werden
müssen. Die dauernde Schwierigkeit der Aufgabe Lorenzo's
lag gerade in der Nothwendigkeit, die Partei und mittelst
der Partei den Staat in der Hand zu behalten, ohne an den
Formen des Gemeinwesens anders als in scheinbarer Uebereinstimmung mit dem souveränen Volke zu ändern. Der
Ostracismus des Ammonirens hatte sich gleich bedenklich erwiesen, wie die durch häufige Berufung der Parlamente hervorgebrachte Aufregung nicht rathsam erschien. Es kam
darauf an, durch Befestigung einer lenkbaren Clientel ohne
Gewaltmaßregeln alle unzuverlässigen Elemente auszuscheiden,
und die Menge an einen naturgemäß sich entwickelnden Einfluß wie auf die äußern so auch auf die innern Angelegenheiten zu gewöhnen.

　　Für Lorenzo lag aber noch ein anderes Motiv vor.
Wir sahen daß er in Handelsgeschäften kein Glück hatte.
Seit seinem Großvater waren die Staatsfinanzen mit denen
der Familie verkettet gewesen. Cosimo, ein finanzielles Genie,
hatte die eigenen Interessen gewahrt, die des Staates nicht
beeinträchtigt erscheinen lassen. Bei dem Enkel sah es anders
aus. Cosimo hatte dem Staate Vorschüsse gemacht, Lorenzo
bedurfte der öffentlichen Gelder für Privatzwecke. Die Kriegs-
kosten wie Opfer und Verluste aller Art hatten einen ver-
nehmbaren Grund hergeben müssen, wenn so in den Zinszahlungen der Staatsschuld wie in der Anweisung der Heirats-
Mitgaben durch die dafür bestehende Creditanstalt Unordnung eingetreten war. Dies konnte nicht währen, sollte
nicht Entwerthung der Schuldtitel eintreten und so die Quelle
versiegen. Klar war es aber auch, daß zum Behuf fernerer
infolge der bereits eingerissenen Unordnung immerhin mißlichen

Operationen Männer nöthig waren, in Geschäften gewandt und Willens mit dem Lenker des Staats Hand in Hand zu gehn. Diese Unordnung war bereits so offenkundig, daß es am gerathensten schien sie mit scheinbarer Offenheit zu bekennen, als es sich um Vorkehrungen handelte, welche der Form nach eine Reform zu gemeinem Besten bezweckten, inderthat die Leitung der Creditanstalten der öffentlichen Controle zu entziehen strebten.

Am 8. April 1480, somit kaum zwei Wochen nach Verkündigung des Friedens, schritt die aus Vertrauten Lorenzo's bestehende Signorie ohne Parlament zu einer tief einschneidenden Verfassungänderung. In den drei legislativen Consilien setzte sie einen Beschluß durch, der ihr Befugniß ertheilte, vorbehaltlich einer Majorität von sechs Stimmen ein neues Collegium zu schaffen, welchem das ganze Amts=Wahlgeschäft anheimfallen sollte. Dies Collegium zerfiel in einen engern und einen weitern Rath. Der erstere, aus dreißig amtsfähigen Bürgern bestehend, wählte im Verein mit der Signorie den zweiten, welcher zweihundertzehn Mitglieder im Alter von mindestens dreißig Jahren zählte und unter Zuziehung von Signorie und Collegien die Wahlbeutel füllte. Zur Gültigkeit der Operationen genügte die Anwesenheit von zwei Dritteln der Mitglieder so wie eine gleiche Majorität. Auf jedes Stadtviertel sollte ein Viertel der Rathsmänner kommen, aus jeder Familie oder Consorterie (Familienverband) sollten zwei wahlfähig sein, wenn sie zu den Dreißig nur ein Mitglied gestellt, sonst nur einer, mit Ausnahme von zwei durch die Signorie und die Dreißig zu bezeichnenden Häusern, für welche keine Beschränkung weder der Zahl noch des Alters bestehn würde. Die Zweihundertzehn cooptirten nun weitere achtundvierzig Bürger, so daß ein Großrath von zweihundertachtundachtzig Mitgliedern gebildet ward, der im November

zur Vornahme der Wahlen zusammentreten sollte. Am
11. April schritt die Signorie zu Ernennung der Dreißig.
Aber schon nach wenigen Tagen erfolgte eine nicht unwesent=
liche Modification, indem am 19. die Zahl der Dreißig
durch Beschluß der Signorie auf Siebzig erhöht wurde, und
zwar mittelst Cooptation durch die schon Ernannten. Die
Neu=Hinzutretenden mußten mindestens vierzig Jahre zählen
und, wenn Mitglieder der großen Zünfte, das Venneramt
verwaltet haben. Diesem künftig durch sich selbst zu ergän=
zenden Rath der Siebzig, dessen Mitglieder von sechs zu
sechs Monaten alternirten, standen die Wahlen zur Signorie
zu, unter Betheiligung des zeitigen Gonfaloniere. Somit
bildete er, anfänglich auf fünf Jahre aber mit dem Recht
unbeschränkter Prorogirung, eine Körperschaft welche inderthat
Signorie wie Staat beherrschte, umsomehr, als die Aufnahme
ausscheidender Mitglieder der obersten Executivbehörde in
diesen Rath im Fall von Vacanzen mittelst Wahl innerhalb
desselben erfolgte.

Der Rath der Siebzig bestellte nun zwei aus seinen
Mitgliedern bestehende Commissionen. Die erste, ihrer Acht=
zahl nach gewöhnlich Otto di pratica genannt, trat an die
Stelle des nur in Kriegszeit sitzenden Magistrats der Zehn,
und erhielt die Leitung der politischen und militärischen An=
gelegenheiten, die sie nach der Berathung im Plenum der
Siebzig vortrug. Die andere aus zwölf Mitgliedern be=
stehende Commission wurde so mit dem Staatscreditwesen
wie mit allen Jurisdictionssachen betraut. Beide wurden
auf je sechs Monate ernannt, und sollten im Fall von durch
Tod oder Uebernahme auswärtiger Aemter eintretenden Va=
canzen aus demselben Collegium ergänzt werden [1]).

----

1) Provvisioni della Repubblica fiorentina dei 10 e 19 Aprile
1480 per la formazione dell' ordine dei Settanta, im Anhang zu

Mag auch das Urtheil von Zeitgenossen und Nachkommen über Charakter und Tragweite dieser nachmals in centralisirendem Sinne modificirten Institutionen nach Maßgabe der politischen Parteistellung wie hinsichtlich der Opportunität divergiren, darin stimmt es überein, daß man in demselben den entschiedensten bisher in Florenz gethanen Schritt zur Annäherung an den Principat erkannt hat. „Man begriff nothwendig, bemerkt Alamanno Rinuccini über den ersten Beschluß, daß dem Volke alle Freiheit genommen und es den Dreißig dienstbar geworden war, wie ich, Alamanno Rinuccini, obgleich Mitglied des Raths der Zweihundertzehn, der Wahrheit gemäß bezeuge". Und weiter über dessen Ergänzung: „So enthielt das Decret viele unehrbare, dem bürgerlichen Leben wie der Freiheit des Volkes zuwiderlaufende Dinge, und diese Freiheit schien mir vom Tage an todt und begraben". Wie man über die Verkettung der Verwaltung mit den finanziellen Verhältnissen der Medici urtheilte, zeigen die Bemerkungen von Feind und Freund. „Lorenzo, sagt Giovanni Cambi, sann fortwährend darauf, wie er seine Autorität mehren könnte. Nachdem durch die neue Reform den Wahlmännern eine bisher der gesammten Bürgerschaft zustehende Befugniß ertheilt war, nahmen sie die Geldangelegenheiten in ihre Hand welche geregelt werden mußten. Die Staatsfinanzen hatten dazu gedient, Lorenzo in seinen Privatverhältnissen unter die Arme zu greifen. Mehr als hunderttausend Goldgulden gingen nach dem einzigen Brügge, wo Tommaso Portinari der mit dem Falliment bedrohten Mediceischen Bank vorstand. Die arme Gemeinde zahlte

Jacopo Pitti a. a. C. S. 313 ff. mit Einleitung von Gino Capponi. Vgl. Cambi a. a. C. Bd. II. S. 1 ff. wo die Namen der Signoren, der Collegien, der ursprünglichen Dreißig und der zweihundertzehn mit dem Wahlgeschäft betrauten Bürger. A. Rinuccini Ricordi S. CXXXI ff., J. Pitti S. 25, Fr. Guicciardini S. 61.

Alles, denn die Mitglieder des neuen Wahlkörpers, denen blos daran lag ſich in ihrer Stellung zu erhalten, ſagten zu Allem Ja. So griff knechtiſche Geſinnung um ſich, die Bürger opferten ihre Freiheit um Aemter zu erlangen. Was ſie aber erlangten, genügte ihnen dennoch nicht, denn Alles blickte neidiſch auf den engern Rath, zu welchem zu gehören Jeder ſich würdig erachtete." Vielleicht die gewichtigſte Stimme iſt die Aleſſandro's de' Pazzi, der in ſeinem ſchon erwähnten Gutachten über die florentiniſche Verfaſſung vom J. 1522 eine Schilderung ſeines Cheims entwirft. „Da Lorenzo, ſagt er [1]), viel Geld brauchte, und durch tauſenderlei in Anſpruch genommen, zu kaufmänniſchen Geſchäften wenig geeignet war, ſo hatte ſein Vermögen bedeutende Einbuße erlitten. Coſimo hatte einen wahren Schatz ausgegeben, vielleicht auch weil er glaubte, die Pracht von Kirchenbauten und Anderem werde ſeiner Familie mehr Vortheil bringen als aufgehäuftes Geld, worin Piero und ſeine Enkel ihn nachgeahmt haben. Da aber der Credit der Letzteren ſank, ſo würde dies mächtig dazu mitgewirkt haben ſie aus ihrer Stellung zu verdrängen, hätten nicht die Ereigniſſe von 1478 den Medici neue Freunde erworben, die alten bewahrt, die Stellung befeſtigt. Dieſelben Ereigniſſe boten zugleich Lorenzo die Mittel, ſich ſo der Staatsgelder die er vorher nicht anzutaſten gewagt haben würde, wie des Privatvermögens zu bedienen, um ſeine eignen Verbindlichkeiten zu erfüllen, und, während er der in ſeinen Finanzen eingeriſſenen Unord‐ nung abhalf, ſeinen politiſchen Einfluß auf dauerhafter Baſis neu zu begründen".

Wie die veränderte Verfaſſung in Bezug auf die Finanzlage wirkte, bezeichnet Niccolò Valori [2]). „Obgleich keine neuen

1) Vgl. oben Bd. I. S. 259.
2) A. a. O. S. 174.

Steuern aufgelegt wurden, mehrten sich, nach wiederhergestell=
tem Frieden und gesicherter Ruhe die Staatseinkünfte so,
daß die Staatsgläubiger befriedigt werden konnten. Die
Republik hat so ansehnliche Hülfsquellen, daß sie im Kriege
lange auszuhalten vermag, im Frieden sich rasch erholt".
Dies klingt ganz schön. Der öffentlichen Creditanstalt mußte
man jedoch, wie Alamanno Rinuccini[1]) berichtet, schon im
folgenden Jahre durch Verkauf von Staats=Eigenthum unter
die Arme greifen. Der üble Leumund, welchem Lorenzo
infolge eigenmächtiger Verwendung öffentlicher Gelder nicht
entgehen konnte, scheint ihn aber doch veranlaßt zu haben,
seine Bankoperationen, die so von Glückswechseln wie von
der Geschicklichkeit seiner Agenten zu sehr abhängig waren,
möglichst einzuschränken und sein Vermögen mehr im
Grundeigenthum anzulegen, als Speculationen im Aus=
lande anzuvertrauen.

Wenn wir Niccolò Valori Glauben beimessen, wurden
im J. 1480 keine neuen Steuern ausgeschrieben. Ein Blick
in die Acten der Steuerverwaltung zeigt jedoch wie dies zu
verstehn ist. Die progressive Scala vom J. 1447, welche
ursprünglich zur Herbeischaffung der bedeutenden zur Unter=
stützung Francesco Sforza's verwandten Gelder diente, wobei
die Steuer nur drei Jahre währen und nach momentanem
Bedarf in kleinen Raten eingefordert werden sollte, war in=
folge der steigenden Bedürfnisse während der noch übrigen
Jahre Cosimo's wie, mit einigen Modificationen, unter Piero
und seinem Sohne in Wirksamkeit geblieben. Gemäß einer
Berechnung der in den J. 1471—1480 geleisteten Zahlungen
belief sich die Gesammtsumme auf 1,682,888 oder durch=
schnittlich 168,288 Goldgulden. Im J. 1479 war die Steuer

---

1) Ricordi a. a. O. S. CXXXV.

auf 367,450 Gulden gestiegen. Das von der neuen Finanz-
commission am 18. Mai 1480 erlassene, am 31. Januar
folgenden Jahres modificirte Gesetz führte nun statt der bisherigen eine doppelte progressive Abgabe ein. Die eine, deren
Dauer auf sieben Jahre festgesetzt wurde, traf das unbeweg-
liche Eigenthum, so daß die unterste Stufe, die mit einem
über den eigentlichen Lebensbedarf hinausreichenden Einkommen unter funfzig Goldgulden, sieben, die höchste aber, mit
einem Einkommen von vierhundert und darüber, zweiund-
zwanzig Procent zahlen sollte. Die zweite war eine Per-
sonalsteuer, welche nach denselben Verhältnissen für die unterste Classe einen und vier Zwanzigstel, für die höchste vier und
vier Zwanzigstel Goldgulden betrug. Dieser Steuermodus,
wobei eine Quote in Staatsschuldrenten entrichtet werden konnte,
währte mit einigen Abänderungen bis nach Lorenzo's Tode.
Die Steuern wurden je nach dem Bedürfniß der Regierung eingefordert; in mehr denn einem Jahre sind sie siebenmal gezahlt worden. Der einmalige Ertrag der ersteren derselben
war zu ungefähr 30,000 Goldgulden veranschlagt worden,
warf jedoch in Wirklichkeit nur 25,000 ab und wurde im
J. 1487 auf 18,000, im folgenden auf 15,000 herabgesetzt.
In den J. 1481—1492 betrug die Summe der Steuer-
zahlungen 1,561,836 Goldgulden, oder durchschnittlich 130,153.
Am meisten zahlte das J. 1483, das des ferraresischen
Krieges, nämlich 164,665, am wenigsten die Friedensjahre
1489—1492, nämlich 105,000, um dann unter Lorenzo's
Sohne auf 90,000 zu sinken. Berechnet man die sämmt-
lichen unter den mannichfachsten Namen auftretenden und je
nach den Umständen wechselnden, bald gesteigerten bald er-
mäßigten Abgaben so vom unbeweglichen wie vom beweg-
lichen Eigenthum, so wird es klar daß die directe Steuer,
die sich nach dem alten Finanzsystem der Republik auf

25—30,000 Goldgulden beschränkte, somit neben den zu 250—300,000 veranschlagten Gabellen kaum ins Gewicht fiel, zur Zeit Lorenzo's be' Medici zeitweilig auf das Zwölffache stieg. Die Steuerpflichtigen wurden zwar auf den Monte eingeschrieben, und konnten auch, wie gesagt, einen Theil ihrer Zahlungen in dessen Zinsverschreibungen entrichten. Aber der Monte stellte mehr als einmal die Zinszahlungen ganz ein und zahlte zuzeiten nur die Hälfte, ja nur ein Fünftel. Die Steuercassen nahmen dann die betreffenden Steuerquoten nicht nach dem nominellen Betrage der Verschreibungen sondern nur nach Maßgabe der augenblicklichen Baarleistungen des Monte an. Es liegt auf der Hand wie alle diese Manipulationen, welche das schon an sich äußerst künstliche florentinische Finanzwesen zu einem Labyrinth machten, die Interessen der Gesammtheit schädigten und den Vermögens-Verhältnissen ihre feste Grundlage raubten [1]).

Zu gleicher Zeit verrückten die wiederholten Modificationen der Verfassung, wie sie seit Cosimo's Tagen auf einander gefolgt waren, den Schwerpunkt derselben völlig. Auch vorher war man schon daran gewöhnt gewesen, die Ausübung der Volkssouveränität mittelst des Parlaments in ein bloßes Parteimanöver umgewandelt zu sehen, indem die Machthaber, zur Erlangung einer formell legalen Fassung ihrer Maßregeln, sich von dem sogenannten Volke, nämlich von dem entweder mit ihnen einverstandenen oder durch Furcht genöthigten Theile der Bürgerschaft außerordentliche Befugniß ertheilen ließen. Der fortwährende Wechsel im Modus der Wahlen zu den Aemtern, entweder durch das Loos oder durch Ernennung, brachte nachgerade keinen bedeutenden Unterschied mehr hervor, indem überhaupt Alle ausgeschlossen blieben

---

1) Canestrini a. a. O. S. 237 ff.

deren man sich nicht vergewissert hielt, wie es denn in
Lorenzo's Zeiten, namentlich nach der nochmaligen Restriction
des im J. 1480 eingeführten Modus, darauf gar nicht mehr
angekommen ist.   Die Staatsämter behielten ihre äußern
Ehren und gewährten begreiflicherweise Bedeutung wie Vortheile mancher Art: auf die politische Leitung der Dinge
waren sie, als solche, von keinem Einfluß mehr.   Die Mehrzahl derselben war vom 13. zum 14. Jahrhundert entstanden,
einige hatte das 15. hinzugefügt.   Der oberste Magistrat,
gewöhnlich die Signorie genannt, war das im J. 1282
eingesetzte und nachmals umgestaltete Collegium der Prioren
der Zünfte, oder, wie sie seit 1458 hießen, der Freiheit, acht
je auf zwei Monate gewählte Mitglieder mit dem Benner
oder Gonfaloniere, Vexillifer iustitiae.   In ihm beruhte die
höchste Gewalt, die er, von der Executive abgesehn, mit den
Collegien theilte, den im J. 1312 eingesetzten Buonomini,
gewissermaßen Beisitzer der Prioren, und den aus dem J.
1250 stammenden sechzehn Bennern der Milizcompagnien,
an deren Spitze der Capitano del popolo stand.   Von dem
ursprünglich militärischen Charakter dieser Institution ist
die Rede gewesen.   Die von Signorie und Collegien verein-
barten Gesetzvorschläge gingen an drei Consilien.   Zuerst an
den aus hundert Mitgliedern bestehenden Rath des Volks,
der zu Anfang lediglich dem höhern Bürgerstand, dem Popolo
grasso entnommen war.   Sodann an den durch eine gleiche
Zahl gebildeten Rath der Credenza, in welchem sämmtliche
Consuln und übrigen Beamten der Zünfte saßen, endlich an
den aus Rechtsgelehrten und richterlichen Beamten, bürgerlichen wie adeligen, neunzig an der Zahl, zusammengesetzten
Rath des Podestà.   War eine Bill durch diese drei Instanzen
durchgegangen, so kam sie vor den durch die drei Consilien gebildeten allgemeinen Rath, und erlangte dann erst

Gesetzeskraft. Der Form war somit hier vollkommen Genüge
gethan, aber die Form behinderte nicht im geringsten das
Passiren von Gesetzen, welche das innere Wesen der Verfassung zerstörten. Zum Behufe der Berathung solcher Bills,
die sich vorzugsweise auf die auswärtigen Angelegenheiten,
auf Krieg und Frieden bezogen, bestanden seit dem J. 1411,
wo die durch die langwierigen Zerwürfnisse in den letzten
Zeiten des großen Schisma gesteigerten Ausgaben und Lasten
größere Vorsicht nöthig erscheinen ließen, zwei andere Raths-
körper. Der eine war jener der Zweihundert, zu dessen Mitgliedern nur Solche gewählt werden konnten welche die
höchsten Staatsämter verwaltet hatten, und an den die betreffenden Gesetzvorschläge gingen, worauf sie an den Rath
der Hunderteinunddreißig kamen, in welchem die Mitglieder
der Signorie und der Collegien, die Capitani di parte guelfa,
die Zehn des Krieges, die sechs einheimischen Räthe des
Handelsamtes, die Consuln der Zünfte und achtundvierzig
andere Bürger saßen. Erst nach der Annahme in diesen
beiden Rathsversammlungen gelangten die Bills an die schon
erwähnten Consilien. Man sieht, wie gehäuft die Instanzen waren.

Oberster richterlicher Beamter, bis zu Luca Pitti's
Reform überhaupt erster Würdenträger, war der Podestà,
welchem der Capitano del popolo, dessen Befugnisse mehrfach
gewechselt haben, und der Executor der Gerichtsverordnungen
zur Seite standen. Alle drei Fremde, die beiden ersteren
rechtskundige Edelleute, der Dritte ein Popolan guelfischer
Familie, mit einjähriger Amtsdauer. Das Podestà-Gericht
zählte mehre mit dem Chef selbst wechselnde Collaterale; die
bewaffnete Mannschaft desselben stand unter dem Häscherhauptmann oder Bargello. Zugeordnete Behörden waren der
Magistrat der Acht (Otto di Guardia), von der Signorie

16*

ernannt und mit viermonatlicher Amtsdauer, für Criminal-
und Polizeiſachen, und die Geſetz-Conſervatoren, eine Art
Caſſationshof zur Prüfung der Sentenzen des Podeſtàgerichts,
inderthat aber vorzugsweiſe mit Beauffichtigung der Liſten
wie der Leiſtungen der Steuerpflichtigen beſchäftigt. Mangel-
hafte Abgrenzung der concurrirenden richterlichen Gewalten
iſt vonjeher einer der ernſten Uebelſtände der florentiniſchen
Verfaſſung geweſen.

Für die einzelnen Verwaltungszweige waren der Signorie verſchiedene Behörden zugeſellt und untergeordnet. Auswärtige Angelegenheiten und Krieg lagen in der Hand der
Zehn des Friedens und Krieges, die im J. 1423 während
des Kampfes gegen Mailand eingeſetzt worden waren, nachdem es ein halbes Jahrhundert früher einen ähnlichen
Magiſtrat gegeben hatte, den der Volkswitz die acht Heiligen
nannte, weil er die Kriegsoperationen gegen P. Gregor XI.
leitete. Als Secretär der Zehn hat Niccolò Machiavelli die
Thätigkeit entfaltet, welche, der eigentlich literariſchen vor-
ausgehend, mit dieſer den „Segretario fiorentino" weltberühmt gemacht hat. Durch beanſpruchten Einfluß auf die
militäriſchen Operationen ſelbſt hat dieſe Behörde, an deren
Stelle wir im J. 1480 für Friedenszeiten die Otto di pratica
treten ſahen, wiederholt ungünſtig gewirkt. Die oftgenannten
Capitani di parte guelfa, denen nach dem Sinn ihrer Inſtitu-
tion vom J. 1267 die Aufſicht über die Güter der Rebellen
zuſtand, eines der auch dem Adel offenſtehenden Aemter,
hatten ſeit lange die in der zweiten Hälfte des 14. Jahrhunderts erlangte außergewöhnliche und abnorme politiſche Bedeutung verloren. Dem im J. 1352 eingeſetzten Zoll-
Magiſtrat, in welchem immer Einer vom Adel ſaß, ſtand
die Beauffichtigung des indirecten Steuerweſens zu, den
Uffiziali del Monte die Direction des Staatsſchuldenamtes,

den nach der Erwerbung Livorno's bestellten Consuln zur
See das Schifffahrtswesen und der überseeische Handel. Die
Umlage der Anleihen geschah durch besondere Commissionen.
Das Handelsgericht (Mercanzia) war aus sechs Mitgliedern
der großen Zünfte und sechs fremden Rechtsgelehrten zusammengesetzt. Der Chef des gesammten Zunftwesens, der Pro-
consul, welcher unmittelbar nach Signorie und Collegien
Rang nahm, gehörte der ersten, der Rechtsgelehrten-Zunft an.
In einer Stadt und einem Gemeinwesen, wo so reger Sinn
für Wohlthätigkeit herrschte, mußte alles darauf Bezügliche
gut geordnet sein. Die Officialen der Wittwen und Waisen,
deren Amtshaus das heutige Local der Compagnie der Miseri-
cordia am Domplatz war, die Capitani di Sta Maria,
welche ursprünglich zur Bekämpfung der patarinischen Häresie
bestimmt nachmals sich der Leitung der Waisen-Verpflegung
widmeten und als Uffizio del Bigallo heute noch dem Baptisterium gegenüber bestehn, die vom h. Antoninus gestifteten
Buonuomini di San Martino mit ihrem Local bei den
Häusern der Alighieri, gehören wesentlich der Municipal-
verwaltung im engern Sinne an. Alle Behörden hatten
ihre Kanzler oder Secretäre, deren Bedeutung je nach Umständen eine hohe war, umsomehr weil sie blieben während
alle Mitglieder unaufhörlich wechselten. Die Signorie und
andere Behörden hatten sodann Beamte und Untergebene
mancher Art. Die Summe der Besoldungen war unbedeu-
tend, indem nur die fremden Richter, die Kanzler, Uffizialen,
Secretäre, die Unterbeamten und Dienstleute so wie die Beamten in den Städten des Gebietes, die Commissare bei den
Truppen, die Gesandten im Auslande Gehalt bezogen, während
die eigentlichen städtischen Magistraturen unbesoldet waren.

So waren die staatlichen Institutionen beschaffen, welche sich
bis zu der nach Lorenzo's Tode erfolgten großen Umwandlung

im wesentlichen unverändert erhalten haben. Den demokra=
tischen Formen zum Trotz, steuerte man aber immer mehr auf
ein persönliches Regiment zu. Gleichsam als wäre es nicht
genug an den bisherigen Anlässen zur Machtvergrößerung der
Medici, trat noch ein anderer an sich nicht gerade bedeutender
Umstand hinzu, Lorenzo's Stellung zu erhöhen. Am Abende
des 2. Juni wurde Amoretto Baldovinetti, natürlicher Sohn
eines Bürgers aus angesehener Familie, verhaftet, am folgen=
den Morgen Batista Frescobaldi, vormals Consul in Con=
stantinopel. Kaum waren Beide im Verwahrsam, so fahndete
man auf die Brüder Francesco und Antonio Balducci, ergriff
aber nur Letztern. Alsbald verbreitete sich das Gerücht einer
Verschwörung gegen Lorenzo's Leben. Frescobaldi hatte einst
zur Auslieferung Giovanni Bandini's vorzugsweise beige=
tragen, und scheint sich nicht hinreichend belohnt erachtet, ja
von eignen Mitteln dabei zugesetzt zu haben. In Rom war
er mit florentinischen Ausgewanderten zusammengetroffen, die
ihn mit dem dort verweilenden Amoretto in Verbindung
brachten, der zu einem waghalsigen Unternehmen geeignet
schien. Mit Waffen und Gift versehen begaben sich die Bei=
den nach Florenz. Die Versuche Theilnehmer zu gewinnen
hatten geringen Erfolg; selbst die Brüder Balducci scheinen
unentschlossen gewesen zu sein. Dennoch wollten sie den
Mordversuch wagen, und zwar wieder in einer Kirche, im
Dom nach Einigen, nach Andern im Carmine, wo man
Lorenzo am Himmelfahrttage erwartete. Alle drei wurden
zum Tode verurtheilt. Von gerichtlicher Seite soll Einwand
gegen die Todesstrafe erhoben worden sein, da nur ein ver=
brecherischer Plan vorliege. Aber Signorie und Rath der
Siebzig statuirten ein Majestätsverbrechen, und verfügten zu=
gleich daß künftig jeder Act, welcher Lorenzo bedrohe oder
schädige, als solches betrachtet werden sollte. „Lorenzo's

Stellung und Autorität, bemerkt der ferraresische Agent [1]), wurde dadurch allerdings erhöht, aber Manche sind der Ansicht es gereiche ihm vielmehr zum Nachtheil, indem es die Zahl seiner Gegner mehre". Als das Urtheil gesprochen war, begaben sich mehre Bürger in den Kerker die Unglücklichen zu trösten, aber diese erwiderten ihnen mit heiterer Miene, nicht der Tod schmerze sie, sondern das Scheitern ihres Planes die Stadt zu befreien. Sie hätten das zu thun versucht, was jeder der Bürger thun sollte. Hätte man ihnen zwei Stunden Zeit gelassen, so würde man gesehn haben was sie vermöchten. Am Morgen des 6. endeten sie im Palast des Podestà am Galgen. Die einzige Folge war, daß das Geleite von Freunden und Clienten, welches nach der Verschwörung der Pazzi Lorenzo zum Schutz zu dienen bestimmt gewesen war, sich nunmehr zur Leibwache gestaltete, und die Hauptstadt sich daran gewöhnte ihn mit einem Gefolge öffentlich erscheinen zu sehen, das sich von dem eines Gewaltherrn nur durch den bürgerlichen Charakter der Mitglieder unterschied.

Drei Monate später erfolgte die Wiedereinnahme Otranto's. Zu Anfang des Jahres waren die Bevollmächtigten der italienischen Staaten in Rom zusammengetreten, das Bündniß gegen die Ungläubigen zu berathen, zu welchem auch das Ausland eingeladen wurde. Sixtus IV. legte rege Thätigkeit an den Tag. Von manchen Seiten unterstützt, hatte König Ferrante große Anstrengungen gemacht, der Gefahr zu begegnen welche nicht nur Apulien sondern ganz Italien bedrohte. Alfons von Calabrien belagerte die Stadt mit ansehnlicher Heeresmacht. Da es nicht gelang ihr

---

1) Bartolommeo Sgnippi Kanzler der ferraresischen Gesandtschaft an Ant. Montecatino, Flor. 3., 6. Juni, Montecatino an Ercole b'Este 9. Juni 1481, bei Cappelli a. a. O. S. 253—255.

die Zufuhr zur See völlig abzuschneiden, hätte sie noch
lange ausharren können, wenn nicht des Großherrn Tod
und der Thronstreit seiner beiden Söhne dem Widerstand auf
einem verlornen Posten ein Ende gemacht hätten.   Am
10. September öffnete Otranto, das sich nie wieder von
diesen Schlägen des Geschicks erholt hat, die Thore.   Der
Herzog, dessen leichten Sieg Denkmünzen verewigten, hielt
die Bedingungen der Capitulation nicht, und Rom das die
Türken bedroht hatten, sah ein Jahr später manche von
ihnen innerhalb seiner Mauern, aber nicht als Sieger sondern als zwiefach Besiegte.   Sie gehörten zu Jenen die im
neapolitanischen Heere Dienst nahmen, das somit wieder,
wie in Kaiser Friedrichs II. Zeit, Ungläubige in seinen
Reihen zählte.

II

Ferraresischer Krieg.

Der Anlaß, der ein neapolitanisches Heer als Feind vor Roms Mauern führte, hing mit den Ereignissen zusammen zu denen die Verschwörung der Pazzi die Einleitung gewesen war. Der Papst und Venedig hatten nicht daran denken können, dem Groll theils gegen alte Gegner theils gegen bisherige Verbündete freien Lauf zu lassen, so lange die Wetterwolke über Apuliens Küste hing. Sixtus IV. hatte sich sogar gegen die Florentiner freundlich erwiesen, und Guid' Antonio Vespucci, zu Ende Januar 1481 als Gesandter nach Rom zurückgekehrt, suchte das gute Einverständniß zu befestigen. Aber kaum war die nächste von Osten drohende Gefahr verschwunden, so wurde auch das unter damaligen Umständen besser vielleicht als je zu erreichende Ziel, die Säuberung der Küsten Albaniens und des westlichen Griechenlands von den Osmanen, außer Augen gelassen. Ein Streit Venedigs mit Ferrara bot den Anlaß zu neuem Hader. Ercole von Este weigerte sich, alte lästige Verpflichtungen, die ihn in eine Art Abhängigkeit von der Republik brachten, betreffend die Ausübung von Gerichtsbarkeit in seiner Hauptstadt durch einen venetianischen Vicedom wie die Beziehung des Salzes aus venetianischen Salinen, ferner als gültig

anzuerkennen. Die Differenz steigerte sich zu dem Punkte
daß Venedig mit den Waffen drohte. Seines Bündnisses
mit dem Papste wegen hielt es den Moment für günstig.
Sixtus IV. hätte triftigen Grund gehabt Alles zu vermeiden,
was die Einmischung Venedigs in die Angelegenheiten Ferrara's
und der Romagna begünstigen konnte. Der selbstische Ehrgeiz
seines Neffen, welcher seine Stellung in der Romagna durch
venetianischen Einfluß zu befestigen hoffte, drängte jedoch bei
ihm die Forderungen verständiger Politik in den Hintergrund.
Vergebens versuchte Herzog Ercole auch durch den Cardinal
Giuliano della Rovere dem Papste begreiflich zu machen,
daß es dem h. Stuhl weder zur Ehre noch zum Vortheil
gereiche, wenn man ihn von der venetianischen Uebermacht
erdrücken lasse [1].

Girolamo Riario begab sich nach Venedig, wo er aufs
ehrenvollste empfangen und mit dem Patriciat beschenkt ward.
Der Krieg war entschieden. König Ferrante ergriff Partei
für seinen Schwiegersohn, zu welchem Mailand und Florenz
standen. Die Zustimmung Bologna's und mehrer der romagnolischen Herren war gewiß, Siena und Genua hielten zu dem
Papst und Venedig. Die meisten Hauptleute aus dem toscanischen Kriege übernahmen auch jetzt, zumtheil unter veränderten Umständen, die Führung. Neben Roberto Malatesta
gewannen die Venetianer Roberto da Sanseverino, welcher sich
mit Lodovico Sforza überworfen und diesem im eignen Lande
ernste Schwierigkeiten bereitet hatte. Das Commando der
mailändischen Truppen wurde dem Herzog von Urbino anvertraut, die Florentiner führte Costanzo Sforza, welchem
schon am 2. October 1481 der Feldherrnstab feierlich

_____

1) Ercole d'Este an Ant. Montecatino, Ferrara 19. Januar 1482,
bei Cappelli a. a. O. S. 259.

überreicht worden war [1]). Im Frühjahr 1482 begann der
Kampf zugleich auf mehren Seiten [2]).

Während eine ansehnliche venetianische Flotte in den Po
einlief, griffen zwei Heere das ferraresische Gebiet an, Malatesta von der romagnolischen, Sanseverino von der lombardischen Seite her. Rovigo und das ganze Polesine fielen in
die Hände der Venetianer, und ihr Feldhauptmann lagerte
sich am 28. Mai vor Ficcarólo, einem nordwestlich von
Ferrara am Po gelegenen Castell, in der Absicht nach dessen
Einnahme den Fluß zu überschreiten und die Hauptstadt anzugreifen, wozu von der Südseite her Malatesta mitwirken
sollte. Während aber der Herzog von Urbino mit den mailändischen Truppen auf dem rechten Flußufer bei Stellata
das Lager aufschlug, den Belagerten beizustehn und Ferrara
zu decken, wurde Malatesta aus der Po-Niederung abberufen
um auf andrer Stelle drohender Gefahr zu begegnen. Alfons
von Calabrien war am Tronto erschienen, freien Durchzug
fordernd, um seinem Schwager Hülfe zu bringen. Noch hatte
der Papst sich nicht erklärt, noch waren die Gesandten von
Neapel, Mailand, Florenz, Ferrara in Rom. Auf die
Weigerung des Durchzugs verließen sie die Stadt, während
der Herzog als Feind in den Kirchenstaat einrückte. Nirgend
fand er ernstlichen Widerstand. Rom ertönte von Kriegslärm:
die Stadt, sagt ein Annalist, die bis dahin nur Bullen und
Breven zu liefern gewohnt war, lieferte jetzt nichts als Waffen [3]).

1) Ausführliche Beschreibung der Ceremonien, Ant. Montecatino
an Ercole d'Este, Flor. 2., 3., 8. Oct. 1481, bei Cappelli a. a. O.
S. 255—258.
2) Marin Sanuto, Commentarii della guerra di Ferrara nel
1482. (Herausg. von Leonardo Manin.) Venedig 1829. Sanuto
war Augenzeuge der späteren Kriegsereignisse. Viel Detail bei Malipiero,
der am Seekriege theilnahm. Romanin Buch XI. Cap. 4. (Bd. IV.
S. 401 ff.
3) Jac. Volaterr. a. a. O. Col. 172.

Girolamo Riario sollte als Generalcapitän der Kirche handeln, aber seine Unfähigkeit kam alsbald an den Tag.   Die
Neapolitaner standen bei Grottaferrata; bis an die Thore
der Stadt streiften ihre Reiter; Vignen und Felder wurden
verheert.   So währte es Wochen lang.   Endlich sah der Papst
sich genöthigt, Venedig um Hülfe zu bitten, und Roberto
Malatesta erhielt Befehl dem bedrängten Bundesgenossen
Beistand zu bringen.   Die Florentiner hatten unterdessen
eine Diversion gemacht; Niccolò Vitelli, von Costanzo Sforza
unterstützt, hatte am 19. Juni Città di Castello genommen.
Die ganze Landschaft war ihm zugefallen.

So schienen sich die Dinge für den Herzog von Ferrara und
seine Verbündeten günstig zu gestalten.   Der Papst war ebenso erbittert wie bedrängt, und in Erbitterung und Bedrängniß verschmähte auch er die Politik nicht, welche ein italienischer Staat nach dem andern zum Verderben Italiens befolgt
hat, die Politik des Hülfesuchens bei einer fremden Macht.
Er richtete an Ludwig XI. die bittersten Klagen über König
Ferrante, indem er den französischen Monarchen zu einem
Unternehmen gegen Neapel zu bewegen suchte, wo wegen des
herrschenden Mißvergnügens die Gelegenheit dazu günstig sei,
und dem Dauphin die Würde eines Bannerträgers der Kirche
anbot [1].   Ludwig XI. war ein zu practischer Mann, um auf
so weitläufige und ungewisse Projecte einzugehen, aber ebensowenig wie andere ähnliche Vorschläge fiel solche Saat auf
dürren Boden.   Unterdeß änderten sich in Italien die Dinge.
Ficcarólo ergab sich nach mehr als einmonatlicher Belagerung
und der Feind überschritt den Po, nicht behindert durch die
Truppen des Herzogs von Urbino, die den venetianischen

---

1) Godefroy Histoire de Charles VIII. Paris 1684. Documente
S. 312. C. de Cherrier Histoire de Charles VIII. Par. 1868.
Bd. I. S. 32.

nicht gewachſen waren, während ihr Führer, in der unge=
ſunden Flußniederung am Fieber erkrankt, ſich nach Bologna
bringen laſſen mnßte. Ferrara war bedroht. Eine vene=
tianiſche Flotte beunruhigte die Küſten Apuliens. Aber der
ſchwerſte Schlag ſollte noch folgen. Am 21. Auguſt wurde
Alfons von Calabrien bei Campomorto, an der Straße von
Rom nach Porto d' Anzo, von Malateſta vollſtändig und
mit großem Verluſte an Mannſchaft und Artillerie aufs
Haupt geſchlagen [1]). Der Sieger ſtarb am 8. September in
Rom am Fieber, welches er ſich in der verpeſteten Campagna
geholt hatte. Zur ſelben Zeit aber verloren auch die Gegner
ihren tüchtigſten Feldherrn, Federigo da Montefeltro, welcher
in Bologna ſein thätiges Leben beſchloß. Die Beiden, ein=
ander feindlich gegenüberſtehend obgleich durch engſte Familien=
bande vereint, Einer von des Andern Lebensgefahr nichts
wiſſend, empfahlen ſterbend Einer dem Andern ihre Staaten
und Angehörigen. Girolamo Riario hatte verſucht, den Sieg
und raſchen Tod Malateſta's zu benutzen, um einerſeits Città
di Caſtello wiederzunehmen, andrerſeits Rimini in ſeine Ge=
walt zu bringen. An dem einen wie dem andern hinderten
ihn die Florentiner, welche den Vitelli unterſtützten und es
Roberto's Wittwe Eliſabetta di Montefeltro möglich machten,
ihrem kleinen Stiefſohn Pandolfo ſein väterliches Erbe zu
erhalten. Dennoch blieb die Lage ſehr bedenklich. Roberto
Sanſeverino ſetzte ſich auf dem rechten Po=Uſer feſt, warf bei
Pontelagoſcuro, dicht bei Ferrara, ſtarke Verſchanzungen auf.
Schon dachte der Herzog daran ſeine Hauptſtadt zu verlaſſen
um ſich nach Modena zurückzuziehen: der florentiniſche Be=
vollmächtigte Bongianni Gianfigliazzi hielt ihn davon ab.

---

1) Das Detail über den Kampf bei Campomorto (S. Pietro in
Formis) in den römiſchen Diarien und in Montecalino's Berichten an
Ercole d'Eſte bei A. Cappelli a. a. O. S. 260 ff.

Lodovico Sforza wurde durch einen Aufstand im Parme-
sanischen im Schach gehalten.

Man war in Florenz mit der Kriegführung im Ferraresischen sehr unzufrieden. Der Herzog von Urbino hatte der
Erwartung keineswegs entsprochen. Jacopo Guicciardini
äußerte gegen den ferraresischen Gesandten, die Ligue sei
kopflos. Lorenzo de' Medici war besorgt. Aber er sagte in
Bezug auf den Herzog von Ferrara: Ich kann mir nicht vorstellen, daß ihr verlieren werdet, wenn ihr nicht in Muth-
losigkeit untergeht. Von hier wird Alles geschehn was möglich ist. Das Unternehmen gegen Città di Castello, bemerkte
er, habe auch den Zweck gehabt dem Herzog Luft zu machen.
Ercole empfahl sich einmal über das andere der Republik.
Falle Ferrara den Venetianern in die Hand, so sei auch ihr
Bestand bedroht. Man begnügte sich nicht mit kriegerischen
Operationen. Die alte Drohung mit einem Concil wurde
auch diesmal erneuert. Gerade damals machte nämlich jener
abenteuernde Erzbischof von Krain, über dessen Person und
Geschicke nie völlige Klarheit verbreitet worden ist, den ephe-
meren Versuch, die Baseler Synode nach vierzig Jahren der
Auflösung wiederzubeleben. Dieser Mann, ein Dominicaner
dessen Name Andrea Zuccalmaglio gewesen zu sein scheint,
war um die Zeit der Verschwörung der Pazzi mit Aufträgen
Kaiser Friedrichs in Rom gewesen, wo er anfangs große Gunst
genoß, nachmals jedoch in ein so heftiges Zerwürfniß gerieth,
daß er nicht nur seiner geistlichen Würde entsetzt, sondern in
der Engelsburg gefangen gehalten ward, aus welcher ihn im
Sommer 1481 kaiserliche Verwendung befreite. Ueber Florenz
hatte er sich erst nach Bern dann nach Basel begeben, und
hier war es, wo er, fälschlich sich immer noch für Friedrichs
Botschafter ausgebend und dann selbst den Cardinalstitel
annehmend, am Verkündigungsfeste 1482 die Eröffnung der

allgemeinen Kirchenversammlung proclamirte. Der Moment konnte insofern nicht ungeeignet erscheinen, da der Papst sich wieder in Krieg verwickelte. Während man aber in Rom unmittelbar Maßregeln ergriff, welche die fremden Mächte sowie die freie Stadt, in der das Feuer zum andernmal zu zünden drohte, zu Behutsamkeit zu mahnen geeignet waren, überstürzte sich der unselige Mann, an dessen Verstand man bald zu zweifeln begann, dermaßen daß er, dem kein einziger Prälat aus Teutschland oder Frankreich sich anschloß, sogleich zum Aeußersten schritt und zu Anfang des Sommers die heftigste Invective gegen Francesco da Savona, nicht mehr Papst sondern Teufelssohn losließ, von dem er an Christus und das ökumenische Concil appellirte.

Daß Lorenzo de' Medici, der doch nicht lange vorher erprobt hatte daß mit geistlichen Waffen, mochten sie immer durch Misbrauch zu weltlichen Zwecken abgestumpft sein, nicht zu scherzen ist, daran denken konnte, auch nur den Schein der Betheiligung an einem so unsinnigen Unternehmen auf sich zu laden, ist eine schwer erklärliche Erscheinung. Möglicherweise hatte er den Erzbischof gesehen, als dieser, heftigsten Groll gegen den Papst und dessen Neffen im Herzen, durch Florenz reiste. Am 14. September traf Baccio Ugolini in seinem Auftrage in Basel ein, in Gesellschaft eines mailändischen Abgeordneten, Bartolommeo Erzpriesters von Piacenza. Sie traten sogleich in Verbindung mit dem „Pronunciator" des Concils, wie Andrea sich nannte, aber sie mußten sich bald von der Boden- und Hoffnungslosigkeit der Sache überzeugen. Wenn der Florentiner auf den Gedanken kam, statt Basels, wo die Dinge schon schief gingen, Pisa als geeignetern Ort vorzuschlagen, so hat dies nur als Nachklang des Concils von 1409, als Vorbedeutung des Conciliabulums von 1511 Interesse. Am 18. December wohnten die beiden Abgeordneten

mit Philipp von Savoyen Herrn von Bresse und andern
Fürsten und Herren der feierlichen Sitzung des Baseler Raths
bei, die den Ausschlag gegen den Erzbischof gab, welcher, nach=
dem er seinen Gehorsam gegen das Haupt des Reiches und
seinen Eifer für das Beste der Kirche bezeugt aber seine Be=
schuldigungen gegen den Papst zurückzunehmen verweigert,
verhaftet wurde, worauf der Proceß wider ihn, aber, da der
Baseler Rath seine Auslieferung nach Rom abschlug, auch
das Verfahren wider die Reichsstadt begann, das dieser größtes
Ungemach bereitete, bis ein Compromiß, welchem der Selbst=
mord des unbesonnenen Urhebers dieses traurigen Intermezzo
folgte, dem Hader ein Ziel setzte [1]).

Schon zur Zeit als Baccio Ugolini und sein Genosse
noch an den baseler Berathungen theilnahmen, war in Italien
der Umschwung vorbereitet, der die Lage der Dinge veränderte
und Florenz wie Mailand in eine ganz verschiedene Stellung
zum Papste brachte. Mehr als Besorgnisse die inderthat
ziemlich ferne lagen, vermochte über Sixtus IV. die Betrach=
tung, der er sich endlich nicht verschließen konnte, daß er
selbst zur Verstärkung derjenigen Macht beitrug, die ihm
wegen ihres steten Bestrebens, die adriatischen Küstenstädte
in ihre Gewalt zu bringen, am gefährlichsten zu werden drohte.
Giuliano della Rovere, der zwei Decennien später als Nach=
folger seines Oheims der Uebermacht der mit diesem noch ver=
bündeten Republik kriegerisch begegnete, soll es gewesen sein,
der den Papst endlich zum Entschluß vermochte sich von

1) Coleti in Farlati's Illyricum sacrum Bd. VII. S. 438 ff.
Jacopo Volterrano, Stefano Infessura und Sigismondo
de' Conti in s. ungedruckten Historien, endlich Rainaldus, haben
manches Detail. Jacob Burckhardts Andreas Erzbischof von
Krain, Basel 1852, stellt die Vorgänge in Basel urkundlich fest. Vgl.
Arch. stor. Ital. N. S. Bd. II. Abth. 2. S. 249 ff. Ugolini's Schreiben
an Lorenzo bei Fabroni a. a. O. Bd. II. S. 227—233.

Venedig zu trennen, während Girolamo Riario, die Seele der Kriegspartei, durch Aussicht auf die Malatesta'schen Lehen gewonnen worden wäre. Erst wurde Waffenruhe mit dem Herzog von Calabrien geschlossen, der noch in der Campagna stand, dann erfolgte am 23. December der Friedensschluß zwischen dem Papst, Neapel, Florenz und Mailand, unter Vorbehalt des Beitritts der Venetianer. Man war in Florenz mit den Bedingungen nicht zufrieden, und scheint namentlich Mailand der Lauheit in Krieg und Verhandlung beschuldigt zu haben. Wie jedoch die Dinge lagen und in Betracht der erlittenen Verluste waren die Bedingungen nicht ungünstig. Der Herzog von Ferrara, der sich in der größten Noth befand, sollte wieder in den Besitz seiner Staaten gesetzt werden. Es kam jedoch darauf an, die Venetianer zum Beitritt zu vermögen oder zu nöthigen, und den Frieden, zu dessen Feier Sixtus IV. die Kirche Sta Maria della pace baute, zu einem wirklichen zu machen. Ein in Cremona zu haltender Congreß sollte Alles regeln.

Keine Zeit war zu verlieren, denn das belagerte Ferrara konnte sich nicht lange mehr halten, und Costanzo Sforza, der auf wiederholtes Drängen der Florentiner mit seiner Mannschaft die Besatzung verstärkt hatte, flößte durch seine Haltung geringes Vertrauen ein. Der ungünstigen Jahreszeit ungeachtet, säumte König Ferrante nicht. Während tausend Mann, darunter die Türken die bei Campomorto tapfer gefochten hatten, zur See nach Piombino gesandt wurden, um durch sienesisches und florentinisches Gebiet zu ziehen, setzte sich der Herzog von Calabrien über Orvieto nach dem Chiana- und Arnothal in Bewegung. Am 5. Januar 1483 war er in Florenz, wo er im Hause Giovanni Tornabuoni's einkehrte. Nach drei Tagen erfolgte der Aufbruch nach Ferrara, von wo er sich nach Cremona zu begeben beabsichtigte. Auf

dem Wege dahin traf gleichfalls der Cardinal-Legat Gonzaga
in Florenz ein. Nun bereitete auch Lorenzo be' Medici, der
die Republik auf dem Congreß vertreten sollte, sich zur Abreise, die am 12. Februar stattfand. Sieben Tage vorher
waren ihm die gebräuchlichen Instructionen[1]) ertheilt worden,
welche sich wesentlich auf die Leistungen an Geld und Truppen
für die Fortsetzung des Krieges bezogen: inderthat ging er
als Herr der Stadt und des Staates, das Kriegs- und
Friedenswerk gemäß seinem Ermessen zu berathen. Sein
Schwager Bernardo Rucellai war ihm beigegeben worden.
König Ludwig XI. hatte ihn vor möglicher Gefahr gewarnt.
„Was die Zusammenkunft von Ferrara betrifft, schrieb er
ihm am 20. Januar, welcher ihr, nach eurer Meldung, beizuwohnen zugesagt habt, so würde ich, der ich weder Personen noch Ort kenne, euch gerathen haben nicht hinzugehn,
sondern auf eure Sicherheit Bedacht zu nehmen. Ich hätte
einen Botschafter zu eurer Entschuldigung hingesandt. Da
ihr aber zugesagt habt, so stelle ich euch das Weitere anheim,
und möge mit Gott alles nach Wunsch gehn"[2]). In Florenz
selbst scheint man die Sache nicht ganz unbedenklich gefunden
zu haben. Als am 30. Januar Lorenzo dem Herzoge von
Ferrara seine bevorstehende Abreise anzeigte[3]), setzte er hinzu,
er habe das allgemeine Widerstreben der Bürgerschaft zu bekämpfen gehabt, die ihn nicht ziehen lassen wollte. Wenn er
zugleich sagt, seine Gegenwart könne nicht von großem Nutzen
sein, wo so viele hochstehende Herren zusammenkommen
würden, so braucht man ihn nicht beim Worte zu nehmen.
　　Die in Cremona zusammentretenden Herren waren,

　　1) Instruction vom 5. Februar 1483 bei Fabroni a. a. O. Bd. II.
S. 241—243.
　　2) Bei Fabroni a. a. O. Bd. II. S. 243.
　　3) Bei Cappelli a. a. O. S. 245.

außer dem Legaten, dem Herzog von Calabrien und Lorenzo
be' Medici, Lodovico und Ascanio Sforza, Ercole von Este,
Federigo Gonzaga Markgraf von Mantua, Giovanni Bentivoglio, Girolamo Riario[1]) und verschiedene Botschafter und
Bevollmächtigte. Am letzten Tage des Februar 1483 erfolgte
der Abschluß des Vertrags, demgemäß kräftige Kriegführung
Venedig zur Einstellung der Feindseligkeiten gegen Ferrara
nöthigen sollte. Zu Ende der ersten Woche des März war
Lorenzo wieder in Florenz. Die Venetianer dachten nicht an
Nachgeben. Schon hatten sie Unterhandlungen mit dem Herzog von Lothringen angeknüpft, um König Ferrante nochmals mit einer Anjou'schen Schilderhebung zu schrecken,
während ihre Flotte die apulischen Küsten heimsuchte und
das wichtige Gallipoli nahm. Ihr Botschafter Francesco
Diedo hatte Ende Februar Rom verlassen. Der Papst hatte
sich geweigert ihn vorzulassen: Diedo klagte, so würde man
einen Türken nicht behandeln, aber er fürchtete, das Kreuz
werde gegen die Republik gepredigt werden, und betheuerte,
dann werde man nimmer Frieden erlangen, müßten sie sich
dem Teufel übergeben[2]). Im März schien Ferrara dem
Falle nahe. Bis auf eine Millie Entfernung war alles Land
in des Feindes Hand. Marin Sanuto der venetianische
Chronist, der sich im Lager Sanseverino's befand, erzählt in
anschaulicher Weise, wie es dicht vor den Thoren der Stadt
zuging. „Wir speisten bei dem durchlauchtigsten Roberto und
saßen dann zu Pferde. Etwa fünfhundert Reiter und vieles
Fußvolk, verließen wir das Lager und ritten nach dem Park

---

1) Fr. Guicciardini a. a. O. S. 66 ist in Bezug auf Riario's
Anwesenheit zweifelhaft, Ant. Campo Cremona fedelissima città, Mail.
1582, S. 133 nennt ihn nicht. Malevolti a. a. O. Th. III. S. 90
führt ihn unter den Anwesenden auf.

2) Ant. Montecatino an Ercole d' Este, Flor. 28. Febr. 1483 bei
Cappelli a. a. O. S. 265.

von Ferrara, wo wir more solito bis zu einem Canal gelangten, der nur anderthalb Millie von der Stadt entfernt
ist. Sanseverino hat die Gewohnheit, jeden Morgen und
Abend in den Park einzurücken, um die plündernden Banden
zu escortiren. Ich sah die feindlichen Schaaren unter dem
Herzog von Calabrien und dem Grafen von Pitigliano; wir
zogen ihnen bis zum Canal entgegen, aber, sie volente fato,
zum Schlagen kam es nicht. Nur, um sie zu verhöhnen,
ließen wir die Falken steigen. Der Park umfaßt einen Raum
von sieben Millien, voll Wild aller Art und Obst, gegenwärtig offen und verwüstet" [1]. Costanzo Sforza, schon mit
dem Gedanken sich mit Venedig zu vertragen, räumte Ferrara
den ihm ertheilten Befehlen zum Trotz. In Eile wurden
Giovanni Bentivoglio und Galeotto Manfredi dahin beordert,
aber die wirksamste Hülfe war der Sieg, welchen Alfons von
Calabrien, Generalcapitän der Verbündeten, bei Argenta über
die Venetianer davontrug. Von nun an nahmen die Dinge
der Ersteren, denen auch das vom Papste über Venedig ausge-
sprochene Interdict zustatten kam, einen günstigen Verlauf.
Ein Versuch Sanseverino's einen Aufstand in Mailand anzu-
fachen, bewog den Sforza zu ernstem Vorgehn. Im Herbste
war alles Land bis zur Etsch in den Händen der Mailänder,
während die venetianische Flotte auf dem Po einen schweren
Verlust erlitt, René von Lothringen, von der Republik herbeigeholt, vor den Estensischen zurückweichen mußte.

Zu Anfang Januars 1484 fand in Mailand ein neuer
Congreß statt, welchem von florentiner Seite Jacopo Guicciardini beiwohnte. Durch kräftige Kriegführung zu Lande
wie zu Wasser hoffte man bald Venedig zum Frieden zu
nöthigen, nach welchem Alles sich sehnte, weil die Kosten

---

[1] Itinerario di Marin Sanuto per la Terraferma Veneziana nell'
anno 1483. (Herausgeg. von Rawdon Brown) Padua 1847. S. 51.

immer drückender wurden, und jeder der Verbündeten Sonderinteressen hatte.   Der Friede kam inderthat im Laufe des
Sommers zustande, aber er entsprach den Erwartungen
wenig.   Den Benetianern welche in größter Verlegenheit,
um sich Luft zu machen, abgesehen von ihrer Verbindung mit
dem Erben der Anjou, nun auch ihrerseits König Ludwig XI.
zum Zuge gegen Neapel, den Herzog von Orleans zum Zuge
gegen Mailand zu reizen suchten während ihre Gegner die
Türken gegen sie aufhetzten[1]), gelang es endlich, Lodovico il
Moro von dem Bündniß zu trennen, dem er mit halben
Herzen angehörte.   Seine eigene Stellung und seine Pläne
boten die Handhabe, und wir stehn hier am Anfang jener
Verwicklung, welche zehn Jahre später Italien ins Verderben
stürzte.   In Mailand hatten die Dinge den Verlauf genommen,
der leicht vorauszusehn war.   Die Regentin, welche „par
sottise“, wie Commines sich unceremoniös ausdrückt, sich in
Lodovico's Hand gegeben hatte, sah ihren treuesten Rath im
Kerker zu Pavia sterben, ihren eignen Sohn als Werkzeug
gebrauchen, ihren unwürdigen Günstling aus Mailand vertreiben.   Dann wurde sie, als sie das Land verlassen wollte,
im Castell von Abbiategrasso zurückgehalten, eine Gefangene,
obgleich man den Namen vermied und ihr gelegentlich ihre
Kinder zu sehen gestattete, bis sie im J. 1494 ihr trauriges
Leben beschloß, in dem Maße vergessen daß man über Zeit
und Art ihres Todes nichts sicheres weiß.   Lodovico il Moro
herrschte seit dem Sturze seiner Schwägerin unumschränkt in
Mailand.   Sein Neffe hatte nur den Namen des Herzogs.
Sechzehnjährig sah dieser sich noch unter einer Vormundschaft,
welche von Tag zu Tag drückender wurde.   Herzog Alfons

----

1) Depeschen an den Botschafter Antonio Loredano vom Januar bis
Februar 1484, vgl. Romanin Bd. IV. S. 415. Montecatino an Ercole
d' Este Flor. 8. April 1483, bei Cappelli a. a. C. S. 266.

von Calabrien mit deſſen Tochter der junge Sforza verlobt
war, konnte ſchwerlich geneigt ſein, dies Verhältniß länger
währen zu laſſen: Lodovico ſeinerſeits war entſchloſſen, Alles
zu verſuchen um ſeine Stellung zu behaupten. Der Mark=
graf von Mantua hatte den während der Anweſenheit beider
Fürſten in Oberitalien drohenden Ausbruch zu verhindern
vermocht, aber ſein Tod machte der Vermittlung ein Ende.

Wie geringes Vertrauen zwiſchen Lorenzo und dem Moro
herrſchte, haben Aeußerungen des Erſtern über die Vorgänge
des J. 1479 gezeigt. Noch deutlicher jedoch ergiebt ſich dies
aus einem langen Schreiben, in welchem der Sforza, nach=
dem er ſich vollſtändig zum Herrn in Mailand gemacht, auf
Vorſtellungen antwortet, die allerdings einen Tadel in ſich
ſchloſſen, welcher einen Mann, der eine ſo hohe Meinung von
ſich hatte und in Lorenzo jederzeit, auch wenn ſie zuſammen=
gingen, einen Nebenbuhler ſah deſſen Glanz ihn verdunkelte,
zu reizen im Stande war. „Eure Magnificenz, ſo ſchreibt er,
wie es ſcheint im Herbſte 1481 [1]), hat mich durch den Bot=
ſchafter benachrichtigen laſſen, daß man in Florenz verſchie=
dentlich an der Stabilität der hieſigen Dinge zweifelt, und
der Gedachte dann ſelber noch hinzugefügt, man glaube daß hier
keine rechte Juſtiz geübt werde. Ich bin überzeugt daß euch wie
ihn lautere Gründe veranlaſſen, frei eure Anſicht zu äußern,
wie ihr immer gethan habt, indem ihr wünſchet wie fürchtet,
was ein Bruder für den andern wünſchen wie fürchten muß.
Aus demſelben Grunde habe ich euch niemals etwas ver=
borgen gehalten und werde euch auch jetzt die Thatſachen
darlegen. Seit ich durch Gottes Gnade in mein Haus zurück=
gekehrt und an die Spitze der Regierung geſtellt worden bin,
habe ich dieſen Staat, im Widerſpruch mit dem was E. M.

---

1) Bei Cappelli a. a. O. S. 317.

berichtet worden, niemals so sicher und fest gesehen wie in
diesem Augenblick, mit so allgemeiner Zustimmung der Unterthanen, ich meine der großen Mehrheit, denn Alle zufrieden zu
stellen ist unmöglich.   Mit dem erlauchten Messer Pallavi-
cino, welchem die Sorge für die Person des Herrn Herzogs
anvertraut ist, und dem erlauchten Befehlshaber des Castells,
Männer deren Treue und Güte ich nicht genug rühmen kann,
stehe ich in so gutem Einvernehmen, daß kein Wechsel zu
befürchten ist.   Wenn E. M. mir andeutete, ich habe Diesen
zu lieb zu viele Autorität aufgegeben, so versichere ich, daß
ich so viel Autorität ich will bewahrt, und ihnen nur die zur
rechten Leitung der Dinge erforderliche abgetreten habe, deren
sie sich mit größter Umsicht und Bescheidenheit bedienen.   Ob
hier Gerechtigkeit geübt wird, wolle E. M. aus folgender
Darlegung entnehmen.   (Nun folgt mehres über die regel-
mäßigen Audienzen und über die Behandlung der gerichtlichen
Angelegenheiten.)   Dünkt es E. M., dies reiche nicht hin,
Allen Recht widerfahren zu lassen, so möget ihr mich be-
lehren und ich werde eure Vorschläge genau ausführen.   Aber
Klagen in solchen Dingen schreiben sich vielmehr von den
allgemeinen Verhältnissen der Staaten als von den Fehlern
der Regierungen her, denn die, welche nicht alle ihre Wünsche
durchsetzen, beschweren sich immer darüber daß ihnen Unrecht
geschieht. . . . Die Abwesenheit der Herzogin (Bona) und
Monsignor Ascanio's macht mir keine Sorge, denn in dem
ganzen Staate spürt man so wenig Verlangen nach ihnen,
und achtet sie wegen ihrer Lebensweise so gering, daß sie weder
Unordnung noch einen Wechsel veranlassen können.   Es ist
meine geringste Sorge, und darf E. M. nicht kümmern.   In
solchen Dingen ist mir, der ich mich an Thatsachen halte,
mehr Glauben beizumessen, als Andern die über solche Dinge
nicht ohne einen gewissen Groll reden können.   Mögen Andere

Luftschlösser bauen, ich denke den festen Boden nicht zu verlassen." Bei aller Mäßigung der Ausdrücke und allen Freundschaftsbetheuerungen legt dies Schreiben an den Tag, wie
es damals schon mit dem Einverständniß zwischen beiden
Männern stand, die einander umso argwöhnischer beobachteten,
da die alten Verbindungen der Medici mit der vertriebenen
Herzogin dem Moro bekannt, des Letztern stete Einmischung
in die Wirren der Lunigiana Lorenzo ein Dorn im Auge
waren. Seit der Zeit, in welcher Lodovico diesen Brief
schrieb, hatten sich aber die Beziehungen kaum besser gestaltet.

Venedig benutzte die Lage der Dinge, durch Roberto da
Sanseverino, Lodovico's alten Vertrauten der sich mit ihm
wieder zu versöhnen wünschte, diesem begreiflich zu machen,
wie er gegen das eigene Interesse handle, indem er an einem
Kampfe theilnehme, der, wenn er zu Ungunsten der Republik
endige, die Autorität der Aragonesen in Mittel- und Oberitalien erhöhen müsse. Ohne sich um seine Verbündeten zu
kümmern, ließ Lodovico sich in die Unterhandlung ein: wenn
dieselbe unter Betheiligung von Neapel und Florenz zu Ende
geführt ward, so geschah dies nur weil Beide sich nicht ge-
trauten, den Krieg ohne Mailand fortzusetzen. Pier Filippo
Pandolfini nahm als florentinischer Bevollmächtigter an dem
Friedenswerke Theil. Lorenzo de' Medici bedurfte des Sforza,
aber Mißtrauen erfüllte ihn. „Wir werden siegen, hatte er
nach dem Congreß von Cremona gesagt, wenn Lodovico's
Worte seinen Gesinnungen entsprechen" [1]. Jetzt sah er wie
begründet sein Zweifel gewesen war. Er konnte sich nicht
verhehlen, wie man die errungenen Vortheile aus der Hand
gab, und wie wenig das im Verlauf der Verhandlung für den
Este erreichbar Erscheinende dem Zweck des langwierigen und

_____

1) Ricc. Valori a. a. O. S. 175.

kostspieligen Krieges entsprach. „Antonio, sprach er zum ferraresischen Gesandten, du erinnerst dich, daß ich mich in derselben Lage befand, in welcher dein Herr sich heute befindet, ja in schlimmerer. Half ich mir nicht selbst, so war ich verloren. Auch damals trug Mailand die Schuld. Ich sage dir nicht, daß dein Herr es wie ich machen soll." Mein erlauchter Herr, fügt der Gesandte im Bericht an den Herzog hinzu, ich denke er wollte sagen, wenn er an E. E. Stelle wäre, würde er sich auf eigne Hand mit Venedig verständigen und sich dem Feinde anvertrauen, wie er in Neapel that [1]).

Die Bedingungen des am 8. August 1484 abgeschlossenen Friedens von Bagnolo waren von Venedig dictirt, das im Verhandeln das Terrain wiedergewann welches es im Kampfe verlor. Damit ist gesagt, daß der Friede für Ferrara höchst unvortheilhaft war. Nicht nur mußte Ercole von Este die alten Forderungen der Republik einräumen, sondern das Polesine mit Rovigo blieb in deren Händen. „Als die Venetianer schon den kürzern zogen und ihre Geldmittel sehr erschöpft waren, sagt Philippe de Commines [2]), kam der Herr Lodovico ihrer Ehre und ihrem Credit zu Hülfe, und jeder gelangte wieder zum Seinigen, ausgenommen der arme Herzog von Ferrara, der sich in diesen Krieg auf dessen Anstiften und das seines Schwiegervaters eingelassen hatte, und nun den Venetianern das Polesine überlassen mußte, das sie noch besitzen. Es hieß dem Herrn Lodovico habe der Handel 60,000 Ducaten eingebracht: ob es wahr ist, weiß ich nicht, aber ich habe den Herzog von Ferrara, der ihm damals freilich seine Tochter noch nicht vermält hatte, in diesem Glauben gefunden." König Ferrante wurde wieder in den Besitz Gallipoli's und anderer

---

1) Ant. Monteratino an Ercole d' Este, Flor. 23. Jul. 1484, bei Cappelli a. a. O. S. 269.
2) Mémoires l. VII. ch. 2.

Küstenorte gesetzt. Sixtus IV., der diesen wider seine Ab=
sicht fortgesetzten Krieg ohne seine Betheiligung beenden sah,
während er die Entscheidung in der Hand zu haben glaubte,
überlebte den Friedensschluß nicht, der seine Anstrengungen
zu Schanden machte und den Gegner verstärkte. Am 2. August
war er an einem Gichtanfall erkrankt; am 13. starb er. Es
hieß der Friede habe ihn, den Ruhelosen getödtet. Kaum
fünf Monate vorher hatte er dem Bruder des Mannes, der
jetzt seine Pläne durchkreuzte, den rothen Hut verliehen —
Ascanio Maria Sforza, der unter kriegerischen Auspicien
einen friedenlosen Cardinalat begann.

In Florenz empfand man die Schmach der Friedensbe=
dingungen, aber man stellte sich erfreut über das Ende des Krieges.
Inderthat hatte man allen Grund zu wünschen, von dieser Seite
her ruhig zu bleiben, denn an Zerwürfnissen mancher Art war
kein Mangel. Mit genauer Noth war nicht lange zuvor eine
Versöhnung inbetreff von Città di Castello erzielt worden.
Der Papst hatte Waffengewalt wie Unterhandlungen versucht,
die Stadt wieder in seine Gewalt zu bekommen: weder eins
noch das andere war ihm gelungen. Niccolò Vitelli hielt sich
bis ins J. 1484 hinein namentlich durch florentinische Unter=
stützung. In Florenz hatte man freilich keine Lust, um seinet=
willen dem Papst und der unendlich wichtigeren ferraresischen
Angelegenheit zu schaden, und war geneigt ihm in diesem
Falle seinen Willen zu lassen. Sixtus IV. aber wollte
die Stadt nebst benachbarten Orten seinem Neffen zu Lehn
geben und zugleich durch ein Abkommen mit den Malatesten
dessen Besitz gegen Rimini und Cesena erweitern, was
Beides den Florentinern nicht genehm sein konnte [1]). Inmitten

<hr />

1) Guid' Antonio Vespucci an Lorenzo de' Medici, Rom 23. Oct.
und 3. Nov. 1483, bei Fabroni a. a. O. Bd. II. S. 243—252. Ant.
Montecatino an Ercole d' Este, Flor. 25. Mai 1484, bei Cappelli a. a. O.
S. 288.

solcher Unsicherheit faßte der Vitelli den Entschluß, Lorenzo's
be' Medici Beispiel nachzuahmen. Er ging nach Rom, ver=
ständigte sich mit dem Papst, anerkannte dessen Oberhoheit,
versöhnte sich mit seinem Nebenbuhler Lorenzo Giustini, nahm
das Amt eines Gouverneurs von Marittima und Campagna
an. Im obern Tiberthal wurde die Ruhe hergestellt und
Città di Castello blieb der Kirche, während die Vitelli,
welche daselbst unter verschiedenen Formen und Geschicken
die Herrschaft führten, ihre Beziehungen zu Florenz und den
Medici bis zu ihrem Aussterben lebendig erhielten. Am
14. Juni 1483 hatte man sich mit Siena inbetreff der Rück=
gabe der Ortschaften verständigt, welche Florenz im Frieden
von 1480 diesem abzutreten sich genöthigt gesehn hatte [1]). Aber
eine nochmalige Staatsumwälzung in Siena, wo die durch
den Herzog von Calabrien ans Ruder gelangte Partei sich
nicht zu behaupten vermocht hatte, war nöthig gewesen die
Rückgabe herbeizuführen und die Sienesen zu einem Bündniß
mit Florenz zu bestimmen, um sich gegen die wie man glaubte
vom Papst und Neapel begünstigten Ausgewanderten zu
sichern. Daß man in Florenz von dem Nachbarstaate noch
immer die Meinung hegte, welcher beinahe zwei Jahrhun=
derte früher der Dichter der Göttlichen Comödie Ausdruck
gegeben hatte [2]), zeigt ein von der Signorie an Lorenzo
während seines Aufenthalts in Cremona gerichtetes Schreiben.
Die Verhandlung mit den Sienesen, heißt es darin, ist lang=
wierig und man darf kein rechtes Vertrauen in sie und ihre
Angelegenheiten setzen, wegen der Wandelbarkeit ihrer Natur [3]).

Die langwierige Fehde um Sarzana nahm aber auch
jetzt noch kein Ende. Während des ferrarefischen Krieges hatte

1) Malevolti a. a. O. Th. III. S. 87.
2) Hölle XXIX. 122. Purg. XIII. 151.
3) Schreiben vom 26. Febr. 1483, bei Fabroni a. a. O. Bd. II. S. 243.

sich die Belagerung hingeschleppt. Die Dinge standen schlecht. Agostino Fregoso, in dessen Händen sich die Stadt befand, hatte dieselbe der großen Handelsgesellschaft des Banco di San Giorgio abgetreten, die in Genua einen Staat im Staate bildete, und an der ligurischen Küste wie in der fernen Krim so manche Orte besaß. Nicht nur Sarzana's Besatzung war verstärkt worden, sondern auch die des benachbarten ursprünglich lucchesischen Pietrasanta, welches die Verbindungen abschnitt, während eine Flotte die Maremmenküste angriff. Im Frieden von Bagnolo war, zum großen Verdruß der Florentiner, ebenso wie im neapolitanischen die Sarzanesische Streitfrage unerledigt geblieben. Die Ehre der Republik heischte diese Erledigung. Aber statt den Ort zu nehmen, wurde ein florentinisches Corps mit einem Munitionstransport bei Pietrasanta geschlagen. Nun erkannte man die Nothwendigkeit, erst dies Castell unschädlich zu machen. Es geschah nicht ohne schweren Verlust. Die Sumpfluft des Küstenstrichs der Lunigiana forderte im florentinischen Lager zahlreiche Opfer. Bongianni Gianfigliazzi und Antonio Pucci, Commissare beim Heer, erlagen in Pisa dem Fieber. Da beschloß Lorenzo selbst ins Lager zu gehn, um die Mannschaften anzuspornen. Wenige Tage nach seiner Ankunft, zu Anfang Novembers 1484, ergab sich Pietrasanta. Eine lucchesische Gesandtschaft, welche dessen Rückgabe verlangte, wurde auf den künftigen Austrag mit Genua vertröstet. Bonvornherein war man in Florenz entschlossen, den Ort, als trefflichen Zügel für Lucca, zu behalten. Als die Einnahme dieses Castells erfolgte, welches bis zum Aufhören der Autonomie Toscana's Grenzort gegen die Lunigiana bleiben sollte, hatte sich manches ereignet, was die Aufmerksamkeit der Regierenden in der Republik in Anspruch nahm.

III

Innocenz' VIII. erste Regierungszeit. Ludwig XI. und Frankreich.

Die letzten Jahre Sixtus' IV. waren wie auswärts so in Rom selbst ruhelos gewesen. Girolamo Riario trug dort wie hier die vornehmste Schuld und es macht einen trüben Eindruck, einen begabten und tüchtigen Mann, wie dieser Papst, durch den Einfluß eines nur in Ränken erfahrenen, keine Gewaltthat scheuenden, talentlosen Duodez=Tyrannen auf schlimme Abwege geführt zu sehen. Sixtus IV. konnte sich doch über die Natur dieses unwürdigen Nepoten keiner Täuschung hingeben. Ganz Rom war voll von dessen Schlech= tigkeit, und wenn die Excesse, deren die Florentiner sich nach der Verschwörung der Pazzi schuldig gemacht, ihrer Sache geschadet hatten und dem Papste noch mehr Zustimmung ge= wonnen haben würden, hätte er selber in seiner Leidenschaft= lichkeit das Maß nicht überschritten, so war man doch über die von Riario dabei gespielte Rolle einig. Zwei Jahre später ereignete sich ein peinlicher Vorfall in des Papstes nächster Umgebung. Einer von dessen zahlreichen Nepoten, Antonio Basso della Rovere, Sohn seiner Schwester Luchina und Bruder Cardinal Girolamo Basso's, erst seit einem Jahre mit Caterina Marzano Tochter des Fürsten von Rossano und

Enkelin König Ferrante's vermält, lag krank am Fieber von
dem er nicht genesen sollte. Girolamo Riario besuchte den
Vetter, als plötzlich dieser, sei es, wie der Berichterstatter
bemerkt, in der Fieberhitze, sei es lange verhaltenem Groll
Luft zu machen, statt für seine Theilnahme zu danken, sich
wie gegen den ärgsten Feind wider ihn ausließ. „Mit Hef=
tigkeit hielt er ihm verschiedene allerorts verurtheilte Hand=
lungen und seine Lebensweise, Gegenstand allgemeiner An=
klage vor, und verkündete ihm Gottes Gericht, dem er durch
keine Menschengunst noch Macht entfliehen werde. Die Er=
regung des Kranken war so groß, daß keiner von denen, die
mit ihm langjährigen Umgang gepflogen, seinen gewohnten
milden Sinn wiedererkannte. Der verständige Graf aber er=
trug alles mit Langmuth, gleichsam als Worte eines seiner
nicht mehr mächtigen Fieberkranken, und bezeugte sein Mit=
leid über dessen Zustand. Uns Allen, die wir das Lager
umstanden, stieg die Schamröthe ins Gesicht und Mehre
suchten sich aus dem Gemach zu entfernen" [1]).

Seit dem J. 1482 war Rom anhaltend mit Waffen=
lärm gefüllt gewesen. Man erkannte die Stadt der geist=
lichen Macht nicht mehr. Nachdem der unmittelbaren Be=
drängniß des ferraresischen Krieges durch den Tag von Cam=
pomorto ein Ende gemacht war, die Römer sich an den ge=
fangenen Reisigen des Herzogs von Calabrien und seinen
Janitscharen satt gesehen hatten, versetzten neue Händel
zwischen Colonnesen und Orsinen, unter Betheiligung zahl=
reicher anderen Familien, der Savelli, Santacroce, Tutta=
villa, Della Valle u. a., Alles in fieberhafte Bewegung. Die
Stadt war in zwei feindliche Lager getheilt, Paläste wurden
belagert und zerstört, Straßen und Umgebung waren mit

---

1) Jac. Volterrano, Diarium romanum zum J. 1450. Bei Mu=
ratori a. a. O. Col. 109.

bewaffneten Banden gefüllt. Ein Colonna zahlte die Vertheidigung der Sache seines Hauses mit dem Leben. Girolamo Riario war in alle diese Händel verwickelt. Durch seine Schuld wurde auch der Papst Partei. Cardinal Giuliano della Rovere, den Colonnesen günstig, gerieth in so heftigen Hader mit Girolamo, daß dieser auch seinen Palast anzugreifen drohte. Selbst nach einem zwischen den beiden großen Familien vermittelten Abkommen war es nicht ruhig geworden. Zu Anfang Juli 1484 zog der päpstliche Nepote mit ansehnlicher Kriegsmacht gegen die colonnesischen Ortschaften, welche auf der Ostseite Rom wie mit einem Gürtel umschlossen. Er nahm Capranica und Cave und begann die Belagerung des festen Paliano. Da überraschte ihn die Kunde vom Tode Sixtus' IV. Er fühlte den Boden unter den Füßen wanken. Am Morgen des 13. August erstürmte und plünderte der Pöbel seinen Palast bei Sant' Apollinare. Seine Magazine in der Campagna, die seines Schwagers und der dem Volk wegen Wuchers verhaßten Genuesen, die päpstlichen Galeeren bei Ostia, Alles wurde geplündert. Seine muthige Gemalin Caterina Sforza war in der sichern Engelsburg. Das Lager vor Paliano wurde sogleich aufgehoben; die Truppen langten bei Rom an, doch nur um sich nach Nordwesten zu wenden um mit den Orsinen in Verbindung zu bleiben, da von allen Seiten, selbst aus den Abruzzen, Bewaffnete den Colonnesen zuströmten, denen auch Florenz und Siena Hülfe anboten. Deifebo dell' Anguillara bemächtigte sich wieder verschiedener Castelle. Die Anarchie in Stadt und Umgebung war vollständig; Alles war bewaffnet, die Paläste barricadirt. Endlich kam ein Compromiß zustande, welcher durch Entfernung der Parteihäupter und Uebergabe der Engelsburg an das Cardinal-Collegium der ärgsten Unordnung ein Ziel setzte. Am 26. August konnte das Conclave

beginnen, aus welchem schon nach drei Tagen Giovan Batista
Cybò als P. Innocenz VIII. hervorging.

Inmitten solcher Verwirrung hatte die Regierung eines
Papstes geendet, der die italienische Politik beherrschen zu
können geglaubt, ja in gewissem Sinne beherrscht, der die
schönste Büchersammlung seiner Zeit angelegt, der für das
römische Municipium durch Rechtsreform wohlthätig gewirkt,
der für die Umwandlung der Stadt aus einer mittelalterlichen in eine dem modernen Bedürfniß entsprechendere mehr
als Irgendeiner gethan, der diese Stadt mit Kirchen, Palästen, Brücken, wohlthätigen Anstalten, wie kein anderer vor
ihm, bereichert hatte. Innocenz VIII. war weit davon entfernt, die hervorragenden Eigenschaften seines Vorgängers zu
besitzen, aber er war auch frei von dessen übermäßigem
Selbstvertrauen. Er gehörte einer genuesischen Familie an,
der man levantinischen Ursprung und Verwandtschaft mit den
Tomacelli, den Angehörigen Papst Bonifaz' IX. zuschreibt [1]).
Die Cybò werden indeß erst mit seinem Vater Arano bekannt, welcher in ein patricisches Geschlecht Genua's, das der
Mari hineinheiratete, in Neapel unter René von Anjou und
später, obgleich der Anjou'schen Partei geneigt, unter Alfons
von Aragon wichtige Aemter bekleidete, im J. 1455 Senator
von Rom war. Giovan Batista Cybò hatte in Padua und
Rom studirt, durch Paul II. das Bisthum Savona, später
das von Molfetta erhalten, nach welchem man ihn, nachdem
er im Mai 1473 zum Cardinal creirt worden, zu benennen
pflegte. In des Papstes Abwesenheit während der Seuche des
Sommers 1476 hatte er Rom als dessen Statthalter verwaltet.
Er stand im zweiundfünfzigsten Lebensjahre. „Die Gemüthsart
des neuen Papstes, schrieb Guid' Antonio Vespucci sogleich

---

1) G. Viani Memorie della famiglia Cybò, Pisa 1808.

nach der Wahl an Lorenzo be' Medici, war zur Zeit seines Cardinalats wohlwollend und freundlich, und er bewies im Umgange weit mehr Geneigtheit als der von dem ihr wisset. Er ist weder in Staatsgeschäften noch in Wissenschaften bewandert, ohne jedoch völlig ignorant zu sein. Er gehörte ganz zur Partei San Pietro's in vincula (Giuliano bella Rovere) der ihm auch den Hut verschafft hat, und von dem man sagen kann, daß Er gegenwärtig Papst ist und mehr vermögen wird als unter P. Sixtus, wenn er bessen Nachfolger geschickt zu nehmen versteht. Als Cardinal stand er sich mit dem Grafen (Riario) schlecht. Er ist mittelgroß, kräftig, voll im Gesicht, hat einen Bruder und verschiedene erwachsene natürliche Kinder, wenigstens einen Sohn und verheiratete Töchter. Er macht mehr den Eindruck eines Mannes, der von Andern sich berathen läßt als selber leitet." [1] „Verfährt er, schreibt Luigi Lotti, in Regierung und Verwaltung nach eigenem Urtheil und nicht nach dem von Andern, so glaube ich, er wird ein guter und ruhiger Papst sein und sich von allem Waffenlärm ferne halten. Sein Hof wird ihm gleichen, da man der Ansicht ist, daß er geneigte Gesinnung an den Tag legen wird."

Lodovico il Moro hatte vorgeschlagen, die verbündeten Staaten sollten alle zu gleicher Zeit ihre Glückwunsch-Ambassaden nach Rom senden, ein Vorschlag welcher, acht Jahre später bei der Wahl Alexanders VI. wiederholt, zu einer wahren Staatsaffäre wurde. Die Florentiner waren jedoch der Ansicht, mit der Gratulation umsoweniger zu zögern, da sie bei ihren Differenzen mit Genua sich die Geneigtheit eines genuesischen Papstes zu sichern wünschten. Unmittelbar nach bessen Wahl hatte Lorenzo durch seinen

---

Schwager den Erzbischof vernommen, Innocenz habe sich über seine Stellung und die florentinischen Angelegenheiten aufs wohlwollendste geäußert und der Bereitwilligkeit, ihm nütz= lich zu sein, Worte geliehen. Er baue jedoch, bei aller seiner guten Hoffnung, auf Lorenzo's Weisheit, denn man könne nicht wissen, ob die Folge den Anfängen entsprechen werde[1]. Zu Ende November ging die Gesandtschaft nach Rom ab, wo sie am 8. December eintraf, von dem päpstlichen Hofe, den Hausbeamten der Cardinäle und den fremden Botschaften in gewohnter Weise empfangen. Die Mitglieder waren Francesco Soderini, Antonio Canigiani, Bartolommeo Scala, Angelo Niccolini, Giovanni Tornabuoni, nebst dem ständigen Gesandten Guid' Antonio Vespucci[2]. In den Instructionen war darauf hingewiesen, wie sehr die Republik sich nach Be= endigung des Zwistes in der Lunigiana sehne. „Sollte der neue Papst oder sonst Jemand das Gespräch auf die Kriegs= angelegenheit lenken, so habt ihr zu antworten daß euer Auftrag sich lediglich auf die Gratulation bezieht, fügt je= doch, wie von euch selber, zur Rechtfertigung der jüngsten Vorgänge hinzu, daß wir gegen Absicht und Willen zum Kampfe gezwungen worden sind, wie ihr denn sehr wohl wisset, daß unsere Stadt ihrem natürlichen Verlangen nach Bewahrung des Friedens nicht untreu werden kann, sofern Ehre und rechtmäßiger Vortheil dabei bestehen können".

Lorenzo hatte den Gesandten seinen ältesten damals vier= zehnjährigen Sohn beigegeben, wie es denn Sitte war, feier= liche Ambassaden durch junge Leute aus den höheren Ständen begleiten zu lassen, die zum Glanz öffentlicher Aufzüge und Ceremonien beitragen konnten. Er ertheilte dem Jüngling

---

1) Bei Fabroni a. a. C. Bd. II. S. 262.
2) Iohannis Burchardi Diarium ed. A. Gennarelli. Flor. 1854. S. 57. Ebdf. die Instructionen aus dem florentinischen Archiv.

ausführliche Instructionen, wie sie in ähnlichen Fällen seitens verständiger und besorgter Väter üblich waren[1]).   In Siena sollte er Lorenzo's Bereitwilligkeit, ebensowie die der Regierung, dem dortigen Regiment behülflich zu sein, kundgeben. „Ueberall, wo die andern jungen Begleiter der Botschafter mit dir zusammen sind, benimm dich ernst und gesittet und mit Höflichkeit gegen deinesgleichen; hüte dich Irgendeinem vorzugehn der älter ist als du.   Denn wenn du mein Sohn bist, so bist du doch nichts als ein florentiner Bürger gleich ihnen. Dünkt es Giovanni (Tornabuoni) passend, dich dem Papste in besonderer Audienz vorzustellen, so laß dich vorerst genau über alle üblichen Ceremonien unterrichten.   Bist du dann vor Sr. Heiligkeit, so küsse das Beglaubigungsschreiben das ich dir für den h. Vater mitgebe, und bitte ihn es zu lesen. Ist es hierauf an dir zu reden, so wirst du mich Sr. Heiligkeit in Ehrfurcht empfehlen und sagen, daß ich sehr wohl weiß wie es meine Pflicht war, persönlich vor ihm zu erscheinen, gleichwie ich bei seinem Vorgänger gesegneten Andenkens gethan, daß ich jedoch hoffe er werde mich in seiner Güte entschuldigen.   Denn zur Zeit als ich nach Rom ging, konnte ich meinen Bruder zu Hause lassen, der sehr wohl im Stande war mich zu vertreten: jetzt aber würde ich keinen zurücklassen können, der mehr Jahre zählte und größere Autorität hätte als du.   So denke ich, es würde Sr. H. minder angenehm gewesen sein, wäre ich gekommen, als daß ich dich sende, wodurch ich den Wunsch persönlichen Erscheinens am besten ausdrücke.   Ueberdies sende ich dich, um dir Gelegenheit zu verschaffen schon frühe Se. H. als Vater und Herrn kennen zu lernen und lange Jahre hindurch diese Gesinnungen zu nähren, welche, so hoffe ich, deine Brüder theilen werden, die

---

[1] Bei Fabroni a. a. O. Bd. II. S. 263. Doc. vom 26. Nov. 1454.

18*

ich nicht zu Söhnen haben möchte, wenn dem nicht so wäre. Hierauf wirst du Sr. H. aussprechen, daß ich fest entschlossen bin nicht von seinen Befehlen abzuweichen. Denn zu meiner angebornen Devotion gegen den apostolischen Stuhl tritt die gegen die Person des h. Vaters, welchem unser Haus längst verpflichtet ist. Ueberdies habe ich erprobt, welche Nachtheile der Verlust der Gnade des verstorbenen Papstes mir gebracht hat, obgleich ich ohne meine Schuld, und mehr um anderer Sünden willen als wegen ihm zugefügter Unbilde viele Verfolgungen erduldet zu haben glaube. Doch überlasse ich dies dem Urtheil Anderer, und wie dem immer sei, mein Entschluß steht fest, nicht nur Se. H. in keinem Falle zu kränken, sondern Tag und Nacht auf das zu sinnen, was derselben angenehm sein kann". Gewiß war es Lorenzo hiemit ebenso Ernst, wie mit seinem verständigen Rathe. Ein Glück für Piero de' Medici, hätte er nie vergessen was Cosimo seinem Sohne, dieser wieder dem seinigen eingeprägt hatte und nun der Vater ihm wiederholte: daß er ein florentiner Bürger sei wie alle Uebrigen. Aber mit Lorenzo ging diese Tradition zu Ende. Vom übrigen Inhalt der Instruction wird noch die Rede sein. Innocenz VIII. sagte nachmals dem neuen Gesandten der Republik, Pier Filippo Pandolfini, nach Beilegung des genuesischen Handels werde Lorenzo erkennen, daß es nie einen Papst gegeben habe, dem das Beste seines Hauses so am Herzen liege wie ihm. „Da ich durch Erfahrung kennen gelernt, wie groß seine Redlichkeit und Klugheit ist, werde ich mich am liebsten durch seinen Rath leiten lassen" [1]).

Lorenzo de' Medici mußte umsomehr daran liegen, die Geneigtheit des neuen Oberhauptes der Kirche sich dauernd

---

1) Bei Fabroni a. a. O. Bd. II. S. 263.

zu erhalten, da im Auslande ein Wechsel eingetreten war, der auf die politischen Verhältnisse Italiens möglicherweise bedeutenden Einfluß üben konnte.

Ein Jahr vor Sixtus IV. war der Herrscher abberufen worden, der inmitten aller Abhängigkeit vom Clerus und seiner an Abgötterei streifenden, durch Argwohn und Gewissensangst gesteigerten Devotion, gegen Papst und Papstthum die heftigste Opposition erhoben hatte. Ludwig XI. war am Abende des 30. August 1483 sechzigjährig in seinem Schlosse von Plessis bei Tours gestorben. Zwei Jahre zuvor hatte er auf der Jagd den ersten Schlaganfall gehabt, der sich dann wiederholte, ohne seine geistige Klarheit zu vernichten, während seine Körperkraft sank. Er hatte das Ende herannahen gesehen mit jener Furcht die ihn, durch Gebet und Sacrament nicht beruhigt, unausgesetzt von Wallfahrt zu Wallfahrt trieb, wenn er nicht zu Plessis verweilte, wo er, Tag wie Nacht von Angst gefoltert, im Bewußtsein des durch seine kalte heimtückische Thrannei aufgestachelten Hasses ringsumher Schutzwehren jeder Art verdoppelt und verdreifacht und sich mit wenigen Vertrauten abgesperrt hatte. Bis an sein Lebensende war der König in freundschaftlichen Beziehungen zu Florenz und den Medici geblieben. Unter seinen politischen Verbindungen ist diese vielleicht die einzige, worin er nie gewechselt hat. In den im November 1478 den Botschaftern für Rom ertheilten Instructionen[1]) hatte er ausdrücklich hervorgehoben, daß die Florentiner sich jederzeit, so weit die Erinnerung zurückreiche, als wahre und loyale Freunde Frankreichs benommen, nie irgendetwas gegen die Krone gethan, nach den von Carl dem Großen ihnen verliehenen Gesetzen

---

1) Desjardins a. a. C. S. 175.

und Statuten lebten[1]). Wenige Wochen vor seinem Ende
schrieb Ludwig noch an Lorenzo. Nicht zufrieden damit, den
heiligen Einsiedler Francesco di Paola aus Calabrien an sein
Krankenbette herangezogen und Reliquien über Reliquien aus
Rom erhalten zu haben, hatte er sich durch Lorenzo den zu
Florenz in der Familie Girolami aufbewahrten Bischofsring
des h. Zanobi zu verschaffen versucht, dem man in Hautkrankheiten heilende Kraft beimaß. Dem Wunsche war willfahrt
worden. „Mein Vetter, mein Freund — so schrieb der Todkranke am 9. Juli 1483 von Notre Dame de Cléry bei Orleans,
wohin er eine Wallfahrt unternommen hatte[2]) — ich habe
den Ring gesehen, den ihr Herrn de Soliers [Palaméde de
Forbin, Gouverneur der Provence] übersandt habt. Ich
wünsche aber zuverlässig zu wissen, ob es wirklich der des
Heiligen ist, ebenso ob er Wunder verrichtet, ob und wen er
geheilt hat, und wie er getragen werden muß. Ich bitte euch
mich von allem diesen so rasch ihr könnt zu unterrichten,
oder dem General der Normandie ausführlich darüber zu
schreiben. Ebenfalls ob ihr dort irgendein besonderes Heil-
mittel habt, das die Kraft gedachten Ringes besitzt. Findet
ihr ein solches, so sendet es erwähntem General. Ich bitte
euch darum, um aller Freude willen die ihr mir bereiten
könnt. Nun lebt wohl, mein Vetter, mein Freund."

Während der letzten Jahre Ludwigs XI. war der
Mannsstamm des Hauses Anjou jüngerer Linie ausgestorben.
Wir sahen wie der König sich von den Letzten des Hauses,
die seinem mächtigen Arm nicht mehr entrinnen konnten,

---

1 „Les Florentins se sont tousjours monstrés et exhibés, de
tel et si ancien temps que ne est mémoire du contraire, vrays
et loyaulx Françoys ... et si trouvent les lois et coustumes qui
leurs furent baillés par Monseigneur Saint Charlemagne."
2 A. a. O. S. 191.

ihre französischen Provinzen wie ihre italienischen Ansprüche
abtreten ließ, jene zu sofortiger Besitznahme, diese für jede
Eventualität die denn auch nicht ausblieb, zum Verderben
Italiens, das alte Sünden nach Jahrhunderten büßte. René,
ein Schattenkönig wenn es je einen gab, hatte seinen Sohn
Johann, seinen Enkel Nicolas sterben gesehen, ehe er am
10. Juli 1480 zu Angers ins Grab gelegt ward. Sein
Neffe Carl Graf von Maine, auf welchen unter Zustimmung
Ludwigs XI. das französische Erbe überging, folgte ihm schon
nach siebzehn Monaten im Tode, sodaß nur René's Tochter
blieb, Jolante, Wittwe Ferry's Grafen von Lothringen-
Vaudemont. Aber auch sie starb zu Anfang 1483, wenige
Monate vor dem Könige. Ihre Heirat mit dem Vetter
hatte den Zweck gehabt, die Ansprüche der Nebenlinie Vaudemont auf das Herzogthum Lothringen, um welches René,
als Gemal der Erbin Isabelle, mit Anton von Vaudemont
dem Vater Ferry's unglücklich gekämpft hatte, mit denen der
weiblichen Primogenitur auszugleichen. Jolante's Sohn
René II. war denn auch in Lothringen als Herzog wie in
den französischen Lehen der Vaudemont nachgefolgt. Er
war es, welcher bei Nancy Carl den Kühnen schlug, und
den die Venetianer im Kampfe mit König Ferrante nach
Italien zogen, wo sein Sohn viele Jahre später in den
Kriegen gegen die Spanier die alten Ansprüche seines Hauses
auf die neapolitanische Krone wiederbelebte, die selbst noch
einmal um die Mitte des 17. Jahrhunderts von dem Sprößling
einer französirten Nebenlinie wieder geltend gemacht wurden.

Lorenzo de' Medici konnte sich nicht verhehlen, daß er
in Ludwig XI. einen Freund und eine Stütze verlor. Die
politische Lage Frankreichs ließ die schlimmsten Schwankun-
gen ahnen. Ein dreizehnjähriger schwächlicher unerzogener
Knabe war Erbe eines Reiches, welches eine lange, so

geschickte wie gewaltsame Regierung ansehnlich vergrößert
aber ärger beinahe als je zuvor mit den Elementen der
Zwietracht gefüllt hatte.   Die Königin Mutter, Charlotte
von Savoyen, war kränkelnd und unfähig; Ludwigs Ver=
fügung zufolge, sollte seine ältere Tochter Anne, Gemalin
Pierre's von Bourbon Grafen von Beaujeu für König
Carl VIII. ohne den Titel einer Regentin die Regierung führen.
Eine Aufgabe welche diese damals zweiundzwanzigjährige
Prinzessin, von der ihr Vater einst gesagt hatte, klug sei kein
Weib, Anne aber die mindest unkluge, inmitten der wider=
strebenden Großen, von denen Herzog Ludwig von Orleans
dem Throne zunächst stand, mit nicht geringer Gewandtheit
gelöst hat.   Sie war es welche die Pläne der unruhigen
Großen durchkreuzte und ihre Schilderhebung niederschlug.
Sie hat die Vereinigung der Bretagne mit der Krone vor=
bereitet indem sie den Absichten Maximilians von Oestreich
in den Weg trat, der nach dem frühen Ende Mariens von
Burgund den neuen westlichen Besitz des Hauses Habsburg
durch Vermälung mit der Erbin jener ansehnlichen Provinz
in das Herz Frankreichs hinein zu erweitern hoffte.   Daß
aber unter solchen Umständen von französischem Einfluß
außerhalb der Grenzen, namentlich in Italien nicht viel die
Rede sein konnte, ist klar.

Florenz hatte alsbald nach Ludwigs Tode eine Gesandt=
schaft bestellt, dem jungen Könige Glückwünsche zu seiner
Thronbesteigung zu überbringen und aufrichtiges Bedauern
über den Verlust seines Vaters auszusprechen[1]).   Gentile
Becchi, Antonio Canigiani, Lorenzo de' Medici der Sohn
Pierfrancesco's, waren die Mitglieder dieser Ambassade, welche

---

1) Instructionen vom 8. Nov. 1483 und andere auf die Sendung
bezügliche Schriftstücke bei Desjardins a. a. O. S. 193 ff.

unterwegs die oberitalischen Herren besuchen sollte. Der
Hauptzweck war die Erfüllung von Förmlichkeiten. Im
Falle man französischerseits die Absicht kundgäbe, auf Wiederherstellung des Friedens in Italien hinzuwirken, wurde
den Gesandten empfohlen dafür zu sorgen, daß dies aus
freiem Entschluß der französischen Regierung hervorzugehen,
nicht aber durch die italienischen Verbündeten — es handelte
sich noch um den Krieg gegen Venedig — veranlaßt scheinen
möchte. Dies sei das Geeignetste, „um gefährlichen Conjuncturen vorzubeugen die aus diesen hartnäckigen Zerwürfnissen
in Italien entstehn könnten", und zugleich das Ehrenvollste
für den jungen König. Aber Anne de Beaujeu, welche eben
damals die Generalstaaten zusammenberief, um die gegen
sie verbündeten Prinzen durch denselben Schachzug, den diese
wider die Regentin führen wollten, matt zu setzen, hatte an
anderes als an die italienischen Verwicklungen zu denken, und
die florentinische Ambassade scheint, nach Erledigung der Ceremonien, nur mit Handels- und persönlichen Interessen zu
schaffen gehabt zu haben.

Fünf Jahre später erinnerte die Regentin von Frankreich sich sehr wohl der alten Freundschaft des Hauses Medici,
als sie sich nach allen Seiten umsah, Beistand gegen diese
großen Feudatare zu erlangen, die im Bunde mit dem mächtigsten von ihnen, dem Herzog von Bretagne, sich an Maximilian anlehnten. Am 5. April 1486 war dieser in Aachen
zum römischen Könige gekrönt worden, und so groß auch die
Schwierigkeiten waren, mit denen er in den burgundischen
Erblanden zu kämpfen hatte, so war seine Stellung doch
eine für Frankreich stets bedrohliche, so lange der innere
Friede nicht hergestellt war, und jeder ihm zutheil werdende
Zuwachs an Macht mußte Anne de Beaujeu Bedenken ein-
flößen. Das vorgerückte Alter Friedrichs III. ließ baldige

Erledigung der Kaiserwürde voraussehn. Daß man in Frankreich auf den Gedanken kam, Maximilians Bestätigung durch P. Innocenz VIII. zu hintertreiben zu suchen, darf doch Verwunderung erregen. Der Papst stand in freundlichen Beziehungen zu Kaiser und König; eben noch, zu Ende des J. 1487, hatte er dies bei der Friedensvermittlung dargethan, welche dem zwischen Venedig und Erzherzog Sigmund von Tirol längere Zeit währenden Kriege ein Ende machte. Am 8. Februar 1488 erging im Namen des jungen Königs Carl ein Schreiben an Lorenzo de' Medici, seine Freundschaft für das französische Haus und Reich und seinen Einfluß bei dem Papste in Anspruch zu nehmen, damit die Königswürde Maximilians, als den Interessen Frankreichs nachtheilig, einstweilen nicht bestätigt würde. „Ihr könnt den h. Vater versichern, daß, wenn die Sache in die Länge gezogen wird, wir uns so verhalten werden, daß Se. Heiligkeit und Alle die bei ihm in Geschäften etwas vermögen, die Wirkung erkennen werden" [1].

Daß Lorenzo de' Medici, so sehr er zu Frankreich hinneigte, sich in eine solche Intrigue einzulassen scheute, ist leicht erklärlich. „Aus der Abschrift eines vom Könige von Frankreich an mich gerichteten Briefes, so schrieb er am 17. Februar an den Gesandten in Rom, werdet ihr den Wunsch des Königs und die Bedeutung der Sache ersehen. Aus triftigen Gründen scheint es mir nicht passend Sr. Heiligkeit zu schreiben, aber ich bin dafür daß ihr mit eurer Gewandtheit sobald es euch gutdünkt den Papst davon in Kenntniß setzet und auf die Wichtigkeit wie die möglichen Folgen hindeutet, während ich der Ansicht bin, daß hier reife Ueberlegung und Erwägung noththut, damit die in Rede

---

1) Med. Arch. F. 56. Gedruckt bei A. Gelli, Rec. von de Cherrier, Arch. stor. Ital. Ser. III. Bd. XV., S. 269.

stehende Bestätigung nicht zu Verlegenheit und Aergerniß
Anlaß gebe. Meinem Urtheil zufolge ist der Allerchristlichste
König so mächtig und so einflußreich in den Dingen der
Christenheit, daß es mir immer rathsam erscheinen wird, mit
ihm in Eintracht und Freundschaft zu bleiben. Ich werde
mich stets nach dem weisen Urtheile Sr. H. richten, wünsche
aber meiner Ansicht unmaßgeblich Ausdruck gegeben zu haben.
Das Uebrige stelle ich euch anheim, und es wird mir lieb
sein, wenn ihr euch so verhaltet, daß der königliche Bevollmächtigte damit zufrieden ist. Doch werdet ihr die euch
nöthig scheinenden Rücksichten nicht außer Augen lassen, damit wir nicht an einem Orte verlieren was wir am andern
gewinnen." Lorenzo de' Medici hatte Recht mit seiner Vorsicht. „Die französischen Botschafter — so berichtet am
10. März der ferraresische Gesandte von Florenz aus an
seinen Herzog[1]) — haben beim Papste den Antrag gestellt, er
möge Maximilian nicht in der römischen Reichswürde bestätigen, indem sie erklärten, wenn er dies thue, so werde ihr
König bei dem von Neapel Alles ins Werk setzen, um solche
Unbilde zu rächen. Der Papst hat eine sehr scharfe Antwort
ertheilt. Seitens der Oratoren Maximilians sei ein auf diese
Sache bezüglicher Antrag noch nicht an ihn gerichtet worden,
übrigens glaube er daß eine Botschaft, wie die ihm so eben
mitgetheilte, nicht vom Könige von Frankreich sondern von
dessen schlimmen Berathern ausgehe. Käme es ihm blos auf
diese an, so würde er ihnen klar machen, wie unwürdig eines
Papstes solche Botschaft sei, und wie sein Fußschemel mehr
Ehrfurcht verdient hätte."

---

1) Bei Cappelli a. a. O. S. 295. Der Ausdruck ist „che non
voglia investire Massimiliano de l'Imperio de' Romani".

IV

Politische Sorgen. Der Baronenkrieg.

Je ruheloser und verstörter die Regierung Sixtus' IV.
geendet hatte, umso friedfertiger erschienen die Anfänge Innocenz' VIII. Wenn der Papst wünschte, den langwierigen
Streit um Sarzana beigelegt zu sehen, der die Lunigiana in
jahrelanger Spannung erhielt und größere Dimensionen anzunehmen drohte als das Object werth war, so macht ihm
dies Ehre, und es entsprang nicht aus Parteilichkeit für seine
genuesische Heimat. Schon am 17. September, somit nur
drei Wochen nach seiner Wahl, schon vor Eintreffen der
Glückwunsch-Ambassaden, hatte der Papst die Gesandten von
Neapel, Florenz und Mailand zu sich berufen, sich über die
politische Lage mit ihnen zu besprechen [1]. Nach dem neuer-
lichen Friedensschluß, sagte er, erachte er es für eine Pflicht
seines apostolischen Amtes, diesen Frieden zu sichern, damit
alle italienischen Staaten dessen Früchte wirklich genießen und
sich von den schweren Ausgaben erholen könnten, die dem
h. Stuhl eine Schuldenlast von mehr denn 250,000 Ducaten
aufgebürdet hätten. Der Hader um Sarzana, durch den
florentinischen Angriff auf Pietrasanta complicirt, mache ihm

---

[1] Bericht Guid' Antonio Vespucci's Rom 18. Sept. 1484, in
Burchardi Diarium S. 51.

Sorge, inbetracht der Gemüthsart der Genuesen, die, ihren Launen zu fröhnen, sich nicht scheuen würden die Welt in Brand zu stecken und bereits zu andern Zeiten das Ausland nach Italien herübergezogen hätten. Er wisse daß sie nicht nur mit dem Markgrafen von Saluzzo und Philipp von Savoyen Herrn von Bresse in Unterhandlung ständen, sondern sich bemühten den Herzog von Orleans gegen Mailand, den Herzog von Lothringen gegen Neapel in Bewegung zu setzen, wobei sie in Frankreich Unterstützung finden würden, weil die Regentin besagte Fürsten anderwärts zu beschäftigen, ihr vieles Kriegsvolk in fremdem Lande zu ernähren wünsche. Die Gemeinde Genua habe sich an ihn gewandt, die Angelegenheit auf dem Rechtswege zu Ende zu bringen. Er wisse daß sein Vorgänger einen vergeblichen Versuch gemacht habe, aber als geborner Genuese, und in günstigerer Stellung als Papst Sixtus hoffe er zum Ziele zu gelangen, da die Signorie gewiß das Mögliche thun werde, den Streit zu schlichten.

Die Gesandten von Neapel und Mailand hielten sich an Allgemeinheiten, obgleich der Erstere nicht umhin konnte zu bekennen, Sarzana sei den Florentinern während des Waffenstillstands entrissen worden — daß die eigentliche Schuld am Sohne seines Königs gelegen, bekannte er begreiflicherweise nicht. Guid' Antonio Vespucci ging aber auf die Sache ein. Sarzana, sagte er, ist von Lodovico Fregoso, dem Herrn des Ortes, der Republik verkauft worden. Nach mehren Jahren Besitzes hat dessen Sohn Agostino es zur Zeit der Waffenruhe durch Ueberraschung genommen, und da er sich nicht getraute es zu behaupten, hat er es der Bank von San Giorgio abgetreten. Im Widerspruch mit Recht und Herkommen, welche ein streitiges Object sich anzueignen verbieten, hat die Bank angenommen, gleichsam als gäbe es kein Florenz auf der Welt. Letzteres ist in vollem Recht,

indem es alles aufwendet sein Eigenthum wiederzuerlangen.
Ebenso ist es in seinem Rechte, indem es Pietrasanta an=
greift, weil Pietrasanta hinderlich und feindselig ist. Die
Signorie, setzte er hinzu, denkt nicht daran Eurer Heiligkeit
einen Rath zu geben, dessen Dieselbe nicht bedarf, und wird
gerne auf jeden billigen Vergleich eingehn. Aber nach allen
vergeblichen Bemühungen P. Sixtus' ist nicht viel zu hoffen.
Was die Rücksicht auf Herbeiziehung von Fremden durch die
Genuesen betrifft, so ist die Sache nicht außer Acht zu lassen,
zu Besorgniß jedoch kein Grund. Die Herzoge von Orleans
und von Lothringen sind für sich nicht im Stande ein Unter=
nehmen zu beginnen, und bei der Erschöpfung Frankreichs
werden die Regierenden nicht daran denken, ihnen zu solchem
Zweck einen Sou zu geben. Die Genuesen aber würden für
sich allein völlig unfähig sein lange auszuhalten, wären
sie selbst anderer Natur. Der ferraresische Gesandte bot die
Vermittlung seines Herzogs für den Fall einer Unterhand=
lung an. Auch mit Cardinal Ascanio Sforza hatte der
Papst sich über die Sache benommen und diesem dieselbe Be=
sorgniß ausgedrückt, worauf Lodovico il Moro äußerte, daß
nur freiwillige Herausgabe Sarzana's durch Genua eine
billige Auseinandersetzung ermögliche [1]). Die Vermittlung
Innocenz' VIII. hatte denn auch keinen Erfolg. Die Floren=
tiner bemächtigten sich Pietrasanta's, wie schon erzählt wor=
den ist, und der Hader währte unter zahllosen Vergleichs=
vorschlägen volle drei Jahre.

Der Papst mochte redlichen Willen haben, Frieden zu
stiften und zu erhalten: auf allen Seiten walteten Misver=
ständnisse ob. Allen ostensibeln Beziehungen zum Trotz,
herrschte niemals wahres Einvernehmen noch Vertrauen

---

zwischen Lorenzo be' Medici und Lodovico Sforza. Das
Verhalten des Moro war und blieb zweideutig. Nicht blos
in der Angelegenheit Sarzana's wobei er umsomehr Hinter-
gedanken hatte, da er auf die Wiedergewinnung Genua's
hoffte, sondern auch in den steten elenden Wirren der Romagna, wo Girolamo Riario, von ihm unterstützt, gegen die
Manfredi operirte, welche dem Schützling der Florentiner
und Prätendenten von Forli Antoniello Ordelaffi Aufnahme
gewährten und mit den Bentivogli zusammenhingen, welche
ebensowol Lodovico wie den päpstlichen Nepoten fürchteten.
Giovanni Bentivoglio war im Frühling 1485 in Toscana.
Er besuchte Siena, Pisa, Lucca und kam im Mai nach
Florenz, wo er im Mediceischen Hause einkehrte. Unverholen
sprach er sich über die Intriguen des Moro aus [1]). Lorenzo
war in diesem Moment abwesend. Gichtisches Leiden, das
Erbübel der Familie, nöthigte ihn fortwährend bald diese
bald jene Heilquellen zu besuchen, und so verweilte er damals im Bagno a Morba. Während seines dortigen Aufenthalts hatte er auch mit den sienesischen Dingen zu schaffen,
die für Florenz nie bedeutungslos waren. Er hatte den
in der Fortebraccischen Angelegenheit einst begangenen Irrthum erkannt, und ist von nun an stets bemüht gewesen mit
der Nachbar-Republik in gutem Vernehmen zu bleiben. Bei
den Grenzstreitigkeiten, namentlich im Chianathal wo die
kleinen Ortschaften einander stets in den Haaren lagen, zeigte
man sich in Florenz zu gütlichem Abkommen geneigt. „Gott
ist mein Zeuge, schrieb Lorenzo am 28. Februar 1484 an
die Signorie von Siena [2]), daß es in den Verhandlungen
zum Frommen eurer Republik, namentlich in Bezug auf

---

1) Berichte des ferraresischen Gesandten A. Guiboni, Flor. April
1485 ff., bei Cappelli a. a. O. S. 289 ff.
2) Archiv der Riformagioni zu Siena.

Grenz-Angelegenheiten, meiner persönlichen Verwendung und
jener von Andern wenig bedurft hat, indem die ganze Stadt,
gleichsam als hätte sie für sich selber zu handeln, in enger
und nothwendiger Verbindung ein gemeinsames Interesse anerkannt hat. Wie es gegenwärtig unter allgemeiner Zustimmung geschehen ist, so wird es auch in Zukunft an thätigen
Beweisen unserer wahren Freundschaft nicht fehlen."

Bald fehlte es nicht an Gelegenheit diese Freundschaft
zu bethätigen. Die Partei, welche nach dem Abzuge des
Herzogs von Calabrien aus Siena den kürzern gezogen hatte,
ruhte nicht. Sie war zahlreich und hatte Einverständniß in
Rom und Venedig. Zu Anfang April 1485 zeigte der sienesische Gesandte in Florenz an, daß eine Schaar von zweitausend Mann unter den Befehlen Giulio Orsini's auf einen
Angriff sinne, worauf man den Bedrohten ansehnliche Verstärkung unter Ranuccio da Farnese sandte[1]. Man glaubte
daß Perugia, Spoleto, Todi den Unzufriedenen zu Sammel-
plätzen dienten, und daß der Cardinal della Rovere dem Unternehmen nicht fremd sei. Vom Bagno a Morba aus schrieb
Lorenzo am 4. Mai nach Siena[2], man möge für Sicherung
der Grenzen sorgen. Es heiße der Papst zeige sich der Erhaltung des Friedens geneigt und habe sich in diesem Sinne
gegen die Gesandten geäußert. Von florentinischer Seite
aber sei er angegangen worden, seine gute Absicht zu bethätigen und nicht zu gestatten, daß sein Gebiet dazu diene,
Anschläge gegen Nachbarstaaten ins Werk zu setzen. „Besser
als ich, der ich ferne bin, fährt er fort, müssen Eure Herrlichkeiten wissen, welche eure innere Lage und die Gesinnung
der Bürgerschaft ist. Seid ihr einig, so ist, meiner Ansicht

---

1) A. Guidoni an Ercole von Este, Florenz 6. April, bei Cappelli
a. a. O. S. 269. Ranuccio war der rechte Vetter Papst Pauls III.

2) Archiv zu Siena.

nach, nichts zu besorgen, denn mit zweitausend Mann nimmt man Siena nicht, und verstärkte sich die Zahl der Angreifenden, so würdet auch ihr verstärkte Freundeshülfe erlangen. Daran dürft ihr nicht zweifeln. Herrscht also unter euch Bürgern die Eintracht und Liebe, die ich voraussetze und worauf man zählen muß, so werden eure Angelegenheiten einen günstigen Verlauf nehmen. Ich glaube nicht daß diese Bewegung der Ausgewanderten auf viele Zustimmung rechnen darf, denn auch aus der Lombardei vernimmt man daß die bedeutenderen Mächte den Frieden wünschen. Nichtsdestoweniger ist es eure wie unsere Pflicht auf das Schlimmste bedacht zu sein und jedes Mittel bereit zu halten. Dazu ermuntere ich E. H., wie ich euch versichere daß wir gleicher Ansicht mit euch sind, wie die Thatsachen zeigen werden."

Einige Tage später machten die Ausgewanderten von Umbrien her einen Streifzug ins Aretinische und wandten sich dann nach dem Arbiathale, wo sie das an der römischen Straße gelegene Castell San Quirico angriffen, aber mit blutigen Köpfen heimgesandt wurden, worauf ihre Schaar sich zerstreute. „Die hiesige Signorie, schreibt der ferraresische Gesandte, ist über die Kunde sehr erfreut und guter Dinge. Mehr aber noch müssen sich die Sienesen freuen, die sich nun auch überzeugen mögen, daß die Zahl der Theilnehmer geringer ist als sie argwohnten." Am 14. Mai schrieb Lorenzo von Pisa aus der sienesischen Signorie, Florenz betrachte ihre Gefahren wie seine eigenen. Aber er rieth, auf die innern Zustände zu achten. „Es wäre gut dafür zu sorgen, daß in Zukunft nicht mehr solche Uebelstände eintreten können, indem man die Anlässe zu eurer Belästigung wie zu fremdem Vorwurfe entfernt. Denn mir scheint's an der Zeit sich über Alles zu vertragen, vorausgesetzt daß die Wurzel solchen Unheils ausgerottet wird. Geschieht dies, so darf man das

Vergangene nicht zu scharf untersuchen. Währten jedoch solche Versuche gegen E. H. fort, so wird es euch an Schutz nicht fehlen — der wirksamste Schutz wird aber gute und gerechte Verwaltung und wahre Eintracht sein." Mehr denn zwei Jahre später schrieb Lorenzo bei anderm Anlaß: „E. H. ist bekannt, wie ich mich stets bei Umwälzungsversuchen und Gefahren, von denen eure Bürger betroffen werden, benommen und euer Wohl nicht anders als das unseres Gemeinwesens betrachtet habe. Dies dünkt mich unseren freundnachbarlichen Beziehungen in gleichem Maße zu entsprechen, wie meiner Ergebenheit gegen eure Signorie." Lorenzo de' Medici zeigte durch Wort und That, wie er bemüht war, seinen politischen Grundsatz aufrechtzuerhalten, daß es für die Republik darauf ankomme, durch gutes Einvernehmen mit ihren Nachbarn sich selbst zu sichern und ihr Gebiet wie mit einem Kreise von Bollwerken zu umgeben, indem sie sich Siena, Lucca, Bologna, Faenza, Perugia, Città di Castello befreunde [1]). Den Rest seines Lebens hindurch, ist er, vorübergehende Velleitäten abgerechnet, diesem Grundsatz treu geblieben.

Sein anderer Grundsatz war: so viel an ihm lag, keinen italienischen Staat eine das Gleichgewicht bedrohende Machtvergrößerung gewinnen zu lassen. Im Sommer desselben Jahres 1485 traten Verwicklungen ein, welche ebenso den Frieden Italiens in Frage wie Lorenzo's politische Gewandtheit auf die Probe stellten. Es war das Zerwürfniß zwischen P. Innocenz VIII. und Ferrante von Aragon. Das Königreich Neapel, die größte italienische Territorialmacht wenn man von den überseeischen Besitzungen Venedigs absieht, litt an inneren Schäden, die sich so in früheren wie in späteren Zeiten als unheilbar erwiesen und den Ruin eines der

<hr>

[1) R. Valori a. a. O. S. 175.

schönsten und reichsten Theile der Halbinsel herbeigeführt
haben. Die politischen Parteiungen waren so alt wie die
Monarchie, und während sie mit tiefliegenden nationalen Unterschieden zusammenhingen, steigerten und ver-
bitterten sie sich durch wiederholte Eroberung und Dynastien-
wechsel, durch den von der Normannenzeit sich herschreibenden
feudalen Nexus zum h. Stuhl, durch die Leidenschaftlichkeit
und moralische Verkommenheit, die sich im italischen Süden
allen bürgerlichen und politischen Verhältnissen vergiftend
und auflösend angeheftet haben. Das Königthum war durch
die hohe Aristokratie vollständig in Schach gehalten. Es
wäre ohnmächtig gewesen, hätte nicht das Factionswesen
diese Aristokratie zerrissen. Die Spaltung in aragonesische
und anjou'sche Partei war uralt. Die Zeiten der zweiten,
die der ersten Johanna, der Vesperkrieg, die französische Eroberung waren Stufen einer Scala, die bis zu Kaiser Heinrich VI. dem Staufer und den letzten Normannenkönigen hinaufreichte. Die Erinnerung an die Kämpfe war noch frisch
bei allen. Es war nicht viel über zwanzig Jahre her, seit
Ferrante den gefahrvollen Aufstand gedämpft hatte, dessen
Nachwehen ihn nimmer zur Ruhe kommen ließen. Seine
Politik unterschied sich aber wesentlich von der seines Vaters.
König Alfons' Hand hatte schwer gelastet auf der Partei,
die ihm die Herrschaft über Neapel so lange streitig machte.
Nach Beruhigung des Landes hatte er aber nicht nur seine
Anhänger reichlich belohnt, sondern die Gegner an sich heran-
zuziehen gesucht. Sein Sohn war von tiefem Mistrauen
gegen beide Parteien erfüllt und sann nur auf Steigerung
der königlichen Macht auf Kosten des Feudalismus.

Ferrante von Aragon fehlte es nicht an Regententugenden.
Er war scharfsinnig, gewandt, thätig, ein guter Verwalter gemäß den fiscalen Grundsätzen der Zeit, Grundsätze die allein

19*

schon den Kampf mit dem Feudalismus hätten heraufbeschwören müssen, hätte es an politischen Ursachen gemangelt.
Zahlreiche und bedeutende Verbesserungen in allen Zweigen
der Administration schreiben sich von ihm her, Steigerung
von Industrie und Handel, große gemeinnützige Arbeiten,
ansehnliche Bauten zur Vergrößerung und Verschönerung der
Hauptstadt, die durch ihn ein verändertes Aussehen gewann,
und anderer Orte. Die Neigung zur Förderung wissenschaftlicher und künstlerischer Interessen und zur Hebung des Unter-
richtswesens erbte er von seinem Vater, und unter Beiden
hat der neapolitanische Hof, an welchem auch anmuthreiche
und geistvolle Frauen glänzten, sich in der Reihe der vielen
durch solche Pflege sich auszeichnenden italienischen Fürsten-
häuser hervorgethan. Ferrante hatte für die Zustände des
Volkes ein offnes Auge. „Es ist unsere Absicht, schrieb er
im November 1486 an den Cameralverwalter in Terra di
Bari und d'Otranto [1]), daß unsern Unterthanen gute Behandlung von allen unsern Beamten zutheil werde, und sie nicht
über Bedrückung und ungebührliche Lasten zu klagen haben.“
Und an den Gouverneur von Castrovillari, einem ansehnlichen Orte Calabriens der in der Gewalt der Gegner der
Krone gewesen war: „Ihr sollt Alle gut behandeln und nicht
gestatten, daß Irgendeiner wegen des Vergangenen belästigt
werde. Den die Leute veruneinigenden Leidenschaften habt
ihr einen Zügel anzulegen und dafür zu sorgen, daß Jeder
den Gesetzen gehorsame.“ Er bildete eine ansehnliche Kriegsmacht, die ihm erlaubte, in den italienischen Angelegenheiten
die ihm gebührende Stellung einzunehmen und Jahre lang
den Frieden im Innern zu bewahren.

---

[1] Regis Ferdinandi primi Instructionum liber 1486—87. (herausg.
von Scipione Vopicella) Neapel 1861. S. 87 ff.

Aber Ferrante's gute Eigenschaften wurden durch manche schlimme verdunkelt. Seine unrechtmäßige Geburt hatte ihn von Kindheit an in eine falsche Stellung gebracht. Als Knabe hatte er seine Leidenschaften bemeistern gelernt, und eine Herrschaft über Wort und Miene erlangt, die ihm nachmals in Verstellung ausartend nur zu sehr diente. „Der Vater, sagt ein freilich gegen die Aragonesen eingenommener Zeitgenosse, Philippe de Commines, wo er von Alfons von Calabrien redet, war gefährlicher als der Sohn, denn keiner verstand sich auf ihn noch auf seine wahre Gesinnung. Indem er eine lächelnde Miene annahm, griff und verrieth er die Leute. Nicht Gnade noch Barmherzigkeit war in ihm, wie selbst seine Verwandten und Anhänger mir berichtet haben; er kannte nicht Erbarmen noch Schonung für sein armes Volk, wo es sich um Geld handelte.“ Wenn er Gewerbe und Handel zu steigern suchte, so dachte er doch vor allem an sein fiscalisches Interesse und lastete auf dem Volke durch Frohnen, Lieferungen, Zölle, die zu oft vereitelten was er selber bezweckte. Vom Beginn seiner Regierung an hatte er mit Schwierigkeiten zu kämpfen gehabt, mit Verwandten, mit Unterthanen, mit Päpsten, und so hatte sich bei ihm das natürliche Mistrauen zu finsterm Argwohn gesteigert. Die Erinnerung an vergangene, keineswegs immer gerechtfertigte Opposition, und die Besorgniß vor neuen Ausbrüchen, wozu die wiederholten Drohungen des Auslands mit Wiederbelebung der Anjou'schen Ansprüche beitrugen, verleiteten ihn dann zu rechtlosen und grausamen Handlungen, durch die er den Thron untergrub, welchen zu stützen Tag und Nacht sein Sinnen war. Der Feudalismus im Königreich, abgesehen davon daß er Ferrante's politische Macht schwächte, hatte für ihn noch eine ihm sehr unbequeme Folge. Man sollte es kaum glauben, daß der Beherrscher eines so reichen wenngleich großentheils noch völlig unausgebeuteten Landes sich fast beständig in Geldverlegenheit befand und auf fremde namentlich florentinische Banken angewiesen war, die er dann seinerseits auf die laufenden Einkünfte anweisen mußte. Ersuchte er doch einmal Lorenzo de' Medici um eine Anleihe von zehntausend Goldgulden, welche dieser aber auf die Hälfte herabsetzte, während Filippo Strozzi ihm an einem Tage zwanzigtausend vorstreckte, abgesehen davon daß er für Verproviantirung der Hauptstadt Sorge trug.

Als Ferrante in Jahren vorrückte, gewann sein ältester Sohn auf ihn verderblichen Einfluß. Alfons von Calabrien kam dem Vater beiweitem nicht gleich. Er galt für einen tüchtigen Kriegsmann und hat es an Thätigkeit, vielleicht auch an persönlichem Muth nicht fehlen lassen: von Bedeutung aber hat er nie etwas ausgeführt, obgleich man die Wiedereroberung Otranto's als glänzenden Erfolg ansah. An wissenschaftlicher Bildung und Interesse mangelte es ihm nicht, aber schlimme Eigenschaften verdunkelten die bessern. Er war hochfahrend, gewaltthätig, treulos, grausam. Die Barone des Reichs haßte er aus despotischem Instinct. Die einflußreichen Diener seines Vaters haßte er, weil ihre Schätze seine Habsucht reizten. Da er nicht Ferrante's Verstellungskunst besaß, wurde von seinen Reden und Anschlägen genug bekannt, um Andere zur Vorsicht zu mahnen. Man vergalt ihm Haß mit Haß. Außerhalb des Königreichs war er nicht beliebter. Das Zerwürfniß mit Mailand, das jedoch nicht ihm schuldzugeben ist, hatte schon begonnen, wenn es gleich bis zum Tode seiner Gemalin Ippolita nicht zum Ausbruch kam. In Toscana trug man ihm insgeheim die Vorgänge von 1478, die sienesischen Intriguen, den Verlust Sarzana's nach. Er muß gewußt haben wie unpopulär er in Florenz war, that aber nichts. Regierung und Volk günstiger

zu stimmen. „Am 8. October, bemerkt Alamanno Rinuccini
zum J. 1484 [1]), traf der Herzog von Calabrien in Florenz
ein, auf seinem Rückwege aus der Lombardei, wo er Hauptmann des Bundes gegen die Venetianer gewesen war. Gegen
achthundert Reiter in schlechter Beschaffenheit waren bei ihm.
Bei seinem Einzug ritt er nicht zum Palast die Signorie zu
bewillkommnen wie er sonst gethan, obgleich die Signorie sich
zu seinem Empfange bereit hielt und zu diesem Zweck viele
Bürger beschieden hatte. Man erkannte darin eine große
Insolenz. Dennoch wurde er, einem schmälichen Befehl
zufolge, während des Durchzugs durch unser Gebiet freige-
halten, zu unserer Schande wenn man in Betracht zieht,
was er vor fünf Jahren gethan hatte." Philippe de Commines hat in wenig Worten ein entsetzliches Bild Alfonso's
gezeichnet. „Nie sagt er, hat man einen grausamern, schlech-
tern, lasterhaftern, gemeinern, der Völlerei mehr ergebenen
Menschen gesehen." Der Franzose und Hofmann Carls VIII.
mag aus ihm reden, aber der Venetianer Marino Sanuto
entwirft kein schmeichelhafteres Porträt [2]).

Gegenüber dem nicht mehr zweifelhaften bösen Willen
des Herzogs und dem Argwohn vor königlichen Uebergriffen,
waren die mächtigsten unter den Baronen Neapels bereits zu
einem Schutzbündnisse zusammengetreten, als der Ausbruch
der Feindseligkeiten durch zwei verschiedene Anlässe herbeigeführt wurde. Ferrante und sein Sohn, so erfreut sie sich
über die Wahl Innocenz' VIII. stellten, waren nichts weniger
als zufrieden, weil sie in ihm einen Anhänger der Anjou
fürchteten. Der Herzog hatte sich sogar bemüht, seine

---

1) Ricordi S. CXL.
2) Commines Mémoires Buch VII. Kap. 11. Marin Sanuto
Chron. Ven. [Comment. de bello gallico], R. Ital. Scr. Bd. XXIV.
S. 12. 16. Alfonso hieß: der Götze des Fleisches [Dio della carne].

Ausschließung von der Liste der Candidaten für den Pontificat
zu erlangen. Die nach Rom gesandte neapolitanische Glück=
wunsch=Ambassade sollte den Erlaß des Lehnzinses, dieses
ewigen Zankapfels, zu erwirken suchen. Als der Papst ab=
lehnte, der König dennoch bei seinem Entschluß des Nicht=
zahlens beharrte, ließ sich der kommende Hader umsomehr
voraussehen, da Cardinal Giuliano della Rovere den aragu=
nischen Ansprüchen entgegen war. Im Sommer 1485 kam
es zum Ausbruch. Der Herzog von Calabrien hatte den
König bewogen, die Pläne des unzufriedenen Adels nicht zur
Reife gelangen zu lassen, sondern ihnen durch plötzlichen An=
griff zuvorzukommen. Die Art wie er es ins Werk setzte,
lieferte neuen Grund zu den auf ihn gehäuften Beschuldigun=
gen der Hinterlist und Gewaltthätigkeit. Am 23. Juni be=
mächtigte er sich, mittelst verrätherischer Gefangennehmung
des Grafen von Montorio aus dem Hause Cantelmo, des
vornehmsten Herrn in Aquila, und der Seinigen dieser
abruzzesischen Stadt, welche eine unabhängige Comune unter
Oberhoheit der Krone bildete, und bald darauf geschah ein
Gleiches in Nola durch Verhaftung mehrer der Orsinen denen
die Grafschaft gehörte. Viele der Häupter des Adels waren
eben zu Melfi in der Basilicata bei Gelegenheit einer Hoch=
zeit in dem Hause der Caracciolo versammelt. So wurde
eine Schilderhebung beschleunigt, die inbetracht der tiefliegen=
den Gegensätze auch unter andern Verhältnissen kaum zu ver=
meiden gewesen wäre, gegenwärtig aber, während der Papst
bereits mit dem Könige in Zwiespalt war, einen umso gün=
stigeren Boden fand.

Am 10. August 1485 hatte der Herzog von Calabrien
Neapel verlassen, um den Kampf gegen die Barone zu beginnen[1]).

---

[1]) Cronaca di Notar Giacomo S 156.

Er fand sie nicht unvorbereitet. Ihre Vasallen waren bewaffnet, und sie hatten sich mit dem Papste in Verbindung gesetzt, der nicht blos wegen des verweigerten Lehnzinses sondern wegen der unglaublichen Eigenmächtigkeit erzürnt war, mit welcher der König in Kirchensachen schaltete. Denn dieser Herrscher, dem Namen nach ein Vasall Roms, unterwarf nicht blos den Clerus willkürlichsten Zwangsabgaben, sondern behandelte die Verleihung von Kirchenämtern wie eine Finanzspeculation. Bald sollten die Dinge sich verwickeln. Am 26. September erhoben sich die Aquilaner gegen ihre Bedränger, hieben deren Führer in Stücke, pflanzten das Banner der Kirche auf, sandten Bevollmächtigte nach Rom. Ferrante suchte den drohenden Sturm zu beschwören. Er sandte seinen Sohn den Cardinal von Aragon nach Rom, aber dieser starb am 16. October. Am 17. desselben Monats ließ er in der Domkirche zu Neapel eine Protestation verlesen, des Inhalts daß er nicht daran denke, den Papst zu bekriegen. Mit den Baronen suchte er Unterhandlungen anzuknüpfen, sandte seinen Sohn Don Federigo nach Salerno zu den Sanseverinern, ließ den Grafen von Montorio in Freiheit setzen. Es half nichts: man traute ihm nicht. In Salern hielt man den Prinzen gefangen und pflanzte am 20. November das Banner der Kirche auf. Unter den Vertrauten des Königs begann der Abfall. Einer seiner natürlichen Söhne entfloh zu den Aufständischen. Ferrante war schon gewohnt, auf die eigenen Angehörigen nicht zählen zu können. Die Krisis wurde diesmal aber zwiefach ernst wegen des während dessen schon offenbar gewordenen Verhaltens Innocenz' VIII.

Der Wunsch Frieden zu bewahren und die während der letzten Regierung geschlagenen Wunden zu schließen, hielt beim neuen Papste nicht Stich, als die neapolitanischen

Angelegenheiten, stets der wunde Fleck in den Verhältnissen
des Pontificats zu den Nachbarn, an ihn herantraten.

Der ihm schuldgegebene Hintergedanke, hiebei die Interessen der eignen Familie dem Wohl und der Ruhe des Landes vorangestellt zu haben, hat ihn gewiß nicht in den Kampf
hineingezogen, wohl aber mögen die von seinen Vorgängern
und ihm selbst wiederholt mit den Aragonesen gemachten
schlimmen Erfahrungen auf ihn gewirkt haben. Innocenz VIII.
machte die Sache Aquila's und der Barone zu der seinigen.
Er nahm ihre Obedienz-Erklärung an und begann zu rüsten.
Er mußte sich beeilen, wollte er nicht dem Herzog von Calabrien Zeit gönnen, die Gegner zu Paaren zu treiben. Während der König Florenz und Mailand um Unterstützung an-
ging, wandten Papst und Barone sich nach Venedig. Für
die stets nach den apulischen Küstenstädten strebenden Venetianer waren die Anträge des Adels lockend genug. Dennoch
trugen sie Bedenken, sich in ein so gewagtes Unternehmen
einzulassen, nachdem der letzte Krieg ihnen so schwere Verluste
beigebracht hatte. Sie beklagten die von den Baronen ge-
schilderte Bedrängniß, aber sie riethen zum Vergleich mittelst
päpstlicher Vermittlung. Zugleich ließen sie in Rom von
gewaltsamen Maßregeln abmahnen. Als aber Innocenz VIII.,
durch den raschen Gang der Ereignisse gedrängt, mit Roberto
da Sanseverino Unterhandlungen anknüpfte, ihn für seinen
Dienst zu gewinnen, begnügten sie sich doch wieder mit halben Maßregeln. Roberto's venetianische Condotta war mit
dem Frieden von Bagnolo abgelaufen. Die Republik hätte
ihn leicht halten können, denn obgleich seine eigenen Angehörigen tief in den Aufstand verwickelt waren, hätte dieser
seiner engern Heimat entfremdete Condottiere seinen Vortheil
allen sonstigen Betrachtungen vorgezogen. Aber nach einigen
matten Vorstellungen ließ man ihn „nach seinem freien

Belieben" ziehen, was dem Papst am 7. October ange-
zeigt wurde ¹).

Wie unangenehm diese Dinge die Florentiner und vor
Allen Lorenzo de' Medici berührten, ist begreiflich. Ein gefährlicher Brand stand im Begriff sich zu entzünden. Gegen
Ende August machte der neapolitanische Gesandte Marino
Tomacelli der Signorie im Auftrage des Königs die erste
Anzeige von den ausgebrochenen innern Mißhelligkeiten, ohne
jedoch deren volle Bedeutung einzugestehn. Vor Mitte Sep-
tembers wußte man schon, daß der Papst von den Marken
aus Truppen marschiren ließ. Am 3. October erfuhr man
die Erhebung Aquila's gegen die vom Herzog von Calabrien
hineingelegte Besatzung. Sodann sandte Ferrante den Vertrauten seines ältesten Sohnes, Giovanni Albino, zu Lorenzo,
der mit diesem gelehrten und gewandten Manne, zugleich
Politiker und Historiker, seit lange befreundet war ²). „Ihr
werdet, so lauteten Ferrante's Worte ³), Lorenzo sagen, daß
wir uns an ihn als an den besten Freund wenden, den wir
in Italien haben, für den wir im Falle der Noth unsern
Staat, unsere Kinder und unsere Person aufs Spiel setzen
würden. Bittet ihn daß er uns nicht im Stiche lasse; ihm
und seinem Hause wird der uns geleistete Dienst vergolten
werden." Nun folgten die Verhandlungen mit Lodovico il
Moro, zu welchem Albino sich von Florenz aus begab.
Man war florentinischerseits auf Lodovico sehr schlecht zu
sprechen, weil seine mit Girolamo Riario angesponnenen
Ränke in jedem Augenblick Unruhen in der Romagna befürchten

---

1) Romanin a. a. O. S. 421, 422.
2) Ueber Giovanni Albino, den Geschichtschreiber seiner Zeit, vgl.
C. Minieri Riccio Memorie storiche degli scrittori nati nel Regno
di Napoli.
3) Bei Fabroni a. a. C. Bd. II. S. 268.

ließen. Unter den neuen Conjuncturen mußte man aber
doch mit ihm zusammenzugehen suchen. Offenbar bestand die
Politik des Herzogs von Bari darin, die Florentiner vorzu-
schieben und den Moment zu erspähen, wo es ihm passen
würde hervorzutreten. Die Florentiner, meinte er, sollten
dem Sanseverino den Durchzug durch Umbrien verlegen: es
liege weit näher, erwiederten ihm diese, daß er ihm den
Uebergang über den Po verlege, von wo er sich gewiß an
der adriatischen Küste halten und nicht nach dem Innern
wenden werde. Nun meldete Ercole von Este, durch Breve
vom 1. October habe der Papst ihm befohlen, Roberto Sanseverino, der ihm sechshundert Hommesd'armes zuführe, den
Durchzug durch das Ferraresische zu gewähren. Man erwarte,
fügte der Herzog hinzu, er werde am 10. von Cittadella
im Paduanischen aufbrechen, bei Ficcarolo über den Po gehn
und die Straße durch Romagna und Marken einschlagen,
was den Florentinern inbetreff ihrer Antwort an den Sforza
Recht gab. Bald darauf kam aus Siena Nachricht, der
Papst habe ein Corps von hundertundzwanzig Hommesd'armes
und dreihundert ausgesuchten Söldnern von dieser Republik verlangt.

Man that in Florenz was man vermochte, die Sienesen
zu verhindern, dem Papste zu Willen zu sein. Da die bewaffnete Macht geringe war, nahm man den Grafen von
Pitigliano in Dienst und beschloß die Ereignisse abzuwarten.
Der Unzuverlässigkeit des kleinen Nachbarstaates wegen gewährte es jedoch keine rechte Beruhigung. "Die Sienesen,
schrieb der ferraresische Gesandte[1]), von Natur so leichtsinnig

---

1) A. Guidoni an Ercole von Este, Florenz 11. Nov. 1485, bei
Cappelli a. a. O. S. 273. Die ferraresischen Depeschen enthalten eine
Menge Detail über diese Vorgänge. Scipione Ammirato in seinem
fünfundzwanzigsten Buche ist ein zuverlässiger Führer.

wie argwöhniſch, und fortwährend vom Papſte geſtachelt,
leiden an einem hitzigen Fieber, und jammern über die Gefahr der ſie blosgeſtellt ſein würden, wenn der König über
den Papſt ſiegte, indem er ſich dann der Orſinen, ihrer natürlichen Feinde bedienen und ſich für die Umwälzung des
J. 1480 rächen würde. Der Geſandte hat heute dem erlauchten Lorenzo zwei Stunden lang mit dieſem Unſinn zu-
geſetzt, und es wird Mühe genug koſten ſie neutral zu halten, da ſie jeden Moment kopfſcheu werden.“ Am 10. October, dem Tage an welchem Roberto da Sanſeverino ſeinen
Marſch antrat, hatte Lodovico il Moro an Lorenzo geſchrie-
ben[1]). Er ſtellte ihm die Gefahr vor, die den König bedrohe,
wenn der Feind an der Grenze des ſchon aufgeregten Reiches
erſchiene. „Wie Eure Magnificenz ſieht, iſt ſchnelles Vorgehen nöthig. Der beſte Succurs für den König beſteht
darin, daß man alsbald mit der Kirche bricht, wie der Papſt
mit dem Könige. Es dünkt mich nothwendig daß ihr die
Signorie zur Einwilligung in die Kriegserklärung vermöget,
damit ſie, während ſie Zuzug von hier erwartet, ihre bewaffnete Macht in Ordnung bringe und nach der Grenze beordere,
ohne auf die ungünſtige Jahreszeit zu achten, die weder den
Papſt noch den Herrn Roberto verhindert. Was der Feind
ſeinen Truppen zumuthet, können auch die unſern leiſten.
Man darf aber keine Zeit verlieren, einen Entſchluß zu faſſen.“

Lorenzo war in den Bädern von San Filippo im Sieneſer-
lande, als dieſe neue Verwicklung begann. Der Gebrauch der
Waſſer von Morba hatte ihm im Frühling ſehr genützt; im
Mai wünſchten die Anziani von Lucca ihm durch einen be-
ſondern Bevollmächtigten zu ſeiner Wiederherſtellung Glück[2]).
Aber es war nicht von Dauer. Die Lage der Dinge war

1) Bei Fabroni a. a. O. Bb. II. S. 269.
2) Schreiben der Anziani 15. Mai 1485. Archiv zu Lucca.

eine solche, daß sie auch einen so geübten Politiker in Verlegenheit setzen konnte. Es schien ihm nöthig den König zu
halten. Aber er war zu scharfsinnig und kannte seine Vaterstadt zu gut, um sich über die Stimmung inbetreff Neapels
Illusionen hinzugeben. Der König und der Herzog waren
verhaßt. Um ihretwillen sich in einen Krieg einzulassen, der
jedenfalls viele Kosten möglichenfalls ernste Verwicklungen
nach sich ziehen konnte, behagte keinem. Als Lorenzo der
Rathsversammlung vorschlug, Ferrante von Aragon Beistand
zu leisten, stieß er auf heftige Opposition. „Zu Anfang, berichtet Niccolò Valori[1]), war die Mehrzahl dem Antrage
entschieden entgegen. Inmitten des ersehnten Friedens, hieß
es, wolle er sich wieder in Krieg stürzen — ob er vergessen
habe, in welche Gefahr Waffen und Censuren des Papstes
ihn gebracht hätten? Wie wenn Venedig an dem Kampfe
theilnehme? Wie man dem Könige helfen solle, welchen innere
Fehde und äußerer Krieg zugleich bedrängten? Er möge sich
hüten, diesen Krieg von Ferrante ab- und auf seine Heimat
zu lenken. Lorenzo erklärte jedoch die Nothwendigkeit der
Parteinahme mit solcher Beredsamkeit, daß er die Furcht-
samen ermuthigte und am Ende Alle zu seiner Ansicht mit
sich fortriß. Nie habe ich etwas Ernsteres, Eindringlicheres,
Wohlgesetzteres gelesen als diese damals aufgezeichnete Rede.“
Während er aber das Zusammengehn mit Neapel für politische Nothwendigkeit hielt, erkannte er sehr wohl die Anlässe
zu der neuen Friedensstörung. Auch der schlechte Zustand
von Finanzen und Heerwesen in Neapel war ihm kein Geheimniß. „Es thut mir leid, schrieb er am 3. November an
Giovanni Albino[2]), nachdem er ihn von den durch die
Aufständischen gemachten Anerbietungen für den Fall der

---

1) A. a. O. S. 177.
2) Fabroni a. a. O. Bd. II. S. 268.

florentinischen Neutralität in Kenntniß gesetzt, daß der König
nicht mehr im Rufe steht, einen reichen Schatz und ein gutes
Heer zu haben, wie ehemals wo er als Schiedsrichter Italiens
betrachtet wurde. Daß heute das Gegentheil stattfindet, be=
daure ich wegen meiner Ergebenheit gegen Seine Majestät:
wie immer aber die Dinge stehn mögen, so werde ich meinen
Verpflichtungen nachkommen. Es schmerzt mich im Innersten,
daß der Herr Herzog als grausam verschrieen wird. Ist es
gleich eine falsche Beschuldigung, so sollte Se. Exc. doch das
Mögliche thun, sich dieselbe vom Halse zu schaffen, denn
dies kann nur Vortheil bringen. Wenn die Zölle dem Volke
verhaßt sind, so schaffe man sie ab und begnüge sich mit
den früheren Leistungen. Ein willig und freudig gezahlter
Carlin ist besser als zehn mit Drängen und Unwillen erlangte.
Denn kein Volk erträgt gerne die Einführung neuer Lasten."
Auch empfahl er das Kriegsvolk in guter Stimmung zu er=
halten: nie habe man dessen mehr bedurft. Wenn der König
auf sich vertraue, werde er siegen; die Signorie werde treu
zu ihm stehn. Ferrante dankte für den verständigen Rath,
bemerkte jedoch daß er denselben nicht in allen Theilen verstehe.

V.

Rückwirkungen des Baronenkriegs. Kampf um Sarzana.

Die Stellung Lorenzo's war aber nichts weniger als leicht. Die florentiner Handelsleute in Neapel beschwerten sich daß der Herzog von Calabrien seine Verbindlichkeiten nicht erfülle und sie überdies schnöde behandle, sodaß sie sich gezwungen sähen, die Stadt zu verlassen[1]. Der Papst, der am 1. November 1485 eine Bulle mit Aufzählung aller Beschwerden des h. Stuhls gegen den König erlassen und Alle, die diesem Beistand leisten würden, mit Excommunication bedroht hatte, bemühte sich, die Republik von Betheiligung abzumahnen. Selbst die Mediceische Autorität konnte den Rückschlag empfinden, denn man hatte die schlechteste Meinung von dem Stand der Dinge im Königreich. Man merkte es Lorenzo an, daß er voll Sorgen war. Nur langsam ging er vor. Gegen Ende Novembers sandte Innocenz VIII. den Erzbischof von Florenz nach seiner Residenz, um zu versuchen ob es ihm gelingen werde seinen Schwager umzustimmen. Rinaldo Orsini war ein Prälat, wie es deren nur zu viele gab. Von Jugend an hatte er nur Pfründen ohne geistliche Verrichtung gehabt und auch sein Erzbisthum behandelte er wie

---

1) Lorenzo an Albino, a. a. O.

eine Commende, deren Einkommen ihm genügte. Meist war
er in Rom: sein Vicar mochte zusehen wie er die Kirche verwaltete. Ans Schuldenmachen gewohnt, hat er später versucht einen vortheilhaften Handel inbetreff seines Bischoffsitzes
abzuschließen. Am Ende, nachdem die Dinge in Florenz sich
gänzlich geändert hatten und als der mächtige Rückhalt der
Medici ihm fehlte, ist er durch allgemeine Unzufriedenheit
dahin gebracht worden gegen eine Pension und einen Titel
in partibus zu verzichten, nachdem, während der in der
Borgia'schen Zeit gegen seine Familie ausgebrochenen Verfolgung, die Bedeutungslosigkeit eines bloßen Lebemanns ihn
vor dem tragischen Geschick seines Vetters des Cardinals
Orsini bewahrt hatte, mit dem er in die Engelsburg gebracht
worden war. Es ist begreiflich daß er nicht der Mann war,
auf Lorenzo Eindruck zu machen, umsoweniger als dieser gut
wußte daß er sich ganz in des Papstes Hand befand, weil
er sich auf einen Cardinalshut Aussicht machte. Rinaldo
Orsini erklärte, Innocenz VIII. sei zum Kriege entschlossen.
Seit Monaten habe er den König gewarnt, durch den nunmehr verstorbenen Cardinal von Aragon, durch dessen Bruder
Don Francesco, selbst durch den florentinischen Gesandten,
aber Ferrante sei immer schonungsloser vorgegangen, sodaß
die Dinge endlich ihren Lauf nehmen müßten[1]).

Unterdessen war am 10. November Roberto da Sanseverino in Rom eingetroffen, an Porta del popolo feierlich
empfangen vom Governatore der Stadt, dem päpstlichen Hof-
staat, den Gesandten des Kaisers wie des Königs Maximilian und Andern. Zwanzig Tage später leistete er in der
vaticanischen Basilica vor dem Papste den Eid als Gonfaloniere der Kirche[2]). Innocenz VIII. zeigte dem florentinischen

1) A. Guidoni 28. und 30. Nov. 1485, a. a. O. S. 274.
2) Burcard a. a. O. S. 72. 73.

Gesandten Geld und Juwelen im Werthe von 150,000 Ducaten: Alles, sagte er, werde er an kräftige Kriegführung wenden. Werbungen und Pferdeverkäufe in und um Rom, außer für den Dienst der Kirche, wurden untersagt. Zu Neapel beschloß man aber, den Angriff nicht abzuwarten. Alfons von Calabrien rückte in den Kirchenstaat ein und stand bald diesseit der Albanerhügel, vor sich die Campagna mit der Hauptstadt, während auf der Nordwestseite die Orsinen im Bunde mit den Königlichen die Waffen ergriffen, florentinisches Kriegsvolk unter den Grafen von Pitigliano und von Marsciano und dem Herrn von Piombino heranzog, nebst hundert mailändischen Hommesd'armes unter dem Grafen von Cajazzo — es war Alles was Lodovico il Moro nach so vielen Betheuerungen sandte! Bald geriethen Neapolitaner und Päpstliche in unmittelbarster Nähe Roms, bei den Aniobrücken, aneinander. In der Stadt war Alles im Tumult. Monte Giordano, die Orsinische Hauptburg im Marsfelde, ging in Flammen auf; dem Gesandten König Ferrante's, welcher, während man sich schon schlug, mit seinen Collegen von Florenz und Mailand in Rom geblieben war, wurde das Haus geplündert und verwüstet, und er floh nach dem Vatican. Größte Noth und Unsicherheit herrschte; Cardinäle und Andere brachten ihre Habe im päpstlichen Palast und in der Engelsburg in Sicherheit. Aber der Herzog zeigte sich als elender Feldherr. Er vermochte nicht seine Verbindung mit den Orsinen zu bewerkstelligen, und da Sanseverino diesen hart zusetzte, mehre von ihnen zu einem Abkommen nöthigte, dem Zuzug von Toscana her den Weg verlegte, im Königreiche die Dinge eine ungünstige Wendung nahmen, beschloß Alfonso, der sich in Gefahr sah in der Campagna eingeschlossen zu werden, durch persönliches Einvernehmen mit Lorenzo de' Medici und Lodovico il Moro dem Papste eine Diversion.

sich Luft zu verschaffen. Am 17. Januar 1486 traf in
Florenz die Nachricht ein, der neapolitanische Thronerbe habe
das Heer in gefährdeter Lage verlassen und mit nur drei=
hundert Reitern den Weg durch das untere Viterbeserland
eingeschlagen. Nachdem er, wie ein Flüchtling, an einem
Tage sechzig Millien zurückgelegt, sei er in Pitigliano, dem
westlich vom See von Bolsena gelegenen Hauptort des kleinen
Orsinischen Staates angelangt, in der Absicht sich nach
Florenz und Mailand zu begeben.

In Florenz war man aufs höchste überrascht. Zwischen
dem Papste und Lorenzo de' Medici war fortwährend unter=
handelt worden. Wenn es hieß dieser suche ein Abkommen
zu ermöglichen, so schöpfte man doch Argwohn, Lorenzo spiele
falsches Spiel, traue den neapolitanischen Dingen nicht, habe
in dem Abfall eines Theils der Orsinen, wodurch der Herzog
von Calabrien in Noth gerathen, die Hand gehabt, und wolle
nun diesen hindern sich nach Florenz zu begeben, um nicht
seine Vorwürfe zu vernehmen. Die Signorie hatte sogleich
heimlich einen Eilboten an den Herzog gesandt, ihn zu ver=
anlassen nicht nach der Stadt zu kommen; Pier Capponi war
dem Boten gefolgt, sich mit Alfonso zu verständigen und als
florentinischer Commissar beim Heere zu bleiben [1]). Lorenzo
war seit längerer Zeit wieder schwer leidend; zu dem gichtischen
Uebel hatte sich eine Blasenaffection gesellt. Seine Laune
war nicht rosenfarben. Er sagte, er wolle sich nicht mehr
mit Geschäften befassen, denn die Dinge gingen ihm schief,
sondern denke seine Zeit angenehmer zu verwenden. Er bat
Ercole von Este und den Markgrafen von Mantua ihm
Falken zu senden, und es hieß, er werde sich der Luftverän=
derung wegen nach Pisa begeben. Alle merkten ihm seine
Verstimmung an. Bald war er in der Stadt, bald in

1) Vinc. Acciaiuoli Vita di Piero Capponi a. a. O. S. 20 ff.

20*

Careggi.	Der Herzog von Calabrien drang darauf ihn zu
sprechen, in Pitigliano, in Florenz, wo er immer wolle; er
war nicht dazu zu bewegen. Pier Filippo Pandolfini und
Giovanni Serristori gingen am 26. Januar nach Pitigliano,
das Erforderliche zu vereinbaren.

Unterdessen besserte sich die Lage einigermaßen. Paolo
Orsini führte die von dem allgemein der Feigheit und Kopflosigkeit beschuldigten Herzog verlassenen Truppen sicher nach
Vicovaro im Aniothal jenseit Tivoli, wo die Straße nach
dem Königreich ihnen freistand; Gentil Virginio und andere
Orsinen blieben treu. Von Mailand verkündigten Briefe den
Entschluß zum Festhalten am Bündnisse. Am 3. Februar
trafen Gian Jacopo Trivulzio und Marsilio Torello mit
Hommes d'Armes und Armbrustschützen in Florenz ein, um
zum Herzog zu stoßen [1]). Dieser, der nach Montepulciano
kam, wünschte einen Versuch gegen Perugia zu machen, wo
man mit mehren der Baglionen Einverständniß angeknüpft
hatte. Aber in Florenz hatte man nicht die geringste Lust,
das Feuer so nahe an den Grenzen zu haben, und da man
in Mailand gleicher Meinung war, wurde die Sache aufgegeben. So spielte man denn den Krieg wieder auf päpstliches
Gebiet hinüber, wo nun endlich die Verbindung zwischen den
Orsinen und dem Herzog stattfand. Aber es war ein elender
Krieg, der den Verfall des italienischen Militärwesens vollends
an den Tag brachte. Ein einziges für die Verbündeten glück-
liches Gefecht, zu Anfang Mai, bei dem orsinischen Orte
Campagnano, einundzwanzig Millien nordwestlich von Rom,
verdiente den Namen einer Waffenthat. Der florentinische

<hr>

1) Trivulzio's Schreiben an den Herzog von Mailand aus Florenz,
Montepulciano, Cortona, Pitigliano wie später aus dem Lager der Liga,
vom 21. Febr. 1486 an, bei Rosmini a. a. C. Bd. II. S. 130 ff., mit
den an ihn von Mailand aus gerichteten Depeschen.

Commissar, der kein Kriegsmann war aber in seinem Leben doch manches vom Kriege gesehn hatte, war wenig erbaut von den Vorgängen. Auf päpstlicher Seite war man nicht besser daran. Innocenz VIII., krank und wiederholt in Lebensgefahr, sah seine Geldmittel schwinden, seine Hauptstadt verstört und unzufrieden, ja gewissermaßen belagert, die Umgebung verheert. Er hegte geringes Vertrauen zu Roberto Sanseverino, der von dem günstigen Moment, als der Herzog ferne war, seinen Nutzen zog und dessen Hauptzweck zu sein schien, für einen seiner Söhne den rothen Hut zu erlangen. Dies Mistrauen wurde durch Briefe Pier Capponi's gesteigert, welche, durch einen nicht gerade rühmenswerthen Kunstgriff, Zweifel an Sanseverino's Ehrlichkeit weckten und den Gegnern in die Hände gespielt wurden. Mittelst des Bischofs von Treviso versuchte der Papst von Venedig Beistand zu erlangen, mittelst des Cardinals della Rovere, der zu Ende März nach Genua ging, hatte er Unterhandlungen mit dem Herzog von Lothringen angeknüpft, der mit französischer Hülfe einen Zug nach Neapel beabsichtigte. Aber die Dinge blieben zu lange in der Schwebe.

Im Cardinalcollegium machten sich verschiedene Meinungen mit Heftigkeit geltend. Lorenzo de' Medici war wie wir sehen mit Innocenz VIII. in Verbindung geblieben, obgleich er den Angelpunkt des Bündnisses zu Gunsten Neapels bildete, und ohne florentinisches Geld der König längst zur Fortführung des Kampfes außer Stande gewesen wäre. Seine Vorstellungen waren es, die wesentlich dazu beitrugen den Papst zu einem Abkommen geneigt zu machen. Andererseits erkannte Ferrante sehr wohl, daß ohne Frieden mit dem Auslande an Herstellung der Ruhe im Innern nicht zu denken war. Lodovico il Moro, obgleich nun minder karg mit Hülfleistung, war doch an Worten reicher als an Thaten. Sein Bruder Ascan wirkte auf den Papst im Sinne eines

Abkommens. Am 6. März ließ er sich im geheimen Consistorium aufs entschiedenste gegen den Cardinal La Balue
aus, der im Auftrage Frankreichs das Interesse des Herzogs
von Lothringen verfocht. Der Papst, sagte er, könne verlangen, daß König Ferrante seinen Verpflichtungen gegen die
Kirche nachkomme, aber es widerstreite der Aufgabe eines
Cardinals, den Papst bewegen zu wollen, den König aus
seinem angestammten Reiche zu vertreiben und einen Fremden
an dessen Stelle zu setzen. Er glaube seine Pflicht gegen den
h. Vater nicht zu verletzen, indem er die Rechte seines Verwandten vertheidige. Der Cardinal von Erlau, der fromme
Franciscaner Gabriel Rangoni, stimmte Ascanio bei, und
sagte zum Papste: Eure Heiligkeit hat bis zum Acheron vorzugehn gedroht. Nimmt der Krieg seinen Fortgang, so fürchte
ich das Wort wird wahr werden. Möge eure Weisheit ein
Mittel finden, größerm Aergerniß vorzubeugen [1].

In Florenz war man der ganzen Geschichte überdrüssig.
Von René von Lothringen trafen Gesandte ein, von dem
Bündniß mit Neapel abzumahnen, an die alten Beziehungen
zu Frankreich, an die alte Ergebenheit gegen den h. Stuhl zu
erinnern. Man erwiederte ihnen, das seit langer Zeit bestehende Bündniß zwischen der Republik, Neapel und Mailand
habe die Bewahrung des Friedens zum Zwecke, die Störung
sei vom Papste ausgegangen. Dieser habe des Herzogs von
Lothringen in seinen Verhandlungen mit der Stadt nie erwähnt, und wenn er sich jetzt des Namens desselben bediene
um seiner Sache aufzuhelfen, so müsse man vorerst seine

1) Briefe Ascanio Sforza's an seinen Neffen den Herzog von Mailand vom 6. März 1486, an demselben Tage dem Herzog von Calabrien
abschriftlich mitgetheilt und von Pier Capponi an Lorenzo de' Medici gesandt.
Im Anhang zum Leben P. Capponi's, Arch. stor. ital. Bd. IV. Th. 2.
S. 66—71.

wahre Absicht erforschen und dann mit den Bundesgenossen sich benehmen. In Allem was ehrbar sei, werde man den alten Verbindlichkeiten gegen Frankreich Rechnung tragen. Die Antwort, bemerkt Francesco Guicciardini[1]), war vorsichtig, denn nicht blos Gesandte des Herzogs sondern auch königliche (französische) waren erschienen, und schon der Handelsleute wegen mußte man behutsam vorgehn. Die Angelegenheit weckte doch vielfach Bedenken, so daß Lorenzo de' Medici, der wohl wußte wie die gesammte Bürgerschaft am französischen Hause hing und wie verhaßt hinwieder König Ferrante war, in Besorgniß gerieth, die Last möchte für seine Schultern zu schwer werden, umsomehr als der Anschluß an den König vielen der vornehmsten Bürger widerwärtig gewesen war. So würde er vielleicht seine Politik geändert haben, obschon Venedig (wo sein Schwager Bernardo Rucellai als Gesandter weilte), welches nicht gerne neue Fremde in Italien sah, sich dem Könige zuwandte, hätte nicht plötzlich der Friede Alles beruhigt.

Am Nachmittage des 11. August 1486 wurde dieser Friede unter Vermittlung des spanischen Gesandten Grafen von Tendilla und des Erzbischofs von Mailand wie Gian Jacopo Trivulzio's für den Sforza, durch Cardinal Giovanni Michiel für den Papst und Gioviano Pontano für Neapel, in Rom abgeschlossen. König Ferrante sollte die Oberherrlichkeit der Kirche nochmals förmlich anerkennen, den Lehnzins zahlen, Aquila unter Bewahrung seiner Freiheiten erhalten, die zur Obedienz zurückkehrenden Barone nicht beläftigen, ihnen inbetreff ihres Aufenthalts und ihrer Familien-Verbindungen volle Freiheit laffen. Diese Bedingungen sollten

---

1) Storia fiorentina Kap. 8. Die ferraresischen Berichte, bei Cappelli S. 274—286 enthalten vieles, was in die Lage der Dinge blicken läßt.

Mailand und Florenz gewährleisten. Die Orsinen würden
den Papst um Verzeihung bitten und unter Garantie der genannten beiden Staaten zu Gnaden angenommen, alle genommenen Ortschaften gegenseitig zurückgegeben werden. Roberto
da Sanseverino wurde aus dem Dienste der Kirche entlassen.
In Florenz feierte man den Friedensschluß mit Glockengeläute,
aber Lorenzo de' Medici war höchst misvergnügt, nicht über
den Frieden an sich, sondern über den Modus und die Bedingungen, worüber er dem mailändischen Gesandten harte
Worte sagte. Der Abschluß war ohne seine Zuziehung erfolgt,
Sarzana's keine Erwähnung geschehen. Dies war im Grunde
noch besser als die ursprüngliche Absicht, denn Cardinal Sforza
hatte seinem Bruder Lodovico das Schiedsrichteramt in dieser
Frage übertragen zu lassen sich bestrebt, was aber an dem
entschiedenen Widerspruch des in Bracciano befindlichen Capponi scheiterte[1]. Die Republik hatte all ihr Geld für eine
fremde Sache ausgegeben[2]. Und welcher Friede! Roberto
da Sanseverino hatte sich in diesem elenden Kriege eben nicht
als Held gezeigt und durch sein Verhalten kein übermäßiges
Vertrauen verdient. Die Art wie man ihn behandelte, streifte
aber doch ans Unglaubliche. Der Gonfaloniere der Kirche,
der noch kurz vorher als einer der höchsten Würdenträger bei
feierlichen Messen dem Papste das Wasser reichte, sah sich
plötzlich wie ein außer dem Gesetze stehender Bandenführer
auf Gewalt gegen Gewalt angewiesen. Man hatte ihm an-
gekündigt, er könne gehn wohin er wolle, und eine von ihm
gestellte Forderung wegen angeblich rückständigen Soldes nicht
anerkannt. Als er nun den Weg nach der Romagna einschlagen

1) Vinc. Acciaiuoli a. a. O. S. 24.

2) A. Guidoni, Florenz 13. August 1486, bei Cappelli a. a. O.
S. 285. Gian Jacopo Trivulzio an den Herzog von Mailand, aus dem
Lager bei Ponzano 12. Aug., bei Rosmini Bd. II. S. 156. Rinuccini
Ricordi S. CXLII: „poi per manco male si accettò".

wollte, um das venetianische Gebiet wieder zu erreichen, sah
er sich von den neapolitanischen Truppen umstellt. Kampf
wäre sicherer Ruin gewesen. Nichts blieb ihm übrig als
seine Schaaren aufzulösen; Viele entkamen nach den Marken,
Andere wurden gefangen, geplündert, erschlagen, wieder Andere
nahmen Dienst beim Herzog von Calabrien. Mit etwa hundert Reitern schlug Roberto sich durch und gelangte nach
vielen Mühseligkeiten als Flüchtling an die venetianische
Grenze, die er nicht ein Jahr zuvor an der Spitze einer ansehnlichen Kriegsmacht überschritten hatte. Die Republik
nahm ihn wieder in ihren Dienst, in welchem er sich, der
Dankbarkeit nicht vergessend, uneigennütziger zeigte als Con-
dottierenart war. Ein Jahr nach dem für ihn verhäng-
nißvollen Friedensschlusse fand er tapfer kämpfend den Tod
in der Nähe von Roveredo, in dem Kriege welchen Grenzstreitigkeiten zwischen Venedig und Erzherzog Sigmund von
Oestreich-Tirol entzündet hatten. Die Sanseverinische Angelegenheit verschwand jedoch vor dem, was in Neapel geschah.

Zwei Tage nach dem Abschluß erfolgte im Castelnuovo,
bei der vom Könige veranstalteten Hochzeit Marco Coppola's,
Sohnes des Grafen von Sarno, vornehmsten Rathes der Krone,
mit einer Tochter Antonio Piccolomini's Herzogs von Amalfi,
Ferrante's Enkelin, die Gefangennehmung des Grafen und
seiner Angehörigen sowie Antonello Petrucci's, des andern
königlichen Geheimschreibers, des Grafen von Burello vormaligen Gesandten in Rom und mehrer ihrer Angehörigen
und Freunde, lauter hochstehende und einflußreiche Leute. Sie
hatten mit den aufständischen Baronen Einverständniß gepflogen und schon im October des vorangegangenen Jahres hatte
Lodovico il Moro dem Könige Beweise ihrer Schuld verschafft, aber dieser hatte sie sicher gemacht und auf den Moment des Friedensschlusses gewartet, das Netz zusammenzuziehn.

Erst vierzehn Tage früher hatte er den Grafen von Sarno „unsern geliebtesten Rath" genannt. Drei Monate später wurden die Schuldigen zum Tode verurtheilt und hingerichtet: schaudernd sah die Stadt die blutigen Glieder des vom Henker geviertheilten Grafen von Carinola, Sohnes Antonello Pe-trucci's. Aller Vermögen wurde eingezogen: nicht nur ihre Habe im Lande wurde mit Beschlag belegt, sondern Ferrante sandte sogleich einen der oberen Rechnungsbeamten nach Rom, Florenz, Genua, Mailand, sich der in den Banken deponirten Summen zu bemächtigen. Eine Million Goldes soll in seine Hände gelangt sein. Erschrocken über die furchtbare Justiz, gewarnt durch das Geschick Aquila's das alle seine Freiheiten verlor, ohne Vertrauen zu der im Friedensschluß enthaltenen Gewährleistung von Florenz und Mailand, waren die Barone lange unschlüssig, ob sie sich dem Könige anvertrauen sollten. Ferrante selber glaubte nicht daß sie's thun würden. Endlich fügten sie sich doch, leisteten Abbitte, versprachen Treue und Gehorsam. „Alle Fürsten und Herren, schrieb der König am 17. Februar 1487 an Giovanni Nauclero [1]), seinen Gesandten bei Ferdinand dem Katholischen, die einst gegen uns rebellirt hatten, befinden sich jetzt bei uns in Neapel. Sie genießen größerer Sicherheit ihrer Personen und Besitzungen, und größerer Zufriedenheit und Ruhe als vor dem Kriege, denn sie haben ihre Einkünfte wie ehemals, und während wir uns vor ihnen sicher wissen da ihre Burgen in unserer Hand sind, sind sie sicher vor uns, und Gott sei Dank leben wir miteinander ohne Verdacht. Das Vergangene ist unserm Gedächtnisse ent-schwunden, und wir behandeln sie wie liebe Söhne. Wir hoffen es wird von Dauer sein, denn wir sind entschlossen

---

ihnen mit jedem Tage mehr Grund zu geben in dieser Gesinnung auszuharren. So halten wir alle Theile unseres
Reiches in Ruhe und Frieden." Nicht drei Monate später erfolgte die Confiscation des Fürstenthums Salerno, dessen
Herr Antonello da Sanseverino im Auslande war, dann die
Verhaftung der „wie liebe Söhne" behandelten Barone, die
einer nach dem andern spurlos verschwanden.

Von den Verwicklungen welche diese Auffassung der Frie-
dens-Stipulationen zwischen dem Könige und dem Papste
veranlaßte, wie von der in Florenz dadurch hervorgerufenen
Stimmung wird noch die Rede sein. Das Urtheil über die
traurige Episode und deren Einfluß auf die Geschicke Neapels
ist kaum zweifelhaft. Man darf Ferrante von Aragon nicht
alles Unrecht zuschieben. Ein so mächtiger und kriegerischer
wie empörungssüchtiger und theilweise erblich abgeneigter Adel
machte das Regieren unmöglich. Bis in des Königs vertrauten Rath war der Abfall gedrungen, ja in die eigene
Familie. Wie gering in dieser die Eintracht war, zeigt der
Umstand daß die Barone hofften und versuchten, für ihre
Pläne Don Federigo zu gewinnen, der ebenso beliebt war
wie sein Bruder Alfonso verhaßt und gefürchtet. In Salerno
boten sie ihm die Krone an, die er ausschlug. Ferrante siegte
durch Klugheit und Waffenmacht, aber er misbrauchte den
Sieg durch List, Habsucht und Grausamkeit. Er übertraf an
schlimmen Mitteln seinen alten Gegner Ludwig XI., aber
während dieser, der um nichts besser war, die königliche Gewalt kräftigte, schoß er über das Ziel hinaus und entzog ihr
den Boden. Andere seiner Zeit sind nicht ehrlicher gewesen,
aber so grauenvolle Tragödien, wie die welche Neapel in den
J. 1486 und 1487 sah, haben sie nicht aufgeführt. Ferrante
regierte noch sieben Jahre, äußerlich in größerer Ruhe als
zuvor, reicher, unumschränkter, ungestörter, aber sein Scharfsinn

rettete ihn nicht vor den Gespenstern, die das Bewußtsein begangener Frevel, die Furcht vor neuen Gefahren heraufbe= schworen. Im consequenten Anlauf zu despotischer Gewalt und im Interesse derselben decimirte er die alte Aristokratie. Während er sie aber doch nicht in dem Maße vernichten konnte daß dieselbe bei großen politischen Wechseln nicht einer der Factoren geblieben und die Feindseligkeit eines großen Theils derselben gegen sein Haus diesem verderblich geworden wäre, schwächte er die noch in den feudalen Ordnungen beruhende Kraft des Landes. Das Volk aber, in dem er eine Stütze zu finden hoffte, vermochte er nicht wirklich zu heben, weil sein Monopol= und Fiscalsystem dasselbe nicht minder als die Auswüchse des Lehnwesens bedrückte, und weil ihm keine Zeit blieb, eine Umwandlung der öffentlichen Dinge herbeizuführen, wie sie ihm möglicherweise vorgeschwebt hat. Dies Volk, das alte Unbilde nicht vergessen hatte, war durch kein Band der Anhänglichkeit an den Herrscher und seinen Präsumtiverben geknüpft, der mit sehr vermindertem Ruhm militärischer Tüch= tigkeit und noch weit mehr gesteigertem Ruf der Treulosigkeit und Grausamkeit aus dem Baronenkriege hervorgegangen war [1]).

Ebensowie der Friede des J. 1484, hatte auch der von 1486 den florentinischen Wünschen und Forderungen in der sarzanesischen Streitfrage keine Rechnung getragen.

Lorenzo de' Medici war leidend und verstimmt. Wieder= holt hielt gichtisches Uebel ihn zu Hause fest, wie im Juli

---

1) Camillo Porzio's meisterhafte Darstellung: „La Congiura dei baroni del Regno di Napoli contra il Re Ferdinando I." zuerst Rom 1565 gedruckt, erhält wesentliche Erläuterung und Berichtigung durch das mehrgenannte Regis Ferdinandi Instructionum Liber, leider immer noch im Drucke unvollendet, und durch die beiden Processe gegen die königlichen Geheimschreiber und gegen die Barone, auf Ferrante's Befehl 1487 und 1488 gedruckt und auch an die fremden Höfe gesandt, wieder abgedruckt mit Anmerkungen von Stanislao d'Aloe als Beilage zu seiner Aus= gabe C. Porzio's, Neapel 1859.

1486, oder nöthigte ihn nach dem Bagno a Morba zu gehn, wo er im September desselben Jahres weilte. Oft war er zu Careggi und in der Villa zu Poggio a Cajano, wo er Erheiterung und Erholung inmitten der aufregenden Geschäfte suchte, die ihn nicht losließen. Er gab sich keine Mühe seinen Unmuth zu verbergen. Der Eine seiner Verbündeten compromittirte ihn durch Wortbrüchigkeit und Härte, der Andere gefährdete ihn durch Doppelzüngigkeit und selbstische Neben=zwecke. Je reichlicher Freundschaftsversicherungen gespendet wurden, umso näher lauerte Verrath. In Bezug auf den Friedensschluß und auf Gian Jacopo Trivulzio's Rolle dabei sagte er, Mailands Verfahren sei eine wahre Schande. Als das Einschreiten König Ferrante's gegen die Barone begann, deren Sicherheit Florenz und Mailand gewährleistet, und bald offenbar wurde daß es auf deren Vernichtung und Beschlag=nahme ihrer Besitzungen abgesehen war, bemerkte er, die poli=tischen Bedenken voranstellend, der König werde zu mächtig. Gehe das so fort, so werde er Herr in Italien werden, wobei Florenz und Mailand schlecht wegkommen würden, da das Vorwalten seines Einflusses wiederholt verderblich gewesen sei. Von dem Herzoge von Calabrien müsse man des Schlim=meren gewärtig sein, da er von bösem und gehäßigem Charakter sei, abgesehen davon daß er, sobald er seinen Zweck erreicht, nicht auf Freundschaft noch auf erwiesene Dienste achte. Lorenzo erkannte, daß er die sarzanesische Angelegenheit zu Ende bringen müsse, wollte er nicht seine Stellung gefährden. In dem Jahre in welchem der Baronenkrieg zu Ende ging, war es nicht mehr möglich: das folgende durfte nicht unge=nutzt vergehn. Von den Bundesgenossen war jedoch wenig zu erwarten. König Ferrante wußte sehr wohl welche Ver=pflichtungen er gegen Lorenzo und Florenz hatte, und sprach es aus, es sei löblich Gleiches mit Gleichem zu vergelten,

aber, setzte er hinzu, wo ein Freundschaftsbund so fest, der
Wille beiderseits so eins sei, müsse man nicht das Maß der
Verpflichtung sondern das des Vermögens anlegen. Und nun
begannen die gewohnten Berufungen auf Erschöpfung des
Schatzes, Schwierigkeiten mit dem Papste, Türkengefahr, die
auch Bernardo Rucellai, Gesandter in Neapel, zu vernehmen
bekam [1]). Ferrante sagte zu Lutozzo Nasi, einem andern florentinischen Diplomaten: Lorenzo hat erfahren daß ich ihn
und die Stadt in Wahrheit geliebt habe, ich aber habe seine
Liebe zu mir und den Meinigen erprobt. Ohne ihn, würden
ich und sie nicht mehr in diesem Reiche sein. Eine Wohlthat
welche wir und unsere Nachkommen nie vergessen werden noch
können, während wir unsere Dankbarkeit gegen ihn und die
Signorie stets an den Tag legen werden. Aber es blieb bei
Worten. Denn es hatte nicht sehr viel zu bedeuten, wenn
Ferrante gelegentlich sich herabließ, der florentiner Signorie
zu schmeicheln, wie er z. B. im Herbst 1486 für deren Gesandtschaft ein Haus in Neapel anwies, was einst König
Ladislaus für Venedig gethan, und Trophäen aus dem Kriege
von 1478 zurücksandte, indem er äußerte, er wolle nicht daß
die Erinnerung an vergangenen Hader währe, wo man nur
gegenseitiger Freundschaft gedenken sollte [2]).

Zu Lodovico il Moro hegte Lorenzo noch weit geringeres
Vertrauen, aber der oberitalischen Verhältnisse und namentlich
der Venetianer wegen, lag ihm noch mehr daran, mit Mailand
in möglichstem Einvernehmen zu bleiben. Lodovico war
eifersüchtig auf die genauen Beziehungen zwischen seinen
Bundesgenossen, sodaß Lorenzo, um diese Eifersucht nicht zu

1) Der König an Lorenzo, Castelnuovo zu Neapel 3. Juni 1487.
Bei Fabroni a. a. C. Bd. II. S. 275.
2) Gio. Lanfredini an die Signorie, Neapel 27. Sept. 1486, bei
Bandini Collectio etc. S. 10.

steigern, gerne auf das gemeinsame Interesse von Florenz und
Mailand hinwies, den König nicht gar zu mächtig werden zu
lassen. Ueberdies stand die sarzanesische Angelegenheit dem
Einverständniß immer im Wege. Lodovico dachte stets an
die Wiedergewinnung Genua's, und wünschte sich wegen einer
Streitfrage, welche die Gennesen in fortwährender Spannung
erhielt, umsoweniger deren Gemüther abwendig zu machen,
da dieselben sich um Hülfe gegen die Florentiner selbst nach
Venedig gewandt hatten. Innocenz VIII. hatte Vermittlung
versucht, gemäß welcher die Bank von San Giorgio Pietrasanta abtreten, hingegen Sarzana behalten sollte, aber die
Sache zerschlug sich, es heißt wegen Mißhelligkeiten zwischen
dem Papst und seiner Vaterstadt, doch auch wol, weil die
öffentliche Meinung in Florenz sich, nach all den Opfern, mit
einem solchen Abkommen keineswegs zufrieden gegeben haben
würde. Ein geringfügiger Anlaß, die florentinischerseits ge-
schehene Besetzung eines kleinen Castells jenseit der Magra,
reichte hin, es zu bittern Worten zwischen Lorenzo und dem
Sforza kommen zu lassen. Ersterer hatte im October 1486
Baccio Ugolini zum Herzog von Calabrien gesandt, und Lodovico nahm es übel nicht davon benachrichtigt worden zu sein.
Mailand und der Herr Lodovico, erwiederte Lorenzo, scheinen
zu vergessen, daß diese Stadt sich eine Stadt der Freiheit
nennt, und daß es übel um sie stehn würde, wenn sie nicht
einmal einen Mann in nicht officiellem Auftrag an den neapolitanischen Prinzen senden könnte, ohne sich mit Mailand
darüber zu benehmen. In Florenz, fuhr er fort, habe man
nichts darüber gesagt, als der Herr Lodovico, ohne anzufragen,
sich mit Venedig verständigt habe. Solche Dinge seien Merk-
male von Abneigung, und träfe es sich daß Mailand einmal
der Florentiner bedürfte, so würde es unmöglich sein das Volk
zu dessen Gunsten zu stimmen, wenn man es vorher zum

äussersten gebracht hätte. So standen diese italienischen
Staaten zueinander, die sich Bundesgenossen nannten! Dann
folgten wieder schöne Worte und Freundschaftsbetheuerungen,
welche den Schein erhielten und inbetreff des Wesens niemand
täuschten. Lorenzo muß es zur Ehre nachgesagt werden, daß
er stets das Mögliche gethan hat, das wankende Gebäude der
Eintracht zu stützen.

Als das Jahr 1487 anbrach, war man in Florenz fest
entschlossen, mit Sarzana und einer Angelegenheit, die geradezu zur Unehre für die Republik wurde, ein Ende zu machen.
Die Genuesen kamen aber mit dem Angriff zuvor. Auf einem
Hügel östlich von der gedachten Stadt liegt das Fort Sarzanello, von Castruccio Castracane dem tapfern Gibellinenführer
begonnen, als dieser das lucchesische Gebiet bis zur Magra
ausdehnte. Es war eine Bergveste, die auch heute noch durch
ihre Construction Beachtung verdient, und die Florentiner
hatten es stets behauptet. Im März des ebengenannten
Jahres griff plötzlich der Befehlshaber von Sarzana, Gian
Luigi Fiesco von Lavagna, Sarzanello an, nahm den äußern
Ort, begann die Beschießung des Forts. Im genuesischen
Lager diente als Ingenieur der berühmte sienesische Architekt
Francesco di Giorgio, der sich mit Giuliano da Sangallo
um das Kriegsbauwesen seiner Zeit wie kein Anderer verdient
gemacht hat, und gegen Sarzanello ist, so scheint es, zuerst
das Minensystem von ihm angewandt worden. In Florenz
erkannte man, daß keine Zeit zu verlieren sei. Der Graf von
Pitigliano, die Herren von Piombino, von Faenza und Mirandola befehligten die Truppen, zu denen Neapel und Mailand
kärglichen Beistand sandten. Am 15. April wurden die Be-
lagerer der Forts vollständig geschlagen, wobei ihr Anführer
Obietto Fiesco in die Hände der Sieger fiel. Aber der Kampf
um die Stadt zog sich lange hin; die Mannschaft war nicht

besser als ein Theil der Hauptleute. Im Orte stieg die Noth, doch hielten die Vertheidiger aus inmitten der Bestürzung der Tag und Nacht bedrängten Einwohner.

Zu Anfang Juni war Lorenzo nach Pisa gegangen, dem Kriegsschauplatz näher zu sein. Am 8. war er im Lager und beorderte engere Einschließung. Ein Entsatzversuch mislang. Als am 21. der Sturm beschlossen war, zog die Stadt die weiße Fahne auf. Am folgenden Morgen öffneten sich die Thore. Die Bewohner wurden geschont, die Besatzung blieb kriegsgefangen. Am Vorabende des Johannesfestes traf Lorenzo in Florenz ein. „Niemals, meldet der ferraresische Gesandte, wurde er mit solchem Jubel vom Volke empfangen, das die Wiedergewinnung Sarzana's ihm mehr als Andern zuschreibt"[1]. Es war nicht sowol die Bedeutung des Ortes an sich, worauf es ankam: Florenz betrachtete die Wegnahme als einen ihm angethanen Schimpf. „Nachdem ihr, so lautete König Ferrante's Instruction[2] vom 27. Juli an Antonio Sperandeo den er nach Florenz sandte, die durchlauchtige Signorie, die Herren Acht und den erlauchten Herrn Lorenzo in unserm Namen begrüßt habt, werdet ihr denselben unsere Freude über die Wiedergewinnung Sarzana's aussprechen, eine Freude welche wahren und aufrichtigen Freunden bei günstigen Anlässen geziemt und einem Verhältniß entspricht, welches den Vortheil und das Wohl des Einen zum Vortheil und Wohl des Andern macht. So erfreuen wir uns über

---

1) Die Berichte Guidoni's bei A. Cappelli enthalten eine Menge Nachrichten und Andeutungen, aus denen man Lorenzo's be' Medici Stimmung um die Zeit des Friedensschlusses von 1486 und sein Verhältniß zu den Bundesgenossen klar erkennt. — Ueber Sarzanello: Carlo Promis, Storia del forte di Sarzanello, Turin 1838. Daß auch die Florentiner Minen brauchten, scheint aus Guidoni's Nachricht hervorzugehn: „sperasi per certe cave fatte . . . che S. Francesco si aquisterà fra due dì."

2) R. Ferdinandi Instr. L. S. 245.

die Beendigung dieser Angelegenheit wie über ein uns selber
zutheil gewordenes Glück, und bitten Gott, er möge durch
Fortdauer unserer gegenseitigen Freundschaft uns Beide in
unserm Interessen und unserm Wohlergehn fördern und vom
Guten zum Bessern gelangen lassen." Wie viel von diesen
Freundschaftsbetheuerungen auf Rechnung der einheimischen
Verwicklungen kam, mag unerörtert bleiben.

Lodovico il Moro gab sich gar keine Mühe seine üble
Laune zu verbergen und berief sogleich seine Truppen aus dem
florentinischen Lager an der Magra zurück, worüber man in
Florenz äußerst ungehalten war. Lorenzo äußerte, der Herzog
von Bari glaube nun wol, Genua und das Castelletto würden
ihm übergeben werden. So kam es aber inderthat. Der Car-
dinal-Doge Paolo Fregoso sah ein, daß es ihm nicht gelingen
würde sich inmitten seiner zahlreichen Gegner zu halten, wenn
selbst die Florentiner, wozu sie allerdings Lust zu haben
schienen, nicht weiter gegen die Rivieren vordrangen, wo die
Gegend um den Golf der Spezia nahezu schutzlos war. Während er mit dem Sforza zu unterhandeln begann, unterhandelte die Partei der Adornen mit Frankreich. Lodovico war
jedoch behender als die Räthe des jungen Königs, und nach
vielfachem Hinundherzerren endete die Sache damit, daß Genua
den Herzog von Mailand nochmals als Oberherrn anerkannte,
und der Doge mit einem Jahrgehalt abgefunden sein ruhe-
loses Leben in Rom beschließen ging. Die Florentiner aber
sollten sich nicht lange des Besitzes von Sarzana zu erfreuen
haben, das so viel Blut und mehr noch Geld gekostet hatte.
Carls VIII. Feldzug gegen Neapel gab Stadt und Veste in die
Hände der Franzosen, welche sie, als schon florentinische Truppen
und Commissare zum Behuf der Rückgabe erschienen, an dieselbe Bank von San Giorgio verkauften, die so lange mit der
Republik um den Besitz gestritten hatte.

———————

VI.

Lorenzo de' Medici als Vermittler zwischen Rom und Neapel.

Seit lange hatte Lorenzo de' Medici keinen Zweifel darüber gelassen, wie sehr er sich nach einem guten Einverständniß mit Innocenz VIII. sehnte. Wir sahen wie alsbald nach dessen Wahl die Umstände sich günstig anließen, sodaß die Florentiner hoffen durften mit dem Streit um Sarzana zu Ende zu kommen. Das Zerwürfniß zwischen dem Papst und Neapel war dann hemmend eingetreten. Florenz stand auf des Königs Seite, zur Kriegserklärung war es jedoch nicht gekommen, die Unterhandlung mit dem Papste nie abgebrochen worden. Lorenzo war jederzeit zu diesem in Beziehung gestanden. Er war es, der die im Frieden von 1486 fast schutzlos gebliebenen Orsinen mit Innocenz versöhnte. Oeffentliche wie persönliche Angelegenheiten ließen ihn auf dessen Freundschaft Gewicht legen. Er erkannte auf wie schwachen Füßen das italienische Bündniß stand und welchen Einfluß die Dinge im Kirchenstaat auf die einheimischen übten. In Familienverhältnissen handelte es sich nicht minder um Vermögensfragen, wobei die vortheilhafte Verbindung des ältesten Sohnes und der heranwachsenden Töchter in Betracht kam, sondern auch um Förderung des

21 *

zweiten Sohnes, welcher nach dem Wunsche des Vaters früh die einst seinem Oheim zugedachte Laufbahn betreten sollte. Im Verhalten Lorenzo's im Laufe des J. 1487 treten diese verschiedenen Interessen deutlich zu Tage.

Im April 1486 hatte ein angesehener und waffenkunbiger Bürger von Osimo in der anconitaner Mark, Boccalino de' Guzzoni, der eine große Autorität beim Volke gewonnen, den Augenblick der Verlegenheit des Papstes benutzt um sich unter dem Vorwande einer von der apostolischen Kammer ihm geschuldeten Summe gewaltsam in den Besitz dieser gleich vielen päpstlichen Orten zu Empörungen geneigten Stadt zu setzen[1]). Lodovico il Moro hatte alsbald geäußert, wenn der Mann sich dem Bündniß wider den Papst anschließen wolle, so werde man ihm beistehen, da die Sache gelegen komme[2]). Aber Boccalino wollte versuchen inmitten der herrschenden Wirren sich ohne fremden Beistand zu halten, dem er nicht trauen mochte. Als dann jedoch der zwischen dem Papst und Neapel geschlossene Friede, der ihm im ersten Moment zugute kam, indem viele der zersprengten Kriegsleute Sanseverino's in seinen Dienst übertraten, ihn zur Ueberzeugung brachte daß er verloren sei, gab er den im Namen des jungen Herzogs von Urbino an ihn gerichteten Vorstellungen nach und vertrug sich mit Innocenz VIII. Aber das Abkommen war nicht von Dauer, und da Boccalino von neuem die Fahne der Empörung aufpflanzte, wurde die Belagerung Osimo's beschlossen. Nun kam Jener auf

1) Die ausführlichsten Nachrichten über Boccalino de' Guzzoni giebt Bernardino Baldi im II. Buche der Geschichte Guidubaldo's von Montefeltro, Mailand 1821. Vgl. Ugolini Storia dei conti e duchi d'Urbino Bd. II. S. 49 ff.

2) An Gian Jacopo Trivulzio, Mailand 29. April 1486, bei Rosmini Bd. II. S. 155. Ebendas. die weiteren Schriftstücke über diese Angelegenheit.

den abenteuerlichen Gedanken sich nach Constantinopel zu
wenden, um Sultan Bajazet zu einem Angriff auf die Mark zu
bewegen, die er sodann als Vasall des Türkenreichs verwalten
würde. Der Bote, ein Neffe Boccalino's der diesen Vorschlag überbringen sollte, wurde in Lecce verhaftet, und König
Ferrante, im Besitz der Briefschaften, theilte die Sache dem
vom Baronenkriege her mit mailändischen Truppen im Königreich befindlichen Trivulzio und den Gesandten von Florenz
und Mailand mit, wodurch der Papst von der Sache vernahm. Man beschloß in Rom, weiterm Ausbreiten der
Rebellion zuvorzukommen. Am 2. März 1487 wurde Cardinal Giuliano bella Rovere zum Legaten für die Mark ernannt [1]), Giulio Cesare Varano Herr von Camerino ihm als
Befehlshaber der Truppen beigegeben. Beide zogen gegen
Osimo, kamen aber nicht zum Ziel, denn Boccalino hielt den
Cardinal mit Worten hin, sodaß der Papst sich an Lodovico
il Moro mit dem Gesuch wandte, ihm Trivulzio mit einem
Theile seiner Truppen zu leihen. Der Herzog von Bari er-
füllte den Wunsch und am 8. Mai traf Gian Jacopo in
Rom, am 31. im Lager vor Osimo ein.

Auch dieser tüchtige Kriegsmann richtete längere Zeit
hindurch nichts aus. Es fehlte an Geld, an Artillerie, an
Munition. Wegen ausbleibenden Soldes verweigerte ein
Theil der mailändischen Truppen den Dienst und verließ das
Lager; die päpstliche Mannschaft war völlig unbrauchbar;
Boccalino unterhandelte fortwährend mit dem Cardinal und
mit Francesco Gaddi, welchen Lorenzo be' Medici, mittelst
des Bischofs von Arezzo mit Boccalino in Verbindung getreten, gesandt hatte, um zu einem Vergleich zu gelangen [2]).

---

1) Burcard Diarium S. 88.
2) Das Mediceische Archiv, Filza 57, enthält eine Menge Schriftstücke über die Angelegenheit von Osimo und Boccalino.

Endlich wurde man's in Rom müde. Cardinal La Balue, der schlimme Intrigant welcher von Glück sagen konnte, daß Ludwig XI. sich damit begnügt hatte ihn in einen Eisenkäfig zu sperren, dem es aber nicht an Fähigkeiten fehlte und der am päpstlichen Hofe Einfluß gewonnen hatte, wurde in der zweiten Hälfte Juni mit Geld und neuer Mannschaft gesandt, Della Rovere abzulösen. Als er anlangte, hatte Trivulzio durch Befestigung einer die Stadt dominirenden Anhöhe fernern Widerstand unmöglich gemacht. Am 12. Juli erboten sich die Einwohner zu capituliren. Der florentinische Abgesandte vermittelte das Abkommen. Gegen Zahlung von achttausend Ducaten willigte Boccalino ein, die Stadt zu verlassen und Florenz zu seinem Wohnorte zu wählen. „Heute Abend, schrieb Trivulzio am 1. August nach Mailand, habe ich zweihundert Füßer und eine Schwadron Hommesd'armes in Osimo einrücken lassen. Morgen früh wird Messer Boccalino die Stadt verlassen und sodann der Herr Legat seinen feierlichen Einzug halten. Die Sache konnte nicht glücklicher noch ehrenvoller verlaufen.“ Nicht glücklicher noch ehrenvoller! Sechzehn Monate lang hatte eine gar nicht starke Stadt in der Rebellion gegen ihren Landesherrn beharrt, und nach fünfmonatlicher Einschließung hatte man sich mit Geld und Pardon abgefunden. Für die Bewohner war dies ein Glück, aber es zeigt wie es mit dem Kriegswesen stand.

Boccalino de' Guzzoni begab sich nach Florenz, wo er ehrenvoll aufgenommen wurde, und wo Lorenzo de' Medici beauftragt war, ihm den größten Theil der ihm bewilligten Summe von welcher er bei seiner Abreise tausend Ducaten erhalten hatte, auszuzahlen. Ohne Schwierigkeiten ging es jedoch dabei nicht zu, und Lorenzo's Briefe an den Gesandten in Rom, Giovanni Lanfredini, zeigen, wie ungehalten er über die dortige Verzögerung in der Erfüllung der von ihm

gewährleisteten Zusagen war, und wie er dadurch compro-
mittirt zu werden besorgte. Da das versprochene Geld nicht
anlangte, Boccalino auf Zahlung drang, stellte Lorenzo ihm
einstweilen fünfzehnhundert Ducaten zu und beauftragte den
Gesandten für die Erledigung der Sache zu sorgen. „Ich glaube
nicht, schreibt er diesem [1]), daß der Papst von Natur bösartig
oder händelsuchend ist. Wäre er's aber, was ich nie bemerkt
habe, so sollte er's nicht mir gegenüber sein. Suchet die
Sache in Ordnung zu bringen, denn ich achte den geringsten
Flecken der sich meiner Ehre anheftet, mehr als das Leben
oder was mir sonst auf Erden das theuerste ist. Machet
kein Hehl daraus, daß ich, wenn man auf meine Ehre keine
Rücksicht nähme, keinen Anstand nehmen würde, mein
Mißfallen an den Tag zu legen. Ich kann es nicht glauben,
werde mich aber nach der Erfahrung richten.“ Man schien
in Florenz zu erwarten, Boccalino werde sich dort ankaufen
und Bürgerrecht erwerben, wozu man ihm behülflich zu sein
dachte, wie ihm denn auch der Eintritt in den Kriegsdienst
angeboten ward. Nachdem er aber eine Zeitlang verweilt,
begab er sich nach Mailand, wo Lodovico il Moro, der
den Mann ungern in seiner Nähe sah, sich seiner gewaltsam entledigte.

Als Lorenzo dem Papste diesen Dienst erwies, war eine
Familienverbindung zwischen Beiden schon eingegangen. Die
Reihenfolge der politischen Ereignisse hat uns seit den aus
der Verschwörung der Pazzi entsprungenen Verwicklungen
und Kämpfen die Mediceische Familie aus den Augen

---

1) Florenz 18. August 1487. Med. Arch. Filza 57. In einem
Schreiben vom 24. November, welches sich auf den in Rom gefänglich zu-
rückgehaltenen und nachmals hingerichteten Neffen Boccalino's bezieht,
drückt er sich noch weit schärfer aus. „Stimo questa cosa . . . quanto
la vita propria, perchè mi pare mettere una gran parte dello ho-
nore et fede mia.“

verlieren lassen. Das Haus in Via Larga war mit Kindern
gefüllt. Neben den drei Söhnen, Piero, Giovanni, Giuliano,
blühten vier Töchter heran, Lucrezia, Luigia, Maddalena, Contessina. Lucrezia, von Allen die älteste, war frühe mit Jacopo Salviati verlobt worden, als es darauf ankam, die Erinnerungen von 1478 zu tilgen. Luigia, die zweite Tochter,
war Braut Giovanni's de' Medici, des jüngern Enkels von
Cosimo's des Alten Bruder Lorenzo. Ihre Großmutter war
längst nicht mehr als im J. 1487 die Vermälung der Aelte-
sten stattfand. Lucrezia Tornabuoni starb am Verkündigungs-
tage 1482. Lorenzo hat den Verlust der trefflichen Mutter
schwer empfunden. „Meine Verehrung für Eure Excellenz,
schreibt er an demselben Tage an die Herzogin von Ferrara
(Eleonora d'Aragona d'Este[1]), gebietet mir derselben das
schmerzliche und niederdrückende Ereigniß zu melden das mich
heute betroffen, den Tod meiner theuersten Mutter Madonna
Lucrezia, der mich in eine Betrübniß versetzt welche E. E.
sich vorstellen kann, da ich nicht blos die Mutter verloren
habe, sondern meine einzige Zuflucht in meinen vielen
Sorgen und Bedrängnissen, die einzige Helferin die mir viele
Mühen abnahm. Es ist wahr daß man den Willen Gottes
in Geduld hinnehmen muß, aber ich habe nicht Geisteskraft
genug um einen solchen Fall in Ruhe zu ertragen. Ich bitte
zu Gott, er wolle mir etwas mehr Fassung und Trost senden, und ihrer Seele Frieden und Seligkeit gewähren. E. E.,
welcher gegenüber ich meinem Schmerz freien Lauf lasse, begreift in welcher Stimmung und Verfassung sich ein treuer
Diener befindet, der sich Derselben so viel er vermag von
Herzen empfiehlt."

---

[1] Cappelli a. a. O. S. 244. Ebendas. Schreiben von demselben
Tage (25. März 1482) an Herzog Ercole.

Daß Lorenzo de' Medici eine Stellung wie die seinige
bei der Berathung der künftigen Verhältnisse seiner heranwachsenden Kinder in Betracht ziehen mußte, liegt auf der
Hand. Man erkennt daß er sich angelegen sein ließ, die
politischen Nothwendigkeiten dieser Stellung mit den Traditionen der Landessitte auszugleichen, welche ausländischen
Verbindungen nicht geneigt war. Die von ihm geschlossene
Familien-Allianz zwischen den Medici und Cybò hat das
Besondere, daß hier zum erstenmale der Sohn eines Papstes
gewissermaßen anerkannt und auf die politische Schaubühne
gestellt wurde, ein trauriger Anfang einer traurigen Verirrung in der Geschichte des Papstthums. In der ersten Hälfte
des März 1487 ging Giovanni Lanfredini nach Rom, ein
Ehebündniß zwischen Mabbalena der dritten Tochter Lorenzo's,
und Franceschetto Cybò, dem Sohne Innocenz' VIII. einzuleiten [1]). Die Verbündeten, Neapel und Mailand, waren
von der betreffenden Unterhandlung benachrichtigt worden.
Namentlich auf des Königs Zustimmung legte Lorenzo um
so größern Werth, da einmal an die Vermälung Franceschetto's
mit einer Tochter desselben gedacht worden war, und veranlaßte erst dann den förmlichen Abschluß in Rom, nachdem er
sich derselben vergewissert hatte, wie er denn auch nicht eher
die Sache mit den florentinischen Magistraten besprach, denen
er sie zur Begutachtung vortrug. „Unsere Meinung von dem
erlauchten Lorenzo, so heißt es in der von Ferrante an den
nach Rom, Florenz und Mailand gehenden Gesandten Trojano de' Bottuni am 1. Mai ertheilten Instruction [2]), ist so
festbegründet, daß die ganze Welt keine Aenderung bei uns
zuwegebringen könnte. Wünschet ihm Glück zu der neuen

1) A. Guidoni bei Cappelli a. a. O. S. 292.
2) R. Ferd. Instruct. L. S. 222.

Verwandtschaft, die nach unserer Ansicht uns nicht weniger als ihm Nutzen bringen wird, denn der Einfluß, den er auf den Papst gewinnt, wird auf die Beseitigung der zwischen Sr. Heiligkeit und uns obwaltenden Misverständnisse günstig einwirken, und es thut uns leid nicht früher um die Absicht gewußt zu haben, indem wir sogleich unsere volle Zustimmung gegeben haben würden."

„Gott wende nun Alles zum Guten, schrieb Lorenzo an den Gesandten der Republik in Neapel [1]), und verleihe mir die Gnade daß die Sache zu unserm und Anderer, zum besondern wie zum allgemeinen Vortheil gereiche. Solche Dinge pflegt man mehr nach dem Erfolge als nach Vernunftregeln zu beurtheilen." Dann fügt er die ihn ehrenden Worte hinzu: „Da der König wünscht, daß das neue Verhältniß keinen störenden Einfluß auf unser Bündniß übe, so versichere ich, daß diese Verschwägerung mich nicht zu einem Andern machen wird, denn nie war ich auf meine Privatangelegenheiten so vorwiegend und leidenschaftlich bedacht, daß ich der öffentlichen Ehre oder dessen, was sich für einen geraden und redlichen Mann ziemt vergessen hätte. Ich glaube der König hält mich für einen solchen, und er kann gewiß sein, daß, wenn der Papst irgendetwas beabsichtigte was den Frieden stören könnte, ich der Erste sein würde ihm Widerstand zu leisten. Ich weiß, wo ich das Fundament der Dinge zu suchen habe, und welche Schwierigkeiten aus den täglichen Vorgängen erwachsen, die sich der Reihe nach fortspinnen. Ich glaube dem Könige meine Ergebenheit mit nicht geringem Aufwande von Mühe, Sorgen und Kosten bewiesen zu haben, und er mag sicher sein, daß ich das Gewisse nicht für das Ungewisse opfern werde."

---

[1]) Fabroni a. a. O. Bd. II. S. 313.

Franceschetto Cybò hat in der Geschichte dieses Pontificats keinen glänzenden Namen hinterlassen. Er war, so nimmt man an, im J. 1449 zu Neapel geboren, wo Giambatista Cybò, damals erst siebzehnjährig, bei seinem Vater Arano verweilte bevor er in den geistlichen Stand trat, und hatte, als dieser Papst wurde, eine Schwester, Teodorina, welche in die genuesische Familie Usodimare hineinheiratete. Weder Name noch Stand der Mutter sind bekannt, und von ihm selbst weiß man nichts vor der Zeit, in welcher er plötzlich auf der großen Weltbühne erschien. An äußeren Ehren fehlte es ihm begreiflicherweise nicht. Er wurde Gouverneur von Rom und Generalcapitän der Kirche: Leo X. sein Schwager verlieh ihm nachmals das Gouvernement von Spoleto und von Kaiser Friedrich erhielt er die Reichsgrafenwürde. Lehen kamen zu den Titeln. Aber er war zugleich talentlos und habsüchtig und ein leichtfertiger Verschwender, und während er mit jungen Edelleuten an nächtlichen Unordnungen theilnahm, verspielte er einmal an Cardinal Raffael Riario vierzehntausend Ducaten. Als der Papst von einem apoplektischen Anfall getroffen scheinbar hoffnungslos darniederlag, versuchte er sich des Schatzes zu bemächtigen, was zur Folge hatte daß die Cardinäle ein Inventar desselben aufnahmen und einen der Ihrigen mit der Aufsicht betrauten, wobei es freilich hieß, Franceschetto habe bereits einen Theil nach Florenz in Sicherheit zu bringen gewußt. Die Braut war noch so jung, daß die Vermälung aufgeschoben wurde. Währenddessen ereignete sich manches, was Lorenzo hätte stutzig machen können, wäre nicht sein Wunsch, sich in Rom einen Anhalt zu verschaffen, so dringend, seine Hoffnung den schwachen Papst zu dominiren, andrerseits durch die Ereignisse des J. 1487 bestärkt worden.

Schon wenige Wochen nach dem Frieden hatte das Zerwürfniß zwischen der Kirche und Neapel wieder begonnen,

als Aquila dem Könige unterworfen ward, wobei der päpstliche Gouverneur den Tod fand, daß päpstliche Banner herab-
gerissen wurde. Die neue gegen die Barone ausgebrochene
Verfolgung steigerte dann das Misverhältniß. Nun trat des
Königs Wortbrüchigkeit auch gegen den Papst selber dazu.
So Ferrante wie sein Sohn stellten die Zusage der Zahlung
des eigentlichen Lehnzinses in Abrede. In Bezug auf das
Beneficialwesen währte die alte Willkür. Innocenz VIII.
sah sich und seine Autorität offenbar verhöhnt. Im Januar
1487 traf der Fürst von Salerno, der sich aus dem Königreiche entfernt hatte ehe das Netz sich auch über ihn zusam-
menzog, in Rom ein, wo er mit großen Ehren empfangen
wurde[1]). Sein Bericht über die Vorgänge goß begreiflicherweise Oel ins Feuer. Der Umstand daß Lodovico il Moro,
der immer doppeltes Spiel spielte, sich ohne Rückhalt wider
den König aussprach mit dem er doch eben wegen der Heirat
seines Neffen Gian Galeazzo unterhandelte, und mit der
Parteinahme Venedigs für den Papst drohte, trug nicht dazu
bei, Letztern Ferrante's Verfahren ruhiger ertragen zu lassen.
Der König erkannte daß die Lage nicht ungefährlich war.
Am 1. Mai sandte er Trojano be' Bottuni als außerordentlichen Botschafter nach Rom, Florenz und Mailand[2]). Dieser
sollte die damals noch in der Schwebe befindliche Angelegenheit von Osimo und den dem Papste dabei geleisteten Dienst
möglichst ausbeuten, die Türkengefahr in den Vordergrund
schieben, die finanzielle Verlegenheit mit den fortdauernden
Rüstungen erklären, Lorenzo be' Medici und den Herzog von
Bari um Beistand im Fall einer Invasion angehn. Alles
dies war nur Spiegelfechterei. Sollte der Papst sich renitent
zeigen, so war der Gesandte angewiesen zu erklären, der

---

1) Burcard Diarium S. 87.
2) R. Ferdinandi Instruct. L. S. 217 ff. S. oben S. 329.

Lehnzins sei vielmehr eine Formalität als eine Geldleistung. Zu letzterer erachte sich der König nicht verpflichtet, und er habe die beim Friedensschluß ertheilte Zusage nie ratificirt. Die Bedingungen dieses Friedens seien überdies von seinen Baronen nicht erfüllt worden, und nachdem der Papst ihn einst in tausend Nöthe und Gefahren gebracht, sei er nicht im geringsten gesonnen, seine Kräfte noch mehr zu schwächen um ihn zu erhöhen. Was die Drohung des Herzogs von Bari mit Venedig betreffe, so möge der Gesandte die Meinung der florentinischen Signorie und Lorenzo's vernehmen und wo möglich schriftliche Zusage von Hülfeleistung zu erlangen suchen. Das Verhalten der Barone habe neue Maßregeln erfordert. Das Murren darüber befremde den König sehr, denn es werde nur dem Papste und den Venetianern Ober-wasser und vielleicht zu einer Verwirrung Anlaß geben, ärger als die frühere. Er verlasse sich völlig auf Florenz und Lorenzo; die ganze Welt würde nicht vermögen, seine Mei-nung von diesem umzustimmen. Derselbe Mann, der den Frieden mit dem Papste geschlossen hatte, Giovanno Pontano, verfaßte auch, in des Königs Auftrag, diese Instruction, welche die im Frieden übernommene Verpflichtung ableugnete.

Ferrante täuschte sich nicht in der Voraussetzung, Lorenzo de' Medici werde das Mögliche thun, einen neuen Brand zu verhüten. Aber er irrte sehr wenn er glaubte, oder zu glauben sich stellte, dieser billige sein Verfahren. Von Sarzana zu-rückgekehrt und endlich dieser Sorge ohne, äußerte Lorenzo sich rückhaltlos über beide Bundesgenossen. Seine Erbitte-rung mußte inderthat groß sein, wenn er, der eigentliche Repräsentant der nationalen Politik Italiens, in seiner Freude über die Fortschritte der französischen Waffen in Flandern gegen König Maximilian sich zu der Aeußerung hinreißen lassen konnte, er hoffe noch den König von Frankreich als

Herrn von ganz Italien zu sehn[1]). „Dies zeigt, fügt der ferraresische Gesandte hinzu, wie groß die Verstimmung Sr. Magnificenz ist: Gott lenke sein Herz zum Guten.“ „Die Verhaftung der Barone, berichtet derselbe am 11. Juli, hat nicht blos dem erlauchten Lorenzo sondern der ganzen Stadt sehr mißfallen, und man spricht davon zur Unehre des Königs.“ Der Anschluß Genua's an Mailand und die Verluste Venedigs im Kampfe gegen Erzherzog Sigmund, meint der Gesandte, würden wol die Signorie zu äußerster Behutsamkeit veranlassen, aber Lorenzo's Reden gegen Lodovico il Moro, den er als den eigentlichen Friedensstörer erachte, seien äußerst heftig. Wenn der Herzog von Bari in seiner zweideutigen Politik fortfahre, werde nach Lorenzo's Ansicht die Folge davon sein, daß der Papst und Florenz von dem Könige das Gesetz annehmen müßten. Handelten Beide verständig, so würden sie zusammengehn wie ihre Väter, und Italien nicht in Gefahr stürzen. Lorenzo sagte, er wollte er könnte sich sechs Monate lang an einem Orte verbergen, wo ihm von italienischen Dingen nichts zu Ohren käme.

Die zahlreichen während dieser Zeit von Lorenzo an Lanfredini gerichteten Schreiben legen seine Verstimmung wie seine Besorgniß an den Tag. Es sei nöthig, schrieb er am 17. Juli[2]), daß der Papst sich der Haltung Venedigs vergewissere, unterdessen aber eine feste Stellung nehme, damit man nicht argwohne, er messe den Versicherungen des Königs, sein Vorgehen gegen die Barone sei durch deren Verhalten seit dem Frieden veranlaßt, Glauben bei, wodurch er allen Boden verlieren würde. Zehn Tage später äußerte er sich mißmuthig über die Zweideutigkeit Lodovico Sforza's,

---

1) A. Guidoni Flor. 7. Juli 1457, bei Cappelli a. a. O. S. 295.
2 Med. Arch. Filza 57. Aus dieser und der folgenden Zeit sind eine Menge Depeschen über diese Angelegenheit vorhanden.

welcher, von dem neapolitanischen Gesandten gedrängt, zur
selben Zeit an seinen Bruder den Cardinal in einem dem
Könige günstigen Sinne, an seinen Agenten in Rom in Uebereinstimmung mit den päpstlichen Ansichten schreibe.   Der
Zweck der scheinbaren Parteinahme des Sforza für Ferrante
dürfte wol sein, diesen zu verhindern sich Venedig zu nähern,
wenn er Mailand und Florenz sich gegenüber sähe.   Es
komme aber vor allem darauf an, daß sämmtliche italienische
Staaten fest zum Papste hielten und keinen Wankelmuth
zeigten.   „Gewiß wünscht Jeder den Frieden, aber ich glaube,
keiner wird zulassen, daß der Papst beleidigt und erdrückt werde."

Die vom Könige umhergesandte Rechtfertigung seines
Verfahrens überzeugte niemanden.   In der zweiten Hälfte
des Juli hielt Innocenz VIII. ein Consistorium über die Lage
der Dinge in Neapel.   Das ganze Cardinalcollegium stimmte
mit ihm überein, daß die Ehre des h. Stuhls nicht länger
zuzusehn gestatte.   An den König von Spanien, an Mailand
und Florenz, die das Abkommen gewährleistet, sollte über
dessen Verletzung geschrieben werden.   Ein Nuntius sollte nach
Neapel gehn, Einsprache zu thun, um, falls die Barone
neuerdings gefehlt, den ordentlichen Rechtsweg wider dieselben
unter Betheiligung des Papstes anzutragen.   In diesem Sinne
wurden am 24. Juli die Instructionen für Pietro Vicentino
Bischof von Cesena ausgefertigt [1]).   Aber der König behandelte den Nuntius auf die unwürdigste Weise [2]).   Er verweigerte ihm Audienz, und als dieser den Moment erspähte,
wo Ferrante auf die Jagd ging, und an der Thüre stehend
ihn seine Vorstellungen anzuhören zwang, ward es um nichts
besser.   Der Nuntius forderte im Namen des Papstes drei

---

1) Rainaldi Ann. eccl. zum J. 1487 Doc. X.
2) Stef. Infessura Diarium bei Muratori R. It. Scr. T. III.
p. 2. S. 1218, 1219.

Dinge: die Entrichtung des Lehnzinses, die Enthaltung von aller unrechtmäßigen Einmischung in geistliche Angelegenheiten, die Einstellung des Verfahrens gegen die Barone. Auf den ersten Punkt erwiederte Ferrante, er habe kein Geld. da er alles auf den vom Papst gegen ihn begonnenen Krieg verwandt habe, sodaß dieser sich einige Jahre gedulden müsse. Auf den zweiten: die für Beneficien geeigneten Personen im Reiche kenne er, die Curie aber nicht, und es reiche hin daß der Papst die vom Könige ernannten bestätige. Auf den dritten endlich: wie der Papst die Cardinäle Colonna und Savelli wegen Verraths nach seinem Ermessen eingekerkert und befreit, so stehe es dem Könige zu, verrätherische Unterthanen nach seinem Gutdünken zu verhaften und wieder zu entlassen. Hierauf ließ er ins Horn stoßen und ritt auf die Jagd, ohne den Bischof auch nur zu grüßen. „Wenn ich, schrieb Lorenzo am 10. August an Lanfredini[1]), in den letzten Tagen über die neapolitanische Angelegenheit geschwiegen habe, so liegt der Grund nicht in Sinnesänderung, sondern weil ich mich nicht ohne Frucht abmühen will. Hegt Se. Heiligkeit Vertrauen zu mir, wie ihr mir meldet, so ist es meine Pflicht, nur die Ehre Er. H. im Auge zu behalten. Jemehr ich über die Sache nachdenke, umsomehr bestärke ich mich in der Ansicht, daß der Papst ebensowenig dem Könige gegenüber sein Recht aufgeben wie mit demselben Krieg beginnen darf. Das Mittel, beide extreme Fälle zu vermeiden, dünkt mich daß der Papst ohne Zögern alle Maßregeln treffe,! um sein Recht inbetreff der Lehnsfrage zu wahren, andrerseits aber Alles vermeide, was einen Waffengang oder das Interdict nach sich ziehn muß. Zum Kriegführen befinden wir uns in schlechter Verfassung, und die allgemeinen Angelegenheiten Italiens wie

---

1) Med. Arch. a. a. C.

die besonderen des Kirchenstaats ertragen keine Erschütterung.
Das Interdict ohne Waffen gilt wenig, und deshalb scheint
mir für jetzt hinzureichen, daß die Sache intact bleibe. Letzteres würde aber nicht der Fall sein, wenn der Papst inbetreff
des Lehnzinses nachgäbe, sei es durch Verminderung oder
Verzicht auf das Geschuldete, denn in diesem Moment würde
es doch nichts fruchten und nur Verlust sein. Wenn der
König auf diese Sache den Werth legt, den er darauf zu
legen scheint, so würde sich, falls eine Concession nöthig ist,
ein geeigneterer Zeitpunkt im päpstlichen Interesse finden.
Ich fürchte nicht im geringsten, daß, um der Aufrechthaltung
der päpstlichen Rechte willen, der König zu einer feindseligen
Demonstration schreiten werde. Er würde ungerechtfertigt
dastehn und die Uebrigen würden es ihm nicht gestatten.
Dies ist meine Meinung, welche ich nur für den Papst selbst
äußere, denn es ist zweckdienlich daß es den Anschein habe,
als liege ich ihm an sich mit dem Könige zu vertragen. Der
Herr Lodovico und manche Andere sind derselben Ansicht.
Stimmt der Papst ein, so muß er sich danach richten, mich
und die Andern nicht in Verlegenheit bringen, sondern Zeit
und Gelegenheit abwarten." Die Haltung der Venetianer
bestärkte Lorenzo noch mehr in der Ansicht, daß man es in
Rom nicht zum Aeußersten kommen lassen dürfe. „Die venetianische Antwort, schrieb er am 31. August, dünkt mich sehr
vage und dem von Sr. H. in die Republik gesetzten Vertrauen
wenig entsprechend. Ich glaube es wäre gut, wenn der Papst
einige Empfindlichkeit darüber zeigte, ohne indeß die Sache
geradezu übelzunehmen, namentlich inbetracht ihres Krieges
mit den Teutschen und der Niederlage wie des Todes des
Herrn Roberto [Sanseverino]. Jedenfalls aber müßte ihnen
die Macht des Königs und die Leichtigkeit der Schädigung
des Kirchenstaats durch denselben zu Gemüthe geführt werden,

um für solchen Fall ihre Ansicht zu vernehmen, wie auch
inwieferne man auf sie zählen darf. Es wäre zugleich eine
Gelegenheit sie zum Frieden mit den Teutschen zu ermuntern, denn in Wahrheit trägt es mancherlei schlimme Früchte
wenn sie auf jener Seite zu schaffen haben, und mich dünkt
der Papst thäte sehr wohl daran, die Venetianer zum Frieden zu ermahnen und zu unterstützen, damit sie die Freiheit
ihrer Bewegungen wiedererlangen."

So faßte Lorenzo de' Medici Nahes wie Fernliegendes
zugleich ins Auge. Aber Innocenz VIII. war nicht der
Mann, eine feste Haltung anzunehmen, sondern ließ sich von
augenblicklichen Stimmungen beherrschen. Am 3. September
traf Gian Jacopo Trivulzio, nach der Beilegung der Angelegenheit von Osimo vom Papste mit Ehren überhäuft, auf
der Rückreise nach Mailand in Florenz ein, wo man ihn
glänzend empfing. Allen voran Piero de' Medici, die fremden
Botschafter und viele vornehme Bürger, und wo er im Kloster
von Sta Croce abstieg. Mit ihm war der Cardinal von
San Pietro in vincola. Lorenzo war in Pisa. Trivulzio
hatte vom Papste den Auftrag ihm zu sagen er vertraue
ganz auf ihn und werde sich von ihm leiten lassen; leite er
ihn aber schlecht, so werde es ihrer Beider Ruin sein. Dabei
war der Papst in die heftigsten Klagen über den König aus-
gebrochen. Was aber der mailändische Kriegsmann über
Innocenz VIII. äußerte, war nicht geeignet, das Vertrauen
der Republik zu ihm zu kräftigen. „Messer Gian Jacopo,
schreibt der ferraresische Gesandte, sagt von dem Kleinmuth,
der Kopflosigkeit und Armseligkeit des Papstes was man nur
von dem einfältigsten Menschen sagen kann, und fügt hinzu,
daß, wenn man ihm nicht Muth einflößt und ihn lebendig
erhält, er das kläglichste Ende nehmen wird." Am 6. kam
die Nachricht in Florenz an, der König habe an das Concil

appellirt. Obgleich Innocenz VIII. die Berufung für nichtig
und Ferrante's eigenen seinem Vorgänger geleisteten Zusagen
zuwiderlaufend erklärte, glaubte man, die Drohung werde ihn
kopfscheu machen[1]). Hierin täuschte man sich dennoch.

Zu Anfang der zweiten Septemberwoche hatte Lorenzo
sich von Pisa nach dem volterranischen Hügellande begeben,
wo er an den gegen das untere Erathal sich herabsenkenden,
hier noch sorgsam cultivirten aber im Vergleich mit dem
Arnothal schon ernsteren Höhen ein Besitzthum hatte,
welches im 13. Jahrhundert eine Niederlassung des Hos-
pitaliterordens von Altopascio gewesen war und davon den
Namen Spedaletto trug[2]). An diesem Orte pflegte Lorenzo
das Wasser von Morba zu trinken, welches ihm täglich
durch reitende Boten dahingebracht wurde, denn Spedaletto lag gesunder wie bequemer für den Verkehr. Hier
kam am 10. September, als er eben Francesco Valori mit
Aufträgen nach Neapel gesandt und ihm empfohlen hatte sich
in Rom mit Lanfredini zu benehmen, ein päpstlicher Geheimschreiber zu ihm, der ihn vergebens in Pisa aufgesucht hatte,
Jacopo Gherardi von Volterra, von Innocenz VIII. mit geheimem Auftrage an ihn und an Lodovico il Moro gesandt[3]).

1) Stefano Taverna an den Herzog von Mailand, Florenz 4. Sept.
1487, bei Rosmini Bd. II. S. 188; A. Guidoni, Flor. 6. und 12. Sept.
bei Cappelli S. 296.

2) In Spedaletto, welches nach Lorenzo's Tode an Maddalena Cybo
und später an die Familie Corsini kam, der es noch gehört, verweilte im
November 1654 zur See von Spanien kommend der Cardinal de Retz, bevor
er sich nach der Ambrogiana bei Empoli zu Großherzog Ferdinand II.
und von dort nach Rom begab. Er weiß daß die Villa, die er l'Hospi-
talita nennt, Lorenzo de' Medici gehörte, verlegt aber hieher Catilina's
Schlachtfeld. (Mémoires du Card. de Retz. Theil III. Kap. 1. —
Ausg. von Champollion Figeac, 1866, Bd. IV. S. 246.)

3) Lettere di Iacopo da Volterra a P. Innocenzo VIII, mitgetheilt und erläutert von M. Tabarrini im Arch. stor. Ital.,
Ser. III. Bd. VII. Abth. 2. S. 3 ff. Jacopo Gherardi war früher im

Es handelte sich darum Beide, unter Betheiligung Venedigs, in ein förmliches Bündniß gegen König Ferrante zu ziehen. Die Aufnahme welche die päpstlichen Anträge bei Lorenzo fanden, zeigen wie dieser, der ungeachtet der Freundschaft und Verschwägerung mit Innocenz VIII. von dessen politischem Tact und seiner Beständigkeit eine nichts weniger als glänzende Meinung hatte, sich angelegen sein ließ, die mit so vieler Mühe erlangte Ruhe in Italien nicht wieder aufs Spiel zu setzen. Denn wie immer Ferrante's Wortbruch und Gewaltsamkeit ihn erzürnen mochten, des Papstes Schwäche, des Sforza Ränkesucht, Venedigs Ländergier flößten ihm zu ernste Besorgnisse ein, um ihn nicht zu bestimmen, einem neuen Conflict möglichst aus dem Wege zu gehn. Er blieb bei den, Lanfredini auseinandergesetzten Ansichten, und warnte den Papst so vor Anwendung geistlicher Strafmittel wie vor jener der Waffengewalt. Der päpstliche Schatz sei erschöpft, die bewaffnete Macht gering, ein tüchtiger Führer sei nicht da, noch überhaupt leicht zu finden, der König gerüstet, die Bewohner des Kirchenstaats uneinig und keineswegs alle zufrieden. Im Cardinalcollegium herrschte ebensowenig Eintracht. Die Verhältnisse des Papstes und seines Staates seien nicht von der Art daß er sich in neuen Krieg einlassen dürfe; die Interessen aller übrigen italienischen Staaten heischten Ruhe. Was die Ehre betreffe, welche, nach Innocenz' Ansicht, dem Verhalten des Königs gegenüber auf dem Spiele stehe, so dünke ihn, die Ehre eines Papstes könne nie darunter

---

Dienst Card. Ammanati's gewesen. Die Schriftstücke kamen infolge der Plünderung Roms 1527 in das Venetianische Archiv. Das Mediceische Archiv enthält eine Reihe von Depeschen u. a. über diese Mission. Lorenzo schreibt aus Spedaletto am 11.—19. Sept., am 21. war er in Florenz, am 2.—10. Oct. wieder in Spedaletto. Er sagt einmal: ich bin hier, meiner Gewohnheit gemäß, um für meine Gesundheit zu sorgen.

leiden, wenn er sein Recht durch bündige Erklärungen wahre, ohne den Frieden Italiens zu stören.

Es war Lorenzo's Wunsch gewesen, der päpstliche Unterhändler möchte gar nicht nach Mailand gehn, da er, und zwar mit Recht befürchtete, der Sforza werde seiner Neigung im Trüben zu fischen nicht widerstehn können. Aber dazu war Innocenz nicht zu bewegen. Nach mehrmaliger Besprechung mit Lorenzo, welchen Jacopo Gherardi so von Volterra wie von einer Familienbesitzung in dem benachbarten Villamagna aus, ohne Aufsehn zu erregen, besuchte, war der Papst damit einverstanden, daß Jener seinem Boten Verhaltungsregeln für die Verhandlung mit Lodovico vorschreiben sollte. Lorenzo suchte nun dem Dinge die Spitze abzubrechen, indem er vorschlug, Jacopo solle überhaupt keinen Antrag stellen und des Papstes Geneigtheit zum Bruch gar nicht merken lassen, sondern nur Lodovico's Ansicht für den Fall vernehmen, daß der König Krieg beginne. Wenn dieser ja dem Papste riethe, solches nicht abzuwarten sondern selbst voranzugehn, so würde es am rechten Orte sein, ihn zu fragen, wie er es in solchem Falle zu halten denke. Erkundige er sich, ob Jacopo mit ihm, Lorenzo, über die Angelegenheit gesprochen, so möge er zur Antwort geben, er habe an ihn den gleichen Auftrag gehabt und den Rath vernommen, der Papst möge unter Vorbehalt seiner Rechte mit der größten Behutsamkeit verfahren, überdies die Antwort des Herrn Lodovico als die des verständigern und beiweitem höherstehenden Mannes einholen.

Diese Verhandlungen zogen sich bis zu Ende der ersten Octoberwoche hin. Wer sollte glauben, daß während der Bogen so straff gespannt war und die Gefahr eines Bruchs immer näher rückte, der König, der dem Papste offen Trotz bot und sein Verfahren bei allen befreundeten Höfen durch

Gesandtschaften zu rechtfertigen suchte, demselben Papste um dieselbe Zeit ein Sonderbündniß antragen ließ, welches allen Differenzen ein Ziel setzen sollte? Und doch war dem so, und der Bischof von Carinola war mit solchem Vorschlag in Rom erschienen. Der Papst theilte den Antrag dem florentinischen Gesandten mit, dem er eine Abschrift der Instruction des Bischofs zustellte. Lorenzo de' Medici wußte schon um die Sache, war jedoch inbetreff der Absichten Innocenz' VIII. in Zweifel. Vonvorneherein sprach er, in seiner zur Mittheilung an den Papst bestimmten Antwort an Lanfredini[1]), die Mei= nung aus, der König beabsichtige nur den Papst irrezuführen und aufzuhalten, unterdeß aber selber auf dem eingeschlagenen Wege zu verharren, umsomehr als die Instruction nichts als allgemeine Dinge und Worte enthalte. Zum zweiten könne er den Papst von ihm, Lorenzo, zu trennen suchen, wohl wissend daß er über Jenen dann nach seinem Gutdünken würde schalten können. Endlich aber könne es seine Absicht sein, sich zu vergewissern, ob der Papst in seinen Beschlüssen standhaft sei und auf answärtigen Beistand zähle. „Was mich betrifft, fährt er fort, so wisset ihr daß ich Sr. Heilig= keit nie zu etwas Unwürdigem, oder was den Frieden in Italien stören kann, rathen werde. Wie ich aber noch vor kurzem unsern Herrn durch euch habe warnen lassen, nicht auf fremden Succurs zu bauen, so bin ich jetzt der Ansicht, daß er sich nicht durch, wie mir scheint, Redensarten und Erbietungen von einem von ihm für verständig erachteten Vorsatz sollte abbringen lassen. Wäre S. H. der Meinung, sich mit dem Könige zu vertragen, um diesen Funken, der immerhin einen Brand entzünden kann, zu ersticken, so dünkt mich daß es vermittelst eines allgemeinen italienischen

---

1) Depesche vom 22. Oct. 1487, bei Desjardins a. a. O. S. 214.

Bündnisses geschehen sollte.   Von einem solchen würde ich
drei Ergebnisse erwarten.   Erstens eine Rechtfertigung des
Austrags zwischen Papst und König, indem Ersterer die eigene
Sache dem gemeinsamen Besten und der Ruhe Italiens hintan-
zusetzen scheinen würde.   Zweitens, größere Sicherheit der
Vertragstreue des Königs, worauf es, nach den gemachten
Erfahrungen, dem Papste ankommen muß.   Drittens, Bestätigung des guten Einvernehmens mit den übrigen italienischen Mächten, namentlich mit Venedig; ein Einvernehmen,
welches gefährdet wäre, schlösse der Papst einseitig mit dem
Könige ab."   Die ganze Depesche liefert den klaren Beweis,
wie gering des Schreibers Vertrauen einerseits auf des
Papstes Festigkeit, andererseits auf Ferrante's Ehrlichkeit ist,
und wie sein Wunsch, den allgemeinen Frieden zu erhalten,
überwiegt. Wenn er den Gesandten ersucht, bei Innocenz VIII.,
an dessen Hofe es an Intriguen und sich kreuzenden Velleï-
täten nicht fehlte, dahin zu wirken, daß beim Könige nicht
der Argwohn entstehe, er, Lorenzo, widerrathe ein Abkommen,
was dann auf sein eignes Verhältniß zu diesem ungünstig
wirken müßte, so ist dies nur die Frucht mehr denn einmal
gemachter Erfahrung.   Daß er des Papstes Geneigtheit zu
bewahren suchte, liegt in der Natur der Dinge.   „Bei mir,
schreibt er, kommt es vor allem darauf an in die Ansichten
des h. Vaters einzugehn.   Dies liegt mir vielmehr ob als
diesem einen Rath zu ertheilen.   Denn ich glaube der Papst
ist mit den Dingen dieser Welt vertrauter als die vom
Könige ertheilte Instruction anzunehmen scheint, und er hat
nun lange genug regiert um nicht der königlichen Vorschriften
zum Verhalten mit uns und Andern zu bedürfen."

Während dieses Hin- und Herverhandelns war Lodovico
il Moro, der bei demselben wesentlich in Betracht kam, sehr
bedenklich erkrankt. Schon im August 1487 war ein Magenübel

bei ihm so besorgnißerregend aufgetreten, daß der Herzog von
Ferrara den Wunsch aussprach, Lorenzo möchte seinen für
sehr geschickt erachteten Arzt Piero Leone nach Mailand sen=
den. Im November verschlimmerte sich der Zustand so, daß
die Freunde der Sforza den Cardinal Ascanio, den einzigen
noch lebenden Bruder herbeiriefen, um im Todesfalle an des
Moro Stelle zu treten. Am 18. November kam der Car=
dinal incognito mit einigen Reitern durch Florenz, so eilig
daß er von Post zu Post Pferde wechselte. Lorenzo hatte
nicht immer mit ihm harmonirt, aber er äußerte er werde
vorkommendenfalls ihn unterstützen und mit ihm und dem
Papste Hand in Hand zu gehn suchen. Die Gefahr, in
welcher Lodovico schwebte, zog langsam vorüber. Die päpst=
liche Angelegenheit rückte nicht von der Stelle. Venedig
drohte mit Krieg gegen Neapel, nachdem es mit Erzherzog
Sigmund Frieden geschlossen; Mailand ließ König Ferrante
wissen, er dürfe auf keine Bundeshülfe rechnen, wenn er sein
Verfahren gegen Rom nicht ändere; der König beharrte in
seinem Troß und in den Maßregeln wider die Barone; der
Papst suchte Geld zu machen und drohte mit dem Interdict.
Lorenzo, höchst misvergnügt über die ganze Lage der Dinge,
that was er vermochte, Innocenz VIII. von äußersten
Schritten zurückzuhalten.

VII

Familienereignisse. Vermälungen und Todesfälle.

Die Vermälung Maddalena's de' Medici mit Frances-chetto Cybò fand unterdessen statt. Als ihre Reise nach Rom schon halb beschlossen war, schrieb Lorenzo an Lanfredini [1]), ohne sich positiv über die Sache auszusprechen: „Die Clarice, meine Frau, hat halbundhalb die Absicht ihre dortigen Ver-wandten zu besuchen, und zugleich den Einfluß der römischen Luft zu erproben, da, wie ihr wißt, die hiesige ihr im Winter wenig zusagt. Früher habt ihr von dem Wunsch gesprochen, die Maddalena möge dahin kommen. Ist dies noch der Fall, so könnte sie ihre Mutter bequem begleiten. Dies sind bis jetzt unsere eigenen Projecte, die ihr dem Papste und dem Herrn Francesco mittheilen könnt. Sind sie damit ein-verstanden, so wird die Sache stattfinden, sonst nicht." Am 4. November 1487 reiste Madonna Clarice mit der Braut und ihrem ältesten Sohne nach Rom ab. Lorenzo unterließ nicht, der aus dem Elternhause scheidenden Tochter Vor-schriften und Ermahnungen mitzugeben, wie er sie so wohl und verständig zu ertheilen wußte. Er erinnerte sie an ihre eigene Herkunft und Familie, wie an die Stellung die sie ein-zunehmen im Begriff stand, an die Rücksichten die sie beiden

1) 22. Oct. 1487, bei Desjardins a. a. O. S. 219.

und dem römischen Volke schulde, an die gegen den Papst
zu dem sie in ein so nahes Verhältniß trete, an ihre Pflichten
gegen ihren Gemal, an die Vorschriften der Ehrbarkeit und
des Gehorsams wie der Achtung gegen Aeltere und Höher-
stehende. Der Bischof von Arezzo befand sich im Gefolge
Claricens, welches aus mehren Frauen und zahlreicher Dienerschaft bestand. Vor der Stadt angelangt, fanden sie mit dem
Bräutigam einige Hausprälaten des Papstes und mehre Gesandte nebst Mitgliedern der florentinisch-römischen Colonie,
die sie in ihre Mitte nahmen und nach der Leostadt führten,
wo Franceschetto in einem von seinem Ohm Maurizio erstan-
denen Hause wohnte, neben demjenigen in welchem Charlotte
von Lusignan Königin von Chpern nach langem Exil am
12. Juni desselben Jahres gestorben war. Voraus ritt die
Dienerschaft der Prälaten, die der Gesandten und der
Medici. Franceschetto hatte zur Rechten seinen künftigen
Schwager, zur Linken Jacopo Salviati, zu dem er in ein
gleiches Verhältniß treten sollte. Die Braut ritt zwischen
dem Erzbischof von Cosenza und dem Bischof von Cria, ihre
Mutter zwischen dem mailändischen Gesandten Bischof von
Roveredo und dem Bischof von Volterra. Prälaten, Rechts-
gelehrte, Frauen u. a. folgten[1]. Am Sonntage vor dem 24.,
dem Tage an welchem die venetianischen Botschafter Sebastiano
Badoer und Bernardo Bembo in geheimem Consistorium
empfangen wurden, gab der Papst Claricen und ihrer Tochter
im Palast ein Gastmal, an welchem der Bräutigam, der florentinische Gesandte und mehre Prälaten theilnahmen. Der
Braut schenkte er Geschmeide im Werth von etwa achttausend
Ducaten, Franceschetto ein Kleinod von zweitausend[2]. Am

1) A. Guiboni bei Cappelli S. 296. Burcard S. 95. Das
Datum ist bei Burcard unrichtig. Ueber die Wohnung der Cybò im
Borgo: P. Adinolfi, La Portica di S. Pietro, Rom 1859. S. 110 ff.
2) A. Guiboni bei Cappelli S. 297.

20. Januar 1488 erfolgte die Unterzeichnung des Ehecon-
tracts[1]). Franceschetto stand bereits im 39. Lebensjahre,
die Braut war kaum den Mädchenjahren entwachsen, anmuthig und zart, sodaß ein vom Vater ihr mitgegebener Begleiter sie noch immer la Fanciulla nennt. Maddalena's
Mitgift war dem Anschein nach nicht groß, viertausend Ducaten theils baar theils in Staatsschuld-Anweisungen. Aus
einem Schreiben Lorenzo's an Lanfredini[2]) ergiebt sich, daß
bei der Hochzeit auch diese Summe nicht bereit lag. „Ihr
wißt wie viele Löcher ich zuzustopfen habe." Aber Franceschetto Cybò kam doch nicht zu kurz. Seit P. Pauls II.
Tagen war die Grafschaft Anguillara ihren alten Herren
wegen wiederholter Rebellion genommen und der apostolischen
Kammer zugetheilt worden. Die Angehörigen Everso's von
Anguillara hatten aber nie zu protestiren aufgehört, und wir
sahen wie nach Sixtus' IV. Tode Deifebo sich wieder in die
Castelle setzte. Lorenzo fand sich mit den Prätendenten mittelst einer ansehnlichen Summe ab, und bot die Grafschaft
als Zugabe zur Mitgift Maddalena's den Cybò an, worauf
Innocenz VIII. am 21. Februar 1490 Franceschetto mit Anguillara belehnte, ohne der Transaction zu erwähnen um die
Rechte der Kammer nicht in Zweifel zu ziehen. Schon in
J. 1487 hatte Franceschetto von Bartolommeo della Rovere
die römischen Castelle Cerveteri und Sta Severa gekauft[3]).

1) F. Gregorovius, Das Archiv der Notare des Capitols in Rom
und das Protocollbuch des Notars Camillus de Beneimbene; Sitzungsberichte
d. k. b. Akad. d. Wiss. in München, 1872, S. 503.

2) Florenz 8. August 1488, bei Fabroni Bd. II. S. 312. Vgl.
Bd. I. S. 405.

3) Gregorovius a. a. O. [Kauf von Cerveteri 14. Juni 1487.]
Lorenzo an Lanfredini (1490), bei Fabroni Bd. II. S. 388. Nibby
Dintorni di Roma, Rom 1848, Bd. I. S. 348.

Diese Orte, nach des Papstes Tode an die Orsini von Bracciano veräußert, waren nahe daran, zu Anfang von Alexanders VI. Regierung einen Krieg zu entzünden, welcher ganz
Italien in Brand zu stecken drohte! Nicht hierauf beschränkte
sich die den Cybò infolge der Verschwägerung mit den Medici zutheil gewordene Bereicherung. Auch in Toscana gingen
sie nicht leer aus. Der Palast Jacopo's be' Pazzi gelangte
an Lorenzo's Eidam, dessen Nachkommen ihn wie das Pazzi'sche
Landhaus von Montughi noch lange besaßen¹). Von dem
an die Cybò gelangten Mediceischen Grundbesitz im Volterranischen war schon die Rede. Die beabsichtigte Erwerbung
des unvollendet gebliebenen Palastes Luca Pitti's kam hingegen nicht zustande.

    Lorenzo be' Medici, welcher seine Prachtliebe immer mit
Nützlichkeitszwecken zu verbinden wußte und von diesem
Standpunkte aus auch Andere beurtheilte, hatte von dem
Schwiegersohn keine sehr günstige Meinung. „Wie ihr bereits
früher von mir vernommen habt, schrieb er schon vor der
Vermälung, am 4. November 1487, als Franceschetto sich
zum Generalcapitän hatte machen lassen, an Lanfredini²),
dünkt mich, der Herr Francesco sollte bloßem Rauch nicht nach-
jagen; Dinge ohne rechtes Maß behagen mir nicht. Ein Hauptmann muß um den Kriegsdienst wissen und sich Reputation
erworben haben. Ich wünschte er hätte vielmehr daran
gedacht, sich Lebensunterhalt zu verschaffen, und mich wundert

---

    1) Palast (nachmals Cuaratesi) und Villa (eine Zeit lang Catalani-
Valabrègue heute Labaggi) kamen nach dem Tode von Franceschetto's Sohn
Lorenzo an dessen natürlichen Sohn Ottavio, unter Vorbehalt des Nieß-
brauchs für Lorenzo's Schwester Caterina verwittw. Herzogin von Camerino. Die Villa gehörte eine Zeitlang Eleonora Cybò Tochter Lorenzo's
und Gemalin Gian Luigi Fiesco's Grafen von Lavagna, des Helden der
Verschwörung von 1547.

    2) Med. Arch. Filza 57. Die Bulle Innocenz' VIII. ist vom 5. Dec. 1487.

daß ihm nicht einfällt, daß er am Morgen nach des Papstes
Tode der ärmste Mensch auf dieser Erde sein wird, und ich für
ihn und seine Frau sorgen muß. Laßt euch angelegen sein
ihm dies klar zu machen, wenn ihr seht daß er Titeln und
Eitelkeiten nachrennt; an mir ist es frei mit ihm zu reden,
und ihm dann zu helfen, wie immer er es nehmen mag. Ich
höre, daß er sich vom Umgang mit leichtsinnigem und
schlechtbeleumundetem Volk ferne hält und das Spiel meidet.
Wir müssen ihm unter die Arme greifen wo und wie wir
können, und ihm liebevoll vorhalten was ihm ziemt, wenn
wir unserer Verpflichtung nachkommen." Ueberhaupt ging
nicht Alles nach Lorenzo's Wunsch. Die Erhebung seines
Sohnes Giovanni zum Cardinalat, ohne Zweifel einer der
Beweggründe der Familienverbindung, ließ auf sich warten.
Clarice war leidend, und die häuslichen Verhältnisse bei den
Cybò scheinen florentinischen, namentlich mediceischen Begriffen
wenig entsprochen zu haben. „Ich vernehme, schreibt Lorenzo
am 11. April 1488 an Lanfredini [1]), was ihr mir inbetreff der
Clarice mittheilt, und es thut mir leid, obschon ihr Uebel-
befinden für mich nichts Neues ist. Ich habe ihr von dem
Grunde Nachricht gegeben, welcher Piero's Abreise von hier
vielleicht etwas verzögern wird. Aber sie darf sich darum nicht
kümmern falls sie früher hieher zurückzukehren wünscht, obgleich es mir lieb wäre wenn sie die Alfonsina [Piero's
Braut] erwartete. Ich wünsche die Maddalena möge mit
ihr kommen, denn diese ist noch sehr Kind, das Haus des
Herrn Francesco ist schlecht eingerichtet, und sie würde überdies für die Clarice ein Trost sein. Aber ich möchte daß
dies unter vollkommener Zustimmung und ohne das geringste
Misvergnügen Sr. Heiligkeit oder des Herrn Francesco geschähe,

---

1) Med. Arch Filza 59. Vgl. Isidoro del Lungo, Una lettera
di Ser Matteo Franco, im Arch. stor. Ital. Serie III. Bd. IX. S. 32 ff.

und würde eine Gnade darin erkennen." Und nachdem er
noch auf die wenig gesicherte Stellung des Schwiegersohns
zurückgekommen ist, fügt er hinzu: „Se. Heiligkeit scheint
mir in allen diesen Dingen mit großer Lauheit zu Werk zu
gehn. Abgesehn von dem Herrn Francesco, thut es mir auch
leid daß meine Tochter sich in ungünstigen Verhältnissen befinden soll, und ich bin in einer Art Verzweiflung dieses
und anderer Umstände wegen, indem ich die dortige Verschleppung und Sorglosigkeit gewahre."

Madonna Clarice blieb in Rom bis zum Mai 1488,
wo ihr Sohn Piero sie mit Giovanni Tornabuoni abholen
ging. Aus einem am 2. dieses Monats von deren Begleiter
Angelo Poliziano an Lorenzo gerichteten Briefe[1]) ergiebt sich,
daß Piero an gedachtem Tage von Acquapendente nach Viterbo abreiste, und daß die Reisegesellschaft heiter und guter
Dinge war, während sie das Maifest auch unterwegs mit
Lied und mancherlei Scherzen zu feiern nicht vergaß. Piero's
Sendung hatte aber noch einen andern Zweck: er holte die
eigene Braut ab. Am 16. April hatte Lorenzo an Lanfredini
geschrieben[2]): „Mein Piero reist binnen wenigen Tagen, um
seine Frau holen zu gehn, und auch um die Clarice zu unterstützen. Ist diese im Stande zu reisen, so wird es mir sehr
lieb sein." Wie einen fremden Schwiegersohn, hatte Lorenzo
sich auch eine fremde Schwiegertochter gewählt, aber in einer
Familie, die mit der seinigen schon eng verbunden war und
zur Republik in mancherlei Beziehungen stand, während sie
sich besonderer Gunst des neapolitanischen Herrscherhauses erfreute. Alfonsina Orsini war Tochter eines Mannes, der die
Treue gegen die Aragonesen auch dann bewahrt und erwiesen
hatte, als die Seinigen großentheils im feindlichen Lager

---

1) Poliziano Prose volgari inedite S. 74.
2) Med. Arch. Filza 59.

ftanden. Roberto Orfini, eine jüngerer Sohn Carlo's von welchem die Linie von Bracciano, nachmalige Hauptlinie des weitverzweigten Geschlechtes ftammt, hatte für König Ferrante gegen die Anjou gekämpft, für die Florentiner gegen Barto= lommeo Colleone, und war im J. 1476 in Siena einer Seuche erlegen. Zu feinen Kindern zweiter Ehe, mit Caterina da Sanfeverino, gehörte Alfonfina, welche diefen Namen zu Ehren der Aragonefen erhielt. Gegen Ende Februar 1487 fand ihre Vermälung, mittelft Stellvertretung, im Caftelnuovo zu Neapel ftatt, in Gegenwart des Königspaares und der übrigen Mit= glieder der regierenden Familie. Ferrante legte an diefem Tage Familientrauer ab, und nach dem Abendeffen fand Feft und Ball ftatt. Gentil Virginio Herr von Bracciano, Vetter der Braut, vertrat deren nächfte Angehörige, Bernardo Ru= cellai den Bräutigam. Alfonfina brachte zwölftaufend Du= caten mit, welche der Volksglaube zu dreißigtaufend fteigerte [1]. Aber es währte noch über ein Jahr, bis Piero fie heimführte. Am 22. Mai 1488 follte der Einzug in Florenz ftattfinden. Aber die Familie Medici war durch den Tod der zweiten Tochter Luigia in Trauer verfetzt, und das junge Paar, ftatt nach der Stadt zu kommen, begab fich nach Careggi. Etwa zehn Tage fpäter veranftaltete Lorenzo zu Ehren der Schwieger= tochter und ihres Gefolges ein großes Gaftmal, welchem außer den vornehmften der Stadt auch die fremden Ge= fandten beiwohnten [2].

An Feften fehlte es überhaupt in Florenz nicht, und das Mediceifche Haus trug nicht wenig zu deren Glanze bei. Mad= dalena Cybò war mit Mutter und Bruder und Schwägerin

1) A. Guidoni bei Cappelli a. a. O. S. 292. Fabroni a. a. O. Bd. I. S. 172, 173, Bd. II. S. 316. Ueber Roberto Orfini Litta Fam. Orfini Taf. 23.

2) A. Guidoni bei Cappelli a. a. O. S. 301.

angekommen, Franceschetto folgte ihr am 22. Juni. Giorgio
Santacroce und Girolamo Tuttavilla, jener aus alter römischer Familie, dieser ein Sohn Cardinal d'Estouteville's, begleiteten ihn mit vielen Anderen. „Wir empfingen ihn, schrieb
Lorenzo zwei Tage später an Lanfredini [1]), vielmehr herzlich
als glänzend. Gestern stattete er der Signorie Besuch ab.
Erscheinung, Haltung und Rede haben allgemein gefallen.
Bis jetzt bin ich wenig mit ihm allein gewesen. Ich werde
mich bemühen, des Papstes Absichten zu erfüllen; ihr werdet
mir dann berichten, wie er bei diesem ersten Zusammentreffen
mit uns zufrieden ist. Ich werde dafür sorgen, daß er Anlaß findet öfter zu uns zu kommen." Die Florentiner kamen
ihm darin zu Hülfe. Die Anwesenheit seines Eidams zu
ehren, wurden zahlreiche Volksbelustigungen, mit Schaugepränge verbunden, veranstaltet. Seit lange hatte man solche
Pracht von Triumphzügen und improvisirten Gebäuden, Bogen
und anderen Decorationen, wie sie längst bei den Florentinern
Sitte waren, nicht gesehn. Franceschetto, welchem das Bürgerrecht verliehen worden war, that Alles sich beim Volke
beliebt zu machen, was ihm gelang. Als er beim Johannes-
feste durch die Straßen zog, riefen selbst die Kinder Cybò
und Palle! Von dem Platze der Signorie bis zum Domplatz
war ein solches Gedränge, daß man die großen Wachskerzen
und andere Weihgeschenke nicht nach dem Baptisterium tragen
konnte, und wenn die Straßenaufseher Raum schaffen wollten,
rief das Volk, es wolle Lorenzo's Eidam, den Sohn des
Papstes sehen. Bei dem öffentlichen Gastmal, das die Signorie zum Feste den anwesenden vornehmen Herren und den
fremden Gesandten zu geben pflegte — von letzteren war,
neben denen der befreundeten italienischen Mächte, noch der

---

1) Med. Arch. Filza 57.

türkische da — erhielt Franceschetto den Ehrenplatz neben dem Gonfaloniere. Giovanni Tornabuoni, Bernardo Rucellai, Lorenzo der Sohn Pierfrancesco's be' Medici u. A. gaben Gastmale und Feste, Letzterer auf seiner Villa von Castello, welche westlich von der Stadt das zu prächtiger Ebene sich erweiternde Arnothal überblickend am sanften Hügelabhange lag. Lorenzo sah Eidam und Tochter täglich. Aber an Sorgen aller Art fehlte es diesem nicht inmitten all des Festjubels, dessen Mittelpunkt sein Haus bildete. Der schlimmen Dinge in der Romagna wird alsbald gedacht werden. Häusliche Anlässe zu Verstimmung und banger Spannung traten dazu.

Lorenzo war leidend und mit Geschäften überhäuft. „Lorenzo, schreibt am 26. Juni Ser Piero da Bibiena nach Rom an Lanfredini[1]), ist nach Monte Palbi (einer heute den Corsini gehörenden Factorei in der Nähe von San Casciano) geritten, um etwas Luft zu schöpfen und sich von diesem Wust von Geschäften zu befreien. Seit zwei Monaten hatte er die Stadt nicht verlassen; Sonnabend denkt er wieder hier zu sein." Wenige Tage vorher hatte der ferraresische Gesandte geschrieben, er müsse nothwendig ins Bad gehn aber es werde ihm schwer sich zu entfernen. Nicht blos die eigene Gesundheit quälte ihn: seit längerer Zeit war Clarice krank. Man hatte gehofft die heimische Luft werde ihr wohlthun, aber ihr Zustand hatte sich nicht nur nicht gebessert, sondern war schon vor der Rückkehr aus Rom bedenklich geworden, und das Innere des Hauses mochte schlecht zu den durch die Anwesenheit zweier jungen Ehepaare veranlaßten Festlichkeiten passen. Die Mutter ertrug den Gedanken nicht, sich von der Tochter zu trennen. „Der Herr Francesco, schrieb Lorenzo am 30. Juni an Lanfredini[2]), denkt in acht Tagen

---

1) Bei Fabroni a. a. O. Bd. II. S. 386.
2) Med. Arch. Filza 57.

abzureisen und, wie ich vernehme, die Maddalena mitzunehmen. Ich habe noch nicht mit ihm darüber gesprochen, aber es wäre mir lieb, wenn ihr Sr. Heiligkeit die Sache vortrüget und es dahin brächtet, daß sie den Rest des Sommers und den Herbst hier verweilen kann. Zwei Hauptgründe veranlassen mich zu diesem Wunsche. Zunächst der daß Clarice schwer leidend ist, sodaß die Aerzte im Zweifel sind, ob das Uebel bald einen tödtlichen Ausgang nimmt, oder ob es sich in die Länge zieht und die augenblickliche Gefahr vorübergeht. Der zweite Grund ist die dortige ungesunde Luft, an welche die Maddalena nicht gewohnt ist. Deshalb, und da ich noch nicht recht dazu gekommen bin meine Tochter zu sehn, bitte ich S. H. inständigst, mir dieselbe in seiner Güte noch auf wenige Monate zu lassen und dem Herrn Francesco in geeigneter Weise zu schreiben, sodaß es nicht scheine daß der Anlaß von hier aus gekommen ist."

Lorenzo's Wunsch ging auch in Erfüllung. Am 4. Juli erhielt er von Rom die Nachricht, der Papst habe beschlossen, Franceschetto mit einer Mission nach Perugia zu betrauen und dessen Frau einstweilen in Florenz zu lassen. Wie angenehm letzteres ihm war, begreift sich: ersteres weckte bei dem gereiften Politiker Bedenken. „Diese peruginische Angelegenheit, schrieb er sogleich an Lanfredini[1]), dünkt mich sehr schwierig und von der Art daß sie Verlegenheit bereiten kann, umsomehr als der Herr Francesco in solchen Dingen keine Uebung und niemanden in seiner Umgebung hat, dem man etwas Wichtiges anvertrauen könnte." Nachdem er dann gemeldet, wie er am Tage zuvor mit dem Schwiegersohn zu Careggi gespeist und sie dann die Petraja und andere Orte der Umgebung besucht, die ihm sehr gefallen, fährt er fort:

---

1) Med. Arch. Filza 57. Vgl. unten S. 320 ff.

„Die Maddalena wird hier bleiben womit der Herr Fran=
cesco ganz einverstanden scheint. Der Clarice könnte es nicht
schlimmer gehn als in diesem Moment, und ich fürchte wir
werden sie bald verlieren. Ihr könnt euch vorstellen welcher
Trost die Gegenwart ihrer Tochter für sie ist, die mir immer
als ihr Augapfel (l'occhio del capo suo) erschienen ist. So
sind Beide Sr. H. sehr dankbar. Von mir selber sage ich
nichts, denn ihr wisset wie ich meine Kinder liebe, namentlich
in gegenwärtigem Falle."

Am 6. Juli verließ Franceschetto Cybo Florenz. Seiner
Erlebnisse in Perugia wird noch gedacht werden. So der
Zustand Claricens wie die Masse der Geschäfte aller Art
hielten Lorenzo in der Stadt, sosehr er des Bades bedurfte.
Endlich am Morgen des 21. Juli begab er sich nach Filetta
im Mersethale im Sienesischen. Es ist ein in rings von
Waldungen umgebenen Thalgrunde gelegenes, aus wenigen
Häusern bestehendes Oertchen, wohin das Wasser der nahen
Schwefelquellen von Macereto geleitet worden ist, die dort
auch heutzutage gebraucht werden, einsam und unwirthlich,
an der von Siena nach Grosseto und der Maremma führen=
den Straße. Im Sommer 1313 hatte Kaiser Heinrich der
Luxemburger, schon den Tod in sich tragend, sich dorthin
bringen lassen, im J. 1459 Papst Pius II., der die Bäder
seines Heimatlandes wiederholt besuchte, diese Quellen gegen
eingewurzeltes Gichtleiden gebraucht. Kaum war Lorenzo in
Filetta, so erreichte ihn die Trauerkunde. In den Nachmittag=
stunden des 30. Juli starb Madonna Clarice. Tages zuvor
hatte Ser Piero noch an Lanfredini[1]) geschrieben: „Ich
weiß nicht was ich euch von Madonna Clarice melden soll.
Einen oder zwei Tage lang ist ihr wohler und dann geht's

---

1) Med. Arch. Filza 57.

23*

wieder schlecht, sodaß sie sich langsam der Auflösung nähert."
Die Auflösung kam jedoch weit rascher als man erwartete.
Daß Lorenzo die Stadt verließ während ihr Zustand schon
so bedenklich war, daß er auf die Nachricht von ihrer Verschlimmerung nicht heimkehrte, machte doch einen übeln Eindruck. „Wenn ihr vernehmet, schrieb Ser Piero am 31. Juli
an Lanfredini, daß man Lorenzo tadelt, weil er beim Tode
seiner Frau nicht zugegen war, so entschuldigt ihn. Leoni
(der Arzt) hielt es für nöthig daß er die Bäder gebrauchen
ging, und niemand glaubte daß der Tod so rasch eintreten
würde." Der ferraresische Gesandte bestätigt, dem Rathe der
Aerzte zufolge sei sein Verweilen im Bade nothwendig, und
alle Freunde hätten ihn gebeten, vor Vollendung der Cur
nicht zurückzukehren. Am Abende nach ihrem Hinscheiden
wurde Clarice de' Medici ohne Pomp in San Lorenzo beigesetzt. Die in Florenz anwesenden Gesandten begaben sich am
folgenden Morgen zu Piero, ihm ihr Beileid zu bezeugen.
Am 1. August fanden die feierlichen Exequien statt, denen
die ganze Stadt beiwohnte[1]). Lorenzo's Gemalin war nicht
vierzig Jahre alt geworden. In seinen Aufzeichnungen finden
sich keine Bemerkungen über die welche neunzehn Jahre lang
Glanz und Wechsel des Lebens mit ihm theilte. Für die
Beurtheilung des ehelichen Verhältnisses sind wir auf wenige
von ihm herrührende Worte früherer Zeit und auf unzuläng-
liche Zeugnisse von Zeitgenossen angewiesen, die nicht immer
auf Uebereinstimmung in Ansichten und Neigungen schließen
lassen. Der Zwist mit einem so berühmten Manne wie Polizian ist dazugekommen, bei Manchen einer unrichtigen Ansicht
von Madonna Clarice Raum zu verschaffen. Aber die Tochter
der alten römischen Baronenfamilie, jung und unerfahren in

---

[1]) Fabroni a. a. O. Bd. II. S. 384. A. Guiboni bei Cappelli
a. a. O. S. 302, 303.

eine ihr fremde Welt versetzt. Gattin eines Mannes welchen
nicht eigne Wahl mit ihr verband, hat überall, wo wir ihr
begegnen, Tact und verständigen Sinn bewiesen, und ohne sich
hervorzudrängen ihrer Stellung wie ihrem Gemal Ehre ge=
macht, ihre Kinder liebevoll und sorgsam erzogen. Von ihrer
Gesinnung und ihrem Verhältniß zu Lorenzo giebt unter an=
derm ein Brief Zeugniß, den sie während der Trennung des
J. 1478 von Cafaggiuolo aus am 13. December an diesen
richtete, zu Gunsten eines Dieners des Hauses, der wegen
irgendeines Vergehns entlassen worden war¹). „Erlauchter
Gemal, so schrieb sie, Andrea euer Botenträger hat hier oben
zwei Tage lang verweilt und sich mir dringend empfohlen,
damit ich ein gutes Wort für ihn einlegen möge, indem sein
Vergehen ihn tief schmerzt. So bitte ich euch denn ihn bei
euch zu behalten oder ihm irgendeine andere Stellung zu ver=
schaffen. Denn da er früher Beweise von Treue gegeben hat,
würdet ihr nicht gemäß eurer Natur handeln, verziehet ihr
ihm nicht eine Verirrung, und trüget ihr Schuld daran daß
er auf schlimmere Abwege geriethe. Dadurch würdet ihr
möglicherweise Andern, die euch Treue bewahren, den Muth
nehmen. Er hat eine Mutter, welche, wie sie über seine
Stellung bei euch hocherfreut war, gegenwärtig in gleichem
Maße betrübt ist, indem sie besorgt daß dieser Sohn, wenn
ihr ihn entlasset, schlimm fahren und ihr Kummer bereiten
werde. Für seinen Fehler hat er schon gebüßt durch Trauer
und Schande, denn seit ihr ihn weggesandt ist er wie außer
sich gewesen und hat keinen frohen Moment mehr gehabt.
Mich dünkt es handelt sich bei ihm besonders um den Ehren=
punkt, was ein gutes Zeichen ist und auch bei euch in Be=
tracht kommen sollte. So bitte ich euch denn auf ihn Rücksicht

---

1) Aus dem Med. Archiv bei A. Gelli Lorenzo de' Medici, im
Arch. stor. Ital. Serie III. Bd. XVII. S. 431.

zu nehmen, sei es um erprobter Treue willen, oder aus Mitleid mit der Mutter, oder weil er gute Gesinnung kundgiebt,
oder endlich meiner Verwendung zu lieb, sei es nun daß ihr
ihn wieder zu euch nehmet oder sonst für ihn sorget."

Ein am Tage nach Claricens Hinscheiden an P. Innocenz VIII. gerichtetes Schreiben[1]) zeugt von einer Wärme der
Empfindung, die man, den erwähnten Aeusserungen gegenüber,
Lorenzo nicht zugetraut hätte und die wohlthuend wirkt.
„Zu oft, schreibt er, muß ich Eure Heiligkeit mit den Dingen
belästigen, die das Geschick mir täglich sendet und Gottes
Rathschluß bereitet, gegen welchen kein Widerstreben hilft,
und welchem Jeder sich in Geduld und Demuth beugen und
seine Fügungen als Ausfluß der Güte und Liebe annehmen
sollte. Aber der eben erfolgte Tod meiner geliebten und
süßen Gefährtin Clarice ist für mich aus unzähligen Gründen
ein solcher Schmerz und Verlust, daß er meine Geduld und
Ausdauer in den Prüfungen und Verfolgungen des Schicksals,
gegen welche ich mich schon abgehärtet erachtete, besiegt hat.
Meiner freundlichen Lebensgewöhnung und Gesellschaft be-
raubt, fühle ich daß die Grenze überschritten ist, und finde
keinen Trost und keine Beruhigung meines tiefen Schmerzes.
Wie ich aber nicht aufhöre Gott den Herrn zu bitten daß er
mir Frieden verleihe, so hoffe ich fest zu seiner Güte, daß er
diesem Schmerz ein Ziel setzen und mir ferner die Prüfungen
ersparen wolle, die mich seit einiger Zeit heimgesucht haben.
Demüthig und aus tiefstem Herzen bitte ich E. H., darum
für mich zu beten, denn ich weiß wie dies Gebet mir zugute
kommen wird. Filetta am 31. Juli." Am 6. August war
Lorenzo wieder in Florenz, von wo er dem Gesandten in
Rom inbetreff eines Engländers schrieb, der zur Erlangung

---

1) Lettere di Lorenzo il Magnifico al S. P. Innocenzo VIII.
[herausgeg. von T. Moreni] Flor. 1830. S. 18.

eines päpstlichen Breves sich dorthin begab und ihm von der
Königin Elisabeth von York besonders empfohlen worden war.
Zwei Tage später entschuldigte er sich bei Lanfredini wegen
seines Nichtantwortens auf geschäftliche Fragen [1]). „Die
Gründe kennt ihr. Ist mein Geist mit einem Dinge vollauf
beschäftigt, so taugt er wenig für anderes."

Der Todesfall veranlaßte Lorenzo für seine Tochter eine
Gesellschafterin zu suchen, welche sie nach Rom zurückbegleiten
sollte. Es war eine entfernte Verwandte die er dazu erkor,
Maria de' Medici, Wittwe Galeazzo Malatesta's. „Die Maddalena, schrieb Lorenzo am 3. September an Lanfredini [2]),
reist morgen nach Rom ab. In ihrer Begleitung kommen
mein Piero und mein Ohm Giovanni, die sie bis Acquapendente führen werden, gemäß der Anordnung des Herrn
Francesco. Zur Gesellschafterin der Maddalena habe ich eine
Madonna Maria de' Medici gewählt, Wittwe des Herrn
Galeazzo Malatesta und Tochter der Madonna Ciulla. Sie
ist eine sehr gesittete und wahrhaft ehrwürdige Frau von
über funfzig Jahren, welche, seit sie Wittwe geworden, gleichsam klösterlich gelebt hat. Ich glaube der Herr Francesco
wird mit dieser Wahl von Tag zu Tage zufriedener sein."
Maddalena blieb bei ihrem Gatten in Rom, von wo sie am
1. September des folgenden Jahres ihrem Vater meldete, daß
sie sich Mutter fühle. Die Tage der jungen Frau scheinen
gerade keine heitern gewesen zu sein. Als sie mit der Mutter
nach Rom ging, hatte Lorenzo ihr einen vertrauten, seinem
Hause treu anhänglichen Mann mitgegeben, jenen Ser Matteo
Franco dessen Name in der Geschichte der burlesken Poesie
eine Stelle bewahrt. Er war ihr Rath und Vertrauter, ihr

---

1) Med. Arch. Filza 57.
2) Ebdf. — Ueber Maria [nicht Maddalena] de' Medici, vgl. Litta
Fam. Medici Taf. 7. und Passerini Fam. Malatesta Taf. 7.

Geschäftsmann, vielleicht ihr Hauscaplan, und die vielen von
ihm an die mediceischen Hausgenossen gerichteten Briefe legen
einen Antheil und eine Wärme des Gefühls an den Tag, die
bei einem so jovialen Manne doppelt erfreulich ist. Franceschetto vernachlässigte seine junge Frau, die sich quälte
während er die Nächte mit Spiel und Gelagen verbrachte,
niemand hatte der sie begleitete, sich abhärmte und ihre Gesundheit verlor, indem sie des väterlichen Hauses und der anmuthigen Villen der Umgebung von Florenz gedachte, wo
ihre Kindheit verstrichen war [1]).

Wenige Tage nach dem Verlust Claricens ereignete sich
ein anderer Todesfall, der das Mediceische Haus nicht in
den eigenen Mitgliedern betreffen, aber in seinen Nachwir-
kungen auf Familienverhältnisse, die mit den nachmaligen
politischen Ereignissen enge zusammenhingen, nicht geringen
Einfluß geübt hat. Am 19. August starb im Castel Capuano
zu Neapel im Alter von zweiundvierzig Jahren Ippolita Maria
Herzogin von Calabrien [2]). Mit ihrem Hinscheiden zerriß das
Band, welches die Aragonesen und die Sforza zusammenhielt.
Man mag sich dies in jenem Momente nicht klar gemacht
haben. Nicht nur blieb das Bündniß bestehn welches die
Staaten zu einigen schien, sondern der Todesfall brachte auch
keine Aenderung inbetreff der zwischen beiden Familien längst
beschlossenen neuen Verschwägerung zuwege, welche deren Interesse noch fester miteinander verketten zu müssen schien.
Aber mit der geistvollen und feingebildeten Frau verschwand
das vermittelnde Princip zwischen zwei Männern, die ihrem
Ehrgeiz, ihrer Habsucht, ihrem Hasse jede Rücksicht wie jedes
Bedenken zu opfern willens und gewohnt waren, und einander seit dem ferraresischen Kriege mit steigendem Mistrauen

1) Del Lungo Lettera di Ser Matteo Franco a. a. O.
2) Cronaca di Notar Giacomo S. 167.

und Widerwillen betrachteten, ihrem Bruder und ihrem Gemal. Je länger Lodovico il Moro's Herrschaft in Mailand währte, umsoweniger empfand er Neigung sie dem Neffen abzutreten, der, obgleich nun neunzehnjährig, nur den herzoglichen Titel führte. Ob die Anklage Grund hat, er habe die Bildung des Jünglings in dem Maße vernachlässigt, daß dieser, wol von Kindheit an schwächlich, zur Regierung unfähig geworden sein soll, mag dahingestellt bleiben. Jedenfalls aber blieb Gian Galeazzo den Geschäften ferne, und wenn Alles im Namen des Herzogs von Mailand ging, so ging Alles durch den Herzog von Bari. Seit seiner frühen Kindheit war Gian Galeazzo mit seiner Muhme Isabella verlobt. Oft schon hatte Alfonso von Calabrien auf die Vollziehung der Ehe gedrungen, und da die Braut das Alter von achtzehn Jahren erreicht hatte, mußte Lodovico diesem Drängen endlich nachgeben. Noch war die Trauer um die Herzogin nicht vorüber, als am 11. December Hermes Sforza, Gian Galeazzo's jüngerer Bruder mit sechs Galeeren und glänzendem Gefolge im Hafen von Neapel landete, seine künftige Schwägerin abzuholen, deren Vater ihm entgegen gefahren war und ihn nach dem Castelnuovo zu König und Königin führte. Am 21. desselben Monats steckte Hermes in seines Bruders Namen Isabellen den Trauring an. Die Hoftrauer verhinderte Festlichkeiten. So begann unter ungünstigen Auspicien eine Ehe, die nichts als Leid und Elend zu bringen, gewissermaßen im Kerker zu enden bestimmt war.

An Gepränge sollte es jedoch zu Anfang derselben nicht fehlen. Am 30. December schiffte sich die junge Herzogin von Mailand ein, bis zum Molo von Vater und Großeltern und deren Hofe begleitet. Mehre vornehme Mailänder und Genuesen hatten Hermes Sforza begleitet, unter ihnen Vitaliano Borromeo, Gasparo Visconti, Ambrosio del Maino,

Giovan Francesco da Sanseverino Graf von Cajazzo Roberto's Sohn, mit benen nun zehn Galeeren das neapolitanische Gefolge aufnahmen, den Herzog und die Herzogin von
Melfi, die Gräfin von Terranova, die Grafen von Potenza
und Consa u. A. Bei Civitavecchia, Piombino, Livorno
wurde angelegt. In erstern Hafen empfingen die Cardinäle
Sforza, Riario und be Foix mit dem Senator von Rom die
Braut, in Piombino Jacopo IV. Appiani. In Livorno vertrat Piero be' Medici von Pier Antonio Carnesecchi und
Alessandro Nasi begleitet, seinen Vater der wieder durch Gicht
ans Haus gefesselt war. Die Republik hatte Jacopo Guicciardini, Pier Filippo Pandolfini und Paol' Antonio Soberini
als Botschafter zu Bewillkommnung hingesandt, aber Lorenzo's
Sohn stellte durch sein fürstliches Auftreten Alle in Schatten.
So geschah es auch in Mailand, wohin Piero sich gegen Ende
Januar 1489 begab, dem feierlichen Einzug Isabellens und
der nochmaligen Trauung beizuwohnen, welche am Feste Ma-
riä Lichtmesse stattfand. Als Piero die mailändische Grenze
erreichte, empfingen ihn mehre Edelleute, die von Lodovico il
Moro gesandt seine Begleitung bildeten. Bei der Trauung
im Dome, welche durch Federigo Sanseverino, einen andern
Sohn Roberto's und nachmaligen Cardinal vollzogen wurde,
überstralte Piero Alle, obgleich die Pracht so groß war, daß,
wie ein Berichterstatter an Lorenzo schrieb, selbst die Köche in
Sammt und Seide gingen. Nach der Ceremonie sandte das
Herzogspaar zu ihm und ließ seinen Anzug holen um ihn
nochmals zu bewundern. Lodovico erschöpfte sich in Aufmerk-
samkeiten gegen den Sohn des Mannes, der die Geschicke von Florenz in der Hand hielt. „Allen diesen Lombarden, schreibt Piero
Alamanni der florentinische Gesandte am 31. Januar 1489,
sowie den Gesandten erscheint es ein Wunder, daß er, jung
wie er ist, eine so würdige Haltung hat und über Alles mit

solcher Gewandtheit redet. Gestern morgen sprach der Herr
Lodovico eine halbe Stunde lang zu seinem Lobe in Gegenwart der Gesandten, und wies ihm einen Ehrenplatz an neben
Messer Galeotto von Mirandola, Rodolfo Gonzaga und
Annibale Bentivogli." Alamanni wurde nach der Trauungs-
ceremonie von dem jungen Herzoge zum Ritter geschlagen und
mit einem prächtigen Gewande von Brocat beschenkt, worauf
Galeazzo und Gian Francesco da Sanseverino ihm die Sporen
anschnallten. Der Glanz des Festes entsprach dem welchen
der mailändische Hof seit Galeazzo Maria's Tagen zu entwickeln gewohnt war[1]).

1) Cronaca di Notar Giacomo S.169. Tristani Calchi
Nuptiae Mediolanens. Ducum, vgl. Ratti, Della Famiglia Sforza,
Bd. II. S. 54, 60. Fabroni a. a. O. Bd. I. S. 168, Bd. II. S. 295—298.
Mehre auf diese Festlichkeiten bezügliche Briefe Alamanni's befinden sich
im Med. Archiv.

VIII

Romagnolifche Wirren. Toscanifche und umbrifche Nachbaren.

Das Jahr 1488, welches Lorenzo de' Medici Familien-
fefte und Familientrauer brachte, brachte ihm wie der Republik
politifche Verwidlungen, umfo bedenklicher, weil die fchwächfte
Seite des Gebietes, die romagnolifche, dabei in Betracht kam,
die Beziehungen zu den Bundesgenoffen, namentlich zu Mailand, dadurch fchwer gefährdet wurden.

Nach Siztus' IV. Tode hatte Girolamo Riario fich in
feinen kleinen Staat zurückgezogen. Mit feinen großen politifchen Plänen war es vorderhand zu Ende, und er mußte
froh fein, wenn er, zwifchen Papft, Venedig und Florenz ge-
ftellt, feine Territorien behielt, die umfo fchwächer waren, da
das Gebiet von Faenza fie voneinander fchied. Zu Anfang
feiner Regierung hatte Innocenz VIII. fich ihm fehr abgeneigt gezeigt. Als Lorenzo de' Medici durch Guidantonio
Vespucci bei dem Papfte vertraulich den Plan eines Unternehmens gegen ihn zur Sprache bringen ließ, fchien diefer
nichts wider die Sache felber zu haben, wol aber zu wün-
fchen, Andere handeln zu laffen und perfönlich beifeite zu
bleiben. So die Schwierigkeiten, da Girolamo Riario wol
auf feiner Hut war und man Einfchreiten Venedigs fürchtete,

wie die Ungewißheit, wer mit den beiden Städten zu belehnen sein würde, ließen die Ausführung aufschieben, welche dann infolge der so für den Papst wie für Florenz eingetretenen Verwicklungen unterblieb [1]). Erwägt man, daß in Sixtus' IV. letzter Lebenszeit Lorenzo sich der Vermittlung Girolamo's bediente, um vom Papste Gnadenbezeugungen sogar Beneficien für seinen jungen Sohn zu erlangen [2]), so wirft die ganze Intrigue auf ihn kein günstiges Licht.

Während der vier seitdem verflossenen Jahre scheint der Herr von Forli in leidlichem Verhältniß zu den Florentinern geblieben zu sein. Der alte Groll wegen der Ereignisse von 1478 und 1479 war aber bei diesen nicht vergessen, und eine wirkliche Stütze hatte der Graf nur an Lodovico il Moro, so wegen der Verwandtschaft, wie wegen der fortwährenden Besorgniß vor Ausdehnung der florentinischen Herrschaft auf der Nordseite der Apenninen. Auf engen Kreis beschränkt, lastete er nun umso schwerer auf seinen Unterthanen. Wenn er, an Glanz und Ausgaben gewöhnt als die unermeßlichen Hülfsquellen Roms ihm zu Gebote standen, nun auf gleiche Weise fortzuleben suchte, wobei er seine beiden Städte Forli und Imola durch manche Bauten verschönerte, während er eine für den kleinen Staat drückende Militärmacht hielt, so mußte er, zur Bestreitung der Kosten, zur Abgaben und Zöllen greifen, welche die Abneigung gegen ihn, die in Forli von vorneherein in der nicht geschwundenen alten Anhänglichkeit an die Ordelaffi Nahrung fand und durch sein roh willkürliches Schalten und grausame Strafen gesteigert wurde, mehrundmehr wach erhielt. Unter solchen Umständen war es leicht, daß in einer an Gewaltthaten und Selbsthülfe

---

1) Guidantonio Vespucci an Lorenzo, Rom 25. Sept. und 14. Dec. 1484, bei Fabroni a. a. O. Bd. II. S. 316—318.

2) Ricordi di Lorenzo bei Fabroni Bd. II. S. 299.

gewohnten Provinz eine Verschwörung sich bildete, deren
Haupt Cecco dell' Orso, Hauptmann der Wache, wegen rückständigen Soldes und anderer Anlässe mit dem Grafen verfeindet und selbst bedroht, ihm zuvorzukommen beschlossen
haben soll. Am 14. April trat Cecco, von zwei Vertrauten
begleitet, in das Gemach Riario's, der keine Gefahr ahnte
und unmittelbar darauf, unter den Augen seiner eigenen
Leute, eine nackte und blutige noch zuckende Leiche aus dem
Fenster auf die Straße hinabstürzte.

Im Nu erhob sich der Aufstand. Während das Volk,
unter Freiheitsrufen den Todten durch die Gassen schleppte,
stießen die Mörder den herbeieilenden Häscherhauptmann
nieder, bemächtigten sich der Gemalin und drei Söhne des
Grafen, eilten mit ihrem Anhang zum Castell, um dasselbe
in ihre Gewalt zu bringen. Aber der Befehlshaber erklärte
er werde die Burg nur der Gräfin übergeben, und zwar nicht
der Gefangenen sondern der Freien. Hier zurückgewiesen,
vermochten die Häupter der Verschwörung auch in der Stadt
selbst nicht zum Ziele zu kommen, da sie, sich vor Verrath
zu sichern, Wenige ins Einverständniß gezogen hatten. Nicht
Viele hingen der neuen Herrscherfamilie an, Einige waren
der alten Dynastie günstig, die Masse wollte die directe
Herrschaft der Kirche. Der päpstliche Gouverneur von Cesena,
Monsignor Savelli, wurde herbeigerufen, von der Stadt
Besitz zu nehmen. Ohne die Veste war dieser Besitz unvoll-
kommen, und da Unterhandlungen nicht zum Ziele führten,
benutzte Riario's Wittwe die Verwicklung, sich zur Herrin
der Lage zu machen. Von dem Prälaten und den Aufständischen gedrängt sich ins Mittel zu legen, versprach sie gegen
Zusage einer Entschädigung den Castellan zur Uebergabe zu
vermögen wenn man sie mit diesem reden lasse. Die Söhne,
die in der Gewalt der Städtischen zurückblieben, sollten als

Geiseln dienen. Das Thor ward ihr geöffnet, aber sie ließ das Sforzasche Banner aufpflanzen. Trotzige Antwort auf die Drohung, die Knaben zu tödten wenn die Uebergabe nicht erfolge, begegnete dem Angriff. Die muthige Frau berechnete, daß jede Stunde Zögerung zu ihren Gunsten sei, während die Uneinigkeit der Gegner ihre Hoffnung belebte, daß man gegen ihre hülflosen Söhne nicht zum äußersten schreiten würde. Sie täuschte sich nicht. Auf allen Seiten setzte man sich in Bewegung. Lodovico il Moro schrieb nach Florenz, die Republik zum Schutz der Rechte der gefährdeten Söhne des Riario aufzufordern. Zugleich ließ er, ohne jedoch sich mit den Verbündeten darüber zu benehmen, Galeazzo da Sanseverino mit Reiterei und Fußvolk marschiren, während Giovanni Bentivoglio und Galeotto Pico von Mirandola mit ansehnlichen Schaaren gen Forli zogen. Die Florentiner, als sie von den kriegerischen Bewegungen vernahmen, sandten alsbald einen Theil der Truppen, die sie noch in der Lunigiana hielten, unter dem Grafen von Pitigliano und Ranuccio Farnese nach ihrer romagnolischen Grenze. In Forli war man rathlos. Die Feinde der Riari hofften auf thätigen Beistand des Papstes, aber Innocenz VIII., obgleich er einige Mannschaft von Cesena vorrücken ließ, war entweder nicht willens oder nicht im Stande sich in ein Unternehmen zu ihren Gunsten einzulassen.

Auch nach Florenz hatten die Häupter der Bewegung ihre Blicke gerichtet, wohl wissend welche innerliche Abneigung zwischen den Medici und den Riari bestand. Der ferraresische Gesandte schrieb, man habe hier nichts von der Verschwörung gewußt, aber das Volk freue sich über das was dem Grafen zugestoßen sei, und würde es, des Vergangenen eingedenk, gerne sehn wenn seine Familie mit Stumpf und Stiel ausgerottet würde. Ein von den Anstiftern der That, am vierten

Tage nach derselben an Lorenzo gerichtetes Schreiben erklärt
die Beweggründe und den Hergang wie den Entschluß der
Bürgerschaft, keine Einzelherrschaft mehr zu dulden sondern
sich der Kirche zu unterwerfen auf deren Beistand man rech=
nete. Lorenzo, heißt es in diesem Schreiben, müsse sich über
ein Ereigniß freuen, das ihn und die Republik von einem
arglistigen Feinde befreie, das unschuldige Blut seines Bru=
ders räche, und die Bürger nährten somit Hoffnung auf
kräftige Unterstützung von Florenz. Auf vorheriges Einver=
ständniß deutet aber nichts hin. Lorenzo hatte einen Ver=
trauten, Stefano von Castrocaro, nach Forli gesandt, und
dieser schilderte die Zustände der Stadt, das Vertrauen auf
florentinische Hülfe, die Absicht unter directer Herrschaft der
Kirche zu bleiben[1]). Lorenzo's spätere Aeußerungen über die
Angelegenheit machen es klar, daß gerade diese entschiedene
Hinneigung der Mehrzahl der Bevölkerung seinen Eifer, dieser
gegen die Partei der Riari zu helfen, abkühlen mußte, wenn
er überhaupt solches im Sinne hatte. Uebrigens war der
Gang der Ereignisse rascher als man in Florenz erwarten
mochte. Ehe die verschlungenen Fäden der Anträge und
Unterhandlungen sich entwirrten, gab das Vorrücken der mai=
ländischen und bolognesischen Truppen den Ausschlag. Die
am meisten Compromittirten begaben sich auf das benachbarte
florentinische Gebiet, und am 29. April wurde Ottaviano
Riario, Girolamo's kleiner Sohn, als Herr von Forli und
Imola proclamirt. Caterina Sforza, welche die Regentschaft
übernahm, rächte Mord und Gefahren blutig an Denen die
sie noch erreichen konnte.

Diese Angelegenheit führte aber für Florenz eine Ver=
wicklung herbei, welche deutlich zeigt auf wie schwachen Füßen

---

1) Schreiben Lodovico's und Cecco's dell' Orso vom 19. April und
Stefano's von Castrocaro vom 21., bei Fabroni Bd. II. S. 318—325.

einerseits die Rechtsverhältnisse andererseits die politischen
Beziehungen standen. Im rauhen Apennin, im Thale des
Sillaro, welcher seine Wasser mit denen des Reno, des
Santerno und vieler andern im Po di Primaro vereint am
südlichen Ende der Sumpfseen von Comacchio dem Adriatischen
Meere zuführt, nordöstlich von der in die romagnolische
Ebne hinabsteigenden Heerstraße von Florenz nach Bologna,
liegt Piancaldoli, heute ein Gebirgsdorf von neunhundert
Einwohnern, einst ein Castell wie die Mehrzahl der Orte der
Grenzstriche. Streitiger Jurisdiction zwischen Romagna und
Toscana, hatte es lange einer Linie der im Apennin mächtigen Ubaldini gehört, von welcher es an die Republik Florenz
gekommen war, die aber noch zu Anfang des 15. Jahrhun-
derts Schwierigkeiten und Verdruß mit den Päpsten und
ihren Legaten wegen dieses Oertchens hatte. Im Kriege des
J. 1478 hatte Girolamo Riario sich desselben bemächtigt, und
es war den Florentinern nicht gelungen ihn zur Herausgabe
u vermögen. Nun erachteten sie den Moment gekommen, sich
Recht zu verschaffen und den Schimpf zu rächen. Ihre in
der Richtung auf Imola zu nach der Romagna ziehenden
Truppen erhielten Befehl sich Piancaldoli's zu versichern.
Darüber gerieth Lodovico il Moro in heftige Aufregung, wol
nicht so sehr des bedeutungslosen Ortes wegen als weil er
argwohnte, es möchte der Anfang der Versuche größerer Erwerbungen sein. Giovan Pietro Bergomino, sein Commissar
bei den gegen Forli bestimmten Truppen, kam zu ärgerlichen
Worten mit dem florentinischen Commissar Averardo de'
Medici. Man ereiferte sich gegenseitig so daß Ercole von
Este sich ins Mittel legen zu müssen glaubte. Lorenzo de'
Medici zeigte sich jedoch nicht im geringsten zum Nachgeben
geneigt. Er sagte dem ferraresischen Gesandten, es müßte
schlimm stehn, wenn die Republik nicht ihr Eigenthum mit

ihren Leuten wiederzuerlangen suchen dürfte, ohne Zustimmung
von Mailand, welches in diesem Augenblick ohne Einverständniß mit Florenz seine Truppen gegen Forli gesandt
habe, während ein solches Unternehmen, von anderer Wichtigkeit als das von Piancaldoli, nur in Gemeinschaft mit der
Republik auszuführen wäre.

Lorenzo's Unterredungen mit dem Gesandten legen an
den Tag, wie auf allen Seiten nur Uebelwollen und Mistrauen herrschte. Er vermied es sich darüber auszusprechen,
ob die Republik eine Gebietsvergrößerung auf romagnolischer
Seite beabsichtige, obgleich er aufmerksam gemacht wurde, daß
man sich dadurch in unheilbaren Conflict mit dem Sforza
verwickeln würde, der die Angelegenheit von Forli wie seine
eigene betrachte und seine Ehre dabei auf dem Spiel glaube.
Er versprach nur abzuwarten, wie die Dinge sich entwickeln
würden. Die meiste Aussicht schien ihm der Papst zu haben,
indem er meinte in Forli könne man sich den Riari nicht
mehr fügen. Aber er verhehlte nicht daß eine Dynasten-
familie, möchten es Riari oder Andere sein, ihm ein geringeres
Uebel erscheine als directe päpstliche Herrschaft, oder gesteigerter
Einfluß der Sforza, deren Machtvergrößerung indeß immer
noch minder schlimm sein würde als die der Kirche, indem
sie sich vielleicht leichter dazu verstehn würden, Dynasten-
familien mit romagnolischen Orten zu belehnen, als die
Kirche welche seit längerer Zeit ihren Baronen mehrundmehr
abgeneigt sei, und nicht wieder aus der Hand geben werde
was sie einmal halte. Die Kirche, äußerte er einmal, sei
gegenwärtig mehr zu fürchten als selbst Venedig, ein Umstand der ihn wesentlich bewogen habe, dem König Ferrante
gegen den Papst beizustehn[1]). So war Lorenzo's Ansicht zu

1) A. Guidoni bei Cappelli S. 298—301. [Das Datum der Depesche S. 298 ist irrig; wahrscheinlich ist sie vom 23. statt 3. April.]

jener Zeit, wo ihm Alles daran lag, mit dem Papst in gutem Einverständniß zu stehn — eine Ansicht, die der neapolitanische König stets mit ihm getheilt hat. Piancaldoli wurde von den Florentinern genommen, zwei Tage bevor Forli sich mit den Riari vertrug. Wenige Jahre aber nach Lorenzo's de' Medici Tode ereignete sich das was ihm am meisten widerstrebte, denn alle kleinen Signorien der Romagna, deren Interessen vielfach mit jenen der Republik verknüpft waren, nahmen ein gewaltsames Ende.

Die Verstimmung gegen Mailand blieb, auch nach Erledigung dieser Streitfrage und nachdem man in Florenz aus Rücksicht auf Lodovico il Moro den Mördern Riario's, die sich dann nach Rom wandten, Aufnahme verweigert hatte. Lorenzo äußerte, wenn der Herzog von Bari Billiges verlange, werde man ihm stets zu Willen sein, aber er dürfe nicht mit Dingen kommen die der Ehre des Staates zuwiderliefen. Er ließ auch den Herzog von Ferrara bitten, solche Forderungen nicht zu unterstützen. Als er um diese Zeit, gegen Mitte Mai, ins Bad gegangen war, erwiederte Pier Filippo Pandolfini, sein damaliger Vertreter in politischen Geschäften, auf Lodovico's Drängen inbetreff der Rückgabe Piancaldoli's, man möge ihnen nichts Ehrwidriges zumuthen: Florenz sei kein Pavia oder Cremona, wo der Herzog von Mailand befehle. Kaum waren die ersten schlimmen Eindrücke verschwunden, so ereignete sich ein ähnlicher Vorfall, der die Republik noch weit mehr ins Mitleiden zog. Es handelte sich um Faenza, den einzigen den Manfredi noch gebliebenen Staat, zu welchem Florenz, wie schon oben ausgeführt worden ist, im Verhältniß einer Schutzmacht stand. Galeotto Manfredi war mit Francesca Bentivoglio, einer der vielen Töchter des Herrn von Bologna vermält, eine Heirat, zu welcher Lorenzo de' Medici wesentlich beigetragen

24*

hatte[1]). Untreue des Gatten reizte die leidenschaftliche Frau
in dem Grade, daß sie ihn am 31. Mai 1488 in ihrem Schlafzimmer durch gedungene Mörder umbringen ließ. Darauf
eilte sie mit ihren beiden Söhnen, deren älterer erst drei
Jahre zählte, ins Castell und benachrichtigte ihren Vater von
dem Vorgefallenen. Giovanni Bentivoglio verlor nicht einen
Augenblick. Mit der bei den Wirren von Forli zusammen-
gezogenen Mannschaft setzte er sich in Marsch, während er
dem in gedachter Stadt noch verweilenden mailändischen
Commissar Bergomino die Weisung zugehn ließ, sich mit ihm
zu vereinigen. Im Anfang ging Alles gut. Der Herr von
Bologna und die Truppen wurden in Faenza friedlich empfangen, und es hatte den Anschein, daß die Proclamation
des kleinen Astorre Manfredi Alles ausgleichen werde, als
irgendein Mißverständniß unter dem Volke und den in die
Stadt geströmten rauhen Bergbewohnern des benachbarten
Lamonethales einen Auflauf veranlaßte, wobei der mailändische Commissar und über funfzig der Seinen umkamen,
und Giovanni Bentivoglio mit Mühe sein Leben rettete.
Nachdem der ärgste Tumult sich gelegt, wurde Astorre proclamirt, unter dem Schutz der Republik Florenz, an deren
Commissar Antonio Boscoli die Verständigeren sich alsbald
mit dem Gesuch um Vermittlung und Beistand gewandt hatten.
    In Florenz verursachten die Nachrichten aus Faenza
große Aufregung. Man argwohnte daß bei dem ganzen
Vorfall mailändische und bolognesische Intriguen im Spiele
seien, und beschloß sogleich den von den Faentinern ange-
rufenen Schutz so der Stadt wie dem jungen Manfredi zu
gewähren und Truppen zu senden. Maßregeln, die man in

---

1) Schreiben Lorenzo's an Giovanni Bentivoglio, Cafaggiuolo 1. Juli
1481, bei A. Cappelli a. a. O. S. 242. Galeotto Manfredi war bei
ihm auf der Villa gewesen und dort war die Sache abgemacht worden.

Betracht des alten Schutzverhältnisses billig nicht verübeln
konnte. Faenza wurde besetzt, der gefangene Bentivoglio
nach Modigliana, dem benachbarten Hauptort der toscanischen
Romagna gebracht, Madonna Francesca nach Bologna zu
ihrer Mutter gesandt, eine aus Faentinern und Bewohnern
des Lamonethales gebildete Regentschaft eingesetzt. Den Bentivoglio der es übrigens nur den Florentinern zu danken hatte,
wenn er durch das Bergvolk ungefährdet blieb, dünkte es
hart daß man ihn auch auf florentinischem Gebiete in Verwahrsam hielt, und so Lodovico Sforza wie König Ferrante
und Ercole von Este verwandten sich für seine Befreiung,
während seine Gattin Alles mit Klagen erfüllte und bolog-
nesisches Kriegsvolk sich an der Grenze sammelte, die Stadt
Bologna eine Botschaft nach Florenz sandte. Aber Lorenzo
de' Medici welcher wußte daß die Grenzen hinlänglich
gesichert waren, erwiederte, bis die Dinge in Faenza geordnet seien, müsse Messer Giovanni sich gedulden.

Inderthat wurde nun der Commissar in Modigliana
Dionigi Pucci angewiesen, den Gefangenen in Freiheit zu
setzen und ihn zugleich zu veranlassen, sich nach Cafaggiuolo
zu begeben, wo Lorenzo ihn erwartete. Dies geschah am
14. Juni. Lorenzo äußerte sich völlig befriedigt über die
Unterredung mit Giovanni und schien an eine Wiederherstellung des frühern guten Einvernehmens zu glauben. Als
aber einige Zeit darauf der Herr von Bologna die Einwilligung zur Rückkehr seiner Tochter nach Faenza zu erlangen suchte, und zugleich die Hand einer andern Tochter für
Giuliano de' Medici anbot, wurde beides entschieden abgelehnt,
was Jenen so erzürnte, daß man in Florenz Lorenzo's Aufenthalt zu Poggio a Cajano nicht für ungefährdet hielt indem
die Villa einem Handstreich von bolognesischer Seite blos-
gestellt sei. Inderthat war er nicht ruhig, sosehr er sich

bemühte es zu verbergen. Als Giovanni Bentivoglio sich
nachmals mit der Bitte an ihn wandte, für Madonna Fran=
cesca die päpstliche Absolution zu erlangen, damit sie sich
wiederverheiraten oder ins Kloster gehn könne, erfüllte er
diese Bitte, in der Hoffnung sich diesen wieder zu befreunden,
und ein von ihm an Innocenz VIII. gerichtetes Schreiben [1]),
in welchem er diesen an die von ihm an den Tag gelegte
Bereitwilligkeit erinnert, beweist daß er sich die Sache ange=
legen sein ließ. Es seien Gnadenbezeugungen, sagt er, die er
mit aller Inbrunst zu erbitten pflege.

Mit Caterina Riario Sforza stellte sich bald ein gutes
Verhältniß her, und Lorenzo war nicht nur bemüht, An=
schläge der Ordelaffi und ihrer Partei gegen sie zu hinter=
treiben, sondern auch eine Verlobung zwischen ihrer Tochter
und dem jungen Manfredi zustande zu bringen, welchen die
Republik ganz als ihr Mündel betrachtete und behandelte [2]).
Die Zustände in der Romagna und namentlich in Faenza
waren so schlimm, die Unsicherheit infolge der zwischen
Familien und Personen herrschenden Feindschaft und blutigen
Vendetten so arg und durch die politischen Wirren so ge=
steigert, die Versuche von Friedensschließung und Versöhnung,
wie sie gerade damals, nach dem Vorgange Sanct Bernhar=
dins von Siena und Anderer vor wie nach ihm, von kirch=
licher Seite stattfanden, so unvermögend dauernde Ruhe zu
sichern, daß der florentinische Einfluß in diesen kleinen
Staaten doppelt nothtat, als besänftigendes Element für das
schwer zu bändigende Volk, als Rückhalt für die Regierenden.

---

1) Florenz 26. März 1489. Bei Moreni Lettere ec. S. 21.
2) Schreiben Piero Nasi's und Dionigi Pucci's, bei Fabroni
Bd. II. S. 325—328. Auf dies Project bezieht sich ein Schreiben Gio.
Bentivogli's an Lorenzo vom 7. Sept. 1489, Med. Arch., und ein anderes
Caterina's Riario Sforza vom 21. Jan. 1490, ebdf. Diese bittet um ent=
schiednen Bescheid „cum un bel si o cum bel non".

Lorenzo war es, der die Interessen Astorre Manfredi's schützte, als Cotignola, Heimat und Grafschaft der Sforza, sein kleines Gebiet auf Kosten Faenza's zu erweitern strebte. Zu Ende des J. 1489 versuchte Giovanni Bentivoglio nochmals, die Rückkehr seiner Tochter nach gedachter Stadt zu erlangen. „Ich habe, schrieb er an Lorenzo[1]), eine solche Rückkehr nie erstrebt noch erstrebe ich sie heute ohne Zustimmung Eurer Magnificenz, indem ich in dieser Sache wie in allen meinen Angelegenheiten nur nach eurem wohlwollenden und weisen Rathe verfahren will, wie es sich für unsere alte Freundschaft und Brüderschaft ziemt." Die Rückkehr Francesca's und die Uebernahme der Führung ihres Sohnes, meint er, werde das einzige Mittel sein, der herrschenden Verwirrung ein Ziel zu setzen, aber er werde nichts ohne Lorenzo thun.

Diese romagnolischen Wirren waren die letzten in denen, zu Lebzeiten Lorenzo's be' Medici, politisches wie militärisches Eingreifen in die Angelegenheiten von Nachbarstaaten in einer Weise stattfand, welche Verwicklungen mit andern Mächten heraufzubeschwören drohte. Völlig ruhig blieb es aber auch auf der Südseite der Apenninen nicht. Es ist eine auffallende aber nicht abzuweisende Thatsache, daß der Mann, dessen Streben im Ganzen und Großen darauf berechnet war, den Frieden zu bewahren und das politische Gleichgewicht zu sichern, sich doch nicht immer enthalten konnte, Ränke gegen benachbarte kleine Staaten zu schmieden und zu solchem Zwecke das nie ruhende Parteiwesen zu benutzen, von jener Sucht nach Gebietsvergrößerung getrieben, die bei der Republik und den Medici erblich gewesen ist wie bei Venedig und den Visconti. Die schönen Worte von Eintracht und Brüderlichkeit

---

[1]) Bologna 19. Dec. 1489. Med. Arch.

wurden leicht durch die Thatsachen Lügen gestraft. Allerdings war Lorenzo zu klug und zu behutsam, um fremden Verlockungen leicht nachzugeben. Aber er enthielt sich doch nur, wenn die Sache ihm nutzlos oder bedenklich vorkam. Als im März 1488 Franceschetto Cybò ihn in einen Anschlag gegen den schon von Sixtus' IV. Zeiten her mit Rom habernden Jacopo IV. Appiani hereinzuziehen suchte, ein Anschlag für welchen er auch König Ferrante zu gewinnen hoffte, in der Meinung daß dieser gerne eine Gelegenheit zur Aussöhnung mit dem Papst ergreifen würde, zeigte er keine Lust darauf einzugehn. Wenn Piombino nicht für Florenz gewonnen werden konnte, mußte es ihm begreiflicherweise weit lieber sein, es in den Händen eines angestammten kleinen Signore zu wissen als in denen des Papstes, selbst wenn dieser, was unsicher war, es seinem Sohne hätte geben wollen, während es ihm ferne lag, den König von Neapel in toscanische Angelegenheiten zu verwickeln. Er erinnerte sich sehr wohl vernommen zu haben, wie des Königs Vater im J. 1448 sagte, nehme er Piombino, so hoffe er auch sich ganz Toscana's zu bemächtigen; Worte, die er den Sienesen, zu denen der kleine Staat im Schutzverhältnisse stand, ins Gedächtniß zurückrief, als er ihnen eine gute Meinung von seinen freundnachbarlichen Gesinnungen beizubringen suchte[1]). Gerade in Bezug auf Siena aber war seine Politik eine nichts minder als gerade.

Innere Ruhelosigkeit hatte hier nie aufgehört, und bereitete ein Regiment vor, ähnlich dem in Florenz herrschenden, nur daß es den in Siena emporkommenden Familien, den Petrucci und Piccolomini, nicht festen Fuß zu fassen gelang wie den Medici, während die Wandelbarkeit des unter

---

1) Schreiben Franceschetto's Rom 10. März 1488, bei Fabroni Bd. II. S. 334—337. Lorenzo an Andrea da Fojano ebds. S. 344.

sich heftig verfeindeten Adels und des Volkes die der Floren=
tiner weit hinter sich ließ. Die einst von Alfons von Cala=
brien gestützte Adelspartei hatte im J. 1487 ihre Wieder=
aufnahme erlangt und eine dem Anschein nach umfassende
Umgestaltung der Verfassung bewirkt, welche die längst in
feindliche und exclusive Parteien ausgearteten alten Classen
oder Monti aufhob, die Befähigung zu den Aemtern auf
sämmtliche Theile ausdehnte. Die Verfassungsänderung wurde
als Herstellung der Eintracht begrüßt und festlich begangen,
aber es währte nicht lange bevor die bis dahin herrschende
Faction der Reformatoren inneward, daß sie bei den Wahlen
den kürzeren zog und alle Autorität an ihre alten Gegner
kam. Unzufrieden wandten sie sich heimlich an Lorenzo de'
Medici, und dieser, der doch nicht lange zuvor die Schwester=
republik seines warmen Antheils an der Bewahrung ihrer
Ruhe versichert hatte, zeigte sich auch geneigt den Klagenden
zur Wiedererlangung der frühern Stellung zu helfen. Im
März 1488 ließ er Mannschaft nach Arezzo und dem Chiana=
thal rücken, und begab sich selbst nach gedachter Stadt. Aber
in Siena kam man der Sache auf die Spur, zog eine Menge
Verdächtiger ein von denen die am meisten Compromittirten
verbannt wurden, sandte Messer Niccolò Borghese nach Arezzo,
von Lorenzo Auskunft zu verlangen.

Indem dieser den Anschlag entdeckt sah, brachte er zu=
gleich in Erfahrung daß der Papst, auf dessen Theilnahme
er gerechnet zu haben scheint, sich nicht in die Sache mischen
wollte und seinem Sohne sogar verwehrt hatte sich zu seinem
Schwiegervater zu begeben, Neapel aber die alten Freunde
in Siena zu unterstützen bereit war. So hielt er es für das
Beste, seine Absicht, der Partei der Reformatoren zu der ihr
vertragsmäßig gebührenden Stellung zu verhelfen, offen zu
bekennen. Die in der Stadt Herrschenden, zu gleicher Zeit

durch wiederholte Beunruhigung des Gebietes, so durch die
Orsini von Pitigliano wie durch Ausgewanderte gereizt, be-
festigten ihre Grenzorte und lasteten noch schwerer als zubor
auf ihren Gegnern. Ein Bruch mit Florenz ward dennoch
vermieden, und wenn Lorenzo seinen Zweck nicht erreichte,
erkennt man doch an seinem Verhalten daß ihm daran lag,
in auskömmlichen Beziehungen zu den Nachbarn zu bleiben.
Dies gelang ihm. Seine Abgesandten wurden in Siena gut
aufgenommen, und wenn er die Stadt oder ihr Gebiet berührte, wurde er jedesmal aufs ehrenvollste empfangen und
reich beschenkt. Er mochte mit Franceschetto Cybò gleicher
Meinung sein, der ihm einmal schrieb, Siena sei ein zu
fetter Bissen[1]. Wie es mit den freundnachbarlichen Gesinnungen überhaupt stand, ergiebt sich aus dem Umstande, daß
wegen einer Grenzstreitigkeit die florentiner Signorie einmal
auf den Gedanken kam, die Passage auf der großen über
Siena nach Rom führenden Straße geradezu unmöglich zu
machen, indem sie einen unerschwinglichen Grenzzoll auflegte,
für jeden Füßer ein Goldgulden, für den Reiter zwei, für
eine Maulthierlast fünf[2].

Etwas über ein Jahr nach den erwähnten Irrungen
stand er zu der Signorie der Stadt wenigstens äußerlich
wieder in so gutem Verhältniß, daß er eine Bitte um
Schonung für einen ihrer verhafteten und verurtheilten
Rebellen an sie richten konnte. „Ich weiß sehr wohl, meine
Herren — so sind seine Worte — was es mit einem Vergehen wie das in Rede stehende für den Staat auf sich hat.

---

1) Pecci Memorie ec. della Città di Siena che servono alla
vita civile di Pandolfo Petrucci. Siena 1755. S. 64 ff. Schreiben
Fr. Cybò's a. a. O. Andrea da Fojano an Lorenzo, Siena 19. Oct. 1489,
ebdf. S. 331—334.

2) A. Rinuccini Ricordi zum J. 1470, bei Fabroni S. CXIII.

Andrerseits jedoch bedenke ich, welches Verdienst bei Gott und welches Lob bei den Menschen man sich erwirbt, wenn man Gnade und Barmherzigkeit gegen solche Delinquenten übt, namentlich wenn das Gemeinwesen dabei keine Gefahr läuft. Inständig möchte ich Eure Herrlichkeiten bitten, jetzt da mir für die Sicherheit des Staates Vorsorge getroffen scheint, Maestro Maurizio Gnade widerfahren lassen zu wollen." Als Lorenzo so schrieb, scheint er vergessen zu haben, daß er fünf Monate zuvor nicht gerade in Ueber- einstimmung mit diesen Gesinnungen und Worten gehandelt hatte. Ein junger Mensch hatte in einem Streit mit einem Amtsdiener der Acht diesen getödtet, war nach Siena ge- flohen, von dort ausgeliefert und verurtheilt worden. Als man ihn zur Hinrichtung über den Platz führte, empfand das Volk Mitleid mit dem Unglücklichen, rief: Fliehe, fliehe, und suchte ihn aus den Händen der Häscher zu befreien. Lorenzo war eben im Palast. Die anwesenden fremden Gesandten und mehre Verwandte baten ihn den Jüngling begnadigen zu lassen. Er aber hielt sie mit Worten hin, ließ den Schuldigen an einem Fenster des Gerichtspalastes aufknüpfen, vier der Lärmmacher greifen, am Leibe strafen und auf mehre Jahre aus der Stadt verbannen. Er ging nicht nach Hause, bevor der Tumult sich ganz gelegt hatte [1]).

Zweideutig, wie gegenüber den Sienesen, war die floren- tinische Politik auch in den Beziehungen zu Lucca. Das wechselseitige Mistrauen und Uebelwollen gab sich auf alle Weise kund, und den weit schwächeren Lucchesen ist es nicht zu verdenken, wenn sie auf ihrer Hut waren. Der Hader wegen Pietrasanta kam nie zu wirklichem Austrag, und als es sich

---

1) Lorenzo be' Medici an die Signorie von Siena, Flor. 27. Juni 1489. Hf. im sienef. Arch. A. Guiboni, Flor. 19. Jan. 1489 bei Cappelli a. a. O. S. 305.

um eine Geldentschädigung für Lucca handelte, einigte man sich nicht inbetreff des Betrages. Ein zu Ende März 1490 entdecktes Complott welches nur die Absicht haben konnte, Lucca den Florentinern in die Hände zu spielen, und wobei ein mediceischer Gutsverwalter (Factor) betheiligt schien, veranlaßte zwischen den Anzianen der Stadt und Lorenzo eine Correspondenz, welche, aller rücksichtsvollen Behutsamkeit in der Form zum Trotz, den Mangel an Vertrauen nur zu sehr an den Tag legte. Deutlicher als in Briefen und in der Sendung eines Gesandten, sprach sich die Ansicht der Lucchesen von der florentinischen Freundschaft in den Gräben und Erdwällen aus, womit sie ihre unbefestigten Orte umgaben[1]).

Auch in Umbrien und in den Marken kamen florentinische Interessen ins Spiel, und der Gesandte bei König Ferrante, Paol' Antonio Soderini, hatte Recht indem er darauf hinwies, wie sehr es der Republik am Herzen liege, in Bologna, Perugia, Città di Caftello, Faenza, Siena ebensowenig eine Störung bestehender Verhältnisse eintreten zu lassen wie im eigenen Staate, und wie ansehnliche Geldmittel sie darauf verwende. Franceschetto Cybò der sich nach allen Seiten umsah, hätte sich gerne zum Herrn von Città di Caftello gemacht und stellte Lorenzo vor, beide Factionen, so die der Vitelli wie jene der Giustini, die einander unter einem päpstlichen Gouverneur das Gleichgewicht hielten, wünschten dies. Lorenzo aber hatte offenbar keine Luft, dem Schwiegersohn seinen Willen zu thun. Perugia war in beständiger Aufregung, wegen des ruhelosen Charakters seiner Bürger der in dem anhaltenden Streite der beiden mächtigsten

---

1) Tommasi a. a. O. S. 341. Mazzarosa Storia di Lucca Bd. II. S. 25. Die betreffenden Schriftstücke, 3. Juni bis 18. Juli 1490 im Lucchef. Staatsarchiv. Vgl. Bongi Inventario del R. Archivio di Stato in Lucca Bd. I. S. 164.

Familien, der Baglioni und Cbbi gipfelte, welche die vornehmste Stadt Umbriens stets mit Tumult erfüllten, sodaß
Tag nach Tag blutige Auftritte störten und heute die Einen
morgen die Anderen ins Exil wanderten. Vergebens versuchte
des Papstes Bruder, Maurizio Cybò, ein im Februar 1488
mit der Verwaltung betrauter verständiger und tüchtiger
Mann, durch Uebereinkommen zwischen den Hadernden Ruhe
und Ordnung herzustellen. Eine Vorladung der Parteihäupter nach Rom hatte nicht bessern Erfolg: mehre weigerten
sich geradezu zu gehn, und wenn infolge der Citation eine
Versöhnung stattfand, so war diese nicht von Dauer, und
nach Herstellung augenblicklicher Ruhe durch allgemeines
Waffenverbot ging der Lärm bald wieder ärger los.

Als Franceschetto Cybò im Juli gedachten Jahres in
päpstlichem Auftrage als Friedensstifter [1]) in Perugia verweilte,
begaben sich viele Bürger zu ihm, über den unerträglichen
Zustand der Stadt Klage zu führen. Sie sagten, weder
Recht noch Billigkeit gelte mehr und baten ihn um seine
Verwendung zur Abhülfe der Uebel. Franceschetto mochte
guten Willen haben, aber zum Heilen solcher Krebsschäden
gehörte sich ein anderer Mann, und der Erfolg rechtfertigte
Lorenzo's be' Medici Ansicht, die er in einem Briefe an
Lanfredini aussprach, als der Papst seinem Sohne die schwie-
rige Mission übertrug. Die von diesem veranlaßten Besprechungen mit den Repräsentanten der großen Familien
waren ebenso vergeblich wie die in Rom verschiedenen edlen
Peruginern gemachten Vorstellungen. Zu Ende October kam
es auf dem Platze vor dem Palast der Prioren und in der
Nachbarschaft zu blutigem Kampfe, wobei selbst kleine Artillerie
gebraucht, Häuser angezündet, den Dom von San Lorenzo als

---

1) So besagt das vom Papste an die Prioren gerichtete Breve vom
9. Juli 1488.

Veste benutzt, Barricaden gebaut wurden. An den folgenden
Tagen währte die Straßenschlacht mit Plünderung, Brand,
Erbrechung der Gefängnisse. Der Gouverneur, inmitten des
Tumults zurückgekehrt und mit dem Ruf: Kirche! Kirche!
empfangen, sah sich unvermögend etwas zu thun. Endlich
unterlagen die Oddi, mußten die Stadt räumen und sich
nach Castiglion del Lago am Trasimen zurückziehn, wo sie
mit ihren zahlreichen Anhängern ein Lager aufschlugen. Umsomehr drohte sich der Kampf über die ganze Landschaft zu
verbreiten, da die meisten Castelle dem Adel gehörten und
Spello, Fuligno, andere größere Orte bereits in Bewegung
waren und offnen Krieg gegeneinander führten, an welchem
die Vitelli, die Orsini u. A. sich betheiligten.

Schon zur Zeit der Pazzi'schen Wirren hatte Lorenzo
de' Medici so vielfach mit Perugia verhandelt und die Bedeutung der Stadt für Florenz so klar erkannt, daß ihm
daran liegen mußte, der grenzenlosen auch die Sieger
schwächenden Unordnung ein Ziel zu setzen. Er stand auf
Seiten der Baglionen, die überdies einen der Ihrigen zu
ihm gesandt hatten, und als der Cardinal von Siena, Francesco Todeschini Piccolomini, von Innocenz VIII. zum Legaten von Perugia ernannt, wo Maurizio Cybò nicht länger
bleiben wollte, am 16. November 1488 daselbst einzog,
suchte er diesen zu vermögen, sich für die gedachte Partei zu
erklären und deren Interessen zu fördern, nicht nur überhaupt in der Absicht, ihnen die Suprematie in Perugia mittelst päpstlicher Genehmigung zu sichern, sondern auch sie
von näherer Verbindung mit König Ferrante abzuhalten, dem
sie sich schon genähert hatten, zum Misvergnügen Lorenzo's
welchem jede Einmischung desselben in die Angelegenheiten
Mittelitaliens verhaßt war. „Die Baglionen, schrieb er an
Lanfredini, würden sich, geschweige dem Könige, dem Teufel

zu eigen geben. So halte ich dafür, man müsse alles Mögliche zur Löschung dieses Brandes thun. Glaubet mir, wenn der Papst diese Gelegenheit benutzt, wird er die Baglionen ganz auf seine Seite ziehn und sie seinen Zwecken dienstbar machen. Es wäre gut dem Legaten anheimzustellen, mit den Ausgewanderten nach seinem Gutdünken zu verfahren: ich werde mich sodann bemühen, die Baglionen zu bewegen, sich dem Willen des Legaten zu fügen. Jedenfalls ist Heilung dieser Wunde nöthig." Schon hatte der Graf von Pitigliano mit florentinischer Mannschaft gegen die Oddi mitgeholfen. Cardinal Piccolomini mochte von Recht und Unrecht der Parteien wenig überzeugt und ebensowenig geneigt sein, ihrem Willen zum Werkzeug zu dienen. Lange widerstand er den wiederholten Zumuthungen, die Verbannung der Ausgewanderten auszusprechen, wozu die Baglionen im Verein mit den Commissaren von Florenz und Urbino, von den Orsinen und Vitelli (Lorenzo hatte Messer Niccolò Vettori gesandt) drängten. Als er endlich sah daß die Dinge nicht länger in der Schwebe bleiben konnten, ließ er die Häupter der herrschenden Partei auf das Evangelium schwören, die Stadt im Gehorsam gegen den Papst zu erhalten, die Waffen niederzulegen, die Justizverwaltung nicht zu hindern, die von ihnen besetzten Orte des Gebietes seinen Leuten zu übergeben. Dann bestätigte er am 22. Januar 1489 die Privilegien der Stadt und erließ das Verbannungsdecret gegen die Ausgewanderten, welche zunächst auf fünf Jahre nach verschiedenen Orten Toscana's, der Romagna und Marken confinirt wurden, unter Androhung der Acht wenn sie die angewiesenen Orte verließen.

Alles dies geschah unter Theilnahme der Commissare, welche sich sodann nach einem von der Signorie ihnen gegebenen festlichen Mittagsmal empfahlen. Nun fanden die

Magistratswahlen statt, die vom Legaten beorderte Mannschaft, zweihundertfünfzig Mann, besetzte Stadt und Umgebung, das Verbannungsdecret wurde am Dom und am Palast
des Podestà angeschlagen und den vornehmsten der davon
Betroffenen persönlich durch einen Vollzieher der Gemeinde
verkündigt. Als dieser zu einem der Häupter der Partei der
Oddi kam, Agamemnone della Penna, welcher sich zu Castig-
lioncello an der urbinatischen Grenze befand, ließ der Edelmann die Thüren schließen, zog seinen Dolch und sprach zum
Boten: Eins von beiden, entweder du verschlingst das Mandat
oder ich stoße dich nieder. Der Mann besann sich nicht
lange; Agamemnone nahm ihm die übrigen für die meist in
dem benachbarten Gubbio befindlichen Ausgewanderten bestimmten Zettel ab, und ließ ihn mit der angenehmen Kunde
nach Perugia zurückkehren. Wiederum begann in der Landschaft die Fehde, wobei die Florentiner nicht müßig blieben,
aber weder der Kampf noch die wiederholten Vermittlungsversuche des Legaten, der von einem Orte zum andern zog,
führte eine Entscheidung herbei. Nur in der Stadt blieb,
ungeachtet gelegentlicher Verstörung, die Ruhe einigermaßen
hergestellt, während alle Gewalt in Händen der Baglionen
war, die sich noch lange nachher auch durch fremden Zuspruch
nicht zur Versöhnung mit den Gegnern vermögen ließen, sodaß es im Juni 1491 zum Angriff auf die Stadt und neuen
Blutscenen kam. Lorenzo de' Medici, der durch Lanfredini's
Verhandlungen mit dem Papste wie durch Vettori's Vermittlung in Perugia zum Siege der Baglionen wesentlich
beigetragen hatte, und dem daran lag, daß dem h. Stuhl
nur eine nominelle Autorität in Perugia blieb, mußte inne-
werden wie schwer es war, die gewaltsamen Zustände solcher

durch wilde Leidenschaften zerfleischten Städte selbst nur zum geringsten Maß gesetzlicher Ordnung zurückzuführen [1]).

Von ungleich geringerem Belang als die peruginischen Angelegenheiten waren für die Florentiner die Wirren des der neapolitanischen Grenze benachbarten Ascoli. Wegen ihrer die Straße vom Thale des Tronto nach Umbrien beherrschenden Lage war die Stadt jedoch der Republik nicht gleichgültig, und die Kämpfe in welche dieselbe sich vom J. 1484 an mit Fermo und andern Orten der Umgebung verwickelte, zogen umsomehr die Aufmerksamkeit auf sich, als einerseits der Papst andrerseits König Ferrante ins Mitleiden gezogen wurden, während die Herren von Urbino und von Camerino, so um ihrer eignen Staaten wie um ihrer Beziehungen zu Rom willen, sich zum Eingreifen veranlaßt fanden. Diese Kämpfe, welche nach momentaner Waffenruhe immer neu begannen und namentlich den kleineren Orten wie dem schutzlosen Lande entsetzlichen Schaden zufügten, waren unter andern Boccalino von Osimo zugute gekommen, welcher in der Mark Fermo viele Verbindungen hatte. Im J. 1487 versuchte Cardinal Giuliano della Rovere vergebens zwischen Ascoli und Fermo Frieden zu stiften. Man schlug sich mit solcher Wuth, daß bei einem von den Ascolanern im April gedachten Jahres versuchten Handstreich gegen das Castell Acquaviva sechzig Leute, die durch Verrath in ein Gebäude eingedrungen waren, in demselben verbrannt, die zu ihrer Hülfe herbeieilenden im Graben niedergemetzelt wurden. Nicht lange darauf griffen die Ascolaner das zwischen ihrer Stadt und dem Meere gelegene Offida an, vertrieben den Vicelegaten der Mark.

---

1) Cronaca del Graziani zum J. 1488 ff. in Cronache e Storie della città di Perugia Bd. I. S. 677 ff. Pellini Historia di Perugia Bd. II. S. 841 ff. Lor. be' Med. an Gio. Lanfredini 1489 bei Fabroni Bd. II. S. 329, 330.

erfüllten Alles mit Raub, Brand und Mord, schlugen die urbinatischen Truppen zurück die zur Hülfeleistung herangezogen waren. In Rom erkannte man die Nothwendigkeit dieser Anarchie Schranken zu setzen, und unterhandelte mit den Herren von Urbino und Camerino, um dem Widerstand Ascoli's ein Ende zu machen. So die Florentiner aber wie namentlich der König von Neapel, mochten sie auch die Beruhigung der adriatischen Gegenden wünschen, sahen es ungerne, daß der Papst dort größere Autorität gewann. „Dem Könige, schrieb der florentinische Gesandte Piero Nasi von Neapel aus an Lorenzo, liegt sehr daran daß der Papst sich Ascoli's nicht bemächtige. Geschähe es, so sieht der König ein, daß die Verbindung zwischen ihm und uns auf immer behindert sein würde. Wie es uns aber gelungen ist, den Papst zu hindern sich zum Herrn von Perugia zu machen, so sollte die Macht Sr. Maj. hinreichen, ein Gleiches in Ascoli zu bewirken."

So währten auch in dieser Friedenszeit allerseits Hader und Unordnung, Mißtrauen und Selbstsucht. Ferrante dachte gewiß sehr wenig an florentinische Interessen, wenn er Innocenz VIII. nicht an seiner Grenze festen Fuß fassen lassen wollte. Noch in Lorenzo's letztem Lebensjahre waren die märkischen Händel nicht beigelegt. Wie in der Romagna, schaffte auch hier erst Cesare Borgia auf seine Weise Ruhe[1]). Von anderer Seite erwuchsen dem Medici gleichfalls Sorgen und Belästigung. Nicht blos Familieninteressen verbanden ihn mit den Orsinen: die von diesem alten und mächtigen Geschlecht zu den Päpsten, zu Neapel, zu Siena, zu Florenz eingenommene Stellung mußte seine Aufmerksamkeit jederzeit

---

1) Cronache della città di Fermo, Flor. 1870. S. 215 ff. Ugolini, Storia dei Conti e Duchi d'Urbino. Bd. II. S. 60, 65. Reposati Zecca di Gubbio Bd. I. S. 291. Fabroni a. a. O. Bd. II. S. 330.

in Anspruch nehmen. Die Orsinen dünkten sich souveräne
Herren. Zahl und Bedeutung ihrer Besitzungen in der Umgebung Roms waren so groß, daß sie auch kräftigeren Regierungen, als die mancher Päpste, zu Besorgniß Anlaß geben
konnten, während nur der fast anhaltende Hader mit den Colonna, die ihnen jedoch in der hier in Betracht kommenden
Zeit nicht gewachsen waren, ihre Macht gelegentlich neutra-
lisirte. Ihre vielen Lehen im Königreich Neapel brachten sie
in enge Beziehungen zu den dortigen Herrschern. Zwischen
dem Patrimonium Petri und dem Sieneserlande besaßen sie
seit dem Anfange des 14. Jahrhunderts infolge von Erbschaft
von einem Zweige des germanischen Dynastengeschlechts der
Aldobrandeschi die Grafschaft Sorano-Pitigliano, wodurch
sie für die Nachbaren Anlaß steter Unruhe wegen der dort
herrschenden Unordnung wurden, eine Unruhe welche, bei dem
unter den Familiengliedern unausgesetzt herrschenden Hader,
auch durch das Schutzverhältniß (Accomandigia) zu Siena umsoweniger beschwichtigt ward, da Siena selbst so ruhelos war.

Wie viel in den Tagen des Haders zwischen Innocenz VIII.
und Ferrante auf die Haltung der Orsinen ankam, haben wir
gesehen. Das Verhältniß des mächtigsten Mannes der Familie,
Gentil Virginio Herrn von Bracciano, einerseits zum Papste
andererseits zum Könige hat Lorenzo de' Medici fortwährend beschäftigt, wovon seine Correspondenz mit den Gesandten in Rom und Neapel Zeugniß ablegt. „Wollte Se.
Heiligkeit — so schrieb er am 24. März 1489 an Lanfredini[1]), als Innocenz VIII. einen Augenblick daran dachte,
sich Gentil Virginio's wegen seiner verdächtigen Haltung
inmitten der neapolitanischen Wirren zu versichern — auf
angedeutete Weise verfahren, so würde er dadurch weiter
nichts erreichen, als daß die ganze Familie sich zusammen-

---

1) Fabroni a. a. O. Bd. II. S. 359.

25*

schaart und eine Beute des Königs wird. Antwortet der
Papst, dies werde in jedem Falle dennoch geschehen, so erwiederte ich, es ist weit besser daß es geschieht ohne daß wir
dabei ins Spiel kommen, als indem wir ihnen Anlaß zu
Beschuldigungen gegen uns geben. Sinn und Wille dieser
Herren Orsinen ziehen nie an demselben Strang. Sie halten
schwer zusammen, und ihr werdet sehn daß sie dem Könige
immer schlecht dienen wenn er ihrer bedarf, denn sie sind
ehrsüchtig und gierig, und wo die Noth sie nicht zwingt ist
kein Bestand in ihnen." Wenn in späterer Zeit Ferrante
einmal äußerte, der Herr Virginio sei von Natur hartnäckig
wenn er sich etwas vorgenommen habe, besonders wo er im
Rechte zu sein meine [1]), so mag man sich vorstellen, wie große
Mühe Lorenzo hatte, einen Mann zu lenken, der durch seine
Stellung in Rom, sein neapolitanisches Generalcommando,
seine Erfahrung im Kriegswesen, seinen großen Landbesitz mächtiger als mancher Fürst war. Zu den Medici ist er persönlich
immer in gutem Verhältniß gestanden. In nähere Beziehungen
zur Republik trat wie wir sahen Niccolò Graf von Pitigliano
und Nola. Auch mit diesem von Charakter bedächtigen Manne
entstanden jedoch Schwierigkeiten, wenn Interessen oder Launen
des Dynasten mit der Stellung als Feldhauptmann eines
größern Staates in Streit geriethen, und auch er hat, gleich
allen Kriegsleuten der Zeit, unbeschadet persönlicher Tapferkeit
und Ehrenhaftigkeit, sein Theil dazu beigetragen, das Ver-
derbniß des damaligen Militärwesens und die Unverträglich-
keit des herrschenden Söldnersystems mit der Convenienz ja
mit der Sicherheit der Staaten ans Licht zu bringen.

---

1) K. Ferrante an Antonio di Gennaro 24. April 1493, bei Trinchera Codice Aragon. Bd. II. Th. I. S. 381.

Sechstes Buch

Lorenzo's de' Medici letzte Lebensjahre.

I

Florentinisches Staatswesen, öffentliche Zustände und Finanzen um das Jahr 1490.

Die im Sommer 1480 vorgenommene Verfassungsreform, welche den bestimmenden Antheil an den Staatsangelegenheiten in dem Rath der Siebzig concentrirte, hatte nun ein Jahrzehnt hindurch Geltung behalten. Diese zehn Jahre, den beinahe fünfzig hinzugefügt welche das Haus der Medici an die Spitze gebracht, hatten zur Ausschließung aller Familien führen müssen, die, von einer feindlichen nicht zu reden, noch eine unabhängige Stellung behaupteten. Wenn es in dem herrschenden Theile der Aristokratie, wie sie sich unterdeß mittelst Aufnahme mancher popolaren aber darum doch nicht freisinnigen Elemente gebildet und ergänzt hatte, Männer gab, die dem System wie dem vornehmsten Träger desselben im Herzen gram waren, so fand die Mehrzahl sich durch Interesse oder Bedürfniß der Thätigkeit an jenes wie an diesen gekettet. Andere nahmen stillschweigend hin, was ohne großen Umschwung, ohne äußern wol nur von Wenigen gewünschten Anstoß nicht anders werden zu können schien. Die unteren Classen standen zu sehr unter Einwirkung der Künste dieser Verwaltung, und die den Medici vorausgegangenen Regierungen hatten sie zu sehr gedrückt, popolare Umwälzungen

hatten einen zu tumultuarischen Charakter gehabt, in kürzester
Frist der Gewaltherrschaft zu sehr das Thor geöffnet, um
ernstlich an Wechsel denken zu lassen. Die an der Regierung
im weitern Sinne betheiligte, in den Rathsversammlungen
repräsentirte, zu den Aemtern herangezogene höhere Bürgerclasse
begnügte sich mit dem durch die Constitution ihr gewährten
Maß und Schein von Autorität und Einfluß und sonstigen
Vortheilen. Unter den großen Familien waren die feindlichen
durch Exil, Confiscation, Abgaben zugrunde gerichtet, nachdem ihre alten Häupter alle im Auslande gestorben, völlig
einflußlos und nicht mehr zu fürchten, oder aber sie hatten
sich auf eine oder die andere Weise gewinnen lassen und zogen
an demselben Strang mit ihren vormaligen Gegnern.

Der Zeit ihres Sturzes nach, theilten diese Familien sich
in drei Gruppen. Die Albizzi und ihre Anhänger waren im
J. 1434, die Parteigenossen Diotisalvi Neroni's im J. 1466,
die Pazzi im J. 1478 gefallen. Weder von den Einen noch
von den Andern brauchte Lorenzo de' Medici irgendetwas zu
besorgen. In welches Elend die Albizzi von Messer Rinaldo's
Linie versanken, hat das erste Buch dieser Geschichte gezeigt.
Vierundvierzig Jahre nach ihrer Verweisung, wurde einem
Urenkel des vormaligen Hauptes der Republik, Alessandro, das
Bürgerrecht zurückgegeben, weil er, von Florenz ferne, der Signorie ein Complott entdeckt hatte, welches in dem nach der Verschwörung der Pazzi ausgebrochenen Kriege die Stadt Pistoja
dem Herzoge von Urbino in die Hände zu spielen beabsichtigte [1]).
Die Linie von Rinaldo's Bruder war den Medici befreundet
geblieben. Die Neronische Partei war seit der Colleonischen
Schilderhebung ohnmächtig. Wenn bereits Piero de' Medici
die Absicht hegte, sich mit Agnolo Acciaiuoli auszusöhnen,

---

1) Commissioni di Rinaldo degli Albizzi. Bd. III. S. 681.

von dessen Verwandten mehr als Einer zu seinen wärmsten
Anhängern gehörte, so konnte die Entzweiung der Nachkommen
nicht von Dauer sein. Ohne die Pazzischen Händel würden
die von den Aragonesen begünstigten Nachkommen Agnolo's
gewiß längst vor dem J. 1482 begnadigt worden sein. Die
Feindschaft zwischen den Medici und Soderini endete mit dem
im J. 1474 erfolgten Tode Niccolò's, freilich um in späterer
Zeit unter völlig veränderten Verhältnissen in den Söhnen
jenes Tommaso wiederaufzuleben, welcher Piero und Lorenzo
so nahe gestanden war. Mit den Pazzi war gründlich auf-
geräumt worden. Das Blutgerüst und der Kerker von Volterra hatten Schuldige und Unschuldige verschlungen, und auch
nachdem infolge der Verträge mit dem Papst und Neapel die
Ueberlebenden im J. 1482 den Kerker verließen, waren sie
noch mancherlei Beschränkungen ausgesetzt, die zum Theil bis
zur Umwälzung von 1494 währten. Am 25. Februar 1483
meldete Galeotto Manfredi, daß er Guglielmo de' Pazzi
(Lorenzo's Schwager!) bis zu seiner fernern Verfügung bei
sich in Faenza behalte, und am 18. Mai folgenden Jahres
bat Cardinal della Rovere um Erlaubniß für Niccolò de'
Pazzi, der im Bade von Viterbo gewesen war, sich in Geschäften nach Constantinopel begeben zu dürfen, statt nach dem
ihm angewiesenen Exilsorte Avignon zurückzukehren[1]). Politische Bedeutung haben die Pazzi nie wieder erlangt. Guglielmo, welcher nach dem Sturz der Medici wieder in Staats-
aufträgen gebraucht wurde, legte geringe Begabung an den
Tag, und dessen Sohn Alessandro, eilfjährig als sein Ohm
Lorenzo starb, war ungeachtet seines Scharfsinns und seiner
Erfahrung mehr zu gelehrten Arbeiten als zum öffentlichen
Leben geeignet. Die übrigen bei gedachten Schilderhebungen

---

[1]) Med. Arch. — Cosimo de' Pazzi, Alessandro's Bruder, wurde 1508
Erzbischof von Florenz.

gegen die Medici aufgetretenen Familien sind theils nie wieder
zu einer politischen Rolle gelangt, theils haben sie sich an den
Siegeskarren schmieden lassen. So ist es den Peruzzi, den
Gianfigliazzi, den Pitti und andern ergangen. Erstere, alt
und reich und berühmt, blieben seit Cosimo's be' Medici
Rückkehr von den Aemtern ausgeschlossen. Von den Strozzi
waren die beiden einst einflußreichen Linien gewissermaßen
fremde geworden, während die berühmteste erst jetzt zu vollem
Glanze gelangte.

Wenn Lorenzo de' Medici um sich blickte, brauchte er
keine Besorgniß vor Wiederholung solcher Opposition zu hegen,
wie sie die Autorität seines Großvaters und Vaters gefährdet hatte. Auch gewaltsamen Versuchen schien der Boden
entzogen, Tendenzen aber, wie sie nach seinem Tode hervor-
traten, waren kaum erst im Keime vorhanden. Francesco
Guicciardini hat diese Zustände in wenigen Sätzen geschildert.
„Die Stadt war in vollkommenem Frieden. Die Bürger, in
deren Händen die Verwaltung lag, hielten fest zusammen, die
von ihnen geführte und gestützte Regierung war so mächtig daß
keiner ihr zu widersprechen wagte. Täglich sah sich das Volk durch
Feste, Schauspiele, Neuigkeiten unterhalten; es kam ihm zugute daß die Stadt an Allem Ueberfluß hatte, Handwerke
und Geschäfte in vollem Flor standen. Die Männer von
Talent fanden ihre Rechnung dabei, daß Künste und Wissenschaften mit großer Liberalität gefördert, und die welche sie
ausübten geehrt wurden. Diese im Innern ruhige und fried-
fertige Stadt genoß im Auslande hoher Achtung und großen
Ansehens, weil sie eine Regierung mit einem Haupte voll
Autorität hatte, weil ihr Gebiet neuerdings erweitert worden,
weil die Rettung Ferrara's wie die des Königs Ferrante
wesentlich ihr Verdienst gewesen, weil sie über Papst Innocenz

völlig verfügte, weil sie, mit Neapel und Mailand verbündet, gewissermaßen ganz Italien im Gleichgewicht hielt."

Inmitten dieser glücklichen Verhältnisse fehlte es dennoch nicht an Symptomen, welche auf Unsicherheit der Grundlage hinwiesen. In den sittlichen Anschauungen verkündigten sich Contraste, deren Einfluß auf die gesammte Gestaltung und Beurtheilung der Dinge unvermeidlich war. Für den, der unter die glänzende Oberfläche schaute, mußten die Bedenken über die politische Lage sich mit jedem Jahre steigern. Abgesehen von der äußern Politik, boten die inneren Verhältnisse dazu zwiefachen Anlaß. Einmal wurde es immer deutlicher, daß Alles, Gegenwart wie Zukunft, von einem einzelnen Manne abhing. Sodann konnte man sich schwerlich verhehlen, daß die nothwendigen Consequenzen der Stellung wie der Geschicke dieses Mannes eine radicale Umgestaltung der Verfassung in, vielleicht nicht entfernte, Aussicht stellten.

Aleffandro de' Pazzi hat die Schwierigkeiten der Stellung seines Oheims treffend geschildert [1]. „Als nach Piero's Tode Lorenzo an die Spitze der Partei trat, fand er eine ernste Aufgabe, und jung wie er war, bedurfte es bei ihm großer Klugheit, diese Partei zusammenzuhalten und zu lenken. Dies umsomehr weil die damaligen mächtigen Bürger sich in ihrer herrschenden Stellung erhalten zu können glaubten, ohne Lorenzo dieselbe Autorität zuzugestehn, wie sein Großvater und Vater sie gehabt hatten. Meiner Ansicht nach war dies ein Irrthum: Uneinigkeit würde sie bald getrennt haben. Aber seine Anstrengungen waren groß und sein Verdienst war's, daß damals keine Auflösung erfolgte. Die von ihm seinen Anhängern gegenüber geübte Geduld verdient gleiches Lob wie seine Klugheit, Thätigkeit, Liberalität, und ich weiß von

---

1) Vgl. Bd. I. S. 288 und oben S. 218.

meiner Mutter daß er in den ersten Jahren Tag wie Nacht
auf nichts sann, als die Freunde für seine Zwecke zu gewinnen."
Und nachdem auf Gefahren und Erfolge der Jahre 1478—1480
hingewiesen worden: „Mit Geschick und Glück, ohne welches
nichts zu erreichen ist in menschlichen Dingen, consolidirte er
seine Stellung und bewahrte sie sein Lebenlang, nicht etwa
blos wie die seines Großvaters gewesen war, sondern um einen
Grad höher und mit größerer Machtvollkommenheit. Er
war gefährdeter als Cosimo, aber er stand so hoch, daß dies
die Gefahr aufwog. Und nichtsdestoweniger, bei allem Glück
und aller Gunst der Ereignisse, bei seinem göttlichen Verstande,
bei der großen Zahl zuverläßiger Freunde, ließ er es sich sehr
sauer werden. Mit größter Vorsicht ging er zu Werke, mit
vielen Künsten und geheimen Verbänden, von denen der eine
nichts vom andern wußte, mit unermüdlicher Geduld und
Ausdauer. Zustatten kam ihm überdies seine wunderbar
scharfe Beurtheilung der auswärtigen Verhältnisse, die er vor
allen übrigen in Italien zu lenken und im Gleichgewicht zu
halten verstand. Auch darin war das Glück ihm hold, da
sein Leben in eine Zeit fiel, wo mehr denn sonst die Kräfte
gleichmäßig vertheilt waren, Gefahr fremder Einmischung
ferne lag. Vor allem war es glückliche Fügung, daß Cosimo
ihm als Begründer der Stellung der Familie vorangegangen
war, und man in Florenz seit vielen Jahren keine andere
und in gewissem Sinne volksthümlichere Regierungsform ge=
kannt hatte. Zu eigenem Verdienste jedoch gereichten ihm
Wachsamkeit, Langmuth, Ausdauer, Glanz mit Eleganz vereint,
wodurch er sich bei den italienischen Fürsten und im Aus=
lande einen großen Namen machte, während er zu Hause
Alles gewann und an sich zog. Auch das ist ihm hoch
anzurechnen, daß er seine Freunde bescheiden und mit
reinen Händen erhielt, sodaß, mit wenigen Ausnahmen, keine

habsüchtigen Uebergriffe vorkamen. In Wahrheit, er lenkte
Staat und Partei auf die unter gegebenen Umständen best-
möglichste Weise. Bei all seinem Glück und all seinen ungewöhnlichen Eigenschaften kostete es ihn aber größte Anstrengung, während er in Allem was vorfiel, auf dem Platz
wie im Palast, sich nicht schonte und persönlich eingriff."

Obgleich die Geschäfte nicht im Mediceischen Hause sondern im Palast der Signorie abgemacht wurden, wo Lorenzo,
als Mitglied von Rathskörpern und Commissionen manche
Stunde zubrachte, war es inderthat mehr und mehr ein persönliches Regiment geworden. Der fortwährende Wechsel der
Mitglieder der Signorie, welcher der Steigerung der Autorität Einzelner den Weg verlegen sollte, mußte dies persönliche
Regiment fördern. Umsomehr als namentlich in der Leitung
der an Continuität und Wichtigkeit zunehmenden auswärtigen
Angelegenheiten, Consequenz und Tradition in der Behandlung
nöthig wurden. Nur so konnte Florenz gegenüber den größeren
italienischen und fremden Staaten, alle monarchisch mit Ausnahme des in seiner Constitution eine große Stetigkeit dar-
bietenden Venedig, seine Stellung behaupten. Begreiflicherweise krankte doch ein solches persönliches Regiment an den
schweren Mängeln aller politischen Zustände, die nicht auf
wirklicher Legalität und ererbter Zustimmung beruhen, sondern deren inneres Wesen eine Negation ihrer äußern Erscheinung ist. In dem anscheinend auf breiter Basis constituirten Staate herrschte eine verhältnißmäßig wenig zahlreiche
Partei und diese Partei hatte ein anerkanntes Haupt. Schon
die Zeitgenossen sprachen es aus, Lorenzo be' Medici habe
größere Autorität und mehr persönliche Machtfülle gehabt
als irgend ein Gewaltherrscher[1]). Nichts geschah ohne seine

---

[1]) Gio. Cambi a. a. L. Bb. II. S. 65.

Initiative und Zustimmung. An ihn wandten sich Päpste,
Könige, Fürsten, die Gesandten correspondirten mit ihm,
Tausende bestürmten ihn mit ihren Anliegen, um Ehrenstellen,
Aemter, Gnadenbewilligungen, Steuer- und Zollnachlässe,
Interessen jeder Art so im Inlande wie in den Nachbarstaaten.
Alle fanden ihn bereit: die Zahl von Briefen die er großen-
theils mit eigner Hand nach allen Seiten hin richtete, Hohen
wie Niedrigen, Bekannten und Unbekannten, Handeltreibenden,
Gutsverwaltern, Pächtern, Landleuten, kleinen Leuten jeder
Art gefällig und behülflich zu sein, nimmt kein Ende. Neben
den unzähligen Clienten der Familie finden sich deren Em-
pfohlene; er nennt sie wol „meine guten, meine alten Freunde“.
Beim Herzoge von Ferrara verwendet er sich für Wechsler
in Prato als für „diese Juden meine Freunde“ [1]). Es ist die
bunteste Reihe von Anlässen, Fällen, Personen. Contraven-
tionen gegen die Zollverordnungen beim Durchzug der aus
dem Casentino und den pistojeser Bergen in die sienesische
Maremma zur Winterszeit herabsteigenden Heerden, Defrau-
dationen seitens der Handelsleute, Diebstäle zum Nachtheil
florentinischer Unterthanen, Differenzen mit dem Salzamte,
Verwundungen und Mordthaten, neben Empfehlungen zu richterlichen Aemtern, zu denen des Podestà, des Appellations-
richters, des Capitano u. s. w. wie zu geistlichen Würden
und Pfründen, Beilegung von Grenzstreitigkeiten, Vergünstigungen inbetreff des Getreidehandels, Verwendungen bei
Truppen-Durchmärschen, Angelegenheiten der um das sienesische
Gebiet sitzenden kleinen Dynasten, der Sforza von Santafiora,
der Orsini von Pitigliano u. v. a. Man erkennt das stete
Bestreben, sich möglichst Viele zu verpflichten, zu Hause wie
im Nachbarlande. Zugleich jedoch ist klar, welchen Einfluß
alles dies auf die persönliche Stellung haben mußte.

1) Bei Cappelli a. a. O. S. 248.

Diese Stellung war mit jedem Jahre, in den Augen des Auslands wie der italienischen Fürsten, mehrundmehr eine völlig exceptionelle geworden. Die Autorität, welche man Lorenzo bei P. Innocenz VIII. zutraute — „weil ich, wie er am 26. August 1489 an Lanfredini schreibt, Sr. Heiligkeit äußerst ergeben und wegen vieler Vergünstigungen verpflichtet bin" — bewirkte daß man ihn von allen Seiten in Anspruch nahm, wenn man in Rom ein Anliegen hatte. Kurz nacheinander ersucht ihn Guid' Antonio Arcimboldo um Fürsprache für Verleihung des Erzbisthums Mailand, und der Herzog von Bretagne durch einen Courier um seine Unterstützung inbetreff der Ernennung eines seiner Geheimschreiber zum Bischof von Nantes. An ihn wendet sich Lodovico il Moro, um für seinen Beichtvater das sienesische Bisthum Pienza zu erlangen, an ihn Herzog Carl von Savohen, um seinen Ohm, den aus den Genfer Bischofswirren bekannten Franz, zum Cardinalat befördert zu sehen. Wenn Federigo Sanseverino, Monsignor de' Grassi, der Erzbischof von Auch u. A. den Cardinalshut wünschen, soll er Vermittler sein. Er ist es welcher dem Papste den jungen Alessandro Farnese empfiehlt, der im J. 1489 in Pisa den Studien oblag und eines der von Innocenz VIII. zu Ende 1487 creirten apostolischen Secretärsämter zu erlangen strebte. „Ich wünsche daß ihr wisset, schrieb er am 10. April an Lanfredini [1]), daß dieser, abgesehen von seiner edlen Geburt (oltre allo esser nato della casa che è) viele und ausgezeichnete Eigenschaften hat, darunter ungewöhnliche gelehrte Kenntnisse und treffliche Sitten, indem er sehr unterrichtet und ein Muster tugendhaften

---

1) Fabroni Bd. II. S. 376. In einem andern im Med. Arch. Filza 51 aufbewahrten Schreiben zu demselben Zweck heißt es: „Alexandro da Farnese, il quale dà opera alle lettere Greche et è persona dotta e molto gentile."

Wandels ist. Um dieser Gründe willen, von denen ihr wisset
wie viel sie über mich vermögen, empfehle ich ihn euch als
wäre er mein Sohn und bitte euch ihn Sr. Heiligkeit vorzustellen, wofür ich euch größten Dank wissen werde." Vielleicht das erste jedenfalls ehrenvolle Zeugniß für den damals
einundzwanzigjährigen vormaligen Zögling Pomponio Leto's,
der fünfundvierzig Jahre später einem Medici als Papst nach-
zufolgen bestimmt war. Wenn der Herzog von Ferrara und
der Herr von Camerino eine Verwendung in Rom wünschen,
wenden sie sich an Lorenzo, wenn der Herzog von Savoyen
einen Gesandten dahin schickt, empfiehlt er ihm denselben.
König Johann von Portugal schreibt ihm von Santarem,
König Carl VIII. von Amboise, die Herzogin Blanche von
Savoyen, Anne de Beaujeu und ihr Gemal Pierre de Bourbon schreiben von Moulins an den „Seigneur Laurens".
Von seinen freundschaftlichen Beziehungen zu Mathias Corvinus ist wiederholt die Rede gewesen, und es scheint denselben nicht geschadet zu haben daß dieser längere Zeit im
gespanntesten Verhältniß zu den Sforza stand, wie er denn in
dem im J. 1477 mit Kaiser Friedrich geschlossenen Frieden das
Vorgehn gegen das vom Reiche nicht anerkannte mailändische
Herrscherhaus zu Gunsten seines Schwagers Don Federigo
von Aragon unter die Bedingungen aufnahm. Dem Papste
empfiehlt Lorenzo die eigenen Unterthanen, wie Giovanni
Savelli, „dem ich besonders wohlwill weil er in unserm
Kriegsdienste steht, und mit dem mich jahrelange Freundschaft
verbindet" und den verdienten Rechtsgelehrten Francesco de'
Massimi. Man glaubte sich in Rom des Erfolges sicher,
wenn er sich einer Sache annahm, und inderthat hat er viel
erlangt, weil er sehr richtig berechnete, was innerhalb der
Grenzen des Erreichbaren lag.

    Zahlreiche theils durch ererbte Verhältnisse angesehene,

theils durch ihn gehobene Freunde und Anhänger standen um
Lorenzo herum. Nur mit ihrer Hülfe konnte er diese Stellung
zu Hause behaupten und im Auslande seine Beziehungen im
Gange halten. Sie haben ihn so hier wie dort geschickt und
trefflich unterstützt, die Acciaiuoli, Pandolfini, Vespucci,
Soderini, Pucci, Guicciardini, Capponi, Vettori, Lanfredini,
Alamanni, Ridolfi, Gaddi und wie sie alle heißen mögen.
Sie wie ihre Familien haben an der Verwaltung, an Ehren
wie an Vortheilen, entsprechenden Antheil und eine bevorzugte
Stellung gehabt. So ist in der Folge unter ganz veränderten Umständen immer eine mächtige Mediceische Partei geblieben, welcher endlich äußere politische Verhältnisse den Sieg
verschafften, ein Sieg bei welchem der mit ihrem Beistande
groß gewordenen Familie begreiflicherweise der Löwenantheil
zufiel. Lorenzo aber, während er seine Anhänger förderte,
sorgte dafür, sie nicht zu selbständig werden zu lassen. Zu
diesem Zwecke bediente er sich vor allem des Mittels, auf
dieselbe Stufe mit den von altersher großen Bürgern andere
nur durch die Medici emporgekommene zu stellen. In Dingen,
wo er auf vollkommene Hingebung an seine Interessen rechnen
mußte, gab er diesen gerne den Vorzug. Der thätigste und
einflußreichste der florentinischen Diplomaten, Giovanni Lanfredini, einer ursprünglich römischen im letzten Jahrhundert
in einem Cardinal erloschenen Familie entstammt, war schon
in Cosimo's Zeit Handelsgenosse der Medici gewesen. Lorenzo
hielt die Einen durch die Andern in Schach. Argwöhnisch,
wie er vielleicht von Natur, jedenfalls mehrundmehr geworden
war, erachtete er sich aber auch dadurch noch nicht gesichert,
und die den Gesandten in Rom, Neapel, Mailand beigege-
benen Kanzleibeamten mußten ihm noch besonders berichten [1]),

---

1) Fr. Guicciardini Del reggimento di Firenze S. 44; Storia
fiorentina 9. Kap.

während seine Creaturen in Florenz, namentlich Ser Piero von Bibiena und Piero Michelozzi, nach manchen Seiten hin Correspondenz unterhielten. Daß der Kanzler der Signorie Bartolommeo Scala in den intimsten Beziehungen zu ihm stand, ist bereits gesagt worden. Die Kanzler der übrigen Behörden, die einzigen wirklich stabilen Beamten in denen die Tradition der Geschäfte fortlebte, waren in seinem Interesse, meist durch ihn zu den einflußreichen Posten gelangt. So ließ er keine Familie und keinen Einzelnen zu ihm unbequemen Einfluß gelangen und überwachte Alle. Selbst in Familienangelegenheiten mischte er sich, verhinderte Verschwägerungen, wo sie ihm bedenklich, förderte sie, wo sie ihm nützlich schienen. Solche, die durch die Umstände ungewöhnlich gehoben wurden, sogar wo er persönlich davon Nutzen zog, wie bei seines Vaters Tode mit Tommaso Soderini, mit Giovanni Morelli nach der Verschwörung der Pazzi der Fall war, hielt er später in auffallender Weise zurück, und von Ersterm ist weiter nichts zu sagen, als daß er, Mitglied des Rathes der Siebzig, im J. 1485 als Capitano zu Pisa starb. Er sah seinen Anhängern manches durch die Finger, doch steuerte er ihrer Willkür und sorgte dafür daß sie Stellung und Vortheile nur von ihm erkennen sollten. Ein Mann, der freilich wegen eines seine Familie betreffenden Vorfalls schlecht auf ihn zu sprechen war, bemerkt[1]): „Die großen Bürger hatten Lorenzo in seinen jungen Jahren emporgebracht und gehalten. Diejenigen, die ihm wie Väter gewesen, wollte er jedoch in späteren Zeiten nicht zu Gefährten haben sondern als Diener brauchen."

Der angedeutete Vorfall ist ein charakteristisches Zeichen der öffentlichen Zustände und der Stellung Lorenzo's de'

---

1) Gio. Cambi a. a. O. S. 68.

Medici zu den officiellen Repräsentanten des Staates. Es kommt nicht darauf an, ob man für oder wider den durch seine Ahndung Betroffenen Partei nimmt[1]). Als zu Ende des J. 1488 unter dem Gonfalonierat des Neri Cambi degli Opportuni die Ziehung der Signorie für die Monate Januar und Februar des folgenden Jahres erfolgen sollte, fand sich daß die Mitglieder der Collegien nicht in gesetzlicher Zahl anwesend waren, indem mehre ohne Erlaubniß sich auf die Jagd begeben hatten. Die Ziehung konnte, zu großem Aergerniß des auf dem Platz versammelten Volkes nicht eher stattfinden bis man einen der Fehlenden von seinem Landhause herbeigeholt hatte, der in Mantel und schweren Reiterstiefeln in den Palast kam wo nun die Wahl vor sich ging. Ueber das Vorgefallene erzürnt, beschloß die abtretende Signorie die Nachlässigen zu strafen und verurtheilte vier derselben auf vier Jahre zur Ausschließung von den Aemtern. Lorenzo war in Pisa als die Sache vorfiel. „Ihm wie den Häuptern der Partei, erzählt Francesco Guicciardini, war die Sache höchst unangenehm, denn es schien ihnen daß, wenn einer Signorie die Befugniß des Ammonirens ohne vorherige Berathung mit den Gewalthabern zustände, ihr Regiment in der Luft schwebte (lo Stato loro fussi a cavallo in su uno baleno), und sechs Bohnen (Stimmen) hinreichten, sie selber eines schönen Morgens aus Florenz zu vertreiben. So wurde denn, nachdem diese Signorie abgetreten war, die Sache vom Magistrat der Acht und dem Rath der Siebzig wieder vorgenommen, das Decret gegen die vier Bürger cassirt, Neri Cambi aber auf Lebenslang für unfähig zu den Aemtern erklärt.“ Im

---

1) Gio. Cambi (Neri's Sohn) a. a. O. S. 41. Alam. Rinuccini Ricordi S. CXLIV. (Sehr feindselig gegen den Gonfaloniere.) Fr. Guicciardini Storia fior. 8. Kap.

Rathe war man keineswegs einig, aber Lorenzo ſetzte ſeinen Willen durch.

Es war ein deutlicher Wink, wie es mit den Befugniſſen der oberſten Behörden ſtand. Doch hiebei blieb es nicht. Die Theilnahme an der Leitung ſollte noch beſchränkt werden. Im Sommer 1490 ging eine Maßregel durch, welche Magiſtratswahlen und Finanzen einer Art von aus einer kleineren Mitgliederzahl beſtehendem Staatsrath unterſtellte. Statt des Rathes der Siebzig ſollten beſonders ernannte Wahlmänner das Wahlgeſchäft vornehmen, während eine Commiſſion von ſiebzehn Reformatoren, nicht wie gewöhnlich auf Stadtviertel und Zünfte vertheilt ſondern nach Gutdünken beſtellt ſodaß auf die kleinen Zünfte nur Einer kam, das geſammte Finanzweſen, Zölle, Abgaben, Staatsſchuld, Münze in die Hand nehmen ſollte. Die Mitglieder, zu denen Lorenzo de' Medici gehörte, waren lauter Repräſentanten jener aus älteren wie neuen Familien gemiſchten Ariſtokratie, welcher wir in den noch folgenden vier Decennien der Republik wie bei Zuſammenſetzung des Senats im ſpätern Mediceiſchen Principat meiſt auf derſelben Seite begegnen [1]).

Die erſte Maßregel der neuen Commiſſion betraf das Münzweſen. Der Form nach war ſie eine verſtändige. Stadt und Land waren von einer Flut fremder geringhaltiger Scheidemünze namentlich ſieneſiſcher, luccheſiſcher, bologneſiſcher, überſchwemmt. Am 28. Auguſt 1490 erging ein Verbot des Circulirens fremder Münze vom 8. September an. Es war, bemerkt Alamanno Rinuccini, nicht das erſtemal, und wurde diesmal nicht mehr als früher beobachtet. Inderthat mochte es unmöglich ſein, die fremden Quattrini von den äußerlich gleichen florentiniſchen zu ſcheiden. So wurde am 1. Mai 1491

---

1) Weder bei Cambi S. 56 noch bei Guicciardini S. 80 ſind die Zahlen vollſtändig.

eine durchgreifende Reform vorgenommen. Die alte ein=
heimische Scheidemünze, die schwarzen Quattrine wie man sie
nannte, sollte eingezogen und durch eine neue Billonmünze
ersetzt werden, welche auf das Pfund Kupfer zwei Unzen
Silbergehalt hatte und zu fünf Denaren ausgegeben wurde,
während man die alte zum Satze von vier Denaren einzog.
Die öffentlichen Cassen sollten künftig nur die neuen weißen
Quattrine annehmen. Das Volk war damit zufrieden, weil
es die bisherige Unordnung loszuwerden hoffte. Die Freude
währte nicht lange. Statt die alte Münze einzuschmelzen,
brachte man sie unter der Hand wieder in Cours, und der
alte Quattrin blieb im Verkehr dem neuen gleich. Begreif=
licherweise entstanden zahllose Weiterungen, und das Volk
fand daß es bei Abgaben, Zöllen, Salz, bei Allem wovon
der Ertrag in die Staatscassen floß, bedeutend zu kurz kam.
Die Folge war allgemeine Unzufriedenheit, die sich in dem=
selben Maße wider die Häupter der Regierung wandte, wie
die Beschränkung der Zahl diese in größere Evidenz stellte[1]).

　　Das Uebel war groß, aber es war nicht das größte.
Die fortschreitende Demoralisirung der Verwaltung in der
Geldwirthschaft sprach sich noch in einer andern Weise aus,
welche bei der ersten ernsten politischen Krisis den Staats=
credit vollständig ruiniren mußte. Dies hing mit den Me=
diceischen Finanzen zusammen. Die pecuniären Schwierig=
keiten Lorenzo's waren durch die Vorkehrungen des J. 1480
keineswegs gehoben worden. Lebensweise, Anlagen, An=
schaffungen, Ausstattung der Kinder, nicht uninteressirte Frei=
gebigkeit, der baarbezahlte Einfluß im Ausland erforderten
große Summen. Den sich mehrenden Bedürfnissen mit dem
Ertrage von Grundeigenthum begegnen zu wollen, weil er

1) Gio. Cambi a. a. O, S. 60. Pagnini Della Decima Bd. I.
S. 162 ff. wo Details über die Werthverhältnisse der Münzen.

diesen für sicherer und ehrenhafter hielt [1]), wäre Chimäre gewesen. Er hatte seine Bankgeschäfte und Handelsspecula-
tionen eingeschränkt: sie aufzugeben, konnte ihm nicht in den
Sinn kommen. Noch in seinen letzten Jahren hat er in Rom
große Geschäfte gemacht. P. Innocenz VIII. sah sich finanziell
mehr noch auf ihn als auf seine genuesischen Landsleute angewiesen, und gewährte ihm entsprechende Vortheile. Im
J. 1489 überließ er ihm 30,000 Centner Alaun zu niedrig-
stem Preise, als Ersatz für die in seines Vorgängers Tagen
erlittenen Verluste, und der Alaunhandel kam sozusagen
ganz in seine Hand. Die für die Werke von Tolfa von
ihm gezahlte Pacht betrug 100,000 Gulden. Im Mai
desselben Jahres machte Lorenzo dem Papste eine Anleihe zu
gleichem Betrage auf ein Jahr, ein Drittel der Summe baar,
die beiden andern Drittel in Seiden- und Wollenzeugen.
Zum Behuf der Rückzahlung wurden zwei Zehnten auf den
florentiner Clerus im Betrage von 60,000 Gulden, der Rest
auf die Einkünfte von Città di Castello angewiesen [2]). Im
J. 1490 löste er von den Centurioni in Genua eine diesen
in Versatz gegebene kostbare Tiara ein [3]). Cosimo Sassetti,
einer der Mediceischen Bankgenossen in Lyon, war im J. 1490
zugleich päpstlicher Collector. Auch bei kleineren Anleihen
sandten fürstliche Personen Kostbarkeiten als Pfänder, wie
der Markgraf von Mantua einen Edelstein für die Summe
von 4000 Goldgulden, wogegen dann, als er ihn bei einem
Vermälungsfest wiederzuerhalten wünschte, sein Schwager
Ercole von Este das modenesische Salzamt zur Sicherheit anwies.

---

1) N. Valori a. a. O. S. 174. „Proventus certiores et iustiores
nec principe viro indigni." Ueber die Finanzen vgl. oben S. 234 ff.

2) A. Cappelli a. a. O. S. 315, 316. In dem Briefwechsel mit
Lanfredini in Rom spielt der Alaunpacht eine bedeutende Rolle.

3) Gaye a. a. O. S. 583.

Unter Lorenzo's ältestem Sohne, auch später noch haben diese
Geschäfte fortgewährt [1]). Aber der Ertrag war um so un-
sicherer, da nicht alle Compagnons gewandt und vorsichtig waren.
Nimmt man nun auch an, daß Lorenzo vom ältern Grundbesitz
des Hauses eine Einnahme von 15 bis 20,000, von dem neuer-
worbenen und allmälig vergrößerten im Pisanischen gegen
10,000 Goldgulden bezog, so erkennt man doch unschwer,
wie wenig dies ausreichte. Auch sah er sich zu allerlei selbst
kleinlichen Auskunftsmitteln genöthigt, die ihm zum Theil
hart genug angekommen sein mögen, wie wenn er im J. 1484
von Lodovico Sforza ein Darlehn von 4000 Ducaten annehmen oder das von Herzog Francesco seinem Großvater
geschenkte Haus um denselben Preis verkaufen mußte [2]).
Während der Schwierigkeiten des J. 1478 hatte er sich genöthigt gesehen, bei seinen Mediceischen Vettern 60,000 Goldgulden zu borgen, zu deren Abzahlung er ihnen dann seine
Besitzungen im Mugello anwies. Es gab florentinische Ge-
schäftshäuser, die ihm jährliche Summen dafür zahlten daß
er ihnen seinen Namen lieh.

Die Vermengung der Geldangelegenheiten eines Privatmanns mit denen des Staates zog stets schlimmere Folgen
nach sich. Im Kriege von 1478 zahlte die Bank der Bartolini, deren Theilhaber Lorenzo war, den Sold der Truppen.
Diese brachte acht Procent in Abrechnung, wogegen nun die
Hauptleute nicht die Truppen stellten die auf dem Papier
standen. Die Comune hatte den Ausfall zu decken. Die
elende Verwaltung des Heerwesens hing damit zusammen.
Aber Lorenzo glaubte sich noch zu ganz andern Operationen

---

1) Contracte und Quittungen der lyoner Bank Medici-Sassetti und
Medici-Tornabuoni von 1478, 1485, 1494, in (Molini) Documenti di
storia ital. Bd. 1. S. 13—16.
2) Fr. Guicciardini a. a. O. 9. Kap.

befugt. Die vornehmsten Finanzämter waren mit seinen
Creaturen besetzt. Bei den Kämmerern (Camarlinghi) des
Staatsschuldenamtes, der Steuerverwaltung, des Salzamtes,
jenes der gerichtlichen Contracte u. a. erhob er die benöthigten
Summen, welche sie ihm ohne Schwierigkeit einhändigten,
sowol weil sie ihm überhaupt nichts verweigern konnten, wie
weil sie ihre persönliche Verantwortlichkeit gedeckt erachteten
und sich sicher glaubten. Denn der neueintretende Beamte
mußte jedesmal für die von dem ausscheidenden hergegebene
Summe aufkommen, und da diese Operation sich Jahrelang
ohne Controle fortsetzte, so ist leicht erklärlich welches Deficit
infolge der fingirten Rückzahlungen endlich entstand. Am
schlimmsten ging es bei dem Staatsschuldenamte zu. Der
oberste Proveditor Antonio di Bernardo Miniati, ein durch Lorenzo's Gunst aus dem Handwerkerstande emporgekommener
Mann, den dieser selbst zum Mitglied der Siebzehner-Com-
mission gemacht hatte, verfuhr völlig willkürlich, um seinem
Patron gefällig zu sein und schreiende Veruntreuung zugleich
zu ermöglichen und zu vertuschen. Bei der Umwälzung des
J. 1494 fand sich das große Buch des Monte nicht, aber es
kam doch an den Tag, wie viele Summen auch an die zahlreichen Schützlinge und Anhänger der Medici in wie außerhalb
Florenz gegangen waren, zu deren Bereicherung es überdies
ein anderes Mittel gab, das Lieferungswesen, wobei besonders die Tuchlieferungen an die Truppen großen Gewinn brachten[1]).

Alle Manöver und alle Gewandtheit konnten das Be-
kanntwerden der Uebelstände der gewissenlosen Geldwirthschaft
doch nicht hindern. Wie sollte es auch, wenn, nur Eines
Factums zu erwähnen, die Cardinalswürde Giovanni's de'

---

1) Fr. Guicciardini a. a. O. 9. Kap. Jacopo Nardi Istoria
di Firenze Buch 1. (Ausg. von L. Arbib, Flor. 1842, Bd. I. S. 26).

Medici, abgesehn von den heimlich nach Rom gegangenen auf 200,000 Goldgulden berechneten Summen [1]), dem Staat eine Ausgabe von 50,000 Goldgulden verursachte. Am schlimmsten kamen die Staatsgläubiger weg, infolge der Verminderung des Zinsfußes durch die auf den Monte gelegten Abgaben wie der Zinsenrückstände. In Verbindung mit den unter verschiedenen Benennungen stets wiederholten außerordentlichen Steuerzuschlägen entwertheten diese Abgaben die Staatsschuld. Was die Bürgerschaft am meisten verletzte, und dem Ruf Lorenzo's mit Recht mehr als alles Andere geschadet hat, war die Plünderung des schon erwähnten Monte delle doti, der für die Aussteuer der Töchter bestimmten Creditanstalt, in welche Alles, Groß und Klein, Einzahlungen zu machen gewohnt war [2]). Eine Art Depositenbank nach Art heutiger Versicherungsanstalten, deren wohlthätige Bedeutung durch die in Republiken nur zu jähen Glückswechsel gesteigert wurde. Der Ursprung dieser Anstalt schrieb sich vom J. 1424 her, in welchem verordnet wurde, daß zur Amortisation des aus den J. 1325—1336 stammenden, ursprünglich achtzehn Procent Zinsen tragenden Theils der Staatsschuld den Gläubigern freistehn sollte, eine beliebige Quote ihres Guthabens in eine Aussteuer für Söhne und Töchter, nachmals seit 1468 für die Töchter allein, umzuwandeln. Die Bedingungen waren sehr liberal. Wer den Betrag von hundertundvier Goldgulden anwies oder einzahlte, und auf den Kopf eines Kindes einschreiben ließ, erhielt nach fünfzehn Jahren die Summe von tausend Gulden baar ausgezahlt, oder konnte sie nach Belieben zum Zins von fünf Procent stehn lassen. Im Fall des Ablebens der Eingeschriebenen wurde dem Vater die Hälfte der Summe, auf

1) Alam. Rinuccini a. a. O. S. CXLVIII.
2) Vgl. oben S. 314.

welche dieſe im Verhältniß zu der abgelaufenen Zeit Anſpruch
gehabt haben würden, zurückgezahlt, während die andere
Hälfte der Creditanſtalt zufiel. Die ſogenannte Reform des
Monte delle doti, welcher, wie alle ſolche Banken, allerdings
einer Correction ſeiner Verwaltung bedurfte, war einer der
eingeſtandenen Zwecke der Verfaſſungsänderung des J. 1480
geweſen, hatte aber den Eingriffen in deſſen Vermögen Thüre
und Thor geöffnet. Im J. 1485 erging ein Beſchluß, gemäß
welchem nur ein Fünftel der Mitgift, alſo zweihundert
Gulden im obigen Falle, baar ausgezahlt, das Uebrige in
ein Regiſter, das Libro non ito, Buch des Nichtverabfolgten,
eingetragen und nun mit ſieben Procent verzinſt werden
ſollte. Doch hiebei blieb es nicht. Sechs Jahre ſpäter
wurde der Zinsfuß auf drei Procent herabgeſetzt[1]). Dies
kam einem Bankerott nahe, und dieſer Bankerott berührte
die Bürgerſchaft aufs empfindlichſte, während er den Staat
in Miscredit brachte. Während bis dahin in den meiſten
Fällen die durch den Monte zahlbare Aussteuer genügt hatte,
wurden jetzt die Zuſchüſſe zu derſelben bedeutend, ja für
manche Familien geradezu unerſchwinglich. So nahm die
Zahl der Heiraten ab; daß man ſich zu denſelben erſt der
Zuſtimmung des Oberhauptes des Staates verſichern mußte,
würde unglaublich klingen, gehörte es nicht zum Syſtem
ſolchen Parteiregiments[2]). „Viele Jahre hindurch, ſagt Alamanno Rinuccini[3]), war Lorenzo be' Medici eifrig darauf
bedacht durch eine Reihe von Geſetzen und Verordnungen die
große Creditanſtalt der Gemeinde zugrundezurichten, zu dem
Zwecke ſich deren Verpflichtungen zum Zahlen von Renten und
Aussteuer vom Halſe zu ſchaffen, und über das Finanzweſen

---

1) Varchi Buch XIII. am Schluſſe. (Bd. III. S. 37 ff.)
2) Caneſtrini a. a. O. S. 163. Gio. Cambi a. a. O. S. 55.
3) Ricordi S. CXLVI.

des Staates nach seinem Gutdünken zu verfügen. Zu solchem Werke sah er sich vornehmlich zwei Helfer aus, Antonio di Bernardo und Ser Giovanni von Pratovecchio (Kanzler der Riformagioni), nichtswürdige Gesellen, die ihm Tag für Tag die Wege zur Erreichung seines Vorhabens zeigten."

Wenn der Zweck, die Stellung der Medici zu sichern, momentan erreicht wurde, so konnte doch in ihren Vermögens-Verhältnissen das Gleichgewicht nicht wiederhergestellt werden. Die Banken von Lyon und Brügge, denen Leonetto de' Rossi, Cosimo Sassetti, Tommaso Portinari u. A. vorstanden, haben sich nur durch ein Abkommen mit den Gläubigern retten können. Viele Fremde, die ihr Geld in den Banken hatten, sind dabei zu kurz gekommen, und als bei dem jähen Sturz der Medici, beim Einzuge König Carls VIII., ihr Palast geplündert wurde, suchte der königliche Quartiermeister, der Seigneur de Balassat, welcher zu solcher Plünderung das Signal gab, sich durch die Erklärung zu rechtfertigen, ihre Lyoner Bank schulde ihm bedeutende Summen [1]). Einer derjenigen die durch diese häßliche Geldwirthschaft litten, war ein Mann, welchem Lorenzo viel verdankte und der seinerseits durch die Rücksicht auf die Vortheile, welche dessen politische Stellung ihm gewähren konnte, in seinen Beziehungen zu ihm und seinen Geschäftsleuten beeinflußt worden ist. Es war Philippe de Commines, der durch die pecuniären Verwicklungen der Medici und ihre Säumigkeit oder ihr Unvermögen, ihren Verpflichtungen nachzukommen, gerade in einem der kritischsten Momente seines Lebens betroffen wurde. Denn als nach Ludwigs XI. Tode er, eines der Werkzeuge der Tyrannei des Königs und durch dessen Confiscationen bereichert, wegen Theilnahme an den Intriguen

---

1. Commines Mémoires Buch VII. Kap. 9.

der Prinzen gegen die Regentin Anne de Beaujeu erst vom
Hofe weggesandt, dann in einem der Eisenkäfige von Loches
eingesperrt und vom Parlament im Frühling 1488 zum Verlust eines Viertels seines Besitzes und Stellung einer Caution
von zehntausend Ecus verurtheilt wurde, fand er es unmöglich
seine Forderungen an die Mediceische Bank zu realisiren und
die seit dem J. 1478 durch Ludwigs XI. Vertrauten, Du
Bouchage, in derselben deponirten, im J. 1486 theilweise zur
Nährung der Opposition gegen die Regentin gebrauchten
Summen zu liquidiren[1]). Auch nachdem Commines, aus
seinen schlimmsten Verwicklungen gerettet, wieder auf dem
Wege zu politischem Einfluß war, währten diese Schwierigkeiten, und ein von Lorenzo an ihn gerichtetes Schreiben[2])
eröffnet uns einen Blick in die Mediceische finanzielle
Verlegenheit.

„Erlauchter Herr, so heißt es in diesem Schreiben, ich
habe das Schreiben E. H. erhalten, und meine Seele ist von
Schmerz durchdrungen, indem ich den gereizten Zustand gewahre, in welchen Cosimo Sassetti's letzte Rechnungslegung
euch versetzt hat. Mein Leidwesen würde noch größer sein,
könnte ich vermuthen daß ihr die Gesinnungen meines Hauses
gegen euch in Zweifel gezogen, während ich euch aus so vielen
Gründen verpflichtet bin, daß ich den Namen des undank-
barsten Mannes verdienen würde, bezahlte ich euch gegenwärtig mit anderer Münze, als ich euch schulde um der in
schlimmen wie in guten Tagen von euch empfangenen zahlreichen Wohlthaten willen. Indem ich in meinem Innersten
meine Verpflichtung prüfe, kann ich E. H. versichern, daß

---

1) Molini a. a. O. Bd. I. S. 13. Kervyn de Lettenhove
a. a. O. Bd. II. S. 49 ff.
2) Kervyn de Lettenhove a. a. O. S. 70. Von Ende 1489 oder
Anfang 1490.

weder meinerseits noch durch Einen der Meinigen irgendetwas
geschehen wird, was euch gegen mich stimmen oder euch eine
ungünstige Meinung beibringen könnte. Wenn Cosimo
Sassetti's Aeusserungen inbetreff der Interessen E. H. eine
so traurige Wirkung hervorbringen sollten, so würde mich
dies aufs tiefste betrüben, weil es so dem wirklichen Stande
der Dinge wie meiner ernsten Absicht zuwider wäre. Ich
gestehe freilich, und E. H. weiß es, daß seit einiger Zeit unser
Lyoner Haus so schwere Einbuße erlitten hat, daß es unmöglich gewesen ist, meinen früheren oder gegenwärtigen Geschäfts-
freunden gegenüber, zu denen E. H. gehört, sie zu verheimlichen und nicht darüber zu klagen, wie Cosimo gethan hat.
Dies mag euch schlimmen Eindruck gemacht haben, aber ihr
könnt versichert sein, daß inderthat kein Anlaß zu Differenzen
zwischen uns vorliegt, da ihr nicht blos über die zwischen
euch und Cosimo streitige Summe sondern über mein ganzes
Vermögen frei wie über euer eigenes verfügen könnt. So
bitte ich E. H. mir Glauben zu schenken, auf daß diese Angelegenheit ein Ende nehme, ohne ein Wölkchen zwischen uns
zurückzulassen. Denn die Freundschaft E. H., in Glück oder
Unglück, ist für mich von höherm Werth als irgendwelche
Geldsumme."

Allen diesen Betheuerungen zum Trotz, sind Commines'
Forderungen doch auf eine, nach dessen Ansicht für ihn sehr
unvortheilhafte Weise (apointement bien mègre) erledigt
worden[1]). Nur der hohe Werth, den er auf die Mediceische
Freundschaft legte, bewog ihn sich zu beruhigen. „Ich glaube,
schrieb zu Ende 1491 Lorenzo Spinelli, einer der Mediceischen
Geschäftsführer in Lyon[2]), an Lorenzo, der Herr von Argenton

---

1) Kervyn de Lettenhove a. a. O. B. II. S. 71.
2) Bei Desjardins Négociations Bd. I. S. 417 findet sich ein
Schreiben Commines' an diesen Spinelli, Vienne 6. Aug. 1494, inbetreff
der Angelegenheiten Piero's de' Medici. Spinelli, welcher Commines

wird unser Freund bleiben. Um ihn nicht zu erzürnen, habe
ich ihm immer gesagt daß, wenn Gott uns die Gnade ge=
währt gute Geschäfte zu machen und uns für einen Theil
der in Leonetto's Zeit erlittenen Verluste zu entschädigen, ihr
auch ihm sein Theil zukommen lassen werdet. Ich bin der
Meinung, daß diese Hoffnung ihn vermögen wird, eure In=
teressen zu fördern, wenn er meinen Worten Glauben beimißt."
Lorenzo Spinelli hatte Recht. Die in Commines' Angelegen=
heiten, nach der zu Anfang September 1491 erfolgten Ver=
ständigung zwischen dem jungen Könige Carl VIII. und den
Prinzen, eingetretene günstige Wendung wirkte auch auf seine
Stimmung ein. In dem letzten Briefe, den er am 13. Januar
1492, „mehr als ganz der eurige" (plus que tout vôtre) an
Lorenzo de' Medici schrieb[1]), ist von Geldgeschäften nicht die
Rede, wol aber von Carls Heirat mit der Erbin der Bre=
tagne, von dem Zerwürfniß mit Maximilian und England,
und von dem Anschlägen des Herzogs von Lothringen auf
Metz, welches man durch Verrath und Ueberraschung zu
nehmen gehofft hatte, ein Vorspiel zu Verrath und Ueber=
raschung, die nicht viel über ein halbes Jahrhundert später
einem französischen Könige nur zu wohl gelangen.

(Mémoires B. VII. Kap. 7) homme de bien en son estat et assez
nourri en France nennt, war damals bei beginnendem Kriege aus Frank=
reich ausgewiesen worden. Piero sandte ihn als Unterhändler zu Carl VIII.
bei dessen Heranziehn.

    1) Kervyn de Lettenhove, a. a. O. Bd. II. S. 83. — Es han=
delt sich, bei Metz, um den mißlungenen und furchtbar bestraften Verrath
Jeans de Landremont, eines der städtischen Vorsteher, worüber Philippe
von Vigneulles in dem von H. Michelant herausgegebenen Metzer
Gedenkbuch, S. 115 ff.

II.

Florentinisches Leben.

Im J. 1472 richteten einige Venetianer an Lorenzo de'
Medici und Niccolò Ardinghelli ein Pamphlet, in welchem
sie die Vorzüge ihrer Stadt und ihres Gemeinwesens hervor-
hoben und auf Florenz, seine Verfassung, seine Politik, seinen
Handel und Verkehr wie auf das Haus der Medici schmähten.
Benedetto Dei, ein Sprößling einer alten Familie, in Staats-
wie in Handelsgeschäften erfahren und mehre Jahre hindurch
Gesandter der Republik in Constantinopel, von wo er mit
einem Auftrage des Sultans nach Damascus ging, nahm
den hingeworfenen Handschuh auf, und vertheidigte seine
Vaterstadt in einer langen, keineswegs immer maßvollen
Antwort, einem eigenthümlichen Zeugniß der tiefliegenden
Differenzen zwischen zwei Staaten, welche oft bittere Feinde,
kaum jemals rechte Freunde gewesen sind[1]). „Florenz, so
sagt der gereizte Patriot, dem das vom Dogen Tommaso
Mocenigo im J. 1420 im Großen Rath entworfene glänzende
Gemälde von Venedigs Gewerbfleiß und Handel[2]) unbekannt
geblieben zu sein scheint, ist schöner und um fünfhundert und

---

1) Aus der Cronaca di Benedetto Dei, 1470—1492, Hs. in der
Magliabechiana, bei Pagnini a. a. O. Bd. II. S. 135 ff.

2) Daru Histoire de Venise Bd. II. S. 295 ff.

vierzig Jahre älter als euer Venedig. Wir sind aus drei-
fachem ehrenvollem Blute hervorgegangen. Zu einem Drittel
sind wir Römer, zum andern Franken, zum dritten Fiesolaner.
Vergleicht damit, ich bitt' euch drum, die Bestandtheile aus
denen ihr zusammengesetzt seid! Zuvörderst seid ihr Slavonier,
zum zweiten Paduaner aus Antenors schmutzigem Verräther-
blut, zum dritten Fischervolk von Malamocco und Chioggia.
Bei uns gilt das Evangelium des Johannes, bei euch das
des Marcus, das ist ein Unterschied wie zwischen französischer
Wolle und jener die man in Matrazen stopft. Wir haben
rings um uns dreißigtausend Besitzungen von Edelleuten und
Kaufleuten, von Bürgern und Handwerkern, welche uns Brod
und Fleisch, Wein und Oel, Gemüse und Käse, Heu und
Holz geben, jährlich für neunhunderttausend Ducaten baares
Geld, wie ihr Venetianer und Genuesen, Chioten und Rho-
diser wisset die dafür zahlen kommt. Wir haben zwei Gewerbe, größer und reicher als deren vier zusammengenommen
in Venedig, Wolle und Seide. Zeugniß leisten der römische
Hof und jener des Königs von Neapel, die Marken und
Sicilien, Constantinopel und Pera, Brussa und Adrianopel,
Salonichi und Gallipoli, Chios und Rhodos, wo florentinische Consuln und Kaufleute, Kirchen und Häuser, Banken
und Comtoire sind, zu eurem Neid und Aerger, und wohin
mehr florentinische Waaren aller Art, besonders Seidenstoffe
und Gold- und Silberbrocate gehn als aus Venedig, Genua
und Lucca zusammengenommen. Erkundigt euch bei euren
eigenen Kaufleuten, welche Marseille, Avignon, Lyon und die
ganze Provence, Brügge, Antwerpen, London und andere
Städte besuchen, wo große Banken, königliche Magazine mit
schönen Wohnungen, würdige Kirchen sich befinden; fraget
sie, die es wissen können da sie jedes Jahr zu den Messen
ziehen, ob sie die Banken der Medici, der Pazzi, der Capponi

und Buondelmonti, der Corsini und Falconieri, der Portinari und Ghini, ob sie die Bank der Medici und ihrer Genossen in Mailand und hundert andere gesehn haben, die
ich nicht nenne weil ich ein Buch Papier brauchen würde.
Ihr sagt, wir seien bankerott, seit Cosimo todt ist.   Wenn
wir Verluste gehabt haben, so ist eure Unehrlichkeit Schuld
daran, die Schlechtigkeit eurer Kaufleute in der Levante, die
uns um Hunderttausende gebracht haben, Leute mit berühmten Namen welche Constantinopel und Pera mit Fallimenten
gefüllt, wovon unsere großen Häuser zu erzählen wissen.
Wenn aber Cosimo todt und begraben ist, so hat er nicht
seine Goldgulden und übriges Geld und Schuldscheine mit
sich in die andere Welt genommen, nicht seine Banken und
Vorrathshäuser, nicht seine Wollen= und Seidentücher, nicht
sein Silberzeug und seine Juwelen, sondern er hat alles
seinen würdigen Söhnen und Enkeln gelassen, die sich bemühen es zu bewahren und zu mehren, zum Aerger von
Venetianern und andern neidischen Gegnern, die eine boshaft
leichtfertigere Zunge haben, als wenn sie Sienesen wären."
So antwortete der Florentiner auf Anklagen der Venetianer,
die er dann seinerseits schwer verklagte, als sie im J. 1479
den unvortheilhaften Frieden schlossen, durch welchen sie Negro-
ponte und andern levantinischen Besitz den Türken abtraten.

„Das schöne Florenz, sagt derselbe Chronist, hat in diesem
J. 1472 zweihundertundsiebzig Buden der Wollenzunft im
Innern der Stadt, welche ihre Waaren nach Rom und den
Marken versenden, nach Neapel und Sicilien, nach Constan-
tinopel und Pera, nach Adrianopel und Brussa und der
ganzen Türkei. Es hat dreiundachtzig reiche und prächtige
Magazine der Seidenzunft und liefert Gold= und Silberstoffe,
Sammt, Brocate, Damaste, Taffte und satinirte Seide für
Rom und Neapel, für Catalonien und ganz Spanien, namentlich

Sevilla, für Türkei und Berberei. Die vornehmsten Messen, wohin diese Waaren gehn, sind die Genua's, der Marken, Ferrara's, Mantua's, ganz Italiens, die von Lyon, Avignon, Montpellier, von Antwerpen und London." Die Zahl der großen Banken betrug dreiunddreißig, die der Tuchmagazine, welche Wollentuch jeder Art auch im Detail verkauften (tagliare), zweiunddreißig, die der Buden der Kunsttischler welche sich mit Schnitzwerk und eingelegter Arbeit (Tarsia) beschäftigten, vierundachtzig, jene der Werkstätten der Steinmetzen und Marmorarbeiter in Stadt und nächster Umgebung vierundfünfzig. Man zählte vierundvierzig Buden von Goldschmieden und Juwelieren, dreißig von Goldschlägern, Silberspinnern und Wachsfiguren=Fabrikanten, damals ein nicht uneinträglicher Kunstindustriezweig, da es Sitte war, in Kirchen und Kapellen Wachsfiguren aller Art (voti), großentheils Bildnisse zu weihen. „Gehe durch alle Städte der Welt, sagt der Chronist, nirgend wirst du Wachskünstler finden noch jemals finden können gleich denen, die wir heute in Florenz haben und für welche die Nunziata (die Servitenkirche) Zeugniß ablegt." Eine blühende Industrie war die der leichten und zierlichen Gold= und Silberquirlanden, welche vornehme junge Mädchen trugen, und die der Künstlerfamilie Ghirlandajo ihren Namen gegeben haben. Auf sechsundsechzig belief sich die Zahl der Buden der Apotheker und Spezereienhändler, auf siebzig die der Fleischer nebst acht großen Buden, in denen Geflügel aller Art, zahmes und wildes, wie Wildpret feil war. Letztere verkauften auch die einheimischen Weinsorten die man bei Wildpret vorzog, namentlich den prickelnden weißen Wein von San Giovanni im obern Arnothal, den man Trebbiano nennt; er könnte Todte erwecken, setzt Benedetto Dei rühmend hinzu. Mit Recht mochte der Florentiner stolz sein auf seine „schöne" Stadt. Vom J. 1422 an, in

welchem Gino Capponi der Eroberer Pisa's die Kunst der
Goldspinnerei einführte, während man sich bis dahin der
Goldfäden von Cöln und der Insel Cypern bedient hatte [1]),
bis zu Lorenzo's Zeiten währte die glänzendste Epoche der
Seidenfabrication, welche große Reichthümer nach der Stadt
zog. Barbara von Cilly, Kaiser Sigmunds übelbeleumundete
Gemalin, sandte einmal einen ihrer Leute mit zwölfhundert
Goldgulden und drei Goldbarren um Seidenzeuge zu kaufen.
In dem genannten Jahre 1422 war die erste bewaffnete
Galeere zur Fahrt nach Alexandrien ausgerüstet worden, und
als sie in See ging, erflehte eine feierliche Procession den
Schutz des Himmels. So hatte man begonnen sich der Benutzung venetianischer und genuesischer Fahrzeuge zu entziehen,
was die beiden Staaten nie verschmerzen konnten. Große
Seefahrer sind indeß die Florentiner nie geworden. Mit der
freiern Verbindung mit dem überseeischen Auslande hatte
dann die Production im Innern Schritt gehalten. In Florenz
scheint man nicht vor dem J. 1423 Seidenwürmer gezogen
zu haben, in andern Theilen Toscana's, zu Modigliana,
Pistoja, Pescia, Lucca u. s. w. war aber diese Industrie
älter. In Lorenzo's Tagen begann übrigens schon das Aus-
wandern der Handwerker, welche ihre Kunst nach dem Auslande verpflanzten. Die Beschränkung des Auswanderns durch
die Statuten hat sich zuerst als unnütz, später schädlich erwiesen. Wie ansehnlich der florentinische Verkehr mit dem
Auslande war, zeigen die Verzeichnisse der im J. 1469 in
den verschiedenen Ländern etablirten Handelsfirmen, deren
man in Frankreich vierundzwanzig, im Königreich Neapel
siebenunddreißig, in der Türkei nicht weniger als fünfzig
zählte, deren Obhut dem Consul Mainardo Ubaldini

1) Scip. Ammirato Buch XVIII. Bd. II. S. 998. Pagnini
a. a. O. Bd. II. S. 124.

anvertraut war und deren Verhältniß zu der türkischen Regierung sich im Allgemeinen umso günstiger gestaltete, je ge-
störter das der Venetianer war, deren politische Interessen
zu oft mit den commerciellen in Collision geriethen. Lange
nachher hieß es noch, die Florentiner hätten den ganzen
französischen Handel in Händen, und als im J. 1521, beim
Ausbruch des Krieges zwischen Carl V. und Franz I., die
in Lyon befindliche florentinische Handels-Colonie sich gefährdet sah, waren es nicht weniger als dreißig Häuser, die
dem Schatzmeister Robertet ein Memorial zur Erlangung
von Geleitsbriefen zustellten, unter ihnen die Albizzi, Guadagni, Panciatichi, Salviati, Bartolini, Strozzi, Gondi, Manetti, Antinori, Dei, Ridolfi, Pitti, Tebaldi u. a., deren
Namen uns geläufig geworden sind[1]). Wie manche von diesen
Familien haben in Frankreich Linien zurückgelassen!

In einer Stadt, wo der Wohlstand so verbreitet war,
ist es eine auffallende Erscheinung, daß der Geldzins ein so
hoher blieb. Wenn man bedenkt, daß um das J. 1420 das
Verbot an die Pfandleiher erging, mehr als zwanzig Procent
zu nehmen, und daß man etwa zehn Jahre später in der
Zulassung der bis dahin ausgeschlossenen Juden eine Abwehr
christlicher Begehrlichkeit zu finden hoffte, so erkennt man
unschwer, wie entsetzlich das Uebel war. Die Klagen über
die Zwangsanleihen sind bei so hohem Zinsfuß erklärlich.
Daß gedachte Abhülfe fruchtlos war und nun Juden wie
Christen das Blut aussogen, liegt auf der Hand. Mehr
denn einmal dachte man an eine öffentliche Leihanstalt. So
im J. 1488, als der Volksredner Bernardino von Feltre vom
Minoritenorden in Sta Croce predigte. Er versuchte Lorenzo
de' Medici für die Errichtung eines Monte di pietà zu

<hr>

1) Pagnini a. a. O. Bd. II. S. 203 ff. [Molini] Documenti
di storia italiana Bd. I. S. 101 ff.

gewinnen, aber ſeine Bemühungen führten damals nicht zum
Ziele. Daß Beſtechung der Signorie durch einen reichen
jüdiſchen Wechſler in Piſa, wo dieſe Geldinduſtrie ſich vorzugsweiſe eingeniſtet hatte, die Ausführung verhinderte, war
allgemeine verbreitete Sage [1]). Erſt drei Jahre nach Lorenzo's
Tode erfolgte die temporäre Ausweiſung der Juden, deren
Gewinn in Florenz allein auf fünfzig Millionen Goldgulden
geſchätzt wurde, und die Errichtung des ſtädtiſchen Leihhauſes
mittelſt freiwilliger Beiträge, eine Anſtalt die in Verbindung mit
der vom h. Antoninus gegründeten im Laufe der Jahre gleich
andern ähnlichen mancherlei Wechſeln ausgeſetzt geweſen iſt.

Es iſt begreiflich, daß der Reichthum des Handelsſtandes
auf Leben und Sitte immer größern Einfluß übte, da die
neue Ariſtokratie größtentheils durch Gewerbe und Handel
emporgekommen war, nach dem Beiſpiel der an der Spitze
des Staates ſtehenden Familie politiſche mit andern Geſchäften zu verbinden fortfuhr, und nicht nur in Bauten,
frommen Stiftungen, Kunſtwerken ſondern auch bei feſtlichen
Anläſſen des häuslichen Lebens ihren Mitteln entſprechenden
Glanz zu entwickeln liebte. Die Ausſtattung der Häuſer war
reich geworden. Nicht für Kirchen und Gemeindehäuſer allein
waren die vielen Kunſttiſchler und großentheils mit decorativen Werken beſchäftigten Marmorarbeiter in Anſpruch genommen; ſie wie Maler und Bildhauer höhern Ranges wetteiferten in Ausſchmückung der Wohnungen. Neben gemalten
Bildniſſen wurden Marmor- und Terracottabüſten häufig.
Bei den feſtlichen Gaſtmalen harmonirte das feine Tiſchzeug
mit dem kunſtreichen Silbergeſchirr. Noch war hierin jedoch
kein übertriebener Luxus eingeriſſen. Dazu war die Mehrzahl
doch zu berechnend und ſparſam, und galt es vornehmen
Gäſten Ehre zu erweiſen oder eine Hochzeit zu feiern, ſo liehen

---

1) Wadding Annales minorum Bd. VII. S. 323.

die befreundeten Familien einander ihr Silbergeschirr, wie die
Medici es bei den Alamanni, Della Stufa, Lanfredini, Nasi
u. A. thaten[1]) oder bei einem Male geschah, welches Messer
Antonio Ridolfi, einst Gesandter in Neapel, dem Herzog von
Calabrien gab, der bei ihm Gevatter gestanden war. Für den
gewöhnlichen Gebrauch bediente man sich, neben silbernen Löffeln
und Gabeln, nicht selten Geschenke der Comune wie von Befreundeten, meist messingenen Tischgeräths, Schüsseln, Kannen,
Präsentirteller, mit silbernem Mittelstück und geschmelztem
oder nielirtem Rande, mit dem Wappen des Besitzers, häufig
auch mit dem der Frau[2]). Feines Krystallglas durfte auf
wohlbesetzten Tafeln nicht fehlen. Venedig versorgte meist mit
diesem Artikel; Glashütten fehlten aber auch in Toscana nicht.

Die in Lorenzo's und Giuliano's be' Medici Tagen
immer häufiger werdenden Feste und wiederholter Fürstenbesuch
mußten zur Steigerung von Pracht und Wohlleben beitragen.
Mehr als einmal überstiegen die Kosten dann die Mittel.
Wenn Luca Pitti weit über seine Mittel hinausging, so war
es eine edle Leidenschaft, das Bauen, wodurch er verleitet
wurde, und falsche Rechnung in der Politik war es was ihn
niederwarf. Andere aber sind durch sinnlosen Luxus zugrundegerichtet worden. Ein auffallendes Beispiel davon ist Benedetto Salutati, den wir an dem Turnier Lorenzo's theilnehmen sahen. Er war ein Enkel des berühmten Kanzlers,
und sein Vater Antonio hatte durch Handelsgeschäfte, in denen
der Sohn ihm nachfolgte, ein ansehnliches Vermögen erworben.
Benedetto, so lesen wir[3]), hatte sich eine schöne Stellung

1) L. Cibrario Lezione sopra alcuni vocaboli usati nei re-
gistri della guardaroba Medicea, im Arch. stor. Ital. Serie III.
Bd. VI. S. 152 ff.
2) Borghini Discorsi, Flor. 1755, Bd. II. S. 164.
3) Borghini a. a. O. S. 166.

gemacht und wurde hoch geehrt, aber es fehlte doch viel
daran, daß er an Alter und Adel der Familie mit vielen
Andern hätte in die Schranken treten können, oder daß sein
Reichthum ihn in Stand gesetzt hätte, mit den Ersten auf
die Dauer zu wetteifern. Dennoch wetteiferte er mit ihnen.
Als er, damals fünfundzwanzigjährig, zu jenem Turniere ritt,
waren zur Verzierung von Schabracke und Pferdegeschirr
hundertachtundsechzig Pfund feinen Silbers zum Preise von
sechzehn Ducaten das Pfund verwendet, und man berechnete
auf achttausend Ducaten den Werth des Geschmeides. Daß
sein silberner Helm von der Hand Antonio's del Pollaiuolo
war, zeigt daß mit der Verschwendung Kunstliebe Hand in
Hand ging [1]). Das Uebermaß von Luxus aber, zu welchem
er sich verstieg, lehrt uns die Beschreibung des Gastmals
kennen, welches er und seine Handelsgenossen am 16. Februar
1476 den Söhnen König Ferrante's in Neapel gaben, wo
die Salutati sich mit so vielen ihrer Landsleute niedergelassen
hatten, und schon durch ihre Verschwägerung mit dem obengenannten Antonio Ridolfi, dessen Tochter Benedetto's Frau
war, in Beziehungen zum Königshause standen. Es war als
habe ein florentiner Kaufmann mit dem von Cardinal Pietro
Riario bei der Anwesenheit der Braut Ercole's von Este in
Rom an den Tag gelegten Glanz sich zu messen gedacht.
Schon die Hauseinrichtung gab einen Vorgeschmack der Dinge,
die da kommen sollten. Die Treppe war mit gewirkten
Wandteppichen und Taxusgewinden behangen, der große Saal
mit figurenreichen Teppichen geschmückt, während von der mit

---

1) Ricordi d'una giostra u. s. w. (Vgl. Bd. I. S. 267). Borghini
a. a. O. Ueber die Familie Salutati vgl. Mazzuchelli in den Anmerkungen zu Filippo Villani's Vite d'uomini illustri Fiorentini,
Ausg. Flor. 1826, S. 83 ff., und G. Palagi in: Il Convito fatto ai
figliuoli del Re di Napoli da Benedetto Salutati e compagni mer-
canti fiorentini il 16 Febbraio del 1476. Florenz 1873.

Tuch in den aragoniſchen Farben mit dem Wappen des Herzogs von Calabrien überzogenen Decke zwei, Wachslichter tragende Kronleuchter von geſchnitztem vergoldetem Holz hingen. Dem Haupteingange gegenüber ſtand auf mit Teppichen belegter Eſtrade die Speiſetafel, feinſte Leinwand über eine gewirkte Decke ausgebreitet. Eine andere Seite nahm der große Credenztiſch ein, gefüllt mit etwa achtzig Schauſtücken, Präſentirtellern, Becken, Obſtkörben, Kannen, meiſt ſilbern einige golden, außer dem ſilbernen Tiſchgeräthe, gegen drei-hundert Teller verſchiedener Art, Näpfe, Becher, Schalen. An den Saal ſtießen zwei miteinander in Verbindung ſtehende Zimmer, mit Wandbekleidung von Laub darſtellendem Wollen-tuch und figurenreichen Teppichen. Hier verſammelte ſich die Tiſchgeſellſchaft vor wie nach dem Eſſen, während ver-ſchiedene Muſiker mit ihren Inſtrumenten zur Heiterkeit des Mals beitrugen.

Unter dem Schall der Trommeln und Pfeifen nahmen die Gäſte Platz. Am Ende der Tafel ſaß der Graf von Alta-villa, neben ihm Don Pietro von Aragon, des Herzogs von Calabrien jüngerer Sohn, ein vierjähriger Knabe. Nun folgten die vier königlichen Prinzen, zuerſt Don Alfonſo Herzog von Calabrien, dann Don Federigo Graf von Altamura, Don Giovanni und Don Arrigo[1]. Neben Letzterm ſaß der Graf von Belcaſtro, dann der Graf von Ventimiglia und Meſſer Carlo von Toralto. Tommaſo Ginori der florentiniſche Conſul und Lorenzo Strozzi hatten Marino Caracciolo in die Mitte genommen. Nach dieſen kamen Francesco Nori (eines der Opfer der Verſchwörung der Pazzi) und Andrea Spannocchi von Siena. Die äußerſten Sitze bis zum andern Tiſchende wurden eingenommen durch den Comthur de Requeſens,

---

1) Pietro d' Aragona ſtarb neunzehnjährig 1491. Giovanni, Cardinal 1477, ſtarb 1483. Arrigo, Ferrante's älteſter natürlicher Sohn ſtarb 1478.

Ferrante di Gennaro und Messer Federigo Carvajal, Comthur
von Rimini. Die lange Außenseite der Tafel blieb für die
Truchsesse und Credenziere, welche die Gäste bedienten und
bevor sie den Prinzen vorlegten, die Speisen kosteten. Neben
ihnen standen Hofleute um den Tisch herum, theils zum Dienst,
theils zur Unterhaltung. Die Tischordnung war folgende.
Erst kam die Vorkost, für jeden der Gäste eine kleine Schüssel
mit vergoldeten Kuchen von Pinienkernen und ein kleiner
Majolicanapf mit einer, Ratta (Giuncata) genannten Milch-
speise. Es folgten acht Silberschüsseln mit Gelatina von
Kapaunbrust, mit Wappen und Devisen verziert, die für den
Herzog bestimmte Schüssel mit einer Fontäne in der Mitte,
welche einen Regen von Orangenblütenwasser sprühte. Die
erste Abtheilung des Males bestand aus zwölf Gängen verschiedener Fleischgattungen, Wild und Kalb, Schinken, Fasane,
Rebhühner, Kapaune, Hühner, Blancmanger; am Schlusse
wurde vor den Herzog eine große silberne Schüssel hingestellt,
aus welcher beim Aufheben des Deckels zahlreiche Vögelchen
emporflogen. Auf zwei mächtigen Präsentirschüsseln sah man
zwei Pfauen, dem Anschein nach lebend und das Rad schlagend,
im Schnabel duftende brennende Essenzen, auf der Brust an
seidenem Bande des Herzogs Wappenschild mit der Devise:
Modus et ordo. Die zweite Abtheilung bestand aus neun
Gängen süßer Speisen verschiedener Art, Torten, Marzipane,
leichtes zierliches Backwerk, mit Hippokras, wie man den mit
Zucker, Zimmt und andern Gewürzen versetzten Wein nannte.
Die Weine, meist einheimische, italienische wie sicilische, waren
zahlreich und zwischen je zwei Gästen lag eine Liste der fünfzehn
Gattungen, unter denen die leichteren den meisten Zuspruch fanden. Am Ende des Males wurde Jedem wohlriechendes Wasser
zum Händewaschen gereicht und dann das Tischtuch weggenommen, worauf man eine große Schüssel auf die Tafel stellte,

darin ein aus grünen Zweiglein geformter Berg mit kost=
baren Essenzen, deren Duft sich durch den Saal verbreitete.

Um die Mitte des Males wurde eine Mummerei [1] an=
gemeldet. Acht als Jäger gekleidete Jünglinge traten in den
Saal, mit Jagdhörnern, Hunden und erlegtem Wild, Künstler
der königlichen Kapelle, welche eine schöne Musik zum Besten
gaben und sich hierauf empfahlen. Nach der Tafel traten
die Gäste in die Nebenzimmer, wo lebendige Unterhaltung
begann, und Gesang wie Musik nicht fehlten. Der Herzog
und der Graf von Belcastro blieben im Gespräche mit den
florentinischen Kaufleuten, und fast von nichts anderm war
die Rede als von Florenz und von dem Aufenthalt des Königs=
sohns in Toscana. Nach etwa einer Stunde trugen die Truch=
sesse den Nachtisch auf, für Jeden eine Silberschüssel mit ver=
schiedenem Zuckerwerk, mit aus Wachs und Zucker geformten
Deckeln, für die Prinzen und Ritter mit farbigem Wappen
und Devise, für die Kaufleute mit Wappen und Waarenzeichen.
Zugleich reichten Mundschenke in goldenen und silbernen Bechern
zum Trinken. Gegen die fünfte Stunde der Nacht schieden
die Gäste, nachdem sie beinahe vier Stunden verweilt hatten.
Hofleute und Diener der Fürsten und Herren füllten das
ganze Haus. Die Trefflichkeit der reichlichen Speisen wurde
von Allen gerühmt; nie, so sagte man, sei ein glänzenderes
Mal erlebt worden. Benedetto Salutati's Prunksucht strafte
sich aber von selber, falls nicht etwa die von denselben neapoli=
tanischen Prinzen und Herren nicht lange nachher über seine
Heimat heraufbeschworenen schweren Trangsale seinen Wohl=
stand vernichteten. Denn vier oder fünf Jahre nach gedachtem
Mal finden wir ihn, seiner den Katasterbeamten abgelegten

---

1) Die italienische Beschreibung hat den Ausdruck Mummeria, der
mit dem teutschen englischen französischen übereinstimmt, aber nicht von
der Crusca acceptirt ist. Annibal Caro hat Mommeare für Possenspielen

Erklärung zufolge, als vermögenslosen Mann in seiner Vaterstadt, mit der Absicht seine Geschäfte ganz einzustellen, indem
er, unter den traurigen Zeitumständen und infolge der drücken-
den Gemeindelasten doch nur mit Schaden arbeite. Um diese
Zeit verlegt er seinen Wohnsitz nach Rom, wo wir ihm noch
im J. 1483 in Bankgeschäften begegnen [1]).

Dies waren aber begreiflicherweise Auswüchse, im Allgemeinen war in Florenz wie meist in Italien die Lebensweise
einfach. Wo Vespasiano da Bisticci den englischen Bevollmächtigten schildert, der lange bei P. Eugen verweilte, bemerkt
er, dieser habe der Sitte seines Landes, vier Stunden bei
Tische zu sitzen, abgesagt und dagegen die italienische angenommen. Eine Schüssel und der ganze Hausstand vereint.
Auch in den vornehmsten Häusern ging es ohne Aufwand zu:
nur was die nächste Umgebung und namentlich der eigene Besitz
gewährte. So kam es, daß Bereicherung der ländlichen Industrie doppelt erwünscht war. Noch in späterer Zeit ist von
Filippo Strozzi dem ältern gerne erzählt worden, daß er die
toscanischen Feigengattungen um eine treffliche vermehrte, und
Cosimo wie Lorenzo de' Medici haben die landwirthschaftlichen
Fortschritte aufmerksam verfolgt. Hatte man Gäste, so fehlte
es an geistigen Genüssen, an Musik und Improvisation nicht.
Polizian erzählt in einem Briefe an Pico von Mirandola
von einem Gastmal bei Paolo Orsini, der im Solddienst der
Republik stand, wobei dessen eilfjähriger Sohn stehend von
ihm selbst componirte Verse sang. Sowol heitere wie zu gelehrter Unterhaltung bestimmte Male fanden aber vorzugsweise auf der Villa statt. Das Leben des reichern und vor-
nehmern Florentiners war zwischen Stadt und Land getheilt.
Wir sahen, wie die anmuthige, gesunde, fruchtbare Umgebung

---

1 Giorn. stor. degli arch. tosc. Bd. I. S. 96.

von Florenz, namentlich die für Füßer wie Reiter leicht
erreichbaren Hügel, sich frühe mit Villen gefüllt, die dann
allmälig aus der Nachbarschaft nach allen Seiten hin sich
vermehrten, das Arnothal hinauf und hinab, über Fiesole
wie über Ponte a Sieve hinaus nach dem ernstern für Som-
meraufenthalt geeigneten Mugello, längs den Hügeln gegen
Prato und das Bisenziothal zu, auf dem linken Arnoufer
über die Flußthäler der Ema, Pesa und Elsa und durch das
weinreiche Chianti bis zur siene[si]schen Grenze.   Im Verhältniß
zu der Zahl und Schönheit der Stadtwohnungen, stiegen auch
Zahl und Reichthum der Landhäuser.   Hier kehrten Päpste,
Könige, Fürsten ein; hier wurde großartige und zugleich herzliche und heitere Gastfreundschaft geübt.   Das Landleben hat
nicht wenig beigetragen zur Weckung und Erhaltung der
Lebendigkeit, Frische, Fruchtbarkeit, Elasticität des Geistes
auch bei Leuten, die überhäuft waren mit ernsten Geschäften
jeder Art.   Mehr als die städtischen Wohnungen waren die
Villen die Orte, wo man sich zu geselligem Verkehr zusammenfand, sowol weil man sich von Geschäften möglichst frei hielt,
wie weil man mit der in der Stadt noch vorwaltenden Raum-
beschränkung nicht zu kämpfen hatte.   Des Villenlebens der
Literaten ist schon gedacht worden.   Was in der Zeit die uns
hier beschäftigt, Leon Batista Alberti in seinem Buch vom
Familienvater[1]) von Landbesitz und Landleben sagt, erläutert
eine wichtige Seite der bürgerlichen Zustände, und läßt uns
in Stimmung und Neigungen der Classen blicken, in deren
Händen die Leitung des Gemeinwesens lag.   Nicht um trägen
Zeitvertreib handelte es sich bei diesen Männern, sondern
ebenso um Sammlung und um Bewahrung freien Ueberblicks
über persönliche und bürgerliche Verhältnisse wie um Förderung

---

1) Il Padre di famiglia. Ausg. von 1872. S. 67 ff. Ueber das
Villenleben vgl. Bd. I. S. 508.

des eigenen Wohlstands und mit demselben des allgemeinen durch verständige und über die Grenzen des gewohnten Wirth- schaftbetriebs hinausblickende Cultur.

Eine der Schattenseiten des Landlebens ist das Spiel gewesen. Schon im J. 1285 mußte ein Verbot der Würfel- und anderer Hasardspiele erlassen werden[1]), und in dem der Verschwörung der Pazzi vorausgehenden Jahre begegnen wir einem ähnlichen[2]). Es ging jedoch solchen Verboten wie den Luxusgesetzen, und die neapolitanischen Verbindungen des 14. Jahrhunderts haben ohne Zweifel auch in dieser Hinsicht nicht vortheilhaft gewirkt. Doch ist man hier nie zu den Excessen gelangt, wie sie in Rom in der zweiten Hälfte des 15. Jahrhunderts, in Sixtus' IV. und Innocenz' VIII. Tagen die Gesellschaft von Cardinälen und großen Herren verun- zierten, ja derselbe Alberti, der in einer andern seiner Schrif- ten[3]) das Spiel und das dadurch entstehende Verderben, wie bei Verlust so bei Gewinn, und die davon unzertrennliche schlechte Gesellschaft schildert, hat wol mehr in Rom als in der Heimat die Anschauung solchen Verderbens gewonnen. Während man aber in der Stadt, wo man den Blicken mehr ausgesetzt war, behutsamer vorging, und das Schachspiel meist andere Spiele ersetzte, ist die Villa oft Schauplatz von Aus- schweifungen dieser Art gewesen. Daß jedoch auch in der Stadt diese Unsitte keineswegs ausgerottet war, zeigt die Ge- schichte des h. Antoninus. Als der heilige Erzbischof eines Tages in der Kirche Sto. Stefano gepredigt hatte, ging er, das Kreuz voran, durch Via delle Terme. Indem er an der Loggia der Buondelmonti vorüberkam, sah er dort die Gesell- schaft beim Spiel, trat ein und warf die Tische über den

---

1) Gaye a. a. O. Bd. I. S. 417.
2) Rinuccini Ricordi S. CXXV.
3) Cena di famiglia, in den Opere volgari. Bd. I.

Haufen. Beschämt stürzten die Anwesenden vor ihm nieder
und baten um Vergebung [1]).

Der Spiele, die zugleich Leibesübungen waren und in
veränderter Gestalt im Giuoco del Pallone fortwähren, ist
schon Erwähnung geschehen. Gefahrlos waren dieselben nicht,
und im J. 1487 kam ein Sohn Ugolino Verino's durch
einen Schlag des Balls beim Magliospiel ums Leben. Im
ungewöhnlich strengen Winter von 1491 fanden diese Spiele
auf der Eisdecke des Arno statt. Jagd aller Art war von
jeher der Lieblings-Zeitvertreib, und man sieht bei vielen
Landhäusern Ort und Vorkehrungen für den Vogelsang. Die
Falkenjagd stand oben an. Mehr als die sorgsam angebaute
und dichtbewohnte Umgebung der Stadt, boten das waldige
Mugello, die pisanischen Niederungen, das Volterranerland
und die anstoßenden Maremmenstriche Spielraum für ernstere
Jagdübung. Blicken wir auf die Schauspiele, so war das
profane, wie uns die Charakteristik Angelo Poliziano's gezeigt
hat, eben erst im Entstehen, und in seiner antikisirenden Gestaltung nur für die höheren Kreise berechnet. So war es
auch mit den lateinischen Dramen beschaffen, deren seit dem
Anfang des 14. Jahrhunderts manche entstanden waren.
Classische Comödien wurden von Studirenden aufgeführt, wie
am 12. Mai 1488 die Menächmen des Plautus, ein beliebtes
und vielfach nachgeahmtes Stück, unter Leitung Messer Paolo
Comparini's, der wahrscheinlich einer der Lehrer an der Hochschule war. Poliziano dichtete den lateinischen Prolog zu der
Aufführung welcher Lorenzo be' Medici beiwohnte [2]). Die
geistlichen Schauspiele fuhren fort, höhere und niedere Classen

---

1) Vespasiano da Bisticci a. a. O. S. 176.
2) A. Cappelli a. a. O. S. 301. Prolog. in Plauti comoediam
Menaechmos, in Prose volg. ec. S. 281 ff. Polizian macht einen
Seitenhieb gegen die modernen Autoren die in Prosa schreiben.

anzuziehen, und abgeſehen von Feſttagen, an denen ſie aufgeführt zu werden pflegten, verſäumte man nicht, ſie fremden
Fürſten und großen Herren bei deren Beſuchen zum Beſten
zu geben. Die Florentiner ſcheinen in dieſen dramatiſchen
Aufführungen beſondere Gewandtheit gewonnen zu haben, denn
ihre Compagnien ſpielten auch anderwärts, ſo in Rom. Berühmte Künſtler wie Filippo Brunelleſco und der geſchickte
Ingeneur Cecca, der in dem faentiner Feldzug des J. 1488
den Tod fand, erſannen Apparate für dieſe Myſterienſpiele
wie für die Proceſſionen im Freien, bei denen wol auf der
Ringhiera des Palaſtes der Signorie vor dem den Platz füllenden Volke die Meſſe geleſen wurde. Am feierlichſten war der
Umzug am Vorabend des Johannesfeſtes, deſſen Schauplatz
die Umgebung von Dom und Baptiſterium war, wo unter
himmelhohen Leinwanddächern rieſige Maſchinerien von Wol-
ken mit Engeln und Heiligen aufgebaut wurden [1]). Ueberhaupt waren die Kirchenfeſte zahlreich und prächtig, vor allen
das Johannesfeſt, von dem wir ſchon ſahen, wie es mit der
Geſchichte von Stadt und Staat zuſammenhing. Die Buden
der Kaufleute und Künſtler veranſtalteten an dieſem Tage wie
zu deſſen Vorabend eine Ausſtellung ihrer ſchönſten Gegenſtände,
wozu Lorenzo den Befreundeten ſeine koſtbarſten Schau-
ſtücke ließ [2]), und im Baptiſterium ſah man den großen
ſilbernen Altaraufſatz mit ſeinen Statuetten und Reliefs. Der
Glanz wurde durch die Theilnahme der zahlreichen geiſtlichen und
Laien-Genoſſenſchaften, durch Bedeutung und Einwirkung der
Feſte auf den patriotiſchen Sinn der Menge vermöge der An-
knüpfung an glorreiche Ereigniſſe erhöht, deren Andenken beim
Volke durch dieſe Wechſelbeziehungen lebendiger blieb. Bis zu den

---

1) Vaſari Bd. III. S. 232, Bd. V. S. 36 ff.
2) L. Cibrario a. a. O. S. 153.

ältesten halbmythischen Zeiten der Stadt stiegen diese histori=
schen Erinnerungen hinauf. Mysterienspiele wie Schaustellun=
gen und ähnliche Feste beschränkten sich nicht auf Kirchen,
Compagnien und die Oeffentlichkeit, sondern fanden ebenfalls
in den Häusern vornehmer Bürger statt, unter Theilnahme
der Künstler, die auch dadurch in steter Berührung mit ihnen
blieben. Wenn man bedenkt, daß zu Anfang des folgenden
Jahrhunderts die Zahl der bürgerlichen Genossenschaften oder
Compagnien zum Zweck geistlicher Uebungen, sich auf dreiund=
siebzig theils für Kinder theils für Erwachsene belief [1]), so
begreift man wie das häusliche Leben mit dem kirchlichen
ineinandergriff.

Einige dieser Compagnien, Banner=Genossenschaften (Compagnie di Stendardo) genannt, schlossen heitere Geselligkeit
nicht aus. Die Verbände des niedern Volkes zum Zweck von
Festlichkeiten, Aufzügen, Spielen, Gelagen waren jedoch die
sogenannten Potenze. Gewöhnlich der Zeit des Herzogs von
Athen zugeschrieben, sind sie wol gleichzeitig mit der Aus=
bildung des demokratischen Elements im Gemeindewesen.
Auch diese Gesellschaften, in deren Festen und Schaustellungen
das Carnevalstreiben vorherrschte, waren auf geistliche Uebungen
angewiesen. Ihre Zahl war zu verschiedenen Zeiten sehr ver=
schieden, ihre Namen sind meist phantastische Ableitungen vom
Stande oder von den Quartieren der Theilnehmer, wie wir
denn einen Kaiser vom Prato von Ognissanti finden, einen
König der Wollschläger von Orsanmichele und mehre andere
mit gleichem Titel von Localitäten in Camaldoli, Monarchen
von Sant' Ambrogio und Terrarossa, Herzoge von Via Guelfa,
vom Arno, von Camporeggi, vom Monde, von der Taube,
von der Eule, Fürsten vom Apfel und vom Fahnenwagen,
Großherren von Pitti und der Färber, Herren der Kette, der

---

[1] Varchi a. a. C. Bd. II. S. 107.

Schwalben, des Rostes, des Schwertes, der Geißel, der Ulme und wie sie immer heißen mögen. Alle hatten ihre Wappen in den Bannern, so der Kaiser vom Prato einen Adler mit ausgebreiteten Flügeln, der Großherr der Färber einen auf einem Feuer stehenden Kessel, der Herzog vom Arno einen Pfeiler der Rubacontebrücke, darüber er selbst majestätisch inmitten von Spielleuten sitzend. Hauptzweck waren Carnevals-Aufzüge, zum Theil mit Spielen die wol in wilde Rauferei ausarteten, wie denn namentlich im 16. Jahrhundert die Licenz sich so steigerte, die Vergeudung von Geld und Zeit zugleich mit der Belästigung der Bürger so arg ward, daß, nachdem Beschränkungen nichts gefruchtet, das ganze Wesen ein Ende nahm[1]). Man hat Lorenzo de' Medici den Vorwurf gemacht, daß er, um sich die Menge geneigt zu halten und zu beschäftigen, Gepränge und Vergnügungen gefördert habe. Der Gedanke mag ihm ebensowenig wie dem Herzog von Athen ferngelegen haben, und als die Medici im J. 1512 aus langer Verbannung heimkehrten, griffen sein Sohn Giuliano und Lorenzo sein Enkel zu demselben Mittel der Compagnien und des Zeitvertreibs, vornehmlich um, wie ein Historiker mediceischer Partei Filippo de' Nerli gesteht, Bürgerstand und niederes Volk mit Triumphen, Festen und öffentlichen Schauspielen bei guter Laune zu erhalten, und die vornehme Jugend an sich heranzuziehen[2]). Neigung und

---

1) A. M. Biscioni in den Anmerkungen zu Lorenzo Lippi's Malmantile racquistato, Flor. 1731, Ges. III. St. 8.

2) I Capitoli della Compagnia del Broncone pubblicati per cura di Giuseppe Palagi. Flor. 1872. (Vgl. J. del Lungo im Archivio stor. Ital. Serie III. Bd. XVII. S. 147 ff.) Vasari im Leben Pontormo's, Bd. XI. S. 33 ff. — Die Compagnia del Broncone hatte Lorenzo d. J. zum Haupte, die del Diamante Giuliano. Man sieht in Florenz noch einige Inschrifttäfelchen, welche an die Potenze erinnern, an der Kirche Sant' Ambrogio, am Canto alla Mela, am Canto di Monteloro. Sie sind jedoch aus ziemlich später Zeit.

Gewohnheit des Volkes machten Lorenzo aber jedenfalls das
Erreichen seines Zweckes leicht. Der weitverbreitete künst=
lerische Sinn, der dem öffentlichen Schaugepränge besondern
Reiz verlieh, hat einerseits nicht wenig dazu beigetragen.

Wie Lorenzo de' Medici die Carnevalslieder umgestaltete
und ausbildete, ist schon berichtet worden. Der Novellen=
dichter Lasca giebt uns Auskunft darüber [1]), wie er das Carne=
valstreiben vorfand und was er aus demselben machte. Jüng=
linge und Männer pflegten die Frauen und Mädchen nach=
zuäffen, welche am Maifeste umhergingen, und zogen in Weiber=
kleidern durch die Straßen. Die Lieder welche sie sangen,
waren ziemlich einförmig; die Manchfaltigkeit, welche Lorenzo
ihnen so dem Inhalt wie der Form nach gab, wurde durch
die Melodien Heinrich Isaaks unterstützt. Die erste Maskerade
dieser Art war die von Ripösachen= und Backwerkhändlern,
mit dreistimmigen Chören. Die Triumphe (Trionfi) waren
große mythologische oder allegorische Aufzüge, die Wagen (Carri)
Darstellungen von Gewerken und anderm. Reiter in reichem
Aufzuge, bis zu dreihundert an der Zahl, begleiteten diese
Wagen, die Nachmittags auszogen und oft bis tief in die
Nacht hinein die Straßen belebten, wo dann Füßer mit weißen
Wachsfackeln sie begleiteten. Die Klänge von Instrumenten
erschollen dazu, und Gesang, vier= und achtstimmig, zu Zeiten
selbst fünfzehnstimmig. Wie Formen und Inhalt der Lieder
verschieden waren, war auch das Wesen dieser Volksbelusti=
gungen wechselnd und bunt. In mehren der Faschingslieder
Lorenzo's de' Medici tritt die herrschende Licenz nur zu sehr
zu Tage. Es waren eben römische Saturnalien. Als die

---

[1] Tutti i Trionfi Carri Canti carnascialeschi etc. Florenz
1559. (Auch Cosmopoli 1750.) Man nannte die Aufzüge selbst Canti
nach diesen Gesängen. Vgl. oben S. 22, 23. Im J. 1475 stellten die
Florentiner in Neapel Petrarca's Triumphe dar.

Reaction gegen diese Verweltlichung begann, ging man
dem Carnevalstreiben am ersten zu Leibe. Daß diese Opposition längst ihren Anfang genommen hatte, ehe die Umwälzung der politischen Verhältnisse Italiens und die Ahnung
des mehr und mehr hereinbrechenden Elends den Geistern eine
veränderte Richtung gaben, werden wir noch sehen. Welche
Ernüchterung dann eintrat, welcher Umschwung stattfand,
spricht unter zahllosen anderen Zeugnissen aus den letzten Zeiten des Jahrhunderts ein dialogisirtes Spottgedicht gegen den
Carneval aus, dem man Haus und Straße verbot, eine volksthümliche Production, die auch um deswillen historischen Werth
hat, weil in ihr sich das Vorgefühl der vielen Uebel ausspricht, welche Rom heimsuchen sollten, Rom die Heimat
der Saturnalien, die dort das ganze Leben und Trachten in
ihren Strudel herabzuziehen drohten [1]).

> „Seht ihr dort den Fasching gehen,
> Dem das Hirn sitzt in den Zehen?
> Ihn, durch den so manche Thoren
> Capital und Zins verloren.
> Wenn es ihnen schlecht bekommen,
> Dient's zu Andrer Nutz und Frommen,
> Da mit ihren Schofelwaaren
> In Florenz sie schlimm gefahren.
>
> Nun du ziehst, Glück auf die Reise!
> Zeig' Italien deine Weise;
> Rom, das gern' sich nennet heilig,
> Warne, eh' es spät wird, eilig:
> Wetter nah'n sich, wild Getümmel,
> Zu erschrecken Erd' und Himmel,
> Waffenlärm und Sturm von oben,
> Seinen Glauben zu erproben.“

---

1) Canzona d'un Piagnone pel bruciamento delle vanità nel carne-
vale del 1498. aggiuntavi la descrizione del bruciamento fatta da
Girolamo Benivieni (herausgeg. von Isidoro del Lungo). Flor. 1864.

Neben dem grobsinnlichen Treiben dieser Zeit mangelte es jedoch nicht an Festen, in denen, wenn übermäßige Pracht Bedenken wecken konnte, ein poetischer Sinn sich aussprach. Lorenzo de' Medici veranstaltete einmal während des Faschings einen glänzenden Festzug, welcher den Triumph des Paulus Aemilius darstellte und wobei der junge Maler Francesco Granacci die ersten Proben seines ungewöhnlichen decorativen Talents ablegte. Bei einem andren ähnlichen Zuge wurden die Planeten auf sieben Wagen personificirt, und durchzogen, durch Embleme Jedem kenntlich, unter dem Schalle von Musik und dazu componirten Gesängen die Straßen[1]. Bildliche Darstellungen dieser Art waren damals nicht selten. Raffael Sanzio hat denselben ein Paar Decennien später in seinen Planetenbildern die höchste künstlerische Weihe gegeben, und der Sinn für die Allegorie fehlte auch der Menge nicht. Mit solchen festlichen Scenen wetteiferte der Carnevalszug, welchen Bartolommeo Benci zu Ehren der Marietta Strozzi Giachinotti, einer Enkelin Palla's gab[2]. Acht junge Männer aus vornehmen Familien, Pucci, Altoviti, Vespucci, Girolami u. a. waren Theilnehmer. Am Faschingsabende zogen sie sämmtlich nach den Wohnungen der Benci, die heute noch einer Straße im Viertel von Sta Croce den Namen geben, jeder in einem brocatnen Wamms, Silber und Carmesin, auf Rossen mit seidenen Schabracken, je mit acht Reitknechten und dreißig Fackelträgern. Nach dem Nachtmal bewegte sich der ganze Zug zum Hause der Dame, worauf ein zwanzig

[Canzona che fa uno Fiorentino a Carnesciale trovandolo fuggirsi con uno asinello carico di sue masserizie e col fardello in spalla."] Fasching klagt, seine Götzen seien zerschlagen, da das rothe Kreuz und Vivat Christus gesiegt, und er müsse einem größern Könige weichen.

1) Vasari, Bd. IX. S. 218. Naldo Naldi Carmina VI. 436.

2) Nach der HS. der Miscellanea Uguccioni Strozzi Bd. 106 im flor. Archiv, gedruckt von P. Fanfani im Borghini Bd. II. S. 542 ff.

Ellen hohes von vielen Männern getragenes Gerüst, aus Laub
von Lorbeer, Taxus, Cypressen und anderen immergrünen
Baumgattungen zusammengesetzt, mit einer Menge allegorischer,
den Triumph der Liebe versinnlichenden Darstellungen, mit
den Wappen der Dame und des Veranstalters des Festes, auf
die Spitze ein brennendes blutendes Herz aus welchem Raketen
emporschossen. Ringsum Pfeifer und berittene grün gekleidete
Pagen. Bartolommeo Benci, vergoldete Flügel an den Schultern ritt ein schönes mit kostbarer Schabracke behangenes Roß,
umgeben von fünfzehn Jünglingen aus guten Häusern in
Carmesin, dazu einhundertundfünfzig Fackelträger in seinen Farben. Amerigo und Francesco Benci und die Brüder der
Dame, Nanni und Strozza Strozzi hatten sich der Gesellschaft
angeschlossen. Vor den Fenstern tummelten die Herren ihre
Rosse, vergoldete Speere in der Hand. Nun löste Bartolommeo die Flügel von seinen Schultern und warf sie auf
das Triumphgerüst, das in demselben Moment in Flammen
aufzugehen begann, während zahlreiche Raketen aus demselben
heraus theils hoch in die Luft theils gegen das Haus an-
schossen. Als das Feuerwerk zu Ende war, zog die Schaar
ab, der Festgeber mit seinem Roß rückwärts schreitend bis
er den Platz verlassen hatte. Hierauf zog man an den Wohnungen der Damen der verschiedenen Theilnehmer vorüber,
und brachte zuletzt ein Ständchen (mattinata) vor dem Hause
Marietta's, welche während der ganzen Scene zwischen vier
Wachsfackeln am Fenster geblieben war, „mit so ehrbarer
Anmuth, daß Lucretia sich deren nicht zu schämen gehabt
hätte". Ein Frühstück bei Bartolommeo beendigte das Schau-
spiel als der Tag dämmerte. Alle Diener der Signorie, welche
während der Nacht Ordnung gehalten, erhielten Strümpfe
in den Farben der Benci.

Das Volk bewahrte seine unverwüstliche Heiterkeit, welche

Ariosto „lo spirito bizzaro fiorentino" nannte. Von jeher war
es aufgeweckt, zum Spott geneigt, scharf im Angriff, rasch
in der Antwort, dem Verdienste huldigend aber Schwächen
luchsäugig erspähend. Die lustigen Gesellschaften, mit ihren
Geschichten welche das Decameron nicht erfand sondern wobei es an die Sitte anknüpfte, arteten leicht in Possenreißereien
aus wovon uns manche Proben geblieben sind. Wie die
Florentiner als Lustigmacher an Fürstenhöfen umherzogen, so
hatten sie in dem Herold oder Ritter der Signorie eine Art
von officiellem Spaßvogel, der aber ebenso zu Ernst wie zu
Scherz dienen mußte. Dem 15. Jahrhundert gehören die
bekanntesten Possenreißer an, von denen der Barbier Burchiello
mehr das literarische Genre vertritt, während die ordinäre
Posse mit dem Wortwitz ihren vornehmsten Repräsentanten
in dem Piovano Arlotto hat, Arlotto Mainardi, Pfarrer
eines kleinen Ortes im Sprengel von Fiesole, dem wir in
den Beoni Lorenzo's de' Medici begegnen, welche ein rechter
Spiegel des meist grobkörnigen Witzes der lustigen Gelage
sind. Im 15. Jahrhundert sind, abgesehn von Franco Sacchetti's Novellen, die auf dessen Grenze stehen und den Spott
in der Handlung wie in der nur zu oft licenziösen Rede darstellen,
die beiden bekanntesten schriftlichen Zeugnisse handgreiflicher über
das erlaubte Maß hinausgehender Possenreißerei entstanden,
beide in Novellenform. Die eine dieser Geschichten ist die
vom dicken Tischler, Manetto Ammanatini, ein Scherz der
den Gefoppten, einen in der Kunsttischlerei und Tarsia tüchtigen Meister, nach Ungarn getrieben haben soll. Filippo
Brunellesco und seine Freunde im Künstlerkreise waren die
Anstifter, und Ersterem hat man selbst die Autorschaft der
Novelle zugeschrieben. Die andere Erzählung handelt von Bianco
Alfani, den man glauben machte, er sei zum Podestà von
Norcia gewählt worden, und dem zum Spott der schwere

Schaden nicht fehlte[1]). Die hier ins Spiel kommende Gattung Humor, hat sich namentlich bei den Villeggiaturen lange erhalten. Wir werden sehen daß sie Lorenzo de' Medici nicht fremde war, und Leo X. hat sich ihr in der Geschichte Baraballo's in einem Maße hingegeben, wie es seiner Würde wenig anstand.

Gewiß, an moralischen Schwächen und Fehlern hat's dieser Zeit ebensowenig wie andern gemangelt, und man irrt wol kaum, wenn man derselben den Vorwurf macht, durch fortschreitende Gewöhnung an das herrschende System der Vernichtung der Republik zu Gunsten eines Mannes, der kein Lorenzo war, den Weg gebahnt zu haben. Klagen über die Corruption dieser Tage sind häufig ausgesprochen worden. „Du, o Stadt Florenz, rief im J. 1480 der ehrliche Vespasiano da Bisticci, bist voll Wuchers und unredlichen Gewinns. Einer zehrt den Andern auf, schnöde Habsucht hat Alles untereinander verfeindet. Uebelthun ist so zur Gewohnheit geworden, daß Keiner sich dessen schämt. In den jüngsten Zeiten hast du so unerhörte Dinge bei deinen Bürgern erlebt, solche Unordnungen und Fallimente, und dennoch erkennst du nicht, daß es eine Strafe Gottes ist, und beharrst in deiner Verstocktheit. Für dich giebt's keine Hoffnung, denn du denkst nur an Geldmacherei und siehst doch wie das Gut deiner Bürger in Rauch vergeht, kaum daß sie die Augen geschlossen

——

1) Ueber den im J. 1483 gestorbenen Piovano Arlotto T. M. Manni in den Veglie piacevoli (3. Aufl., Flor. 1816), wo überhaupt viel Detail über die Witze und Schwänke. Die Novella del Grasso Legnaiuolo, oft gedruckt und nachgeahmt, mit Einleitung von T. Moreni, Flor. 1820. Gave, a. a. O. Bd. I. S. 169, hat die von Manni über den „dicken Tischler" beigebrachten Nachrichten durch Urkunden unsicher gemacht; die Autorschaft der Novelle ist neuerdings dem aus der Tante-Literatur bekannten Antonio Manetti (vergl. oben S. 51) vindicirt worden. Vgl. Papanti Catalogo dei Novellieri, Liv. 1871, Bd. II. 11. Die Novelle von Bianco Alfani in T. M. Manni's Ausgabe der Cento Novelle antiche, Flor. 1782, Bd. II. S. 211 ff.

haben". Wie immer aber die Dinge liegen mochten, buch-
stäblich darf man solche Worte nicht nehmen. Unendlich viel Gutes
und Tüchtiges war in dem Volke geblieben, das auf den
Pfaden geistiger Erkenntniß, bürgerlicher Ordnung, industrieller
Entwicklung allen übrigen vorangegangen war. Jenes eigenthümliche Verhältniß der Stände zu einander, das in conse-
quenter Entwicklung der Demokratie deren ernste Uebelstände
vielfach aufwog, hatte die tiefsten Wurzeln geschlagen, welche,
auch nachdem die Jahrhunderte der Herrschaft spanischer Sitte
an ihnen gebohrt, gehackt und gebohrt, nicht haben ausgerottet
werden können. Wie der toscanische Landmann, durch das
uralte eine Art Mitbesitz bildende Colonensystem gehoben,
dem Herrn gegenüber eine freiere Stellung einnimmt, so hat
man hier nie die schroffen Standesunterschiede anderer Länder
gekannt. Der florentinische Adel hat nie vergessen, daß er
zum beiweitem größten Theile in Zeiten, die sich keineswegs
in die Nacht der Jahrhunderte verlieren, aus dem Volke hervorgegangen ist. Das Volk hat sich in ihm gewissermaßen
selbst geadelt gefühlt. Der Feudalismus ist hier nie zu rechter
Lebenskraft gelangt und ist auch dann, als in dem ganzen
übrigen Italien mit Ausnahme Venedigs seine Tendenzen
überwogen, hier kaum etwas anderes als Formenwesen geblieben. Bis zu seinem Aussterben hat das Mediceische Geschlecht mit geringen Ausnahmen die Tradition des bürgerlichen Elements nicht verleugnet. So ist es denn auch hier
nie zu einer anderwärts durch die Schärfe der Contraste erzeugten Heftigkeit der Conflicte gekommen. Conflicte anderer
Art sind dadurch vermieden worden, daß der hohe Clerus seit
der Erstarkung der Comunen, ungeachtet ansehnlichen Besitzes,
keine eigentliche Territorialgewalt ausgeübt hat und fast immer
mit den Comunen ging, wie denn auch in der Besetzung der
Bischofstühle das volksthümliche Element im Ganzen überwog,

mochten auch, wie es im 15. Jahrhundert wiederholt geschah, einzelne Ernennungen lediglich vom päpstlichen Gesichtspunkt ausgehn. Die Reaction welche, so kurz nach Lorenzo's Tode, sich gegen die Sitten-Erschlaffung erhob die man ihm Schuld gegeben hat, und die heldenmüthige Ausdauer, mit der man beinahe vier Decennien nach ihm die Unabhängigkeit vertheidigte, zeigen am deutlichsten, wie fruchtbar dieser Boden des wahren bildsamen kräftigen Bürgerthums geblieben war.

Die Schilderung welche ein Historiker des folgenden Jahrhunderts von den Florentinern der letzten Zeiten der Republik entworfen hat [1]), paßt ebenso auf Lorenzo's Jahre. „Ich theile die Ansicht solcher nicht, welche, weil die Florentiner Kaufleute sind, ihnen Adel der Gesinnung absprechen und sie für niedrig und plebejisch halten. Oft habe ich mich im Stillen gewundert, wie Leute, die von Kindheit an sich mit Wollenballen und Seidensträngen umherzuschleppen oder gleich Sklaven den Tag und einen Theil der Nacht am Webstuhl und am Farbkessel ihre Arbeit zu verrichten pflegen, häufig, wo es noth thut, solche Hochherzigkeit und Seelengröße bekunden daß sie so schön reden wie handeln. Die Luft, zwischen der scharfen von Arezzo und der schweren von Pisa die Mitte haltend, ist gewiß von Einfluß auf diese Erscheinung. Wer Natur und Sitte der Florentiner wohl beachtet, wird zum Schluß kommen, daß sie mehr zum Herrschen als zum Gehorchen geschickt sind. Ich leugne keineswegs daß es unter ihnen Hochmüthige, Geizige, Gewaltthätige giebt, wie überall. Ja sie sind hier schlimmer als an andern Orten, denn wie Talent und Verdienst glänzender zu sein pflegen als anderswo, so machen sich auch Untugenden bemerklicher, indem das Maßhalten ihnen schwer wird. Ihre Lebensweise ist einfach)

[1] B. Varchi a. a. O. Buch IX (Bd. II. S. 122 ff.)

und sparsam, aber ausgezeichnet durch Reinlichkeit wie man
sie sonst nicht antrifft.   Man kann sagen daß Handwerker
und Leute die von Tagesarbeit leben, hierin höherstehenden
Bürgern vorangehn.   Denn während letztere sich leicht verleiten lassen, in die Taverne zu gehn, wenn sie hören daß
man guten Wein schenkt, um sich einen guten Tag anzuthun,
bleiben jene zu Hause, mit der Sparsamkeit von Kaufleuten
welche schaffen ohne den Genuß voranzustellen, mit bürgerlicher
Bescheidenheit welche Maß, Regel und Zucht kennt und die
Mitte nicht verläßt.   Begreiflicherweise giebt's dann solche
Familien, die großen Hausstand und reiche Tafel haben wie
Edelleuten ziemt.   Man nennt die Leute bei ihrem Tauf-
namen, auch bei ihrem Familiennamen, und sagt gewöhnlich
Du, wenn nicht große Verschiedenheit des Standes oder des
Alters das Ihr vorschreibt.   Den Rittern, Doctoren und
Dom- wie Stiftsherren giebt man den Titel Messere, den
Aerzten Maestro, den Klosterleuten Padre.“

Von der Ehrfurcht vor Eltern und Höherstehenden spricht
Leon Batista Alberti, in Uebereinstimmung mit dem frommen
Fra Giovanni Dominici¹).   Mein Vater, so läßt er seinen
Vetter Francesco sagen, nahm bei öffentlichen Gelegenheiten
nie Platz, wenn sein Bruder, dem die Ritterwürde zutheil
geworden, anwesend war, und urtheilte, in Gegenwart von
Vater oder Familienhaupt dürfe man sich nicht setzen.   Deine
Römer, setzte er zu Leon Batista gewendet hinzu, die heute
in Allem verkommen sind (in ogni cosa mal corretti oggi)
sind auch darin in grobem Irrthum befangen: sie ehren ihre
Eltern weniger als ihre Nachbarn und wachsen so in Unordnung und Lastern auf.   Fra Giovanni empfiehlt der Madonna Bartolommea degli Obizzi, ihre Kinder vor allem

1) Cena di Famiglia a. a. O. S. 173, 174. Giovanni Dominici, Regola del governo etc. S. 164. Vgl. oben Bd. I. S. 518, 586.

Ehrfurcht gegen die Eltern zu lehren, um deren Glück auf Erden zu sichern. Wie Lorenzo de' Medici seinem Sohne einschärfte, älteren Personen schuldige Ehrerbietung zu erweisen, haben wir gesehen. Hierin ist er sich stets gleich geblieben. Die gute strenge Sitte wurde auch durch manche ausgezeichnete Frauen gewahrt. Aus Lorenzo's Zeit liegen uns keine so anziehenden Schilderungen vor wie jene aus seines Großvaters Tagen von der Hand des guten Vespasiano [1]). Aber Alessandra de' Bardi die Gattin Lorenzo Strozzi's, Francesca Giacomini Tebalducci mit Donato Acciaiuoli dem ältern vermält, Nanna Valori die Frau Giannozzo Pandolfini's, Caterina Strozzi Ardinghelli, Saracina Giacomini Acciaiuoli u. a. konnten nicht ohne gute Nachfolge bleiben, und die schönen und würdigen Frauenbilder, welche vor allen den Fresken Ghirlandajo's in Sta Marie Novella so seltenen Reiz verleihen, sprechen allein schon dafür daß deren Generation nicht ausgestorben war. Die Zeiten waren friedlicher und steter geworden, und seit dem J. 1478 hatte man keinen jähen Umsturz noch Glückswechsel mehr erlebt, wie sie bis dahin so rasch auf einander gefolgt. Auch in der nicht mehr gestörten Ruhe des Hauses fanden aber tüchtige Frauen vollauf Gelegenheit zur Ausübung der christlichen Tugenden, durch welche ihre Mütter und Großmütter, oft in der Jugend schon Wittwen oder heimatlos, in stürmischen bedrängten Tagen geglänzt hatten.

Wiederholt ist der Ritterwürde Erwähnung geschehen. Während der Geburtsadel mit bürgerlichen Nachtheilen verbunden war, bewahrte der persönliche Adel oder Ritterstand seine Geltung. Von Carls des Großen sagenreichen Tagen leitete man diese Auszeichnung her: Kaiser und Könige nachahmend,

---

1) Notizie di illustri donne, im Archivio stor. Ital. Bd. IV. S. 439 ff.; Vite d' uomini illustri S. 525 ff.

beanspruchte die Gemeinde die Befugniß der Ertheilung derselben und im J. 1288 soll das erste Beispiel im Kriege gegen Pisa vorgekommen sein. Für das Amt des Podestà war die Ritterwürde erforderlich, und wurde den dazu Berufenen verliehen wenn sie dieselbe nicht schon besaßen. Solche Ritter hießen Cavalieri di popolo. Zwei eigenthümliche Ritterschlags-Ceremonien kommen im 14. Jahrhundert vor. Nach dem Aufstand der untersten Classen im J. 1378 wurden am 20. Juli über sechzig Bürger auf Begehren der Menge zu Rittern geschlagen, an ihrer Spitze Salvestro de' Medici. Als die Ruhe einigermaßen wiederhergestellt war, wurden diese Ritter der Ciompi, wie man sie nannte, zu der Erklärung aufgefordert, ob sie die tumultarisch ihnen verliehene Würde zu behalten dächten, worauf ein neuer Ritterschlag durch einen Ritter-Syndicus der Gemeinde erfolgen sollte. Einunddreißig nahmen an und nachdem sie sich am 18. October in der Kirche der Annunziata versammelt hatten, zogen sie in Rittertracht nach dem großen Platze, wo, im Beisein der Signorie, der Podestà, ein venetianischer Edelmann, als Syndicus der Comune die Ceremonie vollzog, worauf sie den Treueid leisteten und vom Gonfaloniere Lanze, Fähnlein und Schild mit dem Wappen des Volkes empfingen [1]). Am 26. April 1389 wurden zwei aus der Familie Panciatichi, der eine derselben ein Kind von nicht viel über vier Jahre, zu Volksrittern gemacht. Man erwies ihnen große Ehre, und sie verbrachten mit vielen Angehörigen und Freunden, wie einst in Rom Cola di Rienzo,

---

1. Die Namen finden sich, nach einem Strozzischen Verzeichniß in der flor. National-Bibliothek (Magliabechiana), bei G. Branchi: Della croce vermiglia in campo bianco insegna dei Cavalieri di popolo, im Periodico di numismatica e sfragistica Bd. IV. S. 75 ff. (Flor. 1872.) Die Abhandlung enthält zahlreiche Stellen aus Chroniken und Historien über das Ritterwesen der Gemeinde, namentlich über die Dinge im J. 1378.

die Nacht im Baptisterium, wo sieben große Betten aufgeschlagen standen, worauf folgenden Tags im Kloster Sta
Maria Novella ein Gastmal stattfand, an welchem zweihundertfünfzig Bürger theilnahmen [1]).

Die Volksritter theilten sich in zwei Classen, Cavalieri
di Corredo für bürgerliches, Cavalieri di Scudo für militärisches Verdienst, jene so nach dem Gastmal genannt welches
sie nach der Aufnahme gaben, diese nach dem Schilde, wie
in Frankreich die noblesse de robe und d' épée. Sie trugen
auf Brustwams oder Helm, Schild u. s. w. das Wappen
des Volkes, gewöhnlich mit rundem weißem Mittelschildchen
mit der rothen Lilie der Gemeinde, manchmal auch mit dem
Wappen der guelfischen Partei. Neben ihnen gab es die
Ritter, denen besonders bei Gesandtschaften Päpste und fremde
Herrscher, namentlich die französischen Könige diese Auszeichnung zutheil werden ließen, und solche welche sie von den
Generalcapitänen zum Lohn ihrer Tapferkeit auf dem Schlacht-
felde empfingen, die Cavalieri d' arme wie man sie zur Unterscheidung von den Cavalieri di Scudo nannte. Die goldnen
Sporen, womit nachmals solcher Misbrauch getrieben wurde,
waren das Vorrecht der militärischen Ritter.

Von jeher waren die Ambassaden für die Florentiner ge-
schäftlich von Belang, persönlich Mittel sich auszuzeichnen
gewesen, und wenn P. Bonifaz VIII. im ersten Jubeljahre sie
das fünfte Element nannte, als er zwölf der Ihrigen als
Vertreter verschiedenster Staaten vor sich sah, so ist ihnen der
Ruhm, gewandte Unterhändler zu sein, zu allen Zeiten geblieben. Nicht nur alle Stände, Geistliche, Staatsmänner,
Gelehrte betheiligten sich an der diplomatischen Thätigkeit:
sie war auch dem von den Gemeindeämtern im engern Sinn

---

1) Memorie storiche di Ser Naddo da Montecatini [in den Delizie
degli Eruditi toscani Bd. XVIII.] S. 99.

ausgeschlossenen Adel, den Grandi, ermöglicht. Im 15. Jahrhundert entsprach der Glanz, mit welchem die Botschafter
auftraten, so der Bedeutung des Staates wie der persönlichen
Stellung. Lucrativ waren jedoch diese Aufträge nicht, denn
wenn auch, wie wir es im J. 1483 finden, täglich jeder
Gesandte bis zu zehn Goldgulden erhielt, so waren die Kosten, abgesehen von denen die er in Anrechnung brachte, sehr be-
trächtlich. Neben den feierlichen Ambassaden bei besonderen
Anlässen gab es schon stehende Gesandtschaften in Neapel,
Rom, Mailand, Venedig. Jene waren theilweise zahlreich,
immer glänzend, und bestanden außer den Botschaftern aus
jüngeren Männern, nach späterer Regel nicht unter vierundzwanzig Jahren, welche die diplomatischen Geschäfte wie das
Ausland kennen lernen sollten, wie einem Kanzler und andern Beamten. Daß die florentinischen Gesandten hoch geehrt
wurden, ersieht man, nur zweier Beispiele zu erwähnen, aus
Neri Capponi's berühmter Ambassade nach Venedig während
des Viscontischen Krieges, und aus jener an Ludwig XI. bei
seiner Thronbesteigung. „Nie, sagt Machiavell, wurde ein
Fürst von jener Signorie mit so hohen Ehren empfangen,
wie Neri.“ König Ludwig aber, in Begleitung des Herzogs
von Bretagne und eines Gefolges von etwa vierzig Reitern,
begrüßte zwei Lieues von Tours Monsignor Filippo de' Medici, Piero de' Pazzi und Buonaccorso Pitti Luca's Sohn,
Botschafter der Republik, und behielt den Hut in der Hand,
weil der Erstere sich nicht bedecken wollte [1]). Das Reisen
ging langsam. Am 27. October war die Gesandtschaft von
Florenz ausgezogen, am 23. December langte sie in Tours
an. Mit welchem Glanz Piero de' Pazzi nach Hause zurückkehrte, ist oben erzählt worden.

---

[1]) Il viaggio degli Ambasciatori fiorentini al Re di Francia nel
1461. in Arch. stor. Ital. Ser. III. Bd. I. S. 7 ff. S. oben Bd. I. S. 203.

Mediceisches Haus und Familie.

Das Mediceische Haus hatte in Florenz und wol in ganz Italien seines Gleichen nicht. Der würdigen und schönen Architektur entsprach die innere Ausstattung. Drei Generationen hochgebildeter und kunstliebender Besitzer hatten hier gewaltet und die ganze Welt war ihnen offengestanden. Nie hat es eine Familie gegeben, in welcher die Lust am Sammeln, die Freude am Besitz, das Verständniß des Werthes und der Bedeutung der verschiedenartigsten Dinge Jahrhunderte hindurch so lebendig, so warm, so wahr, so thätig geblieben wäre, wie bei diesen florentinischen Kaufleuten, aus denen ein mit Habsburgern, Lothringern, Bourbonen, Wittelsbachern verschwägertes Fürstengeschlecht wurde. Noch in den Zeiten als dies Fürstengeschlecht, getroffen von dem Fluche der beinahe alle italienischen Herrscherstämme verdorren ließ, in sich verkümmerte, um dann ruhmlos und doch von Tausenden beweint zu enden, ist diese glänzende Eigenschaft der Ahnen unversehrt geblieben, und nach allen Seiten hin erstreckten sich die Beziehungen von Großherzogen und Prinzen, von allen Seiten her wurde ihnen Schönes, Merkwürdiges, Seltnes jeder Art durch ihre Agenten, durch Diplomaten, Gelehrte, Künstler, Handelsleute gesandt, während sie im Inlande

fortwährend Alles beschäftigten was Talent, Wissen, Fertigkeit an den Tag legte. Der colossale Reichthum der florentiner
Sammlungen, größtentheils Erbtheil der Medici, zeugt ebenso
davon, wie der plötzliche mit ihrem Erlöschen eintretende
Stillstand den Contrast späterer Zeiten Jahrzehnte lang zu
einem schneidenden gemacht hat.

Die Geschichte der künstlerischen wie der literarischen
Bestrebungen seit Cosimo's Tagen hat uns gezeigt, was alles
zusammenfloß in diesem Hause der Via Larga, an Bildern,
Sculpturen, Münzen, geschnittenen Steinen, Kostbarkeiten
jeder Art, Anticaglien, Handschriften. Philippe de Commines,
wo er der durch die Franzosen begonnenen, von den Einheimischen fortgesetzten schamlosen Plünderung der Mediceischen
Häuser im November 1494 gedenkt [1]), schätzt auf mehr als
einmalhunderttausend Ecus den Werth der an einem Tage
entwendeten Gegenstände, „die schönsten Ringe, Achatstücke,
bewunderungswürdige Cameen, und an dreitausend goldner
und silberner Medaillen, wie es deren eine ähnliche Sammlung nirgend in Italien gab." Galeazzo Maria Sforza
hatte einst geäußert, Schätze könne auch er aufweisen, in
Lorenzo's, eines Privatmanns Hause sei aber das Edelste der
ganzen Welt vereinigt. Und was alles hatte sich hier gesammelt seit jenem Besuche des mailändischen Herzogs!
„Lorenzo, sagt Niccolò Valori [2]), empfand das lebendigste
Interesse für das Alterthum. Als er durch Girolamo Rossi
von Pistoja ein in den Trümmern der athenischen Akademie

---

1) Mémoires Bd. VII. Kap. 9. Bernardo Rucellai, der im
Hause wie in seinem eignen bekannt war, schildert in dem Commentar De
bello italico S. 52 die Plünderung von Kostbarkeiten und Bücherschätzen,
„quorum pars a Gallis, pars a paucis e nostris, rem turpissimam
honesta specie praetendentibus, furacissime subrepta sunt, intimis
abditisque locis aedium, ubi illi reconditi fuerant, perscrutatis."

2) A. a. O. S. 168.

gefundenes Brustbild Platons erhielt, nach welchem er sich lange vergeblich gesehnt hatte, war, wie ich durch Marsilio weiß, seine Freude überaus groß und er hielt dasselbe stets in hohen Ehren. Wer einem solchen Manne eine Freude zu bereiten wünschte, brachte ihm um die Wette durch Gehalt wie Arbeit ausgezeichnete Münzen, Broncewerke und was es sonst von Antiquitäten gab aus allen Welttheilen. Von Neapel in die Heimat zurückkehrend, sandte ich ihm die Brust- bilder der Kaiserin Faustina und des Africanus und mehre schön gemeißelte Marmore. Mit welcher Miene er sie empfing, vermag ich nicht auszudrücken. Was er allerwärts gesammelt, bewahrte er zu Hause sorgfältigst. Nicht einem Jedem zeigte er es, wohl aber jedem Kenner, während er bei festlichen Gastmalen, seine Gäste zu ehren, die Tafel mit Kunstsachen schmückte. Als der treffliche Herzog Federigo von Urbino diese Kostbarkeiten bei Lorenzo sah, bewunderte er nicht blos Stoff und kunstvolle Arbeit sondern auch die aus Unglaub- liche streifende Zahl der Gegenstände. Zu Lorenzo soll er gesagt haben: Wie viel vermögen Ausdauer und Liebe! Ich sehe hier einen königlichen Schatz, aber einen solchen, wie kein König ihn durch Geld oder Macht oder Krieg zusammen- zubringen im Stande ist."

Auf verschiedenartigste Weise wurden diese Schätze ge- sammelt. Antiquitätenhändler brachten sie nach Florenz oder sandten sie aus der Ferne. Als nach P. Pauls II. Tode dessen reiche Sammlung von Edel- und geschnittenen Steinen verkauft ward, kam ein beträchtlicher Theil durch Giovanni Tornabuoni um mäßiges Geld in mediceischen Besitz. Der Marmorbüsten Augusts und Agrippa's, Geschenke P. Sixtus' IV., der in Rom gekauften Chalcedonschale und geschnittenen Steine hat Lorenzo selbst in seinen Aufzeichnungen gedacht. In den J. 1484, 1488, 1490 finden wir Luigi Lotti von Barberino,

Giovan Antonio von Arezzo, Andrea von Foiano mit Er=
werbungen in Rom und Siena beschäftigt[1]). Als Giuliano
da Sangallo von Neapel zurückkehrte, gab ihm König Ferrante
für Lorenzo, der ihn zu der Reise veranlaßt hatte, eine Büste
Hadrians, eine unbekleidete weibliche Statue und einen
schlafenden Cupido[2]). Messer Zaccaria Barbaro, dankbar für
die seinem Sohne bewiesene Theilnahme, sandte eine seltene
griechische Vase. Carlo de' Medici kaufte Anticaglien, Münzen
u. a. in Rom. Neben den Handschriften und Kunstsachen sah
man eine Menge Curiositäten und prächtigen Hausgeräths
aller Art, Porzellan und Majoliken welche von den Mala=
testen geschenkt und von Lorenzo, wie er schreibt[3]), höher
geschätzt wurden als wären sie von Silber, da sie trefflich
und selten und in Florenz bis dahin unbekannt. Vieles von
dem was heute die große Sammlung der Uffizien schmückt,
ist damals nach Florenz gelangt. Die meisten Sculpturen
aber und größeren Kunstwerke wurden nicht im Hause der
Via Larga aufgestellt, wo der Raum nicht gereicht haben
würde, sondern in dem benachbarten Garten von San Marco.
Dem linken Seitenschiff der Kirche gegenüber, nahe dem Ende
der hier auf große Kloster= und andere Gärten stoßenden
Straße lag ein mediceisches Casino, welchem sich weite An=
lagen und Baumgänge bis Via San Gallo anschlossen. Ca=
sinos dieser Art, zu geselligen Zwecken wie zum Lustwandeln
dienend, sind bis zum vorigen Jahrhundert bei den großen
florentinischen Familien Sitte geblieben. Alles ist hier ver=
ändert, seit, ein Jahrhundert nach Lorenzo's Tagen, Ber=
nardo Buontalenti einen großartigen aber schwerfälligen, in
unseren Tagen zu verschiedenen Zwecken verwendeten Palast

---

1) Gaye a. a. O. Bd. I. S. 285, 286, 290.
2) Vasari im Leben Giuliano's Bd. VII. 213.
3) Gaye a. a. O. S. 304.

baute und nach dem Erlöschen der Medici ein Theil des
Raums dem hübschen Hause eingeräumt ward, das nach einer
Favorite Großherzog Leopolds I. den Namen des Casino
della Livia führt, während um dieselbe Zeit die anstoßende
Piazza San Marco durch die neue Façade der Kirche, die
neue Klosterfronte und den Bau der Akademie der Künste an
der Stelle des Spitals Lemmo Balducci's ein ganz anderes
Aussehen erhielt[1]). Hier waren in den Baumgängen die
antiken Sculpturen aufgestellt, hier im Hause die Cartons
und Bilder aufbewahrt die sich seit Jahren angesammelt,
hier studirten die jungen Künstler nach alten und neuen
Mustern. Lorenzo, der eifrigste Sammler, wußte an Anderen
Kunstliebe zu schätzen. Nicht befreundeten Fürsten allein hat
er in solchen Bestrebungen vielfach Hülfe geleistet. Als Commines von seiner Ambassade des J. 1478 zurückkehrte, brachte
er mehre schöne Denkmünzen mit, welche der Seigneur
Laurens ihm zum Geschenk gemacht hatte[2]).

Nicht die städtischen Wohnungen allein waren Schauplätze Mediceischen Glanzes. Lorenzo's Zeit war zwischen
Stadt und Land getheilt. Seine Empfänglichkeit für die
Schönheit der Natur mußte ihm den Aufenthalt auf der
Villa vor allem angenehm erscheinen lassen, und er folgte
dem Beispiele von Vater und Großvater, indem er häufig
in dem anmuthigen Careggi weilte, dessen Nähe ihm die Besorgung seiner Geschäfte erleichterte, oder in der heißen Jahreszeit zu dem ernstern und kühlern Cafaggiuolo oder dem benachbarten Trebbio hinanstieg. Neben Careggi aber war sein
Lieblings-Aufenthalt Poggio a Cajano. Halbwegs zwischen
Florenz und Pistoja, zehn Millien von jeder der Städte

---

1) Vgl. oben S. 228. Wie der Platz früher aussah, zeigt die
Ansicht bei Richa, Bd. VII. S. 113.

2) Kervyn de Lettenhove Bd. II. S. 279.

entfernt, auf einem flachen Hügel, dem letzten auf der nord-
östlichen Abdachung des langgedehnten, die pistojesische Ebene
von dem Nievolethale und dem untern Arnothal trennenden
Monte Albano, erhebt sich Sangallo's schönes Bauwerk,
welches das vom Ombrone durchströmte grüne und fruchtbare, durch Lorenzo's Dichtung Ambra weithin berühmte
Tiefland überblickt; wo man heute gerne in dem großen noch
vor ein Paar Decennien von Goldfasanen, den Nachkommen
der von Lorenzo de' Medici aus Sicilien hiehergeschafften
Vögel, bevölkerten Park und in den wohlgepflegten Gründen
der Meierei wandelt und den Strom auf einer Hängebrücke
überschreitet. Angelo Poliziano hat am Schlusse der im
J. 1485 verfaßten Dichtung Ambra, Michele Verino in einem
an Simon Canigiani gerichteten Briefe so die Schönheit der
Lage geschildert, wie die großartigen Anstalten, welche der
Besitzer der Villa für landwirthschaftliche Zwecke hier vereinigt hatte. Ein Aquäduct brachte von der nahen Höhe von
Bonistallo reichliches Wasser. Neben den Obst- und Gemüse-
gärten erstreckten sich große Maulbeerpflanzungen zum Behufe der für diese Gegenden bis auf den heutigen Tag sehr
einträglichen Seidenwürmerzucht. In den auf flacher Erhöhung erbauten umfangreichen Ställen, deren Fußboden um
der Reinlichkeit willen mit Steinen belegt war und die mit
ihren vier Eckthürmen einem Castell ähnelten, fand eine ganze
Heerde schönster Kühe Raum, welche die üppigen Weideplätze
durchzogen und die Stadt Florenz mit Käse versorgten, den
man bis dahin aus der Lombardei geholt hatte. Kälber und
Schafe waren in Menge vorhanden, aus Calabrien hatte
man sich eine Gattung Schweine von ungewöhnlicher Größe
verschafft, aus Spanien eine Gattung Kaninchen. An Geflügel aller Art, namentlich an Wasservögeln wie an Wachteln
war Ueberfluß. Die Menge Wassers verlieh dem Boden

Fruchtbarkeit, aber für fleißiges Düngen war reichlich gesorgt [1]).
Gerne begegnet man dem Staatsmann und Förderer von Literatur und Kunst auf dem Felde landwirthschaftlicher Interessen,
für die er von seinem Großvater Vorliebe geerbt und auf
welche er sich schon durch seinen lebendigen Natursinn hingewiesen fand.

Bis auf unsere Zeit hat die Villa von Poggio a Cajano
diese Traditionen neben ihren historischen Erinnerungen bewahrt. Das uralte Herrengeschlecht der Cadolingi von
Fucecchio hatte hier Besitz, der an die mächtige pistojesische
Familie der Cancellieri und im J. 1420 durch Kauf an
Palla Strozzi kam [2]). Wie und wann die Medici in den Besitz
gelangten, ist nicht bekannt; verwundern darf man sich nicht
über zweimaligen Wechsel in einem Jahrhundert, wenn man
den Glückswechsel der Familien in ereignißreicher Zeit im
Auge behält. Nirgend wird man so wie hier an Lorenzo
il Magnifico erinnert, der den Bau im Wesentlichen so aufführte wie wir ihn vor uns sehn. Als der zweite seiner
Söhne den päpstlichen Stuhl bestiegen hatte, ließ dieser den
großen Saal mit Fresken schmücken, welche, indem sie Scenen
aus der Römerwelt darstellen, auf heimische Ereignisse anspielen. Paolo Giovio, einer der Clienten des Papstes und

---

1) Schilderung von „Ambra mei Laurentis amor" in der dritten
Sylva B. 594 ff., Prose volgari ec. S. 365. G. Targioni Tozzetti
Viaggi per la Toscana [Flor. 1773 ff.] Bd. V. S. 56 ff., wo auch
Michele Verino's Brief. Vgl. oben S. 19.

2) Repetti a. a. O. Bd. I. S. 380. Palla Strozzi zahlte für
Poggio a Cajano 7390 Goldgulden, und seine schöne Villa Petraja, die
er von den Brunelleschi gekauft hatte, diente als Pfand beim Ankauf.
Die Petraja ist im folgenden Jahrhundert, nach dem Scheitern des Unternehmens der Strozzi und ihrer Freunde gegen Herzog Cosimo de' Medici
durch Confiscation an den Staat gelangt. Anguillesi in seinen Notizie
storiche dei palazzi e ville appartenenti alla R. Corona di Toscana.
Pisa 1815, hat über die Vorgeschichte des Poggio a Cajano nichts.

des Cardinals Giulio de' Medici, wählte die Gegenstände,
Andrea del Sarto malte die dem Cäsar Tribut darbringende
Thierwelt, Franciabigio den Triumph Cicero's welchen schon
Poggio Bracciolini mit Cosimo's Rückkehr verglichen hatte,
Jacopo da Pontormo mythologische Darstellungen. Leo's X.
Tod unterbrach das Werk, dessen Vollendung erst im J. 1580
durch Alessandro Allori erfolgte; einfach großartig in der
harmonischen Leistung zweier Künste. In einem Altarbilde
der Pietà in der Kirche des kleinen Ortes hat Giorgio Vasari
die beiden Mediceischen Schutzheiligen neben den tobten
Heiland hingestellt [1]).

Die würdigen und schönen Localitäten, mögen Stadt
oder Land in Betracht kommen, waren Schauplätze eines
ihnen entsprechenden thätigen, herrschaftlichen, mancher Störungen ungeachtet behaglichen ja heitern Lebens. Lorenzo de'
Medici hat sich nie sinnlosem Luxus hingegeben, wie er bei
Fürsten und Cardinälen eingerissen war, aber er ist stets ein
großer Herr im rechten Sinne des Wortes gewesen. Er hat
nie vergessen daß er der florentiner Bürger war, wie er sich
selber nannte, wie man auf den Briefadressen seiner Corre-
spondenzen liest, wie er seinen Söhnen einschärfte. Ebenso-
wohl aber ist er sich bewußt geblieben daß er es war, auf
den im Innern Aller Blicke gerichtet waren, und der dem
Auslande gegenüber den Staat vertrat. In diesem Hause
und auf diesen Villen herrschte stete Bewegung. Alles ging
ein und aus im Hause des Mannes der an der Spitze des
Ganzen stand. Neben den politischen Geschäften, veranlaßten
Familien-Beziehungen und der fortwährende Umgang mit

---

1) Vasari im Leben del Sarto's Bd. VIII. S. 276, Franciabigio's
Bd. IX. S. 101, Pontormo's Bd. XI. S. 46. Die Compositionen beider
Erstern sind gestochen in dem Flor. 1751 erschienenen Kupferwerk über
die Fresken der großherzoglichen Paläste.

Gelehrten und Künstlern häufigsten Zuspruch. Der Angehörigen waren viele, und Lorenzo hat manche derselben gebraucht. Zahlreiche Familien standen in vertrautesten Beziehungen zu der seinigen. Wir sahen, wie manche durch ihn groß wurden; andere, die schon groß waren, suchte er sich mehrundmehr zu verpflichten. Nicht blos bei fremden Fürsten übernahm er Gevatterstelle, bei Landsleuten that er ein Gleiches. Als im J. 1490 Herzog Alfons von Calabrien den Sohn Giuliano Gondi's, eines mediceischen Geschäftsfreundes, aus der Taufe zu heben zugesagt hatte, bat er Lorenzo ihn dabei zu vertreten.

Im Mediceischen Hause war gewissermaßen offne Tafel. Aus Michel Angelo's Leben wissen wir, daß wer zu Anfang der Mahlzeit anwesend war, nach seinem Rang zu Seiten des Hausherrn Platz nahm, die Tischordnung aber wegen später Eintreffender, auch wenn sie höher standen, nicht geändert wurde. Alle nicht zur Dienerschaft gehörenden Hausbewohner speisten mit; der junge Buonarroti, erst im Beginn seiner Lehrzeit, ist der stete Tischgenosse seines Gönners gewesen [1]. Neben den akademischen und anderen Gelehrten-Symposien fanden häufig Festmale statt, so in der Stadt wie in Careggi, für fremde Herren und Gesandte oder bei feierlichen Anlässen. Cristoforo Landino hat uns von einem Gastmal Kunde gegeben, das zwischen einem gelehrten und einem Festmal die Mitte hielt, und welches Lorenzo in noch jungen Jahren veranstaltete, als ein vornehmer Grieche Philotimos, der seine Familie bis in die Constantinische Zeit verlegte und sich darauf gewaltig viel zugutethat, in Begleitung eines athenischen Philosophen Aretophilos von Rom nach Florenz kam, ihm sein Beileid über den Verlust seines Vaters zu bezeugen. Lorenzo, der den Besuchern bis zur vierten Millie

---

[1] A. Condivi im Leben Buonarroti's, vor den Rime e Lettere di M. A. B. Flor. 1858, S. 26.

entgegengeritten war, führte sie in seine Wohnung, und hier trafen sie beim Male mit den angesehensten Vertretern der Wissenschaft und den Freunden des Hauses zusammen. Da waren Gentile Becchi und Antonio degli Agli, Giorgio Antonio Vespucci, Leon Batista Alberti, Ficino, Landino, Polizian, Argyropulos mit seinen Schülern Piero und Donato Acciaiuoli und Alamanno Rinuccini. Die Tischunterhaltung und die Ansprüche des hochmüthigen Griechen boten Landino den Stoff zu seiner Abhandlung über den wahren Adel, die er Lorenzo de' Medici widmete[1]). Bei solchen und ähnlichen Gelegenheiten waren Bewirthung und Einrichtung glänzend; im Täglichen aber blieb der Tisch innerhalb der Grenzen bürgerlicher Bescheidenheit.

Dies gewahrte Franceschetto Cybò, als er im Juni 1488 zum Besuche kam. Römische Herren und eine Menge Leute hatten des Papstes Sohn begleitet; sie wünschten den Glanz des Mediceischen Hauses kennen zu lernen, von dem alle Welt voll war. Franceschetto wohnte in diesem Hause, für seine Begleiter war ein schöner Palast angewiesen worden. Nachdem ein Paar Tage unter Festlichkeiten verstrichen waren, fand der Gast eine einfache Tafel. Er wunderte sich, und als es beim Mittags = wie beim Nachtmal sich wiederholte, stieg in ihm der Argwohn auf, bei seinen Begleitern möchte es ebenso gehn, ein Argwohn der ihn quälte, weil er wußte mit welchen Erwartungen diese nach Florenz gekommen waren. Umso größer war jedoch seine Freude als er vernahm, daß diese fortwährend aufs glänzendste bewirthet wurden. Als er im vertrauten Gespräche mit seinem Schwiegervater diesem die Sache entdeckte, antwortete Lorenzo ihm ruhig, er habe ihn in seinem Hause als Sohn aufgenommen, und demgemäß

---

1) Bandini Specimen Bd. II. S. 105 ff. Die Namen der beiden Griechen gleichen noms de guerre.

verfahre er mit ihm; handelte er anders, so würde er ihm fremd bleiben. Fremde seien die zur Feier seiner Hochzeit mit ihm gekommenen vornehmen Herren; als solche behandle er sie, in dem Maße wie seine eigne Stellung und die ihrige es heische [1]).

Zu Ende des Winters 1482 betrat ein vornehmer teutscher Gast das Mediceische Haus, Eberhard im Bart Graf von Württemberg, Schwiegersohn Lodovico Gonzaga's Markgrafen von Mantua, und schon durch diese Verwandtschaft auf freundliche Beziehungen zu den Medici angewiesen. Von den gelehrten Begleitern des Grafen und nachmaligen Herzogs war schon oben die Rede. Eberhard nahm den Reichthum des Hauses in Augenschein, die schönen Säle mit den Kostbarkeiten und dem Silbergeschirr, die Büchersammlung, die Terrasse mit den immergrünen Fruchtbäumen, den Marstall. Für den hochgebildeten Fürsten, der seine Vorliebe für einheimische Literatur mit der Kenntniß der alten zu verbinden wußte, eine schöne Büchersammlung besaß und vier Jahre früher sein ihm anhängliches Land durch die Stiftung der Hochschule zu Tübingen dauernd bereichert hatte, mußte was er hier vereint fand, Quelle des Genusses sein. Er sah die ganze Familie versammelt, Lorenzo mit den Söhnen, Clarice mit den Töchtern, damals noch alle vereint. Er verhehlte den günstigen wohlthuenden Eindruck nicht, den Alles, Haus wie Bewohner, auf ihn machte; als er die seit Cosimo's Tagen so umsichtig wie reichlich gemehrten Bücherschätze bewunderte, erwiederte Lorenzo, mit einem Wortspiel über libri und liberi, die Kinder wären der größere Schatz. Von Florenz ging Eberhard nach Rom, wo P. Sixtus IV. ihm die goldene Rose verlieh [2]).

1) Borghini a. a. C. Bd. II. S. 167.

2) Reuchlin, Widmung von: De arte cabalistica, 1517, an P. Leo X. Manlius Locorum communium collectanea. Bautzen 1565, S. 271. Stälin Wirtemberg. Geschichte Bd. III. S. 591. Vgl. oben S. 33.

Der teutsche Fürst bewunderte Lorenzo's Marstall, und wol mit Recht. Pferde, so Reit= und Jagdpferde wie Renner, gehörten zu seinen Passionen. Immer und immer wieder begegnen wir ihnen in seinem Briefwechsel, Geschenken, Ankäufen, Entlehnungen. Der Geschmack an den Pferderennen, mit wie ohne Reiter, Rennen für die es damals schon eigene Pferdeverleiher gab, hat sich bis zu unsern Tagen erhalten, und im Hause der Alessandri zeigt man einen Saal, dessen Wände ganz mit den von einem ihrer Pferde gewonnenen Preis=Brocaten bedeckt sind. Lorenzo hatte stets Rennpferde, darunter eines, nach seiner dunkeln Farbe Morello genannt, welches jedesmal Sieger blieb und zu seinem Herrn solche Zuneigung hatte, daß es zu kranken schien wenn er ihm nicht mit eigner Hand das Futter reichte, und bei seinem Nahen durch Bewegung und lautes Wiehern seine Freude kundgab [1]). Wie ihm schon in seinen Jünglingsjahren ein schönes sicilisches Pferd geschenkt ward, und seine Gegengaben den Werth desselben aufwogen, ist erzählt worden. Er selber machte Pferde zum Geschenk. Als ihm im November 1479 besonders daran lag, mit Lodovico il Moro auf gutem Fuße zu bleiben, sandte er an dessen damaligen Vertrauten Roberto Sanseverino ein schönes Pferd und einen Falken [2]). Zwischen König Ferrante, den Este, den Sforza von Pesaro u. A. und Lorenzo gingen Briefe inbetreff ihrer Pferde hinundher. Wenn der König im Januar 1473 Lorenzo für das Geschenk eines Pferdes dankte, worüber sein Gesandter Marino Tomacelli ihm geschrieben, so meldete er ihm vier Jahre später die Absendung von zwei Rennern einem sicilianischen und einem andern aus seinem eignen Gestüt, wie von zwei Jagdpferden, Zeugnissen der Zuneigung 'die er zu ihm hege. Königliche

1) Nach Polizians Mittheilung bei N. Valori S. 177.
2) A. Montecatino bei Cappelli a. a. O. S. 252.

Pferde, für die florentinischen Rennen geliehen, waren noch zur Zeit der Pazzi'schen Katastrophe unterwegs[1]). Es war überhaupt Sitte, befreundeten Herren oder Städten Pferde zum Abhalten von Wettrennen zu senden, und die der Medici gingen so nach Ferrara wie nach Lucca. Als zu Ende des Sommers 1489 Giovanni Sforza von Pesaro Hochzeit mit Maddalena Gonzaga halten wollte, bat er Lorenzo ihm eines seiner Pferde für das dabei stattfindende Turnier zu leihen. In Lorenzo's späteren Jahren hatte sein ältester Sohn die Verwaltung des Marstalls[2]).

In dem hübschen und heitern Gedichte auf die Falkenjagd hat Lorenzo seiner Jagdliebhaberei ein anmuthiges Denkmal gesetzt. Die Falkenjagd war alt und namentlich bei Fürsten und anderen Vornehmen beliebt. Brunetto Latini Dante's Lehrer handelt in seinem „Schatze" von sieben Gattungen Falken, die zum Fange dienten. Zwei von Lorenzo's Zeitgenossen verwandten besondere Sorgfalt auf die Abrichtung der Vögel, König Ferrante, der mit Erlaubniß der Johanniter-Großmeister die besten Falken von Rhodos bezog, und Ercole von Este, welchem Lorenzo Befugniß ertheilte, auf seinen Besitzungen im Pisanischen diese Vögel einzufangen. Dafür sandte ihm der Herzog dann wol seine gut dressirten Falken, sei es zur Jagd sei es zur Unterweisung seiner eigenen wilden, während der König ihm wiederholt Geschenke machte, wie er es bei Maximilian von Oestreich, Ferdinand von Castilien, Galeazzo Maria Sforza u. A. ja bei dem Sultan that[3]). Die große, wald- und wasserreiche pisaner Ebene

1) Med. Archiv passim. Gaye Carteggio Bd. I. S. 302.

2) Cappelli a. a. O. S. 303. (Jahr 1490.) Schreiben der Anzianen von Lucca 16. Sept. 1490, Lucch. Arch.

3) Lorenzo de' Medici an Ercole von Este 11. Febr. 1481, 9. Jan. 1482, bei Cappelli S. 242, 243 und Anmerk. ebdſ. K. Ferrante an Lorenzo 5 Juni 1477, bei Gaye a. a. O. Bd. I. S. 302. Derselbe an

und die Niederungen und Hügel bei Poggio a Cajano waren
die Schauplätze der Jagd. „Gestern, so schreibt Angelo
Poliziano[1]), der bei Studien wie bei Vergnügungen selten
fehlte, am 1. December 1475 von Pisa an Madonna Clarice,
welche eben ihrer Entbindung entgegensah (das Kind war
Papst Leo), gingen wir auf die Vogeljagd. Es war windig
und wir hatten geringes Glück, denn wir verloren den Falken
des Pilato, Mantovano genannt. Heute versuchten wir's
aufs neue, und wieder war der Wind uns entgegen, doch
sahen wir einige schöne Flüge, denn Maestro Giorgio ließ
seinen Falken steigen, der auf das gegebene Zeichen gehorsam
heimkehrte. Lorenzo ist verliebt in den Vogel, und nicht mit
Unrecht, denn Maestro Giorgio sagt, einen schönern und
größern habe er nie gesehn, und er hoffe ihn zum besten Falken
der Welt zu machen. Während wir im Felde waren, kehrte
Pilato vom Strande mit dem Flüchtling von gestern zurück,
was Lorenzo's Freude verdoppelte. Morgens und Abends sind
wir auf der Vogeljagd und thun nichts anderes. Montag soll,
wie ich vernehme, mit Rehjagd gewechselt werden."

Abgesehen von der Jagd, war Lorenzo gerne in Pisa,
und nicht an ihm hat es gelegen, wenn das Verhältniß der
armen Stadt zu den Florentinern sich nicht besserte, wenn sie
es nicht ertragen lernte, Unterthanenstadt zu sein. Auch
wenn Geschäfte ihn nicht riefen, weilte er wiederholt dort, und
von Jugend an sehen wir ihn Florenz häufig verlassen, zu
gelegentlichen Begegnungen, zur Erholung, zum Jagdvergnügen,
zur Beaufsichtigung seiner großen Besitzung in Agnano.
Agnano, einst Castell dann Villa, um welche sich eine

---

die Johanniter Ferrante Ribadeneira, Juan Gasco u. A. 27. Dec. 1467,
bei Trinchera Cod. Aragonese Bd. 1. S. 373, in welchem Werke verschiedene auf die falcuni und girifalchi sich beziehende Schreiben.

1) Prose volgari ec. S. 45. Vgl. oben S. 20.

Einwohnerschaft von einigen hundert Köpfen gesammelt hat, liegt am westlichen Abhang des Monte San Giuliano, vier Millien von der Stadt, in der Nähe von Sümpfen, von denen Niccolò Valori sagt, Lorenzo würde sie ausgetrocknet haben wäre ihm längeres Leben beschieden gewesen, und die heute großentheils trocken gelegt sind. Eine große Pinienwaldung macht einen Theil der Tenuta aus, welche schon in Lorenzo's Tagen ansehnlichen Ertrag an Getreide und Oel lieferte und mit anderen Besitzungen in der pisanischen Maremma, zu Colle Salvetti, einer der Stationen des diese Ebene durchschneidenden Schienenwegs nach Civitavecchia, zu Colmezzano u. s. w. zu den bedeutendsten Partien des Mediceischen Landbesitzes gehörte. Wie Spedaletto, kam Agnano an Maddalena Cybò, deren Sohn Lorenzo, welcher mit seiner Gemalin Ricciarda Malaspina Erbin von Massa und Carrara in geringer Eintracht lebte, hier im J. 1549 seine Tage beschloß[1]. Nachdem Lorenzo die Hochschule wiederhergestellt, riefen deren Interessen ihn zu wiederholten Malen. Während des leidigen Kampfes um Sarzana ist Pisa eine Art Hauptquartier für ihn gewesen. Die damalige Wohnung der Medici, heute der Familie Pieracchi gehörend, liegt nicht ferne von der obern Arnobrücke, Ponte della Fortezza, auf dem rechten Ufer bei der Kirche von San Matteo. Hier soll, siebzig Jahre nach Lorenzo's Tode, jene häusliche Tragödie stattgefunden haben, welche, niemals aufgehellt, auf die Geschichte des ersten Mediceischen Großherzogs einen düstern Schatten geworfen hat.

In Lorenzo's Tagen ging es in diesem Hause heiterer zu, denn hier denken wir uns seine Unterredungen mit Federigo

---

1) N. Valori a. a. O. S. 174. Viani a. a. O. S. 24. Bei Fabroni Bd. II. S. 73 findet sich ein Verzeichniß der Mediceischen Besitzungen im Pisanischen nebst Schätzung des Einkommens.

d' Aragona über italienische Poesie, hier brachte er im April
1476 frohe Tage zu. Mit sechsundzwanzig Pferden war er
über San Miniato, wo immer Halt gemacht wurde, dahin
gelangt. „Wir ritten des Weges daher, schreibt Poliziano an
Madonna Clarice [1]), singend und bisweilen von theologischen
Dingen redend, um die Fastenzeit nicht zu vergessen, Lorenzo
triumphirend. In San Miniato versuchten wir etwas vom
h. Augustinus zu lesen, aber die Lectüre verwandelte sich bald
in Musik und ins Zustutzen eines Tänzermodells das wir
hier getroffen haben." An Lust und Scherz fehlte es nirgends
wohin Lorenzo ging, und die pisaner Studenten fanden an
ihm einen bereitwilligen Förderer ihrer Faschings-Lustbar-
keiten, wobei ihnen gestattet war, den Professoren die Lehr-
bücher wegzunehmen, um deren Erlös auf die Feste zu verwenden. Daß der Wettkampf auf der mittlern Arnobrücke
(Giuoco del ponte), wobei bewaffnete Schaaren von hüben
und drüben sich das Terrain streitig machten, ein Kampf
welcher seiner halsbrechenden Zwischenfälle wegen von Großherzog Leopold I. untersagt wurde, sich von Lorenzo de' Medici herschreibe, ist eine irrige Meinung, da die Spuren
desselben sich in weit frühere Zeit hinein verfolgen lassen.

Zu Ende Mai 1477 empfing Lorenzo in Pisa Eleonora
d' Aragona Herzog Ercole's von Ferrara Gemalin, die mit
glänzendem Gefolge über Lucca angelangt war, um sich zur
Hochzeit ihres Vaters nach Neapel zu begeben, wohin sie eine
königliche Galeerenflottille führte, die in Livorno vor Anker
gegangen war [2]). So lange Filippo de' Medici Erzbischof
der Stadt war, und dessen Bruder Tanai dort weilte, fehlte
es nicht an großartiger Gastfreundschaft, und Luigi Pulci

<hr/>

1) 8. April. Prose volgari ec. S. 47.
2) Piero Parenti Chronik. Vgl. Poliziano a. a. O. S. 49. Vgl.
Cronaca di Notar Giacomo S. 134 (zum 1. Juni 1477.)

gedenkt der Festlichkeiten während der Anwesenheit des Her=
zogs von Calabrien im Colleonischen Kriege [1]). Nicht blos
heitere Anlässe riefen Lorenzo nach Pisa. Er hat dort, in
milder Luft, Linderung seiner Leiden gesucht, wie schon im
Spätherbst 1474, nachdem er sich durch den Gebrauch des
Wassers von Porretta vom Fieber befreit hatte. In einem
kritischen Moment seines Lebens kehrte er in Pisa ein, bevor
er sich nach Neapel einschiffte. In dem Kirchlein Sta Maria
della Spina, das man mit seinen Spitzsäulchen und Taber=
nakeln dem Quai des südlichen Ufers gleichsam angeklebt sieht,
hat er im J. 1485 für die Opfer des Kampfes um Sarzana
Seelenmessen lesen lassen, denen er mit der Wittwe Bon=
gianni Gianfigliazzi's beiwohnte, der sich in der ungesunden
Luft der Küste der Lunigiana den Tod geholt hatte [2]).

Die Badereisen haben im Leben Lorenzo's de' Medici
eine große Rolle gespielt, obgleich sie ihn nicht über die
Grenzen Toscana's hinausführten. Wir sahen wie gichtisches
Leiden in seiner Familie erblich war, bei Großvater, Vater,
Oheim, wie auch seine Mutter davon nicht verschont blieb.
Schon sechsundzwanzigjährig mußte er das Porrettawasser an=
wenden, das auch heute so viele Kranke nach dem Renothale, im
Apennin an der Straße zwischen Pistoja und Bologna, führt.
Am häufigsten war er im Bagno a Morba, wo wir wieder=
holt Madonna Lucrezia begegneten die dort ein Haus besaß,
und wir sahen wie er in späteren Jahren das Wasser nach
dem nicht gar zu fernen Spedaletto kommen ließ, welches
ihm größere Bequemlichkeit darbot. Die meisten toscanischen
Bäder waren nichts weniger als einladend, manche sind es
auch heute nicht. Im Römischen war es noch schlimmer, und

1) Pulci Lettere S. 28, 31.
2 L. Tanfani Notizie inedite di Sta Maria del Pontenovo
S. 143. Vgl. oben S. 268.

Ser Matteo Franco bemerkt einmal wo er das Bad von
Stigliano in der Umgebung des Sees von Bracciano schildert,
in Vergleich mit demselben sei das Bagno a Morba ein Careggi. Lorenzo versuchte andere Heilquellen. Im Spätherbste
1484 nach der Einnahme Pietrasanta's war er im Bade von
San Filippo im Sieneserlande. Wenn man bei dem Oertchen
Ricorsi am Fuße der unwirthlichen Höhe von Radicofani die
alte römische Poststraße verläßt um sich durch das Orciathal
der prachtvollen Gruppe des Mont' Amiata zuzuwenden,
welche bis zu dem fünftausend Fuß hohen Gipfel mit Ka-
stanien und Buchen belaubt von einem Gürtel von Ortschaften umgeben ist, gelangt man, in einer von Waldungen
eingeschlossenen tiefen Schlucht, zu diesen merkwürdigen Thermen, deren Niederschlag von kohlensaurem Kalk marmorartige
Krusten bildet, und die ein wirksames Mittel sind so gegen
arthritische Leiden wie gegen Hautkrankheiten. Ein öder Ort
von wenigen Häusern, die in dem engen Thale, wo drückend-
heiße mit feuchtkalter Luft wechselt, zur Aufnahme der Kranken bestimmt sind. Im Herbst des folgenden Jahres und
später war er wiederholt hier. Im Frühling 1490 verweilte
er längere Zeit im Bade von Vignone, welches in demselben
Orciathale in geringer Entfernung südlich von San Quirico
liegt. Kräftige Thermen, den obengenannten ähnelnd, welche
aus einem Travertinhügel hervorsprudelnd inmitten des Oertchens ein großes Wasserbecken füllen und schon in den Römer-
zeiten bekannt waren. Hier war es wo Ermolao Barbaro
Lorenzo besuchte und Franceschetto Cybò mit seiner Frau
ihm Gesellschaft leisteten, in jener Jahrszeit noch ungefährlich, während im Sommer die Luft selbst den Eingebornen
schwer erträglich ist. Des Aufenthalts zu Filetta im Mersethale ist schon gedacht worden. Alle diese Curen brachten
nur momentan Linderung, und wäre das Uebel selbst weniger

eingewurzelt und complicirt gewesen, so würde deren meist
kurze Dauer gründlicher Abhülfe im Wege gestanden sein.
Freilich war auch zur Zeit, als seine Gesundheit schon sehr
gelitten hatte, seine Lebensweise nicht gerade regelmäßig.
Nicht nur strengte er sich übermäßig an in der Besorgung
der wahrhaft auf ihn einstürmenden öffentlichen wie sonstigen Angelegenheiten aller Art, während vielerlei Sorgen
ihn umlagerten. Auch in Liebesintriguen war er fortwährend verwickelt. Bartolommea de' Nasi, die Frau Donato
Benci's, hielt ihn Jahrelang gefesselt. Sie war weder jung
noch schön aber anmuthig und einnehmend. Er ritt selbst im
Winter Abends nach ihrer Villa um vor Tagesanbruch wieder in
der Stadt zu sein. Zwei Vertraute, Luigi della Stufa und Andrea de' Medici waren gewöhnlich seine Begleiter. Da es
ihnen lästig ward und ihre Bemerkungen der Dame zu
Ohren kamen, brachte diese es dahin, daß sie zur Strafe in
diplomatischen Aufträgen entfernt wurden, der Eine nach
Cairo, der Andere nach Constantinopel. Ein auch sonst wol
vorgekommenes Auskunftmittel, das aber doch Aufsehen erregte, nicht zu Gunsten des hochstehenden Mannes, „der sich
wie ein unerfahrener Jüngling benehme" [1]).

Das fürstliche Ansehen, dessen Lorenzo de' Medici genoß,
trat so in seinen Beziehungen zu fremden Herrschern, wie in
seiner Stellung in der Heimat, zu Hause und auf Reisen ans
Licht. Von ersteren ist wiederholt die Rede gewesen. Alle
brauchten ihn, Alle wandten sich an ihn, Alle hatten für ihn
Dank und Geschenke, von Antiquitäten bis zu den wohl-
riechenden Essenzen, welche die Herzogin von Calabrien ihm
sandte. Ein Ereigniß, welches mittelst seiner Darstellung
in einem Fresco zu Poggio a Cajano auch in der Kunstgeschichte eine Spur zurückgelassen hat, war die Ambassade

---

1) Guicciardini a. a. C. Kap. IX.

des Sultans von Aegypten, oder von Babylonien wie man ihn nannte, Abu Nasr Kaitbei, die am 11. November 1487 in Florenz eintraf, von den fremden Gesandten und zahlreichen Bürgern festlich und freudig empfangen [1]). Es war eine glückliche Zeit für die Republik, welche einige Monate früher die langwierige sarzanesische Angelegenheit erledigt hatte und nun in eine Epoche verhältnißmäßiger Ruhe eingetreten war, die bis zu dem Umsturz des J. 1494 nicht wieder gestört wurde. Für den ägyptischen Sultan waren die italienischen Verhältnisse keineswegs unwichtig, nicht blos des Handelsverkehrs wegen sondern auch politisch inbetracht seiner Beziehungen zu Neapel und zu Venedig, mit welchem Staate die dem Sultan zustehende Oberherrlichkeit über Cypern, wo Caterina Cornaro noch bis zum J. 1489 als Schattenkönigin unter venetianischer Aufsicht herrschte, leicht Zerwürfnisse herbeiführen konnte. Die Blicke des Sultans mußten sich aber umsomehr auf das Abendland richten, je näher die Fortschritte der Osmanen die Gefahr eines Angriffs auf das lose zusammenhängende Mameluckenreich rückten, das inderthat nach weniger als drei Decennien ihrer compacteren Macht unterlag. Florenz hatte mehrfach Handelsbeziehungen zu Aegypten gehabt, nachdem es Pisa unterworfen, und der Wunsch nach Erweiterung und Sicherung der Privilegien gab auch zu den Unterhandlungen Anlaß, die im J. 1487 einen ägyptischen Gesandten Malphet nach Florenz, im folgenden einen florentinischen, jenen Luigi della Stufa, nach Cairo führten [2]). Ersterer war zugleich an die Signorie der Republik und an

---

1) Rinuccini Ricordi S. CXLIII. Cappelli a. a. O. S. 297.
2) M. Amari, I Diplomi Arabi del R. Archivio fiorentino, Flor. 1863. LX, LXXXVI, und die arabischen und italienischen Urkunden S. 151, 154, 363, 372, 374, 382. Vgl. Pagnini a. a. O. Bd. II. S. 205 ff. Bandini Collectio veterum monimentorum S. 12 ff.

den „Hakim" (Herrn) Lorenzo de' Medici gewiesen und langte
mit reichen Geschenken für beide an. Am Sonntag den 18. November hatte er feierliche Audienz bei der Signorie in Gegenwart vieler der angesehensten Bürger. Vor ihm führte man
eine Giraffe und einen gezähmten Löwen, Geschenke des Sultans. Die Giraffe war den Florentinern nicht fremd, denn
schon bei den zur Feier der Anwesenheit P. Pius' II. veranstalteten Festen hatte man hier eine solche gesehen, während der
Löwe, das Sinnbild der Republik, hier lebend wie im Abbilde
stets gepflegt wurde, wie denn der später nach dem Platz bei
San Marco verlegte Löwenzwinger einer Straße hinter dem
Palast der Signorie den Namen gegeben hat. Ein sicilischer
Dolmetscher übersetzte das Gespräch, das sich auf die den
Florentinern in Aegypten und Syrien in Aussicht gestellten
Freiheiten bezog. Für Lorenzo brachte der Gesandte Ge-
schenke verschiedener Art mit, ein arabisches Pferd, seltene
Thiere darunter Widder und Schafe verschiedener Farbe mit
langherabfallenden Ohren und Schwänzen, mehre Hörner mit
Zibet, eine Ampel mit Balsam, eine Menge Aloeholz, präch-
tige bunte Porzellangefäße wie man sie hier noch nicht gesehen,
Vasen mit Eingemachtem, reiche Seiden- und Leintücher von
feinstem Gewebe[1]). Es war ein großes Fest im Mediceischen
Hause, als all die seltenen Gegenstände dahingebracht wurden;
Madonna Clarice fehlte dabei, da sie sich mit Maddalena in
Rom befand.

Wenn Lorenzo ins Bad ging, oder sonst Ausflüge machte,
wurde er überall wie ein Fürst empfangen. Wie die Gemeinden des Gebietes der Republik gewohnt waren, jedes
Jahr Geschenke zu den Festen nach der Hauptstadt zu senden,
so unterließen sie es nicht, dem, der an der Spitze dieser

---

1) Ser Piero Dovizj an Madonna Clarice. Fabroni Bd. II. S. 337.

Republik stand, ihre Huldigung darzubringen. Damaliger
Sitte gemäß, bestanden die dargebrachten Gaben gewöhnlich
in Lebensmitteln und Gegenständen fürs Haus. Als man
ihn zu Anfang des Frühlings 1485 auf dem Wege nach dem
Bagno a Morba in San Gemignano erwartete, er jedoch
eine andere Straße einschlug, sandte die Gemeinde, welche
eine Ausgabe von hundert Lire zu seinem festlichen Empfange
decretirt hatte, eine Ladung griechischen Weins, Kapaunen, Mar-
zipan, Wachs nach Morba[1]). Die Signorie von Siena, die
sich doch nicht selten über Lorenzo zu beklagen gehabt hatte,
ehrte ihn auf gleiche Weise wenn er sich auf ihrem Gebiete
befand. Bei seinem Aufenthalte im Bade von Vignone sorgte
sie durch reichliche Spenden für seinen Tisch[2]). Sein Gefolge
pflegte zahlreich zu sein. Ein Verzeichniß der Personen die
er einmal nach Morba mitnahm[3]), zählt folgende auf: Ein
Kaplan, Filippo (Ubaldini) da Gagliano, Francesco degli Organi (Squarcialupi), ein Hausmeister, zwei Kanzler (Secretäre)
zwei Sänger, der Gevatter, Bertoldo der Bildhauer, ein
Barbier, zwei Kammerdiener, ein Kellermeister, fünf Armbrustschützen, zehn Reitknechte, ein Stallmeister, ein Koch,
ein Küchenjunge, ein Fuhrmann. Für diese zweiunddreißig
Leute waren vierzehn Betten erforderlich. Auch seine Fa-
miliengenossen, wenn sie ohne ihn reisten, wurden überall so
glänzend wie möglich empfangen. Ein Brief Ser Matteo
Franco's, des treuen und heitern Hausfreundes, entwirft eine
lebendige Schilderung des Rittes, welchen im Mai des gedachten Jahres 1485 Madonna Clarice von Morba, wo sie

---

1) Pecori Storia di San Gemignano S. 285.
2) Med. Arch. Solche Sendungen waren nöthig an solchen Orten!
3 Aus dem Med. Arch. F. 88 bei Del Lungo, Un viaggio di
Clarice Orsini de' Medici nel 1485 descritto da Ser Matteo Franco.
Bologna 1868.

mit ihrem Gemal geweilt hatte, durch das volterranische Gebiet
und das Elsathal nach Florenz machte, und wir sehen wie
in den Orten, die man berührte, namentlich in Colle, wo
das erste Nachtquartier gehalten wurde (das zweite in Pas=
signano, wo die große Giovanni de' Medici verliehene Abtei
lag), Alles auf den Beinen war, zugleich aber der vertrau=
liche Verkehr mit dem ceremoniösen Empfang vereint blieb.

In der Stadt wie auf dem Lande und auf Reisen sah
Lorenzo de' Medici sich von Freunden umgeben, deren Namen
unzertrennlich sind von seinem Namen. Mit den Meisten
sind wir bekannt geworden im Laufe dieser Geschichte: ver=
schiedene Naturen, von denen mehr als eine wechselndem
Urtheil Raum giebt, je nachdem wir sie im häuslichen
Leben und in vertrauten Beziehungen betrachten, oder in der
Oeffentlichkeit, als Schriftsteller wie in anderen Verhältnissen.
Zuerst die welche seine Jugend leiteten oder die er im
Vaterhause fand, Gentile Becchi, der auch als Bischof von
Arezzo Mitglied der Mediceischen Familie blieb, da man es
mit der Residenz der Bischöfe nicht strenge nahm; Ficino,
Landino, Poliziano. Solche sodann, die, schon mit den Eltern
befreundet, sich dem Jünglinge und Manne anschlossen, oder
aber mit ihm in schon reiferen Jahren in Berührung kamen,
Luigi Pulci, Matteo Franco, Bartolommeo Scala, Pico della
Mirandola, abgesehen von denen welche politische und mit
politischen verwandte Interessen zu ihm führten, und die,
sich selber nicht vergessend, ihm und in seinem Sinne dem
Staate eifrig gedient haben. Auf Alle hat Lorenzo den
tiefsten und nachhaltigsten Einfluß geübt — er ist der Mittel=
punkt gewesen in welchem Alles sich zusammenfand, er das
Bindemittel welches Alles zusammenhielt, mochten die Di=
vergenzen einzelner Reizbaren oder Unverträglichen immer so
groß sein. Ihre Zuneigung zu ihm war keine gemachte noch

selbstische; der Affect dem wir in Pulci's Briefen und Poli=
zians Versen begegnen war kein künstlicher.   Lorenzo de'
Medici war ein genialer Mensch und dabei herzlich und gütig, ein
geborner Fürst und dabei einfach und natürlich.   Sein Umgang
mit den Gelehrten und Künstlern, die in gewissem Sinne von
ihm abhingen, ließ das Verhältniß des Herrn und Clienten
vergessen.   Ihre Briefe an ihn, ernste wie heitere, sind
Zeugnisse des Vertrauens wie der Vertraulichkeit. Wenn sie
ihn als „Magnifico" anreden, gleich folgt das einfache
‚Lorenzo." Donatello's Zögling Bertoldo richtet mitten in den
Nöthen des Kriegs von 1479 an ihn ein Schreiben voller Witze
die darauf hinauslaufen, es sei vortheilhafter, Koch als Künstler
zu sein[1]), und der berühmte Niccolò Grosso genannt Caparra, in
Wahrheit ein Grobschmied obgleich er wahre Kunstwerke
lieferte, wollte ihn nicht eher bedienen bis er Andere bedient
die vor ihm bestellt hatten[2]).   Wie im Umgange mit ihm
der Zwang gebannt war, zeigt auch das Gespräch mit dem
Mosaicisten Graffione, einem Schüler Baldovinetti's.   Er
äußerte einmal, er wolle die Domkuppel im Innern mit
Musiven schmücken lassen.   Drauf Jener, dazu würde es euch
an Meistern fehlen.   Wir haben Geld genug, antwortete er,
wol halb im Scherz, um Meister zu finden.   Ei, Lorenzo,
fiel der Künstler sogleich ein, nicht das Geld schafft die
Meister, die Meister schaffen das Geld! Er ertrug ihre Launen
wie ihre Seltsamkeiten: im Leben wie im Tode ehrte er sie,
und ahnte es, wie ihr Ruhm seinen Ruhm mehren werde.
Hätte er der Kunst auch keine andere Förderung angedeihen
lassen, als die herzliche und gleichsam väterliche Aufnahme,

---

1) **Gualandi** Nuova Raccolta di lettere sulla pittura etc. Bologna
1844 Bd. I. S. 14.
2) **Vasari** im Leben Simon Pollaiuolo's Bd. VIII. S. 119.

die er, der gereifte mächtige beneidete Mann, dem kaum dem
Knabenalter entwachsenen Michel Angelo gewährte, sie allein
würde sein Andenken verklären. Auf seinem Sterbelager hat
er nach den Freunden verlangt, in deren Umgang er seine
glücklichsten Stunden zugebracht und deren Zuneigung ihm
über das Grab hinaus geblieben ist.

Es war, wie gesagt, ungeachtet mancher durch politische
Ereignisse, zunehmende Kränklichkeit, wiederholte Todesfälle
veranlaßten Störungen ein heiteres Leben im Mediceischen
Hause. Musik war hier tägliche Genossin. Lorenzo's Dichter-
genius mußte ihn für diese Kunst gewinnen. Sein nicht an-
genehmes Organ verhinderte nicht seine Betheiligung am
Gesange. Wir wissen durch Marsilio Ficino, daß er in dem
geselligen Verein, der sich wahrscheinlich nach dem Namen
einer noch nach Jahrhunderten bestandenen Osterie La Mam-
mola (Veilchen) nannte, am Gesange theilnahm. So gab er
eines Abends, als er die Mysterien der Liebe feierte, zu einer
Discussion Anlaß, ob Stoffe, wobei Trauer mitunterlaufe,
hiehergehörten, wobei Ficino sich bejahend entschied [1]). Bei
seinen poetischen Productionen rechnete er vielfach auf musikalische Wirkung, wie sie bei den Tanz- und Faschingsliedern
bedingt war. So lange seine Gesundheit aushielt, fehlte er
nicht bei den heiteren Umzügen, auf welchen volksthümliche
Melodien mit denen Heinrich Isaaks abwechselten, und auf
Reisen wie bei Maifesten und sonstigen Vergnügungen fehlte
Musikbegleitung nicht, welcher die Verse Polizians und anderer Freunde zur Unterlage dienten. Wenn von Guido
von Arezzo an bis zum Vater Galilei's Toscana keinen
namhaften Componisten oder Autor über Musikkunst aufzuweisen hat, musikalisch ist das Volk jederzeit gewesen. Ficino

---

1) M. Ficino Epist. X. 37.

war zwiefach willkommen, wenn er mit seinem Plectrum
erschien, um den Lehren der alten Weltweisheit, nach dem
Vorgange der frühesten als Halbgötter verehrten Verbreiter
griechischer Cultur, durch seine das Ohr erfreuenden, das Herz
gewinnenden Klänge leichtern Eingang zu verschaffen. Wie
Baccio Ugolini in Polizians Orpheus die Ode zum Lobe
Cardinal Gonzaga's mit der Leier begleitete, so that er es
beim Extemporiren, worin er Meister war.

Einer von Lorenzo's Günstlingen war Antonio Squarcialupi der treffliche Orgelbauer, der als Cantor schon von
Piero's Tagen her zu den Familiaren gehörte. Sitten und
Lebensweise des Mannes scheinen nicht tadelfrei gewesen zu
sein, aber Lorenzo nahm ihn wegen seines ungewöhnlichen
Talentes in Schutz. Wüßtet ihr, äußerte er einmal gegen
die Tadler, was es heißt in irgendeinem Fache das Höchste
leisten, ihr würdet milder und bescheidener über ihn urtheilen[1].
Squarcialupi componirte manche Lieder seines Gönners, der,
so heißt es, die Inschrift seines Denkmals verfaßte. Der
Mediceischen Freundschaft verdankte er das Sinngedicht Poli-
zians welches die Florentiner auffordert, im Marmor Den
zu ehren, der lange die Stimme ihres Tempels gewesen sei[2].
Inderthat mußte der Mann von seltnem Verdienst sein,
wenn, von König Ferrante an Lorenzo empfohlen, der Sohn
des Grafen von Altavilla, eines der Gäste beim Salutatischen
Gastmal nach Florenz kam, bei ihm die Orgel und andere
Instrumente spielen zu lernen, wie zehn Jahre später mit
Mathias Corvinus' Empfehlung ein Geistlicher Namens
Stephan aus Ofen eintraf, sich im Orgelbau zu unterrichten[3].

---

1) R. Valori a. a. O. S. 176.
2) „ . . diu templi vox fuit ille tui." Prose volgari inedite etc.
S. 155. Vgl. oben S. 177, 207.
3) Med. Arch. 5. Febr. 1473, 20. Aug. 1483.

Im J. 1477 kam ein Lautenschläger Lodovico Sforza's nach
Florenz, um sich in Gegenwart des berühmten Meisters
vernehmen zu lassen[1]). Unter den Dienstleuten befanden sich
Musiker, und Abends wurde gespielt und zur Laute gesungen.
Michel Angelo erzählte noch in späten Jahren von Einem,
den man den Cardiere nannte und welcher wegen seiner
wunderbaren Kunst improvisirten Gesanges zu Instrumental-
begleitung Lorenzo besonders lieb war[2]). Lorenzo sah auch
auf die musikalische Ausbildung seiner Kinder. „Vorgestern
Abends, schreibt Polizian an ihn am 5. Juni 1490 nach dem
Bagno a Morba[3]), hörte ich unerwartet unsern Piero singen,
und er rückte mir dann mit seiner Gesellschaft auf die Stube.
Er gefiel mir ausnehmend, namentlich in den Motetten und
im Antworten auf die Strophen, sowie durch Leichtigkeit der
Aussprache. Mir war's als vernähme ich Eure Magnificenz."
P. Leo X. hat sein ganzes Leben lang für Musik und Improvisation eine wahre Leidenschaft gehabt. Wie sein Car-
dinalspalast bei Sant' Eustachio (Pal. Madama) stets von
Gesang und Instrumenten wiederhallte, wetteiferten im Vatican Musik und Poesie, und Stegreifdichter wie Tonkünstler
haben bei ihm ihr Glück gemacht.

Es ist unnöthig darauf hinzuweisen, wie tief hier Poesie
ins Leben eingriff. Der Geschmack an derselben war erblich.
Wie Cosimo der Alte und mit Lorenzo sein Bruder Giuliano gedichtet hatte, so dichteten Piero der Jüngere und
Andere der Familie. Als Kind wußte Lorenzo's Tochter

---

1) Brief Polizians an Lorenzo, 17. Oct. 1477. Prose volg.
ined. etc. S. 54.

2) A. Condivi a. a. O. S. 30. Dieser „Cardiere" — vielleicht
von Cardatore, Wollkämmer? — war es, der eine Erscheinung des hin-
geschiedenen Lorenzo gehabt haben wollte.

3) Prose volg. ined. S. 78.

Lucrezia die geistlichen Gesänge ihrer Großmutter auswendig[1]),
und die Gesänge des Morgante sind unter Theilnahme Lucrezia Tornabuoni's, zuerst im Mediceischen Hause vernommen worden. Offenbar hat Polizian eine Menge seiner
Poesien für den Vortrag bei seinem Gönner bestimmt, und
wenn er in einem Briefe erzählt[2]), wie der Eine ihn um
Predigten für die Brüderschaften bitte, der Andere um Carne-
valsgesänge, dieser um Klagelieder für die Viole, jener um leicht-
fertige Serenaden, so denkt man zuvörderst an die Mediceische
Gesellschaft. Man mag sich Pulci und Matteo Franco vorstellen, wie sie an und nach der Tafel satirische Pfeile in
Sonettenform wider einander abschossen. Durch die Beoni
und die Nencia, die offenbar für heitere Kreise bestimmt sind,
hat Lorenzo wol persönlich das Signal zu den poetisch-
socialen Vergnügungen und Wettkämpfen gegeben, Pulci hat
einmal mit der Beca da Dicomano geantwortet. Für
die dichterische Begabung seines ältesten Sohnes legen die
uns erhaltenen Producte desselben Zeugniß ab, und Verse,
die er im Exil geschrieben, verkünden tieferes Gefühl als
man ihm zutrauen sollte. Wenigstens in seiner Jugend
scheinen die Zeitgenossen vortheilhaft von ihm geurtheilt zu
haben. Ein Sonett des Antonio von Pistoja, das von den
Dichtern der Zeit handelt, erwähnt seiner wie seines Vaters,
und indem es Polizian über Beide stellt, gewinnt das diesen
gespendete Lob nur Gewicht:

> „Wer von Toscanern schreibt in Versen gut?
> — Meinst du Vulgar? Vulgar so wie Latein! —
> Lorenzo trefflich, Piero auch ganz fein,
> Doch Polizian zuvor es Beiden thut"[3]).

1) Polizian an M. Lucrezia, Fiesole 18. Juli 1479 Prose volg. ined. S. 72.
2) Epist. l. II. ep. 13.
3) G. Carducci Einleitung zu Polizians Dichtungen S. CXXXII.
Von diesem Antonio Cammelli sind die merkwürdigen von O. Targioni
Tozzetti Livorno 1863 herausgegebenen politischen Sonette.

Piero's Briefe an seinen Vater, so über literarische
Dinge wie über Anderes legen durchweg gesundes Urtheil,
Kenntnisse und lebendiges Interesse an den Tag. Aus seinen
jugendlichen Briefen ist allerdings kein Schluß zu ziehen,
und wenn der Vierzehnjährige von der Villa aus dem im
Bade von San Filippo weilenden Vater von seinen Studien
und denen seines Bruders Giovanni Nachricht giebt, mit dem
er Virgils Bucolica lese und so zwiefachen Gewinn erlange[1]),
so ist die Hand des Magisters zu kenntlich. Wohl aber
kommen Schreiben in Betracht, wie das über den Besuch
Ermolao Barbaro's. Wenn Polizians Schilderung seines
Zöglings ebenso wie später die des jungen Cardinals Giovanni, durch Ueberschwänglichkeit sich wie ihrem Gegenstande
schadet, so ist doch wol nicht in Abrede zu stellen, daß
Lorenzo's Sohn, wenn er des Vaters Klugheit und Berechnung nicht besaß (ein Mangel, für welchen in der Fülle von
Glanz, Glück und Größe, worin dieser Vater ihm das persönliche Regiment hinterließ, eine Erklärung vielleicht eine
Entschuldigung zu suchen ist), doch manche von dessen geistigen
Eigenschaften besaß. Die Zeit während deren er dies Regiment noch fortführte, war zu kurz, und durch die Vorboten
des nahenden Sturmes schon zu bewegt, um ein endgültiges
Urtheil über ihn zu gestatten, ein Urtheil für welches
ebensowenig sein Verhalten während des Exils, das auch
ein scharfes Auge beirren kann, maßgebend ist.

Piero's Gemalin kann kaum günstig auf ihn gewirkt
haben. Alfonsina Orsini paßte ungleich weniger für florentinisches Leben und Sitte als ihre Schwiegermutter.
Römischer Baronenstolz scheint sich bei ihr mit habsüchtiger
Härte verbunden zu haben, wodurch sie sich in späteren Jahren,

---

1) Poggio a Cajano 11. Sept. 1485, bei Fabroni a. a. C. Bd. II.
S. 298.

als ihr Schwager Papst geworden und sie viel in Rom war
wo sie 1520 starb, sehr unbeliebt gemacht hat. Ueber ihr
Verhältniß zur Familie in Lorenzo's Zeit ist nichts bekannt.
Die drei Schwestern ihres Gemals, Lucrezia, Maddalena,
Contessina Gemalin Piero Ridolfi's, waren viel im väterlichen Hause. Maddalena, welche zu Anfang des J. 1490
in Rom eine Tochter, Lucrezia, gebar, wurde am 25. August
folgenden Jahres zu Florenz von einem Sohn entbunden,
der nach dem Papste Innocenzo getauft, von Leo X. den
rothen Hut erhielt und mit seinen beiden Vettern den Cardinälen Salviati und Ridolfi nach der Ermordung des ersten
Herzogs von Florenz hier eine Rolle gespielt hat. Alle drei
Schwestern haben sich nachmals dem Hofe Leo's X. in einer
Weise angeschlossen, die auf dessen Finanzverwaltung kein
günstiges Licht geworfen hat, und der Einfluß Lucrezia Salviati's, wol der begabtesten von ihnen, hat über das Leben
des Bruders hinaus während der ganzen Regierungszeit ihres
Vetters Clemens' VII. gewährt, welchem ihr Gemal Jacopo,
des Cardinals Vater, sehr nahe stand, bis des Papstes Vorgehen
gegen seine Vaterstadt im J. 1529 die nahen Verwandten
einander entfremdete. Lodovico Ariosto hat in einer seiner
für die Kenntniß der sittlichen wie der allgemeinen Zustände
der Anfangsjahre des 16. Jahrhunderts unschätzbaren Satiren
die Nachkommen Lorenzo's de' Medici und ihre Freunde
vorgeführt, im Jubel über Leo's X. Erhebung, ein Jubel
der kurz zu währen bestimmt war [1]. An anderen Mitgliedern
der Familie, armen wie reichen, fernen wie nahen war kein
Mangel. Die von Cosimo's Bruder Lorenzo stammende
Linie, damals in erster Reihe durch den oftgenannten Lorenzo
Pier Francesco's Sohn vertreten, stand begreiflicherweise

---

[1] Satire VI. „Quella famiglia d' allegrezza piena."

am nächsten. Ein entfernter Vetter, Andrea, gehörte zu den Vertrautesten. So lange die Töchter noch im elterlichen Hause waren, hielt Lorenzo auf einfache bescheidene Tracht, wie sie den Luxusgesetzen entsprach. So erlaubte er ihnen nie gewisse Tuche, weil sie dem verbotenen Carmesintuch ähnelten, obgleich viele andere Vornehme sich ohne Scheu darin zeigten. Er selbst unterschied sich in äußerer Erscheinung nicht von der Gesammtheit. Im Winter ging er im violetten Kapuzen- mantel, zur Sommerzeit im Lucco, dem heute noch bei den Magistraten üblichen langen rothen Talar der vornehmen Bürger. Aelteren Leuten gab er immer die Rechte und den Ehrenplatz, und befolgte das was er seinen Söhnen vorschrieb.

Lorenzo de' Medici traf in seinen Bemerkungen stets das Richtige ohne in die Sarcasmen seines Großvaters zu ver- fallen. Als der Sienese Bartolommeo Sozzini, der schon ge- nannte Rechtslehrer den alten Vorwurf gegen die florentiner Luft, daß sie dem Gesicht schädlich sei („Ein altes Wort nennt in der Welt sie Blinde") vor Lorenzo wiederholte der an Augenschwäche litt, erwiederte dieser, mit der sieneser stehe es schlimmer: sie bringe dem Gehirn Nachtheil. Als der- selbe, eingegangene Verpflichtung brechend, Pisa heimlich ver- ließ, ergriffen und verhaftet über die Strafe als seiner Stel- lung unwürdig klagte, gab Lorenzo zur Antwort, nicht in der Strafe liege die Unehre, sondern in der strafbaren Handlung. Von denen die in den Tag hinein bauten, sagte er sie kauften die Reue theuer, und als sein Vetter Pier Francesco zu Ma- jano einen Bau aufführte, an dem er während der Arbeit immerfort änderte so daß er über die den Anschlag weit übersteigenden Kosten klagte, erwiederte er ihm: das darf dich nicht Wunder nehmen: Andere bauen nach einem Plan, du machst den Plan nach dem Bau. Als Carlo de' Medici, der es beim Gelderwerb nicht allzugenau genommen zu haben

scheint, die Fülle Wassers auf seiner Villa rühmte, bemerkte
Lorenzo, dann müsse er um so reinere Hände haben. Daß
es bei ihm auch an den handgreiflichen Scherzen nicht fehlte,
welche wie wir sahen zu den Ingredientien des florentiner Lebens
gehörten, zeigt die Geschichte des lästigen und parasitischen
Arztes Maestro Manente, den er eines Abends in trunkenem
Zustande durch zwei Vermummte an einem ihm unbekannten
Orte vor der Stadt einsperren und für todt ausgeben ließ,
sobaß der Todtgeglaubte, als er endlich heimkehrte, von einer
Frau, die ihn für einen Geist hielt, nicht eingelassen wurde,
bis der angebliche Zauber, dessen Opfer er gewesen sein sollte,
durch fremde Intervention aufgeklärt ward[1]). Ein Schwank
der zu offenbar an die Geschichte vom dicken Tischler erinnert.

In einem Briefe an Lodovico Odasio hat Angelo Poliziano seinen Gönner und Freund in ernsterer Unterhaltung
geschildert[2]). „Wähnet nicht daß irgendeiner unserer gelehrten Genossen, selbst Solche nicht denen die Studien
Lebensaufgabe sind, Lorenzo de' Medici im Scharfsinn der
Disputation, im Formuliren einer Schlußfolgerung über-
träfe, oder daß dieser Jemandem im leichten zierlichen
manchfaltigen Ausdruck seiner Ideen nachstände. Historische
Beispiele sind ihm so geläufig wie dem Gewandtesten seiner
Tischgenossen, und wo der Gegenstand des Gespräches es
zuläßt, ist seine Conversation reichlich mit dem Salze des
Oceans gewürzt aus welchem Venus auftauchte." Polizian,
der Vertraute des Hauses, der bei den literarischen Sympo-
sien wie im engsten Kreise, in Freude wie Trauer nicht
fehlte, kannte Lorenzo wohl und wir dürfen sein Urtheil annehmen. Manches Wort ist uns von diesem Manne aufbewahrt, welches von seinem gesunden Urtheil zeugt oder sonst

1) Lasca Le Cene III. 10.
2) Epist. l. III. 6.

ihm Ehre macht. Wie ein gesunder Körper, sagte er einmal,
Witterungseinflüssen widersteht, so trotzt ein Staat Gefahren
wenn die Bürger einmüthig sind. Als Filippo Valori, der
Bruder von Lorenzo's Biographen, den Antonio Tebalducci,
über welchen dieser sich zu beklagen hatte, mit ihm zu versöhnen wünschte und sich doch scheute, sagte Lorenzo zu ihm:
Mir einen Freund empfehlen, wäre kein Verdienst, dafür aber,
daß du mir den Gegner zum Freunde machst, danke ich
dir und bitte dich es in gleichem Falle zu wiederholen[1]).
Nur der verstehe zu gewinnen, sagte er, wer zu verzeihen
wisse[2]). Ebensowie die Vereinigung von Fürst und Bürger,
von Staatsmann und Literat, macht das Gemisch von Ernst
und Heiterkeit, von geistiger Hoheit und freudiger Theilnahme
am Alltagsleben, von Vornehmheit und Anspruchlosigkeit in
Haus und Familie, von scharfsinniger Berechnung und herzlich ungeheucheltem Wohlwollen Lorenzo de' Medici zu einer
so ungewöhnlichen und in ihrer Eigenthümlichkeit fesseln-
den Erscheinung, und rechtfertigt den Eindruck, den er auf
Alle hervorbrachte, vor allem und am nachhaltigsten auf die,
welche seinem Hause nahestanden und ihn in dessen Innerm
zu beobachten Gelegenheit hatten.

---

1) N. Valori a. a. O. S. 167.
2) Fabroni a. a. O. Bd. I. S. 22.

Cardinalat Giovanni's de' Medici.

Gleichzeitige wie Spätere haben P. Innocenz VIII. un=
günstig beurtheilt. „Wenn das Leben Innocenz' VIII., bemerkt
Francesco Guicciardini zu Anfang seines großen Geschichts=
werkes, für das allgemeine Beste unnütz war, so war es
wenigstens insofern nützlich, als er, abgeschreckt durch den
unglücklichen Versuch der Einmischung in den Baronenkrieg,
im weitern Verlauf seines Pontificats den Sinn auf Kleinig=
keiten richtete, statt für sich und die Seinigen Dinge zu
planen, welche die Ruhe Italiens stören konnten." Ein nega=
tives Lob, das nicht ohne Wahrheit ist, ohne uns eine Ein=
sicht in Charakter und Streben dieses Papstes zu gestatten. Der
Hauptfehler desselben war Schwäche und Mangel an Folge=
richtigkeit. Daher die traurige Rolle die er, sonst mit
richtigem Urtheil und nicht nepotistisch gesinnt, als Regent
gespielt hat, das Fallenlassen der Sache der Aquilaner und
Barone, das fortwährend schwankende Verhalten gegenüber
dem Könige Neapels der ihn bald köderte und bald ihm ver=
achtend trotzte, die Unsicherheit in der Behandlung seiner
eigenen ruhelosen Lehnsträger und die damit zusammen=
hangenden Unruhen in Rom, die Beraubung des päpstlichen
Schatzes durch seinen Sohn. Diesen Sohn hat er, wenn man

ihn mit seinem Vorgänger und dessen Nepoten, geschweige
mit seinem Nachfolger vergleicht, doch nur sehr bescheiden
ausgestattet, so daß ohne den Rückhalt der Medici Franceschetto
Cybò bei des Papstes Tode im Verhältniß zu seiner Stellung
ein armer Mann gewesen wäre. Es währte überhaupt lange
bevor Innocenz sich entschloß etwas Ernstliches für ihn zu
thun, und bringt man die Tradition päpstlicher Nepoten, der
Colonna, Piccolomini, Della Rovere, Riari in Anschlag, so
kann man sich vorstellen daß Franceschetto ungeduldig war.
Umsomehr als des Papstes Gesundheit elend, er schon im
Januar 1485, dann wieder im Februar folgenden Jahres
schlagähnliche Anfälle hatte und todt gesagt wurde. „Solche
Zufälle, bemerkt sein Biograph[1]), weckten bei den Seinigen
den Wunsch, ihre Stellung für die Zukunft sicher zu stellen,
und sie baten den Papst dafür zu sorgen solange es noch Zeit sei".

Aber sie erreichten wenig, und erst nach Franceschetto's
Vermälung besserten sich dessen Umstände wesentlich. Lorenzo
de' Medici ließ es an Ermunterung und Zureden nicht fehlen.
„Nicht ohne Erröthen, schrieb er am 26. Februar 1488[2]),
empfehle ich Eurer Heiligkeit die Angelegenheit des Herrn
Francesco, da es mir widersinnig scheint, E. H. etwas zu
empfehlen, was Derselben um natürlicher Gründe willen mehr
als irgendetwas anderes am Herzen liegen muß. Vernünftiger=
weise dürften meine Briefe und Verwendungen nicht größere
Kraft haben, als das natürliche Verhältniß zwischen E. H.
und dem Herrn Francesco, aber da ich seine Angelegenheit
sich in die Länge ziehen sehe, glaube ich ihm diese Empfehlung
und jeden andern Beistand nicht verweigern zu dürfen. Da er
sich, wie er mir meldet, im Besitz der Maddalena sehr glücklich

---

fühlt, so sollte dies für E. H. ein Anlaß sein ihn so zu behandeln, daß auch ich zufriedengestellt werde. Dies wird der Fall sein, wenn seine Stellung eine solche wird, daß sie der Würde E. H. entspricht und zu meiner Beruhigung beiträgt. Es ist mir nie in den Sinn gekommen, daß um ihn groß zu machen, E. H. Anderen etwas nehme oder ein Aergerniß gebe. Wie solches unehrenhaft und der Natur E. H. zuwider sein würde, so dünkt mich andrerseits daß es mit Deren angeborner Güte und Milde nicht in Einklang zu bringen wäre, wenn E. H. nicht für ihn sorgte, wo ohne fremde Beeinträchtigung seine standesgemäße Ausstattung leicht ist. E. H. bitte ich demüthig sich wie mir diese Mühe abzunehmen und ihn so zu stellen, daß fernere Belästigung vermieden wird. So wird E. H. ein Ihrer Güte würdiges, nicht blos verständiges und frommes sondern nothwendiges und mir höchst erwünschtes Werk thun, zum guten Beispiel für Alle die auf Dieselben ihre Hoffnung setzen.''

Der Papst war jedoch viel zu langsam für Franceschetto's Ungeduld, und scheint auf dessen Urtheil nicht viel gegeben zu haben. Die von dem Eidam an den Schwiegervater gerichteten Briefe sind mit ihren Klagen ehrenvoller für Innocenz VIII. als für die welche ihn bestürmten. „Gleich dem Stier bedarf er des Stachels". So schreibt der Sohn vom Vater und dieser Vater war Papst! Lorenzo stand dem Schwiegersohn kaum nach. Ein von ihm an den Papst gerichtetes Schreiben[1] ist leider zugleich Zeugniß des profanen Tons welchen ein Mann, der sonst für das Decorum so feinen Sinn an den Tag legte, selbst dem Oberhaupt der Kirche gegenüber mit größter Unbefangenheit anschlug. Innocenz VIII. hatte wieder einen seiner gewohnten Krankheitsanfälle

---

[1] Fabroni a. a. O. Bd. II. S. 359—391.

gehabt, und Lorenzo wurde ängstlich. „Wie Sanct Franciscus mittelst der Wundmale Christi Passion in sich empfand, so fühle ich in und an mir selber alles Leiden Eurer Heiligkeit. Denn abgesehn von anderen Anlässen geht die Lage unseres Herrn Francesco und vieler anderer Diener E. H. mir sehr zu Herzen. Die gewissenhafte Zurückhaltung E. H. ist Ursache, daß diese gleichsam noch mit leeren Händen und mit geringfügigster Betheiligung an dem von Gott E. H. nach Verdienst verliehenem Glück und Gnade dastehn, sodaß sie in dem Moment, wo, was Gott verhüte, E. H. abberufen würde, gleichfalls ins Grab hinabsteigen müßten. Am meisten aber bewegt mich, wie es auch bei E. H. der Fall sein sollte, die Lage des armen Herrn Francesco, der nach fünf Jahren Pontificats erst zu beginnen hat, in Wahrheit irgendetwas sein zu nennen. Besser als mir, ist E. H. bekannt, welche Stützen er im heil. Collegium hat. Die Papstgeschichte zeigt, wie Wenige zu fünf Regierungsjahren noch viel hinzuzusetzen gehabt, wie Manche aber nicht so lange gewartet haben, sich als Päpste zu zeigen, ohne solcher Rücksicht und Enthaltsamkeit Raum zu geben, die bei Gott und den Menschen wohl gerechtfertigt ist, aber bei zu langer Dauer verkehrt gedeutet werden könnte. Vielleicht erscheine ich zu dreist, aber Eifer und Gewissen legen mir die Pflicht auf, frei zu reden und zu mahnen, daß die Menschen nicht unsterblich sind, daß ein Papst ist was er sein will, daß er den Pontificat nicht vererben, daß er nichts sein nennen kann als Ehre und Glorie und was er für die Seinen thut. Statt auf Glück und Gesundheit zu bauen, sollte E. H. das nicht verschieben was Dieselbe beabsichtigt und wozu später vielleicht Gelegenheit mangelt. Vor allem empfehle ich ihren wie meinen Herrn Francesco und die Maddalena, welche zu Gott beten, er wolle E. H. langes Leben schenken, auf daß Dieselbe ihre Angelegenheiten

31 *

ordne. Jetzt ist's an der Zeit, diese heiligen Väter aus der Vorhölle zu befreien, damit es ihnen nicht ergehe wie den Juden die auf den Messias warten."

Während man dem Papste so in weltlichen Angelegen= heiten zusetzte, ging es in Bezug auf die geistlichen nicht anders: Geistliches wie Weltliches hatte im Grunde nur Einen Zweck, Bereicherung und Machtvergrößerung. Von diesem Gesichtspunkt aus wurde Alles betrachtet und behandelt; für das, was darüber hinauslag, hatten Politiker, selbst so begabte Naturen wie Lorenzo be' Medici, kein Verständniß. Wie dieser ungeduldig ein Besitzthum für Franceschetto Cybò erwartete, so erwartete er noch ungeduldiger den rothen Hut für seinen Sohn. Giovanni war am 11. December 1475 geboren und stand somit im neunten Jahre als Innocenz VIII. zur Regierung gelangte. Schon war vorgearbeitet worden. „Mein Vetter, erwiederte König Ludwig XI. am 3. Februar 1483 von Schloß Plessis aus an Lorenzo der sich beim Tode Cardinal b'Estouteville's an ihn gewandt hatte[1]), ich habe gesehn was ihr mir inbetreff der Beneficien des Cardinals von Rouen schreibt, und bedaure sehr nicht früher darum ge= wußt zu haben. Denn es würde mir sehr lieb sein, wenn euer Sohn irgendeine gute Provision und Pfründe in meinem Reiche erhielte."

Der König hielt Wort. In demselben Frühling verlieh er dem Kinde nicht blos die Abtei von Font Doulce im Sprengel von Saintes sondern auch das für vacant erachtete Erzbisthum von Aix=en=Provence. „Am 19. Mai 1483, schreibt Lorenzo in seinen Aufzeichnungen[2]), kam die Nachricht,

---

1) Desjardins a. a. O. S. 159. Ebendaselbst und bei Fabroni a. a. O. Bd. II. S. 295 zweites Schreiben Ludwigs vom 17. Februar.
2) Fabroni a. a. O. Bd. II S. 299.

daß der König von Frankreich unserm Giovanni aus freien
Stücken die Abtei von Font Doulce verliehen, und am 31.
von Rom die Kunde, daß der Papst (Sixtus IV.) die Verleihung bestätigt, ihn mit sieben Jahren zur Erlangung von
Beneficien fähig erklärt und zum Protonotar ernannt hat [1].
Am 1. Juni traf Giovanni in meiner Begleitung vom Poggio
(a Cajano) in Florenz ein, worauf er vom Herrn Bischof
von Arezzo gefirmt und tonsurirt wurde und fortan Messer
Giovanni hieß. Die gedachten Ceremonien fanden in unserer
Hauskapelle statt und Abends kehrten wir nach dem Poggio
zurück. Am 8. Juni Morgens kam Jacopino der Courier
mit einem Schreiben des französischen Königs an, des Inhalts, daß er unserm Messer Giovanni das Erzbisthum Air
in der Provence verliehen habe. Abends ging er weiter nach
Rom mit Schreiben des Königs an den Papst und den Cardinal von Macon [Philibert Hugonet], während ein Schreiben
an den Grafen Girolamo um dieselbe Stunde durch einen
Courier nach Forli gesandt ward. Am 11. kam der Courier
von Forli zurück mit Briefen des Grafen an den Papst und
San Giorgio (Card. Riario), die mit der mailändischen Post
nach Rom befördert wurden. Gott wende Alles zum Guten.
An demselben Tage nach der Messe empfingen sämmtliche
Kinder, Messer Giovanni ausgenommen, in der Hauskapelle
die Firmung. Am 15. um die sechste Abendstunde traf von
Rom die Nachricht ein, der Papst mache Schwierigkeiten
inbetreff der Verleihung des Erzbisthums, der Jugend Messer
Giovanni's wegen, was sogleich dem Könige durch denselben
Boten gemeldet wurde. Am 20. kam von Lionetto (de' Rossi)

---

1) In einem an Gio. Lanfredini gerichteten Schreiben vom 16. Februar 1489 zur Empfehlung eines Erzdiacons Mario von Osimo (Med.
Arch. F. 57) lautet die Unterschrift: Johannes Laurentii de Medicis
prothonotarius apostolicus.

die Anzeige, der Erzbischof sei noch am Leben! Am 1. März 1484
(1485) starb der Abt von Passignano, und es ward eine
Staffette an Messer Giovan Antonio Vespucci Botschafter
in Rom gesandt, die Abtei für unsern Messer Giovanni vom
Papste (Innocenz VIII.) zu erbitten.   Am 2. wurde gemäß
Erlaß der Signorie Besitz davon genommen, kraft der von
P. Sixtus ertheilten Reservation zu Gunsten Messer Giovanni's,
welche P. Innocenz bei unseres Piero Anwesenheit in Rom
zum Behuf der Obedienzleistung bestätigt hatte." Auf=
zeichnungen welche nur zu sehr an den Tag legen, wie man
mit den Pfründen verfuhr, und wie weltliche Herrscher, auf
das bloße Gerücht des Todes eines Prälaten hin, über ein
hohes Kirchenamt zu Gunsten eines Kindes verfügten.   Wenige
Jahre später verlieh König Mathias Corvinus einem sieben=
jährigen Knaben, Ippolito von Este seinem Neffen, die Pri=
matialwürde Ungarns, das Erzbisthum Gran.   P. Inno=
cenz VIII. verweigerte gleich Sixtus IV. die Bestätigung, die
er endlich doch ertheilte.

Die schon erwähnte Vallombrosanerabtei von Passignano
war eine der reichsten Toscana's, und der junge Abt blieb in
deren Genuß bis zum J. 1499, wo er sie dem General des
Ordens gegen eine Pension von zweitausend Scudi abtrat. Im
Pesathale, sechzehn Millien südlich von Florenz, zur Linken der
römischen Heerstraße, sieht man das großartige festungs=
ähnliche Gebäude, das bis auf unsere Tage im Besitz des
Ordens blieb, und dessen Kirche mit Gemälden Domenico
Cresti's geschmückt ist, der mit der Carraccischen Schule ver=
wandt nach seinem Geburtsorte den Namen Passignano er=
hielt.   Was nur immer von Beneficien jeder Art, Commen=
den, Rectoraten und wie sie heißen mochten, in den Bereich
der Medici kam, fiel dem Sohne Lorenzo's zu, der im J. 1486
selbst die Abtei Monte Cassino als Commende erhielt, als

König Ferrante, um sich mit P. Innocenz zu versöhnen,
diesem über Sanct Benedicts berühmtes Kloster freie Verfügung gelassen hatte [1]). Wie sehr auch dieser König darauf
bedacht war, den mediceischen Heißhunger nach Pfründen zu
stillen, zeigt eine am 23. August 1486 von ihm an Lorenzo
gerichtete Antwort auf dessen Dank [2]). „Ein Dank eurerseits
war nicht nöthig, denn Gott weiß wie wir bereit und Willens
sind, Alles auf der Welt zu thun, euch unsere Erkenntlichkeit
für das zu bezeugen, was ihr fortwährend für unser Bestes
und das unseres Staates gethan habet, auf den ihr wie auf
euer Eigenthum rechnen könnt. Unsere Verpflichtung gegen
euch erfordert dies, und nie können wir zu euren und eures
Hauses Gunsten genug anbieten, um nur dem tausendsten
Theil unseres Verlangens zu genügen, wie ihr hoffentlich
täglich mehr und mehr erkennen werdet." In ähnlicher
Weise antwortete Lodovico il Moro auf Lorenzo's Dank für
die seinem Sohne verliehene Abtei Miramondo [3]).

Alles dies war aber nur ein Vorspiel. Die Ungeduld,
mit welcher Lorenzo der Cardinalswürde entgegensah und den
Papst drängte, hat etwas tief Verletzendes. Für die Gesandten
der Republik schien es nichts Wichtigeres zu geben. Lorenzo
sorgte immer dafür, bei den Päpsten vor allem Männer seines
engsten Vertrauens zu haben. Als im Frühling 1487 Innocenz VIII. die Ernennung Pier Filippo Pandolfini's, der schon
in Rom gewesen war, zu dem erledigten Gesandtschaftsposten
wünschte, dieser jedoch Florenz nicht verlassen konnte, ging
statt seiner Giovanni Lanfredini, dessen Tüchtigkeit neuerdings

---

1) Fabroni a. a. O. Bd. II. S. 374; Vita Leonis X. P. M. S.
245. Tosti Storia della Badia di Monte Cassino Bd. III. S. 199.
Wie sehr das Kloster infolge des Commenden-Unwesens verkam, ist nur
zu sehr bekannt.

2) Desjardins a. a. O. S. 214.

3) Fabroni a. a. O. Bd. II. S. 374.

wieder im J. 1485 in Neapel erprobt worden war. „Ich
habe mich, schrieb Lorenzo am 6. Mai dem Papste[1]), bei der
Signorie für die Ernennung eines Mannes verwandt, mit
welchem Eure Heiligkeit völlig zufrieden sein wird. Denn
abgesehn davon, daß Giovanni Lanfredini, der für Rom bestimmt worden, ein trefflicher, braver, geschäftskundiger Mann
ist, besitzt er auch mein Herz (el core mio), da ich seiner Verdienste wegen große Zuneigung zu ihm hege". An diesen schrieb
Lorenzo am 16. Juni des folgenden Jahres[2]): „Ich habe vernommen, was S. H. euch inbetreff der Cardinalscreirungen
gesagt hat. Mich dünkt, der Papst darf die Ernennungen
nicht länger als durchaus nothwendig aufschieben. Meiner
Ansicht zufolge, wird S. H. nach denselben ein anderer Papst
sein. Denn während er bis jetzt Haupt ohne Glieder war,
muß er sich diese schaffen; während er Anderer Geschöpf war,
müssen Andere seine Geschöpfe sein. Deßhalb ermuntert ihn,
ja drängt ihn, den nöthigen Entschluß zu fassen, je eher je
lieber. Periculum est in mora: wie er durch Handeln gewinnt, verliert er durch Zaudern. Setzet all euren Einfluß
ein, damit diese gebenedeite Promotion sobald als möglich erfolge. Da diese Sache dem h. Collegium vorliegt, läßt sie
sich ohne schwere Einbuße an Würde und Macht des h. Vaters
nicht aufschieben. Inbetreff der zu ernennenden Personen
stimme ich allen mit einem Zeichen begleiteten Namen bei.
Es sind die, über welche ihr mit mir gesprochen habt. Kann
er uns die Freude machen, so möge er's thun. Würde um
unser willen die Promotion aufgeschoben, so sagt ihm, er
möge nach seinem Ermessen verfahren. Scheint es ihm
passend mit einem Einzigen zu beginnen, um zu zeigen, daß

1) Moreni Lettere ꝛc. S. 8. Vgl. oben S. 401.
2) Roscoe Life and Pontificate of Leo X. Append. Nr. 2.
[Bd. III. S. 395.]

es in seiner Macht steht, so kann er allmälig mehre ernennen und Jeden befriedigen."

Monate verstrichen. Des Papstes Unentschlossenheit war unüberwindlich, Lorenzo's Ungebuld stieg immer höher. „Da ich, schrieb er am 1. October desselben Jahres 1488 an Innocenz VIII. [1]), durch unsern Gesandten vernehme daß Eure Heiligkeit binnen kurzem eine Cardinalscreation beabsichtigt, würde ich ernsten Tadel zu verdienen glauben, brächte ich derselben nicht die Ehre dieser Stadt wie meine eigne in Erinnerung obschon ich gewiß bin, daß E. H. in ihrer Milde deren gedenkt. Ich glaube nicht daß Dieselbe in der ganzen Zeit ihres Pontificats irgendetwas thun könnte, was die Stadt mehr zu Dank verpflichtete. Und wie die Cardinalswürde eine hohe und eine viel umworbene ist, so würde diese Stadt es schwer empfinden, wenn ihre Hoffnung nicht in Erfüllung ginge." Die Ehre von Florenz war dabei betheiligt, daß ein Sohn Lorenzo's, ein Knabe, in den Senat der Kirche aufgenommen würde! Während er aber so unablässig drängte, bemühte er sich die Verleihung derselben Würde an irgendeinen ihm nicht bequemen Landsmann zu verhindern. „Der Papst, schrieb er dem Gesandten [2]), kennt unsere Leutchen (e polli nostri) nicht wie wir, und nicht nur der Cardinalat, sondern jeder Zuwachs an Stellung und Ansehn wäre gefährlich, käme er auf anderm als dem richtigen Wege." Wer weiß, ob der Skrupel Innocenz' VIII., ein Skrupel der mit politischen Rücksichten kämpfte, nicht Hauptgrund der langen Verzögerung der einzigen von diesem Papste vorgenommenen Promotion gewesen ist. Er hatte selber bestimmt daß ein Alter von wenigstens dreißig Jahren zum Cardinalat erforderlich sein sollte, und Giovanni de' Medici zählte keine

---

1) Ebendaselbst App. Nr. III. S. 387.
2) Fabroni a. a. O. Bd. II. S. 374.

vierzehn. Lorenzo ließ nicht ab zu schreiben[1]), Lanfredini
zu reden. Die Cardinäle Sforza, Borgia, La Balue, Zeno
wurden ins Interesse gezogen. „Die von Monsignor Ascanio
täglich uns geleisteten Dienste, so heißt es in einem Briefe
vom 21. Februar 1489 an den Gesandten, verdienen andern
Dank als Worte. Meine Verpflichtung gegen ihn könnte nicht
größer sein, wenn ich vom Tode zum Leben wiedererweckt
würde." Was man in Florenz, vielleicht übertrieben, von
den bei dieser Gelegenheit verausgabten Summen gesagt hat,
liefert den Commentar.

Endlich fand am 9. März gedachten Jahres die Promotion statt[2]). Es waren fünf Cardinäle die aus derselben
hervorgingen, unter ihnen des Papstes Verwandter Lorenzo
de' Mari der den Namen Cybò annahm, und der Johanniter-
Großmeister Pierre d' Aubusson, der heldenmüthige Vertheidiger von Rhodos. Neben diesen fünf aber verlieh Innocenz VIII. in demselben Consistorium drei anderen dieselbe
Würde ohne sie zu publiciren, was man heute in petto reser-
viren nennt. Der Eine war Maffeo Gherardi Camaldulenser
und Patriarch von Venedig, der zweite Federigo Sanseverino, Roberto's Sohn. Der dritte Giovanni de' Medici.

Es liegt auf der Hand, der Papst schämte sich. In den
schlimmsten Zeiten der Kirche war kein Kind Cardinal geworden. Drei Jahre lang sollte die Ernennung geheim bleiben,
Excommunication den treffen, der sie veröffentlichte. Wie es

---

1) Verschiedene Schreiben aus dem Med. Archiv bei Fabroni Vita
Leonis X. und Roscoe a. a. O. App. Nr. IV. V. VI. VII.
2) Burcard a. a. O. 110—112. Er nennt die fünf publicirten Cardinäle. Ciacconio Vitae Pontif. Bd. III. Col. 124—144, wo alle
acht aufgeführt sind. Der ferraresische Gesandte in Florenz meldete am
9. März die Unterzeichnung der Bulle für Giovanni durch die Cardinäle,
und meinte die Publication würde mit jener der Uebrigen erfolgen. —
Vgl. oben S. 408.

damit gehalten ward, wurde allsogleich klar. Am Tage der
Promotion zeigten die Cardinäle Sforza und La Balue, der
Bischof von Cortona Präfect der apostolischen Kammer und
der Gesandte, Lorenzo an, daß sein Sohn Cardinaldiacon von
St. Maria in Domnica geworden sei [1]. „Gott sei gedankt,
antwortete Lorenzo Letzterem [2] für die gestern erhaltene gute
Nachricht inbetreff Messer Giovanni's, eine Nachricht die mir
um so größere Freude bereitete, je weniger ich sie wegen der
Bedeutung der Sache und die ans Unmögliche grenzende
Schwierigkeit erwartete, da dieselbe meine Verdienste weit
übersteigt... Ich weiß nicht, ob dem Papste die Freuden-
bezeugungen misfallen haben, welche hier allerwärts, in einem
Maße wie ich nie ähnliches gesehn, stattfanden und noch weit
glänzender geworden wären im Ausdruck allgemeiner Freude,
wäre ich nicht eingeschritten. Es zu hindern stand nicht in
meiner Macht. Da Messer Giovanni's Promotion eine ge-
heime ist, so scheinen diese Festlichkeiten allerdings unstatthaft.
Aber ihr habt das Ereigniß in Rom so bekannt werden lassen,
daß es hier nicht anders ging, und es wäre mir nicht möglich gewesen, den Glückwünschen der ganzen Stadt, von Groß
und Klein, aus dem Wege zu gehn. Ist's ein Uebelstand, so
ist er unvermeidlich. Für jetzt wünsche ich zu erfahren, wie
wir uns künftig zu verhalten haben, und wie Messer Giovanni's Lebensweise, Anzug, Dienerschaft einzurichten ist, denn
ich möchte nicht eine so große Wohlthat mit einer den päpstlichen Absichten widersprechenden Anwendung derselben erwiedern.
Messer Giovanni bleibt zu Hause, wo Alles voll Menschen
ist. (Die fremden Gesandten waren sogleich zur Gratulation

---

1) Schreiben im Med. Archiv, das von La Balue (Andegavensis —
Bischof von Angers) bei Roscoe a. a. O. App. Nr. VIII.
2) Bei Fabroni Laur. Med. vita Bd. II. S. 300.

erschienen.) Ich warte auf Nachricht von euch, ob ich, wie euch gemeldet, Piero nach Rom senden soll. Die Bedeutung der Gnadenbezeugung läßt vielleicht meine eigene Reise dahin passender erscheinen". Poliziano hatte ein Schreiben an den Papst gerichtet, diesen aus Anlaß der Ernennung zu preisen und den Jüngling als der Auszeichnung würdig zu schildern, und wünschte es im Consistorium vorlesen zu lassen. Lorenzo hatte zu viel Tact, sich an einer solchen Lächerlichkeit zu be- theiligen, und indem er dem Gesandten den Brief zustellte und seine ablehnende Meinung nicht verhehlte, überließ er diesem zu thun was er passend erachtete [1]).

An demselben Tage, dem 14. März, richtete Lorenzo an den Papst nachstehendes Dankschreiben [2]). „Mit größter Ehr- furcht habe ich Eurer Heiligkeit Breve vom 9. d. M. inbetreff der Promotion Messer Giovanni's empfangen. Da diese Nachricht mir vorher durch unsern Gesandten zuging, schrieb ich sogleich an E. H., vielmehr um dem Unvermögen gebüh- renden Dankes Worte zu leihen, als um meiner Erkenntlichkeit Ausdruck zu geben. Dieß vermag Gott besser als ich. Nur das bleibt mir inbetreff dieser unsterblichen Wohlthat zu sagen, daß E. H. durch das was Dieselbe an meinem Sohne gethan, zugleich mich erhöht hat, und daß ich diesen Zuwachs an Autorität wie Alles was mir sonst zufließen mag, E. H. zur Verfügung stelle, der es mehr als mir selber gehört." Nun folgt die Entschuldigung wegen der Veröffentlichung der Nachricht, die nicht von Lorenzo sondern von Rom ausgegangen sei. Die italienischen Fürsten unterschätzten keineswegs den neuen Beweis des von Lorenzo auf den Papst ausgeübten

---

1) Ang. Politiani Epist. L. VIII. ep. 5. Lor. de' Med. an Lanfre- dini 14. März 1489 bei Roscoe a. a. L. App. Nr. XI.

2) Moreni Lettere etc. S. 14. [Mit unrichtigem Datum und Reihenfolge.]

Einflusses. Der Herzog von Calabrien sagte zu dem Gesandten Pier Vettori[1]), man erkenne wie viel jener vermöge, und daß der florentinische Gesandte Innocenz lenke. Er wünsche sich mit ihm und dem Sforza in einem Zimmer zusammenzufinden, um sich über den Streit mit Rom zu besprechen. Er glaube es würde ihm nicht schwer fallen darzuthun, daß das Bündniß der drei Staaten sich in der ganzen Haltung derselben kundgeben müsse. Man sehe wie viel der Papst für Lorenzo thue und wie er seinen Sohn in wol nie erhörtem Alter zum Cardinal gemacht habe, sodaß man schließen dürfe, Alles würde sich beilegen lassen, wenn er unternehme was er vermöge.

Der Mann der das Meiste beigetragen hatte, des Papstes Bedenken zu überwinden, Giovanni Lanfredini, überlebte seinen Erfolg nur um einige Monate. Im November 1488 hatte er seinen ältesten Sohn Orsino, einen sechzehnjährigen Jüngling in Rom verloren[2]). „Mit großem Leidwesen, schrieb ihm Lorenzo[3]), habe ich den Tod eures Sohnes vernommen, eine mir um so peinlichere Nachricht, da ich nichts von seiner Krankheit wußte. Kennte ich nicht eure Charakterstärke, und wie ihr gewohnt seid an Gutes wie Schlimmes, so würde ich mehr Trostworte brauchen als ich heute thue, und euch meine eigenen schweren Verluste vorhalten, die euch nur zu bekannt sind. Ergebet euch in Gottes Rathschluß, umsomehr als euer Sohn vielmehr zu beneiden als zu beklagen ist. Euch wie den Eurigen wird es nie an Solchen fehlen, die eure Angelegenheiten wie die eigenen betrachten werden. Was mich

---

1) Desjardins a. a. O. S. 215.
2) Burcard a. a. O. S. 110. Die Andeutungen über die Ursache des Todes sind ein sauberes Pröbchen des von einem päpstlichen Ceremonienmeister registrirten Stadtklatsches.
3) Roscoe Bd. IV, S. 318. (Mit unrichtigem Datum.)

betrifft, so werde ich infolge des euch gewidmeten Antheils
wie wegen eurer alten erprobten Anhänglichkeit mich stets so
gegen euch benehmen, wie eure Gesinnung und Handlungen,
meine Pflicht und Dankbarkeit mir vorschreiben. Tröstet euch,
Giovanni, fasset Muth, hoffet auf Gott und zählet auf eure
Freunde." Ein späteres Schreiben [1]) drückt sich nicht weniger
herzlich aus. Aber der Verlust des Sohnes brach des Vaters
Herz. „Giovanni Lanfredini, meldete der ferraresische Gesandte am 16. März 1489 [2]), ist in Rom bettlägerig, und
da die Geschäfte drängen, hat die Signorie Pier Filippo
Pandolfini, der sich in Pitigliano befindet, den Befehl ertheilt
sich sogleich dahin zu begeben. Lanfredini hatte für alle
Fälle um Urlaub gebeten. Er scheint seine Stellung satt zu
haben, und ich glaube er ist der Meinung, daß er dieselbe
jetzt mit allen Ehren aufgeben kann, nachdem er dem Sohne
des erlauchten Lorenzo zur Cardinalswürde verholfen hat."
Wie sehr Lorenzo anerkannte was er ihm schuldete, hatte
er schon ausgesprochen, als die Cardinal-Promotion erfolgte [3]).
„Ich erkenne meine Pflicht, mich stets dessen zu erinnern, der
die Sache geleitet hat, und die, welche nach mir kommen
werden, daran zu mahnen. Denn unserm Hause ist nie
Größeres geschehen, und eurem Eifer wie eurer Zuneigung
habe ich es mehr als zu drei Vierteln zu danken." Sein
Zustand besserte sich, sodaß er die Geschäfte wieder über-
nehmen konnte, aber es war nicht von Dauer. Am 5. Januar
1490 starb er im Hause der Acciaiuoli in der Leostadt [4]).
„Nun ist Derjenige todt, schrieb der Bischof von Rimini an

---

1) 21. Jan. 1489. Med. Arch.
2) Bei Cappelli a. a. O. S. 307.
3) Roscoe a. a. O., App. Nr. X.
4) Burcard a. a. O. S. 133. Adinolfi, Portica di S. Pietro,
nennt das Acciaiuolische Haus nicht.

Lorenzo [1]), der diesen Hof euch zu Dienste hielt. Fürder
mögen die Dinge eine andere Wendung nehmen, und sie ver-
steigen sich schon zu der Aeußerung, daß ihr nicht mehr Alles
nach eurem Willen haben werdet." Inderthat scheint der
Papst in seiner Charakterschwäche sich zu verfänglichen Aeußerungen gehn gelassen zu haben, als könne er nicht fest auf
Florenz bauen, wo Sonderinteressen überwögen. Aeußerungen
welche Lorenzo bewogen, Bernardo Dovizj nach Rom zu
senden, um sich mit Pandolfini zu besprechen. Die von
Lorenzo aufgesetzte Instruction [2]) zeigt wie empfindlich er über
des Papstes Wankelmuth war. „Solche die mich nie persönlich gekannt noch gesehn, haben einem Worte von mir Glauben
geschenkt, und nun kommt mir Mangel an Vertrauen entgegen
nach so vielen Mühen und Anstrengungen und nach der Erfahrung
die man inbetreff meiner Gesinnung gewonnen haben kann."
Die Verstimmung ist aber wol nur eine vorübergehende gewesen.

Eine der letzten Angelegenheiten, welche Lanfredini zu
verhandeln hatte, war die Canonisation des Erzbischofs Antoninus, für welche sich auch Kaiser Friedrich III. interessirte.
Die Bischöfe von Arezzo und Volterra sollten, so schlug
Lorenzo vor, mit dem Proceß beauftragt werden. Lanfredini's
Nachfolger Pandolfini setzte die Verhandlung fort, aber erst
P. Hadrian VI. hat im J. 1523 der Verehrung des florentinischen Volkes für diesen frommen und verdienten Mann
die kirchliche Weihe ertheilt.

---

1) Bei Fabroni a. a. O. S. 375.
2) Med. Arch. F. 72 bei Fabroni a. a. O.

Austrag des Streites zwischen Innocenz VIII. und Ferrante von Aragon.

Der Conflict zwischen Papst und König hatte währenddessen immer bedenklichere Dimensionen angenommen. Kaum konnte es anders sein, wo zwei Charactere zusammentrafen, deren einer mit dem vollen Begriff hoher Würde das Bewußtsein geringer factischer Macht, mit leichter Erregbarkeit Mangel an Ausdauer sowie rasche Uebergänge von einem zum andern Extrem verband, während der andere bei schlauer Berechnung und zunehmender Angewöhnung gewissenloser Ueberlistung Neigung zur Unterschätzung des Gegners empfand, wenn günstiger Wind blies. Als der König sich der Gegner und Verdächtigen im eigenen Lande entledigt zu haben glaubte, hatte er sich ohne Scheu über die im August 1486 verabredeten Stipulationen hinweggesetzt und der päpstlichen Autorität Hohn gesprochen. Im J. 1488 hatte der Hader fortgewährt und es war zur Verhängung der geistlichen Censuren gekommen. Aus mehren Gründen war es Lorenzo unlieb. „Ich fürchte, hatte er am 3. September an Lanfredini geschrieben[1]), man wird glauben, es sei Mehl aus meinem Fasse, und ihr wißt doch daß der Papst nicht blos ohne mich

---

1) Med. Arch. F. 59.

sondern gegen meinen Rath gehandelt hat. Nicht nur ist der
König zu einem Angriffsversuch bereit und geneigt, sondern
der Papst ist ohne irgendwelche Vorkehrung, ja bei ihm
herrscht solche Unordnung daß der schlimmste Krieg daraus
entstehen kann." Sein Schwiegersohn hatte ihm angelegen
im Herbste nach Rom zu kommen, aber er hatte es abgelehnt,
falls nicht eine Verständigung zwischen Papst und König
erfolgte. Als im Frühling 1489 der spanische Hof durch
Gesandte in Rom eine Vermittlung versuchte, schien Ferrante
darauf auszugehen, durch persönliche Angriffe auf den Papst
und die Seinigen dessen Groll zu steigern, ja augenblicklichen
Bruch herbeizuführen. Ein Verfahren, das man nur durch
die Annahme erklären kann, daß er dem Gegner Alles, auch
das Unwürdigste, ohne Gefahr bieten zu können glaubte,
oder daß er entschlossen war es auf einen Kampf ankommen
zu lassen, der ihn leicht bis vor Roms Thore führen aber ebenso
leicht das Ausland herbeirufen konnte. Was im J. 1495
zum Schaden von Ferrante's Dynastie und Reich geschah,
hat dieser sechs Jahre vorher eigenwillig provocirt. Nicht
an ihm noch an dem schlimmern Sohne, auch nicht am Papste
hat es gelegen, daß nicht damals schon das Unglück herein-
brach, von welchem Beide, der eine in seinem habsüchtig
tyrannischen Trotz, der andere in seiner berechnungslosen
Schwäche, keine rechte Ahnung zu haben schienen. Daß es
einstweilen noch vermieden ward, ist vor allem das Verdienst
Lorenzo's de' Medici, ein Verdienst welches Manches auf-
wiegt was er gesündigt hat.

Nach dem fruchtlosen spanischen Vermittlungsversuche,
und während Ferrante sich nicht scheute selbst den römischen
König Maximilian wider den Papst aufzuhetzen, beschloß
dieser zu handeln. Am 27. Juni 1489 traf Niccolò Orsini
Graf von Pitigliano in Rom ein. Ein Zerwürfniß dieses

tüchtigen Kriegsmanns mit der Republik Siena hatte im vorhergehenden April dessen Entlassung aus dem florentinischen Dienst zur Folge gehabt, worauf der Papst ihm die Charge des Generalcapitäns der Kirche anbieten ließ. Da die Astronomen die Constellation für günstig erklärten, verlieh der Papst dem Grafen noch am Tage der Ankunft die Insignien, Tunica, Hut, Degen, Commandostab, indem er, während der Orsine vor ihm kniete, die beiden Banner segnete. Am folgenden Sonntag hielt der neue Generalcapitän vom Monte Mario her seinen feierlichen Einzug in Rom. Er war damals achtundvierzigjährig, aber man mag ihn sich vorstellen wie ihn sein Denkmal in SS. Giovanni e Paolo zu Venedig zeigt, das ihm errichtet ward, nachdem er zwanzig Jahre später den Anstrengungen des Krieges der Ligue von Cambrai erlegen war; ein wohlgebildeter sicherer Reitersmann, mit wallendem Helmbusch und reicher Schärpe, gleichsam im Sinnen und halbgeneigten Hauptes nach rechts blickend, in der Hand den Commandostab, zwischen den allegorischen Statuen der Prudentia und Fides. Am 30., nach dem Hochamte, erfolgte die Vorladung des neapolitanischen Königs. Eine Frist von drei Monaten wurde ihm gestellt, seiner Lehnspflicht zu genügen. Daß er sich fügen würde, stand nicht zu erwarten. Mit großem Eifer wurden die Rüstungen betrieben: ein Zusammenstoß schien unvermeidlich. So Cardinal Ascanio Sforza im Auftrage Lodovico's il Moro, wie Lanfredini, damals schon leidend, suchten den Papst von den äußersten Schritten zurückzuhalten. Auf florentinischer Seite war die Vermittlung gewiß ehrlich gemeint.

Lorenzo war im Juli ins Bad gegangen, von wo er, wie der neue ferraresische Gesandte Manfredo Manfredi meldete [1]),

1) 11. Aug. 1489, bei Cappelli a. a. O. S. 307.

am 6. August frisch und gesund zurückkehrte. Kaum war er
zu Hause, so ging er an die römische Angelegenheit. „Was
die dortigen Besprechungen betrifft, schrieb er am 8. desselben
Monats an Lanfredini[1]), so bin ich der Meinung, daß man
bei den Vorschlägen des Herrn Lodovico immer im Auge zu
behalten hat, daß er nach Umständen umsatteln kann und
möglicherweise Nebenabsichten nährt, indem der Streit zwischen Papst und König ihm in Vielem sehr zu paß kommen
mag. In Betracht seiner Natur dürfen wir uns somit nicht
auf ihn verlassen sondern müssen seinem Beispiel folgen,
indem wir von seinem Vorgehn Nutzen ziehen wo es unsern
Zwecken entspricht, aber im Sattel sind, wenn es ihm zu
ändern einfällt. Vorerst wünsche ich daß der h. Vater die
Venetianer wissen lasse, daß so der Herr Lodovico wie wir
ihn veranlaßt haben, der Republik inbetreff seiner Stellung
zum Könige nichts zu verhehlen. Dies sage ich, weil es mir
für alle Fälle wichtig scheint, daß der Papst die Venetianer
mindestens bei ihrer gegenwärtigen Gesinnung erhalte, bis
man klarer sieht. Es ist kein rechtes Verlaß auf diese Leute,
aber ihre Autorität nutzt, und ein auskömmliches Verhältniß
zu ihnen läßt sich ganz gut bewahren, ohne den Herrn Lodovico scheu zu machen. Vor allem wünsche ich jedoch vergewissert zu werden, ob der Papst bei den gestellten Bedingungen zu verharren entschlossen ist, oder aber ob er in
Modificationen zu willigen denkt. Was den Lehnzins betrifft, so halte ich einen Ausgleich für möglich; was die
Barone angeht, sehe ich kein Mittel, da der König zu weit
gegangen ist um zurück zu können. In Bezug auf geistliche
Dinge wird der Austrag leicht sein, denn der König wird
wol kaum Schwierigkeiten erheben, wo es sich darum handelt

---

1) Fabroni a. a. C. Bd. II. S. 361. Das Schreiben verbreitet
sich über manches Andere.

Zusagen zu geben. Kommt es dann aufs Halten an, muß Einer dem Andern nachsehn, wie alle Päpste es mit allen Königen thun. Es handelt sich somit darum, genau zu wissen, woran man sich zu halten hat ehe man einen Entschluß faßt, der nach meiner Ansicht von dem abhangen muß was der Papst wirklich beabsichtigt, dessen Willen man keinen Zwang anthun kann, namentlich wenn der Friede in Frankreich sich befestigt. Darum tragt Sorge, mir möglichst sichere Auskunft zu ertheilen. In jedem Falle steht meine Ansicht fest, daß des Papstes Ehre unverletzt bleiben muß. Hierin stimmt der Herr Lodovico mit mir überein, welchem freilich, wie gesagt, nicht recht zu trauen ist. Mit den Venetianern muß man in gutem Einvernehmen bleiben, um einen Rückhalt zu haben. Mir scheint daß ihr Se. H. für den Vorschlag, mir die betreffende Verhandlung anzuvertrauen, ablehnend danken müsset. Für mich wäre es eine Auszeichnung, für Se. H. jedoch schwerlich zweckdienlich. Ich aber setze gerne das was mir persönlich zur Ehre gereichen würde, dem Vortheil Se. H. hintan. Bei jedem künftigen Abkommen mit dem Könige werden die Bedingungen des letzten Friedens in Einzelnem zu modificiren sein, und da bedarf es stärkerer Schultern als der meinigen die Last zu tragen. Ich werde mich hinlänglich geehrt erachten, wenn die Interessen Se. H. mit Ehren gesichert sein werden." Lorenzo's Abneigung gegen Betheiligung an Verhandlungen zwischen dem Papste und Venedig beruhte auch darauf, daß er sehr gut wußte, wie wenig man ihm an der Adria wohlwollte. „Die Venetianer, schrieb ihm zwei Jahre später der befreundete ferraresische Gesandte Guidoni, der seinen Posten in Florenz mit dem schwierigeren in der Lagunenstadt vertauscht hatte, verabscheuen euren Namen mehr als Satan das Kreuz."

Da Ferrante keine Miene machte einzulenken, so ging Innocenz VIII. gegen ihn vor. Am 11. September 1489 wurde in Gegenwart des neapolitanischen Gesandten Antonio d'Alessandro der Rückfall des Königreichs an den h. Stuhl wegen nichterfüllter Lehnspflicht feierlich erklärt[1]), wogegen der Gesandte protestirte und Berufung an das Concil einlegte. Am folgenden Tage erschien er, gleichsam als wäre gar nichts vorgefallen, mit den übrigen Gesandten in der Sixtinischen Kapelle zur Feier des Jahresgedächtnisses der päpstlichen Krönung. Aber er war doch betreten, als am 13. ein französischer Botschafter mit großem Pomp im Vatican eintraf, Guillaume de Poitiers aus der Familie der Grafen von St. Vallier[2]). Seit lange unterhandelte der Papst mit Frankreich, und die zu Ende des Winters erfolgte Auslieferung des türkischen Prinzen Dschem an Innocenz VIII. hatte gezeigt, daß den Franzosen an gutem Einvernehmen mit Rom gelegen war. Man ahnte schon, daß nach Schlichtung der Angelegenheiten der Bretagne, deren Widerstand damals schon gebrochen, deren letzter Herzog todt, deren Vereinigung mit der Krone im Werke war, der neunzehnjährige König seine Blicke nach Italien richten würde. Während man aber in Rom, im Bewußtsein eigener Schwäche, auf das Ausland zählte, ja zwei Sehnen am Bogen zu haben glaubte, Frankreich und Spanien die man beide mit Ferrante unzufrieden erachtete, war die Aussicht auf Krieg in Italien und Einmischung des Auslands, von wo immer sie kommen, welches immer das Ergebniß sein mochte, Lorenzo de' Medici höchst unerwünscht. Stets von neuem suchte er den Papst auf andere Gedanken zu bringen.

---

1) Bulle bei Fabroni a. a. O. Bd. II. S. 340.
2) Burcard S. 126, 127. Die Nachrichten über diese Vorgänge sind durch Infessura zu ergänzen.

„Aus eurem Schreiben vom 13. October, so beginnt ein vier Tage darauf von ihm an Lanfredini gerichteter Brief [1]), ersehe ich, daß S. H. meine Vorstellungen gegen den Fortgang der Citationen mit einiger Empfindlichkeit aufgenommen hat. Jede Belästigung des h. Vaters schmerzt mich, sehr aber würde es mich schmerzen, wenn derselbe glaubte, anderes als Eifer für sein Wohl bestimmte mein Berathen und Handeln. Ich wiederhole, der Papst muß in sich über drei Wege klar werden. Er muß sich mit Gewalt vom Könige Recht verschaffen, oder aber sich möglichst gut mit ihm vertragen, oder endlich, geht dies nicht mit Ehren zu, temporisiren und günstigere Umstände abwarten. Das Erste wäre das Ehrenvollste, aber ich halte es für gefährlich und kostspielig, und glaube es läßt sich nicht ausführen, ohne eine fremde Macht nach Neapel zu rufen. Hiezu sind aber drei Dinge nöthig. Erstens die Zustimmung von Venedig und Mailand, zweitens hinreichende selbständige Mittel, so an Leuten wie an Geld, bei besagter Macht, drittens großartiger Kostenaufwand seitens des Papstes. Denn es kommt darauf an dem Könige überlegen zu sein, welchem Mailand vielleicht Beistand leistet wenn Venedig sich gegen ihn erklärt, sodaß auch Mailand ein Zügel anzulegen ist. Einverständniß mit den Baronen und Aehnliches würde in solchem Falle von Nutzen sein. Nun mag ich mich irren, aber ich vermag diese Voraussetzungen hier nicht zu erkennen und habe deshalb Sr. H. abgerathen. Von auswärtigen Mächten können nur Spanien und Frankreich in Betracht kommen. Spanien dünkt mich in diesem Moment weder zu handeln noch zu zahlen fähig [2]). Wie man auf Frankreich bauen kann, sehe ich nicht ein. Gesetzt aber, es veränderte seine Natur, so würde ich mit

---

1) Jabroni a. a. O. S. 365.
2) Die Krisis mit Granada hatte damals begonnen.

St. H. übereinstimmen, in der Voraussetzung daß es sich bei einem Unternehmen gegen Neapel um einen Machtzuwachs des Herzogs von Lothringen (als Erben der Anjou) handelt, was immer das minder gefährliche wäre. Denn der Herzog von Lothringen ist nicht König von Frankreich, und sein Verwandtschaftsverhältniß zum königlichen Hause fällt nicht schwer ins Gewicht. Neapel und Spanien sind viel nähere Verwandte und doch keine Freunde, und wer einmal König von Neapel ist, geht seinen eignen Weg.

„Alle diese Gründe dünken mich von einem Unternehmen dieser Art abrathen zu müssen. Unter solchen Umständen dient es zu nichts, den König durch Citationen und ähnliches zu erbittern. Ja, wäre man gerüstet und bereit, so würde es mir dennoch gerathen scheinen solche Herausforderungen zu unterlassen, um die Gefahr des Uebergangs von Worten zu Thaten auf Seiten des Königs zu vermeiden, eine Gefahr die nicht zu unterschätzen ist. Besser sich in der Stille rüsten, als durch Ausbruch von Böswilligkeit Andere zum Angriff reizen. Was den zweiten Fall, den eines Vergleichs betrifft, so rede ich vielleicht ohne genaue Kenntniß der Sachlage, indem möglicherweise Bedingungen gestellt werden, bei denen die Maßregel des Vorladens nutzen kann. Was ich aber weiß läßt mich glauben, daß ein solches Verfahren, statt einen Vergleich zu erleichtern, nur dazu dient, Aergerniß zu geben und einen Bruch herbeizuführen. Ueber das Temporisiren rede ich nicht, indem ein sofortiger möglichst ehrenvoller Austrag mir beiweitem zweckdienlicher erscheint als das Warten auf günstige Conjuncturen, umsomehr als, wie ihr besser wißt als ich, der König manche Mittel zu schaden hat. Anderes kann ich für jetzt nicht sagen, da ich mit den Einzelheiten nicht hinlänglich vertraut bin. Beruht des Papstes Furchtlosigkeit auf irgendeinem sichern Grunde, so

sorgt dafür daß er auch mir bekannt werde, um mich dieser
Sorgen zu entheben. Denn obgleich ich nicht gerade klein-
müthig bin, bereiten, infolge des vom Papste mir geschenkten
Vertrauens, seine Angelegenheiten mir doch mehr Sorge als
meine eigenen. So lange ich kein besseres Fundament seiner
Sicherheit kenne, kann ich unmöglich ruhig sein. Ueber den
Herrn Lodovico und seine Natur habe ich meine Ansicht offen
ausgesprochen. Ich bin mir bewußt, daß ich den geraden
Weg wandle und nur des Papstes Interesse im Auge habe.
So wiederhole ich was ich mehrmals gesagt: ehrenvoller Vergleich dünkt mich besser als glücklicher Krieg. Ist dies nicht
möglich, so muß man temporisiren, vorausgesetzt daß nicht
die oben angedeuteten günstigen Bedingungen vorhanden sind.
Wäre dies jedoch der Fall, so würde auch der König sich
nachgiebiger zeigen, denn er weiß sehr wohl, wo man ihm
beikommen kann."

Lorenzo's Vorstellungen blieben nicht ganz ohne Eindruck. Innocenz VIII., davon unterrichtet, wie die neapolitanischen Ausgewanderten, namentlich die Sanseveriner, am
französischen Hofe gut aufgenommen waren und der junge
König sie in ihre Heimat zurückzuführen versprach, ging
wenigstens dem Auslande gegenüber vorsichtig zuwege. „Ich
höre die Erbietungen an, so äußerte er[1]), aber ich dränge
nicht und gehe auf nichts ein, sondern lasse sie ihren natürlichen Weg nehmen. Der Eine zielt auf Genua, der Andere
auf Neapel, und ich möchte, was auch Lorenzo's Meinung
ist, weder den Einen noch den Andern zum Nachbar haben.
Ließe ich mich mit Frankreich oder Spanien ein, so fürchte
ich sie würden Dinge von mir verlangen, die ich ihnen
verweigern müßte, und dann würde mein Verhältniß zu

---

1) Gio. Lanfredini an Lor. de' Med. Rom 23. Oct. 1489, bei A. Gelli,
Arch. stor. Ital. Serie III. Bd. XV, S. 296, Bd. XVI, S. 386.

ihnen darunter leiden. Ich beschränke mich darauf, bei Frankreich als einem christlichen Herrscher mich über das Unrecht
zu beklagen, welches der König von Neapel gegen mich be-
geht, und warte das Weitere ab. Spanien gegenüber verfahre ich auf ähnliche Weise, wie mir hier noch in höherm
Grade geboten ist." Von französischer Seite ergingen auch,
durch besondere Gesandte, Abmahnungen an den König, aber
dieser, der an den fremden Höfen die angebliche Gerechtigkeit
seiner Sache zu vertheidigen nicht aufhörte, und berechnete
daß man in Frankreich die Hände voll hatte, zeigte keine
Lust zum Nachgeben. An ihn gerichtete Schreiben des Kaisers, des Königs Maximilian, des Herzogs von Sachsen machten ebensowenig Wirkung [1]). Der Herzog von Calabrien
erklärte dem florentinischen Gesandten, sein Vater werde auf
vernünftige Forderungen des Papstes eingehen, nicht auf
Dinge die seiner Ehre zuwiderliefen. Den Zelter als Zeichen
des Lehnverhältnisses werde er stellen, aber nicht einen Soldo
Tribut zahlen und keinem der schuldigen Barone verzeihen [2]).
Die Sache schleppte sich hin. Im Mai 1490 verweilte ein
nach Mailand bestimmter neapolitanischer Gesandte, Messer
Camillo Scruciati in Florenz [3]). Der König ließ durch ihn
der Signorie und Lorenzo melden, er habe bis jetzt viele
Schmach und Injurien von Seiten des Papstes erduldet.
Wenn dieser aber in pflichtwidriger Verstocktheit und Feindseligkeit verharre und vom Drohen mit Citation und Excommunication nicht ablasse, so sei Se. Maj. nicht gesonnen,
solche Beleidigungen ferner zu ertragen. Ohne mehr Worte

---

1) Januar 1490. Burcard S. 135, 136. [„Portavit (heraldus)
literas regi, a quo penitus nihil habuit, neque bonum verbum.“]

2) 29. Januar 1490. Bei De Cherrier Bd. I. S. 341.

3) M. Manfredi Flor. 4. Mai 1490, bei Cappelli a. a. O.
S. 307. 308.

zu verlieren, denke der König, die Lanze am Bügel, in Rom zu erscheinen, und dem Papste auf eine Weise zu antworten, die ihm seinen Irrthum begreiflich machen werde. Sein Gesandter in Rom drohte, den ihm verweigerten Zutritt zur päpstlichen Kapelle am Vorabend des Pfingstfestes mit bewaffneter Hand zu erzwingen. Um Scandal zu vermeiden, veranlaßte man sämmtliche Diplomaten an dem Tage nicht zu erscheinen [1]). Französischerseits scheint man aber doch die Sache etwas mehr ins Auge gefaßt zu haben, als Ferrante vermuthete. Am 8. Juni sagte der Papst zu Lanfredini's Nachfolger [2]), wenn er nicht von Natur ruhig und ein guter Italiener wäre, würde er Mittel in der Hand haben, sich am Könige zu rächen. Schon vor Monaten habe Madame de Beaujeu bei ihm den Antrag stellen lassen, den Herzog von Lothringen mit Neapel zu belehnen, wogegen dieser seinen Anspruch an die Provence und andere Provinzen an ihren Gemal den Herzog von Bourbon [3]) abtreten, der König von Frankreich hingegen ihm zur Erwerbung von Neapel behülflich sein würde. Der Antrag sei kürzlich erneuert worden, er, der Papst, habe jedoch nur ein paar Worte geantwortet, um nicht die Franzosen nach Italien zu ziehen. Er wünsche daß Lorenzo von der Sache Kunde erhalte.

Mit jedem Tage verschlimmerte sich die Lage. An der Grenze kam es schon zu ärgerlichen Händeln. Päpstliche Couriere, Ueberbringer von Breven die ohne Antwort blieben, wurden durchsucht und schnöde behandelt; vom Papste nach Benevent gesandte Leute und Bewohner von Pontecorvo, die um ihre Andacht zu verrichten nach Montecassino gingen,

1) Burcard a. a. O. S. 143.
2) Pier Filippo Pandolfini, bei Fabroni a. a. O. S. 352.
3) Pierre de Beaujeu, Gemal der Schwester Carls VIII., seit 1488 Herzog von Bourbon infolge des Todes seines Bruders Jean II.

wurden aufgegriffen[1]). Innocenz klagte, den Vorstellungen
der italienischen Mächte zulieb habe er gegen den König
Nachsicht geübt, die Nachsicht habe diesen nur frecher gemacht;
die Mächte ständen da und sähen zu, wie er beschimpft
werde. Wenn die Italiener sich so wenig um seine Ehre
kümmerten, müsse er sich an das Ausland wenden. Nie, fügt
Pandolfini hinzu, habe er den Papst so aufgeregt gesehen.
Der Gesandte that was er vermochte, ihn zu beschwichtigen,
stellte ihm vor, die dem Könige gegenüber bewiesene Mäßigung
habe seiner Sache nur genutzt; auf Unterstützung von Florenz,
Mailand und Venedig könne er bauen. Der Papst ließ ihn
nicht ausreden. Nur mit Redensarten werde er abgespeist.
Wirklichen Beistand könne er von Florenz allein erwarten.
Des Wankelmuths des Sforza wegen sei auf Mailand nicht
zu zählen, Venedig schreite nie zum Handeln. Er sei entschlossen ein Ende zu machen. Er werde den König excom-
municiren, ihn der Häresie schuldig erklären, das Reich mit
dem Interdict belegen. Er habe dazu volles Recht. Den
verbündeten Staaten werde er von Allem Anzeige machen.
Wenn der König ihn gemäß seiner Drohung mit Krieg über-
ziehe und man ihm keinen Beistand leiste, werde er ins Ausland gehen, wo man ihn mit offnen Armen empfangen und
zur Wiedergewinnung des Seinigen, zur Beschämung und
zum Schaden Anderer unterstützen werde. In Italien könne
er nicht bleiben, außer mit jener Würde die einem Papste
zieme; Widerstand gegen den König sei unmöglich, wenn man
ihn im Stich lasse, so wegen der geringen Kriegsmacht der
Kirche wie wegen der Unzuverlässigkeit der Barone, die sich
über seine Verlegenheit nur freuen würden. Er halte sich
für vollkommen gerechtfertigt, wenn er sich ans Ausland

---

1) P. F. Pandolfini, Rom 28. Juni 1490, a. a. O. S. 353.

wende, falls die Würde des h. Stuhls sonst nicht zu retten
sei. Andere Päpste hätten dies gethan, und sie seien mit
Ehre und Ruhm zurückgekehrt.

„Ich sah, bemerkt Pandolfini, daß er die Sache reiflich
erwogen hatte, und nicht etwa blos sprach um mich zu einer
Aeußerung zu veranlassen, da er in unsere Anhänglichkeit
und Treue keinen Zweifel setzen konnte. Ich stellte ihm vor,
er möge wohl mit sich zu Rathe gehn, und nicht einen Entschluß fassen, der ihm zum Tadel gereichen könnte, ohne vielleicht seinem Zwecke zu dienen. Das Ausland sei voll Hader,
und die Verhältnisse so der Kirche wie der Staaten seien sehr
verschieden von denen der Zeiten Innocenz' IV. und anderer
Päpste, welche Zuflucht gesucht jenseit der Berge." Aber der
Papst ließ sich nicht einreden. Er verkündete, er werde die
Gesandten aller Mächte berufen, seine zwingenden Gründe
und seinen Entschluß erklären und gegen den König einschreiten. Der neapolitanische Gesandte wurde abgewiesen. Der
Papst sagte noch zu Pandolfini: „Gehe ich mit dem Hofe
nach Frankreich, so werdet unter den italienischen Mächten
ihr den meisten Vortheil davon ziehen, nicht blos für euren
Handel, sondern weil ich auf euch alle Rücksicht nehmen, und
mich über Alles mit Lorenzo berathen werde. Meldet ihm
diese meine Worte."

Man hätte nun an nächste Entscheidung glauben sollen.
Aber ein Jahr verging und die Dinge waren noch auf demselben Fleck. Am Peters- und Paulsfeste 1491 präsentirte
der Gesandte des Königs wieder den Zelter als Lehnzins,
wurde wieder abgewiesen und protestirte von neuem [1]). Kurz
darauf hatte der florentinische Gesandte in Neapel, Piero
Nasi, eine Unterredung mit Gioviano Pontano, damals

---

1) Al. Manfredi 3. Juli 1491, bei Cappelli S. 309.

Ferrante's vornehmster Rath in politischen Dingen, der den Vertrag mit Rom im August 1486 abgeschlossen hatte [1]). Pontano mußte sich allerdings persönlich ins Mitleiden gezogen fühlen, umsomehr wenn, wie es heißt, Innocenz VIII., während der Unterhandlung mit ihm vor des Königs Treulosigkeit gewarnt, zur Antwort gab: Wie soll ich Mißtrauen hegen, wenn ich mit dem Manne abschließe, der sein Wort nie verletzt hat? Botschafter, sagte er, ich wünsche sehnlich die Beilegung dieses Streites, so um eurer Signorie wie um meiner selbst willen. Wenn euch in Florenz die Sache quält, mich quält sie doppelt. Mir wird Schuld aufgebürdet ohne daß ich's verdiene. Was ich damals in Rom versprach, konnte ich versprechen, und es wäre gehalten worden. Aber kaum war ich weg (wollte Gott, ich wäre nicht so rasch gegangen!), so traf Cardinal della Rovere aus Genua ein, und sie legten sich dann die Bedingungen nach ihrem Gutdünken zurecht. Ich versprach allerdings die Zahlung des Lehnzinses, aber der Papst selbst ließ mich merken daß er nicht darauf bestehn werde, und äußerte: ich werde mich mit dem Könige darüber verständigen. Ascan (Sforza) aber und andere Cardinäle lachten und sagten, ich möge frischweg versprechen, gehalten werde doch nichts. Dann ging Pontano auf die Angelegenheit der Barone über, deren Unglück er ihrer eigenen Kopflosigkeit zuschrieb. Der König, sagte er, habe nicht daran gedacht sie gefangenzunehmen, nachdem er durch Besetzung ihrer festen Plätze sie unschädlich gemacht und die Justizverwaltung in ihren Territorien in seine Hand bekommen habe. Aber sie selbst hätten ihn genöthigt gegen sie einzuschreiten. Denn nachdem der Fürst von Salerno nach Rom gegangen und dort dem Papst eine Menge Dinge

---

1) Neapel 7. Juli 1491, bei Fabroni a. a. O. S. 350.

vorgespiegelt, habe er die Barone in das Complott hineingezogen, was dem Könige alles bekannt geworden sei. Dennoch habe dieser ihnen vollständig Zeit vergönnt, sich in
Sicherheit zu bringen, aber sie hätten abwarten wollen und
so sei es ihnen endlich schlecht ergangen. Der Mann, von
dem diese Apologie des Königs ausging, hat aber später
selber die Grausamkeit und Habsucht Ferrante's und Alfonso's
verklagt[1])! Diese Angelegenheit, meinte Nasi, liege dem
Papste weit mehr am Herzen als die Geldfrage. König
Alfons habe einst P. Pius II. dreißigtausend Ducaten gezahlt.
Man behaupte zwar, es sei kein Lehnzins gewesen, aber man
werde doch wol eine gleiche Summe bewilligen. Für die auf
den Herzog von Calabrien auszudehnende Investitur wäre
man fünfzigtausend zu zahlen bereit. Der Papst könnte dann
wol die Bulle Sixtus' IV. bestätigen und sich für seine
Regierungszeit mit dem geschmückten Zelter begnügen. Lorenzo möge die Sache reiflich überlegen.

Im Herbst 1491 wurde Giacomo Pontano nach Rom gesandt, einen Ausgleich zustande zu bringen. Die Andeutung
daß man in Neapel zahlen wolle, scheint gewirkt zu haben.
Es ist begreiflich, wenn man bedenkt, in welcher Geldverlegenheit Innocenz VIII. sich befand, wie Lorenzo de' Medici ihm
Geld leihen und versetzte Kostbarkeiten einlösen mußte, wie
schon Lanfredini gemeldet hatte, er gehe alle Souveräne um
Zehnten an und habe 300,000 Ducaten Schulden gemacht[2]).
Aber immer traten wieder Zwischenfälle ein, namentlich
durch die Doppelzüngigkeit Ferrante's veranlaßt, dem man
selbst dann nicht traute, wenn er es ehrlich meinen mochte.
Es hieß in Rom wie in Florenz, er bereite dem Papste

---

1) Schreiben an K. Ferrante II. (Ferrandino) 9. Febr. 1495, bei
Colangelo, Vita del Sannazzaro, 2. Aufl. Neapel 1819.
2) Fabroni a. a. O. Bd. II. S. 350.

Verlegenheit im Kirchenstaate und bestärke die Bewohner von
Ascoli in ihrer Rebellion wider den h. Stuhl, zu welchem
Zwecke seine Truppen zahlreich am Tronto ständen [1]). Lorenzo
ließ nicht ab, zur Versöhnung zu ermuntern. Seitens des
Kriegsvolkes, schrieb er an Innocenz, geschehe manches, was
nicht verhindert zu haben sich für einen weisen Fürsten und
besonnenen Papst nicht zieme, und der Friede von ganz
Italien laufe Gefahr, wenn dem Zerwürfniß nicht ein Ende
gemacht werde [2]). Mitte Novembers drückte der König seine
Erkenntlichkeit gegen Lorenzo aus, der sich in diesen Differenzen
als wahrer Freund und Vermittler beweise. Er hoffte bald
zu einem Ausgleich zu gelangen [3]). Zu Anfang December
war man inderthat damit zustande gekommen; zwei Monate
später wurde im Consistorium der Friede verkündigt [4]). In
die dem Herzog von Calabrien zu ertheilende Investitur, für
welche die obenbezeichnete Summe gezahlt werden sollte,
wurde dessen Sohn der Prinz von Capua miteingeschlossen.
Der neue Vertrag sollte alleinige Geltung haben. Den aus
der Haft entlassenen Baronen versprach der König jährlich
ein Gewisses zu zahlen. „Wie viel, fügt der ferraresische
Gesandte hinzu, weiß man nicht, und hält dafür, es sei um
der Ehre des Papstes willen ausgemacht worden. Ob es gehalten werden wird, muß die Zukunft lehren." Die Zukunft
aber, und zwar eine wenig fernliegende, brachte für den
neapolitanischen König ganz andere Verwicklungen als die
welche der Hader mit dem Papste veranlaßt hatte! Kaum

---

1) K. Ferrante an Giac. Pontano 2. Oct. 1491, und verschiedene
andere auf diese Wirren bezügliche Schreiben, Codice Arag. Bd. II.
Th. 1. S. 1 ff. Vgl. oben S. 385.

2) 5. Oct. 1491. Bandini, Collectio vet. mon. S. 20.

3) Piero Nasi an Lor. de' Med. Neapel 18. Nov. 1491, bei Fabroni
a. a. C. Bd. II. S. 369.

4) Burcard a. a. O. S. 157. M. Manfredi bei Cappelli a. a. O. S. 310.

war dieser Hader zu Ende, kaum war der Abschluß, zu
welchem Gioviano Pontano nach Rom ging, zustande gekommen[1]), so erschöpfte sich der König in Dankes- und Freund-
schaftsbezeugungen gegen den Papst, von dessen Segen er seine
und der Seinigen Wohlfahrt erkannte, dem er Hippokras und
vierundzwanzig Tonnen ausgewählter neapolitanischer Weine
sandte, und mit dem er sich durch die Verlobung seines
Enkels des Marchese von Gerace mit Batistina Usodimare,
der Tochter Teodorina Cybò's verschwägerte[2]). Ueberhaupt mußte Ferrante herausfühlen, daß der Moment der
Versöhnung drängte. Die französischen Angelegenheiten gaben
ihm zu denken. Carl VIII. hatte nicht nur, Dank seiner
Schwester, eine gefährliche Opposition besiegt, sondern den
Herzog von Orleans sich und seinem Hause versöhnt und die
Bretagne erobert, deren Erbin ihm am 4. December 1491
die Hand reichte. Eine zwiefache päpstliche Dispensation
war nöthig, denn Carl war mit Margareten von Oestreich,
Anna von Bretagne, die schon den Titel einer Königin der
Römer trug, mit deren Bruder Maximilian verlobt, während
die beiden Neuvermälten überdies nahe Verwandte waren.
Schon war, wol in der Voraussicht des Kommenden, eine
aus zehn Personen bestehende französische Gesandtschaft, an
ihrer Spitze der nachmals in Rom vielvermögende Bischof
von Lombes und Abt von St. Denis, Jean de Villiers et
La Groslaye, in Rom angelangt und am 16. November
empfangen worden. Am 3. December überbrachte ein Courier
die Nachricht von der Heirat, die großen Anstoß erregte,

---

1) Wie, in Betracht dieses langen Zerwürfnisses, Giannone (Storia
civile Buch XXVIII) sagen konnte, seit dem Frieden von 1486 sei Innocenz VIII. während seiner noch übrigen Jahre des Königs Freund gewesen, ist unverständlich.
2) Codice Aragon. Bd. II. Th. 1. S. 43--46, 49, 52--54.

wofür aber die päpstlichen Dispensationen nachmals ertheilt
wurden[1]). Ein neuer Kampf mit König Maximilian war
unvermeidlich. Frankreich war aber in seinem Innern ge-
einigt und beruhigt, das letzte große Lehn mit der Krone
vereint, das von Ludwig XI. begonnene Werk vollendet.
Italien mußte fürchten, einen jungen König, dessen Ehrgeiz
größer war als seine Geistesgaben, Ansprüche aufnehmen zu
sehen, die inderthat nie geruht hatten. In demselben Jahre
an dessen Schluß der Ausgleich zwischen Innocenz VIII. und
Ferrante erfolgte, war die Erklärung der Rechte Carls VIII.
an die von Letzterm getragene Krone formulirt worden, nachdem der Herzog von Orleans schon fünf Jahre früher seinen
Anspruch an Mailand vorgebracht hatte, den er nachmals als
König geltend machte[2]).

Wenn es im Interesse Frankreich's lag, sich mit dem
Papst gut zu stellen, so hatte auch Ferrante mehr als einen
Anlaß dazu. Seine Tochter Beatrice, Mathias Corvinus'
Wittwe, wurde von ihrem zweiten Gemal, dem polnischen
Ladislav, zu dessen Erhebung auf den Thron von Ungarn sie
wesentlich beigetragen hatte, mit Auflösung der Ehe bedroht,
und es kostete ihren Vater Sorgen und Mühen in Menge,
eine Entscheidung hinzuhalten bei welcher seine eigene Ehre
wie die seines Hauses betheiligt war. Aber eine andere
Familienangelegenheit nahm den alternden König noch unendlich mehr in Anspruch. Die Ehe seiner Enkelin mit dem
jungen Herzog von Mailand wurde wenn nicht vornehmster

---

1) Burcard S. 154, 155.
2) Traité des droits du Roy Charles VIII. aux royaumes de
Naples, Sicile et Aragon, mis par escript en 1491 du commande-
ment du Roy par Léonard Baronnet maistre des comptes, bei Godefroy Histoire de Charles VIII., Preuves S. 675 — Ascanio M.
Sforza an den Herzog von Mailand, Rom 6. März 1486, Arch. stor.
Ital. Bd. IV. Th. II. S. 70.

doch nächster Anlaß zu einem Zerwürfniß, welches weit
hinaus über Paläste und Dynastien Verderben gesäet hat.
Der Gesandte, von dessen Eintreffen in Florenz zu Anfang
Mai 1490 die Rede war, sollte nach Mailand gehn, „um
in Erfahrung zu bringen, in welchem Verhältniß die Frau
Herzogin sich zu ihrem durchlauchtigsten Gemal befinde[1]."
Die ungünstigen Nachrichten über Gian Galeazzo Sforza's
Gesundheitszustand erwiesen sich als unbegründet, und Isabella
hatte bald darauf Hoffnung Mutter zu werden. Aber die
Dinge blieben unverändert. Gian Galeazzo, einundzwanzig-
jährig, war nur dem Namen nach Herzog. Nach wie vor
lag die Verwaltung in der Hand seines Oheims, der alle
Staatsämter und militärischen Chargen mit seinen Vertrauten besetzt hatte. Mit letzterem Umstande hing es zusammen,
daß schon im Juni 1488 Gian Jacopo Trivulzio, wie es
scheint vom Moro der Parteinahme für Gian Galeazzo be-
argwohnt, den mailändischen Dienst aufgegeben und eine vom
Könige Ferrante ihm angetragene Condotta angenommen hatte[2].

Die Lage verschlimmerte sich, als am 18. Januar 1491
Lodovico Sforza heiratete. Beatrice von Este war die nächste
Blutsverwandte Isabella's von Aragon, denn der Einen
Vater, der Andern Mutter waren Geschwister, aber das Verhältniß der jungen Frauen zueinander wurde bald ein un-
leibliches. Beatrice, um fünf Jahre die jüngere, schön und
geistig begabt und nicht minder ehrgeizig und stolz, erlangte
bald großen Einfluß auf ihren nunmehr vierzigjährigen Gemal, und wenn sie mit diesem in seinen hochstrebenden Plänen
Hand in Hand ging, vermochte sie ihn auch ihren Wünschen
inbetreff äußerer Stellung mehr nachzugeben, als vielleicht in
der Absicht des schlauen und versteckten Mannes lag. Bald

1) M. Manfredi Flor. 4. Mai 1490, bei Cappelli S. 307, 308.
2) Rosmini a. a. O. Bd. I. S. 189, Bd. II. S. 190.

kam es zwischen Isabella und Beatrice zu offnem Hader.
Die Herzogin von Mailand machte begreiflicherweise Anspruch
auf die erste Stellung: die Herzogin von Bari war nicht
gesonnen sich mit der zweiten zu begnügen. Lodovico's
Autorität erleichterte die Befriedigung ihrer Herrschaftsgelüste.
Mit steigender Ungeduld ertrug Isabella tägliche Kränkungen
wie die unwürdige Stellung ihres Gemals, von welchem uns
zu wenig bekannt ist, um über seine Stimmung wie über
seine Fähigkeiten ein sicheres Urtheil zu gestatten. Endlich
wandte sie sich an ihren Vater ihm ihre Lage darzustellen
und um Intervention zu bitten[1]).

Schon vom ferraresischen Kriege her waren Alfonso und
der Moro übel auf einander zu reden. Wenn auch in dem
Zerwürfniß zwischen dem Papst und dem Könige die Sforza
den Absichten Frankreichs gegen Ferrante keinen Vorschub
geleistet hatten, so war doch die Haltung des Moro zweideutig geblieben. Wäre es nach dem Sinn des Herzogs von
Calabrien gegangen, so stand schon um die Zeit, wo der
Abschluß mit dem Papste erfolgte, Italien in Flammen, denn
sein Rath war, mit dem Heere über den Tronto zu gehn
und Lodovico zur Niederlegung der usurpirten Gewalt zu
nöthigen. Der alte König scheute aber einen Schritt, der
unberechenbare Folgen nach sich zu ziehen drohte, umsomehr,
als des Moro genaue Beziehungen zu Frankreich, deren erste
Frucht das vollständige Aufgeben der französischen Ansprüche
an Genua zu Gunsten Mailands war, und florentinische
Ereignisse, deren bald gedacht werden wird, zu größter

---

1) Man findet bei Giovio wie bei Corio, und den Neueren
[Ratti Fam. Sforza, Bd. II. S. 63, Niccolini Lodovico Sforza
Trag. Opere Bd. I. S. 242] Isabella's Brief an ihren Vater, dessen
rhetorische Form in beiden von einander abweichenden lateinischen und
italienischen Exemplaren aber an nachgeahmte Documente erinnert.

Behutsamkeit mahnten. Statt der Waffen wurden Unterhand=
lungen versucht. Eine neapolitanische Gesandtschaft ging nach
Mailand [1]). Sie erlangte nichts als leere Worte. Lodovico
erwiederte, sein Neffe sei Herzog und genieße aller Vorrechte
seiner Würde. Er habe seit Jahren nur die Last der Ge=
schäfte getragen, die er niederlegen werde, sobald die Umstände
es erlaubten. Die einzige Folge der Verwendung war, daß
das ungeachtet des noch fortbestehenden ostensibeln Bünd=
nisses schon sehr gefährdete gute Einvernehmen zwischen den
Aragonesen und den Sforza den härtesten Stoß erlitt. An
Freundschaftsbetheurungen hatte es allerdings auf beiden
Seiten nicht gefehlt, und noch am 8. Februar 1492 [2]), nicht
lange vor der Absendung gedachter Ambassade, schrieb Fer=
rante seinem Gesandten in Mailand, er betrachte den Herzog
von Bari wie seinen eigenen Sohn (freilich hatte dieser seine
Enkelin geheiratet), seine Interessen wie die seinigen, und
ließ ihm zu seinem guten Einverständniß mit Frankreich
Glück wünschen. Lodovico il Moro, um sich die Fortdauer
einer Gewalt zu sichern, mit deren Verlust er früher oder
später bedroht war, verwickelte sich bei der Anwendung aller
Mittel seines versatilen erfindungsreichen Geistes wie in der
Selbsttäuschung des gesteigerten Bewußtseins seiner Superio=
rität über alle italienischen Herrscher, unrettbar in die
Machinationen, die das schwache politische Gebäude Italiens
über den Haufen warfen.

　1) Scipione Ammirato Buch XXVI. (Bd. II. S. 187).
　2) Codice Aragonese a. a. O. S. 38.

VI

Oppositions-Tendenzen.   Fra Girolamo Savonarola.

Vonjeher hatten die Medici sich auf den Clerus gestützt. Man würde ihnen Unrecht thun, schöbe man ihnen lediglich selbstische Absichten unter.   Noch andere und edlere Zwecke schwebten ihnen vor, als der, die Menge im Verein mit der Geistlichkeit leichter zu lenken.   Noch andere Beweggründe als Gewissensskrupel sind bei ihren Kirchen= und Klosterbauten bestimmend gewesen.   Mit einem Theile der Aristokratie repräsentirte der Clerus, namentlich der reguläre, noch viel= fach die höhere wissenschaftliche und literarische Bildung. Wie Cosimo fand sein Enkel im Umgang mit Camaldulensern, Dominicanern, Augustinern, Serviten Belehrung, Unter= haltung, geistige Anregung.   Wie Lorenzo aber die Bischof= sitze des Gebietes in der Hand zu halten suchte, brauchte er auch die Klostergeistlichkeit.   Er bediente sich ihrer unterderhand, um die Strömungen der Volksmeinungen und Volksneigungen zu erkennen und zu lenken.   Vermöge ihrer Constitution, ihrer bunten Zusammensetzung, ihres Zusammenhangs mit allen Classen, ihrer relativen Unabhängigkeit, war sie für ihn ein zuverlässigeres und zugleich ungefährlicheres Werkzeug, als die Laienvereine verschiedenster Art, die er durch seine Vertrauten, vornehme wie niedere beherrschte.   Diese konnten ihn selber durch Sectenwesen und Geheimbündlerei bedrohen, welche nachmals in manchen Fällen offenbar und von den Beherrschern Toscana's eifrig bekämpft worden sind. Die geistlichen Orden, wenn sie sich zur Förderung Mediceischer Zwecke hergaben, hatten noch einen Vorzug vor den Compagnien. Die vielfachen sie voneinander trennenden Eifersüchteleien und Feindschaften sicherten besser das Geheimniß der Beziehungen, und es liegt auf der Hand wie viel darauf ankam. Auch hierin findet die großartige Freigebigkeit gegen die Klöster eine Erklärung.

Dennoch wäre die Annahme, Lorenzo habe auf den Clerus unbedingt zählen dürfen, selbst für die Zeit, als seine Beziehungen zum Papstthum intim geworden waren, eine irrige. So die erwähnten Zerwürfnisse zwischen den geistlichen Orden waren ihm hinderlich, wie der in denselben herrschende demokratische Geist, der die Tendenzen des bestehenden Regierungssystems durchfühlte, auch da wo dasselbe scheinbar volksthümliche Zwecke begünstigte. Ein innerer Widerspruch mußte sich aber auch stärker entwickeln, wenn eine ernstere Gesinnung wieder mehr Boden gewann, wie die frommen Oberhirten Antoninus und Orlando Bonarli sie einst gefördert, während ihre Nachfolger, unter denen der florentinische Sprengel meist durch Vicare verwaltet wurde, nichts in deren Sinne gethan hatten. Es war um das Jahr 1490 als gegen das Genußleben und weltliche Treiben eine Opposition wenn nicht begann doch kühner hervortrat, deren spätere Tragweite und Wirkungen niemand voraussehn konnte, die sich jedoch alsbald in einer Weise kundgab, welche die Aufmerksamkeit dessen auf sich ziehen mußte, der zu gewohnt war die Dinge zu lenken, und in der Beurtheilung der geistigen Tendenzen zu viel Uebung und einen zu feinen Tact besaß, um nicht die Vorboten einer conträren Strömung zu erkennen. Er mußte

ihre Bedeutung umsomehr ahnen, da sie sich auf einem Gebiete kundgab, welches er ebensowie das politische und das
literarische zu beherrschen glaubte, das sich aber seinem Einfluß entzog, sobald die vorherrschende materialistische Richtung
durch innerliche sittliche Regungen und Anschauungen bekämpft
wurde. Ein Widerstand der den Medici am gefährlichsten ward,
weil er aus dem künstlich unterdrückten oder eingeschläferten,
dann zu neuem Leben wiedererwachten moralischen Bewußtsein des Volkes seine beste Kraft zog, und sich deshalb auch,
lange nachdem er besiegt schien, am nachhaltigsten und zähesten
erwies. Es war das Geschick der Medici, daß dieser Widerstand von einem Boden ausging, den sie längst als ihren
eigenen zu betrachten, gewissermaßen als ein Erbgut zu behandeln sich gewöhnt hatten.

In das Kloster von San Marco war im J. 1482 ein
Ordensbruder eingetreten, welchen der zu jener Zeit seine
Vaterstadt Ferrara umtobende Kriegssturm zum Aufsuchen
eines ruhigeren Wirkungskreises über den Apennin trieb, ohne
daß er ahnte, welchen andern Stürmen er hier entgegengehn
würde. In Padua erinnert die Porta Savonarola an die benachbarten Wohnungen einer edlen Familie, und im Prato della
Valle steht die Statue Antonio Savonarola's, der um die
Mitte des dreizehnten Jahrhunderts die Vaterstadt mannhaft
vertheidigte. Im J. 1440 wurde Michele Savonarola nach
Ferrara berufen, wo er vom Markgrafen Lionello von Este
mit dem Bürgerrecht beschenkt, als Leibarzt und Lehrer an
der Hochschule wie als Schriftsteller in hohem Ansehen
stand [1]). Sein Sohn Niccolò heiratete Elena Bonacossi, deren

---

1) N. L. Cittadella, La nobile Famiglia Savonarola in Padova
ed in Ferrara, Ferrara 1867. Vf. La Casa di Fra Girolamo Savonarola in Ferrara, ebdf. 1873. [Das Haus, in welchem Fra Girolamo
zur Welt kam, wurde später in eines der Strozzi hineingezogen das gegen-

männlicher Geist auf ihren Sohn Girolamo überging, welcher
den Namen seines Geschlechts in aller Welt berühmt gemacht
hat. Dreiundzwanzigjährig trat dieser Sohn ohne Vorwissen
der Eltern im Frühling 1475 zu Bologna in den Prediger=
orden. In einem Schreiben an den Vater erklärte und recht=
fertigte er den Schritt mit dem Angstschrei seiner Seele wider
die Verweltlichung, der er Italien anheimgefallen sehe. „Ich
konnte das tiefe Verderben des verblendeten Volkes, die Unter=
drückung der Tugend, die Erhöhung des Lasters nicht mehr
anschauen; es war meine unsägliche Qual, und täglich flehte
ich zu Gott, er möge mich hinwegnehmen aus diesem Pfuhl.
Jetzt hat er in seiner unendlichen Güte mir diese Gnade
erzeigt troz meiner Unwürdigkeit." Aber es war nicht blos
die Verweltlichung des Laienstandes was ihn schreckte: das
Verderben in der Kirche stand in noch grelleren Farben vor
seinem Geiste, und er beklagte es in seinen Dichtungen,
phantasiereiche hochfliegende Ergüsse einer vom Feuer der Liebe
erfüllten, vom Bewußtsein der Nothwendigkeit der Besserung
durchdrungenen, von der Ahnung des nahenden Gerichts ge=
ängsteten Seele [1]. Seine anfängliche Absicht war, sich viel=
mehr dem Lehramt als dem der Predigt zu widmen, aber im
siebenten Jahre nach seinem Eintritt in den Orden wurde er
nach seiner Vaterstadt gesandt, wo er wie ein Fremder
lebte, selbst die nächsten Angehörigen selten sah, als Redner
wenig Beachtung fand. Dennoch muß es ihm an Beredsamkeit

---

wärtig der Gemeinde gehört.] P. Villari, La storia di Girolamo
Savonarola, Flor. 1859—61. — Gegen 1816 erlosch der paduanische, 1544
der ferraresische Zweig.

[1] Unter den von Cesare Guasti nach den im Hause Borromeo
zu Mailand befindlichen Autographen herausgegebenen Poesie di Fra
Girolamo Savonarola. Florenz 1862, vor allem die um 1475 gedichtete
Canzone: De ruina Ecclesiae („Vergine casta, benchè indegno figlio
- Pur son di membri dell' eterno Sposo".).

nicht gefehlt haben wenn er eines Tages von Ferrara nach Mantua fahrend, auf die mit ihm in der Barke befindlichen spielenden und lästernden Kriegsknechte durch seine Mahnung solchen Eindruck machte, daß sie reuig vor ihm auf die Kniee fielen.

Die von Fra Girolamo in Florenz gefundene Aufnahme war nicht ermuthigend. Der Mann und die Stadt konnten einander nicht anziehen. Ersterer neigte sich mehr und mehr zur Ascese, letztere zu Genußsucht hin. Jener hielt sich vor allem an die heilige Schrift und entwickelte die Lehren derselben in zwar schwungvoller aber ungeschminkter Sprache deren rauhe und nachlässige Form durch seinen lombardischen Accent, sein heiseres Organ, und die Heftigkeit seines Vortrags nicht gewann; diese theilte das allgemeine Loos, von der Bibel wenig zu wissen, und war an geistliche Redner gewohnt, bei denen die Kunst der Phrase an den feinen Ton der literarischen Palästra erinnerte. Im eigenen Kloster fand der Fremde geringen Anklang. Das Philosophiren überwog in der Unterhaltung, und dem Ferraresen, dessen Jugendbildung doch auch eine philosophische gewesen war, mochte die Verwendung der altclassischen Weltweisheit Bedenken wecken. Die Wirkungen des doppelten Zwiespalts konnten nicht ausbleiben. Bei den Fastenpredigten des J. 1483 in San Lorenzo war die Zuhörerzahl äußerst gering. Savonarola machte sich selber keine Illusion über die Mängel seines Vortrags. Die mich damals gekannt haben, sagte er zehn Jahre später, wissen daß ich weder Stimme noch Brust hatte und vom Predigen nichts verstand, so daß ich Allen zur Last wurde. Es bedurfte für ihn noch längerer Lehrzeit. Zwei Jahre hindurch predigte er während der Fasten zu San Gemignano. Dann wurde er nach Brescia berufen, wo er im J. 1486 die Predigten über die Apokalypse hielt, welche zuerst seinen

Ruf in weiteren Kreisen verbreiteten und mit ihrer Verkündigung göttlicher Strafgerichte und Mahnung zur Buße sechsundzwanzig Jahre später dem Volke wieder lebendig vor die Seele traten, bei der Plünderung durch das französische Heer, deren Greuel in christlichen Zeiten selten erreicht worden sind. Ein in Reggio gehaltenes Ordenscapitel brachte ihn in Berührung mit Giovanni Pico, und dieser gewann ein solches Interesse an dem kühnen und schwungvollen Redner, daß er dessen Rücksendung nach Florenz durch Verwendung Lorenzo's be' Medici veranlaßte. Im J. 1490 traf er wieder in San Marco ein, um dort jene Thätigkeit zu beginnen, die in der kirchlichen wie in der politischen Geschichte Italiens eine so tiefe wie breite Spur zurückließ, und, wenn sie nicht immer, ohne seine Schuld zu harten Kämpfen führte und ihn endlich zum Märtyrer machte, sein Haupt mit einer Aureole umgab, die vor keiner Widerrede und keinem Wechsel von Zeiten und Ansichten erblichen ist.

In Florenz fand Savonarola einen Nebenbuhler, sein rechtes Widerspiel in Vortrag und Meinungen. Fra Mariano von Genazzano stammte aus dem am Abhang der Aequer- und Hernikerberge gelegenen Orte, welchem der mächtige Palast der Colonna Bedeutung verleiht. Dem Augustiner-Eremitanerorden angehörend, weilte er im Kloster von Sto Spirito, bis Lorenzo be' Medici, bei welchem er sich in Gunst zu setzen verstanden hatte, vor dem Thore San Gallo, wo eine alte Kirche mit einem damals verfallenen Spital und Findelhaus lagen, ein großartiges Kloster errichten ließ. Im Herbste 1529 dem Erdboden gleich gemacht, als der Kaiser und ein Mediceischer Papst ihre Heere gegen Florenz sandten, ist dieser Bau spurlos verschwunden, und die Baumreihen und Boskete des Spaziergangs, den man das Parterre nennt, wie die an ein unter den Trümmern stehn gebliebenes Tabernakel erinnernde kleine Kirche

der Madonna della Tosse nehmen dessen vormaligen Raum ein [1]).
Um das J. 1488 muß das Kloster vollendet gewesen sein, und
Lorenzo, der es mit einer gewählten Büchersammlung versah,
besuchte es oft mit vertrauten Freunden und unterhielt sich
gerne mit Fra Mariano über philosophische und theologische
Fragen. Es ist begreiflich daß der Augustinermönch zu sagen
pflegte, er habe unter so hochstehenden Männern keinen so
gottesfürchtigen gekannt. Als Prediger war Fra Mariano in
demselben Maße der Mann des Volkes wie der Literaten. Er
war klein von Gestalt, aber seine Stimme war voll und wohl-
klingend, seine Aussprache angenehm; er erschreckte und er-
heiterte, machte weinen und lachen. Angelo Poliziano schildert
den Eindruck welchen Haltung, Miene, Gebehrden, die ganze
Erscheinung auf ihn machten, sonore Stimme, gewählter Ausdruck, majestätische Sentenzen, daneben Kunst des Phrasenbaus,
Harmonie der Cadenzen, Bilderreichthum, Klarheit und Macht
der Gegensätze, Anmuth der Erzählungen, leichter Wechsel der
Stimmung, welcher der Monotonie vorbeugte. Das Bild,
welches er von diesem geistlichen Redner, an dem er nur die
bei einem weltlichen wünschenswerthen Eigenschaften rühmt,
in Bezug auf dessen Haltung in Leben und Umgang entwirft,
zeigt daß dieser der rechte Mann war, die Klippen zu um-
schiffen welche Fra Girolamo bedrohten: „Ich habe ihn
wiederholt auf der Villa getroffen und mich in vertraute
Unterhaltung mit ihm eingelassen. Einen zugleich einnehmen-
deren und behutsameren Mann habe ich nie gekannt. Weder
stößt er mit übermäßiger Strenge zurück, noch täuscht und
verführt er durch übertriebene Nachsicht. Manche Prediger
halten sich für Gebieter über Leben und Tod der Menschen.
Indem sie ihre Gewalt mißbrauchen, schauen sie stets mit

---

1) Moreni Contorni di Firenza, Bd. III. S. 34 ff. Vgl. oben S. 195

finsterm Blick und ermüden durch fortwährenden Sitten-
richterton. Dieser jedoch ist ein Mann der Mäßigung. Auf
der Kanzel strenger Censor, ergeht er sich, von derselben herab-
gestiegen, in gewinnenden freundlichen Reden. Deshalb gehen
ich und mein trefflicher Pico viel mit ihm um, und nichts
erfrischt uns so wie seine Unterhaltung nach unsern literarischen Arbeiten. Lorenzo de' Medici aber, dieser geübte Menschen-
kenner, legt an den Tag wie er ihn hochhält, nicht nur indem
er ihm ein prächtiges Kloster gebaut hat, sondern mehr noch
indem er ihn oft besucht, während er die Unterredung mit ihm
beim Lustwandeln jeder andern Erheiterung vorzieht" [1]).

Wenn Savonarola's Biograph, Fra Pacifico Burlamacchi, an Fra Mariano mehr die Eloquenz als die Doctrin
rühmt und dessen für das Volk berechnete oratorische Kunst-
stückchen schildert, so fällt er ohne Zweifel ein richtiges Urtheil.
Aber die Virtuosität des Mannes muß doch nicht gering gewesen
sein, wenn Girolamo Benivieni einst zum Ferraresen sagen
konnte: „Vater, eurer Lehre läßt sich Wahrheit, Nützlichkeit,
Nothwendigkeit nicht absprechen. Aber euer Vortrag ermangelt
der Anmuth, namentlich da man täglichen Vergleich mit Fra
Mariano anstellen kann". Worauf der Angeredete erwiederte,
die Eleganz des Ausdrucks müsse der Einfachheit des Predigens
gesunder Doctrin weichen [2]). Doch es währte lange, ehe

---

1) Angelo Poliziano an Tristano Calco, Florenz 22. April 1489 (Fra
Mariano predigte damals in Mailand). Polizian hatte schon, worauf
er sich in diesem Schreiben bezieht, in der Einleitung zu seinen Mis-
cellaneen die Gelehrsamkeit, Eloquenz und Sitten des Augustiners gerühmt.
Niccolò Valori spricht von ihm, a. a. O. S. 176. Vgl. Tiraboschi Bd. IX. (VI. 3.) S. 1677—1685.

2) Baluz. Miscellan. ed. Mansi Bd. I. S. 530. [„A sua posta
(Fra Mariano) aveva le lagrime, le quali cadendogli dagli occhi per
il viso, le raccoglieva talvolta, et gittavale al populo.] Benivieni
über Savonarola's Lehre und Weissagungen, Brief an P. Clemens VII.
(Villari Bd. I. S. 70.)

Savonarola durchdrang. Noch als sein Ansehen in raschem
Steigen war, schaarten sich die Bewunderer um Fra Mariano,
und Fürsten wie Gemeinden wandten sich an Lorenzo de'
Medici mit der Bitte, dem Augustiner, den man wie zu
seinem Hause gehörig zu betrachten schien, die Erlaubniß zu
ertheilen, bei ihnen zu predigen. Lodovico il Moro bewarb
sich darum, nicht blos als persönliche Gunst sondern weil
Stadt und Volk auf Erfüllung eines Versprechens harrten,
und die Consuln des sabinischen Norcia, der Heimat Sanct
Benedicts nannten in ihrem Schreiben Fra Mariano den
Engel Gottes auf Erden[1]).

Es scheint daß Fra Girolamo durch frühern Mißerfolg
auf diesem Boden und den noch immer steigenden Succeß
des Augustiners entmuthigt, anfangs sich auf den philosophischen und theologischen Unterricht der Novizen zu beschränken
dachte. Seine kurzen philosophischen Compendien, heute
vielleicht nur wegen des aus ihnen hervorleuchtenden Geistes
des Rechts und der Nothwendigkeit der Forschung an Stelle
des Autoritätsglaubens in menschlicher Wissenschaft, und des

---

1) Die Schreiben der Gemeinde Norcia und des Moro vom 1. Mai
1489 und 10. Jan. 1490 im Med. Archiv. mögen hier, als für Zeit
und Stimmungen bezeichnend, im Original folgen;

„Magnifice vir tanquam frat. hon. sal. Inteso lo affettuoso scri-
vere di Vostra Magnificenza circa lo venire dello Angelo de Dio
in terra Magistro Mariano de Genazano in questa notra patria
ringratiamo quella infinitamente della bona et accurata diligentia
usata che de sua paternità ne sia suta fatta copia per alcuno jorno.
Et de bel novo la preghiamo ex intimis, se digne interponere le sue
parti et operare, che per questa vostra mezanità satisfaccia allo nostro
honesto et ardente desiderio. e godiamo la presentia de tanto padre.
Che lo receperimo ad tanta singolar gratia quantamai potessimo
recepere per una fiata dalla M. V. alla quale per la grande et
antiquata benevolentia, che semper avemo postata ad quella et sun
inclyta essa, et offeremo di continuo paratissimi in tucte cose

analytischen Fortschritts vom Bekannten zum Unbekannten
beachtenswerth, seine kleineren ascetischen wie moralischen
Tractate gehören großentheils in die ersten Zeiten nach seiner
Rückkehr.   Schon verkündete sich in ihnen der mystische
Enthusiasmus, welcher bald mehr und mehr in Predigten,
Bibelerklärungen, größeren Schriften, Dichtungen hervorbrach.
Im Verein mit diesem Mysticismus zeigte sich auch bald das
Bestreben, Ansichten wie Verkündigungen der Zukunft mit
der Autorität der h. Schrift zu decken, die er vielleicht besser
kannte als Irgendeiner seiner Zeit, in deren Interpretation
er aber eine Freiheit walten ließ, die er mit vollkommner
Ehrlichkeit anwandte, die jedoch Bedenken wecken mußte, weil
sie ein schrankenloses Feld eröffnete, auf welchem eine erhitzte
Phantasie oder Nebenabsichten irre führen konnten; eine Gefahr, um so größer, da er bald sich vorzugsweise der Apokalypse zuwandte. Es war im Sommer 1490, als verschiedene Bürger um Zulassung zu den Lehrstunden der Novizen
nachsuchten.   Da die Klosterräume zu eng waren, setzte er
die Vorträge erst im Hofraum, dann bei rascher Zunahme
der Zuhörerzahl vom 1. August an in der Kirche fort.   Ein
Rosenstrauch bezeichnet bis auf unsere Tage die Stelle, wo
Fra Girolamo im Klosterhofe lehrte, während die jüngste

---

concernenti la exaltatione di quella. Nursie die 1. Maii 1489. Vri Con-
sules populi vetuste Nursie."

    „Magnifice tamquam frater honorande. Se devi ricordare la
Magnificenza Vostra de la promesa che me fu facta l'anno passato,
che 'l venerando maestro Mariano de l'ordine heremitano venesse a
predicar l'ano presente in questa città, et desiderando io summa-
mente che li venghi per satisfactione mia et per la promessa et
speranza che ne è data a questo populo de la venuta sua qua, prego
la M. V. che per mio rispecto non vogli manchar de fargli omne
persuasione et conforti ad ciò che 'l venga, perche per una cosa non
me poria far la più grata, offerendomi a tucti li soi piaceri. Datum
Mediolani X. Jan. 1490. Frater Ludovicus Maria Sfortia Vicecomes."

Zeit hier seine Statue zu errichten beschlossen, in der von ihm bewohnten Zelle sein Brustbild aufgestellt hat. Denkmale dessen, der da wo Alles an ihn erinnert, keines Denkmals bedurfte, jedenfalls aber Zeugnisse der Verehrung, welche die Nachwelt ihm, unbeirrt durch Schwächen und Irrthümer zollt.

Die einmal eingeschlagene Richtung mußte bald weiter führen, als sich berechnen ließ und vielleicht in der Absicht lag. Die durch Fra Girolamo's Reden hervorgebrachte Wirkung ist erklärlich, wenn man deren Charakter mit jenem der gewohnten geistlichen Eloquenz vergleicht und zugleich die herrschenden Stimmungen in Anschlag bringt. In beiden Fällen begegnen wir eigenthümlichen Contrasten. Zugleich mit gekünstelten wortprangenden Reden war man gewohnt die populären Predigten der Nachfolger Bernardino's von Siena zu vernehmen, neben der oft eindringlichen einfachen Moral ein Gemisch von abstruser Scholastik, Ascetik und Erzählungen, für die Menge berechnet welcher ein Theil des Inhalts dennoch fremd blieb, während sie bald weinte bald lachte und sich in den gewohnten Anschauungen von den Devotions-Praktiken und Werken bestärkt fand, die den Schwerpunkt zu oft in Aeußerlichkeiten zu legen drohten. Die Herrschaft wozu die von den Medici begünstigten Tendenzen, moralische wie politische, beim Volke gelangt waren, erwies sich jedoch bei weitem nicht so durchgreifend, daß nicht wiederstrebende Ansichten Raum gewonnen hätten, deren innere Kraft mit dem äußern Widerstande wuchs auf den sie stießen. So Stoffe wie Beweisführung und Vortrag des Dominicaners waren von der Art, daß sie auch auf Gegner Eindruck machen mußten. Die Bibel war für die Meisten, Prediger wie Zuhörer, ein verschlossenes Buch. Ward das Buch aufgeschlagen, so wurde sein Wort lebendiger Quell,

der sich als gewaltiger befruchtender Strom ergoß, die
Wunderkraft entfaltend die ihm nimmer, wo es vernommen
ward, gefehlt hat. Savonarola war sich dieser Kraft vollkommen bewußt. Wenn er fehlte, ging es aus dem geraden
Gegentheil dessen hervor was man bei den Andern fand.
Ihnen mangelte das Gefühl, die rechte Erkenntniß dessen,
was ihrer Lehre den wahren, tiefen, für alle Zeit geltenden
Inhalt geben konnte. Ihm mangelten Maß und Fähigkeit
das Erkannte und Gewonnene und dabei sich selber zu beherrschen. Dies ist die Klippe gewesen, an der er endlich
scheiterte. Ein Mann, dessen Jugend in die Jahre von Fra
Girolamo's durchgreifendster Wirksamkeit fiel, frühe mit
offnem Blick für Alles um ihn Vorgehende, Francesco Guicciardini, zehnjährig als Lorenzo de' Medici starb, spricht von
der natürlichen, nicht gesuchten Eleganz der Predigten die er
hörte und las, und bemerkt, nie sei ein in der h. Schrift so
bewanderter Mann gesehn, nie solche Fülle verbunden mit so
bleibendem Eindruck gefunden worden[1]). Wie dieser aber in
späteren Zeiten, als seine Anklagen gegen die Corruption in
der Kirche in dem unwürdigen Haupte derselben ein persönliches Ziel suchten und fanden, in der Feindschaft anderer
religiösen Genossenschaften auf ein Hemmniß stieß, das nicht
wenig zu seiner Katastrophe beitrug, so hatte er längst schon
Contraste geweckt, die zum Theil, weil sie rein innerlichen
Grund hatten, unvermeidlich waren, während eine in ihrem
Enthusiasmus minder schroffe Natur manchem die Spitze hätte
abbrechen können.

Die große Zeit Fra Girolamo's lag noch ferne. Thätigkeit und Einfluß auf dem Felde des sittlichen Lebens, durch

---

1) Die Storia fiorentina enthält in Kap. XII—XVII manche Urtheile über Savonarola, die in Betracht der Stellung und übereinstimmenden Ansichten des Verfassers von besonderer Wichtigkeit sind.

Predigten, Unterweisung im Kloster, wie durch seine und
seiner Schüler Einwirkung auf alle Stände fingen aber bereits
in jenem Jahre Wurzel zu schlagen an, als er ernstere Leute,
Männer wie Jünglinge, in San Marco um sich versammelte und dem überwiegend auf sinnlichen Genuß berechneten
Treiben entgegenzuwirken sich anschickte, welches die Energie
des Volkes zu lähmen drohte. Eine Thätigkeit und ein Einfluß, welche, nachdem ihr vornehmster Urheber und Träger
persönlich unterlegen, sein Werk aber nur scheinbar vernichtet
war, der eben genannte Historiker, ohne über den Charakter
des Mannes mit sich einig zu sein, in warmen Worten
schilderte. „Was er für Sittenverbesserung gewirkt, war
wunderbar und heilig. Nie hat in Florenz solche Ordnung
und Gottesfurcht geherrscht, wie zu seiner Zeit, während die
nach seinem Tode eingetretene Verschlimmerung an den Tag
legt, wie Alles sein Werk, Frucht seines Bemühens war.
Oeffentlich spielte man nicht mehr, im Innern der Wohnungen nur mit Scheu; geschlossen waren die Tavernen, ge-
wohnte Schauplätze des wüsten Treibens einer ausgearteten
Jugend; die schlimmsten Laster waren infolge des geweckten
Abscheus unterdrückt. Die meisten Frauen legten die anstößigen
Trachten ab; die Jugend war der Verwilderung entzogen
und zu gesittetem Leben angeleitet, während sie compagnien-
weise die Kirchen besuchte. Spieler und Gotteslästerer wie
lüderliche Weiber liefen Gefahr, mit Steinwürfen verfolgt
zu werden. Im Carneval wurden Spielkarten, Würfel, un-
anständige Bilder und Bücher gesammelt und auf dem Platze
der Signorie verbrannt, und an dem früher jeder Ausge-
lassenheit gewidmeten Tage fand ein großer kirchlicher Umzug
statt. Die älteren Leute wandten sich religiösem Leben zu,
besuchten fleißig Messe, Vesper, Predigt, empfingen die Sa-
cramente, zeichneten sich durch Wohlthätigkeit aus. Zahl-

reiche Jünglinge aus den ersten Häusern, mit ihnen Männer in reiferen Jahren traten in den Predigerorden ein. In Italien hat man nie ein Kloster gesehen wie das von San Marco, wo der treffliche Unterricht in der lateinischen, griechischen und hebräischen Sprache und Literatur dem Orden neue Zierden zu bereiten verhieß."

Wenn in der letzten Lebenszeit Lorenzo's be' Medici eine Thätigkeit, welche solchen Wechsel herbeiführte und ein Verdammungsurtheil über ein Jahrelang mit gleicher Gewandtheit und Beharrlichkeit durchgeführtes System aussprach, erst im Beginnen war, so mußten doch schon ihre Anfänge den scharfsinnigen Mann zum Nachdenken auffordern. Bereits vor dem gedachten Jahre 1490 hatten sich ähnliche Symptome gezeigt, von denen es wenn nicht gewiß, doch höchst wahrscheinlich ist, daß sie mit Savonarola's frühestem Wirken zusammenhingen. Polizians Prolog zu den im Mai 1488 aufgeführten Menächmen des Plautus enthält eine heftige Diatribe gegen die Tadler dieser scenischen Darstellungen, solche, die sich gegen das Verwenden der Jugend zum Recitiren der nur zu oft schlüpfrigen Verse des classischen Lustspiels aussprachen [1]). Es sind Klosterbrüder welche der Dichter angreift, Klosterbrüder die seinem Fra Mariano nicht glichen.

> „Die uns verklagen, arge Comödianten sind's,
> Anscheinend Heil'ge, Schlemmer inderthat,
> Vor Allen jene rohen Polternden,
> In Kutten und Sandalen Strickungirteten,
> Ein naseweis zugleich und störrisch Vieh,
> Durch Lebensart sich sondernd ab und Tracht,
> Heilmittel uns verhandelnd trüben Blicks,
> Anmaßend sich Censur und Tyrannei,
> Durch Drohungen zu ängstigen das Volk."

---

[1] Prose volgare inedite etc. S. 283. Vgl. oben S. 430.

Wer erkennt nicht in diesen in Lorenzo's de' Medici Gegen=
wart vorgetragenen Versen das Vorhandensein der Oppo=
sition, die mit jedem Jahre an Stärke zunahm und von
deren Einfluß auch manche derjenigen nicht frei geblieben
zu sein scheinen, die zur herrschenden Partei hielten. Als
während der Fasten des J. 1491 Fra Girolamo, des nun
auch für die Klosterkirche übermäßigen Andrangs wegen, in
Sta Maria del Fiore zu predigen begann, die Zuhörerzahl
täglich wuchs, die Eindrücke der Vorhersagungen nahender
Uebel und Strafen immer lebendiger wurden, schien es Lo=
renzo gerathen, einer sich steigernden Aufregung zu steuern zu
suchen, die seinem Wirken wie seinem Einfluß Gefahr zu bringen
drohte. Denn in diesen Prophezeihungen nahender Straf=
urtheile lag eine mehr als indirecte Anklage der gegenwärtigen
Zustände, und die durch 'den Prediger geförderte ernstere
Richtung mußte manche der Mittel, die zur Aufrechthaltung
dieser Zustände dienten, ihrer Kraft berauben.

Fünf der angesehensten Bürger der herrschenden Partei,
Männer, die mit Einer Ausnahme nachmals selber dem ge=
waltigen Einfluß Savonarola's verfielen, Domenico Bonsi,
Guid' Antonio Vespucci, Paol' Antonio Soderini, Bernardo
Rucellai und Francesco Valori begaben sich nach San Marco,
den Prediger zur Mäßigung zu mahnen. Dieser aber er=
wiederte ihnen, sie möchten Lorenzo, der sie gesandt, zur Buße
für seine Sünden ermahnen; Gott verschone keinen. Und
auf die Warnung, daß Exil ihn treffen könne, antwortete er,
Lorenzo sei florentiner Bürger, er ein Fremder, aber Jener
werde gehn, er bleiben. Er sagte Lorenzo's baldigen Tod
wie den des Papstes und König Ferrante's voraus. Das
steigende und sehr erklärliche Mißvergnügen unter den Medi=
ceischen Parteigenossen, das ihm nicht verborgen bleiben
konnte, veranlaßte ihn doch, die zu häufigen aufregenden

34*

Weissagungen einstellen und sich mehr auf moraltheologische
Vorträge beschränken zu wollen. Sein ungestümer Geist riß
ihn jedoch wieder fort. Ein Glück für ihn, hätte er Mäßi=
gung gekannt. Aber wie sein zugleich glanzvoller und regel=
loser Bilderreichthum vielmehr verwirrend und betäubend als
erhebend wirkt, wie der Schrecken seines Fluches sich durch
Wiederholung abstumpft, wie die Vorschriften zu christlichem
Leben sich zu einer Ascetik steigern die den innern Wider=
spruch in dem eignen Uebermaß birgt, wie seine in Grund=
zügen und Anwendung wahrhaft evangelische Lehre von ihrer
eindringlichen Wirkung einbüßt indem sie sich auf fremdes
Gebiet verliert, so ging es auch mit seiner Haltung im Leben.
Er reizte unnöthig, ja zwecklos. Die Verdienste der Medici
um das Kloster wie um den ganzen Orden hatten ein Clientel=
Verhältniß begründet, in welchem nichts Anstößiges lag,
wenn auf beiden Seiten jenes Maß beobachtet wurde, für
welches einst Cosimo's Behutsamkeit, jetzt Lorenzo's Tact und
Weltklugheit bürgten. Der neuernannte Prior pflegte dem
Haupte des Hauses einen Besuch abzustatten. Fra Girolamo,
im Juli 1491 gewählt, weigerte sich dessen. „Nur von Gott,
sprach er, erkenne ich meine Wahl: ihm allein gehört meine
Obedienz." Es ist begreiflich, daß Lorenzo es ihm verdachte
und nun seinerseits in Worten zu weit ging. „Ein Fremder
ist in mein Haus gekommen, und würdigt mich nicht eines
Besuches." An seinem Verhalten dem Kloster gegenüber
änderte er aber nichts. Er sandte wie früher Geschenke und
Geld. Einmal fand man Goldgulden im Almosenstock der
Kirche. Fra Girolamo, der schon auf der Kanzel anzügliche
Bemerkungen gemacht hatte, ließ das Gold den Buonuomini
von San Martino zustellen, indem er sagte, dem Kloster
genüge Silber und Kupfer. Wenn Lorenzo, wie er wol zu
thun pflegte, im Klostergarten lustwandelte, ließ der Prior

sich nie sehen. Seine Bewunderer haben ihm sein Verfahren, gegenüber einem Manne von dem ihn ein tiefer innerer Zwiespalt trennte, zum Lobe angerechnet. War es seine Absicht, statt auf diesen Mann in seinem Sinn zu wirken und andere Zustände einzuleiten, einen gewaltsamen Conflict herbeizuführen, so hatte er Recht.

Lorenzo de' Medici hat sich Savonarola gegenüber stets verständig benommen. Die Biographen des Dominicaners berichten, der mächtige Mann, von diesem zurückgewiesen, habe Fra Mariano veranlaßt, ihn auf der Kanzel anzugreifen. Es bedurfte wol solcher Anregung nicht. Der die Beiden trennende Zwiespalt war älter als die Personen; der Antagonismus der Orden fand nur individuellen Ausdruck in den grundverschiedenen Männern. In der am Himmelfahrttage gehaltenen Predigt über den Text: „Nicht an euch ist es, Zeiten und Momente zu kennen", verklagte der Augustiner den Prior von San Marco als falschen Propheten, Aufwiegler des Volkes, Anstifter von Aergerniß und Unordnung. Seine Heftigkeit und die gehäuften Persönlichkeiten sollen sein zahlreiches Auditorium verletzt, ihn selber um seinen oratorischen Ruhm gebracht haben. Sieben Jahre später, als der römische Hof wegen der florentiner Vorgänge in äußerster Aufregung, Savonarola im Kirchenbann, seine Sicherheit ja sein Leben nur von dem momentanen Ueberwiegen dieser oder jener Partei in der leidenschaftlich bewegten, schon mit edlem Bürgerblut befleckten Stadt abhängig war, predigte derselbe Fra Mariano in Sant' Agostino in Rom mit solcher Maßlosigkeit und dem Aufwande banalster Ausdrücke gegen den Verhaßten, daß, nach dem Urtheil selbst ungelehrter Zuhörer, seine Rednergabe in Parteigeist aufgegangen schien, und die anwesenden Cardinäle sich von ihm abwandten. Eine Widerlegung der Lehren des Dominicaners hatten sie erwartet, und

vernahmen nichts als tobende Anklagen mit pöbelhaften
Gesten [1]). „Wollt ihr einen Mönch kennen lernen, so befragt
einen Mönch". So sprach der Augustiner selbst zu seinem
Auditorium. Nach dem in Florenz erfolgten persönlichen
Angriff soll Fra Mariano, scheinbar über seine Niederlage
sich hinwegsetzend, seinen Nebenbuhler nach San Gallo eingeladen haben, wo Beide ein feierliches Amt mit einander
celebrirten und gegenseitige Höflichkeiten austauschten. Die
Erzählung stimmt aber wenig mit dem Charakter Savonarola's und mit der Offenheit, welche dessen Biographen in
seinen Beziehungen zu Lorenzo de' Medici an ihm rühmen.

1) Lettera di un Anonimo circa alcune prediche fatte da Frà
Mariano da Genazzano in Roma, bei Villari Bd. II. S. CLXXVI.

VII.

Veröffentlichung der Cardinalswürde Giovanni's de' Medici.

Es war ein verständiger Entschluß Lorenzo's, für seinen Sohn Giovanni Pisa zum Aufenthaltsorte zu wählen. Wie unablässig seine Sorge war, diese unglückliche Stadt wiederzuheben und, soviel an ihm lag, die tiefe Kluft zwischen ihr und Florenz auszufüllen, haben wir gesehen. Dem Jüngling aber bot Pisa nicht nur in seinen gelehrten Männern reiche Hülfsquellen für wissenschaftliche Ausbildung dar: es gewährte ihm auch die nöthige Ruhe, die er, namentlich unter obwaltenden Umständen, während seine Erhebung zu so hoher Würde ein öffentliches Geheimniß war, in dem stets mit Freunden und Clienten gefüllten Vaterhause nicht finden konnte. Philosophie und Recht scheinen neben den schönen Wissenschaften die vornehmsten Studien Giovanni's gewesen zu sein, dessen ganzes nachmaliges Leben andeutet, daß Theologie ihn nicht sehr in Anspruch nahm. Filippo Decio und Bartolommeo Sozzini waren seine hervorragendsten Lehrer im bürgerlichen und Kirchenrecht. Sein lebendiger Geist fand in den Studien reiche Nahrung, und die ungewöhnliche Befähigung in literarischen Dingen die er stets an den Tag gelegt hat, abgesehen von seinem von dem Vater geerbten

sichern Geschmack und von der vollkommenen und raschen
Handhabung der lateinischen Sprache, zeigt zur Genüge daß
er seine Zeit hier ebensowenig verlor wie einst auf der Villa
und im florentiner Hause. Auf die Latinität hat er stets
großen Werth gelegt, wovon die Wahl seiner Geheimschreiber,
als er Papst geworden, Zeugniß giebt und wenn er in einem
Breve vom J. 1517 von Bereicherung der lateinischen Sprache
redet, so bezieht sich dies wol ebenso auf die gemehrte Veröffentlichung ihrer Meisterwerke, wie auf die Bemühungen,
im Sinne Polizians dieser Sprache, statt der Beschränkung
auf bloße Nachahmung, Anwendung für die Zwecke moderner
Wissenschaft und des Lebens ohne Verletzung der Classicität
zu sichern. Seines Erziehers Bernardo Michelozzi wurde
schon gedacht. Als seine Lehrer im Griechischen werden
Chalkondylas und Petrus von Aegina genannt. Sein steter
Begleiter war Bernardo Dovizi, auf welchen er das Vertrauen übertrug, welches Lorenzo dem Vater geschenkt hatte
und dessen auch der Sohn sich schon erfreute. Die Doctor-
würde im canonischen Recht war ihm bereits verliehen worden. In der letzten Zeit seines pisanischen Aufenthalts hatte
er einen seltsamen Studiengenossen, Cesare Borgia, des Car-
dinal-Vicekanzlers Rodrigo Sohn, welcher unter Leitung der
nachmaligen Cardinäle Vera und Romolino der Rechtswissen-
schaft oblag und zu Filippo Decio's Zuhörern zählte [1]).

Daß Giovanni be' Medici eine bevorzugte Stellung hatte,
und man zu Gunsten von Stadt und Schule wie für Privatpersonen auf seine Verwendung zählte, ist begreiflich. Seine
meist kurzen Briefe an den Vater sind in jenem Tone der
Ehrerbietung und Obedienz abgefaßt, der damals allgemein,

[1] Cesare Borgia's Brief an Piero be' Medici, nach Alexanders VI.
Erhebung von Spoleto aus am 5. October 1492 geschrieben, aus dem
Med. Archiv. in Arch. stor. Ital. Serie III. Bd. XVII. S. 510.

zum großen Theil heute noch das Verhältniß der Kinder
zu den Eltern in Italien kennzeichnet[1]). Daß er gelegentlich
sich in die Einsamkeit von Camalboli zurückzog, zum Zweck
der Sammlung und geistlicher Uebungen, wie sie unter solchen
Verhältnissen gebräuchlich sind, haben wir schon gesehn. Auch
jetzt ließ Lorenzo nicht ab, auf Pfründen für den Sohn Jagd
zu machen. Als im Mai 1489 ein toscanischer Abt im
Sterben lag, hatte er an den Gesandten in Rom geschrieben[2]):
„Vermöget den Papst das Benefiz seinem Messer Giovanni
zu verleihen. Ich sage seinem, weil er vielmehr sein Diener
als mein Sohn ist. Der Wichtigkeit desselben wegen sollte
S. H. es nur einem der Unsern (Florentiner) verleihen, und
wird es einem der Unsern verliehen, so kann es an Niemanden
kommen, der dafür dankbarer sein wird."

Die vom Papste inbetreff der verzögerten Publication
des Cardinalats gemachte Klausel war Lorenzo sehr unbequem,
und er gab sich nicht die Mühe es zu verbergen. Noch war
kein Jahr seit der Ernennung verstrichen, so drang er schon
auf Beschleunigung. Aber Innocenz VIII. war nicht dazu
zu bewegen. „Ich dankte Sr. Heiligkeit, so meldet am

---

1) Ein Brieflein aus dem Med. Archiv möge hier stehn, nicht um
seines Inhalts willen, sondern als Probe wie der junge Cardinal an
seinen Vater schrieb.

Magnifice Pr. hon. Viene costi Loysetto da Messina prīnte appor-
tatore, il quale m' è stato molto raccomandato dalla M. dello rectore
qui dello studio. Lui ve farà intendere a bocca il bisogno: desidero
in quello ch' si può honestamente p satisfare alla M. del rectore
lo voglia havere p raccomandato prestandoli il patrocinio vro, in
modo intenda qsta mia intercessione esserli giovata. Altro p hora
no mi accade. Stiamo tucti bene et alla M. V. ci raccomandiamo.
Pisis di XI. Januarij 1489 (1490). Filius Joannes de Medicis.

Magnifico prī optimo Laurentio de Medicis Florentie.

Auf der Rückseite des Blättchens steht von Lorenzo's Hand: 1489.
Da M. Giovanni mio figlo a di 12. di Gennaio.

2) Med. Arch. F. 51.

8. Januar 1490 Piero Alamanni[1]), welcher den drei Tage vorher gestorbenen Lanfredini einstweilen ersetzte, für die Beförderung Messer Giovanni's, und sprach es aus, wie erfreulich sie unserm ganzen Volke gewesen und wie dankbar dasselbe dem h. Vater sei, wobei ich mit den geeignetsten, mir zu Gebote stehenden Worten darauf hinwies, wie wünschenswerth die Verkürzung der gestellten Frist sei. In seiner ausführlichen Erwiederung bemerkte der Papst zuvörderst, was er thue sei wohlgethan, wegen der Anlässe und Gründe, die er euch durch M. Pier Filippo (Pandolfini) mitgetheilt habe. Hierauf lenkte er das Gespräch auf M. Giovanni, und äußerte sich über ihn in einer Weise, als wäre dieser sein eigener Sohn. Er sagte es sei ihm berichtet worden, welche Fortschritte er in seinen Studien zu Pisa mache und wie er sich bei mehren Disputationen ausgezeichnet habe, worüber er die größte Freude an den Tag legte. Endlich sagte er folgendes: Ueberlasset mir, für die Interessen Messer Giovanni's zu sorgen, denn ich betrachte ihn wie meinen Sohn, und werde aus eigenem Antriebe seine Publication vornehmen, wenn ihr gar nicht daran denket. Ich beabsichtige noch anderes was ihm zur Ehre und zum Nutzen gereichen kann." Dies war alles recht schön, aber es war umsoweniger geeignet, Lorenzo's Ungeduld zu beschwichtigen, da des Papstes Gesundheitszustand zu den ernstlichsten Besorgnissen begründeten Anlaß bot.

Am 23. September wurde Innocenz VIII. von neuem Schlaganfall betroffen. Ganz Rom gerieth in die größte Aufregung. Es hieß der Papst sei todt. Alle Buden wurden geschlossen, Alle die bei Feld- oder Weinbergarbeiten waren, eilten heim. Franceschetto Cybò suchte sich des Kirchenschatzes wie des Prinzen Dschem zu bemächtigen, was die

---

1) Bei Fabroni a. a. O. Bd. II. S. 301.

Cardinäle veranlaßte, am folgenden Tage, während Innocenz noch in Lethargie lag, Vorsichtsmaßregeln zu treffen, freilich erst nachdem, wie es hieß, ein Theil des Schatzes schon nach Florenz gesandt worden war[1]). Der Kranke erholte sich; am 27. schrieb Pier Filippo Pandolfini, er sei in der Besserung begriffen und vertraue auf seine Wiederherstellung. Man erzählt er habe über Cardinal Savelli und dessen Collegen, die im Moment der Gefahr im Palast erschienen waren um sich des Schatzes zu versichern, geäußert, er hoffe sie noch Alle zu beerdigen. In Florenz war man doch sehr erschrocken. Sobald die Nachricht von der bedenklichen Lage des Papstes eingetroffen war, hatten Guid' Antonio Vespucci und Piero Guicciardini den Auftrag erhalten, sich nach Rom zu begeben, um im Namen der Stadt die Zulassung Giovanni's de' Medici zum künftigen Conclave zu erlangen. Günstigere Kunde machte die Sendung unnöthig[2]). Aber Lorenzo beschloß das Mögliche zu versuchen, um sich seinen Erfolg nicht verkümmern zu lassen. Sein eben anwesender Schwager der Erzbischof, ging auf seinen Wunsch nach Rom. Es gelang ihm durch Franceschetto's Vermittlung beim Papste vorgelassen zu werden, den er am Quartanfieber leidend fand, und dessen Zustand ihm keine Zuversicht einflößte. Seine Mission bei den einflußreichen Cardinälen hatte keinen Erfolg; aus seinem Schreiben an Lorenzo[3]) ergiebt sich wie geringschätzig man ihn behandelte. Alles was er erlangte war die Versicherung, man werde auf die Familie und namentlich auf Lorenzo Rücksicht nehmen und sie nicht kränken. Als er inbetreff des Conclave dringender ward, hieß es, so weit sei man noch nicht. Der Papst befinde sich wohl, und begegne ihm etwas

---

1) Vgl. oben S. 331.
2) Guicciardini a. a. O. K. VIII.
3) Rom 5. Oct. 1490, bei Roscoe Leo X., App. No. XIII.

Menschliches, so werde man rücksichtsvoll verfahren. Auch Pandolfini erlangte nichts. Seitens der Cardinäle, schrieb er[1]), würde keine ernste Schwierigkeit obwalten, wohl aber seitens des Papstes, der die Veröffentlichung in dem Einzelfalle scheue, um nicht Andere zu kränken. „Glaubet nicht, daß es zum Ziele führen würde, spräche man von der Sache im gegenwärtigen Moment. Alle sind gewarnt, nur von heiteren Dingen mit ihm zu reden, und dies nur im Beisein Anderer. Wollte man eine Unterredung ohne Zeugen zu erlangen suchen, so würde man sich dem Verdacht bloßstellen, es handle sich um etwas von Wichtigkeit. Seit mehr als einem Monate hat kein Cardinal mit ihm gesprochen, die zum Palast gehörenden ausgenommen, und von Prälaten läßt man nur die zu welche ihn erheitern."

Wirklich kräftigte sich des Papstes Gesundheit wieder, und da er fest blieb, mußte Lorenzo sich gedulden, bis die dreijährige Frist vorüber war. Als dieser Moment herannahte, durften weder Innocenz VIII. noch der Vater des jungen Cardinals sich längeres Leben mehr versprechen. Am Nachmittage des 8. März 1492 begab sich Giovanni de' Medici, welcher unterdeß Pisa verlassen hatte, mit kleinem Gefolge nach der Abtei von Fiesole. Kloster und Kirche, wo Alles an die Munificenz der Medici erinnerte, waren ausersehen worden, Schauplatz der Verleihung höchster Ehren an einen ihrer Sprößlinge zu sein. Am folgenden Morgen erschienen Giovanni Pico von Mirandola und Jacopo Salviati mit dem Notar Simone Staza und geleiteten um die sechste Tagesstunde den Jüngling in die Kirche. Dem feierlichen Absingen des Officiums der Madonna folgte das Meßopfer, indem der Celebrant, Matteo Bosso der Prior, dem auf den Stufen des Altars Knieenden die Hostie reichte. Hierauf

---

1) Rom 19. Oct. 1490, bei Fabroni a. a. O. S. 302.

segnete derselbe die Cardinalsgewänder, nahm Bulle und
Breve des Papstes in die Hand und sprach: Möge es der
Kirche Gottes wie dem Vaterland und deinem Hause zum
Heil gereichen! Heute, Giovanni Medici, ist die deiner Car-
dinalswürde durch die Bulle und dies Breve gestellte drei-
jährige Frist abgelaufen. Wer lesen will, lese: Alles ist erfüllt. Nimm du, Simone, darüber öffentlichen Act auf.
Nun überreichte er dem Knieenden die Insignien, Pallium,
Baret, Hut und Ring, worauf die Chorherren das Veni
creator spiritus anstimmten. Nachdem dann der Cardinal
die ihm zustehenden Indulgenzen verkündigt, ging er mit
Allen ins Kloster zurück. Hier traf nach dem Mittagsmal
Piero de' Medici, ein schönes mit goldglänzendem Geschirr geschmücktes Roß reitend, mit einigen Freunden des Hauses ein,
und Alles stieg zu Pferde um sich nach der Stadt zu begeben.

Des Regenwetters ungeachtet waren Tausende hinaus-
geströmt durch Porta San Gallo, den Zug zu sehen. Das
Gedränge zu vermeiden, war die Anordnung getroffen worden,
daß niemand die Mugnonebrücke überschreiten sollte: so war
der ganze Raum vor Thor und Kloster mit Menschen gefüllt.
Als der Cardinal und seine Begleiter heranritten, fanden sie
den gesammten Clerus, die Protonotare und übrigen Prälaten, die vornehmsten Bürger und die fremden Gesandten.
So erreichte der Zug die Stadt und wandte sich zunächst
nach der Servitenkirche, wo Giovanni be' Medici in der
Kapelle der Annunziata betete, dann nach Sta Maria del
Fiore. Hierauf stattete der Cardinal der Signorie einen
Besuch ab und ritt in Begleitung der Gesandten nach dem
väterlichen Hause wo Lorenzo den Sohn empfing. Die Straßen
durch welche der Zug ging, waren festlich geschmückt, Fenster
wie Dächer mit Menschen gefüllt. Die ganze Bevölkerung
war auf den Beinen. Als die Nacht anbrach, erglänzten die

Häuser und zahlreichen Thürme von Lichtern, während auf
den Plätzen Freudenfeuer brannten, so daß Tageshelle verbreitet war, und Freudenrufe und der Schall von Instrumenten so lange währten, daß der Schlaf vergessen schien.
Am nächsten Morgen, Sonntag 10. März, fand in Sta
Maria del Fiore die große kirchliche Feier statt, zu welcher
der Cardinal sich mit den Gesandten und vornehmsten Bürgern
begab. Die Signorie war anwesend in der mit Menschen
gefüllten Kirche; acht Bischöfe sangen die Heiligegeistmesse.
Nicht vierzehn Jahre waren vergangen, seit an derselben
Stelle, in Gegenwart eines andern jugendlichen Cardinals,
Mediceisches Blut geflossen war. Nach dem Hochamte ver-
abschiedete Giovanni sich bei den Signoren, und kehrte nach
Hause zurück, wo ein glänzendes Festmal von sechzig Gedecken
stattfand. Die fremden Diplomaten und Ersten der Stadt
waren die Gäste. Lorenzo war so leidend am Ehrentage
seines Sohnes, daß er weder an der kirchlichen Feier noch an
dem Male theilnehmen konnte. Er ließ sich in den Saal
führen, die glänzende Gesellschaft bei Tafel zu sehen: das war
Alles, was er vermochte. Vor dem Schlusse des Festmals
ließ die Signorie dem neuen Kirchenfürsten ein Ehrengeschenk
überreichen, silberne Prachtgefäße von schönster Arbeit und
mehr als tausend Pfund Gewicht, deren Werth auf mindestens
zehntausend Goldgulden geschätzt wurde. Nachdem Giovanni
sich mit den Gesandten und den Signoren in seine Gemächer
zurückgezogen hatte, wurden ihm von den verschiedenen Gemeinden des Staates und der florentiner Judenschaft prächtige
silberne Gefäße überreicht, die er jedoch ebensowenig wie Geschenke von Privatpersonen, ausgenommen jene seiner Angehörigen annahm, sondern sogleich mit Dank zurücksandte[1]).

---

[1] Matteo Bosso an den Canonicus Arcangelo von Vicenza, Fiesole
14. März 1492, in den Recuperationes Fesulanae Ep. CX. und bei

Nicht viel über dritthalb Jahre waren seit diesem glanz=
vollen Tage verstrichen, als Der, dem jetzt ganz Florenz ent=
gegenjubelte, in einem Franciscanerhabit das veröbete väter=
liche Haus verließ, und, von dem Thore des von seiner Familie
erbauten Sanct Marcusklosters zurückgewiesen, als scheuer
Flüchtling den Apennin hinanstieg, ein Exil beginnend welches
achtzehn Jahre zu währen bestimmt war, um am Vorabend
einer noch größern, in ihrer Art unerhörten Glanzperiode
zu enden.

Nur einen einzigen Tag noch verweilte Giovanni be'
Medici in seiner Vaterstadt. Es lag ihm ob sich nach Rom
zu begeben, dem Papste Dank zu sagen und seinen Platz im
h. Collegium einzunehmen. Am Dienstag den 12. März nahm
er Abschied von dem kranken Vater und stieg zu Pferde mit
seinem Gefolge, wozu der Camaldulenser=General Pietro
Delfino gehörte, welchem seine Erziehung viel verdankte. Ein
von diesem von Rom aus an Guido, den Prior des Klosters
der Angeli gerichtetes Schreiben giebt Auskunft über Reise
und Empfang. Bis zur zweiten Millie von Porta Romana,
nahe bei der Karthause, gab eine Menge vornehmer Bürger
dem Scheidenden das Geleite, um nach der Stadt zurückzu=
kehren, während dieser nach seiner Abtei Passignano ritt.
Der größere Theil des Gefolges ging nach Poggibonzi, dort
zu übernachten, und erreichte am folgenden Morgen Siena,
wo der Cardinal erst Nachmittags eintraf, vom ganzen Volke
festlich und freudig empfangen. Am 16. März wurde die
Reise fortgesetzt, in Buonconvento zu Mittag gespeist, in San
Quirico und am nächstfolgenden Tage in Acquapendente

Roscoe Lor. de Med. App. No. XXV. Pietro Delfino an Giovanni
den Vorsteher des Eremo von Camaldoli, Flor. 11. März 1492, bei
Fabroni a. a. O. Bd. II. S. 305. Dl. Manfredi Flor. 13. März,
bei Cappelli a. a. O. S. 311.

übernachtet. Ueberall auf sienesischem Gebiete geschah die
Bewirthung auf öffentliche Kosten. Schon in Acquapendente
waren verschiedene Prälaten dem Cardinal entgegen gekommen,
auf dem Wege nach Viterbo begrüßten ihn mehre der Orsinen,
deren Territorien in der Umgebung des Sees von Bolsena
an das Sienesische grenzten.

In Viterbo empfing Franceschetto Cybò seinen Schwager,
und Alle ritten nach Bracciano, dessen Herr, Gentil Virginio,
den willkommenen Gästen auf acht Millien bis an den Fuß
der Viterbeserberge entgegengegangen war. Die mächtige
Orsinenburg, dies riesige Fünfeck, das damals uneinnehmbar
und heute noch überraschend in seiner ernsten Größe den in
der Tiefe schlummernden See weithin überschaut, hatte Raum
für das ganze Gefolge. Einen vollen Tag verweilten die
Reisenden bei dem vielvermögenden Dynasten, welchem nach
wenig Jahren derselbe Sturm, der die Medici umwarf, den
Untergang bereitete. Am folgenden Tage, den 22. März, ließ
der Papst den Cardinälen und Botschaftern die bevorstehende
Ankunft des neuen Mitglieds des h. Collegiums ansagen.
Diese erfolgte denn auch nach Mittag bei strömendem Regen.
Giovanni de' Medici stieg an Sta Maria del popolo ab,
betete in der Kirche, übernachtete im Kloster und wurde am
nächsten Morgen von seinen Collegen und den Gesandten ab-
geholt. Francesco Piccolomini und Raffael Riario eröffneten
den Zug, er selber ritt zwischen den Cardinaldiaconen Giovan
Batista Savelli und Giovanni Colonna. Im Consistorium
empfing Innocenz VIII. den neuen Cardinalsbiacon von Sta

---

1) Rom 7. April 1492, bei Fabroni a. a. C. Bd. II. S. 306 ff.
(Auch bei Roscoe Leo X. und in Gennarelli's Burcard.) Ueber
den Empfang in Rom und die dortigen Feierlichkeiten Burcard S. 166 ff.
Schreiben Giovanni's an seinen Vater, Rom 25. März, bei Roscoe
a. a. O. App. No. XVII.

Maria in Domnica. Nach der Ceremonie begleiteten ihn
Alle nach seiner Wohnung auf Campo di Fiore. Es regnete
unablässig. Daß der Jüngling durch Haltung und Benehmen
auf Alle einen günstigen Eindruck machte, und man ihn reifer
fand als sein Alter erwarten ließ, berichtet Pietro Delfino,
dem man Glauben zu schenken geneigt ist, wenn man bedenkt,
wie große Sorgfalt der Vater, selbst frühreif, auf die Erziehung des Sohnes verwandt, und welche nachhaltige Einwirkung das väterliche Beispiel bei diesem zurückließ.

Das Schreiben welches Lorenzo an diesen Sohn richtete [1]),
ist ein ehrenvolles Zeugniß nicht blos politischer Weisheit und
vollkommener Kenntniß menschlicher Dinge, sondern auch eines
ächten Sinns für Anstand und eines sittlichen Gefühls, welches
die Erfahrung vorrückender Jahre und seine persönlichen Umstände gekräftigt zu haben scheinen. „Messer Giovanni, so
lauten seine Worte, ihr seid unserm Herrn Gott, wir sind
es um euretwillen, zu wahrer Dankbarkeit verpflichtet. Denn
abgesehen von vielen unserm Hause verliehenen Wohlthaten
und Ehren, hat Er demselben in euch die höchste Würde zutheil werden lassen wozu es emporgestiegen ist. An sich schon
groß, wird die Sache noch weit größer durch die Umstände,
namentlich durch eure Jugend und unsere Stellung. Meine
erste Mahnung geht also dahin, daß ihr euch bemühet, Gott
dankbar zu sein. Denn nicht euer Verdienst, eure Klugheit
und Vorsorge haben euch zum Cardinal gemacht, sondern
Gottes wunderbare Gnade. Dies sollt ihr erkennen, und
eure Erkenntniß sollt ihr bewahrheiten durch ehrbares, muster-
haftes, tugendliches Leben. Dazu seid ihr umsomehr verpflichtet, da ihr schon in eurer Jugend eine Meinung von
euch geweckt habt, die reifere Früchte erwarten läßt. Für

---

1) Bei Fabroni a. a. C. Bd. II. S. 308 ff.

euch würde es eine Schmach, für mich traurige Täuschung
sein, vergäßet ihr guter Anfänge in dem Alter, in welchem
Andere zu Vernunft und geregeltem Leben zu gelangen pflegen.
Ihr müßet folglich die Last der euch verliehenen Würde durch
sittlichen Lebenswandel und Ausdauer in den für eure Lebens-
bestimmung sich ziemenden Studien zu erleichtern bedacht sein.
Im vergangenen Jahre war es für mich ein großer Trost zu
vernehmen, daß ihr, ohne von Andern gemahnt zu werden,
wiederholt zur Beichte und zum Tische des Herrn gegangen
seid, und ich glaube, es giebt kein besseres Mittel in Gottes
Gnade zu bleiben, als beständiges Verharren in dieser Praxis.
Mich dünkt, ich kann euch keine nützlichere und geeignetere
erste Ermahnung zutheil werden lassen als diese. Indem ihr
nach Rom geht, dem Pfuhle aller Uebel, mehrt sich natürlich
die Schwierigkeit, zu thun was ich euch anempfehle. Denn
nicht nur wirkt das Beispiel, sondern es wird euch persönlich
an schlimmen Räthen und Verführern nicht fehlen. Wie ihr
von selbst versteht, weckt eure Erhebung zum Cardinalat so
wegen eurer Jugend wie wegen der angedeuteten sonstigen
Umstände großen Neid. Solche, welche diese Erhebung nicht
zu hindern vermocht, werden verschmißterweise den Werth derselben zu schmälern sich bemühen, indem sie versuchen euren
Lebenswandel in nachtheiligem Lichte erscheinen zu lassen und
euch in die Grube herabzuziehen, in welche sie selber gestürzt
sind. Sie verlassen sich darauf, daß eure Jugend ihnen dies
erleichtern werde. Umsomehr müßt ihr euch angelegen sein
lassen, diese Hoffnung zu Schanden zu machen, je ärmer heute
das Cardinal-Collegium an ausgezeichneten Mitgliedern ist.
[„Quanto nel Collegio hora si vede manco virtù."] Ich
erinnere mich dies Collegium voll gelehrter und tugendhafter
Männer gesehen zu haben, und es ist rathsam deren Beispiele
zu befolgen. Denn ihr seid umso gewisser geliebt und

geschätzt zu werden, jemehr euer Wandel sich von jenem Anderer unterscheidet. Wie Scylla und Charybdis müsset ihr
aber den Vorwurf der Gleisnerei ebenso fliehen wie den des
bösen Leumunds. Ihr müsset euch der Mäßigung befleißigen,
so in eurem Verhalten wie in euren Reden Alles vermeiden
was Andere kränken kann, und nicht mit Austerität und
Strenge prunken. Dies sind Dinge, die ihr mit der Zeit
kennen lernen und worin ihr besser, als ich euch heute anweisen kann, nach meinem Sinn handeln werdet.

„Es wird euch nicht schwer fallen zu erkennen, wie viel
auf Person und Beispiel eines Cardinals ankommt. Wären
die Cardinäle wie sie sein sollten, so würde es besser stehn
um die Welt, denn sie würden immer einen guten Papst
wählen und so die Ruhe der Christenheit sichern. Darum
bemühet euch so zu sein, daß, wenn euch die Uebrigen glichen,
das allgemeine Beste daraus entspringen würde. Da auf der
Welt nichts schwerer ist, als mit Leuten verschiedener Art
passendes Gespräch führen, so kann ich euch darin keine ausführliche Anweisung geben. In jedem Falle aber habet ihr
darauf zu achten, in eurer Unterhaltung mit den Cardinälen
und Andern von hohem Rang achtungsvoll und ohne An-
maßung zu sein, indem ihr die Dinge gemäß ruhigem Urtheil
und nicht nach den Leidenschaften Anderer bemesset. denn
Viele thun der Vernunft Gewalt an indem sie Unerlaubtes
sich zum Ziel setzen. Befriediget somit euer eignes Gewissen,
indem ihr in eurem Gespräche beleidigenden Dingen keinen
Raum gewährt. Dies dünkt mich in eurem Falle die erste
und wichtigste Vorschrift, denn wenn auch Irgendeiner sich durch
Leidenschaft zu Feindschaft verleiten läßt, so ist doch die Rückkehr leicht bei Solchen, die zu einem Zerwürfniß keinen triftigen Grund gehabt haben. Bei dieser eurer ersten Anwesenheit

35 *

in Rom glaube ich ihr werdet wohl daran thun, euch mehr
der Ohren als der Zunge zu bedienen.

„Heute habe ich euch ganz Gott und der heiligen Kirche
übergeben. Drum ist es nöthig, daß ihr ein braver Geistlicher
werdet und Jedem die Ueberzeugung einflößet, daß ihr Wohl
und Ehre der Kirche und des apostolischen Stuhls allen
Dingen dieser Welt und allen sonstigen Rücksichten und Interessen voranstellt. Behaltet ihr dies im Auge, so wird
euch die Gelegenheit nicht fehlen, dieser Stadt wie unserm
Hause nützlich zu sein. Denn die Verbindung mit der Kirche
gereicht der Stadt zum Vortheil, ihr aber müsset das Band
zwischen beiden bilden, während das Haus mit der Stadt
geht. Und obgleich die Zukunft sich nicht voraussehn läßt,
glaube ich doch so im Allgemeinen daß es uns an Mitteln
nicht fehlen wird, uns nach beiden Seiten hin zu sichern,
wenn ihr fest bei dem vornehmsten Entschlusse beharrt, die
Kirche allem Uebrigen vorangehn zu lassen.

„Ihr seid das jüngste Mitglied des Collegiums, nicht
blos des gegenwärtigen sondern überhaupt von Allen die bis
jetzt creirt worden sind. Deshalb ist nothwendig, daß, wenn
ihr mit andern Cardinälen zusammenkommt, ihr so aufmerksam wie respectvoll seid, und nie in Kapelle oder Consistorium
oder Deputation auf euch warten lasset. Bald werdet ihr
die mehr oder minder Empfehlungswerthen unter euren
Collegen kennen lernen. Mit denen von unregelmäßigem
Wandel werdet ihr vertrauten Umgang zu meiden haben, nicht
blos der Sache an sich sondern auch der öffentlichen Meinung
wegen. Eure Unterhaltung mit Allen soll möglichst allgemeine Gegenstände berühren. Bei eurem Auftreten bei festlichen Anlässen dünkt es mich rathsamer unter der Mittel-
linie zu bleiben als sie zu überschreiten. Ich würde einen
gutbesetzten Pferdestall und gutgeordnete reinliche Dienerschaft

dem Reichthum und Pomp vorziehen. Suchet regelmäßig zu
leben und nachundnach feste Ordnung einzuführen, was heute,
wo Herr und Hausstand neu sind, unerreichbar ist. Seide
und Juwelen passen nur in wenigen Fällen zu eurer Stellung.
Vielmehr einige treffliche Antiquitäten und schöne Bücher,
und besser anstandvolle und gelehrte als zahlreiche Genossen=
schaft. Ladet lieber des öftern Leute zu euch statt viele Gast=
male zu besuchen. Doch auch darin ist mit Maß zu ver=
fahren. Bedient euch für eignen Gebrauch einfacher Speisen
und macht euch viel Bewegung, denn in eurer jetzigen Stellung
holt man sich durch Mangel an Vorsicht leicht irgendein
Leiden. Diese Stellung ist nicht minder gesichert als erhaben,
sodaß es oft geschieht daß Solche, die dazu gelangt sind,
nachlässig werden, indem sie sich sagen daß sie ein hohes Ziel
erreicht haben und es ohne große Anstrengung bewahren zu
können meinen, was oft so der Stellung selber wie ihrer
Gesundheit Nachtheil bringt. In Bezug auf letztere rathe
ich euch so behutsam wie möglich zu sein und vielmehr zu
wenig als zu viel zu vertrauen.

Eine Lebensregel empfehle ich euch vor allen andern:
stehet jeden Morgen zeitig auf. Abgesehen vom Nutzen für
die Gesundheit, gewährt es Zeit alle Tagesgeschäfte zu be=
sorgen, und ihr werdet es sehr vortheilhaft finden eure ver=
schiedenen Obliegenheiten zu erfüllen, da ihr das Officium zu
beten, zu studiren, Audienz zu ertheilen und sonstiges zu thun
habt. Ein anderes noch ist für Euresgleichen von Belang:
stets und namentlich jetzt in dieser Anfangszeit Abends zu
überlegen was ihr am nächsten Tage zu thun habt, damit
die Geschäfte euch nicht unvorbereitet finden. Was das Reden
im Consistorium betrifft, so bin ich der Ansicht daß es in
allen vorkommenden Fällen am löblichsten und den Umständen
am entsprechendsten sein wird, daß ihr euch, eurer Jugend und

Unerfahrenheit wegen, dem h. Vater und deſſen weiſem Urtheil anſchließt. Ohne Zweifel werdet ihr oft angegangen
werden, in Einzeldingen mit Sr. H. zu reden und euch zu
verwenden. Laſſet euch angelegen ſein, in dieſen erſten Zeiten
ſo wenig wie möglich zu erbitten und dem h. Vater nicht
zur Laſt zu fallen, denn er iſt von Natur geneigt Dem am
meiſten zu willfahren, der ihm am wenigſten die Ohren be-
täubt. Mir ſcheint erſprießlich darauf zu achten, daß man
ihn nicht beläſtige ſondern ihm angenehme Dinge vortrage,
während eine mit Beſcheidenheit vorgebrachte Bitte ſeiner
eignen Natur mehr entſpricht und ihn beſſer ſtimmen muß.
Haltet euch geſund.“

VIII

Lorenzo's de' Medici Tod.

Als Lorenzo de' Medici dies Schreiben an seinen Sohn richtete, war sein Zustand sozusagen hoffnungslos.

Schon von jüngeren Jahren an war er, wie wir sahen, von ererbten körperlichen Leiden heimgesucht worden. Mit der Zeit hatten sich die Anfälle gemehrt, so daß seine ursprünglich kräftige Constitution geschwächt ward. Die gegen die in verschiedenen Formen auftretende Gicht häufig und abwechselnd angewandten Heilquellen vermochten umsoweniger dauernd Linderung zu verschaffen, da er sich nicht die Zeit nahm sie durchgreifend wirken zu lassen. Er scherzte wol über sein Leiden. „Schmerzen in den Füßen, schrieb er im August 1489 an Lanfredini, haben mich an der Correspondenz mit euch behindert. Füße und Zunge sind zwar voneinander weit entfernt und stören einander doch." Zu Ende August 1491 war er so leidend, daß er sich nach Spedaletto in der Sänfte mußte tragen lassen [1]). Die Wirkung des Wassers von Morba war nur vorübergehend. Im Spätherbst stellte sich schleichendes Fieber mit bedenklichen Symptomen ein. Sein ganzer Organismus erschien mit einem=

---

1) M. Manfredi Flor. 31. Aug., bei Cappelli a. a. O. S. 309.

male angegriffen, Eingeweide, Gliedmaßen, Nervensystem.
Zu den arthritischen gesellten sich Knochenschmerzen, die ihm
bei Tag und Nacht die Ruhe raubten. Die Gicht hatte sich
auf die edleren Organe geworfen. Die Aerzte waren rathlos.
Als das Jahr 1492 herankam, konnte er niemand sehn obgleich wichtige politische Dinge vorlagen. Ein mailändischer
Gesandter harrte über vierzehn Tage auf Audienz. Die
Besserung, die ihm wieder das Haus zu verlassen erlaubte,
war nicht von Dauer. „Der erlauchte Lorenzo, schreibt der
ferraresische Gesandte am 11. Februar[1]), ist seit mehren
Tagen wiederum sehr von Schmerzen gequält, die ihm, den
Kopf ausgenommen, den ganzen Körper angreifen. Zu Zeiten
leidet er so heftig, daß man kaum begreift wie er es aus-
hält. Die Aerzte halten zwar die Krankheit nicht für tödt-
lich, aber er wird gar übel zugerichtet, da er nur wenig Ruhe
genießt. Gott schenke ihm die Gesundheit wieder, denn die
Nachrichten über seinen Zustand sind wahrhaft Mitleid er-
regend." Am 8. desselben Monats hatte König Ferrante
seinem Gesandten Marino Tomacelli geschrieben[2]): „Wir
haben mehre Briefe von euch erhalten, antworten jedoch heute
nur inbetreff des andauernden Leidens des erlauchten Lorenzo,
welches uns in tiefster Seele geschmerzt hat und schmerzt.
Wollte Gott wir könnten ihm Heilung oder auch nur Er-
leichterung verschaffen! Redet Sr. Magnificenz zu, sich in
Geduld zu fassen und so das Uebel zu besiegen, umsomehr
als wir besseres Wetter erwarten dürfen, nachdem die jüngsten
Tage in Wahrheit schlimme gewesen sind. Theilet auch
S. M. mit, wie wir uns zur Beilegung des Zwistes mit
Sr. Heiligkeit Glück wünschen, die ihm ebenso erfreulich sein

---

1) Bei Cappelli a. a. O. S. 310. Die Berichte Manfredi's geben
das meiste Detail, leider mit einer Lücke in Lorenzo's letzten Tagen.
2) Cod. Aragonese a. a. O. S. 39.

wird wie uns selber, da er daran so großen Antheil gehabt wie uns und Allen bekannt ist. Möge er mit Gottes Hülfe, dem Rath guter Aerzte und eigner Vorsicht seine Gesundheit wiedererlangen, damit wir selbander der Ruhe, namentlich der Seelenruhe, genießen können."

Der König täuschte sich nicht, indem er erkannte wie viel an Lorenzo's Leben und Thätigkeit lag. Mitte Februar trat Besserung ein, aber sie war auch diesmal nicht von Dauer. Bei anhaltend schlechtem Wetter kehrten Anfang März die Schmerzen zurück; niemand, Familie und die intimsten Freunde ausgenommen, wurde zu dem Kranken ge= lassen. Wir sahen wie er an den Feierlichkeiten bei der Ver= kündigung der Cardinalswürde seines Sohnes nicht theil= nehmen konnte: sein sehnlichster Wunsch war nun vollständig erfüllt, und er befand sich in der Ebbe seines Lebens. Als am 12. März der junge Cardinal abreiste, scheint er sich über seinen Zustand klar gewesen zu sein. Zu Filippo Valori dem Bruder seines Biographen, und Andrea Cambini, von denen jener Giovanni de' Medici nach Rom begleiten sollte, dieser seinem Hausstande beigegeben war, sagte er: Ich ver= traue euch die Jugend des Sohnes an, mich werdet ihr nicht wiedersehn. Wer weiß, mit welchen Gefühlen er ihm den schönen Brief geschrieben hat. Noch einmal kündigte sich Besserung an. Es war die letzte. Das Uebel machte rasche Fortschritte. Der Kranke ließ sich am 21. nach Careggi bringen, wo er am liebsten weilte, wo er so manches geplant und geschaffen und Luft und Sonne ihm zuträglicher waren als in der Stadt. Zu Anfang April traf Herzog Ercole von Ferrara in Florenz ein[1]), auf der Reise nach Rom, wohin

---

1) M. Manfredi an die Herzogin von Ferrara, Flor. 5. April 1492, bei Cappelli a. a. O. S. 312. Ercole traf erst am 13. April in Rom ein. Burcard a. a. O. S. 177.

angeblich Andachtsübungen, inderthat politische Zwecke wie
der Wunsch, seinem Sohne Ippolito die Cardinalswürde zu
verschaffen, ihn riefen. Der Jüngling war erst dreizehn Jahre
alt, aber er war schon seit sechs Jahren Erzbischof von Gran,
und wenn ein Medici mit vierzehn Jahren den Purpur erlangt hatte, warum nicht ein Este, der Sprößling eines der
ältesten italienischen Geschlechter? Hätte Innocenz VIII. länger gelebt, er würde sich auch dieser Ernennung nicht zu entziehen vermocht haben. Der Herzog konnte Lorenzo nicht
sehen, aber dieser hatte ihm bereits die Stimme seines
Sohnes im künftigen Consistorium zusagen lassen.

Die Tage des Kranken waren gezählt. Er machte sich
auf das Schlimmste gefaßt. Er bestellte sein Haus und
ordnete an was an ihm lag, die Stellung, die er eingenommen hatte, seinem Sohn zu sichern. Aber er war zu scharfsinnig, um nicht die Gefahren zu erkennen, welche die alten
Freiheitsgelüste und die Ungeduld über die lange und stets mehr
befestigte Suprematie einer einzelnen Familie im Verein mit
der geringen Erfahrung und dem hochfahrenden Wesen Piero's
heraufbeschwören mußten. Zwar erzählt Polizian, Lorenzo
habe die Absicht gehegt, sich zurückzuziehen und dem Sohne
die Leitung der Angelegenheiten zu übertragen. Etwa zwei
Monate vor seinem Tode, so berichtet er, saß ich bei ihm in
seinem Schlafzimmer, und wir sprachen wie gewöhnlich über
Philosophie und Literatur. Da äußerte er, er beabsichtige
den Rest seiner Tage mit Ficino, Pico und mir ferne vom
Geräusch der Stadt in den Studien zu verbringen. Auf
meinen Einwand, dies werde unmöglich sein, da die Bürgerschaft seines Rathes und seiner Autorität von Tag zu Tage
mehr bedürfe, antwortete er lächelnd: Ich werde mir in
deinem Zögling einen Stellvertreter geben und seinen Schultern die Last anvertrauen. Als dann Polizian dem Zweifel

Worte lieh, ob Piero's Jugend ihn dazu befähige, lobte er
des Sohnes Geist und Haltung und das gute Fundament,
welches dieser gelegt habe. Die Erzählung mag wahr sein,
ungeachtet der sichtlichen Neigung des Freundes zum Ausschmücken von Thatsachen und Reden. Aber Lorenzo hat
jedenfalls wol nur vernehmen wollen was man zu solcher
Absicht sagen werde. Im Ernste hat er schwerlich an den
Rücktritt aus dem öffentlichen Leben gedacht, am wenigsten
in solcher Zeit.

Indem er zurückblickte auf seine nicht lange aber schick-
salreiche Laufbahn, erkannte er mehr denn je, welche unab-
lässige Sorge und Mühe, welche Kenntniß der Charaktere und
Berechnung der Stimmungen und Umstände nöthig gewesen
waren, die Parteien zu beherrschen, die Gegner niederzuhalten
ohne sie zum äußersten zu treiben, die Anhänger zu brauchen
und zu lenken ohne sie sich über den Kopf wachsen zu lassen.
Er wußte nur zu wohl, wie ein einziger Fehltritt Alles um-
wandeln konnte. In seinem Innern vernahm er die tiefen
Dissonanzen, die durch Denken und Empfinden der Gesammtheit gingen. Er ermaß das Anschwellen der kaum noch ver-
borgenen moralisch-religiösen Strömungen, die hervorzubrechen
drohten. Sah er um sich, faßte er, der erfahrene Staatsmann, die politische Lage Italiens ins Auge, so schreckte ihn
das schwache Fundament des Baues, welchen zu stützen ihn
so viele Anstrengung in Rath und That gekostet hatte. Eben
erst hatte er den langen schlimmen Hader zwischen Papst und
König beigelegt, aber wer bürgte für die Zukunft? Und wenn
der bestandlose Papst, der gewissenlose König abtraten, wer
kannte des Erstern Nachfolger, wer durfte sich mit der Hoffnung schmeicheln, daß des Letztern Thronerbe, in jeder Beziehung schlimmer als er, auch nur sein eigenes ihm abge-
neigtes Land in Ruhe halten, die längst ausgestreute Saat

der Zwietracht mit dem Auslande nicht wuchern lassen werde? Das Bewußtsein des Ueberwiegens schlimmer Elemente im Collegium, der Gedanke an Alfonso von Aragon, an Lodovico il Moro, an die Abneigung Venedigs ist von dem Sterbe- lager des Medici vielleicht noch weniger gewichen, als die Besorgniß vor florentinischen Neuerungsversuchen.

In seinen religiösen Anschauungen und in deren Kund- gebungen war Lorenzo de' Medici vonjeher ein ächtes Kind seiner Zeit gewesen, welche profane Gesinnung mit einem Anflug von ungeheuchelter Religiosität vereinte und inmitten ihrer bedenklichen geistigen Irrgänge nicht ohne moralisches Bewußtsein war. Daß dies moralische Bewußtsein in Lorenzo lebendig war, zeigen viele seiner Aeußerungen, nicht blos aus seinen letzten Zeiten. Von einer tüchtigen und frommen Mutter her hatte er die Tradition der Beschäftigung mit religiösen Dingen, die nicht etwa nur eine literarische war. Von seinen Vorfahren hatte er die Tradition des innigen und thätigen Zusammenhangs mit kirchlichen Stiftungen und Interessen, die er, wie wir sahen, auf eine Weise förderte, welche die Annahme blos politischer Beweggründe ausschließt. Sein sinnliches Temperament, die frühe Gewöhnung einer Autorität, wie niemand vielleicht in Privatverhältnissen in einer vom frischesten Lebenshauche durchwehten Stadt sie ge- nossen hat, zogen ihn in mancherlei sittliche Verirrungen hinein. Wie aber in ihm neben dem Verfasser der Carne- valslieder der Dichter der philosophischen und geistlichen Ge- sänge steht, so hat er inmitten solcher Verirrungen und un- geachtet des von Jugend an bei ihm maßgebenden Einflusses der antiken Philosophie sich ebensowenig vom Christenthum abgewandt, wie sein Lehrer Ficino und sein Freund Pico von Mirandola. Wenn Lorenzo de' Medici sich in seinem gan- zen Leben in der Beobachtung der religiösen Vorschriften aufmerksam gezeigt hatte, so war dies auch jetzt der Fall, als dies Leben seinem Ende nahte. Seine Schwester Bianca de' Pazzi die ihn nach Careggi begleitet hatte, war es, die ihm die drohende Gefahr verkündete. Mein Bruder, sprach sie, du hast als hochsinniger Mann gelebt: nicht muthig nur, auch fromm mußt du dies Dasein verlassen. Wisse, alle Hoffnung ist geschwunden[1]). Er schien es schwer zu empfinden, daß man diese Hoffnung zu lange genährt, dann verlangte er nach kirchlichem Beistande. Es war spät Abends, als der von San Lorenzo herbeigerufene Priester die Villa erreichte. Der Todkranke wollte ihn nicht im Bette liegend erwarten. Den Vorstellungen der Umstehenden zum Trotz stand er auf und kleidete sich; von den Dienern unterstützt trat er in den Saal, wo er vor dem Ciborium auf die Knie sank. Den Zustand der Schwäche erkennend, drang der Geistliche darauf daß er sich wieder legen sollte; mit Mühe war er dazu zu bewegen. Dann empfing er die Wegzehrung mit einer Andacht, die auf Alle Eindruck machte[2]).

Von den ihm Zunächststehenden waren sein ältester Sohn, seine Schwester und Angelo Poliziano fast anhaltend in seiner Nähe. Nach der religiösen Ceremonie blieb nur Piero an seinem Lager. Er sprach ihm Trost zu und richtete Ermahnungen und treffliche Lehren an ihn inbetreff seines Verhaltens in Stadt und Staat, nachdem sein Heimgang erfolgt sein würde. Die Bürger, sprach er zu ihm, werden

---

1) N. Valori a. a. O. S. 181.

2) Ueber Lorenzo's letzte Tage liegt der von Angelo Poliziano am 18. Mai 1492 von der Villa zu Fiesole an den Peruginer Jacopo Antiquario gerichtete lange Brief vor, Pol. Epist. l. IV. ep. 2, bei Fabroni a. a. O. Bd. I. S. 199—212, bei Roscoe App. No. LXXVII. Vgl. G. B. Vermiglioli, Memorie di Iacopo Antiquario, Perugia 1813. Ein rhetorisch gekünsteltes Schriftstück mit salbungsvollen Phrasen, aber als Zeugniß eines Augenzeugen höchst beachtungswerth.

dich, mein Sohn, so glaube ich, in der Stellung anerkennen,
die ich eingenommen habe, und ich zweifle nicht daran, daß
dir dieselbe Autorität im Gemeinwesen zu Theil werden
wird, in deren Genuß ich bis heute geblieben bin. Da aber
dies Gemeinwesen nach gewöhnlichem Ausdruck ein Leib mit
vielen Köpfen, es Allen recht zu machen eine Unmöglichkeit
ist, so bedenke daß in allen verschiedenen Lebenslagen die
als die ehrbarste erscheinende Richtung einzuhalten ist, und
ziehe jederzeit das allgemeine Wohl Personen- und Partei-
Interessen vor. Ein weiser Rath, dessen strengere Befolgung
Den, der ihn ertheilte, vor schwerem und nur zu begründetem
Tadel geschützt haben würde! Er legte ihm ans Herz, bei
seinem jungen Bruder Giuliano Vatersstelle zu vertreten;
seinen damals vierzehnjährigen Neffen Giulio, für den er
schon die geistliche Laufbahn beabsichtigt zu haben scheint,
ließ er dem Cardinal empfehlen. Auch inbetreff seiner Leichen-
feier sprach er mit dem Sohne, und verordnete, daß man sich
nach der Beisetzung seines Großvaters richten und nicht über
die bei einem Privatmann gebotene Grenze hinausgehn sollte.

Unterdessen war, von Lodovico il Moro gesandt, ein berühmter lombardischer Arzt, Lazaro von Pavia in Careggi
angelangt. Als der Kranke die Diener frug was er beginne
und vernahm, daß er aus gestoßenen Perlen und Edelsteinen
nebst andern kostbaren Substanzen einen Trank zusammensetze,
sprach er mit lebhafter Stimme und heiterm Blick zu dem
neben dem Lager stehenden Polizian: Hörst du, Angelo, hörst
du? Darauf ergriff er, die ermatteten Arme ausstreckend,
dessen beiden Hände, die er mit Macht festhielt, während
dieser, seine hervorbrechenden Thränen zu verbergen, sich ab-
zuwenden suchte, bis er, des Freundes Bewegung erkennend,
ihn losließ, worauf dieser in seine Kammer eilte, seinem
Schmerz freien Lauf zu lassen. Als er zurückkehrte, frug

Lorenzo ihn, weshalb Pico ihn nicht besuche, und auf die Antwort, dieser fürchte wol ihm zur Last zu fallen, bemerkte er, vielmehr müsse er fürchten, daß die Entfernung der Villa von der Stadt ihn belästige. Der Gerufene erschien, und der Kranke empfing ihn mit alter Herzlichkeit. Er bat ihn um Entschuldigung, wenn er ihm diese Mühe mache: seiner Zuneigung zu ihm müsse er es zuschreiben, denn er sterbe zufriedener nachdem er ihn noch einmal gesehen. Dann ging er auf verschiedene Gegenstände über, Allgemeines wie Besonderes betreffend, und sagte, die Beiden anschauend: Ich wollte der Tod hätte mich so lange verschont, bis es mir vergönnt gewesen wäre, eure Büchersammlung zu vervollständigen. Poliziano kniete neben dem Bette, die schon undeutlich werdenden Worte besser zu verstehen.

Kaum hatte Pico Careggi verlassen, so trat ein anderer Mann in das Gemach des Sterbenden[1]). Wenn dieser Girolamo Savonarola zu sich beschieden hat so kann er in seinem Gewissen nicht ruhig gewesen sein. Die Umstände sind jedoch, in ihren verschiedenen Versionen, von Solchen die beiden Personen, Lorenzo wie dem Dominicanerprior nahe standen, so wenig miteinander auszugleichen, daß nur größere oder geringere Wahrscheinlichkeit den Ausschlag zu geben vermag. Fra Girolamo von Ferrara, erzählt Poliziano, ein durch Gelehrsamkeit und Gottesfurcht ausgezeichneter Mann und trefflicher Prediger der göttlichen Lehre, trat ins Zimmer und ermahnte den Kranken, festzuhalten am Glauben, worauf dieser erwiederte, er beharre bei demselben unerschütterlich. Hierauf redete er ihm zu, ferner ein tugendhaftes Leben zu führen, worauf die Antwort, er werde sich dessen befleißigen. Zum dritten empfahl er ihm, den Tod, wenn es so sein

---

1) S. Beilage III. S. 590.

müsse, mit Standhaftigkeit zu ertragen. Nichts, versetzte der
Kranke, ist mir süßer, so es Gottes Wille ist. Schon entfernte
sich der Klosterbruder, als Lorenzo zu ihm sprach: Gieb mir
den Segen, Vater, bevor du von mir scheidest. Und mit ge=
senktem Haupt und Antlitz, in der Miene religiösen Ernst,
antwortete er richtig und vollbewußt auf dessen Worte und
Gebete, ungestört durch die nun nicht verhehlte Trauer der
Hausgenossen.

So berichtet der vieljährige Freund, der diesen Sterben=
den besser vielleicht als Irgendeiner kannte. Eine andere Er=
zählung steht der seinigen entgegen. Lorenzo, so besagt sie,
wollte noch eine letzte Beichte ablegen vor dem Dominicaner.
Dreier Dinge klagte er sich an, der Plünderung von Vol=
terra, der Verschleuderung der Mitgiftgelder, des bei der Ver=
schwörung der Pazzi vergossenen Blutes. Die Aufregung des
Todkranken war peinlich. Gott ist gütig, Gott ist barm=
herzig, sprach der Klosterbruder ihn zu beruhigen. Dann aber,
als Jener zu Ende war, sprach er zu ihm: Drei Dinge thun
euch noth. Zum ersten, wahres und lebendiges Vertrauen
auf die göttliche Gnade. Darauf der Kranke: Ich bin davon
durchdrungen. Zum andern müßt ihr zurückerstatten, was
ihr widerrechtlich euch zugeeignet, euren Söhnen die Wieder=
erstattung zur Pflicht machen. Lorenzo besann sich einen
Augenblick, dann bejahte er es mit dem Kopfe nickend. Das
letzte ist, ihr müßt das Volk von Florenz wiedereinsetzen in
seine Freiheit. Der Kranke wandte das Haupt weg ohne zu
antworten. Der Mönch verließ ihn ohne ihm die Absolution
zu ertheilen.

Lorenzo's Tod — wir nehmen Polizians Bericht wieder
auf — war ruhig. Nicht er schien vom Loose der Sterb=
lichen bedroht, sondern die sein Lager umstanden. Was die
Aerzte verfügten wies er nicht ab, ohne Wirkung davon zu

erwarten. Selbst die alte Heiterkeit verließ ihn nicht ganz, und als man, nachdem er noch etwas Nahrung zu sich genommen, ihn frug, wie sie ihm munde, erwiederte er: wie einem Sterbenden. Er umarmte Angehörige und Hausgenossen und bat sie um Verzeihung, wenn er sie gekränkt oder während seines langen Siechthums Ungeduld gezeigt habe. Dann ließ er sich aus dem Evangelium die Erzählung vom Leiden und Tode des Herrn vorlesen, indem er anfangs die Worte der Schrift wiederholte, dann, schwächer werdend, die Lippen, endlich noch die Finger bewegte, zum Zeichen daß der Sinn ihm klar sei. Als der Tod nahte, hielt man ihm ein Crucifix hin, er öffnete die Augen, küßte es und verschied. Es war am 8. April 1492, einem Sonntage, um die fünfte Stunde der Nacht.

Welche Fülle und welches Gemisch von Sorge und Freude, von Mühen und Genuß, von Sinnen und Schaffen, von Poesie und Realismus, von Gefahr und Erfolg, von Schlimmem und Gutem waren in den Raum dieses Lebens zusammengedrängt, das kaum über dreiundvierzig Jahre währte!

Es ist begreiflich daß die Todeskunde ganz Florenz in Aufregung versetzte. Fast zugleich mit derselben traf die Nachricht ein, Piero Leoni der Arzt habe sich in einen Brunnen der Villa Francesco Martelli's zu San Gervasio vor Porta Pinti gestürzt, wohin man ihn heimlich gebracht hatte, weil sein Leben zu Careggi bedroht war, indem man ihn im Verdacht der Giftmischerei hatte. Man wußte nicht ob der Unglückliche durch eigenen Entschluß oder fremde Hand geendet hatte [1]. Wie gewöhnlich, deutete man Prodigien auf das Ereigniß, das Alle beschäftigte. In Sta Maria Novella war während der Predigt ein Weib aufgesprungen, schreiend daß

---

1) S. Beilage III. S. 590.

sie einen wüthenden Stier sehe, der mit brennenden Hörnern die Kirche umstürze. Drei Tage vor Lorenzo's Ende hatte ein Blitzstral die Laterne des Doms getroffen und nach Nordwesten, wo die Medici wohnten, schwere Marmorstücke herabgeschleudert, von denen eines in das Gewölbe einschlug, ein anderes das Haus Luca Rinieri's zertrümmerte. In der Todesnacht wollte man ein Meteor über Careggi erglänzen und verschwinden gesehen haben [1]). Drei Stunden nach dem Hinscheiden wurde die Leiche von Careggi nach San Marco getragen und dort blieb sie in der Kapelle einer Laienbrüderschaft, bis am folgenden Tage die Geistlichkeit von San Lorenzo sie in feierlichem Zuge bei Anbruch der Nacht abholte und nach der Sacristei der Basilika brachte. Die kirchliche Feier war einfach wie er gewünscht hatte. Die Trauer war allgemein. Die höhern Stände, überwiegend an das Mediceische Interesse gekettet, empfanden schwer den Verlust des Mannes, dessen sichere geübte Hand das Steuer so lange gelenkt hatte, während Untugenden durch glänzende Eigenschaften aufgewogen wurden. Wer sagte ihnen vorher, wie die Dinge gehen würden? Am 10. April, schreibt Bartolommeo Cerretani, war die ganze Stadt bei Piero. Das Volk beklagte den Verlust dessen, der ihm, was immer es kosten mochte, Frieden und Wohlleben verschafft hatte [2]). Manche mochten sich über seinen Tod freuen und Heil davon erwarten; an Zeugnissen solcher Gesinnung in Aufzeichnungen, nicht für fremde Blicke bestimmt, fehlt es nicht. „Da ich weiß, schreibt Alamanno Rinuccini indem er des Medici Vorzüge und Gebrechen schildert, daß Schmeichler und Fälscher der Wahrheit, meist von ihm durch

---

1) Ueber die Prodigien s. Polizian's Brief wie Rinuccini a. a. C. und Cambi S. 63, wo ausführlich über die verheerende Wirkung des Blitzstrals. Auch Burcard S. 175.

2) Guicciardini a. a. O. Kap. IX.

Ehren und Gewinn auf öffentliche Kosten erkauft und bestochen, viel Unwahres in Augendienerei und Trug über ihn verbreiten, so will ich von ihm, seinem Leben, seinen Sitten die ich genau kennen gelernt, in der Kürze berichten, nicht zu übel Nachrede noch aus Haß gegen ihn, von dem ich verschiedene Auszeichnungen empfing auf welche ich Anspruch hatte, sondern um der Wahrheit die Steuer zu geben. Die Zeichen vor seinem Tode erachtete die Menge als Vorherverkündigung großer Uebel: sie wären Verkündigung großen Heils gewesen, hätten die Bürger die Gelegenheit zu benutzen verstanden [1]."

Am 13. April, drei Tage nach der Beisetzung, erließen Rathsversammlungen und Volk im Verein mit der Signorie folgendes Decret [2]): „Da der vornehmste Mann unserer Stadt, der kürzlich verstorbene Lorenzo de' Medici während seines ganzen Lebens keine Gelegenheit, diese Stadt zu schützen, zu mehren, zu schmücken, zu erhöhen ungenutzt gelassen, sondern stets mit Rath, Autorität und Mühewaltung, mit Sinnen und Thun bereit gewesen ist, sein persönliches Interesse dem Vortheil und Besten der Gesammtheit untergeordnet, für das Wohl des Staates und seine Freiheit nicht Mühen noch Gefahren gescheut und zu solchem Zwecke alle seine Gedanken und seine Kraft angewandt hat, indem er die öffentliche Ordnung durch treffliche Gesetze sicherte, einen gefahrvollen Krieg durch seine Gegenwart zur Entscheidung brachte, die im Kampfe verlornen Ortschaften wiedergewann, feindliche nahm, da er ferner, nach seltenen vom Alterthum uns gebotenen

---

1) Ricordi S. CXLVI.

2) Bei Fabroni a. a. O. Bd. II. S. 398. Cerretani meldet, daß in den Rathsversammlungen im Ganzen 453 zu Gunsten, 63 mit Nein stimmten. „Man sah darin Zeichen der Eintracht und feste Hoffnung für die Zukunft, aber Alles schrieb sich von der Beliebtheit Lorenzo's her, welchen mit seinen Mitbürgern und dem Volke ganz Italien beweinte."

Mustern, für der Bürger Heil und des Vaterlandes Freiheit
sich selbst in der Gegner Gewalt begab und von Liebe zur
Heimat erfüllt die allgemeine Gefahr auf sein Haupt ablenkte,
da er endlich nichts unterließ was zur Erhöhung unseres
Ansehens und zur Erweiterung unserer Grenzen dienen
konnte, so ist es, auf den Vortrag des obersten Magistrats,
dem Senat und Volke von Florenz geeignet erschienen, dem
Andenken eines solchen Mannes ein öffentliches Zeugniß der
Dankbarkeit zu stiften, auf daß bei den Florentinern die
Tugend nicht ungeehrt bleibe, und in künstigen Tagen andere
Bürger dadurch angetrieben werden, dem Gemeinwesen zu
dienen mit Kraft und Weisheit. Da nun aber Lorenzo's
Andenken äußerer Zierde nicht bedarf, indem es tiefe Wurzeln geschlagen und täglich frischer aufblüht, so ist beschlossen
worden, auf des Verblichenen ältesten Sohn Piero, Erben der
väterlichen Würde und Nachfolger in seinem Ruhm, diese
öffentliche dem Vater und seinen Vorfahren schuldige Ehre
zu übertragen. Umsomehr als Piero schon in seiner Jugend
des Vaters Gaben an den Tag legt und gewissermaßen dessen
Ebenbild ist, und sich bereits so gezeigt hat, daß wir hoffen
dürfen, er werde, unter Gottes Beistand, in die väterlichen
Fußstapfen treten."

Am 10. April, vor Tagesanbruch, hatte ein Eilbote dem
Cardinal die bereits seit einigen Tagen erwartete Todeskunde
überbracht. Sogleich legten Giovanni be' Medici, seine Hofleute und Dienerschaft Trauer an, die Wohnung wurde schwarz
verhängt, alle Cardinäle, Francesco Piccolomini voran, statteten
ihrem jungen Collegen Beileidsbesuche ab. Vier Tage darauf
wurde in Sta Maria sopra Minerva ein Todtenamt gehalten.
Franceschetto Cybò und der Graf von Pitigliano waren zugegen, in bis zum Boden reichenden Mänteln von grobem
schwarzem Tuche, und Onofrio Tornabuoni, der Medici

Geschäftsführer bei der Curie mit vielen Prälaten und Herren. Am folgenden Tage veröffentlichte Innocenz VIII. die Ernennung Giovanni's de' Medici zum Legaten in Toscana, wohin dieser infolge des Todesfalls zurückzukehren wünschte, mit seinem Bruder, an den er mehre Briefe richtete, die Lage der Dinge zu berathen. Der Cardinal war so angegriffen, daß er sich während der Messe eine Zeitlang zurückziehen mußte[1]). Von den Aeußerungen des Papstes, der einen Orator nach Florenz sandte, über den Verlust des Mannes, der ihm so nahe stand, obgleich er ihn während seines Pontificats nie gesehen, ist nichts bekannt. Anders ist es mit König Ferrante. Als er am Morgen des 11. April in der Nähe von Palma, wo er sich befand, durch ein Schreiben Marino Tomacelli's vernahm, daß alle Hoffnung aufgegeben sei, schrieb er an Giacomo Pontano nach Rom, er solle dem Papste alle ihm zu Gebote stehenden Mittel anbieten, um Ruhestörung in Italien zu verhindern, und ihm die von Virginio Orsini befehligte Mannschaft zur Verfügung stellen. An Virginio schrieb er noch an demselben Abend, nachdem die Todeskunde („die uns im tiefsten der Seele betrübt") ihn erreicht hatte, mit dem Auftrag ohne weitern Befehl sich nach des Papstes Verfügungen zu richten, falls dieser seiner bedürfe[2]). Zu seiner Umgebung soll der König geäußert haben: Für seinen unsterblichen Ruhm hat dieser Mann lange genug gelebt, für Italien kurz. Gott gebe, daß, nun er todt, nicht versucht werde, was bei seinem Leben nicht gewagt ward[3]).

1) Burcard S. 171–178. Ueber die Ernennung zum Legaten vgl. Stefano's da Castrocaro Schreiben an Piero, Rom 15. April 1492, Fabroni Vita Leonis X. S. 13 und Anm. 10, Roscoe Leo X., App. Nr. XXIV.

2) Codice Aragonese a. a. O. S. 74, 75.

3) Fabroni Laur. Med. Vita Bd. I. S. 212. Die Rede ist ebenso unverbürgt wie diejenige bei Alexanders VI. Papstwahl.

Daß Innocenz VIII. mit Ferrante von Aragon darin vollkommen einig war, die Erhaltung des Mediceischen Hauses in der bisherigen Stellung sei nothwendig zur Bewahrung des bestehenden politischen Systems, erkennt man aus der Antwort, welche Lodovico il Moro im Namen seines Neffen Gian Galeazzo von Vigevano aus am 20. April an den Papst richtete[1]). Welche immer die wahre Gesinnung des Sforza sein mochte, der schon seit zwei Monaten die Instructionen für die Gesandtschaft an Carl VIII. ausgefertigt hatte, die der erste Schritt zum Ruin Italiens war: auf des Papstes Absichten kann sein Schreiben nur ein günstiges Licht werfen. „Eure Heiligkeit hätte mir nichts Erwünschteres schreiben können, als was Dieselbe mir kürzlich über den Wunsch, in Italien Frieden zu halten und den Söhnen Lorenzo's de' Medici ihre Stellung zu bewahren, mitgetheilt hat. Denn nichts liegt mir mehr am Herzen als die Fortdauer der Ruhe Italiens, für welche ich unerträglichen Lasten und Kämpfen mich wiederholt zu unterziehen nicht gescheut habe, während zwischen mir und der Mediceischen Familie ein öffentlicher wie ein persönlicher Freundschaftsbund besteht. Mein Gedächtniß wiederholt mir, wie der erlauchte Fürst mein Großvater [Francesco] durch Cosimo's de' Medici Geldmittel unterstützt den Staat unserer Ahnen wiedererrang, welcher nach seines Schwiegervaters Tode sozusagen verloren war. Ich erinnere mich gleichfalls daran, wie Florenz und das Mediceische Haus sich seitdem nie in der Lage befunden haben unseres Beistandes zu bedürfen, ohne daß wir ihnen Waffen und Geld zur Verfügung gestellt hätten. Es ist mir folglich lieb, daß inmitten der tiefen Trauer welche der Tod des erlauchten Lorenzo in mir weckt, E. H. Schreiben mich zu

---

1) Fabroni a. a. O. Bd. II. S. 396.

dem aufforbert, wozu ich aus eigenem Antriebe geneigt war,
und was mir ſo nahe liegt, als handelte es ſich um mein
perſönliches Heil. Denn nicht nur E. H., welcher meine An=
hänglichkeit an die Mediceiſche Familie bekannt iſt, ſondern
Alle die etwas von italieniſchen Angelegenheiten wiſſen, müſſen
ſich überzeugt halten, daß ich mich ſo gegen Lorenzo's Söhne
zu verhalten fortfahren werde, wie ich mich bisher gegen ihn,
wie meine Vorfahren ſich gegen ſeinen Vater und Großvater
verhalten haben. Keinem kann es einfallen, daß ich nicht
wie bisher in die Fußſtapfen meiner Altvorbern treten werde,
indem dieſe zu allen Zeiten gepflegte und durch gegenſeitige
thatſächliche Beweiſe bewährte Freundſchaft mit den Medici
bis zu dieſer Stunde nicht nur keine Störung erfahren hat,
ſondern zu beider Frommen und Freude immer gekräftigt
worden iſt. Das Beharren in dieſer Geſinnung wird mir
zwiefach zur Pflicht gemacht, ſo durch alte zugleich und neue
Beziehungen zu den Medici, wie durch den Umſtand daß ich
baburch den Abſichten E. H. entſprechen werde."

Lorenzo de' Medici wurde in der Sacriſtei von San
Lorenzo beigeſetzt, wo ſein Vater, Oheim, Bruder, ſeine Groß=
eltern und andere Angehörige ruhen. Als ſein Sohn Gio=
vanni, der am 11. Mai 1492 Rom verließ um ſich nach der
Heimat zu begeben, hier vor der Gruft des Vaters ſtand, ahnte er
nicht daß er, mehr als dreiundzwanzig Jahre ſpäter, am erſten
Abventſonntage 1515, als geiſtliches Haupt der Chriſtenheit
in Thränen auf dieſer Stelle niederzuknieen beſtimmt war[1]).
Inmitten alles Glanzes und aller Größe wozu die Medici
emporſtiegen, ſcheint keiner daran gedacht zu haben, dem be=
rühmteſten Manne der Familie ein Denkmal zu errichten,

[1] Nach dem Diarium des Paris de' Graſſi bei Fabroni Vita
Leonis X. S. 95.

während der größte Bildhauer des Jahrhunderts zwei unbedeutenden Mitgliedern dieser Familie durch Monumente
zur Unsterblichkeit verhalf. Im J. 1559 ließ Herzog Cosimo I.
die sterblichen Reste Lorenzo's und seines Bruders Giuliano
in die Porphyrlade legen, welche sie selber ihrem Vater und
Oheim hatten aufstellen lassen[1]).

Angelo Poliziano hat bei dem Tode des Mannes, dem
er im Leben so nahe stand, nachfolgenden Gesang[2]) gedichtet,
welchen Heinrich Isaak in Musik setzte.

> Wer giebt zur Klage Stimm' und Muth,
> Wer meinem Aug' die Thränenflut,
> Daß ich bei Tag in tiefem Weh',
> Im Jammer mich bei Nacht ergeh'?
> So klagt der Tauber, einsam, müd',
> So singt der Schwan sein Sterbelied,
> Die Nachtigall, wenn Lenz entflieht;
> O weh mir Armen, trüb und bang,
> O bittrer Schmerz, der mich durchdrang!

---

1) **Moreni** Descrizione istorico-critica delle tre Cappelle Me-
dicee in S. Lorenzo. Flor. 1813. S. 103. — Bei der Umwälzung des
J. 1494 verschonte die den Medici feindliche Partei selbst die Monumente
nicht völlig, denn die Inschrift über dem Grabe Cosimo's des Alten wurde
entfernt, des Pater patriae wegen, und im J. 1497, in der Savonarola'schen Zeit, wurden alle Mediceischen Wappenschilder weggenommen oder
verdeckt, und durch das rothe Kreuz des Volkes ersetzt. Auf das Wieder-
erscheinen des Kugelwappens nach der Umwälzung des J. 1512, bezieht
sich ein Epigramm von Benvenuto Cellini's Vater, das die Papstwürde in
der Familie prophezeit:

> Quest' arme, che sepolta è stata tanto
> Sotto la croce mansueta,
> Mostra hor la faccia gloriosa e lieta.
> Aspettando di Pietro il sacro ammanto.

2) Die eigenthümliche Monodia in Laurentium Medicem („Quis
dabit capiti meo aquam"), von Polizian's lateinischen Compositionen so
verschieden, steht am Schlusse der Ausgabe seiner Werke von 1498. [Bei
del Lungo S. 274.] Die in der florentiner Ausgabe der italienischen
Dichtungen von 1814 nach einer Riccardischen Handschrift gedruckten Terzinen auf Lorenzo's Tod (in Carbucci's Ausg. S. 382 ff.) sind ohne
Zweifel nicht von Polizian.

Vom Blitze liegt da jäh gefällt
Der Lorbeer, Zierde dieser Welt,
Der Lorbeer, den der Musen Chor
Und Nymphen pries vor unserm Ohr;
In dessen Schatten Poesie
Und alles Schönen Harmonie
In froher Herrlichkeit gedieh;
Stumm ist nun Alles rings umher,
Taub ist es wie auf ödem Meer!

Wer giebt zur Klage Stimm' und Muth,
Wer meinem Aug' die Thränenflut,
Daß ich bei Tag in tiefem Weh',
Im Jammer mich bei Nacht ergeh'?
So klagt der Tauber einsam, mild',
So singt der Schwan sein Sterbelied,
Die Nachtigall, wenn Lenz entflieht;
O weh mir Armen, trüb und bang,
O bitter Schmerz, der mich durchdrang!

Schluß.

Erst dreiundvierzig Jahre alt, ist Lorenzo be' Medici abberufen worden. Eine kurze Spanne Zeit für so große wie vielseitige Thätigkeit, für so dauernden Nachruhm. Ein bedeutender Mensch, der glänzendste Repräsentant einer bedeutenden Zeit, deren Eigenschaften und Vorzüge wir bei keinem andern zu einem so harmonischen Ganzen verschmolzen finden. Lebendiger selbstbewußter Drang des Schaffens mit dem Streben nach Erkenntniß der Phasen des Entwicklungsganges zur Fundamentirung des Neuen, regte Empfänglichkeit und rascheste Auffassung mit dem Ernst und der Sorgfalt des Studiums, frischer freudiger Kunstsinn mit der Fähigkeit unmittelbarer Anwendung auf das Leben, alles das finden wir bei ihm vereint, die Eigenschaften des Dichters und des Staatsmanns, des Kenners und des unermüdeten Förderers, des Bürgers und des Fürsten, Phantasie und klaren Verstand, große Pläne und geduldige Berechnung. In den durch die Leitung eines eigenthümlich constituirten Staatswesens ihm überwiesenen zahllosen Geschäften unermüdlich, ausdauernd, mit sicherm und raschem Blick das Ganze überschauend und das Kleinste beachtend, in reiferen Jahren vorsichtig und besonnen, das Ziel unverrückt im Auge, ohne blindes Selbstvertrauen und ohne Ueberhebung wenngleich

mit dem lebendigen Gefühl der eigenen Stellung wie jener des
von ihm vertretenen Staates. Mit wunderbarer Leichtigkeit von
practischer Politik zu Speculation, Wissenschaft, Poesie über-
gehend, und auch hier umfassend, vielseitig, schöpferisch wie
Wenige, mit regstem Interesse und feinstem Schönheitsinn
und tiefer Einsicht in Wesen und Aufgaben der Kunst. In
häuslichen und Familien-Beziehungen freundlich, gesellig,
heiter, selbst inmitten körperlicher Leiden, nicht frei von Verirrungen die damals schon und später weit mehr das eheliche
Verhältniß lockerten, doch mit ungeheuchelter Anhänglichkeit
für die Seinen, für die treffliche Mutter mit der er manche
Eigenschaften theilte, für die Gattin die er nicht gewählt
hatte, für die Kinder denen er ein zärtlicher aber nicht
schwacher Vater, ein verständiger und vorsorglicher Berather
war. Ein warmer, aufmerksamer, standhafter Freund, als
solcher verschiedenartigste Naturen an sich heranziehend und
fesselnd, stets zu helfen bereit durch Rath und That, inmitten
von tausend Geschäften mit gleichem Eifer einschreitend und
sich verwendend für Hohe und Niedrige. Mit feinem Gefühl
für das Schickliche begabt, wenn er sich gleich nicht frei zu
halten vermochte von dem Epikuräismus der Zeit, die auch
von diesem erlesenen Geiste Opfer verlangt hat, und auch
dann noch mit lebendigem Bewußtsein der Macht der Cultur-
tendenzen auf dem Boden der Kirche, wenn frivoler Materialismus diese zu schwächen, ihn selbst in den Lebens-An-
schauungen auf bedenkliche Abwege zu führen drohte.

Die Schwächen und Untugenden seiner Zeit haben ihm
auch sonst nicht gefehlt. Sie haben seine Politik beeinträchtigt, obgleich sie hoch steht über jener der meisten Fürsten
und Staatsmänner seiner Tage, der italienischen wie der
auswärtigen, so in der Ehrlichkeit wie in der Folge-
richtigkeit, und, wenigstens in seinem letzten Decennium, in

unwandelbarem Festhalten an der Nothwendigkeit der Bewahrung von Frieden und Eintracht, in jenem Nationalitäts-
bewußtsein, wie es überhaupt der Auffassung der Epoche entsprach, an welche man, ohne Unbilligkeit, das Verlangen nach
ihr fremden Anschauungen nicht stellen darf. Seine innere
Politik hat schärfster Tadel getroffen, so in Bezug auf fortschreitende Fälschung des Wesens der Verfassung zur Mehrung persönlicher Autorität, wie inbetreff der Corruption zur
Erlangung unbehinderter Befugniß im Verwenden der Geldmittel. In letzterem Falle ist kaum abzusehen wie er bei
längerem Leben einem Zusammenbrechen hätte vorbeugen
können, falls nicht ihm und dem Staate vergönnt worden
wäre, durch Erhaltung sichern Friedens ein Gleichgewicht im
Innern herbeizuführen, wozu allerdings in den letzten Jahren
Grund zu legen begonnen worden war. In Bezug auf
ersteres, haben manche seiner Zeitgenossen der Ansicht Ausdruck geliehen, daß er auf einen eigentlichen Principat hin-
steuerte, und um zum Ziel zu gelangen nur auf einen geeigneten Moment wartete, etwa auf den Antritt des Gonfalo-
nierats, sobald diese Würde ihm nach Erreichung des gesetzlichen
Alters zugefallen wäre. Und doch hätten ihm, der Alles
vermochte, auch sonst Anlässe und Mittel nicht mangeln
können, wenn dies Ziel ihm vorschwebte. Aber er kannte Stadt
wie Volk zu gut, um sich der Erkenntniß der Hindernisse und
Gefahren zu verschließen, die ihn auf diesem Wege bedrohten.

Der Freiheitsinn dieses Volkes wurzelte tief. Glaubte
man ihm auch durch politische Manöver beigekommen zu sein,
durch bisweilen mehr scheinbare als wirkliche Förderung ma-
terieller Interessen sein moralisches Bewußtsein eingeschläfert,
durch Gewährung von Formen statt der Wirklichkeit seinen
Scharfsinn getäuscht zu haben, lange hielt es nicht vor. Die
Masse, so wenig sie politisch practisch in Betracht kam, war

so luchsäugig wie eifersüchtig, so ferne es sich um den Schein
von Freiheit handelte. Die herrschende Classe oder Faction ist
nie des Willens gewesen, sich ohne weiteres lenken zu lassen.
Als die Verschwörung der Pazzi den Staat in die Hand
Lorenzo's de' Medici gab, war es gerade ein Jahrhundert,
seit man sich an die beinahe unbeschränkte Herrschaft einer
Faction hatte gewöhnen müssen. Die J. 1378 und 1478 sind,
abgesehen von ihren Blutscenen, verhängnißvoll geworden in
der florentinischen Geschichte. Doch selbst zur Zeit ihrer
höchsten Macht sind diese Factionen nicht sicher noch ruhig
gewesen. Große Gefahren wie große Erfolge, angestrengte
Thätigkeit im Innern wie Reputation im Auslande waren
nöthig ihr Regiment zu stützen. Ebensowenig aber ist auf
ihre Stetigkeit zu zählen gewesen. Jeder dünkte sich dem
Andern gleich, und nachdem in der Zeit der Albizzi mehr
als in irgendeiner andern persönliches Verdienst den Ausschlag
gegeben, hat die Mediceische Epoche nur zu sehr die Herrschaft
persönlicher Interessen an den Tag gebracht. Nur durch Be=
friedigung letzterer, namentlich durch materielle Vortheile, ist
es Lorenzo gelungen, Zerwürfnissen vorzubeugen wie sie seinen
Vater und Großvater gefährdet haben, aber gerade dadurch
ist seine Herrschaft auf die Abwege gerathen, auf denen kaum
noch seine seltenen Geistesgaben und reife Erfahrung wie der
Zauber seines Namens sie vor dem Straucheln bewahrten,
während bald nachher der betäubende Sturz erfolgte.

Vielleicht der schlimmste Uebelstand des Regiments Lo=
renzo's il Magnifico hat in dem zunehmenden Misverhältniß
zwischen der äußern Form und der realen Macht gelegen, in
der Verrückung der Autorität von ihrem legalen Centrum,
wodurch zugleich Recht wie Maß in Frage gestellt wurden.
In Allem hat das Persönliche den Ausschlag gegeben, in der
Politik wie in der Verwaltung, in den Finanzen, selbst in

der Justiz. Die Einsichtigen unter den Zeitgenossen haben
diesen radicalen Uebelstand nicht verkannt und sich selbst in
bittersten Worten darüber ausgesprochen. Wenn man hier
jedoch nicht blos solchen Excessen entging wie sie in allen
italienischen Staaten, mit kaum einer Ausnahme, vorgekommen sind, sondern wenn Lorenzo's Regiment im Ganzen von
jener Gewaltsamkeit frei blieb welches jenes Cosimo's des
Alten bezeichnet hatte, so haben dazu allerdings die ruhigere
Zeit, die gesichertere Stellung, die längere Angewöhnung an
diese Herrschaft beigetragen, aber auch die Sinnesart des
Mannes der an der Spitze stand. Lorenzo de' Medici wollte
herrschen, aber er ist kein Tyrann gewesen. Er war dazu
einestheils zu scharfsinnig und ermaß zu gut Charakter und
Traditionen des Volkes, anderntheils war er eine zu reich und
groß angelegte Natur, zu offen, zu hochsinnig, zu freundschaft-
bedürftig, ja zu genußliebend. Endlich war er zu sehr florentiner Bürger. Nicht blos dem Aeußern nach war er's,
in seiner Erscheinung, seiner Tracht, seinem Verhalten. Durch
nichts würde er sich von der Gesammtheit unterschieden
haben, hätte man ihm nicht, freilich ein arger Verstoß gegen
die bürgerliche Gleichheit, seit der Verschwörung der Pazzi
jenes Gefolge zugestanden oder beigelegt, anfangs vier seiner
Vertrauten, später zwölf von der Signorie bezahlte Leute.
Bei Lorenzo's Sohne hat das bürgerliche Wesen nicht Stand
gehalten — man sagte von Piero er sei keine florentinische
Natur — ganz verschwunden ist es kaum bei Einem oder
dem Andern des Geschlechts. In der eigenen Familie sahen
wir Lorenzo Einfachheit aufrechthalten, in den Geschäften
hat er den Schein zu wahren gesucht, mochte er noch so sehr
die Dinge lenken, ohne freilich vermeiden zu können daß
man klagte, Ser Piero da Bibiena ziehe in seine Kanzlei
was vor das Polizeigericht der Acht gehöre. Bei wichtigen

Anlässen liebte er es sich mit Vielen zu besprechen, aber mit
Jedem einzeln, worauf er ohne Zuziehung Anderer den Ent=
schluß faßte.

Ueber sein eigenmächtiges Verfahren in Geldangelegen=
heiten gingen schon in seiner Zeit die Meinungen sehr aus=
einander. Ohne die Verwendung der Staatsgelder wäre er
ruinirt gewesen, aber man urtheilte, sein Ruin würde Aller
Ruin nach sich gezogen haben. Alles was Lorenzo genom=
men, so um seinen Credit zu retten wie um ein glänzendes
Leben zu führen, sei nichts im Vergleich mit Verlusten, denen
ein Staat durch unfähige Verwaltung ausgesetzt werde, ja
eine einzige ungeschickte oder verschleppte Maßregel könne
einem Staate theurer zu stehn kommen als Lorenzo's ganzes
Regiment. Die Medici, so hieß es, hätten allerdings eigenen
Vortheil zum letzten und höchsten Endzweck wonach sie Thun
und Lassen bemessen, aber sie seien florentiner Bürger ge=
wesen und geblieben, und in den meisten Fällen habe ihr
Interesse und das des Staates sich gedeckt. So urtheilten
nach Lorenzo's Tode und Piero's Sturz die Günstigen, denen
dann freilich die Antwort ward, ihr Endzweck sei denn doch
nur Alleinherrschaft gewesen, zu der sie unter der Form der
Demokratie mittelst Beseitigung des Einflusses der edlen
Familien und Begünstigung Vieler aus den unteren Ständen
emporzusteigen gesucht hätten, nicht die Suprematie in einem
mehrundmehr aristokratisch sich gestaltenden Staatswesen wie
bei den Albizzi. Eine schlaue Tyrannei wie jene Cosimo's,
eine durch Leutseligkeit und Generosität gemäßigte wie die
Lorenzo's sei um so schlimmer, weil sie das Volk vergifte,
indem sie es darauf vorbereite, Härteres zu ertragen. Ein
Ausspruch, der sich in nicht ferner Folgezeit nur zu sehr
bewährt hat.

Mit ihrem Guten und Schlimmen haben die Medici in

Florenz die tiefsten Wurzeln geschlagen. Sie haben die Republik auf die Dauer unmöglich gemacht. Wir haben, so
lauten die Worte welche Francesco Guicciardini nach ihrer
Vertreibung im J. 1494 einem in dieser Geschichte wiederholt
genannten Manne Paol' Antonio Soderini in den Mund legt,
zwei tödtliche Wunden, den Pisanerkrieg und die Medici im
Exil. Mit ihren zahlreichen Freunden in Stadt und Landschaft und der Größe ihres Namens im Auslande werden sie
uns viel zu schaffen machen. Er hatte Recht. Die Mediceische Partei würde der Republik von 1495 wie der von
1527 den Todesstoß gegeben haben, wären ihr auch nicht
äußere Verhältnisse zu Hülfe gekommen. Das Werk ist ihr
dadurch erleichtert worden, daß, wie in manchen andern Republiken, das Verhältniß der herrschenden Gemeinde zu den
unterthänigen Städten und Ortschaften ein unnatürliches
und unendlich drückendes war, letztere unter dem Einfluß der
Traditionen ihrer alten Freiheit nur gezwungen gehorchten,
und ein persönliches Regiment, wie es vierzig Jahre nach
Lorenzo's Tode dauernd aufkam, leichter ertrugen als ihre
frühere Stellung, vielleicht schon aus dem Grunde, weil nun
auch die alten Herren ihren Nacken unter das gleiche Joch
beugen mußten.

Im neunten Kapitel seiner florentinischen Geschichte hat
der große Historiker, dessen eben gedacht worden ist, seine
meisterhafte Schilderung Lorenzo's de' Medici in der Einwirkung auf seine Vaterstadt am Schlusse in wenige Worte
zusammengefaßt. Die Stadt, sagt er, ist unter ihm nicht
frei gewesen, aber einen erträglichern und bessern Herrn hätte
sie nicht finden können. Denn wenn von ihm, infolge an-
geborener Güte und Neigung, unendlich viel Gutes ausging,
so waren die Uebel, insoferne sie sich von der Natur der
Thrannis selber herschreiben, gering und auf die Nothwendigkeit

beſchränkt, unendlich geringer aber, wo ſein eigener Wille
ins Spiel kam. Mochten deshalb auch Manche ſich über
ſeinen Tod freuen, ſo betrübte er doch die welche am Regiment
Antheil hatten, Solche ſelbſt die ſich über ihn zu beſchweren
Grund hatten, denn niemand wußte wohin der Wechſel
führen würde.

Dies erfuhr man allerdings bald. Kaum drittehalb
Jahre lag Lorenzo il Magnifico im Grabe, und noch hatten
ſeine Söhne nicht Zeit gefunden ihm ein Denkmal zu errichten,
ſo brach der ſtolze Bau zuſammen, wozu Giovanni d' Averardo
den Grundſtein gelegt, welchen Coſimo aufgeführt, Piero und
Lorenzo erweitert und geſchmückt hatten. Am 9. November
1494 ſchloß Luca Corſini, einer der Prioren, dem aus dem franzöſiſchen Lager bei Sarzana zurückgekehrten Piero de' Medici
das Thor des Palaſtes der Signorie ins Geſicht zu, und gab
ſo das Signal zu der großen Umwandlung in den Geſchicken
des Freiſtaats. Weder durch des Vaters Scharfſinn und
Erfahrung berathen, noch durch deſſen Autorität bei den
Großen und die Zuneigung der Menge getragen, hatte
Lorenzo's Sohn und Nachfolger in dem ſeit lange drohenden
Zwieſpalt, welcher Frankreich in die dynaſtiſchen Zerwürfniſſe
Italiens hineinzog, die aragoniſchen Intereſſen gegen die des
Moro und des franzöſiſchen Königes zu den ſeinigen gemacht,
und dann in dem Moment, wo letzterer, nachdem er unbehin-
dert den Apennin überſtiegen, Florenz bedrohte, kopf- wie
muthlos und ohne einen Schatten von Befugniß, die Veſten
des Staates, Sarzana, Pietraſanta, Piſa, Livorno den Fremden überliefert. Als bei Ausbruch des Zornes über das unerhörte Verfahren der alte Ruf: Volk und Freiheit! erſcholl,
ſtieg Piero de' Medici zu Pferde, und war froh die Straße
nach Bologna zu gewinnen, wohin ſeine Brüder und die am
meiſten Compromittirten unter ſeinen Anhängern ihm folgten,

während der Pöbel den Mediceischen Palast und die Häuser
der verhaßtesten Werkzeuge der Finanzverwaltung plünderte.
So war in einem Nu die Umwälzung da, welche unter den
Augen eines fremden Herrschers (an demselben 9. November
war Carl VIII. in Pisa eingerückt wo der Aufstand gegen
Florenz begann, acht Tage später war er im Palast der Via
Larga) einen neuen popolaren Staat schuf. Dieser Staat währte
unter den größten inneren wie äußeren Schwierigkeiten beinahe
achtzehn Jahre, um einer neuen Mediceischen Suprematie
Platz zu machen, die nach einer zweiten durch ähnlichen äußern
Anlaß herbeigeführten dreijährigen Unterbrechung sich zu erb=
licher Alleingewalt gestaltete und Dauer gewann, bis, nach vollen
zwei Jahrhunderten, die umgewandelte Familie in dem um=
gewandelten Lande zu Ende ging, auch dann noch betrauert,
als wenig mehr geblieben war von den Eigenschaften die ihr
einst hellen Glanz verliehen hatten.

Die Männer welche Lorenzo il Magnifico am nächsten
standen, haben verschiedene Geschicke gehabt. Von den Häuptern
der Partei sind mehre, nun auf die eigenen Füße gestellt, ein=
flußreich und mächtig geworden in dem neuen Gemeinwesen,
Andere blutigem Loose verfallen. Von den Freunden die sein
Sterbebette umgaben, erlebte der Eine, Angelo Poliziano,
die Katastrophe nicht, die das glänzende Haus traf. Am
24. September 1494 ward er abberufen, im Tode nicht ver=
schont von dem bösen Leumund den das Leben des geistvollen
Mannes gewissermaßen herausgefordert hatte. Giovanni Pico
von Mirandola starb am Tage des Einzugs des fremden
Königs, und der Mann welchen Lorenzo de' Medici in der
Todesstunde zu sich beschieden, der Predigermönch von Ferrara
welcher Florenz in seinen tiefsten Tiefen umzuwühlen be=
stimmt war, um inmitten des von ihm selber entzündeten
Brandes umzukommen, war der Tröster seiner letzten

Augenblicke. Marsilio Ficino und Christoforo Landino ist es beschieden gewesen, Zeuge des Unglücks der Familie zu sein der
sie Alles verdankten und mit erblicher Zuneigung anhingen,
und das Blutgericht über manche Freunde, die Zerstreuung
der reichen künstlerischen und gelehrten Schätze des Hauses
zu erleben, das sie groß gezogen hatte. Von den Jüngeren
haben Verschiedene achtzehn Jahre in Exil- und Geschickes-
wechseln zugebracht, um sich endlich in dem allerdings hellen
aber nicht minder verzehrenden Glanze des Pontificats Leo's X.
zu sonnen, als in Literatur und Kunst, in Ariosto's und
Machiavelli's, in Raffael's und Buonarroti's Werken die in
Lorenzo's de' Medici Zeit ausgestreute Saat aufschoß, das
politische Gebäude aber, dessen vornehmste Stütze er gewesen,
und die nationale Politik unrettbar vernichtet, Italien
Kampfplatz für die ganze Welt geworden, die Lombardei von
Franzosen, Neapel von Spaniern beherrscht, die romagnolische
Dynastenschaar weggeschwemmt war, nachdem von Jenen, die
einst über Wohl und Wehe der Halbinsel entschieden, Ferrante
und Alfons von Aragon in Noth und Gewissensangst, Lodovico il Moro in einem französischen Kerker geendet hatte.

Beilagen.

Chronologische Uebersicht[1]).

1378 Gonfalonierat Salvestro's de' Medici. Aufstand und Herrschaft der untersten Volksclasse (Tumulto bei Ciompi).
    Ambrogio Traversari geb. [† 1439.]
1379 Hinrichtung Piero's degli Albizzi.
    Filippo Brunellesco geb. [† 1446.]
1380 Poggio Bracciolini geb. [† 1459.]
1381 (?) Lorenzo Ghiberti geb. [† 1455.]
1382 Ende der Pöbelherrschaft. Aufkommen der Macht der Albizzi.
1386 Donatello geb. [† 1466.]
1387 Exil Benedetto's degli Alberti und der Seinigen.
    Fra Giovanni von Fiesole geb. [† 1455.]
1388 Salvestro de' Medici †.
1389 Cosimo de' Medici geb. [† 1464.]
1391 Neri Capponi Gino's Sohn geb. [† 1457.]
    (?) Michelozzo Michelozzi geb. [† 1472.]
1393 Gewaltherrschaft Maso's degli Albizzi. Vieri de' Medici.
1394 Luigi Marsigli †.
1396 Emmanuel Chrysoloras nach Florenz berufen. [† 1415.]
    Giannozzo Manetti geb. [† 1459.]
1399 Bittzüge der Weißen Büßenden. Große Sterblichkeit.
    Carlo Marsuppini geb. [† 1453.]
1400 Krieg mit Gian Galeazzo Visconti. Bündniß mit König Ruprecht von der Pfalz. [Gian Galeazzo † 1402.]
    Luca della Robbia geb. [† 1482.]
1401 Masaccio geb. zu San Giovanni im Valdarno. [† 1428.]
1403 Bündniß mit P. Bonifaz IX. u. A. gegen die Visconti.
    L. Ghiberti erhält den Auftrag zur ersten Thüre des Baptisteriums.
1404 Anfang des Unternehmens gegen Pisa.
1405 Kampf um Pisa. Gino Capponi.
    Matteo Palmieri geb. [† 1475.] L. B. Alberti geb. [† 1472.]
1406 Einnahme von Pisa.
    Coluccio Salutati † [geb. 1330.]
1408 Bemühungen zur Wiederherstellung der kirchlichen Einheit.
1409 Concil zu Pisa. (P. Alexander V.)
    Bernardo Rossellino geb. [† 1464.]

---

1) Gegenwärtige Chronologie hat lediglich den Zweck, die Uebersicht des zeitlichen Zusammenhangs in den verschiedenen Theilen des Werkes zu erleichtern.

1410 Bündniß mit P. Johannes XXIII. [Baldassar Cossa.]
  Feo Belcari geb. [† 1484.]
1411 Vertrag mit K. Ladislaus von Neapel. Kauf von Cortona. Einsetzung des Raths der Zweihundert.
1412 (?) Fra Filippo Lippi geb. [† 1469.]
1414 Neues Abkommen mit K. Ladislaus, dann nach Ladislaus' Tode
  mit dessen Schwester Königin Johanna II.
  Cosimo de' Medici mit P. Johannes XXIII. in Constanz.
1415 Benedetto Accolti geb. [† 1466.]
1416 Pest in Florenz.
  Piero de' Medici geb. [† 1469.]
1417 Maso degli Albizzi †. Rinaldo dessen Sohn und Niccolò da Uzzano
  an der Spitze des Gemeinwesens.
1419 P. Martin V. in Florenz. Versöhnung und Tod Johannes' XXIII.
  Erzbisthum Florenz. Amerigo Corsini.
1420 Filippo Brunellesco, Architekt der Domkuppel.
  Benozzo Gozzoli geb. [† 1498.]
1421 Ankauf von Livorno. Gino Capponi †.
1422 Blüte des Handels. Verbindungen mit der Levante.
1423 Anfang des Krieges gegen Filippo Maria Visconti.
1424 Niederlage bei Zagonara.
  Cristoforo Landino geb. [† 1504.]
1425 Niederlage bei Anghiari.
  Lorenzo Ghiberti erhält den Auftrag zur zweiten Thüre des
  Baptisteriums.
1426 Misverständnisse wegen der Steuern und Kriegslasten. Die Albizzi
  und Giovanni be' Medici.
1427 Erstes Kataster.
  Antonio Rossellino geb. [† 1478.]
1428 Friede mit Filippo Maria Visconti.
  Reform der Hochschule. Palla Strozzi.
1429 Giovanni de' Medici †. Aufstand Volterra's wegen Einführung
  des Katasters.
  Francesco Filelfo in Florenz.
  Antonio Pollaiuolo geb. [† 1498.]
1430 Krieg gegen Lucca. Die Juden in Florenz.
  Bartolommeo Scala geb. († 1495.]
1431 P. Eugen IV. — Luigi Pulci geb. [† 1486.]
  Mino da Fiesole geb. [† 1484.]
1432 Giuliano da Maiano geb. [† 1490.] Niccolò da Uzzano †.
  K. Sigmund in Italien. [Römische Kaiserkrönung 1433.]
1433 Der Krieg gegen Lucca durch den Frieden mit Mailand beendigt.
  Exil Cosimo's be' Medici.
  Marsilio Ficino geb. [† 1499.]

1434 Rückberufung Cosimo's de' Medici. Exil Rinaldo's degli Albizzi,
    Palla Strozzi's und ihrer Freunde. P. Eugen IV. in Florenz.
    Beendigung der Domkuppel.

1435 Cosimo de' Medici Gonfaloniere.
    Andrea del Verrocchio geb. [† 1488.]

1436 Einweihung des Doms durch P. Eugen IV. Kloster und Bibliothek
    von San Marco. Palast Medici.

1439 Florentiner Unionsconcil. Die Griechen in Florenz.

1440 Viscontischer Krieg. Schlacht bei Anghiari. Ende der Herrschaft
    der Guidi im Casentino.

1441 Tod Balbaccio's da Anghiari.
    Pietro Pollaiuolo geb. [† 1489?]
    (?) Luca Signorelli geb. [† 1523.]

1442 Benedetto da Maiano geb. [† 1498?].
    Rinaldo degli Albizzi † in Ancona.

1445 Giuliano Giamberti da Sangallo geb. [† 1516.]

1446 S. Antoninus Erzbischof [† 1459.]

1447 Krieg im Chianathal gegen Alfons von Aragon König von Neapel. —
    P. Nicolaus V.

1449 [1. Januar] Lorenzo de' Medici geb. [† 1492.]
    Bernardo Rucellai geb. [† 1514.]
    Domenico Ghirlandaio geb. [† 1494.]

1450 Zerwürfniß mit Venedig. Francesco Sforza Herzog von Mailand.

1451 Amerigo Vespucci geb. [† 1512.]

1452 Kaiser Friedrich III. in Florenz. — Die Neapolitaner im Chianathal.
    Leonardo da Vinci geb. [† 1519.]

1453 Giuliano de' Medici geb. [† 1478.]
    Girolamo Benivieni geb. [† 1542.]

1454 Friede von Lodi zwischen Florenz, Mailand, Venedig, Neapel.
    Angelo Ambrogini Poliziano geb. [† 1494.]

1455 Intriguen gegen Cosimo de' Medici. Luca Pitti. — P. Calixtus III.

1456 Berufung des Johannes Argyropulus nach Florenz.

1457 Simon Pollaiuolo Cronaca geb. [† 1508.]
    Filippino Lippi geb. [† 1504.]

1458 Verfassungsänderung Luca Pitti's. — P. Pius II.

1459 P. Pius II. in Florenz.
    Benozzo Gozzoli malt die Kapelle im Pal. Medici.

1461 Piero de' Medici Gonfaloniere.

1463 Giovanni Pico della Mirandola geb. [† 1494.]

1464 Cosimo de' Medici, pater patriae, †. — P. Paul II.
    Marcello Virgilio Adriani geb. [† 1521.]

1465 Anfang der Pittischen Händel.

1466 Verschwörung Diotisalvi Neroni's, Luca Pitti's und ihrer Freunde
    gegen Piero de' Medici.

1467 Colleonischer Krieg.
1468 Friede mit Venedig. Kauf von Sarzana.
     Turnier und Vermälung Lorenzo's de' Medici.
1469 Piero de' Medici †. Autorität Lorenzo's. Tommaso Soderini.
1470 Aufstandsversuch in Prato.
     Bernardo Dovizi von Bibiena geb. [† 1520.]
1471 Galeazzo Maria Sforza in Florenz. Lorenzo de' Medici in Rom
       bei P. Sixtus IV. Piero de' Medici geb. [† 1503.]
     Bernardo Cennini erster florentinischer Typograph.
1472 Aufstand und Eroberung von Volterra.
1473 Wiedereröffnung der Universität Pisa.
1474 K. Christiern von Dänemark in Florenz.
1475 Giovanni de' Medici (P. Leo X.) geb. [† 1521.] Michelangelo
     Buonarroti geb. [† 1564.]
     Mord Galeazzo M. Sforza's. Regentschaft Bona's von Savoyen.
1478 Verschwörung der Pazzi. Tod Giuliano's de' Medici. Krieg mit
     Rom und Neapel. Giulio de' Medici [P. Clemens VII.] geb.
1479 Niederlage bei Poggibonzi. Lorenzo de' Medici in Neapel.
     Lodovico il Moro Regent von Mailand.
1480 Friede zwischen Florenz, Neapel und dem Papst. Einsetzung des
     Raths der Siebzig.
1481 Cristoforo Landino's Ausgabe des Dante.
1482 Ferraresischer Krieg. Francesco Guicciardini geb. [† 1540.]
1483 Fra Girolamo Savonarola in Florenz.
     Ludwig XI. König von Frankreich †. Carl VIII.
1484 Friede von Bagnolo. P. Sixtus IV. †. P. Innocenz VIII.
1485 Die Florentiner im neapolitan. Baronenkriege gegen Innocenz VIII.
1486 Friede zwischen dem Papst und K. Ferrante.
1487 Wiedereinnahme von Sarzana durch die Florentiner.
1488 Familienverbindung zwischen den Medici und Innocenz VIII. Clarice
     de' Medici †.
     Erster Druck von Homers Werken. Kloster San Gallo.
     Mord Girolamo Riario's und Galeotto Manfredi's.
1489 Cardinalswürde Giovanni's de' Medici.
     Fra Girolamo Savonarola wieder in San Marco.
     Anfang des Baues des Palastes Strozzi. Benedetto da Maiano.
1490 Neue Verfassungsreform. Lorenzo de' Medici Vermittler zwischen
     Innocenz VIII. und König Ferrante.
     Dom. Ghirlandaio's Chor von Sta Maria Novella. Verhand-
     lungen inbetreff der Vollendung der Domsaçade.
1491 Versöhnung zwischen dem Papst und Neapel.
1492 Veröffentlichung der Cardinalscreirung Giovanni's de' Medici.
     Lorenzo de' Medici † 8. April.

Medici.

Giovanni d'Averardo geb. 1360 † 1429 == Piccarda Bueri.

Cosimo pater patriae geb. 1389 † 1464
== Contessina de' Bardi † 1473.

Lorenzo geb. 1395 † 1440 == Ginevra Cavalcanti.
Großherzogliche Linie erloschen 1737.

Piero geb. 1416 † 1469
== Lucrezia Tornabuoni † 1482.

Giovanni † 1463
== Ginevra degli Albizzi.

Carlo [nat.] † 1492.

Lorenzo II Magnifico
geb. 1449 † 1492
== Clarice Orsini † 1488.

Giuliano
geb. 1453 † 1478

Giulio
geb. 1478 † 1534
Papst Clemens VII.

Bianca
==
Guglielmo de' Pazzi.

Nannina
==
Bernardo Rucellai.

Maria
[nat.]
==
Lionetto de' Rossi.

Piero
geb. 1471 † 1503
== Alfonsina Orsini † 1520.

Giovanni
geb. 1475 † 1521
Papst Leo X.

Giuliano
geb. 1479 † 1516
Herz. v. Nemours
== Filiberta v. Savoyen.

Ippolito [nat.]
Card. † 1535.

Lucrezia
==
Jacopo Salviati.

Luisa
verlobt mit
Giovanni
de' Medici.

Maddalena
==
Franceschetto
Cybo.

Contessina
==
Piero Ridolfi.

Lorenzo
geb. 1492 † 1519
Herzog v. Urbino == Madeleine de La Tour d'Auvergne † 1519.

Clarice † 1528
== Filippo Strozzi d. J.

Caterina Königin von Frankreich geb. 1519 † 1589.   Alessandro [nat.] erster Herzog von Florenz † 1537.

Pazzi.

Guidotto
kämpfte bei Montecatini 1315, exilirt nach der Zeit des Herzogs von
Athen, † 1348.

Guglielmo
verurtheilt 1345, dann in Staatsämtern, Camarlingo 1374, 1377
— Coſtanza de' Bardi.

Andrea
geb. 1372, Capitano bi parte Guelfa 1413, zu den Gemeinde-Aemtern
befähigt durch Coſimo de' Medici 1434, Ritter durch René von Anjou 1442,
† 1445
— Caterina Salviati.

Jacopo	Piero	Antonio † 1458
Gonfaloniere 1469 † 1478 — Maddalena Seriſtori.	Botſchafter in Neapel und 1461 bei Ludwig XI. — Fiammetta Giugni.	— Coſa begli Aleſſandri.

Caterina	Renato † 1478 Andrea Niccolò Leonardo Galeotto	Guglielmo † 1516	Giovanni † 1481	Franceſco † 1478.
geb. 1463, Aebtiſſin von Sta Maria di Monticelli † 1490.		Bianca de' Medici.	Beatrice Borromeo.	

		Coſimo Erzb. v. Florenz † 1513.	Aleſſandro † 1530.

Soderini.

Tommaſo
1377—78 Capitano bi parte Guelfa dann verbannt, 1381 zurück, 1395
Gonfaloniere, † 1402.

Lorenzo	Franceſco
natürl. legitimirt, 1397 Ritter durch K. Carl V., † 1405 — Ghilla Cambi.	Sohn Eliſabetta Altoviti's 1376, 1433 im Magiſtrat der Acht — Margherita, T. Palla Strozzi's.

Niccolò	Tommaſo
geb. 1401, 1451 und 1465 Gonf., infolge der Verſchwörung Tiotiſalvi Neroni's verbannt, † zu Ravenna 1474.	geb. 1403, wiederholt Botſchafter und fünfmal Gonfalon. † 1485 — Tianora Tornabuoni.

Franceſco	Piero	Paol'	Tommaſo	Gian
geb. 1453 Cardinal Biſchof von Volterra † 1524.	lebenslängl. Gonfalon. 1502 † 1522.	Antonio wiederholt Botſchafter † 1499.	Ritter durch Leo X.	Vettorio Rector von Piſa Botſchafter.

Visconti und Sforza.

Gian Galeazzo Visconti
Herzog von Mailand † 1402.
∞ Isabella von Frankreich.

Valentina
∞ Ludwig von Orleans
|
Carl von Orleans
|
K. Ludwig XII.

Giovanni Maria † 1412.

Filippo Maria † 1447.
∞ Bianca Maria nat.

Munio Attendolo von Cotignola genannt Sforza † 1424.

Francesco geb. 1401 Herzog von Mailand 1450 † 1466.

Alessandro Herr von Pesaro † 1473.
|
Costanzo † 1483.

Bosio Graf von Santa Fiora † 1476.

Lia ∞ Leonetto da Sanseverino
|
Roberto da Sanseverino.

Galeazzo Maria † 1476
∞ Bona von Savoyen
|
Giovanni Galeazzo Herzog von Mailand † 1495
∞ Isabella d'Aragona, Alfonso's d'N. und Ippolita Maria Sforza's T.

Sforza Herzog von Bari † 1479.

Lodovico il Moro Herzog von Bari und Mailand † 1510
∞ Beatrice d'Este, Herzog Ercole's und Eleonora's d'Aragona T.

Ottaviano † 1477.

Ascanio Maria Card. 1484 † 1505.

Ippolita Maria † 148.
∞ Alfonso d'Aragona natürl. K. von Neapel.

Lorenzo's de' Medici letzte Stunden.

[Zu Buch VI. Kap. VIII.]

Die Zusammenkunft Savonarola's mit Lorenzo de' Medici hat zu einer Controverse Anlaß gegeben, die nicht endgültig entschieden ist. Der Bericht der Biographen des Ferraresen, Giovan Francesco Pico und Pacifico Burlamacchi, ist mit der Erzählung in Polizians erwähntem Schreiben nicht in Einklang zu bringen. Letztere macht freilich den Eindruck einer Abschwächung des Thatbestandes, darauf berechnet, den schlimmen Eindruck der über die Sache verbreiteten Nachrichten zu verwischen, und Polizians drittes, dem Mönch in den Mund gelegtes Wort: er möge den Tod mit Geduld ertragen, klingt beinahe wie ein Gemeinplatz gegenüber dem ernsten Moment und dem Charakter der beiden Personen. Wie C. Fr. Meier in seiner Geschichte Savonarola's, S. 52 u. A. hat auch Villari, La Storia di Girolamo Savonarola Bd. I. S. 136 die Version der ältesten Biographen des Ferraresen acceptirt und in einer längern Anmerkung S. 155—158 begründet. Aber diese Version leidet doch an, argen Unwahrscheinlichkeiten. Wie sollte der Sterbende, der die Wegzehrung eben empfangen, noch einmal eine Beichte ablegen? Und was konnte Savonarola mit der berühmten dritten Forderung meinen — welche practische Bedeutung und Wirkung konnte er von derselben, von dem möglichen Ja dieses Sterbenden erwarten? Die Erzählung sieht wie eine in der Zeit der nochmaligen Aufregung aufgekommene Erfindung aus. Die Zweifel an der Authenticität der Bücher Burlamacchi's und Pico's, welche, so argwohnt man, im Kloster San Marco fabrizirt und mit diesen Autornamen geschmückt worden sein sollen, fallen hier weniger ins Gewicht, da es sich jedenfalls um die bei den Zeitgenossen des Frate geltende Tradition handeln würde.

Bartolommeo Cerretani hat im 3. Buche seiner handschriftlichen Chronik Folgendes über Lorenzo's letzte Stunden. „Am 7. April um die fünfte Stunde empfing Lorenzo das Abendmal. Als das Uebel so rasche Fortschritte machte, verlor Messer Piero Leoni, sonst ein trefflicher Arzt, den Muth; man sandte sogleich nach andern Aerzten, aber es war nicht mehr an der Zeit. Im Gefühl seines nahen Endes ließ der Kranke seinen ältesten Sohn Piero rufen, richtete verschiedene Mahnungen an ihn und sandte ihn weg. Um die zwanzigste Stunde begann er zu schreien: Ich sterbe und niemand hilft mir! Alles eilte zu ihm. Er sagte er wolle etwas aufstehn, ließ sich aus dem Bette heben, gleich darauf aber wieder hinlegen. Die Schmerzen waren so heftig, daß er die Besinnung verlor. Die um ihn Stehenden begannen zu weinen, denn man hielt ihn für todt. Ein anwesender Camaldulenser nahm die Brille ab, und indem er sie ihm vor den Mund hielt, sah er daß er noch athmete. Man flößte ihm etwas Stärkendes ein und er kam wieder zu sich. Nun rief er seinen Sohn wieder zu sich und sprach leise zu ihm, sodaß von den Andern niemand es vernahm. Darauf verschlimmerte sich sein Zustand rasch, sodaß er am 8. um die vierte Abendstunde in den Armen eines Kammerdieners den Geist aufgab."

Der Arzt, welcher Lorenzo's Krankheit jedenfalls falsch beurtheilt zu haben scheint, obgleich er ein gelehrter Mann war, endete wie erzählt worden ist (S. 561) am folgenden Morgen im Brunnen der Martellischen Villa zu San Gervasio vor Porta Pinti.

Sanuazzaro's Gedicht in Terzinen auf den Tod Piero Leoni's, bei Roscoe App. No. LXXVIII, schreibt die Anstiftung Piero de' Medici zu. Das bei Fabroni a. a. C. Bd. II. S. 397 mitgetheilte, angeblich von einem Anonymus in der Magliabechiana herrührende Fragment: „Fu trovato essere stato gettato in un pozzo" u. s. w. ist aus den Ricordi Alamanno Rinuccini's (S. CXLVI) entlehnt. Petrus Crinitus wie Valerianus De litteratorum infelicitate nehmen an, der Arzt habe sich in seiner Aufregung selber das Leben genommen, und aller-dings deutet Cerretani darauf hin, daß dieser, der noch bis kurz vorher gute Hoffnung hatte, den Kopf verlor. Er meldet überdies, die medicei-schen Reitknechte hätten den Arzt bedroht, den man deshalb nach San Gervasio gebracht habe, und das Gerücht seines Todes durch fremde Gewalt sei alsbald verbreitet worden aber grundlos gewesen. Burcards lücken-hafter Bericht, S. 175, indem er auf Piero's de' Medici Klage, der tödt-liche Ausgang der Krankheit sei der falschen ärztlichen Behandlung beizu-messen, hindeutet, läßt vermuthen daß man in Rom an einen Mord glaubte.

Demetrius Challondylas schrieb im Mai von Mailand aus an Marcello Virgilio Adriani: „Zwei traurige Vorfälle meldest du mir, den Blitzstral der die Hauptkirche der Stadt traf, so großen Ruin veran-laßte, so schlimme Dinge verkündete, und den Tod Lorenzo's, des berühm-testen Mannes unserer Zeit, der in so vielen Dingen ausgezeichnet war. Sein Ableben bereitet mir tiefen Schmerz, nicht blos des Verlustes wegen der in nicht geringem Maße Alle trifft, sondern auch wegen dessen was ich persönlich einbüße, da ich ihn stets als gütigen Gönner erfunden habe. Dazu kommt das traurig entsetzliche Ende Piero Leoni's, welches mich, wie seit lange nichts anderes, ergriffen hat. Glaube mir, Marcello, dies Ende wirft einen Schatten auf Lorenzo's Tod, und ist eine Unehre für die Familie wie für die ganze Stadt. Denn obschon du gleich den Andern schriebest, er habe sich selber in den Brunnen gestürzt, so hält es doch schwer verständige Leute zu überzeugen, daß ein so weiser und gelehrter Mann, der, wie auch du mir meldest, Lorenzo in seiner Krankheit mit so großer Sorgfalt behandelt hat, von solchem Wahnsinn ergriffen worden sein sollte, daß er einen so schmachvollen Tod gewählt habe." (Baudini Collectio etc. S. 22.)

Bei Fabroni a. a. O. S. 395 und Roscoe Life of Leo X. App. No. XXIII. finden sich Briefe welche der Cardinal Giovanni nach des Vaters Tode an seinen Bruder richtete. Der erste derselben möge hier stehn. Das Original ist in der seltsamen Mischung lateinischer und italienischer Phrasen geschrieben die noch immer im Schwange war.

„Mein geliebter Bruder, jetzt unseres Hauses einzige Stütze. Was soll ich dir schreiben, während mir nur Thränen bleiben? Denn wenn ich betrachte, daß unser Vater gesegneten Andenkens von uns hinweggenommen worden ist, liegt Weinen mir näher als Reden. Welcher Vater! Keiner war gütiger als er gegen seine Kinder: Zeugniß liefern die Thatsachen. So ist's kein Wunder wenn ich klage und keine Ruhe finde, und mein einziger Trost ist, daß ich dich, mein Bruder, an Vaters Stelle habe. An dir ist's zu gebieten, an mir zu gehorchen, wie denn deine Befehle mir immer größte Freude machen werden. Prüfe mich, nichts wird mich säumig finden. Aber ich bitte dich, mein Piero, sei gegen Alle, namentlich gegen die Deinen, so wie ich dich wünsche, wohlthätig, freundlich, entgegenkommend, gütig: dadurch erlangt, dadurch bewahrt man sich Alles. Nicht weil ich dir mißtraue, erinnere ich dich daran, sondern weil es mir obliegt. Mich tröstet und erhebt der Zulauf der Leidtragenden zu unserm Hause, der allgemeine Antheil, die Trauer der ganzen Stadt, Anderes was den Schmerz lindern mag. Was mich aber über alles tröstet, ist daß ich dich habe, dem ich mehr vertraue als meine Worte auszusprechen vermögen. Von dem, was du bei Sr. Heiligkeit ausgerichtet zu sehn wünschtest, ist nichts geschehen, indem es besser schien, einen andern Weg einzuschlagen, worüber dir der Gesandte berichten wird, und der leichter zum Ziele führen zu müssen scheint. Rom 12. April 1492."

Literarifche Notiz.

In bibliographifches Detail einzugehen, ift weder Zweck gegenwärtiger Notiz noch des vorliegenden Buches. D. Moreni's Bibliografia della Toscana ift bis auf den Anfang des Jahrhunderts ziemlich vollftändig. Alles auf die Medici Bezügliche hat derfelbe fleißige aber kritiklofe Mann fodann zufammengeftellt in der Serie d'autori di opere risguardanti la celebre famiglia Medici (Flor. 1826, mit dem Umfchlagtitel: Glorie della Cafa Medici). Das Wichtigfte giebt Litta zu der Genealogie der Medici in den Famiglie celebri Italiane. Von Aelterem findet man vieles in den Anmerkungen zu Roscoe's unten zu bezeichnendem Buche. Für die Zeit welche, mit dem Aufkommen der Medici in der Perfon Giovanni's di Bicci beginnend, mit dem Tode Lorenzo's il Magnifico endet, kommt von gleichzeitigen Hiftorikern in erfter Linie Giovanni Cavalcanti in Betracht, deffen Storia fiorentina von F. L. Polidori Flor. 1838 gedruckt wurde. [Vgl. Gervinus Florentin. Hiftoriographie, in den Hiftor. Schriften S. 73 ff. S. oben Bd. 1. S. 41, 605 und anderwärts.] Machiavelli ift ihm faft überall gefolgt, aber man muß ihn mit Vorficht gebrauchen. Alle Uebrigen behandeln entweder nur einzelne Partien, wie Poggio Bracciolini, deffen mit dem J. 1350 beginnende Historia Florentina [vgl. Moreni Bibliografia Bd. I S. 162] bis 1455 geht, oder in annaliftifcher Form wie Benedetto Dei, Bartolommeo Cerretani, Giovanni Cambi u. A., oder in Biographien wie vor allen Vespasiano da Bifticci [Vite d'uomini illustri del secolo XV., zuerft von A. Mai Rom 1839, dann von A. Bartoli Flor. 1859, und theilweife im Archivio storico Italiano Bd. IV. Flor. 1843. Vgl. oben Bd. 1. S. 570, 579 ff. Bd. II. S. 141, 142] oder endlich fie gehören fpäterer Zeit an. Von letzteren giebt Fr. Guicciardini's unvollendete Storia fiorentina [vgl. Bd. 1. S. 130] für die Zeiten bis zum zweiten Exil der Medici allerdings nur einen Umriß, vereinigt aber mit der diefem ausgezeichneten Manne fchon in früheren Jahren eigenen politifchen Einficht den unfchätzbaren Vortheil von Familien-Traditionen. In geringerem Grade ift dies der Fall in der für diefe Zeit noch weit kürzeren

aber immerhin beachtenswerthen Istoria fiorentina di Iacopo Pitti
[Flor. 1842 als Bd. I. des Arch. stor. Ital.], deren Verf. erst 1519 zur
Welt kam. Gio. Michele Bruto, geb. in Venedig 1515, gestorben in
Siebenbürgen gegen 1594, hat für seine Florentinae Historiae l. VIII.
[Lyon 1562, mit ital. Uebers. von St. Gatteschi Flor. 1838. Vgl. oben
Bd. I. S. 231] welche die Zeiten Cosimo's, Piero's, Lorenzo's ausführlich behandelt, nur fremdes Material benutzt und rhetorisch verwerthet. Für die
urkundliche Grundlage ist seit den letzten Decennien des vorigen Jahrhunderts in steigendem Maße geschafft worden. Die von Cesare Guasti muster-
haft edirten Commissioni di Rinaldo degli Albizzi [vgl. Bd. I. S. 115,
116, 546] sind unschätzbar für die Kenntniß der politischen Verhältnisse in
den drei ersten Jahrzehnten des 15. Jahrhunderts. Das Meiste für Cosimo's
Zeit leistete Monsignor Angelo Fabroni Proveditor der Universität Pisa
(gest. 1803) in: Magni Cosmi Medicei Vita, Pisa 1789, einem Buche dessen
Text zwar seinen Gegenstand umfassender und genügender behandelt als
bei dem um vier Jahre ihm vorausgegangenen Leben von Cosimo's Enkel
der Fall ist, dessen Hauptverdienst aber doch in dem reichen mit Geschick
und richtigem Urtheil gewählten Urkundenschatz besteht. Der erste Band
von Canestrini's und Desjardins' im Auftrage der napoleonischen
Regierung herausgegebenen Négociations de la France avec la Toscane
(Paris 1859) ergänzt diese Sammlung von Schriftstücken. Die Zahl einzelner Urkunden, in Sammelwerken oder sonst gedruckt, ist begreiflicherweise sehr groß und mehrt sich täglich.

In die Verfassungszustände gewährt Fr. Guicciardini's erst vor
wenigen Jahren bekanntgewordene Schrift: Del reggimento di Firenze
(Band II. der Opere inedite, Flor. 1858), welche gesprächsweise Männer
verschiedener Ansichten Piero Capponi, Bernardo del Nero, Paol' Antonio
Soderini u. A. in der auf die Umwälzung von 1494 folgenden Zeit
redend aufführt und sichtlich auf dem vom Vater und Oheim des Verfassers Vernommenen beruht, unendlich tiefere Einsicht für diese Mediceischen Zeiten als Donato Giannotti's Buch: Della Repubblica
fiorentina, nach dem Umsturz des Freistaates geschrieben und dem Cardinal Niccolò Ridolfi Leo's X Vetter gewidmet. Zuerst Venedig 1721,
zuletzt in F. L. Polidori's Ausgabe von G.'s Werken, Flor. 1850 gedruckt, ist diese Schrift für die Kenntniß der inneren Zustände sehr wichtig,
aber man wird durch zu viele allgemeine politische Betrachtungen, wie
dieser Nebenbuhler Machiavelli's [im J. 1527 Secretär des Rathes der
Zehn] sie liebt, abgezogen, durch die nicht hinlänglich scharfe Trennung
der verschiedenen Epochen und ihrer Formen leicht verwirrt. Die Bildung
des Gebietes der Republik wird aufs vollständigste erläutert durch das
reichhaltige Regestenwerk C. Guasti's: I Capitoli del comune di
Firenze, Bd. I. Flor. 1866. [Vgl. Bd. I. S. 133 ff. H. v. Sybels
Historische Zeitschrift Bd. XIX. S. 456 ff.] Ueber das Steuerwesen
ist, nach G. Fr. Pagnini's großem Sammelwerk Della Decima

e della Mercatura dei Fiorentini [Lucca 1765] die weitaus ergiebigste Arbeit G. Canestrini's Scienza ed arte di Stato, Flor. 1862, leider Fragment, indem es dem ursprünglichen Plan zufolge das gesammte Finanz= wesen der Republik umfassen sollte, aber nur von den directen Steuern, dem Estimo, dem Catasto und der Decima handelt. [Vgl. Bd I. S. 36, 44.] Für die in der Geschichte einer so thätigen und bewegten Republik sehr in Betracht kommende Familiengeschichte ist in den letzten Decennien viel geschehen, namentlich von Pompeo Litta und dessen Fortseher Luigi Passerin'[1]), der überdies, neben der Umarbeitung von Ade= mollo's Marietta de' Ricci [Flor. 1845] eine Reihe von Arbeiten über einzelne Geschlechter geliefert hat, über die Altoviti, Corsini, Niccolini, Panciatichi, Pecori, Ricasoli, Rucellai, denen gegenwärtig (1873) die Gua= dagni sich angeschlossen haben, welche namentlich bei Bd. I. S. 124 zu vergleichen sind. Bernardo Guadagni (Passerini S. 42 ff.), der sich von Cosimo de' Medici mittelst des Spitalverwalters (Spedalingo) von Sta Maria Nuova für 1000 Goldgulden kaufen ließ, was allerdings wohlfeil war wie Cosimo selber sagte, war 1367 geboren und starb schon 1434 als Capitano zu Pisa, ein Amt das er sich nach dem Gonfalonierat zum Lohn für sein Verhalten hatte verleihen lassen. Seine Angehörigen wurden nach Cosimo's Rückkehr verbannt.

Die Mediceisch=Laurentianische Bibliothek bewahrt Gio. Mario Filelfo's, des Sohnes Francesco's, Cosmiades sive de laudibus Cosmi Med. sen. l. II. heroico carmine etc. [Moreni a. a. O. Bd. I. S. 370] so wie ein hexametrisches Gedicht Amerigo Corsini's De vita Cosmi Med. patris patriae, Lorenzo il Magnifico gewidmet, von welchem A. M. Bandini in seinem Handschriften=Catalog der Bibl. Suppl. Bd. II. S. 432 ff. ein längeres Fragment mittheilt. Ugolino Verino gedenkt desselben in seiner Dichtung De illustratione Urbis Florentine [vgl. Bd. II. S. 120]: „ .. quin inclyta Cosmi — alti= loquo cecinit Corsinus gesta cothurno." Die Magliabechiana (Bibl. nazionale) bewahrt Francesco Filelfo's Schmähschrift gegen Cosimo de' Medici: Commentationum florentinarum l. III. ad Vitalianum Borrhomaeum. nur drei Bücher statt der beabsichtigten zehn [Vgl. Bd. I. S. 548. Apostolo Zeno in den Dissertazioni Vossiane und Rosmini in der Vita di Fr. Filelfo Bd. I. handeln davon; Moreni Bibliografia Bd. I. S. 369.] Die in der Literär= und Kunstgeschichte in Betracht kommenden Einzelwerke sind in den Anmerkungen zum IV. Buche verzeichnet. Auf die inhaltreichen aber völlig formlosen Mehus'schen Bücher, welche, wie die 444 Imperialfolioseiten lange Einleitung zu Tra=

---

1) Die in dem Litta'schen Werk enthaltenen florentinischen oder zu Florenz in ge= nauer Beziehung stehenden Familien sind außer den Medici: Acciaiuoli, Aldobrandini, Alighieri, Buonarroti, Buondelmonti, Capponi, Gaddi, Guicciardini, Guidi, Machia= velli, Martelli, Monte Sta Maria [Bourbon del Monte]. Pazzi, Soderini, Strozzi, Tornabuoni, Valori, Vettori, Villani.

38*

versari's Briefen, bloße Aneinanderreihung verschiedenartigster Materialien sind, folgten, oder waren theilweise mit denselben gleichzeitig, A. M. Bandini's Specimen litteraturae Florentinae, Flor. 1749—51. [Vgl. Bd. I. S. 561] und übrige Werke, unter denen der große Handschriftencatalog der Laurentiana, des unermüdlichen D. M. Manni zahlreiche historische biographische und culturgeschichtliche Arbeiten, Fabroni's und Carlo's de' Rosmini Literaten-Biographien [von letzteren berührt nur die des Filelfo unsern Gegenstand näher], W. Shepherds Leben Poggio's [vgl. Bd. I. S. 528], unter Roscoe's Einfluß entstanden u. m. a. Erst Vespasiano's da Bisticci Charakter- und Lebensbilder haben rechte Einsicht in Wesen und Verhältnisse so der eigentlichen Literaten wie der literarisch gebildeten vornehmen Bürger gewährt. G. C. Galletti hat in dem Bande, welcher den Titel führt: Philippi Villani liber de civitatis Florentine famosis civibus et de Florentinorum litteratura principes fere synchroni scriptores, Flor. 1847, eine Menge hieher gehöriger Biographien gedruckt. Auf die tüchtigen teutschen Arbeiten über die Epoche der Renaissance, über das erste Jahrhundert ihrer Literatur von G. Voigt, über ihre Erscheinungen im gesammten Culturleben von Jac. Burckhardt, über die Arbeiten italienischer Philologen für Wiederbelebung der classischen Studien von G. Bernhardy u. a. braucht hier nicht verwiesen zu werden. Verschiedenen neueren Forschungen über das Unionsconcil schließen sich jetzt die erst in ihren Anfängen bekannt gemachten von W. v. Goethe über Bessarion an. Die Geschichte der Platonischen Akademie, deren Glanzperiode mehr als in Cosimo's Zeit in die seines Enkels fällt, hat Sieveking im Anhang seiner wenigverbreiteten Geschichte von Florenz, Hamburg 1844, in lebendig-anschaulichem Umriß dargestellt. Ueber das Handschriftenwesen des 15. Jahrhunderts und das Verhältniß der ersten Herausgeber zu den Handschriften haben neuerdings in England J. Taylor 1859, B. Botfield 1861, W. Forsyth 1872 und die Edinburgh-Review Bd. 137 gehandelt. [S. unten.]

Für die Zeit Piero's de' Medici kommen mehre der schon Genannten in Betracht, so Guicciardini, Jac. Pitti, der u. a. für die Verschwörung von 1466 gute Nachrichten hat, G. M. Bruto und, gleichfalls ein Späterer, Scipione Ammirato, so in seiner unentbehrlichen florentinischen Geschichte [in der von seinem Adoptivneffen Cristoforo del Bianco genannt Scipione Ammirato il Giovine vervollständigten Ausgabe Flor. 1647 ff.] wie in den Ritratti d'uomini illustri di Casa Medici, Flor. 1758. Ihrer Kürze ungeachtet, geben eine Menge brauchbarer Details die mit dem J. 1461 beginnenden Aufzeichnungen des Alamanno Rinuccini als Fortsetzung jener seines Vaters Filippo, herausgegeben von G. Aiazzi: Ricordi storici di Filippo di Cino Rinuccini colla continuazione di Alamanno e Neri suoi figli fino al 1506, Flor. 1840. [Vgl. Bd. II. S. 90]. Sie sind auch beachtenswerth wegen des Ausdrucks der Gesinnung bei einem ansehnlichen Theil der zu den Medici haltenden aber im Herzen ihnen abgeneigten Aristokratie. Für den Colleonischen Krieg ist von höchstem Werth Fr. Trinchera's Codice Aragonese [vgl. Bd. I. S. 251]. Vespasiano da Bisticci giebt in der Biographie des Erzbischofs von Colocza Georg Hadzuoz [Vite S. 228] hübsche Details über dessen Sendung nach Venedig durch K. Mathias Corvinus zum Zweck der Abmahnung der Venetianer von Begünstigung Colleone's und der Ausgewanderten, wie über dessen Reise nach dem Colleonischen Lager und nach Florenz und Rom. Ueber den Anlaß zum Colleonischen Kriege, die Verschwörung Diotisalvi Neroni's, hat Jacopo Pitti S. 19 ff. gute Nachrichten, und man erfährt durch ihn unter anderm, daß an der schwer erklärlichen Kraft- und Entschluß- losigkeit, womit seitens der Verschworenen das ganze Unternehmen be- trieben ward, Diotisalvi's Besorgniß vor Plünderung durch das niedere Volk [seine Wohnung lag in der Nähe der Mediceischen] nicht geringen Antheil hatte, und Luca Pitti anfangs glauben gemacht wurde, seine Tochter Francesca, die nachmalige Frau Giovanni Tornabuoni's [vgl. Bd. II. S. 205] werde mit Lorenzo be' Medici vermält werden. Urkund- liches sonst bei Canestrini-Desjardins wie in Fabroni's Buch über Piero's Sohn.

Die älteste Biographie Lorenzo's il Magnifico ist von Niccolò Valori. [Vgl. Bd. I. S. 199. Die ital. Uebersetzung von Filippo Valori des Verfassers Sohn gedruckt Flor. 1568; franz. Uebersetzung Paris 1761]. Der Autor gehörte zu der vornehmen Familie Mediceischer Partei die in Florenz im J. 1687 erlosch, aber in einem im 14. Jahrh. nach Frankreich verpflanzten Zweige [Prince de Valori] fortbesteht. Sein Vater Bartolommeo (Baccio), † 1477, war einer der eifrigsten Zög- linge der platonischen Schule; seine Mutter war Caterina be' Pazzi. Sowol er wie sein Bruder Filippo, der zu den Vertrauten Lorenzo's be' Medici gehörte [er ließ Ficino's Uebersetzung des Platon drucken, vgl. Bd. II. S. 32], Rector der Universität Pisa war und mit Alessandra Salviati verheiratet 1494 als florentinischer Gesandter in Neapel starb, waren classisch gebildete Männer und thätige Mitglieder des literarischen Kreises. Nach mehren während der auf die Vertreibung der Medici fol- genden Zeit verwalteten Aemtern wurde Niccolò wegen Theilnahme an einem Complott gegen die Medici 1513 zu Gefängniß auf Lebenszeit in Volterra verurtheilt. Sein Brudersohn Baccio, derselbe welcher in den letzten Zeiten der Republik eine für sein Vaterland wie endlich für ihn selber verhängnißvolle Rolle spielte [† 1538], soll seine Befreiung erlangt haben, indem er P. Leo X. die Biographie seines Vaters überreichte; der Autor aber nennt in der Widmung an den Papst dessen Vetter, den Cardinal Luigi be' Rossi als denjenigen, der ihn zu der Veröffentlichung veranlaßt habe, welche somit nicht vor 1517, dem Jahre von be' Rossi's Cardinalat erfolgt sein kann. Die zierliche mit Miniaturbildnissen ge- schmückte, Leo X. überreichte Handschrift befindet sich in der Mediceisch-

Laurentianischen Bibliothek. Eine Biographie im eigentlichen Sinne des Wortes haben wir hier nicht, wohl aber ein gutgezeichnetes wenngleich geschmeicheltes Charakterbild von einem mit Personen und Umständen vertrauten Manne, dessen Werk noch den Vorzug hat, bald nach Lorenzo's Tode, 1492, geschrieben worden zu sein, als die Erinnerungen noch lebendig waren. Von Zeitgenossen die den Dingen entweder persönlich nahestanden oder sie aus Familien-Tradition kannten, haben Alamanno Rinuccini, Piero Parenti der mit 1476 beginnt leider jedoch eine beträchtliche Lücke hat, Giovanni Cambi seit 1480, Francesco Guicciardini u. A. Lorenzo's wiederholt gedacht. Das herbste der Urtheile über ihn ist das Rinuccini's [Morte di Lorenzo de' Medici maligno tiranno. CXLVI–IV], worin sich der Parteistandpunkt des Optimaten aufs entschiedenste kundgiebt, während Guicciardini [S. 82—94] mit staatsmännischem Geiste das Gute und Schlimme wie die unabweislichen Nothwendigkeiten der Lage des Staates und der Stellung des Mannes abwägt. [Vgl. oben Buch VI. am Schlusse.] Auf sie folgt Alessandro de' Pazzi [Vgl. Bd. I. S. 289, Bd. II. S. 238, 395]. Paolo Cortesi's [† 1510] Widmung des Dialogs: De hominibus doctis von 1490, gedruckt von A. Politi und D. M. Manni Flor. 1734 und bei Galletti S. 215 ff., an Lorenzo, ist eine Art Elogium. Spätere Zeiten haben nichts Eigenthümliches gebracht, bis auf Angelo Fabroni, dessen Laurentii Medices magnifici vita, Kaiser Joseph II. gewidmet, im J. 1784 zu Pisa in zwei Quartbänden erschien. [Französische Uebersetzung von de Serionne, Berlin (?) 1791, ohne die Documente.] Er war der Erste der, mit gleicher Ein- wie Umsicht, das Mediceische Archiv benutzt hat. Wenn die Form des Buches, eine sonst gutgeschriebene lateinische Biographie zweihundertzwanzig Seiten lang ohne Kapitel-Eintheilung noch Absatz, nicht glücklich, diese Biographie überhaupt nicht geeignet ist dem größern Publicum eine rechte Anschauung von Lorenzo's Leben und Thätigkeit zu verschaffen, so fußt dieselbe andererseits überall auf Documenten, deren der Verfasser im zweiten, 399 enggedruckte Seiten enthaltenden Theile eine so reichhaltige wie treffliche Auswahl beigebracht hat. Hier ist der feste Grund gelegt. Fabroni erklärt selbst daß er nicht daran habe denken können das ihm vorliegende colossale Material auch nur annähernd dem Leser vorzuführen, aber zumeist hat er mit dem ihm eigenen Tact und seiner großen Gewandtheit das Richtige getroffen, so wenig er den Stoff zu erschöpfen vermochte. Rainaldi's Annales ecclesiastici haben dazu aus dem Vaticanischen Archiv für die Pontificate Sixtus' IV. und Innocenz' VIII. Manches gebracht, was für letztern durch S. Volpicella's immer noch unvollendeten Druck von Regis Ferdinandi I. Instructionum liber (Neapel 1861) ergänzt worden ist. Angelo Poliziano's Coniuratio Pactiana [vgl. Bd. I. S. 387] war fünfzehn Jahre vor dem Erscheinen von Fabroni's Werk mit einem Anhang werthvoller Documente neugedruckt worden. Daß man sich hüten

muß, den Urtheilen dieser Parteischrift inbetreff der Personen beizupflich-
ten, ist oben [Bd. I. S. 389] in Bezug auf den Erzbischof von Pisa bemerkt worden. F. L. Polidori äußert dasselbe inbetreff Jacopo Bracciolini's, des gelehrten Sohnes eines gelehrten Vaters, in der Einleitung
zu dessen Lebensbeschreibung des Filippo Scolari, Arch. stor. Ital. Bd. IV.
S. 122. Drei Jahre nach dem Druck des Buches des pikaner Gelehrten
lenkte ein dichterisches Werk, Alfieri's Congiura dei Pazzi die Aufmerksamkeit des größern Publicums auf diese Zeit und Personen, von
denen man durch diese Tragödie die irrigste Vorstellung erhielt.

Mehr als ein Ausländer hatte sich schon mit Lorenzo de' Medici beschäftigt, Varillas, Bayle, Tenhoven [Haag 1773—75, englische
Uebersetzung London 1797], bevor William Roscoe's Life of Lorenzo
de' Medici called the Magnificent Liverpool 1795 erschien. Wenige
historische Werke, sehr wenige von solchen die einen fremden Stoff behandeln, haben in In- und Ausland einen Success gehabt wie dieses Buch.
Im J. 1796 erschien in London die zweite, 1799 die dritte Auflage, in
letzterem Jahre in Pisa von G. Mecherini eine italienische, in Paris
eine französische Uebertragung, denen eine teutsche schon 1797 in Berlin
vorausgegangen war, und bis auf den heutigen Tag fährt man fort im
Heimatlande des Verfassers das Buch zu drucken. [Eine zehnte von
Thomas Roscoe revidirte Ausgabe erschien London 1851; in Heidel-
berg war 1828 ein auch die unten zu nennenden Zusätze enthaltender
Druck ans Licht getreten]. Dieser allgemeine Beifall mußte seinen guten
Grund haben, und inderthat besitzt Roscoe's Arbeit nach mehren Seiten
hin ungewöhnliches Verdienst. Sie hat nicht blos außerhalb Italiens
die Aufmerksamkeit Aller auf einen bedeutenden Mann und eine bedeutende Epoche gelenkt, von denen man bis dahin oberflächliche Kunde
hatte; sie hat in Italien selbst die Beschäftigung mit dieser Epoche gewissermaßen belebt. Fabroni's Buch war nicht hinausgedrungen über
die gelehrten Kreise: das Roscoe'sche gelangte in Aller Hände. Erst durch
den Kaufmann von Liverpool — wer sollte es glauben! — ist Lorenzo de'
Medici seinen eigenen Landsleuten nahegetreten. Heute noch citiren
florentinische Historiker unbefangen das Buch des Engländers, selbst wo
dieser ganz einfach Fabroni nachschreibt oder nachdruckt. Roscoe wußte
von der politischen Geschichte der Zeit nicht viel mehr als was er beim
Machiavell und in Muratori's Annalen fand, und hatte von florentinischer Verfassungsgeschichte kaum einen Begriff. Aber er hatte sich mit
dem Literärhistorischen eindringlich beschäftigt, er war ein Mann von
Geschmack und poetischem Talent, er erzählte angenehm, und entwickelte
in seiner Darstellung eine Wärme die auf den Leser einwirkte und für den
Gegenstand belebte — eine Wärme, die umsomehr anzuerkennen ist,
wenn man in Anschlag bringt daß Local-Anschauung ihm fehlte. Der
Lorenzo de' Medici, wie er in der Auffassung der Literaten und des
großen Publikums dasteht, ist in gewissem Sinne die Schöpfung Roscoe's

der die Tradition firirte und legitimirte. Es ist die Auffassung, der wir bei unserm großen teutschen Dichter in der „Flüchtigen Schilderung florentinischer Zustände" im Anhang zur Uebersetzung des Benvenuto Cellini begegnen. Daran, daß es der historische Lorenzo de' Medici wäre, fehlt allerdings viel. Die beginnende weitere Verbreitung geschichtlicher Kenntnisse mußte abweichenden Ansichten und Urtheilen Raum verschaffen. Roscoe trat denselben im J. 1822 mit einem Quartbande von Illustrations historical and critical of the Life of Lor. de Med. entgegen, welche 1823 von W. Pecchioli zu Florenz ins Italienische übersetzt wurden. Im Ganzen von sehr geringer Bedeutung, im Bekämpfen von Sismondi's zumtheil übermäßig herber Kritik keineswegs glücklich, haben diese Nachträge auch von Urkundlichem wenig Neues gebracht, während im Hauptwerk das urkundliche Material meist von Fabroni war, ergänzt durch einige von W. Clarke in Florenz dem Verfasser verschaffte Stücke. Der Hauptreichthum Roscoe's besteht in den literarischen Documenten, um derentwillen man immer wieder zu seinen Bänden greifen wird. Denn so viel Unbedeutendes darunter ist, so findet man hinwieder eine Fülle von Stücken, die auf den Mann und die Zeit helles Licht werfen, und die man bei eingehender Beschäftigung mit beiden nicht entbehren kann. Die literärhistorischen Nachrichten findet man theilweise auch bei Tiraboschi: Roscoe giebt uns eine ansehnliche Reihe Texte, und so geneigt er zur Ueberschätzung des literarischen Werthes ist, so kann man doch weder seine Einsicht noch seinen Geschmack verkennen. Roscoe hat überdies das Verdienst, auf Lorenzo de' Medici als Dichter mit liebevoller Charakterisirung seines poetischen Talents und seiner Eigenthümlichkeit mehr als bis dahin von Irgendeinem geschehen, längere Zeit vor Ginguené den man nicht außer Acht lassen darf, aufmerksam, dessen Werke dem Publicum zugänglich gemacht zu haben.

Die neuere und neueste Zeit hat das urkundliche Material bedeutend gemehrt und fährt darin unverdrossen fort. In den vorliegenden Bänden ist an zahlreichen Stellen auf dasjenige hingedeutet worden, was Domenico und Pietro Berti, P. Bigazzi, G. Bini, G. Canestrini in eigenen Publicationen wie in den von A. Desjardins herausgegebenen Negociationen, P. Fanfani, Gino Capponi, A. Gelli, C. Guasti, J. del Lungo, D. Moreni, G. Palagi, L. Passerini, G. B. Uccelli, P. Villari u. A. aus dem florentinischen Staatsarchiv wie aus andern Sammlungen, A. Cappelli in den sehr werthvollen Mittheilungen aus dem estensischen Archiv zu Modena, Kervyn de Lettenhove in seinem reichhaltigen Buche über Commines' Briefe und Unterhandlungen, dessen Fortsetzung unter der Presse ist[1]. G. Volpicella

---

1) In den Bulletins de l'Académie R. de Belgique Serie II. Bd. 35 [1873] findet sich, von Kervyn de L. mitgetheilt ein merkwürdiger an Herzog Galeazzo Maria mitgetheilter Bericht des mailändischen Gesandten Francesco da Pietrasanta. Roanne

und Fr. Trinchera aus dem neapolitanischen Archiv u. m. a. beigebracht haben. Aber ein gewaltiger Documentenschatz ist noch zu heben.
Das florentinische Staatsarchiv bewahrt viele hunderte von Lorenzo's
Briefen und Depeschen, meist in politischen theilweise in persönlichen Angelegenheiten, sowie eine Anzahl an ihn gerichteter Schreiben, von denen
wir bis jetzt nur eine umsichtige aber beiweitem nicht genügende Auswahl
besitzen. Sichtung und Veröffentlichung dieser Correspondenz an welche
von zwei Florentiner Gelehrten gedacht wird, wäre eine würdige Aufgabe
für die Deputation für vaterländische Geschichte. Denn hier, so aus
Lorenzo's eigenen Schreiben wie aus den zahlreichen Depeschen der Gesandten und Agenten gewinnt man klare Einsicht in das gesammte politische Wesen und Treiben der letzten Epoche einer selbständigen nationalen Politik Italiens vor den französisch-spanischen Kriegen. Die Archive
von Lucca und Siena würden das Material in einigen Fällen ergänzen:
auswärtige, namentlich die von Mailand und Venedig, könnten vielfache
Illustrationen dazu bieten.

Für die Literärgeschichte wäre namentlich aus den in der Magliabechiana, Riccardiana u. s. w. vorhandenen Briefsammlungen noch vieles
zu holen, obgleich Mehus, Bandini, Manni u. A. manches be-
kanntgemacht haben. Einzelner Publicationen ist in den Anmerkungen
zum IV. Buche gedacht worden. Der Geschicke der Mediceischen Bücherschätze [Bd. I. S. 575 ff. Bd. II. S. 138 ff.] muß hier in der Kürze gedacht werden. Daß Lorenzo schon frühe mit dem Gedanken umging, ein
besonderes Local für die von seinem Großvater stammende, von seinem
Vater bereicherte Haus-Bibliothek zu bauen, ersieht man aus einem von
Enea Piccolomini [Delle condizioni e delle Vicende della libreria
Medicea privata dal 1494 al 1508, im Arch. stor. Ital. Serie III.
Bd. XIX. S. 101—129] mitgetheilten Briefe Vespasiano's vom J. 1472.

„Lorenzo, die besondere Zuneigung die ich stets zu eurer ganzen
Familie gehegt habe, giebt mir den Muth euch das in Erinnerung zu

<hr/>

29. Juli 1476, über K. Ludwigs XI. Aeußerungen inbetreff der Verhältnisse des Sforza
und Savoyens, ein Bericht welcher, abgesehen davon daß er des Königs Wesen und
Haltung höchst lebendig charakterisirt, auch dadurch von Interesse ist, daß er von dem
Vertrauen, welches Philippe de Commines genoß, aber zugleich von dessen Habsucht
und Käuflichkeit Zeugniß ablegt. „Um es kurz zu sagen, in allem was sich auf den
guten Fortgang unserer Angelegenheiten bezieht, ist der Herr von Argenton Anfang,
Mitte und Ende gewesen. Solus hat er allen Verhandlungen beigewohnt. Solus verfaßt er und schläft beim Könige. Er ist Alles in omnibus et per omnia. Keiner ist
ein so mächtiger Herr noch von solchem Einfluß wie er. Er erwartet daß Eure Herrlichkeit in Anerkennung des von ihm geleisteten Dienstes ihm eine ehrenvolle Be-
lohnung zukommen läßt. Wäre es alitor, so könnte dies in futurum schlimme Folgen
nach sich ziehen. Verfügt ihr über ihn, so verfügt ihr über den König. E. H. ist
weise, und ich deute auf das hin was mich das vortheilhafteste dünkt.“
Ueber Commines' florentin. Ambassade im August 1478, seinen Empfang, den
Besuch im Lager, die Verhandlungen und Geschenke, von der Signorie für 4—500
Ducaten, von Lorenzo für etwa 300, berichten die mailänd. Gesandten Talenti und
Sagramoro. Mail. Archiv.

bringen was euch zu Vortheil und Ehre gereichen kann. Jemehr ich über die Anlage der Bibliothek nachdenke, worüber ich früher schon mit Eurer Magnificenz gesprochen habe, umsomehr bin ich der Ansicht daß es eine eurer würdige Unternehmung ist. Ohne euren Vorfahren irgendwie zunahezutreten, hoffe ich daß ihr hierin keinem derselben nachstehn werdet. Ja, ich wage zu sagen, seit lange wurde in Florenz nichts Verdienstlicheres geplant, und ich rede darüber mit keinem von denen die sich auf solche Dinge verstehen, ohne das größte Lob zu vernehmen. Ich selber bin so darüber erfreut, daß ich dem Herzog von Calabrien, dem Grafen von Urbino und dem Herrn Alessandro [Sforza], welche große Bücherfreunde sind, in meinen Briefen Nachricht davon gegeben habe, überzeugt daß sie dies Vorhaben sehr rühmen werden."

Daß Lorenzo, der die Sammlung unablässig gemehrt, noch in seinen letzten Tagen an die Vollendung derselben dachte, ersieht man aus seiner Aeußerung gegen Pico und Polizian, vgl. oben S. 559, während man durch Michel Angelo weiß, daß schon Baumaterial vorhanden war, schwerlich für die Localität der späteren Laurentiana berechnet.

Nach des Vaters Tode unterließ Piero, den wir schon mit diesen Dingen beschäftigt sahen, die Bereicherung der Sammlung nicht, in welche die Lascarischen Hss. kamen; kaufte und ließ copiren, förderte den venetianer Schriftgießer Alopa, der bei der Herstellung griechischer Typen Mediceische Handschriften zu Rathe zog. [Die Biblioteca nazionale besitzt die vormals Laurentianischen Dedications-Exemplare Alopa'scher Drucke auf Pergament.] Nach der Plünderung vom November 1494, wobei vieles abhanden kam — zumtheil nach Frankreich! — machte der Staat, seine Forderungen an die Medici zu decken, die Bibliothek, die sich zerstreut im Palast von Via Larga, in San Marco und San Lorenzo, in Händen Einzelner vorfand, zu seinem Eigenthum, deponirte sie provisorisch in Kisten im Kloster San Marco und ließ im Sommer 1495 ein Inventar aufnehmen, zu welchem eine Commission, bestehend aus dem Prior von San Marco, dem Propst Giorgio Antonio Vespucci, Marsilio Ficino, Johannes Lascaris u. A. bestehend, bestellt wurde. [Deliberation vom 31. August 1495, bei Villari a. a. O. Bd. II. S. CXXXIII, Piccolomini a. a. O. S. 110.] Lascaris war es der das Inventar anfertigte. Ueber die Zahl der Bände an den verschiedenen Orten vgl. Anziani, Della biblioteca Mediceo-Laurenziana S. 9, Piccolomini S. 113. Manches fand sich unter den von Freunden des Hauses zurückgelassenen Büchern, unter denen Polizians, in der Sammlung Pico's von Mirandola die im Kloster der Doccia bei Fiesole bewahrt von dort zurückgefordert wurde [Gaye Carteggio Bd. I. S. 583], bei Varino von Camerino dem Hofmeister im Mediceischen Hause u. s. w. Die Bücher wurden nach Via Larga zurückgebracht dann aber dem Kloster von San Marco für 2000 Goldgulden verpfändet, richtiger verkauft [Delib. vom 19. Oct. 1495 und 24. Jan. 1496, bei Villari a. a. O.], wozu im J. 1496 die Zahlung von andern 1000 Goldgulden an Philippe de Commines kam, der sich so für seine Forderungen an die Medici schadlos hielt. [Vgl. oben S. 411 ff., Kervyn de Lettenhove a. a. O. Bd. II. S. 247—250.] Nach der Katastrophe Fra Girolamo Savonarola's 1498 ließ die Signorie die Bücher in ihren Palast bringen, stellte sie aber zwei Jahre später dem Kloster wieder zu, von welchem sie im J. 1508 durch Vermittlung Cardinal Galeotto Franciotti's della Rovere an Cardinal Giovanni de' Medici nach Rom und nachmals, bedeutend vermehrt, durch dessen Vetter und Nachfolger im Pontifical Giulio de' Medici nach Florenz zurück gelangten, wo sie den Haupttheil der Mediceo-Laurentiana bilden, deren schöner durch P. Clemens VII. gebauter Saal mit seinem kostbaren Inhalt eine thätige und glänzende Zeit aufs lebendigste vergegenwärtigt.

In Bezug auf einzelne in der Literärgeschichte erwähnte Punkte mögen hier nur wenige Erläuterungen folgen. Enoch von Ascoli [Bd. I. S. 554] kam auf seinen literarischen Entdeckungsreisen auch nach Preußen, wohin P. Nicolaus V. ihm am 30. April 1451 ein Schreiben an den Teutschordens-Hochmeister Ludwig von Erlichshausen mitgab. (G. Voigt a. a. O. S. 361.) — Ueber die Mysterienspiele [Bd. I. S. 599, Bd. II. S. 241] vgl. man noch J. L. Klein's Geschichte des Drama's Bd. IV. Abth. I. Leipz. 1866. — Inbetreff von Marsilio Ficino's Beschäftigung mit Dante [Bd. II. S. 31] vgl. Dantis Allligherii de Monarchia l. III. ec. per Carolum Witte, Wien 1874, S. XX, LXX, LXXI. Daß Lorenzo de' Medici die Gebeine Dante's von Ravenna nach Florenz zu bringen hoffte, Bernardo Bembo ihn in dieser Hoffnung bestärkt hatte, zeigt ein Schreiben Antonio Manetti's [vgl. oben S. 51] vom 13. April 1476. Vgl. Del Lungo im Arch. stor. Ital. Serie III. Bd. XIX. S. 1 ff. — Das Testament Pico's von Mirandola [Bd. II. S. 118] vom 1. Sept. 1493 mit Codicill vom 16. Nov. 1494, dem Vorabende seines Heimgangs, befindet sich im Diplomatischen Archiv zu Florenz, gedruckt im Giornale storico degli archivj tosc. Bd. I. S. 85 ff. Die Zeugen beim Testament sind Cistercienser von der Abtei Settimo und Cestello, nebst Angelo Poliziano und dem Canonicus Francesco Albertini, Verfasser der Beschreibungen von Florenz und Rom, beim Codicill Fra Girolamo Savonarola und Fra Roberto Ubaldini der Annalist von San Marco. Mirandola's Siegel: habemus in circulo ymaginem Ledae cum Cygno hoc est mulieris et avis — die Mönche und das mythologische Siegel, ein rechtes Zeichen der Zeit! — Der Charakter Francesco Filelfo's ergiebt sich deutlich aus den Versuchen, die er nach der Verschwörung der Pazzi machte, um sich in Florenz wieder festzusetzen. [Rosmini Bd. II. S. 261; s. oben Bd. II. S. 126.] Mansi in den Anhängen zu den Baluze'schen Miscellanea Bd. I. S. 513 hat Filelfo's Schreiben an P. Sixtus IV. vom 3. Juni und 18. August 1478 voll heftigster maßlosester Invectiven — er klagt den Papst an, die Verschwörung veranstaltet zu haben, um durch den Mord der Medici zur Herrschaft über Florenz zu gelangen, und ermahnt ihn, während er eine Menge niedriger Beschuldigungen auf ihn häuft, in sich zu gehn und Buße zu thun, wenn er nicht vom Papstthron gestoßen und wieder ein kleiner Franciscanerbruder werden wolle. — Unter den Handschriften-Copisten [Bd. II. S. 139] gab es viele Franzosen, Niederländer, Teutsche. G. Campori giebt in den Artisti italiani e stranieri negli Stati Estensi, Modena 1855 S. 277, Nachrichten von einem Johann von Goch im Cleveschen, der wenigstens von 1452 bis 1438 in Carpi, wol auch für die Pio arbeitete. Ueber teutsche geistliche Copisten und Miniatoren in Perugia vgl. das Giornale di erudizione artistica Bd. II. S. 306 ff. — Während der Bedrängniß Ferrara's [Bd. II. S. 253] war es daß Aldo Manuzio die Stadt verließ, um sich erst nach Mirandola zu den Pico, dann nach Carpi zu den Pio zu begeben. — Die kritische Behandlung der Kunstgeschichte hat eigentlich erst in unserm Jahrhundert, und speciell für Florenz mit Gaye's bahnbrechendem Werk begonnen, um welches sich bald zahlreiche tüchtige Forschungen, namentlich von G. Gnasti, V. Marchese, G. und C. Milanesi, C. Pini u. A. gruppirt haben, die ungestört fortschreiten. Von vorliegendem Buche mußte eine umfassende Darstellung selbstverständlich ausgeschlossen bleiben, da es nur die Thätigkeit der Medici auf diesem Felde näher in Betracht ziehen konnte.

Von vornherein hat es nicht im Plane dieses Buches gelegen, Documente im Original oder auch nur in extenso mitzutheilen, soviele derselben auch vorliegen, ebensowol weil der Umfang des Werkes dann ein ganz anderer geworden wäre, wie wegen der schon beabsichtigten umfassenden Publication, im Vergleich mit welcher nur Stückwerk hätte geliefert werden können. Wenn in den Verweisungen auf das Florentinische Archiv (A. Mediceo avanti il principato) in Bezug auf inedite Documente (bei gedruckten ist immer auf das betreffende Werk hingewiesen) wiederholt die Angabe der Acten-Fascikel fehlt, so rührt dies davon her, daß gegenwärtig die neue Registrirung des älteren Mediceischen Archivs im Werke ist, deren dasselbe, auch schon wegen des aus der alten florentinischen Jahreszählung, dem Annus ab incarnatione entspringenden Uebelstandes, dringend bedarf. Die dem Texte beigefügten Anmerkungen sind auf das knappste Maß beschränkt. Wer sich in der fast beispiellos reichen Literatur über florentinische Geschichte und Ortskunde selbst nur flüchtig umgesehen hat, ermißt wie leicht es dem Verfasser gewesen wäre, das Detail zu häufen, und wie derselbe sich häufig geradezu hat Gewalt anthun müssen, um nicht die Grenzen zu überschreiten, die er in Rücksicht auf weitere Kreise sich und seiner Vorliebe für Florenz und florentinische Dinge bei der Ausarbeitung zu stecken genöthigt gewesen ist.

Pierer'sche Hofbuchdruckerei. Stephan Geibel & Co. in Altenburg.

www.ingramcontent.com/pod-product-compliance
Lightning Source LLC
Chambersburg PA
CBHW021931110726
47901CB00003B/801